Joyeux Noël
et
Bonne Année
Micheline

Christophe

L'ÉVANGILE
SELON JÉSUS-CHRIST

L'Évangile selon Jésus-Christ est une biographie fictive de la vie privée de Jésus qui naît à Bethléem, non loin de Jérusalem où Joseph travaille à la construction du Temple. Ce dernier, ayant appris que Hérode a l'intention de tuer les nouveaux-nés de Bethléem, se cache avec sa femme et son fils, sans prévenir les familles de Bethléem des intentions sanguinaires du roi. Ce silence coupable le tourmentera toute sa vie.

Joseph finira malgré tout crucifié, mais sa faute, cependant, sera transmise à Jésus lorsque celui-ci apprendra qu'il doit à un massacre d'être en vie. Le poids insupportable de la culpabilité va alors pousser Jésus à quitter la maison familiale. Malgré l'enseignement qu'il recueille auprès d'un berger, son séjour dans le désert et l'amour extraordinairement profond qu'il vit avec Marie de Magdala, il lui sera impossible de s'opposer au projet de Dieu : utiliser Jésus pour étendre sa domination sur la plus grande partie de l'humanité. Le Jésus qui meurt sur la croix est un être vaincu.

En faisant de Jésus, ce fils de Dieu qui ne voulait pas l'être, la victime sacrificielle et l'instrument du plus absolu des pouvoirs qu'est l'idée même de Dieu, Saramago pose la question de la liberté et de la révolte. Comme les révolutions, les religions dévorent leurs enfants, aussi innocents soient-ils.

José Saramago est né en 1922 à Azinhaga, Portugal. Directeur adjoint du quotidien Diario de noticias *pendant plusieurs années. En 1980,* Levantado do Châo *le consacre comme l'un des écrivains majeurs de la littérature portu-*

gaise et son œuvre est aujourd'hui traduite dans le monde entier. Docteur honoris causa de plusieurs universités, dont en France celle de Bordeaux, il a reçu en 1995 le prix Camões, la plus haute distinction des lettres portugaises, et le prix Nobel de littérature en 1998.

José Saramago

L'ÉVANGILE SELON JÉSUS-CHRIST

ROMAN

*Traduit du portugais
par Geneviève Leibrich*

Éditions du Seuil

TEXTE INTÉGRAL

TITRE ORIGINAL
O Evangelho segundo Jesus Cristo
ÉDITEUR ORIGINAL
Editorial Caminho, Lisbonne, 1991

ISBN original : 972-21-0524-8
© José Saramago et Editorial Caminho SA, Lisbonne, 1991

ISBN 2-02-040398-6
(ISBN 2-02-018172-X, 1ʳᵉ publication)

© Éditions du Seuil, octobre 1993,
pour la traduction française

A Pilar

Puisque beaucoup ont entrepris de composer un récit des événements accomplis parmi nous, d'après ce que nous ont transmis ceux qui furent dès le début témoins oculaires et qui sont devenus serviteurs de la Parole, il m'a paru bon, à moi aussi, après m'être soigneusement informé de tout à partir des origines, d'en écrire pour toi un récit ordonné, très honorable Théophile, afin que tu puisses constater la solidité des enseignements que tu as reçus.

Luc 1, 1-4.

Quod scripsi, scripsi.
PILATE.

Le soleil apparaît dans un des coins supérieurs du rectangle, le coin gauche pour le spectateur, l'astre-roi représente une tête d'homme d'où jaillissent des rayons de lumière aiguë et de sinueuses flammes, telle une rose des vents incertaine de la direction des lieux qu'elle souhaite indiquer, et cette tête pleure, crispée par une douleur sans rémission, la bouche ouverte lance un cri que nous ne pouvons pas entendre car rien de cela n'est réel, nous n'avons sous les yeux que du papier et de l'encre, rien de plus. Sous le soleil, nous voyons un homme nu attaché à un tronc d'arbre, les reins ceints d'un linge couvrant les parties que nous appelons pudenda ou honteuses, ses pieds reposent sur ce qui subsiste d'une branche latérale coupée, mais pour renforcer la fermeté de ce support naturel, pour empêcher les pieds de glisser, ceux-ci sont maintenus par deux clous enfoncés profondément. D'après l'expression du visage, de souffrance inspirée, et la direction du regard, levé vers le ciel, il doit s'agir du Bon Larron. La chevelure entièrement bouclée est un autre indice qui ne trompe pas, on sait qu'anges et archanges se coiffent ainsi, et le criminel repenti semble sur le point de prendre son essor vers le monde des créatures célestes. Il ne sera pas possible de vérifier si ce tronc est encore un arbre, devenu simple instrument de supplice par mutation sélective mais continuant à tirer sa nourriture de la terre par

13

les racines, car toute sa partie inférieure est cachée par un homme à la longue barbe, vêtu de riches vêtements amples et abondants, et qui, bien que sa tête soit levée, ne regarde pas le ciel. Cette attitude solennelle, cet air triste ne peuvent appartenir qu'à Joseph d'Arimathée car Simon de Cyrène, autre hypothèse possible, après avoir été obligé d'aider le condamné à transporter son gibet, conformément aux protocoles de ce genre d'exécution, s'en était allé vaquer à son négoce, bien plus préoccupé par les conséquences de ce retard pour une affaire qu'il avait différée que par les angoisses mortelles du malheureux sur le point d'être crucifié. Or ce Joseph d'Arimathée est un homme bon et aisé qui a offert l'utilisation d'un tombeau lui appartenant pour qu'on y déposât le corps du crucifié principal, mais sa générosité ne lui servira guère à l'heure des canonisations, ou même des béatifications, car sa tête est entourée du seul turban avec lequel il sort dans la rue tous les jours, contrairement à la femme que nous voyons au deuxième plan, cheveux épars sur son dos incurvé et ployé, mais coiffée de la gloire suprême d'une auréole, découpée dans son cas comme une broderie domestique. La femme agenouillée s'appelle sûrement Marie, car nous savions d'avance que toutes les femmes assemblées ici portent ce prénom, une seule se distingue onomastiquement des autres car elle se nomme aussi Madeleine, et tout observateur un peu au fait des choses élémentaires de la vie jurera au premier coup d'œil que cette femme est bien ladite Madeleine, car seule une femme au passé dissolu comme elle aurait osé se présenter en cette heure tragique avec un décolleté aussi échancré et un corselet si ajusté qu'il exhausse et rehausse la rondeur de son sein, attirant inévitablement et retenant le regard avide des hommes qui passent, au grand péril de leur âme, entraînée ainsi vers la perdition par le corps infâme. Pourtant l'expression de son visage est empreinte d'une tristesse poignante et l'abandon de son corps n'exprime rien d'autre que la douleur de son âme, cachée, il est vrai, par une chair tentatrice, mais que nous avons le devoir de prendre en considération, nous parlons de l'âme, bien entendu, car cette femme fût-elle entièrement nue, si l'on avait choisi de la représenter dans ce simple appareil, nous devrions lui témoigner respect et vénération. Marie-Madeleine, si c'est bien elle, tient et semble sur le point de baiser en un geste de compassion impossible à traduire en mots la main d'une autre femme qui, elle, est effondrée à terre, comme privée de forces ou mortellement blessée. Son nom est aussi Marie, et elle est la deuxième dans l'ordre des présentations mais sans aucun doute la première par l'importance, si le lieu central qu'elle occupe dans le plan inférieur de la composition a une signification quelconque. Hormis le visage en pleurs et les mains affaissées, on ne voit rien de son corps, couvert par les multiples plis du manteau et de la tunique attachée à la taille par un cordon dont on devine la rudesse. Elle est plus âgée que l'autre Marie et c'est probablement une bonne raison, mais pas l'unique, pour que son auréole soit d'un dessin plus complexe, tel est du moins ce que penserait à juste titre une personne obligée de formuler une opinion sans disposer d'informations précises sur les préséances, grades et hiérarchies en vigueur dans ce monde. Toutefois, vu la diffusion de cette iconographie par les arts majeurs et mineurs, seul un habitant d'une autre planète, à supposer que ce drame ne s'y soit pas répété ou même qu'il n'y ait pas été étrenné, seul cet être vraiment inimaginable ignorerait que la femme plongée dans l'affliction est la veuve d'un charpentier nommé Joseph et la mère de nombreux fils et filles, même si en raison des impératifs du destin ou de celui qui le gouverne, seul l'un d'eux est devenu prospère, assez peu de son vivant, mais considérablement après sa mort. Inclinée vers la gauche, Marie, mère de Jésus, celui-là même dont nous venons de parler, appuie l'avant-bras sur la cuisse d'une autre femme, elle aussi agenouillée, elle aussi nommée Marie, et bien que l'on ne puisse voir ni imaginer son décolleté, c'est peut-être elle, finalement, la vraie Madeleine. Comme la première de cette trinité de femmes, ses longs cheveux épars retombent dans son dos mais ils ont l'air d'être blonds, à moins que la différence du trait ne soit pur hasard, il est ici plus léger et laisse des intervalles vides dans le sens des mèches, ce qui semble avoir permis au graveur d'éclaircir la nuance générale de la chevelure représentée. Nous ne prétendons pas affirmer par là que Marie-Madeleine ait été effectivement blonde, nous nous rallions juste au courant d'opinion majoritaire qui persiste à voir dans les blondes, qu'elles soient l'œuvre de la nature ou de la teinture, les instruments les plus efficaces du péché et de la perdition. Ayant été comme on le sait une pécheresse endurcie, la plus perdue d'entre les perdues, Marie-Madeleine devait aussi être blonde pour ne pas démentir les convictions, acquises à bon ou à mauvais escient, de la moitié du genre humain. Toutefois, ce n'est pas parce que cette troisième Marie semble avoir le teint et les cheveux plus clairs que nous insinuons et suggérons, contrairement aux preuves dévastatrices d'un décolleté profond et d'un sein qui s'exhibe, que c'est elle la Madeleine. Une autre preuve, irréfutable celle-ci, qui fortifie et confirme l'identification, est que la femme en question, bien qu'elle soutienne légèrement et d'une main distraite la mère exténuée de Jésus, lève le regard vers le ciel et ce regard plein d'un amour authentique et impétueux s'élance avec une telle force qu'il semble entraîner avec lui tout le corps, tout l'être charnel, comme une auréole rayonnante capable de faire pâlir le halo qui se forme déjà autour de sa tête et qui comprime ses pensées et ses émotions. Seule une femme ayant aimé autant que nous imaginons que Marie-Madeleine a aimé pourrait avoir ce regard, ce qui prouve de façon concluante que c'est elle Marie-Madeleine, elle seule et pas une autre, et surtout pas la femme à ses côtés, la quatrième Marie, laquelle, debout, mains à demi levées en un geste de piété, mais le regard vague, tient compagnie de ce côté-ci de la gravure à un homme jeune, presque un adolescent encore, qui fléchit de façon maniérée la jambe gauche à la hauteur du genou, tandis que sa main droite ouverte désigne dans une attitude affectée et théâtrale le groupe de femmes appelées à représenter l'action dramatique au sol. Ce personnage jeune, à la chevelure bouclée et à la lèvre tremblante, c'est Jean. Comme Joseph d'Arimathée, il cache aussi de son corps le pied de cet autre arbre où, tout en haut, au lieu de nids, se dresse dans l'air un deuxième homme nu, attaché et cloué comme le premier, mais celui-ci a les cheveux plats, il laisse pendre sa tête pour regarder le sol, si tant est qu'il le puisse encore, et son visage maigre et hâve fait pitié, contrairement au larron de l'autre côté qui même dans les affres de la fin, dans les tourments de l'agonie, a encore le courage de nous présenter un visage que nous imaginons facilement rubicond malgré l'absence de couleurs ici, car la vie lui souriait du temps où il était voleur. Maigre, le cheveu plat, la tête retombant vers la terre qui l'engloutira, deux fois condamné, à la mort et à l'enfer, cette misérable dépouille ne peut être que le Mauvais Larron, finalement un homme très droit, qui a eu suffisamment de conscience pour ne pas feindre de croire, sous le couvert des lois divines et humaines, qu'une minute de repentir suffit pour racheter une vie entière vouée au mal ou même une seule heure de faiblesse. Au-dessus de lui, pleurant aussi et clamant comme le soleil qui se trouve en vis-à-vis, nous voyons la lune sous les espèces d'une femme, avec un anneau incongru à l'oreille, licence qu'aucun artiste ou poète ne se serait permis avant et certainement pas après, en dépit de l'exemple. Ce soleil et cette lune éclairent la terre de façon égale, mais la lumière environnante est circulaire, sans ombres, ce qui explique qu'on puisse voir si nettement ce qui est à l'horizon dans le fond, des tours et des murailles, un pont-levis au-dessus d'une douve où brille l'eau, des pignons gothiques, et par-derrière, au sommet d'une ultime colline, les ailes immobiles d'un moulin. Plus près, à cause de l'illusion de la perspective, quatre cavaliers avec heaumes, lances et armures font caracoler leurs montures en des figures de haute école, mais leurs gestes suggèrent qu'ils sont arrivés au bout de leur démonstration, ils saluent pour ainsi dire un public invisible. La même impression de fin de fête est donnée par ce soldat d'infanterie qui fait un pas pour se retirer, tenant dans sa main droite ce qui à cette distance semble être un linge mais pourrait aussi bien être un manteau ou une tunique, cependant que deux autres militaires donnent des signes d'irritation ou de dépit, comme s'ils avaient joué et perdu, pour autant qu'il soit possible de déchiffrer d'aussi loin un sentiment quelconque sur les visages minuscules. Au-dessus de ces vulgarités de milice et de ville fortifiée planent quatre anges, deux représentés en pied, qui pleurent et protestent et se lamentent, à l'exception d'un seul, au profil grave, occupé à recueillir dans une coupe, jusqu'à la dernière goutte, le flot de sang qui jaillit du flanc droit du Crucifié. Dans ce lieu que l'on nomme Golgotha, nombreux sont ceux qui eurent le même destin fatal et nombreux seront ceux qui connaîtront une identique destinée, mais cet homme nu, cloué par les pieds et par les mains sur une croix, fils de Joseph et de Marie, portant le nom de Jésus, est le seul à qui l'avenir concédera l'honneur de la majuscule initiale, les autres ne seront jamais que des crucifiés mineurs. C'est lui finalement que Joseph d'Arimathée et Marie-Madeleine sont seuls à regarder, c'est lui qui fait pleurer le soleil et la lune et qui il y a un instant a loué le Bon Larron et dédaigné le Mauvais, pour n'avoir pas compris qu'il n'y a aucune différence entre l'un et l'autre, ou si différence il y a, ce n'est pas celle-là, car le Bien et le Mal n'existent pas en soi, chacun n'est que l'absence de l'autre. Il a au-dessus de la tête, resplendissante de mille rayons, plus que le soleil et la lune ensemble, un écriteau rédigé en lettres romaines qui le proclame Roi des Juifs, et la ceignant, une douloureuse couronne d'épines, comme celle que portent à leur insu, peut-être parce que le sang ne coule pas de leur corps, les hommes à qui il n'est pas permis d'être rois. Jésus ne dispose pas d'un appui pour ses pieds comme les larrons, tout le poids de son corps serait suspendu à ses mains clouées s'il n'avait encore un reste de vie, suffisante pour le maintenir droit sur ses genoux raidis mais qui s'épuisera bientôt, le sang continuant à jaillir de la blessure à son flanc, ainsi qu'il fut dit. Entre les deux cales qui maintiennent la croix d'aplomb, introduites comme elle dans une fente obscure du sol, blessure de la terre tout aussi incurable qu'une sépulture humaine, se trouve un crâne, et aussi un tibia et une omoplate, mais c'est le crâne qui nous importe car c'est ce que Golgotha signifie, crâne, les deux mots n'ont pas l'air identiques, pourtant la différence nous semblerait plus grande encore si au lieu d'écrire crâne et Golgotha nous écrivions golgotha et Crâne. On ne sait pas qui a placé là ces restes ni à quelle fin, ni s'ils sont simplement un avertissement ironique et macabre aux malheureux suppliciés à propos de leur état futur, avant de devenir terre, poussière, néant. Mais d'aucuns affirment que c'est le crâne d'Adam lui-même, remonté de la noirceur profonde d'archaïques couches géologiques, et parce qu'il ne peut plus y retourner, condamné désormais à avoir éternellement sous les yeux la terre, son unique paradis possible et à tout jamais perdu. Derrière, dans le champ où les cavaliers exécutent une ultime volte, un homme s'éloigne, la tête encore tournée de notre côté. Dans la main gauche il tient un seau et dans la droite un roseau. A l'extrémité du roseau il doit y avoir une éponge, c'est difficile à voir d'ici, et le seau, nous serions prêts à parier, contient de l'eau mêlée de vinaigre. Cet homme, un jour, et ensuite pour toujours, sera victime d'une calomnie selon laquelle, par malice ou dérision, il aurait donné du vinaigre à Jésus quand celui-ci demandait de l'eau, alors qu'à la vérité il lui a donné un peu du mélange qu'il porte, vinaigre et eau, rafraîchissement souverain pour étancher la soif, ainsi qu'on le savait et qu'on le pratiquait en ce temps-là. Il s'en va, il ne reste pas jusqu'à la fin, il a fait ce qu'il a pu pour soulager le dessèchement mortel des trois condamnés et il n'a pas fait de différence entre Jésus et les Larrons, pour la simple raison que toutes ces choses sont choses de la terre, qu'elles restent sur la terre et qu'elles servent à façonner la seule histoire possible.

La nuit sera encore longue. La lampe à huile suspendue à un clou à côté de la porte est allumée, mais la flamme, petite amande lumineuse et flottante, parvient à peine à endiguer, tremblante, instable, la masse obscure qui la cerne et emplit de haut en bas la maison jusqu'en ses ultimes recoins, là où les ténèbres semblent s'être solidifiées tant elles sont épaisses. Joseph s'est réveillé en sursaut, comme si quelqu'un brusquement l'avait secoué par l'épaule, mais ce devait être l'illusion d'un rêve bientôt dissipé, car il vit seul dans cette maison avec sa femme, qui n'a pas bougé et qui dort. Il n'a pas l'habitude de se réveiller ainsi au milieu de la nuit, en général il ne s'éveille pas avant qu'une large fente dans la porte ne commence à émerger de l'obscurité, grise et froide. Il s'était dit bien souvent qu'il devrait la boucher, rien de plus facile pour un charpentier que d'ajuster et de clouer une simple latte de bois qui lui resterait d'un ouvrage, mais il s'était tellement habitué à trouver devant lui, dès qu'il ouvrait les yeux, cette barre verticale de lumière, annonciatrice du jour, qu'il avait fini par imaginer, sans avoir conscience de l'absurdité de cette idée, que si elle venait à être absente, il ne serait peut-être plus capable de sortir des ténèbres du sommeil, celles de son corps et celles du monde. La fente dans la porte faisait partie de la maison, comme les murs ou le toit, comme le four ou le sol en terre battue. A voix basse, pour ne pas réveiller sa femme qui continuait à dormir, il prononça la première bénédiction du jour, celle qui doit toujours être dite quand on revient du pays mystérieux du sommeil, Je te rends grâce, Seigneur, notre Dieu, roi de l'univers, qui par le pouvoir de ta miséricorde me restitue ainsi, vivante et constante, mon âme. Peut-être parce que ses cinq sens n'étaient pas tous réveillés, dans la mesure où à l'époque dont nous parlons les gens n'étaient pas encore en train de s'initier à certains sens ou au contraire d'en perdre d'autres qui nous seraient utiles aujourd'hui, Joseph se voyait comme s'il surveillait à distance la lente réoccupation de son corps par une âme qui revenait peu à peu, tels des filets d'eau avançant sinueusement le long d'une rigole d'arrosage et pénétrant la terre jusqu'aux racines les plus profondes, transportant ensuite la sève à l'intérieur des tiges et des feuilles. Voyant combien ce retour était laborieux et regardant sa femme à son côté, il fut troublé par la pensée qu'ainsi endormie elle était véritablement un corps sans âme, car l'âme n'est pas présente dans un corps qui dort, ou alors cela n'aurait pas de sens de remercier Dieu tous les jours de nous la restituer quand nous nous réveillons, et sur ces entrefaites une voix à l'intérieur de lui demanda, Qu'est-ce qui en nous rêve ce que nous rêvons, Peut-être les rêves sont-ils les souvenirs que l'âme a du corps, pensa-t-il ensuite et c'était une réponse. Marie remua, peut-être son âme était-elle proche, déjà dans la maison, mais pour finir elle ne se réveilla pas, elle se débattait juste dans les labeurs du rêve et, ayant poussé un profond soupir hoquetant comme un sanglot, elle se rapprocha de son mari en un mouvement onduleux encore qu'inconscient, auquel, éveillée, elle ne se serait jamais hasardée, Joseph tira le drap grossier et rugueux sur ses épaules et se pelotonna plus commodément sur la natte, sans s'éloigner. Il sentit la chaleur de sa femme, chargée d'odeurs comme une huche fermée où l'on aurait mis des herbes à sécher, pénétrer peu à peu l'étoffe de sa tunique, se mêlant à la chaleur de son propre corps. Puis, laissant lentement tomber ses paupières sans plus penser à rien, se désintéressant de son âme, il s'abandonna au sommeil qui revenait.

Il se réveilla seulement lorsque le coq chanta. La fente dans la porte laissait passer une couleur grisâtre et imprécise, d'aquarelle sale. Le temps, faisant preuve de patience, s'était contenté d'attendre que les forces de la nuit se lassent et il préparait maintenant la campagne à la venue du matin, comme hier et comme toujours, en vérité nous ne sommes pas en ces jours fabuleux où le soleil, auquel nous devions déjà tant, porta sa bienveillance jusqu'à arrêter sa course au-dessus de Gabaon, laissant ainsi à Josué le temps de vaincre à loisir les cinq rois qui encerclaient sa ville. Joseph s'assit sur la natte, écarta le drap et à cet instant le coq chanta pour la deuxième fois, lui rappelant qu'il était en retard d'une bénédiction, celle qui est due à la part des mérites qui échurent au coq lors de la distribution que le Créateur en fit à ses créatures, Loué sois-tu, Seigneur, notre Dieu, roi de l'univers, qui donnas au coq l'intelligence de distinguer le jour de la nuit, dit Joseph, et le coq chanta une troisième fois. Habituellement, au premier signe de ce genre d'aubade, les coqs du voisinage se répondaient les uns aux autres, mais aujourd'hui ils gardèrent le silence, comme si pour eux la nuit n'avait pas encore pris fin ou qu'elle avait à peine commencé. Perplexe, Joseph regarda la silhouette de sa femme, s'étonnant de son sommeil pesant, elle que le bruit le plus léger réveillait, comme un oiseau. C'était comme si une force extérieure, descendant ou planant au-dessus de Marie, plaquait son corps contre le sol, mais pas au point toutefois de l'immobiliser complètement, car en dépit de la pénombre on remarquait qu'elle était parcourue de frissons soudains, comme l'eau d'une citerne effleurée par le vent.

Elle est malade, pensa-t-il, mais voici qu'un signal urgent le détourna de cette préoccupation naissante, un besoin impérieux d'uriner, lui aussi très inhabituel, car chez lui ces exigences se manifestaient ordinairement plus tard, et jamais aussi vivement. Il se leva précautionneusement, pour éviter que sa femme ne se rende compte de ce qu'il allait faire, car il est écrit qu'il faut à tout prix préserver le respect dû à l'homme, sauf quand c'est absolument impossible, et ayant ouvert doucement la porte qui grinçait, il sortit dans la cour. C'était l'heure où le crépuscule du matin couvre de cendre les couleurs du monde. Il se dirigea vers une remise basse qui était la baraque de l'âne et il s'y soulagea, écoutant avec une satisfaction à demi consciente le bruit dru du jet d'urine sur la paille qui recouvrait le sol. L'âne tourna la tête, faisant briller dans l'obscurité ses yeux saillants, puis il secoua vigoureusement ses oreilles velues et replongea ses naseaux dans la mangeoire, tâtant de ses grosses lèvres sensibles les restes de sa ration. Joseph s'approcha du broc des ablutions, l'inclina, fit couler l'eau sur ses mains, puis, les essuyant sur sa tunique, il loua Dieu pour avoir, dans sa sagesse infinie, formé et créé chez l'homme les orifices et les réceptacles nécessaires à la vie, car si l'un d'entre eux se fermait ou s'ouvrait indûment, ce serait la mort certaine. Joseph regarda le ciel et il s'étonna en son cœur. Le soleil tarde à paraître, dans tout le champ de l'espace céleste il n'y a pas le moindre signe, même délavé, des tons rougeoyants de l'aurore, pas même une subtile touche rosée ou de cerise pas mûre, rien, sinon, d'un horizon à l'autre, dans la mesure où les murs de la cour lui permettaient de voir sur toute l'étendue d'un immense plafond de nuages bas comme de petits écheveaux aplatis, tous pareils, une teinte violette unique qui, vibrant déjà et s'illuminant du côté où le soleil doit surgir, s'obscurcit progressivement jusqu'à se confondre avec ce qui là-bas subsiste encore de la nuit. De sa vie, jamais Joseph n'avait vu ciel semblable, encore que dans les longues conversations des hommes âgés les histoires de phéno- mènes atmosphériques prodigieux ne fussent pas rares, constituant tous une preuve du pouvoir de Dieu, arcs- en-ciel qui emplissaient la moitié de la voûte céleste, échelles vertigineuses qui un jour relièrent le firmament à la terre, pluies providentielles de manne céleste, mais jamais cette couleur mystérieuse qui pouvait aussi bien être primordiale que dernière, flottant et s'attardant au- dessus du monde, toit fait de milliers de petits nuages qui se touchaient presque, éparpillés dans toutes les directions comme pierres dans le désert. Son cœur se remplit de crainte, il s'imagina que la fin du monde était venue, et lui était là, le seul témoin de la condamnation finale de Dieu, oui, le seul, un silence absolu règne sur la terre comme dans le ciel, on n'entend aucun bruit dans les maisons voisines, pas une voix, pas un pleur d'enfant, pas une prière ni une imprécation, pas un souffle de vent, pas un bêlement de chèvre, pas un aboiement de chien, Pourquoi les coqs ne chantent-ils pas, murmura-t-il et il répéta la question, anxieusement, comme si du chant des coqs pouvait venir le dernier espoir de salut. Alors le ciel commença à changer. Peu à peu, presque impercep- tiblement, le violet se teignait et se laissait imprégner de rose pâle sur la face interne du toit de nuages, rougissant ensuite jusqu'à disparaître, le violet avait été présent et il avait cessé de l'être, subitement l'espace explosa en un vent lumineux, il se multiplia en lances d'or, blessant et transperçant les nuages qui, sans que l'on sût pourquoi ni quand, avaient grossi, étaient devenus formidables, gigantesques embarcations arborant des voiles incandes- centes et voguant dans un ciel enfin dégagé. L'âme de Joseph, désormais délivrée de ses craintes, se sentit sou- lagée, ses yeux se dilatèrent d'étonnement et de révé- rence, les circonstances n'exigeaient pas moins, d'autant plus qu'il était l'unique spectateur, sa bouche proféra d'une voix forte les louanges dues au créateur des œuvres de la nature, quand l'éternelle majesté des cieux, devenue pure expression de l'ineffable, ne peut attendre de l'homme que les mots les plus simples, Loué sois-tu, Seigneur, pour ceci, pour cela et pour cela encore. Il prononça ces paroles et aussitôt la rumeur de la vie, comme convoquée par sa voix, ou comme si elle entrait soudain par une porte que quelqu'un avait ouverte toute grande sans beaucoup réfléchir aux conséquences, occupa l'espace qui avait appartenu précédemment au silence, lui cédant juste de petits territoires occasionnels, des surfaces infimes, comme ces mares exiguës que des forêts murmurantes entourent et cachent. Le matin naissait, s'étendait, et en vérité c'était une vision d'une beauté presque insoutenable, deux mains immenses lâchant dans les airs un scintillant et gigantesque oiseau de paradis pour qu'il y prenne son essor, déployant en un radieux éventail la roue du paon ocellée de mille yeux, faisant chanter tout près, simplement, un oiseau sans nom. Un souffle de vent né sur place frappa Joseph au visage, agita les poils de sa barbe, secoua sa tunique, puis virevolta autour de lui comme un tourbillon traversant le désert, ou alors ce qui lui semblait être le vent n'était rien d'autre que l'étourdissement causé par une subite turbulence de son sang, un frisson sinueux qui lui parcourait le dos comme un doigt de feu, signe d'une urgence différente, plus insistante.

Comme s'il se mouvait à l'intérieur de la colonne d'air tourbillonnante, Joseph entra dans la maison, ferma la porte derrière lui et y resta adossé une minute, en attendant que ses yeux s'habituent à la pénombre. A côté de lui, la lampe brillait faiblement, presque sans irradier de lumière, inutile. Marie, couchée sur le dos, était réveillée et attentive, elle regardait fixement un point devant elle et semblait attendre. Sans dire un mot, Joseph s'approcha et retira lentement le drap qui la couvrait. Elle détourna le regard, releva un peu le bord inférieur de sa tunique mais elle l'avait à peine retroussée à hauteur du ventre que déjà il se penchait et faisait de même avec sa propre tunique, entre-temps Marie avait écarté les jambes ou alors elle les avait écartées pendant le rêve et était restée ainsi, soit par une indolence matinale inhabituelle, soit à cause d'un pressentiment de femme mariée qui connaît ses devoirs. Dieu, qui est partout, était là, mais étant ce qu'il est, un pur esprit, il ne pouvait pas voir la peau de l'un toucher la peau de l'autre, la chair de l'homme pénétrer la chair de la femme, toutes deux créées à cette fin, et probablement n'était-il déjà plus là quand la semence sacrée de Joseph se répandit dans l'intérieur sacré de Marie, sacrés tous deux car ils étaient la source et la coupe de la vie, en vérité il est des choses que Dieu lui-même ne comprend pas, bien qu'il les ait créées. Étant donc sorti dans la cour, Dieu ne put entendre le bruit d'agonie, semblable à un râle, qui sortit de la bouche du mâle à l'instant de la crise et encore moins le très léger gémissement que la femme fut incapable de réprimer. Durant une minute à peine, ou peut-être même moins, Joseph reposa sur le corps de Marie. Pendant qu'elle rajustait sa tunique et se couvrait avec le drap, se cachant ensuite le visage de son avant-bras, lui, debout au milieu de la maison, les mains levées, regardant le toit, prononça cette bénédiction terrible entre toutes, réservée aux hommes, Loué sois-tu, Seigneur, notre Dieu, roi de l'univers, pour ne pas m'avoir fait femme. Or en cet instant, Dieu ne devait même plus être dans la cour, car les murs de la maison ne tremblèrent point, ils ne s'écroulèrent pas et la terre ne s'ouvrit pas. Simplement, pour la première fois, on entendit Marie dire d'un ton humble, dont on espère que jamais femme ne se départira, Loué sois-tu, Seigneur, qui m'as faite selon ta volonté, or, entre ces paroles-ci et les autres, célèbres et acclamées, il n'y a aucune différence, qu'on le note bien,

27

Voici l'esclave du Seigneur, qu'il soit fait en moi selon ta parole, il est évident que celle qui a dit cela aurait aussi bien pu avoir prononcé ces autres paroles. Après quoi la femme du charpentier Joseph se leva de sa natte, l'enroula avec celle de son mari et plia le drap commun.

Joseph et Marie vivaient dans un village appelé Nazareth, terre ingrate et peu peuplée, en Galilée, dans une maison semblable à toutes ou presque, un cube tordu fait de briques et de boue, pauvre parmi les pauvres. Aucune invention de l'art architectonique, seule la banalité uniforme d'un modèle inlassablement répété. Dans le but d'épargner un peu sur les matériaux, elle avait été construite à flanc de colline, appuyée à la déclivité, excavée à l'intérieur, constituant de la sorte un mur complet, celui du fond, avec l'avantage supplémentaire de faciliter l'accès à la terrasse formée par le toit. Nous savons déjà que Joseph est charpentier de métier, passablement habile dans son art, quoique sans talent pour les finitions quand on lui commande un ouvrage plus élaboré. Ces déficiences ne devraient pas scandaliser les impatients, car le temps et l'expérience, tous deux indolents, ne sont pas encore suffisants pour accroître, au point qu'on le remarquerait dans le travail de tous les jours, le savoir professionnel et la sensibilité esthétique d'un homme qui n'a guère plus de vingt ans et qui vit sur une terre où les ressources sont maigres et les besoins plus réduits encore. Néanmoins, comme il ne faut pas mesurer les mérites d'un homme uniquement à l'aune de ses compétences professionnelles, il convient de dire que malgré son jeune âge, ce Joseph est un des hommes les plus pieux et les plus justes qui se puissent trouver à Nazareth, exact à la synagogue, ponctuel dans l'accomplissement de ses devoirs, et bien que n'ayant pas eu la chance d'avoir été doté par Dieu d'une faconde le distinguant du commun des mortels, il sait raisonner avec justesse et faire des commentaires à propos, surtout s'il a l'occasion d'introduire dans son discours quelque image ou métaphore se rattachant à son métier, telle que, par exemple, le charpentage de l'univers. Toutefois, comme au départ le coup d'aile d'une imagination véritablement créatrice lui a fait défaut, jamais pendant sa brève vie il ne sera capable de produire une parabole mémorable, un adage méritant de rester gravé dans la mémoire des gens de Nazareth et d'être légué aux générations futures, et encore moins un de ces épilogues allant droit au but, dont la leçon exemplaire se comprend d'emblée à la transparence des mots, si limpide que par la suite elle fera fi de toute glose intempestive, ou, au contraire, suffisamment obscure, ou ambiguë, pour devenir demain le plat favori des érudits et autres spécialistes.

Quant aux dons de Marie, pour l'instant, il faudrait beaucoup chercher, et même ainsi nous ne trouverions guère plus que ce qu'il est légitime d'attendre de quelqu'un qui n'a pas encore seize ans et qui, bien que femme mariée, n'est encore qu'une frêle jeune fille, un tout petit sou de bonne femme, car en ce temps-là aussi, même si l'argent s'appelait autrement, ce genre de menue monnaie ne manquait pas. En dépit de son aspect fragile, Marie travaille comme les autres femmes, elle carde, file et tisse les vêtements de la maison, elle cuit tous les jours que Dieu fait le pain de la famille dans le four domestique, elle descend à la fontaine pour charrier l'eau, puis remonte la côte par des sentiers abrupts, une cruche pansue sur la tête, une jarre appuyée sur la hanche, puis, à la tombée du soir, elle va par les chemins et les plaines du Seigneur ramasser du bois et raser les chaumes, portant en outre un panier dans lequel elle recueillera la bouse sèche du bétail et aussi ces chardons et ces plantes épineuses qui abondent sur les collines pentues de Nazareth et qui sont parmi ce que Dieu a su inventer de mieux pour allumer un feu et tresser une couronne. Tout cet attirail réuni donnerait un chargement bien plus propre à être transporté à la maison à dos d'âne, n'était la circonstance déterminante que la bête était réservée au service de Joseph et au transport des madriers. Marie va pieds nus à la fontaine, elle va pieds nus aux champs, avec ses pauvres hardes qui se salissent et s'usent davantage au travail et qu'il faut sans cesse laver et ravauder, les étoffes neuves et les besognes plus nobles sont pour le mari, les femmes comme elle se contentent de peu. Marie va à la synagogue, elle entre par la porte latérale que la loi impose aux femmes et si, simple supposition, elle trouve là trente de ses compagnes ou même toute la gent féminine de la Galilée, elles devront malgré tout attendre l'arrivée d'au moins dix hommes pour que le service du culte, auquel elles participeront seulement en tant que spectatrices passives, puisse être célébré. Contrairement à Joseph, son mari, Marie n'est ni pieuse ni juste, pourtant ces souillures morales ne sont pas de sa faute, la faute en incombe à la langue qu'elle parle, ou plutôt aux hommes qui l'ont inventée, car dans cette langue les mots juste et pieux n'ont tout simplement pas de féminin.

Or il se trouva qu'un jour, quatre semaines ayant passé sur cette aurore inoubliable où les nuages du ciel étaient apparus extraordinairement teintés de violet, Joseph était à la maison, c'était l'heure où le soleil se couche, il mangeait son dîner assis par terre et en plongeant la main dans le plat comme c'était alors la coutume, Marie, debout, attendait qu'il eût fini pour manger à son tour, et tous deux étaient silencieux, l'un parce qu'il n'avait rien à dire, l'autre parce qu'elle ne savait comment dire ce qu'elle avait à l'esprit, il se trouva donc qu'un pauvre

31

mendiant vînt frapper au portail de la cour, ce qui, sans être une rareté absolue, était peu fréquent, étant donné la médiocrité du lieu et de la plupart de ses habitants, sans parler de la perspicacité et de l'expérience de la gent quémandeuse dès lors qu'il s'agit de faire des calculs de probabilités, en l'occurrence minimes. Pourtant, Marie versa dans une écuelle une bonne portion des lentilles à l'oignon haché et de la purée de pois chiches qui devaient constituer son dîner et elle alla la porter au mendiant qui s'assit par terre pour manger, à l'extérieur de la porte dont il n'avait pas franchi le seuil. Marie n'avait pas eu besoin de demander la permission à son mari de vive voix, lui-même le lui avait permis ou ordonné d'un signe de tête, car on sait que les paroles étaient superflues en ce temps-là où un simple geste suffisait pour tuer ou laisser vivre, tout comme dans les jeux du cirque le pouce des Césars pointait vers le bas ou vers le haut. Bien que différent, ce crépuscule aussi était une vraie beauté, avec ses mille lambeaux de nuage éparpillés dans l'immensité, roses, nacrés, saumon, cerise, ce sont là manières de parler terrestres pour que nous puissions nous entendre, car ces couleurs et toutes les autres n'ont pas, que nous sachions, de noms célestes. Le mendiant devait avoir une faim de trois jours, une faim vraiment authentique, pour avoir raclé et léché le plat en quelques minutes seulement, déjà le voilà qui frappe à la porte pour rendre l'écuelle et remercier de la charité. Marie vint ouvrir, le mendiant était là, debout, mais singulièrement grand, bien plus grand qu'il ne lui avait paru précédemment, ils ont raison finalement ceux qui disent qu'il y a une différence énorme entre manger et n'avoir pas mangé, car cet homme avait comme un visage resplendissant et des yeux étincelants, tandis que les vieilles hardes dont il était vêtu s'agitaient, secouées par un vent dont on ne savait d'où il venait, ce mouvement incessant nous brouillait la vue, si bien que soudain, les guenilles nous parurent être de fines et somptueuses étoffes, il faut avoir été présent pour le croire. Marie tendit les mains pour recevoir l'écuelle d'argile, laquelle, à la suite d'une illusion d'optique véritablement stupéfiante, peut-être engendrée par la lumière changeante du ciel, était comme transformée en un réceptacle de l'or le plus pur, et à l'instant même où l'écuelle passait de mains en mains le mendiant dit d'une voix puissante, car même dans sa voix le pauvre homme avait changé, Que le Seigneur te bénisse, femme, et te donne tous les fils qu'il plaira à ton mari de te donner, mais que ce même Seigneur ne permette pas que tu les voies comme tu me vois à présent, car je n'ai pas, ô vie mille fois douloureuse, où reposer ma tête. Marie tenait l'écuelle dans le creux de ses deux mains réunies, coupe à l'intérieur d'une coupe, comme si elle attendait que le mendiant y déposât quelque chose, ce qu'il fit sans donner d'explication, il se baissa jusqu'au sol et ramassa une poignée de terre, puis levant la main, il la laissa couler lentement entre ses doigts, tandis qu'il disait d'une voix sourde et retentissante, Que le limon retourne au limon, la poussière à la poussière, la terre à la terre, rien ne commence qui ne doive finir, tout ce qui commence naît de ce qui a pris fin. Marie se troubla et demanda, Qu'est-ce que cela veut dire, et le mendiant se borna à répondre, Femme, tu as un fils dans le ventre, tel est l'unique destin des hommes, commencer et finir, finir et commencer. Comment as-tu su que j'étais grosse, Le ventre ne s'est pas encore arrondi que déjà les fils brillent dans les yeux des mères, S'il en est ainsi, mon mari aurait dû voir dans mes yeux le fils qu'il a engendré en moi, Peut-être ne te regarde-t-il pas quand toi tu le regardes, Et toi, qui es-tu pour ne pas avoir eu besoin de l'entendre de ma bouche, Je suis un ange, mais ne le dis à personne.

Au même instant, les vêtements resplendissants redevinrent haillons, la figure de géant rapetissa et se racornit comme léchée par une langue de feu subite, et la prodigieuse transformation s'opéra, Dieu soit loué, à temps, suivie aussitôt d'une prudente retraite, car déjà Joseph s'approchait du portail, attiré par la rumeur des voix plus étouffées qu'il n'est normal pour une conversation licite, mais surtout par le retard exagéré de sa femme, Que te voulait encore le miséreux, demanda-t-il, et Marie, sans savoir par quels mots à elle répondre, ne put que dire, Qu'il retourne du limon au limon, de la poussière à la poussière, de la terre à la terre, rien ne commence qui ne finisse, rien ne finit qui ne commence, C'est cela qu'il t'a dit, Oui, et il a dit aussi que les fils des hommes brillent dans les yeux des femmes, Regarde-moi, Je te regarde, Il me semble voir un éclat dans tes yeux, telles furent les paroles de Joseph, et Marie répondit, Ce doit être ton fils. Le crépuscule était devenu bleuté, il se vêtait déjà de la première couleur de la nuit, on voyait maintenant de l'intérieur de l'écuelle irradier comme une lumière noire qui dessinait sur le visage de Marie des traits qui n'avaient jamais été les siens, ses yeux semblaient appartenir à quelqu'un de beaucoup plus âgé. Tu es grosse, demanda enfin Joseph, Oui, je le suis, répondit Marie, Pourquoi ne me l'as-tu pas dit plus tôt, J'allais te le dire aujourd'hui, j'attendais que tu finisses de manger, Et alors ce mendiant est arrivé, Oui, De quoi d'autre t'a-t-il donc parlé, il a eu le temps d'en dire plus, sûrement, Il a dit que le Seigneur m'accorde tous les fils que tu voudras, Qu'as-tu là dans l'écuelle pour qu'elle brille de cette façon, De la terre, L'humus est noir, l'argile verte, le sable blanc, des trois seul le sable brille quand il y a du soleil et maintenant il fait nuit, Je suis une femme, je ne sais pas expliquer, il a pris la terre sur le sol et l'a jetée dedans en disant, La terre à la terre, oui, voilà ce qu'il a dit.

Joseph alla ouvrir le portail et regarda d'un côté et de l'autre. Je ne le vois plus, il a disparu, dit-il, mais Marie s'éloignait tranquillement en direction de la maison, elle savait que le mendiant, s'il était réellement ce qu'il avait annoncé qu'il était, ne se laisserait voir que s'il le voulait bien. Elle posa l'écuelle sur le rebord du four, elle retira de l'âtre une braise avec laquelle elle alluma la lampe, soufflant dessus jusqu'à faire naître une petite flamme. Joseph entra avec un air interrogateur, un regard perplexe et méfiant qu'il essayait de déguiser en se déplaçant avec une lenteur et une solennité de patriarche qui ne lui seyaient pas, vu son jeune âge. Discrètement, comme si de rien n'était, il alla regarder l'écuelle, la terre lumineuse, affichant un scepticisme ironique, mais s'il prétendait se livrer à une démonstration de virilité, ce fut peine perdue car Marie avait les yeux baissés, elle était comme absente. Joseph remua la terre avec une brindille, intrigué de la voir s'assombrir quand il la brassait et retrouver ensuite son éclat. Par-dessus la lumière constante, comme amortie, serpentaient de rapides fulgurations. Je ne comprends pas, il y a sûrement un mystère là-dessous, ou alors il avait déjà la terre avec lui et tu as cru qu'il l'avait ramassée, ce sont des tromperies de magicien, personne n'a jamais vu la terre de Nazareth briller. Marie ne répondit pas, elle mangeait le peu qui lui était resté des lentilles à l'oignon et de la purée de pois chiches, les accompagnant d'un morceau de pain frotté d'huile. En le rompant elle avait dit, ainsi qu'il est écrit dans la loi, mais du ton modeste qui sied à la femme, Loué sois-tu, Adonaï, notre Dieu, roi de l'univers, qui fais sortir le pain de la terre. Silencieuse, elle mangeait, tandis que Joseph, laissant courir ses pensées comme s'il commentait dans la synagogue un verset de la Torah ou la parole des prophètes, reconsidérait la phrase qu'il venait d'entendre de sa femme, celle qu'il avait récitée lui-même dans le même acte de rompre le pain, et il essayait d'imaginer le genre d'orge qui naîtrait et fructifierait d'une terre qui brillait, le genre de pain qu'elle donnerait, la lumière que nous aurions à l'intérieur de nous si nous en faisions notre nourriture. Tu es sûre que le mendiant a ramassé la terre, demanda-t-il de nouveau, et Marie répondit, Oui, j'en suis sûre, Et elle ne brillait pas avant, Sur le sol elle ne brillait pas. Tant de fermeté devrait ébranler l'attitude de méfiance systématique qui doit être celle de tout homme confronté aux dires et aux actes des femmes en général et de la sienne en particulier, mais pour Joseph, comme pour tout homme de ce temps et de ces lieux, c'était une doctrine fort pertinente que celle qui définissait le plus sage des hommes comme étant celui qui savait le mieux se garder des ruses et des rouerie féminines. Leur parler peu et encore moins les écouter, telle est la devise de l'homme prudent qui n'a pas oublié les conseils du rabbin Josephat ben Yohanan, paroles sages entre toutes, A l'heure de sa mort l'homme devra rendre compte de chaque conversation inutile qu'il aura eue avec sa femme. Joseph se demanda si cette conversation avec Marie pourrait rentrer dans le nombre des conversations utiles et, ayant conclu par l'affirmative en raison de la singularité de l'événement, il se jura toutefois de ne jamais oublier les saintes paroles de son homonyme le rabbin, il faut dire que Josephat est le même nom que Joseph, pour ne pas avoir de remords tardifs à l'heure de sa mort, Dieu fasse qu'elle soit paisible. Puis, s'étant demandé s'il devrait porter à la connaissance des anciens de la synagogue le cas suspect du mendiant inconnu et de la terre lumineuse, il conclut qu'il devait le faire, pour la tranquillité de sa conscience et pour la sauvegarde de la paix du foyer.

Marie acheva de manger. Elle emporta les écuelles à l'extérieur pour les laver, mais pas, inutile de le dire, celle qui avait servi au mendiant. Dans la maison il y avait maintenant deux lumières, celle de la lampe, luttant péniblement contre la nuit qui s'était installée d'un seul coup, et cette aura luminescente, vibratile mais constante, comme d'un soleil qui ne se déciderait pas à poindre. Assise par terre, Marie attendait encore que son mari lui adresse de nouveau la parole, mais Joseph n'a plus rien à lui dire, il est occupé à présent à composer mentalement les phrases du discours qu'il prononcera demain devant le conseil des anciens. Il est contrarié de ne pas savoir exactement ce qui s'est passé entre sa femme et le mendiant, ce qu'ils avaient bien pu se dire, mais il ne veut pas le lui demander une nouvelle fois car ne pouvant s'attendre à ce qu'elle ajoute quelque chose de neuf à ce qu'elle a déjà raconté, il devrait tenir pour véridique le récit deux fois fait, et si finalement elle ment, il ne pourra pas le savoir, mais elle, en revanche, saura qu'elle ment et qu'elle a menti, et elle se rira de lui sous cape, comme il y a de bonnes raisons de croire qu'Ève s'est ri d'Adam, de façon plus déguisée, il est vrai, puisque à l'époque elle n'avait pas encore de cape pour s'en recouvrir. Étant parvenue à ce point, la pensée de Joseph franchit l'inévitable étape suivante et il se représente maintenant le mystérieux mendiant sous les espèces d'un émissaire du Tentateur, lequel, les temps ayant beaucoup changé et les gens étant aujourd'hui plus avisés, n'était pas assez naïf pour renouveler l'offre d'un simple fruit naturel, il semble plutôt qu'il soit venu apporter la promesse d'une terre différente, lumineuse, ayant recours pour cela, comme d'habitude, à la crédulité et à la malice des femmes. Joseph a la tête en feu, mais il est content de lui et des conclusions auxquelles il est parvenu. De son côté, ne sachant rien des méandres de l'analyse démonologique dans laquelle l'esprit de son mari s'est enfoncé, ni des responsabilités qui lui sont imputées, Marie s'efforce de comprendre l'étrange sensation de manque qu'elle éprouve depuis qu'elle a annoncé sa grossesse à son mari. Non pas une absence intérieure, certes, car elle ne sait que trop bien qu'elle se trouve désormais pleine, au sens le plus exact du terme, mais plutôt une absence extérieure, comme si le monde soudain s'était effacé ou éloigné. Elle se souvient, mais c'est comme si elle se souvenait d'une autre vie, qu'après le dernier repas et avant d'étendre les nattes pour dormir, elle a toujours quelque ouvrage à finir, il lui sert à passer le temps, or maintenant elle se dit qu'elle ne devrait pas bouger de l'endroit où elle est, assise par terre, regardant la lumière qui la regarde par-dessus le rebord de l'écuelle et attendant que son enfant naisse. Précisons, par respect de la vérité, que sa pensée ne fut pas aussi claire, cette idée, finalement, a déjà été exprimée par d'autres, ou par la même personne, elle est comme un gros écheveau de fil enroulé sur lui-même, lâche en certains points, resserré en d'autres jusqu'à la suffocation et à l'étranglement, il est là, à l'intérieur de la tête, mais il est impossible d'en connaître toute l'extension, il faudrait le dérouler, l'étendre et finalement le mesurer, mais on a beau le tenter ou feindre de le tenter, on n'y parvient pas sans aide, semble-t-il, il faudra qu'un jour quelqu'un vienne dire à quel endroit il faut couper le cordon qui relie l'homme à son nombril, rattacher la pensée à sa cause.

Le lendemain matin, après une nuit agitée, où il s'était réveillé sans cesse sous l'empire d'un cauchemar dans lequel il se voyait tombant et retombant dans une immense écuelle inversée qui était comme le ciel étoilé, Joseph s'en fut à la synagogue demander conseil et remède aux anciens. Son histoire insolite était si extraordinaire, lui-même ne pouvait imaginer à quel point car, nous le savons, il lui manquait le meilleur de l'histoire, c'est-à-dire la connaissance de l'essentiel, que si les vétérans de Nazareth n'avaient pas eu de lui une excellente opinion, il aurait peut-être dû s'en revenir par le même chemin, penaud, les oreilles en feu, entendant comme un martèlement de bronze retentissant la sentence de l'Ecclésiastique par laquelle on l'aurait foudroyé, Qui croit à la légère a un cœur léger, et lui, le pauvre, armé de ce même Ecclésiastique, n'aurait pas eu la présence d'esprit de rétorquer à propos du rêve qui l'avait poursuivi toute la nuit, Le miroir et les songes sont semblables, ils sont comme l'image de l'homme devant lui-même. Une fois le récit terminé, les anciens se regardèrent les uns les autres, puis tous ensemble ils regardèrent Joseph, et le plus vieux d'entre eux dit, traduisant en une question directe le soupçon discret du conseil, Ce que tu viens de nous raconter, est-ce la vérité entière et seulement la vérité, et le charpentier répondit, C'est la vérité, toute la vérité et seulement la vérité, le Seigneur soit mon témoin. Les anciens débattirent longuement entre eux pendant que Joseph attendait à l'écart, ils l'appelèrent enfin pour lui annoncer qu'étant donné les divergences qui subsistaient sur les procédures les plus appropriées, ils avaient décidé d'envoyer trois émissaires interroger directement Marie à propos de ces étranges événements, vérifier qui était en définitive ce mendiant que personne d'autre n'avait aperçu, de quoi il avait l'air, les paroles exactes qu'il avait prononcées, s'il venait régulièrement à Nazareth demander l'aumône, recueillant au passage d'autres renseignements que les voisins pourraient fournir au sujet du mystérieux personnage. Joseph se réjouit en son cœur car, sans vouloir se l'avouer, il était intimidé par l'idée de devoir affronter seul sa femme à cause de son attitude à présent singulière, les yeux baissés, certes, comme l'exige la discrétion, mais aussi avec une expression provocatrice impossible à déguiser, l'expression de quelqu'un qui en sait plus qu'il n'a l'intention de le dire et qui souhaite qu'on le remarque. En vérité, en vérité je vous le dis, la malice des femmes est sans limites, surtout des plus innocentes.

Les émissaires sortirent donc, Joseph à leur tête pour leur indiquer le chemin, c'étaient Abiatar, Dotaim et Zaquias, noms que nous consignons ici pour déjouer tout soupçon d'une fraude historique qui pourrait éventuellement persister dans l'esprit des personnes qui auraient eu connaissance de ces faits et de leurs versions à travers d'autres sources, peut-être plus accréditées par la tradition mais pas plus authentiques. Une fois les noms énoncés, une fois prouvée l'existence effective des personnages qui les ont portés, les doutes qui subsistent perdent beaucoup de leur force, encore que pas leur légitimité. L'affaire n'étant pas ordinaire, les trois émissaires qui sortirent dans la rue étaient des anciens, ce que l'on découvrait à la dignité particulière de leur pas, à leur tunique et à leur barbe flottant au vent, et très vite autour d'eux s'assemblèrent plusieurs gamins qui, se livrant aux excès propres à leur âge, rires, cris, galopades, accompagnèrent les délégués de la synagogue jusqu'à la maison de Joseph, que ce cortège bruyant et dénonciateur contrariait beaucoup. Attirées par le bruit, les femmes des maisons proches apparurent sur le seuil des portes et, pressentant qu'il y avait du nouveau, elles ordonnèrent à leur progéniture d'aller voir quel était cet attroupement à la porte de leur voisine Marie. Ce fut peine perdue, car seuls les hommes entrèrent. La porte se referma avec autorité, aucune femme curieuse de Nazareth ne parvint à savoir ce qui s'était passé dans la maison du charpentier Joseph, et ce jusqu'à aujourd'hui. Et comme il leur fallait imaginer quelque chose pour alimenter leur curiosité insatisfaite, elles firent du mendiant qu'elles n'avaient jamais vu un voleur, grande injustice, car l'ange, mais ne dites à personne que c'en était un, n'avait pas volé ce qu'il avait mangé et de surcroît il avait laissé un gage surnaturel. Il se trouva que pendant que les deux anciens les plus chenus continuaient à interroger Marie, Zaquias, le moins âgé des trois, alla dans les alentours recueillir des informations sur un mendiant comme ci et comme ça, d'après le signalement donné par la femme du charpentier, mais aucune voisine ne put lui donner de renseignements, non, monsieur, hier aucun mendiant n'est passé par ici, et s'il est passé devant ma porte il n'y a pas frappé, ce devait être un voleur de passage qui, trouvant la maison habitée, a fait semblant d'être un pauvre mendiant et a décampé ailleurs, c'est un truc bien connu depuis que le monde est monde.

Zaquias revint chez Joseph sans nouvelles du mendiant au moment où Marie répétait pour la troisième ou quatrième fois ce que nous savons déjà. Ils étaient tous à l'intérieur de la maison, elle debout, telle l'accusée d'un crime, l'écuelle sur le sol et dedans, insistante, comme un cœur palpitant, la terre énigmatique, Joseph à côté d'elle et, en face, assis comme des juges, les anciens, et Dotaim, celui d'un âge intermédiaire, disait, Ce n'est pas que nous ne voulons pas croire ce que tu nous racontes, mais il se trouve que tu es la seule personne à avoir vu cet homme, s'il s'agit bien d'un homme, ton mari ne connaît rien d'autre de lui que sa voix, et maintenant voilà Zaquias qui vient nous dire qu'aucune de tes voisines ne l'a vu, Je serai témoin devant le Seigneur, il sait que la vérité parle par ma bouche, La vérité, oui, mais qui sait si c'est toute la vérité, Je boirai l'eau de l'épreuve du Seigneur et il montrera si je suis coupable, L'épreuve des eaux amères est pour les femmes soupçonnées d'infidélité, tu n'as pas pu être infidèle à ton mari, tu n'en as pas eu le temps, On dit que le mensonge est pareil à l'infidélité, Un mensonge différent, pas celui-ci, Ma bouche est aussi fidèle que je le suis. Alors Abiatar, le plus âgé des trois anciens, prit la parole et dit, Nous ne te questionnerons pas davantage, le Seigneur te paiera sept fois pour la vérité que tu auras dite ou il te fera payer sept fois pour le mensonge avec lequel tu nous auras trompé. Il se tut et continua à se taire, puis, s'adressant à Zaquias et à Dotaim, il dit, Que ferons-nous de cette terre qui brille, la prudence conseille qu'elle ne reste pas ici car il se peut que ce soit un artifice du démon. Dotaim dit, Qu'elle retourne à la terre d'où elle est venue, qu'elle redevienne obscure comme elle le fut naguère. Zaquias dit, Nous ne savons pas qui est le mendiant ni pourquoi il a voulu être vu de Marie seulement ni ce que signifie le fait qu'une poignée de terre brille au fond d'une écuelle. Dotaim dit, Emportons-la dans le désert et éparpillons-la là-bas, loin de la vue des hommes, pour que le vent la disperse dans l'immensité et que la pluie l'éteigne. Zaquias dit, Si cette terre est un bien, elle ne doit pas être emportée de là où elle est et si, au contraire, elle est un mal, qu'y soient assujettis seulement ceux qui furent choisis pour la recevoir. Abiatar demanda, Que proposes-tu, alors, et Zaquias répondit, Que l'on creuse un trou ici et que l'on y dépose l'écuelle au fond, recouverte, pour qu'elle ne se mêle pas à la terre naturelle, un bien, fût-il enterré, n'est pas perdu, et un mal aura moins de pouvoir loin de la vue. Abiatar dit, Qu'en penses-tu, Dotaim, et celui-ci répondit, Ce que propose Zaquias est juste, faisons comme il dit. Alors Abiatar dit à Marie, Retire-toi et laisse-nous faire, Où irai-je, demanda-t-elle, et Joseph, subitement inquiet, Si nous devons enterrer l'écuelle, que ce soit hors de la maison, je ne veux pas dormir avec une lumière ensevelie sous moi. Abiatar dit, Qu'il en soit fait comme tu dis, et à Marie, Tu resteras ici. Les hommes sortirent dans la cour, Zaquias portant l'écuelle. Peu de temps après on entendit des coups de bêche, répétés et secs, c'était Joseph qui creusait, et quelques minutes plus tard la voix d'Abiatar qui disait, Cela suffit, c'est assez profond. Marie épia par la fente dans la porte, elle vit son mari recouvrir l'écuelle avec un tesson de cruche incurvé, puis la descendre de toute la longueur de son bras à l'intérieur de la fosse, se lever enfin et, empoignant à nouveau la bêche, commencer à pousser la terre dedans, la tassant ensuite avec ses pieds.

Les hommes restèrent encore quelque temps dans la

cour, conversant et regardant la tache de terre fraîche comme s'ils venaient d'enfouir un trésor et qu'ils voulaient en fixer l'emplacement dans leur mémoire. Mais ce n'était sûrement pas de cela qu'ils parlaient car on entendit soudain, plus forte, la voix de Zaquias, sur un ton qui semblait de remontrance souriante, Ça alors, Joseph, tu fais un piètre charpentier, tu n'es même pas capable de fabriquer un lit, maintenant que ta femme est enceinte. Les autres rirent et Joseph avec eux, un peu par complaisance, comme quelqu'un pris en faute et qui veut avoir l'air de n'y être pour rien. Marie les vit se diriger vers le portail et sortir, et maintenant, assise sur le rebord du four, elle parcourait la maison des yeux, cherchant l'endroit où elle placerait le lit, si son mari se décidait à le fabriquer. Elle ne voulait pas penser à l'écuelle en argile ni à la terre lumineuse, elle ne voulait pas non plus se demander si le mendiant était réellement un ange ou un farceur venu s'amuser à ses dépens. Une femme, si on lui promet un lit pour sa maison, doit penser à l'endroit où il sera le mieux placé.

Ce fut lors du passage du mois de Tamuz au mois d'Av, quand on cueillait les raisins dans les vignobles et que les premières figues mûres commençaient à prendre des couleurs parmi les ombres vertes des rameaux âpres, que ces événements se produisirent, certains courants et habituels, comme le fait qu'un homme se soit approché charnellement de sa femme et qu'après un certain temps celle-ci lui dise, Je suis grosse de toi, d'autres en vérité extraordinaires, tel le fait que les prémices de l'annonce échoient à un mendiant de passage qui, selon les lois de la raison, n'avait rien à voir avec cette histoire, car il est tout juste l'auteur du prodige jusqu'à présent inexpliqué de la terre lumineuse, mise hors de portée et d'investigation par la méfiance de Joseph et la prudence des anciens. Les grandes chaleurs arriveront bientôt, les champs pelés ne sont plus que chaume et aridité, Nazareth est un village brun cerné de silence et de solitude pendant les heures suffocantes du jour, en attendant que vienne la nuit étoilée pour entendre la respiration du paysage caché par l'obscurité et la musique que produisent les sphères célestes en glissant les unes sur les autres. Après le souper, Joseph allait s'asseoir dans la cour, à droite de la porte, pour prendre l'air, il aimait à sentir sur son visage et dans sa barbe la première brise rafraîchissante du crépuscule. Quand il faisait complètement noir, Marie venait aussi et s'asseyait par terre comme son mari, mais de l'autre côté de la porte, et ils restaient là tous les deux, sans parler, écoutant les bruits dans la maison des voisins, la vie des familles, ce qu'ils n'étaient pas encore, car il leur manquait les enfants, Plaise au Seigneur que ce soit un garçon, pensait Joseph plusieurs fois par jour, et Marie pensait, Plaise au Seigneur que ce soit un garçon, mais ses raisons n'étaient pas les mêmes. Le ventre de Marie croissait sans hâte, plusieurs semaines et plusieurs mois s'écoulèrent avant qu'on ne remarque clairement son état et comme elle n'était pas femme à fréquenter assidûment ses voisines, tant elle était modeste et discrète, la surprise fut générale dans les alentours, c'était comme si elle était apparue enceinte du jour au lendemain. Peut-être le silence de Marie avait-il une autre raison, plus secrète, et c'était que jamais on ne puisse établir de lien, car il n'y en avait pas, entre sa grossesse et le passage du mendiant mystérieux, précaution qui devrait simplement nous paraître absurde, sachant comment les choses s'étaient passées, si à l'heure où le corps se laisse aller et où l'esprit vagabonde librement Marie n'en était venue à se demander, Mais pourquoi, Dieu du Ciel, atterrée aussitôt par le caractère insensé de son doute et ébranlée par un tressaillement intime, mais qui était donc, réellement et véritablement, le père de l'enfant qui se formait à l'intérieur d'elle. On sait que les femmes, lorsqu'elles sont en état de grossesse, sont sujettes à des envies et à des fantaisies, parfois bien pires que celle-ci, que nous garderons secrète afin que la bonne réputation de la future mère ne s'en trouve pas entachée.

Le temps passa, un lent mois succédant à l'autre, celui d'Elul, ardent comme une fournaise, le vent des déserts du sud balayant et embrasant l'air, époque où les dattes et les figues se transforment en gouttes de miel, celui de Tishri, quand les premières pluies de l'automne ameublissent la terre et appellent les araires aux labours en vue des semailles, et ce fut le mois suivant, celui de Marshevan, temps de la récolte de l'olive, qu'enfin, les jours s'étant déjà refroidis, Joseph se décida à façonner un grabat rustique, car nous savons que pour fabriquer un lit digne de ce nom sa science ne suffisait pas, sur lequel Marie, après avoir tant attendu, put reposer son ventre lourd et incommode. Les derniers jours du mois de Quislau et durant presque tout le mois de Tavet les grandes pluies tombèrent et Joseph dut interrompre le travail dans la cour, profitant seulement des brèves éclaircies quand il s'agissait de pièces de grande taille, la plupart du temps il était dans la maison, se plaçant de façon à recevoir la clarté qui venait de la porte et, là, il râpait et limait les jougs qu'il avait dégrossis, couvrant le sol autour de lui de copeaux et de sciure que Marie venait ensuite balayer et jeter dans la cour.

Au mois de Shevat les amandiers fleurirent, et on entrait déjà dans le mois d'Adar, après les fêtes de Purim, quand apparurent à Nazareth des soldats romains, qui faisaient partie de ceux qui parcouraient alors la Galilée, allant de bourg en ville et de ville en bourg, d'autres se rendant dans les autres parties du royaume d'Hérode, pour faire savoir aux populations que sur ordre de César Auguste toutes les familles ayant leur domicile dans les provinces gouvernées par le consul Publius Sulpicius Quirinus avaient l'obligation de se faire recenser et que le recensement, destiné comme les autres à mettre à jour le cadastre des contribuables de Rome, aurait lieu sans exception dans les endroits d'où ces familles étaient originaires. La plupart des personnes qui s'étaient assemblées sur la place pour écouter l'annonce se préoccupaient peu de l'avis impérial dès lors qu'étant natives de Nazareth ou fixées là depuis des générations, elles seraient recensées sur place. Quelques-unes toutefois, qui étaient venues des différentes régions du royaume, de Gaulanitide ou de Samarie, de Judée, de Pérée ou d'Idumée, d'ici et de là, de près et de loin, commencèrent aussitôt à faire leurs comptes et à calculer le prix du voyage, murmurant tous contre les caprices et la cupidité de Rome et parlant des dommages qu'entraînerait le manque de bras, maintenant que le moment de faucher le lin et l'orge était venu. Et ceux qui avaient une famille nombreuse, avec des enfants en bas âge ou des parents et des grands-parents d'un âge caduc, et qui ne possédaient pas de moyens de transport suffisants, se demandaient déjà à qui ils pourraient emprunter ou louer pour un juste prix l'âne ou les ânes nécessaires, surtout si le voyage devait être long et pénible, avec assez de vivres pour le chemin, des outres d'eau s'il fallait traverser le désert, des nattes et des couvertures pour dormir, des récipients pour la nourriture, quelque protection supplémentaire, car les pluies et le froid n'avaient pas encore complètement disparu et il faudrait parfois dormir à la belle étoile.

Joseph fut informé de l'édit plus tard, une fois les soldats partis porter la bonne nouvelle dans d'autres parages, par un voisin de la maison à côté, nommé Ananias, qui vint, tout agité, lui apporter l'information. Il était de ceux qui n'avaient pas à quitter Nazareth pour se faire recenser, il l'avait échappé belle, et comme à cause des cueillettes il avait décidé de ne pas aller cette année à Jérusalem pour la célébration de la Pâque, il s'était débarrassé de l'obligation d'un voyage et n'était pas obligé de faire l'autre. Ananias s'en vient donc informer son voisin, comme il est de son devoir, et il est content, même s'il semble qu'il exagère un peu les manifestations de ce sentiment sur son visage, Dieu veuille qu'il ne soit pas porteur d'une nouvelle désagréable, car même les meilleures personnes sont sujettes aux pires contradictions et nous ne connaissons pas assez cet Ananias pour savoir si dans son cas il s'agit de la récurrence d'un comportement habituel ou si c'est l'effet de la tentation maligne d'un ange de Satan qui n'aurait rien de plus important à faire en cet instant. Ananias vint donc frapper au portail et il appela Joseph qui tout d'abord ne l'entendit pas parce qu'il maniait bruyamment marteau et clous. Marie, elle, avait l'ouïe plus fine, mais c'était son mari qu'on réclamait, elle n'allait pas le tirer par la manche de sa tunique et lui dire, Tu es sourd, tu n'entends donc pas qu'on t'appelle. Ananias cria plus fort, alors le martèlement s'interrompit et Joseph vint voir ce que son voisin lui voulait. Ananias entra, et ayant expédié les salutations, il demanda du ton de quelqu'un qui souhaite en avoir le cœur net, D'où es-tu, Joseph, et Joseph répondit, sans bien savoir ce qu'on lui voulait, Je suis de Bethléem en Judée, Qui est près de Jérusalem, Oui, très près, Et tu vas à Jérusalem célébrer la Pâque, n'est-ce pas, demanda Ananias, et Joseph répondit, Non, cette année j'ai décidé de ne pas y aller, car ma femme est près de ses couches, Ah, Et toi, pourquoi veux-tu le savoir. Alors Ananias leva les bras au ciel, tout en affichant un air de regret inconsolable, Hélas, pauvre de toi, que d'ennuis t'attendent, quelle fatigue, quel éreintement immérité, tu es requis par les devoirs de ton métier et maintenant tu vas devoir tout planter là pour te mettre en route et aller bien loin, loué soit le Seigneur qui juge tout et remédie à tout. Joseph ne voulut pas être en reste dans les démonstrations de piété et dit, sans s'enquérir encore des causes des lamentations de son voisin, Si le Seigneur le veut, il m'apportera un remède à moi aussi, et Ananias, sans baisser la voix, Oui, au Seigneur rien n'est impossible, il connaît tout et il comprend tout, sur la terre comme aux cieux, loué soit-il pour toute l'éternité, mais dans ce cas-ci, qu'il me pardonne, je ne sais pas s'il pourra t'être d'aucun secours, car tu es entre les mains de César, Que veux-tu dire, Que des soldats romains sont venus ici dire que d'ici le dernier jour du mois de Nisan toutes les familles d'Israël devront aller se faire recenser dans leur village d'origine, et toi, pauvre malheureux, tu viens de si loin.

Or, avant que Joseph n'eût le temps de répondre, la femme d'Ananias entra dans la cour, elle se nommait Chua et, se dirigeant droit vers Marie qui attendait sur le seuil de la porte, elle se lamenta comme son mari, Ah, ma pauvre, ma pauvre, toi qui es si délicate, qu'adviendra-t-il de toi, si près d'accoucher, et tu devras aller je ne sais où, A Bethléem, en Judée, l'informa son mari, Hélas, hélas, que c'est loin, s'exclama Chua, et ce n'était pas une vaine exclamation car un jour qu'elle était allée en pèlerinage à Jérusalem elle était descendue jusqu'à Bethléem pour prier devant le tombeau de Rachel. Marie ne répondit pas, elle attendait que son mari parlât d'abord, mais Joseph était fâché, une nouvelle d'une pareille importance aurait dû être communiquée à sa femme par lui, de première main, en recourant aux mots appropriés et surtout au ton juste, pas de cette façon échevelée, ses voisins envahissant sa maison en poussant des cris. Pour déguiser sa contrariété il donna à son visage une expression de gravité modeste et dit, Il est vrai que Dieu ne souhaite pas toujours pouvoir ce que César peut, mais César ne peut rien là où Dieu est seul à pouvoir. Il fit une pause, comme s'il avait besoin de se pénétrer du sens profond des paroles qu'il venait de prononcer, et il ajouta, Je célébrerai la Pâque à la maison, comme je l'avais déjà décidé, et j'irai à Bethléem puisqu'il le faut, et si le Seigneur le permet nous serons de retour à temps pour que Marie accouche à la maison, mais si, en revanche, le Seigneur ne le veut pas, alors mon enfant naîtra sur la terre de ses ancêtres, S'il ne naît pas en chemin, murmura Chua, mais pas assez bas pour que Joseph ne l'entende pas, et il dit, Nombreux furent les enfants d'Israël qui naquirent en chemin, le mien sera un de plus. L'affirmation était de poids, irréfutable, et Ananias et sa femme, soudain privés de voix, la reçurent comme telle. Ils étaient venus réconforter leurs voisins de la contrariété d'un voyage forcé et se complaire dans leur propre bonté, et maintenant ils avaient l'impression d'être mis à la porte, sans cérémonie, alors Marie s'approcha de Chua et l'invita à entrer dans la maison, elle voulait lui demander conseil sur une laine à carder qu'elle avait là, et Joseph, désirant atténuer la sécheresse avec laquelle il avait parlé, dit à Ananias, Je te demande, en bon voisin que tu es, de veiller sur ma maison pendant mon absence, car même si tout va pour le mieux je ne serai pas de retour avant un mois, y compris le temps du voyage et les sept jours d'isolement de ma femme, ou plus si elle accouche d'une fille, que le Seigneur ne le permette pas. Ananias accepta, qu'il soit tranquille, il veillerait sur sa maison comme sur la sienne, et il demanda, l'idée lui vint subitement, il n'y avait pas pensé avant, Joseph, voudrais-tu m'honorer de ta présence lors de la célébration de la Pâque en te joignant à mes parents et à mes amis puisque tu n'as pas de famille à Nazareth, pas plus que ta femme, maintenant que ses parents sont morts, ils étaient déjà bien avancés en âge quand elle est née et aujourd'hui encore les gens se demandent comment Joachim et Anne ont pu engendrer une fille. Joseph dit avec un sourire et d'un ton de reproche, Ananias, souviens-toi de la protestation incrédule d'Abraham, murmurée entre ses dents et dans sa barbe, quand le Seigneur lui a annoncé qu'il lui donnerait une descendance, eh bien, si un enfant pouvait naître d'un homme de cent ans et si une femme de quatre-vingt-dix ans était capable d'enfanter, Joachim et Anne n'étaient pas d'un âge aussi vénérable qu'Abraham et Sarah en leur temps, et par conséquent il aura été beaucoup plus facile pour Dieu, mais pour Dieu rien n'est impossible, de susciter un rejeton chez mes beaux-parents. Le voisin dit, Les temps étaient autres, le Seigneur se manifestait tous les jours en étant présent et pas uniquement dans ses œuvres, et Joseph, très versé dans les arguments de la doctrine, répondit, Dieu est le temps lui-même, voisin Ananias, pour Dieu le temps est un, et Ananias ne sut que répondre, ce n'était pas le moment de mentionner dans la conversation la polémique controversée et non résolue encore au sujet des pouvoirs, consubstantiels et délégués, de Dieu et de César. Contrairement à ce que pourrait faire croire cet étalage de théologie pratique, Joseph n'avait pas oublié l'invitation inattendue d'Ananias à célébrer la Pâque avec lui et les siens, simplement il n'avait pas voulu faire montre d'un empressement excessif à accepter, ce qu'il avait décidé aussitôt de faire, car on sait que c'est faire preuve de courtoisie et de bonne naissance que d'accepter avec gratitude les faveurs qu'on vous fait, mais sans contentement exagéré, pour que l'autre n'aille pas penser que vous vous attendiez à plus. Il le remerciait enfin, louant ses sentiments de générosité et de bon voisinage, au moment où Chua sortait de la maison en compagnie de Marie à qui elle disait, Quelles mains habiles tu as pour carder, femme, et Marie piquait un fard, comme une pucelle, parce qu'on la complimentait devant son mari.

Un bon souvenir que Marie garda de cette Pâque si prometteuse vint de ce qu'elle n'eut pas à prendre part à la préparation des repas et qu'elle fut dispensée de servir les hommes. Ces tâches lui furent épargnées à cause de la solidarité des autres femmes, Ne te fatigue pas, tu tiens à peine debout, lui dirent-elles, et elles devaient savoir de quoi elles parlaient car presque toutes étaient mères. Elle se contenta tout juste de servir son mari qui était assis par terre comme les autres hommes, de se pencher pour remplir son verre ou renouveler dans son assiette les nourritures rustiques, pain azyme, viande maigre d'agneau, herbes amères, et aussi galettes faites de sauterelles séchées et moulues, mets de choix qu'Ananias appréciait fort car il était traditionnel dans sa famille, mais qui faisait grimacer certains convives, bien qu'ils eussent honte de leur répugnance mal déguisée, car en leur for intérieur ils se reconnaissaient indignes de l'exemple édifiant de tous les prophètes qui dans le désert avaient fait de nécessité vertu et des sauterelles une manne. Vers la fin du souper la pauvre Marie s'était assise à l'écart, son ventre rebondi posé sur la naissance de ses cuisses, trempée de sueur, entendant à peine les rires, les reparties et les histoires, et les récitations continues des écritures, se sentant à chaque instant prête à abandonner définitivement ce monde, comme si elle était suspendue à un fil grêle qui était sa dernière pensée, un pur penser sans objet ni mots, la simple conscience que l'on pense sans savoir à quoi ni à quelle fin. Elle se réveilla en sursaut, car pendant son sommeil, soudain, venu de ténèbres plus profondes, le visage du mendiant lui était apparu, et ensuite son grand corps couvert de haillons, l'ange, si ange il était, était entré dans son rêve sans se faire annoncer, fût-ce par un souvenir fortuit, et il la regardait d'un air absorbé, avec peut-être aussi une très légère expression de curiosité interrogative, ou pas, car le temps de le remarquer était venu et passé, et maintenant le cœur de Marie palpitait comme un oiseau apeuré, elle ne savait pas si elle avait eu peur ou si quelqu'un avait prononcé dans le creux de son oreille un mot inattendu et embarrassant. Les hommes et les garçons étaient toujours assis par terre et les femmes allaient et venaient, les joues en feu, offrant les derniers aliments, mais déjà on notait les signes de la satiété, seul le ton des conversations stimulées par le vin était devenu plus bruyant.

Marie se leva et personne ne fit attention à elle. La nuit était complètement tombée, dans le ciel pur et sans lune la lumière des étoiles semblait produire une espèce de résonance, un bourdonnement frôlant les limites de l'inaudible mais que la femme de Joseph pouvait sentir sur sa peau, et aussi dans ses os, d'une façon qu'elle n'aurait su expliquer, comme une convulsion suave et voluptueuse qui n'aboutissait pas. Marie traversa la cour et alla regarder dehors. Elle ne vit personne. Le portail de sa maison, à côté, était fermé, tel qu'elle l'avait laissé, mais l'air bougeait comme si quelqu'un venait de passer en courant ou en volant, pour ne laisser de son passage qu'un signe fugace, que d'autres seraient incapables de comprendre.

Trois jours plus tard, étant parvenu à un accord avec les clients qui lui avaient commandé des travaux devant attendre son retour, ayant fait ses adieux à la synagogue et confié la maison et les biens visibles qu'elle contenait aux soins de son voisin Ananias, le charpentier Joseph quitta Nazareth avec sa femme et prit le chemin de Bethléem où il va se faire recenser, et elle aussi, conformément aux décrets venus de Rome. Si, à cause d'un retard dans les communications ou d'une défaillance de l'interprétation simultanée, la nouvelle de pareils ordres n'est pas encore arrivée au ciel, le Seigneur Dieu doit être bien étonné en voyant combien le paysage d'Israël a radicalement changé, des troupes de gens voyagent dans toutes les directions, alors qu'il serait approprié et naturel en ces jours d'après la Pâque que les gens, sauf exceptions justifiées, se déplacent pour ainsi dire de manière centrifuge, prennent le chemin de la maison à partir d'un seul point central, soleil terrestre ou nombril lumineux, nous voulons parler de Jérusalem, bien entendu. Sans doute, la force de l'habitude, bien que faillible, et la perspicacité divine, elle, absolue, faciliteront-elles la reconnaissance et l'identification, même d'aussi haut, de la lente progression du retour des pèlerins vers leurs villes et leurs villages, mais ce qui, malgré tout, ne peut manquer d'induire en erreur le regard, c'est l'enchevêtrement de ces routes avec d'autres, apparemment tracées au hasard, qui sont ni plus ni moins les itinéraires de ceux qui, ayant ou non célébré la Pâque du Seigneur à Jérusalem, obéissent maintenant aux ordres profanes de César. On pourrait évidemment soutenir une thèse différente et dire que César Auguste obéit finalement à son insu à la volonté du Seigneur, s'il est vrai que Dieu a décidé pour des raisons connues de lui seul que Joseph et sa femme seraient prédestinés à aller à Bethléem à ce moment de leur vie. Intempestives et hors de propos à première vue, ces considérations doivent être tenues pour très pertinentes, car c'est grâce à elles que nous pourrons infirmer objectivement ce que certains esprits aimeraient tant voir ici, par exemple, nos voyageurs isolés, traversant ces parages inhospitaliers, ces étendues inquiétantes, sans âme fraternelle qui vive à proximité, abandonnés à la miséricorde de Dieu et à la protection des anges. Or dès la sortie de Nazareth on vit bien qu'il n'en était pas ainsi, car deux autres familles voyageront avec Joseph et Marie, de ces familles nombreuses qui comptent dans leur totalité, entre les vieillards, les adultes et les enfants, près d'une vingtaine de personnes, presque une tribu. Il est vrai qu'elles ne se dirigent pas vers Bethléem, l'une d'elles s'arrêtera à mi-chemin, dans un hameau près de Ramallah, et l'autre poursuivra très loin vers le sud, jusqu'à Beer-Sheva, pourtant même s'ils devront se séparer avant parce que certains iront plus vite que les autres, hypothèse tout à fait vraisemblable, il y aura toujours d'autres voyageurs sur la route, sans compter ceux qui viendront en sens contraire, peut-être, qui sait, pour se faire recenser à Nazareth, d'où ceux-ci partent en cet instant. Les hommes marchent devant, formant un groupe compact incluant les garçons âgés de plus de treize ans, tandis que les femmes, les petites filles et les vieilles de tous âges constituent un autre groupe confus, derrière, avec les petits garçons. Au moment où ils allaient poser le pied sur la route, les hommes élevèrent la voix en un chœur solennel pour prononcer les bénédictions de circonstance, les femmes les répétant discrètement, presque en sourdine, comme si elles avaient appris que qui a peu d'espoir d'être entendu n'a rien à gagner à clamer, même quand il n'a rien demandé et ne demandera rien, et qu'il glorifie tout.

Parmi les femmes, Marie est la seule dans cet état de grossesse avancée, ses difficultés sont telles que si la Providence n'avait pas doté les ânes qu'elle a créés d'une patience infinie et d'une non moins grande force morale, quelques pas plus loin cette autre pauvre créature aurait perdu courage, implorant qu'on la laisse là, au bord de la route, en attendant que son heure vienne, nous savons qu'elle est proche, reste à voir où et quand, mais ces gens ne sont pas enclins à parier, en l'occurrence à deviner quand et où naîtra l'enfant de Joseph, c'est une religion sensée que celle-là qui a interdit le hasard. En attendant qu'arrive ce moment et pendant tout le temps qu'elle devra encore supporter l'attente, la future parturiente pourra compter, plus que sur les rares attentions distraites de son mari, absorbé qu'il sera par la conversation des hommes, elle pourra compter, disions-nous, sur la douceur bien connue et sur les reins dociles de l'animal qui s'étonne, si tant est qu'un baudet puisse comprendre quelque chose à un changement de vie et de chargement, de l'absence de coups de badine et surtout qu'on accepte sa lenteur, son pas naturel, le sien et celui de ses semblables, car plusieurs d'entre eux participent comme lui à l'expédition. A cause de cette différence de rythme, le groupe des femmes est parfois en retard et les hommes, là-bas devant, font alors une halte et attendent qu'elles se rapprochent mais pas au point que les deux groupes se rejoignent, les hommes vont même jusqu'à faire semblant de s'arrêter uniquement pour souffler un peu, il est indéniable que la route est à tout le monde mais on sait que là où le coq chante la poule ne doit pas glousser, tout au plus caquette-t-elle quand elle a pondu un œuf, ainsi en a disposé et décidé le bon ordonnancement du monde dans lequel il nous est échu de vivre. Marie avance donc, bercée par le pas benoît de son coursier, reine parmi les femmes, car elle seule a une monture, le reste de la troupe d'ânes transporte le chargement commun. Et pour que tout ne soit pas sacrifice, elle porte tantôt un enfant de la compagnie, tantôt un autre, ou même trois, ce qui soulage leur mère et l'habitue, elle, au fardeau qui l'attend.

En ce premier jour de voyage, comme les jambes ne s'étaient pas encore faites au chemin, l'étape ne fut pas trop longue, il ne faut pas oublier que des vieillards et des petits enfants font partie de la même compagnie, les uns, ayant vécu, ont usé toutes leurs forces et ne peuvent plus feindre d'en avoir encore, les autres, ne sachant pas encore gouverner celles qu'ils commencent à avoir, les épuisent en deux heures de courses folles, comme si c'était la fin du monde et qu'il fallait profiter de ses derniers instants. Ils firent halte dans un grand village appelé Izréel où il y avait un caravansérail qui, en ces jours de grand va-et-vient, comme nous l'avons déjà dit, était plongé dans un désordre et un vacarme qu'on eût dit de fous, encore qu'à vrai dire le vacarme fût pire que le désordre car au bout de quelque temps, une fois la vue et l'ouïe habituées, on pouvait ressentir d'abord et reconnaître ensuite dans cet assemblement de gens et d'animaux en constant mouvement à l'intérieur des quatre murs une volonté d'ordre qui n'était ni organisée ni consciente, telle une fourmilière effrayée qui, en pleine dispersion, tenterait de s'orienter et de se recomposer. Quoi qu'il en soit, les trois familles eurent la chance de pouvoir s'abriter sous un arceau, les hommes s'installant d'un côté et les femmes de l'autre, plus tard, quand la nuit fut complètement tombée et que le caravansérail, animaux et personnes, s'abandonna au sommeil. Auparavant, les femmes durent préparer la nourriture et remplir les outres au puits pendant que les hommes déchargeaient les ânes et les menaient boire quand il n'y avait pas de chameaux à l'abreuvoir, car ceux-ci, en deux gorgées brutales, mettaient la gouttière d'eau à sec et il fallait la remplir d'innombrables fois avant qu'ils se tiennent pour satisfaits. Enfin, les ânes ayant été placés les premiers devant la mangeoire, les voyageurs s'assirent pour manger, d'abord les hommes, car nous savons qu'en toute chose les femmes sont secondaires, il suffit de rappeler une fois de plus, et cela ne sera pas la dernière, qu'Ève fut créée après Adam et à partir d'une de ses côtes, quand donc apprendrons-nous que pour comprendre certaines choses il faut accepter de remonter aux sources.

Quand les hommes eurent mangé et pendant que les femmes là-bas dans leur coin s'alimentaient de restes, il se trouva qu'un ancien parmi les anciens qui, vivant à Bethléem, allait se faire recenser à Ramallah et se nommait Siméon, usant de l'autorité que lui conférait l'âge et de la sagesse qui en est, dit-on, l'effet direct, interpella Joseph pour savoir comment il conviendrait d'agir s'il arrivait, hypothèse parfaitement plausible, que Marie, encore qu'il ne prononçât pas son nom, n'accouchât pas avant le dernier jour du délai imposé pour le recensement. Il s'agissait, bien entendu, d'une question académique, pour autant que pareil vocable soit adapté au temps et au lieu, car seuls les recenseurs, versés dans les subtilités procédurières de la loi romaine, seraient habilités à trancher au sujet d'un cas aussi fortement douteux que celui d'une femme se présentant au recensement le ventre gros, Nous sommes venus nous faire inscrire, sans qu'il soit possible de vérifier, in loco, s'il contient un mâle ou une femelle, cela sans parler de l'éventualité non négligeable d'une nichée de jumeaux du même sexe ou des deux sexes. En tant que Juif parfait qu'il se targuait d'être, tant sur le plan de la théorie que sur celui de la pratique, jamais le charpentier n'aurait songé à répondre selon la simple logique occidentale que ce n'est pas à celui qui subit la loi qu'il incombe de suppléer à ses éventuelles lacunes et que si Rome n'a pas été capable de prévoir cette éventualité et bien d'autres encore, c'est parce que ses législateurs et ses herméneutes ne sont pas à la hauteur. Placé ainsi devant cette question difficile, Joseph prit le temps de réfléchir, cherchant la façon la plus subtile d'apporter une réponse qui, montrant à l'assemblée réunie autour du feu ses dons d'argumentateur, serait en même temps brillante, formellement. Mettant fin à sa laborieuse réflexion et levant lentement les yeux qu'il avait gardés fixés tout ce temps-là sur les flammes ondulantes du brasier, le charpentier dit, Si au dernier jour du recensement mon enfant n'est pas encore né, ce sera parce que le Seigneur ne veut pas que les Romains soient au courant de son existence et qu'ils le mettent sur leurs listes. Siméon dit, Ta présomption est grande, de t'arroger ainsi la science de ce que le Seigneur veut ou ne veut pas. Joseph dit, Dieu connaît tous mes chemins et compte tous mes pas, et ces paroles du charpentier que nous pouvons trouver dans le Livre de Job signifiaient dans le contexte de la discussion que devant les présents et sans exclure les absents Joseph reconnaissait et proclamait son obéissance au Seigneur et son humilité, sentiments l'un et l'autre contraires à la prétention diabolique, suggérée par Siméon, d'aspirer à pénétrer les desseins énigmatiques de Dieu. Tel fut ce que l'ancien dut comprendre, car il garda le silence et attendit, Joseph en profita pour revenir à la charge, Le jour de la naissance et le jour de la mort de chaque homme sont scellés et sous la garde des anges depuis le commencement du monde, et c'est le Seigneur, lorsqu'il lui plaît, qui brise d'abord un sceau puis l'autre, souvent les deux en même temps, de sa main droite et de sa main gauche, et parfois il tarde tellement à briser le sceau de la mort que l'on a l'impression qu'il a oublié tel ou tel vivant. Il fit une pause, hésita un peu, puis conclut avec un sourire malicieux, Dieu veuille que cette conversation ne le fasse pas se souvenir de toi. Les hommes présents rirent, mais dans leur barbe, car à l'évidence le charpentier n'avait pas su faire montre du strict respect dû à un vétéran, même si l'intelligence et le bon sens, sous l'effet de l'âge, n'abondent plus guère dans ses jugements. Le vieux Siméon eut un geste de colère, tirant brusquement sur sa tunique, et il répondit, Peut-être Dieu a-t-il brisé le sceau de ta naissance avant terme et tu ne devrais pas encore être au monde puisque tu te comportes de façon aussi impertinente et présomptueuse avec les anciens, qui ont plus vécu et qui en toutes choses en savent plus que toi. Joseph dit, Siméon, tu m'as demandé comment il faudrait procéder si mon enfant ne naissait pas avant le dernier jour du recensement, je ne pouvais pas donner de réponse à ta question parce que je ne connais pas la loi des Romains, pas plus que tu ne la connais, toi, je crois, Je ne la connais pas, Alors je t'ai dit, Je sais ce que tu as dit, ne te fatigue pas à me le répéter, C'est toi qui as commencé à me parler avec des mots impropres quand tu m'as demandé pour qui je me prenais en prétendant connaître les volontés de Dieu avant que celles-ci ne se manifestent, si ensuite je t'ai offensé je t'en demande pardon, mais la première offense est venue de toi, souviens-toi qu'étant un ancien et par conséquent mon maître tu ne peux pas donner l'exemple de l'offense. Autour du brasier il y eut un discret murmure d'approbation, le charpentier Joseph était clairement le vainqueur du débat, voyons maintenant comment Siméon s'en sortit et quelle fut sa réponse. Il le fit sans esprit ni imagination, Par devoir de respect, tu n'avais qu'à répondre à ma question, et Joseph dit, Si je t'avais répondu comme tu voulais, la vanité de la question aurait été révélée d'emblée, tu devras donc reconnaître, quoi qu'il t'en coûte, que ma façon d'agir a été un plus grand signe de respect, puisque je t'ai donné, mais tu n'as pas voulu le comprendre, la possibilité de débattre d'un sujet qui intéressait tout le monde, la question de savoir si le Seigneur voudrait ou pourrait cacher un jour son peuple aux yeux de l'ennemi, Maintenant tu parles du peuple de Dieu comme s'il était ton enfant qui n'est pas encore né, Ne mets pas dans ma bouche, ô Siméon, des paroles que je n'ai pas dites et que je ne dirai pas, écoute ce qui doit être entendu d'une certaine façon et ce qui doit l'être d'une autre manière. A cette tirade Siméon ne répondit pas, il se leva du cercle et s'en fut s'asseoir dans le coin le plus sombre, accompagné des autres hommes de sa famille, obligés à faire de même par solidarité de sang mais dépités en leur for intérieur par la très piètre figure qu'avait faite le patriarche dans la joute verbale. Là, parmi la compagnie, couvrant le silence qui succéda aux bruits et aux murmures de ceux qui se préparaient pour le repos, le sourd brouhaha des conversations dans le caravansérail redevint perceptible, entrecoupé de quelque exclamation plus sonore, du halètement et des ébrouements des bêtes et de temps en temps du bramement âpre, grotesque, d'une chamelle éperonnée par le rut. Alors, accordant le rythme de leur récitation, sans plus songer à la discorde récente, les voyageurs de Nazareth entonnèrent tous ensemble à voix basse mais bruyamment, étant donné leur nombre, la dernière et la plus longue des bénédictions adressées au Seigneur tout au long du jour, et qui dit ce qui suit, Loué sois-tu, notre Dieu, roi de l'univers, qui fais tomber les attaches du sommeil sur mes yeux et la torpeur sur mes paupières et qui ne retires pas la lumière de mes pupilles. Fais en sorte, Seigneur mon Dieu, que je me couche en paix maintenant et que demain je puisse m'éveiller à une vie heureuse et paisible, consens à ce que je m'attache à l'accomplissement de tes préceptes et ne me laisse pas m'accoutumer à un acte quelconque de transgression. Ne permets pas que je succombe au pouvoir du péché, de la tentation, ou de la honte. Fais en sorte que les bons penchants l'emportent en moi, ne laisse pas les mauvais avoir de l'emprise sur moi. Délivre-moi des inclinations pernicieuses et des maladies mortelles et fais que je ne sois pas troublé par de mauvais rêves et de mauvaises pensées, et que je ne rêve pas à la Mort. Quelques minutes avaient à peine passé que déjà les plus justes, sinon les plus fatigués, dormaient, certains ronflant sans aucune spiritualité, et les autres n'eurent pas à attendre longtemps, sans autre protection, pour la plupart, que leur propre tunique, seuls les vieillards et les jeunes, les uns et les autres fragiles, jouissaient du confort d'un bout de drap grossier ou d'une rare couverture. Faute d'aliment, le feu agonisait, seules quelques flammes languissantes dansaient encore sur la dernière bûche ramassée en chemin. Sous l'arceau qui abritait les gens de Nazareth, tous dormaient. Tous, excepté Marie. Ne pouvant s'étendre à cause de la disproportion de son ventre qui, à le voir, semblait contenir un géant, elle s'appuyait contre des besaces qui faisaient partie du bagage, cherchant un soulagement pour ses reins martyrisés. Comme les autres, elle avait écouté le débat entre Joseph et le vieux Siméon et elle s'était réjouie de la victoire de son mari, comme c'est l'obligation de toute femme, même s'il s'agit de batailles non sanglantes comme ce fut le cas de celle-ci. Mais ce qu'ils avaient discuté s'était déjà effacé de sa mémoire, ou alors le souvenir du débat était submergé par les sensations qui allaient et venaient à l'intérieur de son corps, semblables aux marées de l'océan qu'elle n'avait jamais vu mais dont elle avait entendu parler un jour, affluant et refluant dans le choc angoissant des vagues produites par les mouvements de son enfant qui remuait de façon singulière, comme si, à l'intérieur d'elle, il voulait la soulever sur ses épaules. Seuls les yeux de Marie étaient ouverts, brillant dans la pénombre, et ils continuèrent à briller même quand le feu se fut complètement éteint, mais cela n'a rien d'étonnant, cela arrive à toutes les mères depuis le commencement du monde, pourtant nous avons su cela de façon définitive lorsqu'un ange est apparu à la femme du charpentier Joseph, car c'en était bien un, selon ce que lui-même a déclaré, bien qu'il se fût présenté sous la figure d'un mendiant itinérant.

Dans le caravansérail aussi les coqs chantaient dans les frais matins, mais les voyageurs, marchands, muletiers, conducteurs de chameaux, requis par leurs obligations urgentes, n'attendirent pas leur premier chant et commencèrent très tôt les préparatifs du voyage, chargeant les bêtes de leurs biens ou des marchandises propres à leur négoce, suscitant dans le campement un tintamarre qui laissait loin des yeux, ou plutôt loin des oreilles, pour employer le mot juste, le vacarme de la veille. Quand ces hommes seront partis, le caravansérail passera quelques heures assez tranquilles, comme un lézard gris vautré au soleil, car n'y resteront que les hôtes qui ont décidé de se reposer un jour entier, jusqu'à ce que, le soir approchant, le nouveau lot de voyageurs commence à arriver, plus sales les uns que les autres, mais tous fatigués et conservant malgré tout leurs cordes vocales intactes et puissantes, car à peine entrent-ils que déjà ils braillent comme possédés de mille diables, puissions-nous en être à l'abri. Que le groupe de Nazareth sorte de là grossi ne doit surprendre personne, une dizaine de personnes s'y sont adjointes, celui qui aurait imaginé que cette terre est un désert se trompe grandement, surtout en une époque aussi animée, de recensement et de Pâque, ainsi qu'il fut précédemment expliqué.

Face à face avec lui-même, Joseph avait compris que

son devoir était de faire la paix avec le vieux Siméon, non qu'il pensât qu'avec la nuit ses arguments avaient perdu force et raison, mais parce qu'il avait été élevé dans le respect des plus âgés et notamment des anciens qui, les pauvres, ayant eu une longue vie, laquelle prend sa revanche maintenant en leur dérobant l'esprit et l'entendement, se voient trop souvent manquer de considération par la jeune génération. Il s'approcha donc de lui et dit d'un ton mesuré, Je viens te demander pardon si je t'ai paru insolent et suffisant hier soir, je n'avais pas l'intention de te manquer de respect, mais tu sais comment sont les choses, un mot en entraîne un autre, les bonnes paroles attirent les mauvaises, et on finit toujours par en dire plus qu'on ne voudrait. Siméon écouta, écouta, la tête baissée, et répondit enfin, Tu es pardonné. En échange de son mouvement généreux, il était naturel que Joseph s'attende à une réponse plus bienveillante de la part du vieillard obstiné et, espérant encore entendre les paroles qu'il croyait mériter, il marcha à côté de lui pendant un bon bout de temps et de chemin. Mais Siméon, les yeux rivés sur la poussière de la route, faisait semblant de ne pas remarquer sa présence, jusqu'à ce que le charpentier, à juste titre fâché, fasse mine de vouloir s'éloigner. Alors le vieillard, comme si la pensée fixe qui l'occupait l'avait soudainement abandonné, fit un pas rapide et le retint par sa tunique, Attends, dit-il. Surpris, Joseph se tourna vers lui. Siméon s'était arrêté et répétait, Attends. Les autres hommes passèrent et maintenant ils étaient seuls tous les deux au milieu du chemin, comme sur un terrain neutre, entre le groupe des hommes qui s'éloignait et la troupe des femmes, derrière, qui se rapprochait de plus en plus. Au-dessus des têtes on pouvait voir la silhouette de Marie se balancer à la cadence du pas de l'âne.

Ils étaient sortis de la vallée d'Izréel. La route, qui longeait une falaise, grimpait péniblement la première pente, après quoi ils s'enfonceraient dans les montagnes de la Samarie, mais du côté du ponant, le long d'une chaîne aride derrière laquelle, dégringolant vers le Jourdain et traînant en direction du sud son racloir ardent, le désert de Judée brûlait et consumait la très ancienne cicatrice d'une terre qui, ayant été promise à plusieurs, ne saurait jamais à qui s'abandonner. Attends, dit Siméon, et le charpentier avait obéi, inquiet maintenant, effrayé, sans savoir par quoi. Les femmes étaient proches. Alors le vieillard se remit en marche, se cramponnant à la tunique de Joseph, comme si ses forces le fuyaient, et il dit, Hier dans la nuit j'ai eu une vision, Une vision, Oui, mais pas une de ces visions où on voit des choses, comme cela arrive toujours, ce fut plutôt comme si je pouvais voir ce qui est derrière les mots, les tiens, quand tu as dit que si ton enfant n'était pas encore né quand arriverait le dernier jour du recensement, ce serait parce que le Seigneur ne voulait pas que les Romains soient au courant de son existence et qu'ils l'inscrivent sur leurs listes, Oui, j'ai dit cela, mais toi qu'as-tu vu, Je n'ai rien vu, ce fut comme si soudain j'avais la certitude qu'il vaudrait mieux que les Romains ne soient pas au courant de l'existence de ton enfant, que personne ne soit jamais au courant, et que s'il doit venir au monde, au moins qu'il y vive sans douleur ni gloire, comme ces hommes qui marchent là-bas et ces femmes qui s'approchent, ignoré comme l'un d'entre nous jusqu'à l'heure de sa mort et après sa mort, Son père étant ce néant que je suis, un charpentier de Nazareth, la vie que tu lui souhaites est ce que mon enfant peut avoir de plus certain, Tu n'es pas le seul à disposer de la vie de ton enfant, Oui, tout le pouvoir appartient au Seigneur Dieu, il est celui qui sait, Il en a toujours été ainsi et ainsi croyons-nous, Mais parle-moi de mon enfant, qu'as-tu appris à propos de mon enfant, Rien, seulement ces mots que tu as prononcés et qui, en un éclair, m'ont paru renfermer un autre sens, comme si, regardant pour la première fois un œuf, j'avais eu la perception du poussin qu'il contient, Dieu a voulu ce qu'il a fait et a fait ce qu'il a voulu, mon enfant est entre ses mains, je ne peux rien, En vérité, il en est bien ainsi, mais nous en sommes encore au temps où Dieu partage avec la femme la possession de l'enfant, Qui ensuite, si c'est un mâle, m'appartiendra à moi et appartiendra à Dieu, Ou seulement à Dieu, Nous lui appartenons tous, Pas tous, certains sont partagés entre Dieu et le Démon, Comment le savoir, Si la loi n'avait pas obligé les femmes à se taire à tout jamais, peut-être parce qu'elles ont inventé ce premier péché d'où tous les autres sont issus, elles sauraient nous dire ce qu'il nous faudrait savoir, Quoi, Quelles sont les parts, divine et démoniaque, qui les composent, quelle sorte d'humanité elles portent en elles, Je ne te comprends pas, je croyais que tu parlais de mon enfant, Je ne parlais pas de ton enfant, je parlais des femmes et de la façon dont elles engendrent les êtres que nous sommes, n'est-ce pas par leur volonté, pour autant qu'elles en soient conscientes, que chacun de nous est ce peu et ce beaucoup que nous sommes, bonté et méchanceté, paix et guerre, révolte et douceur.

Joseph regarda derrière lui, Marie arrivait sur son âne, un petit garçon posé devant elle, à califourchon comme un homme, et l'espace d'un instant il s'imagina que c'était son fils et il vit Marie comme si c'était la première fois, avançant à la tête de la troupe féminine qui s'était entre-temps accrue. Les étranges paroles de Siméon résonnaient encore dans ses oreilles, pourtant il avait du mal à accepter qu'une femme pût avoir autant d'importance, la sienne tout au moins ne lui avait jamais donné un signe, aussi médiocre soit-il, qui montrât qu'elle valait plus que le commun d'entre elles. A cet instant, mais déjà il regardait devant lui, lui revint en mémoire l'histoire du mendiant et de la terre lumineuse. Il trembla de la tête aux pieds, ses cheveux se dressèrent et sa chair frissonna, et cela encore plus quand, se retournant encore une fois vers Marie, il vit, clairement et de ses propres yeux, cheminant à côté d'elle, un homme de haute taille, si grand qu'on apercevait ses épaules au-dessus de la tête des femmes, et c'était à ce signe, indéniablement, qu'il reconnaissait le mendiant qu'il n'avait pas pu voir. De nouveau il regarda, le mendiant était toujours là, présence insolite, totalement incongrue, sans aucune raison humaine de se trouver là, homme parmi les femmes. Joseph allait demander à Siméon de regarder aussi derrière lui, de lui confirmer ces choses impossibles, mais le vieillard avait poursuivi son chemin, il avait dit ce qu'il avait à dire et il rejoignait maintenant les hommes de sa famille pour reprendre le simple rôle de l'homme le plus âgé, qui est toujours celui qui dure le moins. Alors, le charpentier, sans autre témoin, regarda de nouveau dans la direction de sa femme. L'homme n'était plus là.

Ils avaient traversé en direction du sud toute la région de la Samarie et ils l'avaient fait en marches forcées, un œil attentif à la route et l'autre, inquiet, scrutant les alentours, craignant les sentiments d'hostilité, encore qu'il serait plus exact de parler d'aversion, des habitants de ces terres, descendants quant aux méfaits et héritiers quant aux hérésies des anciens colons assyriens qui étaient venus dans ces parages au temps de Salmanasar, le roi de Ninive, après l'expulsion et la dispersion des Douze Tribus, et qui, étant quelque peu juifs mais davantage encore païens, reconnaissent tout juste comme loi sacrée les Cinq Livres de Moïse et prétendent que l'endroit choisi par Dieu pour y construire son temple ne fut pas Jérusalem mais bien, imaginez un peu, le mont Gérizim, qui est sur leur territoire. Les gens de Galilée avaient marché vite mais il leur fallut tout de même passer deux nuits en terrain ennemi, à la belle étoile, en organisant des veilles et des rondes pour le cas où les scélérats s'aviseraient d'attaquer en pleine nuit, capables comme ils sont des pires actions, allant jusqu'à refuser d'étancher une soif d'eau à quelqu'un de pure souche juive qui se mourait par manque d'eau, et il ne servirait à rien de mentionner une exception connue, puisqu'elle n'est que cela, une exception. L'anxiété des voyageurs s'accrut tellement pendant le trajet que, contrairement à la coutume, les hommes se divisèrent en deux groupes qui précédèrent et suivirent les femmes et les enfants, afin de les protéger contre les insultes ou contre pire encore. Finalement, les habitants de la Samarie devaient être d'humeur pacifique ces jours-là, car en dehors des hommes rencontrés en chemin, eux aussi en voyage, qui donnaient libre cours à leur rancœur en lançant aux Galiléens des regards de dérision et quelques épithètes malsonnantes, aucune bande constituée et organisée ne se précipita des collines pour les attaquer ou pour jeter des pierres dans une embuscade sur le détachement apeuré et sans armes.

Un peu avant d'arriver à Ramallah où les croyants les plus fervents ou dotés d'un odorat plus subtil jurèrent sentir déjà l'odeur très sainte de Jérusalem, le vieux Siméon et les siens abandonnèrent le groupe car, comme il fut dit précédemment, ils vont se faire recenser dans un village des environs. Là, au milieu du chemin, avec une grande profusion de bénédictions, les voyageurs se firent leurs adieux, les mères de famille comblèrent Marie de mille et une recommandations, toutes filles de l'expérience, et tous s'en furent, les uns descendant dans la vallée où bientôt ils pourront se reposer des fatigues de quatre jours de marche, les autres allant à Ramallah, dans le caravansérail où ils passeront encore la nuit qui approche. Et enfin ceux qui restent encore du groupe parti de Nazareth se sépareront à Jérusalem, la plupart vont à Beer-Sheva, ils ont encore deux jours de voyage devant eux, et le charpentier et sa femme s'arrêteront bientôt à Bethléem, tout près. Au milieu du tumulte des embrassades et des adieux, Joseph prit Siméon à part et avec beaucoup de déférence lui demanda si pendant cet intervalle quelque autre souvenir de la vision lui était revenu en mémoire, Ce ne fut pas une vision, je te l'ai déjà dit, Peu importe, ce qui m'intéresse c'est de savoir quel sera le destin de mon enfant, Puisque tu ne peux même pas connaître ton propre destin, et pourtant tu es ici, vivant, et tu parles, comment veux-tu prétendre connaître ce qui n'existe pas encore, Les yeux de l'esprit pénètrent plus loin, voilà pourquoi j'ai imaginé que les tiens, ouverts par le Seigneur aux évidences réservées aux élus, auraient réussi à déchiffrer ce qui pour moi est pures ténèbres, Peut-être ne connaîtras-tu jamais le destin de ton enfant, peut-être ton propre destin est-il sur le point de s'accomplir bientôt, ne pose pas de questions, homme, n'essaye pas de savoir, contente-toi de vivre le jour qui t'est accordé. Et, ayant prononcé ces paroles, Siméon posa sa main droite sur la tête de Joseph, il murmura une bénédiction que personne ne put entendre et il alla rejoindre les siens, qui l'attendaient. Par un sentier sinueux, à la queue leu leu, ils commencèrent à descendre dans la vallée où, au pied de l'autre versant, se confondant presque avec les pierres qui surgissaient du sol comme des ossements fatigués, était situé le village de Siméon. Joseph n'entendrait plus jamais parler de lui, il apprendrait seulement, mais beaucoup plus tard, qu'il était mort avant de s'être fait recenser.

Après deux nuits passées à la belle étoile, dans le froid de la rase campagne, car craignant d'être attaqués par surprise, les gens de Nazareth n'avaient même pas allumé de feux, le fait de pouvoir se mettre à l'abri des murs et des arcades d'un caravansérail leur fut d'un grand réconfort. Les femmes aidèrent Marie à descendre de son âne en lui disant d'un ton de compassion, Femme, tu n'en as plus pour longtemps, et la pauvre murmurait Oui, sans doute, comme en témoignait le gonflement subit de son ventre, ou du moins il paraissait tel, évident pour tous. Elles l'installèrent du mieux qu'elles purent dans un coin retiré et elles allèrent s'occuper du souper, il était déjà tard et tous vinrent manger. Cette nuit-là il n'y eut pas de conversations, ni de récitations, ni d'histoires racontées autour du feu, comme si la proximité de Jérusalem les obligeait au silence, chacun regardant en soi-même et se demandant, Qui es-tu, toi qui me ressembles mais que je ne sais pas reconnaître, en fait ils ne se dirent pas cela, les gens ne se parlent pas ainsi à eux-mêmes, ils ne pensent pas cela consciemment, pourtant il est certain qu'un silence comme celui-ci, quand on regarde fixement les flammes d'un feu et qu'on se tait, si on voulait l'exprimer par des mots, ne pourrait l'être que par ceux-là, qui disent tout. De là où il était assis, Joseph voyait Marie de profil contre la splendeur du feu, la clarté rougeâtre, reflétée, éclairait sa joue avec douceur, dessinant son profil dans la lumière et à contre-jour, et il constata avec surprise que Marie était une belle femme, pour autant qu'on puisse déjà lui donner ce nom avec son visage de petite fille, bien sûr son corps est déformé maintenant, mais la mémoire de Joseph lui retrace une image différente, agile et gracieuse, elle redeviendra vite ce qu'elle était, après la naissance de l'enfant. Alors, en un éclair inattendu, ce fut comme si tous ces mois de chasteté forcée s'étaient révoltés, rallumant l'urgence d'un désir qui se diffusait peu à peu en vagues successives dans tout son sang, attisant de vagues appétits charnels qui commencèrent par l'étourdir pour refluer ensuite, plus affirmés, échauffés par l'imagination, vers leur point de départ. Il entendit Marie pousser un gémissement, mais il ne s'approcha pas d'elle. Il s'était souvenu, et ce souvenir vint comme une giclée d'eau glacer d'un seul coup les sensations voluptueuses qu'il éprouvait, il s'était souvenu de l'homme qu'il avait vu deux jours plus tôt, pendant un bref instant, marcher à côté de sa femme, ce mendiant qui les poursuivait depuis l'annonce de la grossesse de Marie, car maintenant Joseph ne doutait pas que même s'il n'était pas apparu de nouveau avant le jour où lui-même avait pu le voir, ce mystérieux personnage avait toujours été dans les pensées de Marie, tout au long des neuf mois de la gestation. Il n'avait pas osé demander à sa femme quel homme il était ni si elle savait où il était allé car il avait disparu si vite, il ne voulait pas entendre la réponse qu'il craignait et qui serait une question empreinte de stupéfaction, Un homme, quel homme, et s'il s'obstinait, Marie en appellerait certainement aux autres femmes, Vous avez vu un homme, vous, il y avait un homme dans le groupe des femmes, et elles diraient non en secouant la tête d'un air scandalisé, et peut-être que l'une d'entre elles, à la langue plus déliée, dirait, Il n'est pas encore né l'homme qui s'approche des femmes et reste auprès d'elles sans y être poussé par un besoin de son corps. Ce que Joseph n'aurait pu deviner c'est qu'il n'y aurait aucune malice dans la surprise de Marie car véritablement elle n'avait pas vu le mendiant, que celui-ci fût un homme de chair et d'os ou une apparition. Mais comment cela peut-il être la vérité puisqu'il était là, je l'ai vu, de mes yeux, demanderait Joseph, et Marie répondrait, ferme dans ses raisons, En toute chose, m'a-t-on dit qu'il est écrit dans la loi, la femme doit à son mari respect et obéissance, je ne répéterai donc pas que cet homme ne marchait pas à côté de moi alors que toi tu soutiens le contraire, j'affirme seulement que je ne l'ai pas vu, C'était le mendiant, Et comment peux-tu le savoir puisque tu ne l'as pas vu le jour où il est apparu, C'était sûrement lui, C'était plutôt quelqu'un qui poursuivait son chemin et comme il marchait plus lentement que nous, nous l'avons dépassé, les hommes d'abord, puis les femmes, il se trouvait par hasard à côté de moi quand tu as regardé, c'est cela qui s'est passé, rien de plus, Alors, tu confirmes, Non, je cherche simplement une explication qui te donne satisfaction, comme c'est aussi le devoir des bonnes épouses. Entre ses yeux à demi clos, presque endormi, Joseph tente encore de lire la vérité sur le visage de Marie, mais sa joue est devenue noire comme l'autre face de la lune, son profil n'est plus qu'une ligne qui se découpe sur la clarté ténue des dernières braises.

Joseph laissa pendre sa tête comme s'il avait définitivement renoncé à comprendre, emportant avec lui à l'intérieur du sommeil une idée totalement absurde, l'idée
que cet homme avait été une image de son fils devenu
homme, venu du futur lui dire, Un jour je serai ainsi,
mais tu ne parviendras pas à me voir ainsi. Joseph dormait, un sourire résigné aux lèvres, mais il était triste,
aussi triste que s'il avait entendu Marie lui dire, Que le
Seigneur ne le veuille pas, car je sais de science certaine
que cet homme n'a pas où reposer sa tête. En vérité, en
vérité, je vous le dis, beaucoup de choses en ce monde
pourraient se savoir avant que d'autres qui en sont le
fruit ne se produisent, si la coutume voulait qu'un mari
et une femme se parlent l'un à l'autre comme un mari
et une femme.

Le lendemain, de bon matin, un grand nombre des
voyageurs qui avaient passé la nuit dans le caravansérail
se mirent en route pour Jérusalem, mais les groupes se
formèrent fortuitement de façon telle que Joseph, tout en
restant à portée de vue de ses compatriotes qui allaient
à Beer-Sheva, accompagnait cette fois sa femme, marchant à côté d'elle, au ras de son étrier, pour ainsi dire,
précisément comme le mendiant, ou quel qu'il fût, avait
fait la veille. Mais Joseph en ce moment précis n'a pas
envie de penser au personnage mystérieux. Il a la certitude intime et profonde qu'il est le bénéficiaire d'une
faveur particulière de Dieu, lequel lui a permis de voir
son propre fils avant même que celui-ci ne soit né, non
pas enveloppé des langes et des couches propres à la
faiblesse enfantine d'un petit être inachevé, malodorant
et braillard, mais homme fait, dépassant d'une bonne tête
son père et le commun des hommes de cette race. Joseph
est heureux d'occuper la place de son fils, il est en même
temps le père et le fils, et ce sentiment est si fort que
subitement celui qui est son véritable fils perd tout son

sens, l'enfant qui est encore dans le ventre de sa mère, là, sur le chemin de Jérusalem.

Jérusalem, Jérusalem, crient les voyageurs dévots à la vue de la ville qui s'élève soudain, telle une apparition au sommet de la colline de l'autre côté, par-delà la vallée, ville à la vérité céleste, centre du monde, lançant à cette heure mille étincelles dans toutes les directions sous la forte lumière de midi, comme une couronne de cristal, mais dont nous savons qu'elle deviendra d'or pur quand la lumière du couchant l'effleurera, et blanche, couleur de lait, au clair de lune, Jérusalem, ô Jérusalem. Le Temple apparaît comme si Dieu l'avait posé là à l'instant même, et le souffle subit qui traverse l'air et qui frôle le visage, les cheveux, les vêtements des pèlerins et des voyageurs est peut-être le mouvement de l'air déplacé par le geste divin, car si nous regardons les nuages dans le ciel avec attention, nous pourrons y apercevoir l'immense main qui se retire, les longs doigts souillés de boue, la paume où sont tracées toutes les lignes de vie et de mort des hommes et de tous les autres êtres de l'univers, mais aussi, il est temps qu'on le sache, la ligne de vie et de mort de Dieu lui-même. Les voyageurs lèvent en l'air leurs bras qui tremblent d'émotion, les bénédictions fusent, irrésistibles, mais non plus en chœur car chacun s'abandonne à sa propre extase, et certains, par nature plus sobres dans ces manifestations mystiques, ne bougent presque pas, ils regardent le ciel et prononcent les mots avec une sorte de dureté, comme si en cet instant il leur était accordé de parler à leur Seigneur d'égal à égal. La route forme une rampe et à mesure que les voyageurs descendent vers la vallée, avant d'aborder la nouvelle montée qui les conduira à cette porte de la ville, le Temple semble s'élever de plus en plus haut, cachant par un effet de perspective la tour Antonia exécrée sur laquelle, même à cette distance, on aperçoit les silhouettes des soldats romains qui guettent du haut de la plate-forme ainsi que des rapides fulgurations d'armes. Ici les gens de Nazareth se disent au revoir, car Marie est épuisée et elle ne supporterait pas le trot sec de sa monture dans la descente si elle devait suivre le pas rapide, presque de course précipitée, qu'est devenu le pas de tous ces gens à la vue des murailles de la ville.

Joseph et Marie sont donc restés seuls sur la route, elle tentant de recouvrer ses forces envolées, lui un peu impatient de ce retard, maintenant qu'ils sont si proches de leur destination. Le soleil tombe d'aplomb sur le silence qui entoure les voyageurs. Soudain, un gémissement sourd, irrépressible, sort de la bouche de Marie. Joseph s'inquiète, il demande, Ce sont les douleurs qui commencent, et elle répond, Oui, mais au même instant une expression d'incrédulité envahit son visage, comme si elle venait de découvrir quelque chose d'inaccessible à son entendement, et c'est qu'en vérité ce ne fut pas dans son propre corps qu'elle avait ressenti la douleur, elle l'avait sentie, certes, mais comme une douleur éprouvée en fait par quelqu'un d'autre, par qui, par l'enfant qui est en elle, comment pareille chose peut-elle se produire, qu'un corps puisse sentir une douleur qui n'est pas sa douleur et, qui plus est, en sachant qu'elle n'est pas sa douleur, et malgré tout, à nouveau, en la sentant comme si c'était sa propre douleur, peut-être pas exactement de cette façon et par ces mots, disons plutôt comme un écho qui à cause de quelque étrange perversion des phénomènes acoustiques s'entendrait avec plus d'intensité que le son qui l'avait causé. Avec hésitation, n'ayant guère envie de savoir, Joseph demanda, Cela continue à te faire mal, et elle ne sut comment lui répondre, elle mentirait si elle disait non, elle mentirait si elle disait oui, voilà pourquoi elle se tait, mais la douleur est là et elle la sent, pourtant c'est aussi comme si elle se bornait à la regarder, impuissante à la soulager, à l'intérieur de son ventre les douleurs de son enfant lui font mal et elle ne peut lui venir en aide, il est si loin. Aucun ordre ne fut crié, Joseph ne se servit pas de la badine, mais ce qu'il y a de sûr et certain c'est que l'âne se remit en route avec plus d'alacrité, il gravit de bon cœur la pente abrupte qui mène à Jérusalem et il marche d'un pas leste comme s'il avait entendu dire qu'une mangeoire pleine l'attendait et enfin un vrai répit, mais ce qu'il ne sait pas c'est qu'il devra encore parcourir un bon bout de chemin avant d'arriver à Bethléem, et quand il arrivera là-bas il se rendra compte que finalement les choses ne sont pas aussi simples qu'elles en avaient l'air, il serait évidemment très beau de pouvoir annoncer, Veni, vidi, vici, comme le proclama Jules César au temps de sa gloire, on a vu ensuite comment cela a fini, il est mort des mains de son propre fils, lequel n'avait d'autre excuse que d'être un enfant adoptif. Elle vient de loin et semble ne jamais devoir finir, la guerre entre les pères et les fils, l'héritage des fautes, le rejet du sang, le sacrifice de l'innocence.

Comme ils franchissaient la porte de la ville, Marie ne put retenir un cri de douleur lancinante, comme si une lance l'avait transpercée. Joseph fut le seul à l'entendre, tant le bruit que faisaient les gens était grand, les animaux étaient passablement moins bruyants, mais tous ensemble ils produisaient un vacarme de foire qui ne permettait guère d'entendre ce qui se disait tout près. Joseph choisit la voie du bon sens, Tu n'es pas en état de continuer, le mieux sera de chercher un gîte ici et demain j'irai à Bethléem au recensement, je dirai que tu es en couches, tu iras là après si c'est nécessaire, car je ne sais pas comment sont les lois des Romains, il suffit peut-être que le chef de famille se présente, surtout dans un cas comme celui-ci, et Marie répondit, Je ne sens plus de douleurs, et c'était vrai, le coup de lance qui l'avait fait crier s'était transformé en une piqûre d'épine, continue, certes, mais supportable, qui rappelait sa présence à la façon d'un cilice. Joseph fut plus soulagé qu'on ne peut l'imaginer car il était tourmenté par la perspective de devoir chercher un abri dans le labyrinthe des rues de Jérusalem en des circonstances aussi angoissantes, avec sa femme en douloureux travail d'enfantement, et lui, comme n'importe quel homme, était effrayé par la responsabilité, mais il ne voulait pas l'avouer. En arrivant à Bethléem, se disait-il, qui ne doit pas différer beaucoup de Nazareth en taille et en importance, les choses seront sûrement plus faciles, car on sait que dans les petits villages où tout le monde se connaît la solidarité est d'habitude un mot moins vain. Si Marie ne se plaint plus, c'est soit que les douleurs ont passé, soit qu'elle réussit à les supporter, et dans un cas comme dans l'autre, hue, en route pour Bethléem. L'âne reçoit une claque sur la croupe, ce qui, tout bien considéré, est moins un encouragement à presser le pas, décision assez difficile dans le désordre indescriptible de la circulation dans lequel ils sont pris, que l'expression affectueuse du soulagement de Joseph. Les commerces envahissent les ruelles étroites, des gens de mille races et langues se coudoient, et le passage, comme par miracle, ne se désencombre et n'est facilité que lorsque au fond de la rue apparaît une patrouille de soldats romains ou une caravane de chameaux, alors c'est comme si les eaux de la mer Rouge se séparaient. Peu à peu, à force d'adresse et de patience, les deux voyageurs de Nazareth et leur âne laissèrent derrière eux ce bazar gesticulant et agité, ces gens ignorants et distraits auxquels il n'aurait servi à rien de dire, Cet homme que tu vois là-bas c'est Joseph et la femme qui est enceinte jusqu'aux dents, oui, elle, son nom est Marie, tous deux vont à Bethléem se faire recenser, et s'il est vrai que ces identifications bénévoles que nous fournissons ici n'avanceraient à rien c'est parce que nous vivons sur une terre si foisonnante en noms prédestinés qu'on y trouve aisément des Joseph et des Marie de tous

78

âges et de toutes conditions, pour ainsi dire au coin de chaque rue, et n'oublions pas que ceux que nous connaissons ne doivent pas être les seuls de ce nom à attendre un enfant, de même, pour tout dire, nous ne serions pas autrement surpris si à cette même heure et autour de ces mêmes parages naissaient en même temps, séparés seulement par une rue ou par une moisson, deux enfants du même sexe, des garçons, s'il plaît à Dieu, mais qui auront sûrement des destins différents, même si dans une ultime tentative de donner un fondement aux astrologies primitives de cette ère antique nous en venions à leur donner le même nom, Yeschua, ce qui est comme dire Jésus. Et qu'on ne nous dise pas que nous devançons les événements en donnant un nom à un enfant qui doit encore naître, la faute en incombe au charpentier qui depuis longtemps s'est mis dans la tête que tel sera le nom de son premier-né.

Les voyageurs sortirent par la porte sud, prenant la route pour Bethléem d'un cœur léger, maintenant qu'ils sont si près de leur destination ils vont pouvoir se reposer des longues et dures étapes, encore qu'une autre et non négligeable fatigue attende la pauvre Marie qui, elle seule et personne d'autre, aura pour tâche de mettre au monde son enfant, Dieu sait où et comment. Car bien que Bethléem, selon les écritures, soit le lieu de la maison et du lignage de David auquel Joseph affirme appartenir, avec le passage du temps le charpentier n'y a plus de parents, ou s'il en a il n'a pas de nouvelles d'eux, circonstance négative qui laisse pressentir, alors que nous sommes encore en chemin, la difficulté qu'aura le couple à se loger, car vraiment Joseph ne peut pas en arrivant aller frapper à n'importe quelle porte et dire, J'ai avec moi mon enfant qui veut naître, et voir arriver la maîtresse de maison, toute souriante et joyeuse, Entrez, entrez, monsieur Joseph, l'eau est déjà chaude, la natte étendue sur le sol, le lange de lin préparé, mettez-vous à l'aise et faites comme chez vous. Il en aurait été ainsi à l'âge d'or, quand le loup, pour ne pas avoir à tuer l'agneau, se nourrissait d'herbes sauvages, mais cet âge-ci est dur et de fer, le temps des miracles soit est passé soit n'est pas encore arrivé, d'ailleurs on a beau dire, un miracle, un vrai miracle n'est pas une bonne chose s'il faut altérer la logique et la raison des choses pour les rendre meilleures. Joseph a presque envie de ralentir le pas pour affronter plus tard les difficultés qui l'attendent, mais la pensée qu'il aura bien plus de difficultés encore si son enfant naît au milieu du chemin le pousse à presser le pas de l'âne, animal résigné qui est le seul à savoir comment il peut encore avancer tant il est fatigué, car Dieu, s'il sait quelque chose, c'est à propos des hommes, et encore pas de tous, car ceux qui vivent comme des ânes, ou pire, sont innombrables, or Dieu ne s'est pas donné la peine de le vérifier et d'y pourvoir. Un compagnon de voyage avait dit à Joseph qu'à Bethléem il y avait un caravansérail, secours social qui à première vue résoudra le problème de la difficulté d'installation que nous avons minutieusement analysée, mais même un charpentier fruste a droit à ses pudeurs, imaginons la honte que serait pour cet homme de voir sa propre femme exposée à des curiosités malsaines, un caravansérail tout entier en train de chuchoter des grossièretés, surtout ces âniers et ces chameliers qui sont aussi bruts que les bêtes qu'ils fréquentent, leur cas à eux étant beaucoup plus grave en comparaison, car ils ont le don divin de la parole et elles pas. Joseph décide donc d'aller demander aide et conseil aux anciens de la synagogue et il est surpris en son for intérieur de ne pas y avoir pensé plus tôt. Maintenant, le cœur est un peu plus léger, il pense qu'il serait bon de demander à Marie comment vont ses douleurs, pourtant il ne prononce pas le mot, souvenons-nous que tout cela est sale et impur, depuis la fécondation jusqu'à la naissance, ce sexe terrifiant de la femme, gouffre et abîme, siège de tous les maux du monde, l'intérieur labyrinthique, le sang et les humeurs, les écoulements, la perte des eaux, l'arrière-faix répugnant, mon Dieu, pourquoi as-tu voulu que tes enfants favoris, les hommes, naissent de l'immondice, alors qu'il aurait été préférable, pour toi et pour nous, de les faire de lumière et de transparence, hier, aujourd'hui et demain, le premier d'entre eux, celui du milieu et le dernier, et de même pour tous, sans différence entre nobles et plébéiens, entre rois et charpentiers, tu te contenterais d'apposer un signe effrayant sur ceux qui en grandissant seraient destinés à devenir irrémédiable-ment immondes. Retenu par tous ces scrupules, Joseph finit par poser la question d'un ton presque indifférent, comme si, occupé par des questions supérieures, il condescendait à s'informer de servitudes mineures, Comment te sens-tu, dit-il, et c'était justement l'occasion d'entendre une réponse neuve, car Marie, quelques moments plus tôt, avait commencé à remarquer une dif-férence dans la configuration des douleurs qu'elle éprou-vait, mot excellent que celui-ci, mais employé à rebours car il serait bien plus exact de dire que c'étaient finale-ment les douleurs qui éprouvaient Marie.

Ils marchaient déjà depuis plus d'une heure et Bethléem ne pouvait plus être très loin. Or, sans que l'on pût comprendre pourquoi, car les choses ne sont pas toujours accompagnées de leur propre explication, la route était déserte depuis que tous deux avaient quitté Jérusalem, ce qui peut sembler étonnant, Bethléem étant si près de la ville, et il serait naturel qu'il y ait là un va-et-vient continu de gens et de bêtes. Depuis l'endroit où la route avait bifurqué, quelques stades* après Jéru-salem, une voie allant vers Beer-Sheva et celle-ci vers Bethléem, c'était comme si le monde s'était renfermé,

* Stade : environ 185 mètres.

replié sur lui-même, si le monde pouvait être représenté par une personne nous dirions qu'il se couvrait les yeux avec son manteau, écoutant le pas des voyageurs comme nous écoutons le chant d'oiseaux que nous ne pouvons voir, cachés dans les branches, les oiseaux, mais nous aussi, car c'est ainsi que nous imaginent les oiseaux dissimulés dans le feuillage. Joseph, Marie et l'âne avaient traversé le désert, car le désert n'est pas ce que l'on pense vulgairement, désert est tout ce qui est absence d'hommes, encore que nous ne devions pas oublier qu'il n'est pas rare de trouver des déserts et des aridités mortelles au milieu de la foule. A droite se trouve le tombeau de Rachel, l'épouse que Jacob dut attendre quatorze ans, après sept ans de service accompli on lui donna Lia et seulement au bout d'un nombre égal d'années la femme aimée, laquelle devait mourir à Bethléem en donnant le jour à un enfant auquel Jacob donnerait le nom de Benjamin, ce qui veut dire fils de ma main droite, mais qu'avant sa mort elle avait nommé à fort juste titre Benoni, ce qui signifie fils de mon malheur, Dieu veuille que cela ne soit pas un présage. On distingue à présent les premières maisons de Bethléem, couleur de terre comme celles de Nazareth, mais celles-ci semblent pétries de jaune et de gris et elles sont livides sous le soleil. Marie est presque évanouie, son corps se déséquilibre à chaque instant au-dessus de la couffe, Joseph doit la soutenir, et elle, pour mieux pouvoir se retenir, passe un bras par-dessus son épaule, dommage que nous soyons dans le désert et que personne ne soit là pour voir une si jolie image, si hors de l'ordinaire. Ils entrent ainsi à Bethléem.

Joseph demanda tout de même où était le caravansérail, car il avait pensé qu'ils pourraient peut-être se reposer là pendant le restant du jour, et pendant la nuit, puisque malgré les douleurs dont Marie continuait à se plaindre il ne semblait pas que l'enfant fût déjà sur le point de naître. Mais le caravansérail, de l'autre côté du village, sale et bruyant, mélange de bazar et d'écurie comme tous ces endroits, même s'il n'était pas encore plein car il était tôt, n'avait pas un seul recoin abrité qui fût libre et vers la fin de la journée ce serait bien pire encore, avec l'arrivée des chameliers et des âniers. Les voyageurs revinrent sur leurs pas, Joseph laissa Marie sur une petite place entre des murs de maisons, à l'ombre d'un figuier, et il se mit en quête des anciens, comme il avait d'abord envisagé de le faire. Le simple zélateur qui se trouvait dans la synagogue ne put rien faire d'autre qu'appeler un gamin qui jouait par là et l'envoyer conduire l'étranger à un des anciens qui, on pouvait l'espérer, prendrait les mesures appropriées. Le sort, qui protège les innocents quand il se souvient d'eux, le sort voulut que Joseph, lors de cette nouvelle démarche, dût passer sur la place où il avait laissé sa femme, cela sauva Marie, car l'ombre maléfique du figuier était presque en train de la tuer, négligence impardonnable de la part de l'un et de l'autre dans une contrée où ces arbres abondent et où l'on a l'obligation de savoir ce qu'on peut en attendre de mauvais et de bon. De là, ils s'en furent tous comme des condamnés à la recherche de l'ancien, qui finalement était dans les champs et ne reviendrait pas de sitôt, telle fut la réponse qu'on donna à Joseph. Alors le charpentier prit son courage à deux mains et demanda d'une voix sonore si dans cette maison là-bas ou dans une autre, Si vous m'entendez, quelqu'un voudrait-il, au nom de Dieu qui voit tout, donner un refuge à sa femme qui est sur le point d'avoir un enfant, il doit sûrement y avoir par là un coin à l'abri, les nattes il les avait avec lui. Et aussi, Où pourrais-je trouver dans ce village une matrone pour aider à l'accouchement. Le pauvre Joseph disait honteusement ces choses énormes et intimes, encore plus honteux de se sentir rougir en les disant. L'esclave qui l'écoutait à la porte s'en fut porter à l'intérieur le message, la requête et la protestation, cela prit du temps, elle revint avec la réponse, ils ne pouvaient pas rester là, qu'ils cherchent une autre maison mais qu'ils ne la tiennent pas pour certaine, et sa maîtresse leur faisait dire que le mieux pour eux serait encore de s'abriter dans une des nombreuses grottes qu'il y avait sur ces coteaux, Et la matrone, demanda Joseph, à quoi l'esclave répondit que si ses maîtres l'y autorisaient et si lui acceptait, elle-même pourrait aider, car les occasions de voir et d'apprendre ne lui avaient pas manqué dans la maison, tout au long de ces années. En vérité, ces temps sont bien durs, confirmation vient d'en être donnée à l'instant même, où une femme sur le point d'avoir un enfant venant frapper à notre porte, nous lui refusons la remise dans la cour et nous l'envoyons accoucher dans une grotte comme les ourses et les louves. Toutefois nous eûmes un sursaut de conscience et, nous levant d'où nous étions, nous allâmes à la porte voir qui étaient ces gens qui cherchaient un abri pour une raison aussi urgente et hors de l'ordinaire, et quand nous aperçûmes l'expression douloureuse de la malheureuse créature, notre cœur de femme s'apitoya et nous justifiâmes notre refus avec des paroles mesurées, arguant du manque de, Les fils et les filles sont si nombreux dans cette maison, les petits-fils et les petites-filles, les gendres et les brus, que vous ne pouvez loger ici, mais l'esclave vous mènera à une grotte qui nous appartient et qui a servi d'étable, vous y serez installés commodément, il n'y a pas de bêtes là-bas en ce moment, et ayant dit ces choses et écouté les remerciements de ces pauvres gens, nous nous retirâmes dans ce refuge qu'était notre foyer, éprouvant dans les tréfonds de notre âme le réconfort ineffable que donne la paix de la conscience.

Avec toutes ces allées et venues, ces marches et ces haltes, ces requêtes et ces demandes, le bleu vif du ciel s'était atténué, le soleil ne tardera pas à se cacher derrière la montagne. L'esclave Zélomi, car tel est son nom, marche devant, guidant les pas, elle porte un pot avec des braises pour le feu, un poêlon d'argile pour chauffer l'eau, du sel pour frotter le nouveau-né, car il ne faudrait pas qu'il attrape une infection. Et comme Marie a assez de linge et que Joseph a dans sa besace le couteau avec lequel le cordon ombilical sera coupé, si Zélomi ne préfère pas le trancher avec ses dents, l'enfant peut naître, finalement une étable fait aussi bien l'affaire qu'une maison et seul qui n'a pas eu l'heur de dormir dans une mangeoire ignore qu'il n'y a rien au monde qui ressemble plus à un berceau. L'âne, lui au moins, ne verra pas de différence, la paille est la même au ciel et sur la terre. Ils arrivèrent à la grotte vers l'heure de tierce, quand le crépuscule en suspens dorait encore les collines, et s'ils tardèrent, ce ne fut pas tellement à cause de la distance, mais parce que Marie, maintenant qu'elle avait le gîte garanti et qu'elle pouvait enfin s'abandonner à la souffrance, implorait par tous les anges qu'on la conduisît avec précaution, car chaque glissement des sabots de l'âne sur les pierres lui faisait connaître les affres de l'agonie. Dans la caverne il faisait sombre, la lumière extérieure affaiblie s'arrêtait d'emblée à l'entrée, mais bientôt, approchant une poignée de paille des braises et soufflant dessus, avec le bois sec qui se trouvait là l'esclave fit une flambée qui fut comme une aurore. Puis elle alluma la lampe suspendue à une saillie du mur et, ayant aidé Marie à s'étendre, elle alla chercher de l'eau aux puits de Salomon tout près de là. Quand elle revint, elle trouva Joseph complètement désemparé, ne sachant que faire, et nous ne devons pas le blâmer, car on n'apprend pas aux hommes à se comporter utilement dans ce genre de situations, d'ailleurs ils ne veulent pas apprendre, tout ce qu'ils seront capables un jour de faire c'est de prendre la main de leur femme souffrante et d'attendre que tout se passe pour le mieux. Marie toutefois est seule, le monde s'écroulerait d'étonnement si un Juif de ce temps-là osait faire ce petit geste. L'esclave entra, prononça une parole de soutien, Courage, puis s'agenouilla entre les jambes écartées de Marie, car les jambes des femmes doivent être ainsi écartées pour ce qui entre et pour ce qui sort, Zélomi avait perdu le compte des enfants qu'elle avait vus naître et la souffrance de cette femme est pareille à celle de toutes les autres femmes, ainsi qu'il fut décidé par le Seigneur quand Ève pécha par désobéissance, J'augmenterai les souffrances de ta grossesse et tes enfants naîtront dans la douleur, et aujourd'hui, au bout de tant de siècles, avec tant de douleur accumulée, Dieu ne se tient toujours pas pour satisfait et l'agonie continue. Joseph n'était déjà plus là, il n'est même pas à l'entrée de la grotte. Il a fui pour ne pas entendre les cris, mais les cris le poursuivent, c'est comme si la terre elle-même criait, à tel point que trois bergers qui passaient non loin de là avec leurs troupeaux de brebis s'en furent vers Joseph pour lui demander, Qu'est-ce que c'est cela, on dirait que la terre crie, et il répondit, C'est ma femme qui accouche dans cette grotte, et ils dirent, Tu n'es pas d'ici, nous ne te connaissons pas, Nous sommes venus de Nazareth en Galilée pour le recensement, à l'heure où nous sommes arrivés ses douleurs se sont accrues et maintenant l'enfant est en train de naître. Le crépuscule permettait à peine de voir le visage des quatre hommes, bientôt leurs traits s'effaceraient complètement, mais les voix poursuivaient, elles, Tu as de la nourriture, demanda un des bergers, Peu, répondit Joseph, et la même voix, Quand tout sera terminé, viens me le dire et je t'apporterai du lait de mes brebis, et aussitôt on entendit une deuxième voix, Et moi je te donnerai du fromage. Il y eut un long silence inexpliqué avant que le troisième berger ne parle. Finalement, d'une voix qui semblait elle aussi venir de sous la terre, il dit, Et moi je lui apporterai du pain.

L'enfant de Joseph et de Marie naquit comme tous les enfants des hommes, sale du sang de sa mère, visqueux de ses mucosités et souffrant en silence. Il pleura parce qu'on le fit pleurer, et il pleurera pour ce même et unique motif. Enveloppé de langes, il repose dans la mangeoire, non loin de l'âne, mais il n'y a pas de danger qu'il soit mordu, car la bête est attachée court. Zélomi sortit enterrer l'arrière-faix au moment où Joseph approchait. Elle attend qu'il entre et reste à respirer la brise fraîche du crépuscule, aussi fatiguée que si c'était elle qui avait accouché, c'est ce qu'elle s'imagine car elle n'a jamais eu d'enfants à elle.

Descendant la colline, trois hommes approchent. Ce sont les bergers. Ils pénètrent ensemble dans la grotte. Marie est couchée et a les yeux fermés. Joseph, assis sur une pierre, appuie le bras sur le rebord de la mangeoire et semble garder son fils. Le premier berger s'avança et dit, De ces mains j'ai trait mes brebis et j'ai recueilli leur lait. Marie, ouvrant les yeux, sourit. Le deuxième berger s'approcha et dit à son tour, De ces mains j'ai travaillé le lait et j'ai fabriqué le fromage. Marie fit un signe de tête et sourit de nouveau. Alors, le troisième berger fit un pas en avant, aussitôt il parut remplir la grotte de sa haute stature et il dit, mais il ne regardait ni le père ni la mère de l'enfant nouveau-né, De mes mains j'ai pétri ce pain que je t'apporte, je l'ai cuit avec le feu qui se trouve seulement à l'intérieur de la terre. Et Marie sut qui il était.

Comme toujours depuis que le monde est monde, pour chaque être qui naît il en est un autre qui agonise. Celui qui nous occupe maintenant, nous parlons de l'être qui est à l'article de la mort, c'est le roi Hérode, qui souffre en outre, et bien plus cruellement qu'on ne le dira, d'une terrible démangeaison qui le rend presque fou, comme si les minuscules et féroces mandibules de cent mille fourmis infatigables rongeaient son corps. Après avoir essayé sans aucune amélioration tous les baumes utilisés jusqu'à ce jour sur tout l'orbe connu, sans en exclure ni l'Égypte ni l'Inde, les médecins du roi, ayant perdu la tête ou, pour être plus exact, craignant de la perdre, se mirent à concocter au hasard des bains et des lavements, mélangeant dans de l'eau ou de l'huile n'importe quelles herbes ou poudres dont on avait un jour dit du bien, même si les indications de la pharmacopée étaient contraires. Fou de douleur et de fureur, l'écume aux lèvres comme s'il avait été mordu par un chien enragé, le roi menace de les faire tous crucifier s'ils ne découvrent pas promptement un remède à ses maux qui, ainsi qu'il fut déjà signalé, ne se bornent pas à l'urtication insupportable de sa peau ni aux convulsions qui le terrassent fréquemment et le précipitent sur le sol, faisant de lui un écheveau torturé et recroquevillé, les yeux exorbités, les mains déchirant les vêtements sous lesquels, se multipliant, les fourmis poursuivent leur besogne dévastatrice. Bien pire, bien pire véritablement, était la gangrène qui s'était manifestée ces derniers jours et cette horreur sans nom ni explication dont on parle en secret dans le palais, les vers qui infestent les organes génitaux de la royale personne et qui, eux, le dévorent vivant. Les cris d'Hérode retentissent dans les salles et les galeries du palais, les eunuques directement à son service ne dorment ni ne se reposent, les esclaves d'un rang inférieur évitent de se trouver sur son chemin. Traînant un corps qui pue la pourriture, malgré les parfums dont ses vêtements sont imbibés et dont ses cheveux teints sont oints, Hérode n'est maintenu en vie que par la fureur. Transporté sur une litière, entouré de médecins et de gardes en armes, il parcourt le palais d'un bout à l'autre à la recherche des traîtres que depuis longtemps il voit ou devine partout, et son doigt pointe subitement sur un chef d'eunuques qui gagnait trop d'influence ou sur un pharisien récalcitrant qui vitupère contre ceux qui désobéissent à la loi quand ils devraient être les premiers à la respecter, et en l'occurrence il n'est pas nécessaire de prononcer de nom pour savoir de qui il s'agit, le doigt peut aussi désigner ses propres fils Alexandre et Aristobule, emprisonnés et condamnés aussitôt à mort par un tribunal de nobles convoqué d'urgence pour rendre cette sentence-là et pas une autre, mais qu'aurait pu faire d'autre ce pauvre roi qui voyait dans ses songes hallucinés ces mauvais fils s'avancer vers lui en brandissant une épée nue et qui dans le plus abominable des cauchemars regardait comme en un miroir sa propre tête coupée. Il a réussi à échapper à cette fin terrible et maintenant il peut contempler tranquillement les cadavres de ceux qui, il y a une minute encore, étaient les héritiers d'un trône, ses propres fils, accusés de conspiration, d'abus et d'arrogance, tués par strangulation.

Mais voici qu'à présent un autre cauchemar, venu des ombres les plus épaisses de son cerveau, l'arrache à grands cris au sommeil bref et inquiet dans lequel il tombe par pur épuisement, quand son esprit troublé lui fait apparaître le prophète Michée, celui qui vécut au temps d'Isaïe et fut le témoin de ces terribles guerres que les Assyriens apportèrent en Samarie et en Judée, et qui clame contre les riches et les puissants comme il sied à un prophète et comme il convient à notre histoire. Couvert de la poussière des batailles, la tunique souillée de sang frais, Michée fait irruption dans le rêve au milieu d'un fracas qui ne peut être de ce monde, comme s'il poussait de ses mains qui lancent des éclairs d'énormes portes de bronze, et d'une voix tonitruante il annonce, Le Seigneur va sortir de sa demeure, il va descendre et fouler les hauteurs de la terre, et aussitôt de menacer, Malheureux ceux qui projettent le méfait et qui manigancent le mal sur leur lit, au point du jour ils l'exécutent car ils en ont le pouvoir, convoitent-ils des champs, ils les volent, des maisons, ils s'en emparent, ils saisissent le maître et sa maison, l'homme et son héritage. Ensuite, chaque nuit, chaque fois qu'il a prononcé ces paroles, comme à un signal audible de lui seul, Michée disparaît comme s'il s'évanouissait en fumée. Pourtant, ce qui fait qu'Hérode se réveille dans l'angoisse et ruisselant de sueur n'est pas tellement l'étonnement devant les cris prophétiques, mais l'impression inquiétante que le visiteur nocturne se retire au moment précis où il semble qu'il va dire encore quelque chose, le bras se lève, la bouche s'ouvre, mais il garde ces paroles pour la prochaine fois. Or, chacun sait que ce roi Hérode n'est pas homme à s'effrayer de menaces, il n'éprouve même pas de remords des innombrables assassinats qui encombrent sa mémoire. Souvenons-nous qu'il a fait noyer le frère de la femme qu'il a le plus aimée dans sa vie, Maryamne, qu'il a fait étrangler le grand-père de celle-ci, et enfin elle-même, après l'avoir accusée d'adultère. Il est vrai qu'ensuite il est tombé dans une sorte de délire, au milieu duquel il appelait Maryamne comme si elle était encore vivante, mais il a guéri de son insanité à temps pour découvrir que sa belle-mère, âme damnée d'autres machinations antérieures, tramait une conspiration pour le renverser. En moins de temps qu'il n'en faut pour réciter un credo, la dangereuse intrigante est allée rejoindre le panthéon de la famille à laquelle Hérode s'était allié, pour le malheur des uns et des autres. Comme héritiers du trône, il resta alors au roi ses trois fils, Alexandre et Aristobule, dont nous avons déjà appris la fin malheureuse, et Antipatrus, qui prendra sans tarder le même chemin. Et comme tout dans la vie n'est pas fait de tragédies et d'horreurs, rappelons que pour le délassement et la consolation de son corps Hérode a eu jusqu'à dix épouses, dotées des plus magnifiques attributs physiques, même si à ce stade de sa vie elles ne lui servent plus à grand-chose et lui ne leur sert à rien. Alors, que le fantôme irascible d'un prophète vienne hanter les nuits du puissant roi de Judée et de Samarie, de Pérée et d'Idumée, de Galilée et de Gaulanitide, de Traconitide, d'Auranitide et de Batanée, le superbe monarque qui est le seigneur et l'auteur de tout cela, ne serait rien sans la menace indéfinissable sur laquelle à chaque fois le rêve s'interrompt, cet instant qui n'a pas rempli ses promesses et qui, pour cette raison même, garde intacte l'annonce d'une nouvelle menace, quelle menace, comment et quand se manifestera-t-elle.

Pendant ce temps, à Bethléem, pour ainsi dire jouxtant le palais d'Hérode, Joseph et sa famille continuaient à vivre dans la grotte, car comme le séjour prévu devrait être de brève durée il ne valait pas la peine de se mettre en quête d'une maison, d'autant plus qu'en ce temps-là déjà le problème du logement était un vrai casse-tête, avec la circonstance aggravante que n'avaient pas encore été inventés les loyers protégés et les sous-locations. Le huitième jour après la naissance, Joseph porta son premier-né à la synagogue pour le faire circoncire, là le prêtre coupa habilement avec un couteau de pierre et la dextérité du praticien le prépuce de l'enfant en pleurs, dont le destin, nous parlons du prépuce et pas de l'enfançon, donnerait à lui seul un roman, raconté à partir du moment où il n'est qu'un pâle anneau de peau qui saigne à peine jusqu'à sa sanctification glorieuse, quand Pascal Ier fut pape, au neuvième siècle de notre ère. Celui qui veut le voir, aujourd'hui, n'a qu'à se rendre dans la paroisse de Calcata, près de Viterbe, ville italienne, où il est exhibé dans un reliquaire pour l'édification des croyants endurcis et l'agrément des incrédules curieux. Joseph déclara que son fils s'appellerait Jésus, et il fut recensé ainsi sur les cadastres de Dieu, après l'avoir déjà été sur les registres de César. L'enfançon ne se résignait pas à la diminution qu'il venait de subir dans son corps, sans contrepartie pour son esprit, et il pleura tout au long de ce saint chemin jusqu'à la grotte où sa mère l'attendait avec anxiété, ce qui n'a rien d'étonnant vu qu'il était son premier-né, Pauvre petit, pauvre petit, dit-elle, et sur-le-champ, ouvrant sa tunique, elle lui donna à téter, d'abord le sein gauche, sans doute parce qu'il est plus près du cœur. Jésus, mais il ne peut encore savoir que c'est là son nom, pour l'heure il n'est rien d'autre qu'un petit être naturel, comme le poussin d'une poule, le chiot d'une chienne, l'agneau d'une brebis, Jésus, disions-nous, soupira d'une exquise satisfaction en sentant sur sa joue le doux poids du sein, l'humidité de la peau au contact d'une autre peau. Sa bouche s'emplit de la saveur douceâtre du lait maternel, et l'offense entre ses jambes, insupportable avant, est devenue lointaine, elle se dissipait dans une espèce de plaisir naissant qui n'en finissait pas de naître, comme si un seuil l'arrêtait, une porte fermée ou une interdiction. En grandissant il oubliera ces sensations primitives, au point de ne pouvoir imaginer qu'il les avait éprouvées, il en est de même pour nous tous, où que nous soyons nés, mais toujours d'une femme, et quel que soit le destin qui nous attend. Si nous osions poser semblable question à Joseph, indiscrétion dont Dieu nous délivrera, il répondrait que les préoccupations d'un chef de famille sont autres et plus sérieuses, il doit désormais faire face au problème de nourrir deux bouches, facilité d'expression à laquelle la réalité de l'enfant tétant directement sa mère ne retire pourtant pas sa force et sa propriété. Mais il est vrai que Joseph a de sérieuses raisons de se préoccuper, comment la famille va-t-elle vivre jusqu'à ce qu'ils puissent retourner à Nazareth, car Marie est sortie affaiblie de son accouchement et ne serait pas en état de faire le long voyage, sans compter qu'elle doit encore attendre que s'achève le temps de son impureté, trente-trois sont les jours pendant lesquels elle devra rester dans le sang de sa purification, comptés à partir du jour où nous sommes, celui de la circoncision. L'argent apporté de Nazareth, qui était déjà bien peu de chose, est sur le point de s'épuiser et il est impossible pour Joseph d'exercer ici son métier de charpentier, il n'a pas ses outils et il n'a pas les fonds nécessaires à l'achat du bois. Déjà en ce temps-là la vie des pauvres gens était difficile et Dieu ne pouvait pourvoir à tout. Une plainte brève et inarticulée provint de l'intérieur de la grotte, aussitôt étouffée, indiquant que Marie avait transféré son fils du sein gauche au sein droit, et l'enfant, un instant frustré, avait senti la douleur dans la partie offensée se raviver. D'ici peu, repu, il s'endormira dans les bras de sa mère et ne se réveillera pas quand elle le placera avec mille précautions dans le giron de la mangeoire, comme sous la garde d'une nourrice affectueuse et fidèle. Assis à l'entrée de la grotte, Joseph continue à se débattre avec ses pensées, à faire ses comptes, il sait qu'à Bethléem il n'a aucune chance, pas même en tant que salarié, car il avait déjà essayé, sans autre résultat que les paroles habituelles, Quand j'aurai besoin d'un aide je te ferai signe, ce sont là promesses qui ne remplissent pas le ventre, même si ce peuple vit de promesses depuis qu'il est né.

L'expérience a démontré mille fois, même chez les personnes peu enclines à la réflexion, que la meilleure façon d'avoir une bonne idée c'est de laisser courir sa pensée au gré de ses propres hasards et de ses propres inclinations, mais en la surveillant avec une attention qui doit sembler distraite, comme si on pensait à autre chose, et soudain, comme un tigre sur sa proie, on saute sur la trouvaille fortuite. Ce fut de cette manière que les fausses promesses des maîtres charpentiers de Bethléem menèrent Joseph à penser à Dieu et à ses vraies promesses et, de là, de fil en aiguille, au Temple de Jérusalem et aux travaux de construction encore en cours, bref, l'objet est blanc, c'est la poule qui l'a pondu, on sait que là où il y a des chantiers on a généralement besoin d'ouvriers, de maçons et de tailleurs de pierre en premier lieu, mais aussi de charpentiers, ne serait-ce que pour équarrir des solives et raboter des planches, opérations primaires à la portée de l'art de Joseph. Le seul défaut de cette solution, à supposer qu'on donne à Joseph un emploi, c'est la distance du lieu de travail, une bonne heure et demie de chemin, ou même davantage, en marchant d'un bon pas, car d'ici à là-bas ce ne sont que grimpées, sans le moindre saint alpiniste pour l'aider, sauf s'il prend l'âne avec lui, mais alors Joseph devra résoudre le problème de l'endroit où laisser la bête en sûreté, car ce n'est pas parce que cette terre est la préférée de Dieu par-dessus toutes que les voleurs en ont disparu, il suffit de se souvenir de ce que le prophète Michée dit chaque nuit. Joseph réfléchissait à ces questions complexes quand Marie sortit de la grotte, elle avait fini d'allaiter son fils et de l'installer confortablement dans la mangeoire. Comment va Jésus, demanda le père, conscient de la formulation un peu ridicule de sa question, mais incapable de résister à l'orgueil d'avoir un fils et de pouvoir le nommer. L'enfant va bien, répondit Marie, pour qui le moins important de tout était encore le nom, elle aurait même pu l'appeler l'enfant toute sa vie si elle n'avait eu la certitude que d'autres enfants viendraient fatalement à lui naître, et les appeler tous l'enfant engendrerait une confusion semblable à celle de Babel. Laissant les mots sortir comme s'il pensait simplement à haute voix, ce qui était une façon de ne pas permettre à sa femme trop de familiarité, Joseph dit, Il faut que je m'occupe de notre vie pendant que nous serons ici, car à Bethléem il n'y a pas de travail pour moi. Marie ne répondit pas, d'ailleurs elle n'avait pas à répondre, elle était là uniquement pour écouter et c'était déjà une grande faveur que son mari lui faisait. Joseph regarda le soleil, calculant le temps dont il disposerait pour aller et revenir, il alla chercher son manteau et sa besace dans la grotte et en revenant il annonça, Je vais avec Dieu et à Dieu je me confie pour qu'il me donne du travail dans sa maison, si pour une aussi grande faveur il trouve quelque mérite à celui qui place en lui tout son espoir et qui est un honnête artisan. Il rejeta le pan droit de son manteau par-dessus son épaule gauche, y plaça sa besace et sans un mot de plus se mit en route.

En vérité, il est des moments heureux. Bien que la construction du Temple fût déjà fort avancée, il y avait encore du travail pour de nouveaux embauchés, surtout si ceux-ci n'étaient pas exigeants au moment de fixer le montant de la paye. Joseph passa sans difficulté les épreuves d'aptitude auxquelles un contremaître de charpentiers le soumit, résultat inattendu qui devrait nous conduire à nous demander si nous n'avons pas été un peu injustes dans les commentaires défavorables que nous avons faits depuis le début de cet évangile à propos de la compétence professionnelle du père de Jésus. Le nouveau travailleur du Temple s'en alla en rendant profusément grâce à Dieu, il arrêta plusieurs fois en chemin des voyageurs qu'il croisait pour leur demander de l'accompagner dans ses louanges au Seigneur et dans leur bienveillance ceux-ci lui donnaient satisfaction avec de grands sourires, car pour ce peuple la joie de l'un fut presque toujours la joie de tous, nous parlons, bien entendu, des petites gens comme celles-ci. Quand il arriva à la hauteur du tombeau de Rachel, il eut une idée qui lui sera montée des entrailles plutôt qu'elle n'avait été engendrée dans son cerveau, et ce fut que cette femme qui avait tellement désiré un autre enfant était morte de la main de celui-ci, si on nous permet cette expression, et elle n'eut même pas le temps de le connaître, pas un mot, pas un regard, un corps qui se sépare d'un autre corps, aussi indifférent à lui qu'un fruit qui se détache de l'arbre. Ensuite il eut une pensée encore plus triste, il pensa que les enfants meurent toujours à cause des pères qui les ont engendrés et des mères qui les ont mis au monde, et alors il eut pitié de son propre enfant, condamné à mort sans être fautif. Angoissé, troublé, planté devant le tombeau de l'épouse la plus aimée de Jacob, le charpentier Joseph laissa retomber ses bras et pendre sa tête, tout son corps était baigné d'une sueur froide, et sur la route à présent il ne passait personne à qui il pût demander un secours. Il comprit que pour la première fois de sa vie il doutait du sens du monde et comme s'il renonçait à un dernier espoir il dit à voix haute, Je vais mourir ici. Peut-être que ces mots, dans d'autres cas, si nous étions capables de les prononcer avec toute la force et toute la conviction qu'on attribue à ceux qui se suicident, pourraient sans douleur ni larmes nous ouvrir à eux seuls la porte par laquelle on sort du monde des vivants, mais la plupart des hommes souffrent d'instabilité émotionnelle, un nuage en haut du ciel les distrait, une araignée tissant sa toile, un chien qui poursuit un papillon, une poule qui gratte la terre et qui caquette pour appeler ses poussins, ou quelque chose d'encore plus simple, qui vient de leur propre corps, comme sentir une démangeaison sur le visage et se gratter, et se demander ensuite, A quoi est-ce que je pensais. Ce fut pour cette raison que soudain le tombeau de Rachel redevint ce qu'il était, une petite construction blanchie à la chaux, sans fenêtres, tel un dé perdu et oublié parce qu'il était devenu inutile dans le jeu, la pierre qui bouche l'entrée tachée par la sueur et la saleté des mains des pèlerins qui viennent ici depuis les temps anciens, et tout autour des oliviers qui étaient peut-être déjà vieux quand Jacob choisit cet endroit pour en faire la dernière demeure de sa pauvre mère, sacrifiant ceux qu'il fallut abattre pour déblayer le terrain, tout cela finalement montre bien que le destin existe, le destin de chacun est entre les mains d'autrui. Alors Joseph s'en fut, mais avant de partir il proféra encore une bénédiction, celle qui lui sembla la plus adaptée à l'occasion et au lieu, il dit, Béni sois-tu, Seigneur, notre Dieu et Dieu de nos pères, Dieu d'Abraham, Dieu d'Isaac et Dieu de Jacob, grand, puissant et merveilleux Dieu, sois béni. Quand il entra dans la grotte, et avant même d'informer sa femme qu'il avait trouvé du travail, Joseph alla à la mangeoire regarder son fils qui dormait. Il se dit en son for intérieur, Il mourra, il devra mourir, et son cœur lui fit mal, mais ensuite il pensa qu'en raison de l'ordre naturel des choses lui-même serait le premier à mourir et que sa mort, en le retirant d'entre les vivants, en faisant de lui une absence, donnerait à son fils une espèce de, comment dire, d'éternité limitée, si on veut bien nous permettre cette contradiction, l'éternité qui consiste à durer encore quelque temps quand ceux que nous connaissons et aimons n'existent plus.

Joseph n'avait pas prévenu le chef d'équipe de son groupe qu'il ne serait là que quelques semaines, pas plus de cinq certainement, le temps de conduire son fils au

Temple, le temps que sa mère se purifie et le temps de faire les bagages. Il s'était tu de peur de ne pas être accepté, détail qui montre que le charpentier nazaréen n'était pas très au fait des relations de travail dans son pays, probablement parce qu'il se considérait et était réellement un travailleur indépendant, donc peu au courant des réalités du monde ouvrier, composé en ce temps-là presque exclusivement de tâcherons. Il comptait soigneusement les jours qui restaient, vingt-quatre, vingt-trois, vingt-deux, et pour ne pas se tromper il avait improvisé un calendrier sur une des parois de la grotte, dix-neuf, à l'aide de traits qu'il gravait successivement, seize, devant l'ébahissement respectueux de Marie, quatorze, treize, laquelle rendait grâce au Seigneur de lui avoir donné, neuf, huit, sept, six, un mari en tout si capable. Joseph lui avait dit, Nous partirons dès que nous serons allés au Temple, il me tarde de revoir Nazareth et aussi les clients que j'ai laissés là-bas, et elle, avec douceur, pour ne pas avoir l'air de le corriger, Mais nous ne pouvons pas partir d'ici sans remercier la propriétaire de la grotte et l'esclave qui m'a assistée, elle vient ici presque tous les jours pour savoir comment va l'enfant. Joseph ne répondit pas, il n'avouerait jamais qu'il n'avait pas pensé à un geste aussi élémentaire, la preuve était que sa première intention avait été d'emmener l'âne déjà chargé, de le donner à garder pendant le temps des rites, et hop, en route pour Nazareth, sans perdre de temps en remerciements et en adieux. Marie avait raison, ce serait grossier de s'en aller sans dire un mot, mais la vérité, si en toutes choses la pauvre vérité l'emportait, obligerait Joseph à confesser qu'il était assez déficient dans le domaine de la bonne éducation. Une heure durant, à cause de sa propre bévue il fut irrité contre sa femme, sentiment qui lui servait habituellement à étouffer les protestations de sa conscience. Ils resteraient donc deux ou trois jours de plus, ils feraient leurs adieux en bonne et due forme, avec tant de révérences et de saluts qu'il ne subsisterait plus ni doutes ni dettes, et alors enfin ils pourraient partir, laissant aux habitants de Bethléem le souvenir heureux d'une famille de Galiléens pieux, bien élevés et respectueux de leurs devoirs, et donc une exception digne d'être signalée si l'on songe à la piètre opinion qu'avaient généralement des gens de la Galilée les habitants de Jérusalem et des environs.

Arriva enfin le jour mémorable où l'enfant Jésus fut conduit au Temple dans les bras de sa mère, laquelle chevauchait l'âne patient qui depuis le début accompagne et aide cette famille. Joseph mène l'âne par le licou, il est pressé d'arriver car il ne veut pas perdre toute une journée de travail, bien qu'il soit à la veille du départ. Pour cette raison aussi ils étaient sortis de chez eux de bon matin, quand l'aube fraîche chassait encore de ses mains aurorales la dernière ombre de la nuit. Ils ont laissé derrière eux le tombeau de Rachel, une ardente couleur de grenade teintait sa façade au moment où ils passaient, ce ne semblait pas être le même mur que la nuit opaque rend livide et auquel la lune haute donne une blancheur menaçante d'ossements ou couvre de sang à son lever. A un certain moment l'enfançon Jésus se réveilla, mais cette fois pour de bon, car avant il avait à peine ouvert les yeux quand sa mère l'avait emmailloté pour le voyage, et il réclama sa nourriture d'une voix geignarde, la seule qu'il ait pour le moment. Un jour, comme n'importe qui d'entre nous, il acquerra d'autres voix, qui lui permettront d'exprimer d'autres faims et d'expérimenter d'autres larmes.

Près de Jérusalem, sur la côte raide, la famille se confondit avec la multitude des pèlerins et des marchands qui affluaient vers la ville, tous semblant vouloir être les premiers à arriver mais modérant prudemment leur hâte et refrénant leur excitation à la vue des soldats romains, toujours par paires, qui surveillaient les attroupements, et de détachements de la troupe mercenaire d'Hérode dans laquelle on trouvait de tout, des recrues juives, évidemment, mais aussi des Iduméens, des Galates et des Thraces, des Germains et des Gaulois, et même des Babyloniens à la réputation d'archers très habiles. Joseph, charpentier et homme de paix, combattant de ces armes pacifiques qui s'appellent rabot et herminette, maillet et marteau, ou clous et chevilles, a pour ces fiers-à-bras des sentiments mélangés, faits de beaucoup de crainte et d'un peu de mépris, qui l'empêchent d'être naturel, même dans sa simple manière de les regarder. Voilà pourquoi il passe en baissant les yeux, et c'est Marie, toujours enfermée à la maison et ces dernières semaines plus retirée encore, cachée dans une grotte où elle n'est visitée que par une esclave, c'est Marie qui regarde tout avec curiosité autour d'elle, son petit menton levé d'un orgueil compréhensible car c'est son premier-né qu'elle porte là, elle, une faible femme, mais tout à fait capable, comme on le voit, de donner des enfants à Dieu et à son mari. Elle est si rayonnante de bonheur que des mercenaires gaulois, grossiers et brutaux, blonds, avec de grandes moustaches tombantes, en armes, mais attendris, semble-t-il, par ce renouveau du monde qu'est une jeune mère avec son premier-né, ces guerriers endurcis sourirent au passage de la famille, ils sourirent avec des dents pourries, il est vrai, mais c'est l'intention qui compte.

Voici le Temple. Vu ainsi de près, du plan inférieur où nous nous trouvons, c'est une construction qui donne le vertige, une montagne de pierres entassées sur des pierres, certaines telles qu'aucun pouvoir au monde ne semblerait capable de les équarrir, de les soulever, de les poser et de les ajuster, et pourtant elles sont là, unies par leur propre poids, sans mortier, aussi simplement que si le monde tout entier était un jeu de construction, jusqu'aux très hautes corniches qui, vues d'en bas, paraissent frôler le ciel, comme une autre et différente tour de Babel que la protection de Dieu ne réussira toutefois pas à sauver, car un destin semblable l'attend, ruine, confusion, sang répandu, voix qui demanderont mille fois, Pourquoi, imaginant qu'il existe une réponse, et qui tôt ou tard finiront par se taire, car seul le silence est certitude. Joseph s'en fut remiser son âne dans un caravansérail de bêtes, car au temps de la Pâque et des autres fêtes un chameau n'aurait même pas assez de place pour chasser les mouches avec sa queue, mais ces jours-ci, une fois passé le délai pour le recensement et les voyageurs étant rentrés dans leurs villages, l'affairement était normal et en cet instant passablement réduit à cause de l'heure matinale. Pourtant, dans la cour des Gentils qui entourait entre le grand quadrilatère des arcades l'enceinte du Temple proprement dite, il y avait une multitude de gens, des changeurs, des oiseleurs, des marchands de bétail qui vendaient des agneaux et des chevreaux, des pèlerins qui venaient là pour un motif ou un autre, et aussi beaucoup d'étrangers poussés par la curiosité de voir le temple qu'Hérode faisait construire et dont la renommée circule dans le monde entier. Mais la cour étant immense, quelqu'un qui se serait trouvé à l'autre bout n'aurait pas semblé plus grand qu'un insecte minuscule, comme si les architectes d'Hérode, s'attribuant le regard de Dieu, avaient voulu souligner l'insignifiance de l'homme devant le Tout-Puissant, surtout dès lors qu'il s'agit de Gentils. Car les Juifs, s'ils ne viennent pas simplement se promener en oisifs, ont au centre de la cour leur but, le centre du monde, l'ombilic des ombilics, le saint des saints. C'est là que se dirigent le charpentier et sa femme, c'est là que Jésus est conduit après que son père a acheté deux tourterelles à un commissaire du Temple, si pareille désignation convient à quelqu'un qui sert le monopole de ce négoce religieux. Les pauvres petits oiseaux ne savent pas ce qui les attend, encore que

102

l'odeur de viande et de plumes brûlées qui flotte dans l'air ne devrait tromper personne, sans parler d'odeurs beaucoup plus fortes, comme celle du sang, ou celle de la bouse des bœufs traînés au sacrifice et qui par peur prémonitoire se souillent fâcheusement. Joseph porte les tourterelles qu'il abrite au creux de ses mains rudes d'ouvrier, et elles, leurrées, de pur contentement donnent de doux coups de bec sur les doigts incurvés en forme de cage, comme pour dire à leur nouveau maître, Heureusement que tu nous as achetées, nous voulons rester avec toi. Marie ne regarde rien, à présent elle n'a d'yeux que pour son fils, et la peau de Joseph est trop dure pour sentir et déchiffrer le tendre morse du couple de tourterelles.

Ils vont entrer par la porte du Fagot, un des treize passages par où l'on parvient au Temple et qui, comme toutes les autres portes, est munie d'une plaque gravée en grec et en latin qui proclame, Aucun Gentil n'est autorisé à franchir ce seuil ni la barrière qui entoure le Temple, celui qui s'y hasardera le paiera de sa vie. Joseph et Marie entrent, Jésus entre, porté par eux, et le moment venu ils sortiront sains et saufs, mais les tourterelles mourront, nous le savions déjà, la loi l'exige pour reconnaître et confirmer la purification de Marie. Un esprit voltairien, ironique et irrespectueux, encore que peu original, ne laissera pas passer l'occasion de faire remarquer que l'existence d'animaux innocents, tourterelles ou agneaux, semble la condition du maintien de la pureté dans le monde. Joseph et Marie gravissent les quatorze degrés permettant d'accéder enfin à la plate-forme sur laquelle s'élève le Temple. Ici se trouve la cour des Femmes, à gauche se dresse le magasin de l'huile et du vin utilisés dans la liturgie, à droite la chambre des nazirs, qui sont des prêtres qui n'appartiennent pas à la tribu de Lévi et à qui il est interdit de se couper les cheveux, de boire du vin ou de s'approcher d'un cadavre.

En face, de l'autre côté de la porte d'entrée, à gauche et à droite respectivement, la chambre où les lépreux qui se croient guéris attendent que les prêtres viennent les observer et le magasin où l'on garde le bois, inspecté tous les jours car on ne peut mettre dans le feu de l'autel du bois pourri ou vermoulu. Marie n'a plus grand chemin à parcourir. Elle gravira encore les quinze degrés semi-circulaires qui mènent à la porte de Nicanor, appelée aussi Précieuse, mais elle s'arrêtera là car il n'est pas permis aux femmes d'entrer dans la cour des Israélites à laquelle conduit la porte. A l'entrée se tiennent les lévites qui attendent ceux qui viennent offrir des sacri-fices, dans ce lieu toutefois l'atmosphère est tout excepté pieuse, sauf si la piété était alors comprise d'une autre façon, il n'y a pas seulement l'odeur et la fumée des graisses brûlées, du sang frais, de l'encens, il y a aussi les vociférations des hommes, les beuglements, les bêle-ments, les mugissements des animaux qui attendent leur tour à l'abattoir, le dernier croassement âpre d'un oiseau qui naguère a su chanter. Marie dit au lévite qui les reçoit qu'elle vient pour sa purification et Joseph lui remet les tourterelles. L'espace d'un instant, Marie pose les mains sur les oiseaux, ce sera son seul geste, et aus-sitôt le lévite et son mari s'éloignent et disparaissent derrière la porte. Marie ne bougera pas avant que Joseph ne revienne, elle s'écarte simplement sur le côté pour ne pas obstruer le passage et, son enfant dans les bras, elle attend.

Là-dedans c'est une forge, une boucherie et un abat-toir. Au-dessus de deux grandes tables de pierre on pré-pare les victimes de grande taille, bœufs et veaux surtout, mais aussi des moutons et des brebis, des chèvres et des boucs. Près des tables il y a de hauts piliers où l'on suspend à des crocs scellés dans la pierre les carcasses des bêtes, on y observe l'activité frénétique de l'arsenal des bouchers, couteaux, coutelas, haches, scies, l'atmosphère est chargée de la fumée du bois et des cuirs brûlés, d'une vapeur de sang et de sueur, une âme, qui n'a même pas besoin d'être sainte, une âme vulgaire aura du mal à comprendre comment Dieu peut se sentir heureux au milieu d'un tel carnage, s'il est, comme il l'affirme, le père commun des hommes et des bêtes. Joseph doit rester à l'extérieur de la balustrade qui sépare la cour des Israélites de la cour des Prêtres, mais de là où il est il peut regarder tout à son aise le Grand Autel, qui a plus de quatre fois la hauteur d'un homme, et au fond le Temple, il s'agit enfin du Temple authentique, car on dirait ces boîtes mystérieuses qu'on fabriquait déjà à cette époque en Chine, les unes à l'intérieur des autres, nous l'apercevons de loin et nous disons le Temple, quand nous pénétrons dans la cour des Gentils nous disons de nouveau le Temple, et maintenant le charpentier Joseph, appuyé à la balustrade, regarde et dit, Le Temple, et c'est lui qui a raison, voici l'ample façade avec ses quatre colonnes adossées au mur, ornées de chapiteaux festonnés de feuilles d'acanthe, à la mode grecque, et la très haute embrasure de la porte, sans porte matérielle toutefois, mais pour pénétrer au-dedans, là où Dieu habite, dans le Temple des Temples, il faudrait enfreindre toutes les interdictions, franchir le Lieu Saint, appelé Héréal, et entrer enfin dans le Debir qui est, dernière et ultime boîte, le Saint des Saints, cette terrible chambre de pierre, vide comme l'univers, sans fenêtres, où la lumière du jour n'est jamais entrée et n'entrera jamais, sauf quand sonnera l'heure de la destruction et de la ruine et que toutes les pierres se ressembleront. Dieu est d'autant plus Dieu qu'il est inaccessible et Joseph n'est que le père d'un enfant juif parmi les enfants juifs qui va voir mourir deux tourterelles innocentes, le père, pas le fils, car celui-ci, innocent lui aussi, est resté dans les bras de sa mère, s'imaginant, si tant est qu'il le puisse, que le monde sera toujours ainsi.

Près de l'autel, fait de grandes pierres non équarries, qu'aucun outil métallique n'a touché depuis qu'elles ont été arrachées à la carrière pour venir occuper leur place dans la gigantesque construction, un prêtre, pieds nus, vêtu d'une tunique de lin, attend que le lévite lui remette les tourterelles. Il reçoit la première, la porte sur un coin de l'autel et là, d'un coup, il sépare la tête du corps. Le sang gicle. Le prêtre en asperge la partie inférieure de l'autel puis va placer l'oiseau décapité dans une rigole d'écoulement où celui-ci achève de se vider de son sang et où il ira le chercher une fois son service terminé car il lui appartient désormais. L'autre tourterelle bénéficiera de la dignité du sacrifice complet, ce qui veut dire qu'elle sera brûlée. Le prêtre gravit la rampe qui mène au sommet de l'autel où brûle le feu sacré, et sur la corniche, au deuxième angle du même côté, sud-est celui-ci, sud-ouest le premier, il décapite l'oiseau, il arrose avec le sang le sol de la plate-forme aux angles de laquelle se dressent des ornements ressemblant à des cornes de bélier et il lui arrache les viscères. Personne ne prête attention à ce qui se passe, c'est une mort insignifiante. Joseph, la tête levée, voudrait percevoir, identifier, dans la fumée générale et parmi les odeurs générales, la fumée et l'odeur de son sacrifice, quand le prêtre, après avoir salé la tête et le corps de l'oiseau, les jettera dans le brasier. Il ne peut guère avoir de certitude. Brûlant entre les flammes convulsées, attisées par la graisse, le petit corps éventré et flasque de la tourterelle ne remplit pas le creux d'une dent de Dieu. Et en bas, là où la rampe commence, trois prêtres déjà attendent. Un veau tombe foudroyé par le merlin, mon Dieu, mon Dieu, comme tu nous as faits fragiles et comme il est facile de mourir. Joseph n'a plus rien à faire ici, il doit se retirer, emmener sa femme et son fils. Marie est de nouveau propre, il ne s'agit pas évidemment d'une véritable pureté, les êtres humains en général et les femmes en particulier ne sauraient aspirer à tant, mais il se trouve qu'avec le temps et avec sa retraite ses flux et ses humeurs se sont normalisés, tout est redevenu comme avant, la seule différence étant qu'il y a deux tourterelles de moins dans le monde et un enfant de plus qui les a fait mourir. Ils sortirent du Temple par la porte par laquelle ils étaient entrés, Joseph alla chercher l'âne, et pendant que Marie s'installait sur le dos de l'animal en s'aidant d'une pierre, le père tint l'enfant, cela lui était déjà arrivé plusieurs fois, mais cette fois, peut-être à cause de cette tourterelle à laquelle il avait vu arracher les entrailles, il tarda à le rendre à sa mère, comme s'il pensait qu'aucun bras ne pourrait le défendre mieux que le sien. Il accompagna la famille à la porte de la ville puis il retourna au Temple pour y travailler. Il ira encore demain, pour finir la semaine, mais ensuite, loué soit pour toute l'éternité le pouvoir de Dieu, sans perdre un seul instant ils retourneront à Nazareth.

Cette même nuit, le prophète Michée dit ce qu'il avait tu jusque-là. Quand le roi Hérode dans ses rêves angoissants mais résignés attendait que l'apparition s'en aille après les clameurs habituelles, devenues anodines à force de répétition, laissant à fleur de lèvres une fois encore la menace en suspens, la silhouette formidable grandit subitement et des paroles nouvelles se firent entendre, Et toi, Bethléem, trop petite pour compter parmi les clans de Juda, de toi est sorti pour moi celui qui doit gouverner Israël. En cet instant précis le roi s'éveilla. Tel le son de la plus longue corde de la harpe, les paroles du prophète continuaient à résonner dans la pièce. Hérode resta les yeux ouverts, essayant de découvrir le sens ultime de la révélation, pour autant qu'il y en eût un, si absorbé par ses pensées qu'il sentait à peine les fourmis qui le rongeaient sous la peau et les vers qui bavaient sur ses dernières fibres intimes, les pourrissant. La prophétie ne contenait rien de nouveau, il la connaissait comme n'importe quel Juif, mais il n'avait jamais perdu son temps à se préoccuper d'annonces de prophètes, les conspirations à l'intérieur de ses murs lui suffisaient. Ce qui le troublait à présent c'était une inquiétude indéfinie, une sensation d'étrangeté angoissante, comme si les paroles entendues étaient en même temps elles-mêmes et autres, comme si elles cachaient dans une courte syllabe, dans une simple particule, dans un son bref, une menace urgente et redoutable. Il tenta d'écarter l'obsession et de se rendormir, mais son corps déchiré jusqu'aux entrailles s'y refusait et s'ouvrait à la souffrance, penser était une protection. L'œil rivé aux poutres du plafond dont les ornements semblaient agités par la clarté de deux torches odorantes tamisée par un pare-feu, le roi Hérode cherchait la réponse et ne la trouvait pas. Alors il appela à grands cris le chef des eunuques qui veillait sur son sommeil et il ordonna que comparaisse en sa présence sans tarder un prêtre du Temple et qu'il apporte avec lui le Livre de Michée.

Entre les allées et venues, du palais au Temple, du Temple au palais, presque une heure passa. L'aube commençait à poindre quand le prêtre entra dans la chambre. Lis, dit le roi, et le prêtre commença, Parole du Seigneur qui fut adressée à Michée de Morèsheth, aux jours de Yotam, Akhaz et Ézékias, rois de Juda. Il continua à lire jusqu'au moment où Hérode dit, Plus loin, et le prêtre, décontenancé, sans savoir pourquoi on l'avait convoqué, sauta à un autre passage, Malheureux, ceux qui projettent le méfait et qui manigancent le mal sur leur lit, mais à ce point il s'interrompit, atterré par son imprudence involontaire et, bousculant les mots comme s'il voulait faire oublier ce qu'il avait dit, il poursuivit, Il arrivera à la fin des temps que la montagne de la maison du Seigneur sera établie au sommet des montagnes et elle dominera les collines, Plus loin, gronda Hérode, impatient de ce retard à parvenir au passage qui l'intéressait, et le prêtre, enfin, Et toi, Bethléem, trop petite pour compter parmi les clans de Juda, de toi sortira pour moi celui qui doit gouverner Israël. Hérode leva la main, Répète, dit-il, et le prêtre obéit, Encore une fois, et le prêtre se remit à lire, Assez, dit le roi après un long silence, retire-toi. Tout s'expliquait maintenant, le livre annonçait une naissance future, c'est tout, tandis que l'apparition de Michée était venue lui dire que cette naissance avait déjà eu lieu, Il est sorti de toi pour moi, paroles extrêmement claires, comme celles de tous les prophètes, même quand nous continuons à mal les interpréter. Hérode réfléchit, réfléchit, son visage devint de plus en plus sombre, finit par être effrayant, puis il fit appeler le commandant de la garde et lui donna un ordre à exécuter sur-le-champ. Quand le commandant revint, Mission accomplie, il lui donna un nouvel ordre, mais pour le lendemain, d'ici à quelques heures. Il ne sera donc pas nécessaire d'attendre très longtemps pour savoir de quoi il s'agit, toutefois le prêtre, lui, ne parvint pas à vivre ce bref espace de temps car il fut tué par des brutes armées avant d'arriver au Temple. Il y a de nombreuses raisons de croire que ce fut là précisément le premier des deux ordres, tant la cause probable se trouve proche de l'effet nécessaire. Quant au Livre de Michée, il disparut, imaginez la perte que ç'aurait été s'il s'était agi d'un exemplaire unique.

Charpentier parmi les charpentiers, Joseph avait achevé de manger ses victuailles, il leur restait encore un peu de temps, à lui et à ses compagnons, avant que le chef de chantier ne donne le signal de la reprise du travail, Joseph pouvait demeurer assis, ou même s'étendre, fermer les yeux et s'abandonner à la contemplation complaisante de pensées agréables, imaginer qu'il avançait sur la route, qu'il pénétrait dans l'intérieur profond des monts de la Samarie, ou mieux encore, qu'il regardait du haut d'une colline son village de Nazareth, après lequel il avait tant soupiré. Il se réjouissait en son âme et se disait qu'était enfin arrivé le dernier jour de la longue séparation car demain, à la première heure, quand les dernières scintillations des astres se seront éteintes et que seule brillera dans le ciel l'étoile du Berger, il se mettra en route, chantant les louanges du Seigneur qui garde notre maison et guide nos pas. Il ouvrit soudain les yeux, alarmé, croyant s'être endormi et ne pas avoir entendu le signal, mais ce fut juste un bref assoupissement, ses compagnons étaient tous là, les uns bavardant, les autres somnolant, et le chef de chantier était tranquille, comme s'il avait décidé de donner des vacances à ses ouvriers et qu'il n'avait pas l'intention de se repentir de sa générosité. Le soleil était au zénith, un vent fort chassait de l'autre côté en courtes rafales la fumée des sacrifices et là où se trouve Joseph, dans un renfoncement qui donne sur les travaux de construction de l'hippodrome, ne parvient même pas le vacarme des boniments des marchands du Temple, c'est comme si la machine du temps s'était arrêtée et comme si elle aussi attendait l'ordre du grand intendant des ères et des espaces universels. Subitement, Joseph se sentit inquiet, lui qui un moment plus tôt était si heureux. Il promena son regard autour de lui, c'était le même spectacle familier du chantier auquel ses yeux s'étaient habitués tout au long de ces semaines, les pierres et les madriers, la poussière blanche et âpre de la pierre de taille, la sciure qui même au soleil n'arrivait jamais à sécher complètement, et plongé dans la confusion d'une angoisse soudaine et oppressante, voulant trouver une explication à cet état d'abattement, il pensa qu'il s'agissait peut-être d'un sentiment naturel chez quelqu'un qui va devoir laisser un ouvrage inachevé, même si ce n'est pas son ouvrage à lui et même s'il a de bonnes raisons de partir. Il se leva, calculant le temps dont il pourrait disposer, le chef de chantier ne tourna même pas la tête dans sa direction, et il décida de faire un tour rapide dans la partie de la construction où il avait travaillé, afin de dire adieu en quelque sorte aux planches qu'il avait polies, aux chevrons qu'il avait égalisés, pour autant qu'il soit possible de les reconnaître, car quelle est l'abeille qui peut dire, Ce miel c'est moi qui l'ai fait.

A la fin de cette brève promenade, comme il revenait à son devoir, il s'arrêta un instant pour contempler la ville qui s'élevait sur le coteau en face, tout entière construite en gradins, avec sa couleur de pierre roussie qui était comme la couleur du pain, le chef de chantier l'avait sûrement déjà appelé, mais maintenant Joseph n'était pas pressé, il regardait la ville et attendait il ne savait quoi. Le temps passa et rien n'arriva, Joseph murmura, du ton de qui renonce à quelque chose, Bon, il faut y aller, et à cet instant il entendit des voix qui venaient d'un chemin en contrebas de l'endroit où il se trouvait et, se penchant au-dessus du mur qui le séparait de lui, il vit trois soldats. Ils étaient certainement venus par ce chemin mais ils s'étaient arrêtés, deux d'entre eux, l'extrémité de leur lance posée par terre, écoutaient le troisième, qui était le plus vieux et probablement leur supérieur hiérarchique, quoique percevoir la différence n'était pas chose aisée pour quelqu'un ne disposant pas d'information sur le dessin, le nombre et la disposition des galons, sous leur forme habituelle d'étoiles, de sardines ou de chevrons. Les paroles dont le son était parvenu de façon confuse aux oreilles de Joseph étaient sans doute une question quelconque, par exemple, Ça aura lieu quand, puisque le subalterne disait, cette fois très clairement et du ton de quelqu'un qui répond, Au début de l'heure tierce, quand tout le monde sera rentré, et l'un des deux demanda, On sera combien, Je ne sais pas encore, mais on sera suffisamment nombreux pour encercler le village, Et l'ordre est donc de les tuer tous, Pas tous, non, seulement ceux qui ont moins de trois ans, Entre deux et quatre ans il sera difficile de savoir au juste quel âge ils ont, Et cela en fera combien, s'enquit le deuxième soldat, D'après le recensement, dit le chef, ça devrait faire environ vingt-cinq. Joseph écarquillait les yeux, comme si la compréhension de ce qu'il entendait pouvait pénétrer par eux, plutôt que par ses oreilles, tout son corps frissonnait, en tout cas il était patent et clair que ces soldats parlaient d'aller tuer des gens, Des gens, oui, mais quels gens, s'interrogeait-il lui-même, désorienté, inquiet, non, ce n'étaient pas des gens, ou plutôt si, c'étaient des gens, mais des enfants, Ceux qui ont moins de trois ans, avait dit le caporal, ou peut-être était-il sergent ou fourrier, et où cela aura-t-il lieu, Joseph ne pouvait guère se pencher au-dessus du mur et demander, L'opération a lieu où, les gars, il était baigné de sueur à présent, ses jambes flageolaient, alors la voix du subalterne se fit de nouveau entendre et son ton était à la fois grave et de soulagement, Heureusement pour nos enfants et pour nous que nous ne vivons pas à Bethléem, Et sait-on pourquoi on nous envoie tuer les enfants de Bethléem, demanda un des soldats, Le chef ne me l'a pas dit, j'imagine que lui-même ne le sait pas, c'est un ordre du roi et ça suffit. L'autre soldat, qui traçait des traits sur le sol avec le bout de sa lance, tel le destin qui partage et répartit, dit, Nous sommes bien malheureux, nous qui, non contents de pratiquer la part de mal qui nous est échue par la nature, devons encore être le bras de la méchanceté des autres et de leur pouvoir. Ces paroles ne furent pas entendues par Joseph qui s'était éloigné de sa palanque providentielle, tout d'abord doucement, à pas de loup, puis en courant follement, sautant au-dessus des pierres comme un cabri, anxieusement, mais en l'absence de son témoignage, il est licite de douter de l'authenticité de la réflexion philosophique, tant sur le fond que dans sa forme, étant donné la contradiction évidente entre la justesse remarquable des concepts et l'infime condition sociale de celui qui les aurait formulés.

Affolé, bousculant à présent tous ceux qui se mettaient en travers de son chemin, renversant des plateaux de fruits et des cages d'oiseaux, et même la table d'un changeur, sans entendre ou presque les cris furieux des vendeurs du Temple, Joseph ne pense qu'à son fils, on va lui tuer son fils et il ne sait même pas pourquoi, situation dramatique, cet homme a donné la vie à un enfant, faire et défaire, lier et délier, créer et supprimer. Soudain il s'arrête, il se rend compte du danger s'il continue sa course à perdre haleine, les gardes du Temple surgiront et l'arrêteront, il a une chance inexplicable qu'ils ne se soient pas encore aperçus du tumulte. Alors, dissimulant du mieux qu'il pouvait, tel un pou qui se réfugie à l'abri d'une couture, il se glissa au milieu de la foule et en un instant il devint anonyme, la seule différence était qu'il marchait un peu plus vite, mais dans ce labyrinthe de gens cela se remarquait à peine. Il sait qu'il ne doit pas courir tant qu'il ne sera pas arrivé à la porte de la ville, mais il est angoissé par la pensée que les soldats sont peut-être déjà en chemin, armés de terribles lances, de poignards et d'une haine sans raison, et si par malheur ils sont à cheval, trottant sur la route qui descend comme s'ils étaient en promenade, alors personne ne les rattrapera, quand j'arriverai, mon fils sera déjà mort, malheureux enfant, Jésus de mon âme, c'est en cet instant d'affliction profonde qu'une pensée stupide entre comme une insulte dans la tête de Joseph, le salaire, le salaire de la semaine qu'il va devoir perdre, et le pouvoir de ces viles choses matérielles est tel que son pas rapide, sans aller jusqu'à s'arrêter, se suspend un tant soit peu, comme pour donner à l'esprit le temps de peser les probabilités d'additionner pour ainsi dire les deux profits, la bourse et la vie. L'idée mesquine fut si subtile, comme une lumière fulgurante qui surgirait et s'évanouirait sans laisser le souvenir impérieux d'une image précise, que Joseph n'en ressentit même pas de honte, sentiment qui est si souvent, encore que pas assez, notre ange gardien le plus efficace.

Joseph sort enfin de la ville, la route en face est vide de soldats aussi loin que porte la vue, et à cette sortie on ne remarque pas de signes d'agitation populaire, comme cela serait sûrement le cas s'il y avait eu là une parade militaire, mais l'indice le plus sûr est encore celui que lui donnent les enfants, lesquels jouent à leurs jeux innocents sans faire montre de cette excitation guerrière qui s'empare d'eux quand défilent les bannières, les tambours et les clairons, ni de cette habitude ancestrale d'accompagner la troupe, car si les soldats étaient passés par là on ne verrait pas un seul garçon, ils escorteraient le détachement au moins jusqu'au premier tournant, peut-être que l'un d'eux, doué d'une vocation militaire plus affirmée, déciderait de la suivre jusqu'au bout de leur mission, et il saurait ainsi ce qui l'attend à l'avenir, tuer et être tué. Maintenant Joseph peut courir et il court, il court, il profite de la pente autant que le lui permet l'entrave que représente sa tunique, il l'a pourtant retroussée jusqu'aux genoux, mais comme dans un rêve il a la sensation angoissante que ses jambes sont incapables de suivre l'impulsion donnée par la partie supérieure de son corps, cœur, tête et yeux, mains qui veulent protéger et qui tardent horriblement. Certains s'arrêtent sur la route pour regarder, scandalisés, sa course éperdue, en vérité choquante, car ce peuple cultive généralement la dignité de l'expression et la retenue dans le maintien, la seule justification qu'a Joseph ce n'est pas d'aller sauver son fils, mais d'être galiléen, de ce peuple grossier et sans éducation, comme il fut dit plus d'une fois. Il passe devant le tombeau de Rachel, jamais cette femme n'aurait pensé avoir autant de raisons de pleurer ses enfants, de couvrir de cris et de clameurs les brunes collines à l'entour, de se griffer le visage, ou les os qui en subsistent, de s'arracher les cheveux ou de blesser son crâne nu. Maintenant Joseph quitte la route dès avant les premières maisons de Bethléem et s'engage à travers champs, dans les broussailles, Je prends le chemin le plus court, répondrait-il si nous voulions savoir la raison de cette innovation, et c'est peut-être réellement le plus court mais sûrement pas le plus commode. Évitant les rencontres avec les gens qui travaillent dans les champs, rasant les rochers pour ne pas être aperçu des bergers, Joseph dut faire un long détour pour arriver à la grotte où sa femme ne l'attend pas à cette heure et où son fils ne l'attend ni à cette heure ni à une autre, car il dort. Au milieu du raidillon de la dernière colline, ayant déjà devant lui la fente noire de la grotte, Joseph est assailli par une pensée terrible, l'idée que sa femme est au village et qu'elle a pris son fils avec elle, ce qui serait tout à fait naturel, les femmes étant comme elles sont, elle aura profité de ce qu'elle était seule pour aller dire adieu à loisir à l'esclave Zélomi et à plusieurs mères de famille qu'elle avait fréquentées d'un peu plus près tout au long de ces semaines, Joseph ayant pour tâche, lui, de remercier officiellement les propriétaires de la grotte. Pendant un instant, il se vit courant dans les rues du village, frappant aux portes, Est-ce que ma femme est ici, car il serait ridicule de dire, Est-ce que mon fils est ici, et devant son inquiétude quelqu'un lui demanderait, par exemple une femme avec un enfant dans les bras, Il s'est passé quelque chose, et lui, Non, rien, mais c'est que nous partons demain de bon matin et nous devons faire nos bagages. Vu d'ici, le village, avec ses maisons égales, ses terrasses plates, rappelle le chantier du Temple, pierres dispersées qui attendent que les ouvriers viennent les placer les unes sur les autres pour élever avec elles une tour de vigie, un obélisque triomphal, un mur pour les lamentations. Un chien aboya au loin, d'autres lui répondirent, mais le silence chaud de la dernière heure du soir flotte encore sur le village comme une bénédiction oubliée qui aurait presque perdu sa vertu, comme un lambeau de nuage qui s'évanouit.

L'arrêt dura à peine le temps d'en parler. Dans une dernière course le charpentier arriva à l'entrée de la grotte, il appela, Marie, tu es là, et elle lui répondit de l'intérieur, alors Joseph s'aperçut combien ses jambes tremblaient, de l'effort qu'il avait fait, nul doute, mais aussi à présent du choc de savoir que son fils était hors de danger. A l'intérieur, Marie coupait des légumes pour le souper, l'enfant dormait dans la mangeoire. Sans force, Joseph se laissa choir par terre mais se releva aussitôt, disant, Allons-nous-en, allons-nous-en, et Marie le regarda sans comprendre, On s'en va maintenant, demanda-t-elle, et lui, Oui, à l'instant même, Mais tu avais dit, Tais-toi et fais les baluchons pendant que je harnache l'âne, Nous ne soupons pas d'abord, Nous souperons en chemin, Il fera bientôt nuit, nous allons nous perdre, alors Joseph poussa un cri, Tais-toi, t'ai-je dit, et fais ce que je t'ordonne. Les larmes jaillirent dans les yeux de Marie, c'était la première fois que son mari élevait la voix, et sans dire un mot elle commença à ranger et à empaqueter leurs maigres biens, Vite, vite, répétait-il, pendant qu'il bâtait l'âne et serrait la sousventrière, puis, au hasard, il remplissait les couffes avec ce qui lui tombait sous la main, mélangeant tout, devant une Marie abasourdie qui ne reconnaissait plus son mari. Ils étaient prêts à partir, il ne restait plus qu'à recouvrir le feu de terre et à sortir, quand Joseph, ayant fait signe à sa femme de ne pas le suivre, s'approcha de l'entrée de la grotte et épia au-dehors. Un crépuscule gris confondait le ciel et la terre. Le soleil ne s'était pas encore couché, mais la brume épaisse, assez haute pour ne pas nuire à la vue des champs tout autour, empêchait la lumière de filtrer. Joseph tendit l'oreille, fit quelques pas, et soudain ses cheveux se dressèrent d'horreur, quelqu'un avait crié dans le village, un cri très perçant qui ne paraissait pas provenir d'une voix humaine, et aussitôt après, les échos semblaient retentir encore de colline en colline, une clameur de nouveaux cris et de pleurs emplit l'atmosphère, ce n'était pas les anges qui pleuraient sur le malheur des hommes, c'étaient les hommes qui devenaient fous sous un ciel vide. Lentement, comme s'il avait peur d'être entendu, Joseph recula vers l'entrée de la grotte, se heurtant à Marie qui n'avait pas obéi à l'ordre. Elle tremblait toute, Quels sont ces cris, demanda-t-elle, mais son mari ne lui répondit pas, il la poussa à l'intérieur et avec des mouvements rapides il commença à jeter de la terre sur le feu. Qu'est-ce que c'était que ces cris, demanda de nouveau Marie, invisible dans l'obscurité, et Joseph répondit, après un silence, On

118

tue des gens. Il fit une pause et ajouta comme une confidence, Des enfants, sur l'ordre d'Hérode, sa voix se brisa en un sanglot sec, C'est pour cela que je voulais que nous partions. On entendit un bruit d'étoffes et de paille remuée, Marie prenait son fils dans la mangeoire et le serrait contre sa poitrine, Jésus, on veut te tuer, les larmes étouffèrent le dernier mot, Tais-toi, dit Joseph, ne fais pas de bruit, peut-être que les soldats ne viendront pas ici, l'ordre est de tuer les enfants de Bethléem qui ont moins de trois ans, Comment le sais-tu, Je l'ai entendu dire dans le Temple, c'est pour cela que je suis venu ici en courant, Et maintenant, qu'allons-nous faire, Nous sommes en dehors du village, il ne serait pas naturel que les soldats viennent fouiller toutes ces grottes, l'ordre a dû être d'aller simplement dans les maisons, si personne ne nous dénonce nous sommes sauvés. Il approcha de nouveau de l'entrée pour regarder, sortant à peine le corps, les cris avaient cessé, on n'entendait plus qu'un chœur plaintif qui diminuait peu à peu, le massacre des innocents était terminé. Le ciel était toujours couvert, la nuit était tombée et la brume haute avait fait disparaître Bethléem de l'horizon des habitants célestes. Joseph dit, Ne sors pas de là, je vais jusqu'à la route voir si les soldats sont partis, Fais attention, dit Marie, et elle ne songea pas que son mari ne courait aucun danger, la mort visait les enfants de moins de trois ans, sauf si quelqu'un était allé sur la route dans le même but et le dénonçait en disant, Cet homme est le charpentier Joseph, père d'un garçon qui n'a pas encore deux mois et qui s'appelle Jésus, c'est peut-être celui de la prophétie, car pour ce qui est de nos fils à nous nous n'avons jamais lu ou entendu dire qu'ils soient destinés à des royautés, et encore moins maintenant qu'ils sont morts.

A l'intérieur de la grotte l'obscurité était palpable. Marie avait peur du noir, depuis sa petite enfance elle s'était habituée à la présence permanente d'une lumière dans la maison, que ce fût celle d'un feu ou de la lampe, ou des deux, et la sensation, plus menaçante maintenant parce qu'elle se trouvait à l'intérieur de la terre, que des doigts de ténèbres touchaient sa bouche la terrorisait. Elle ne voulait pas désobéir à son mari ni exposer son fils à une mort possible en sortant de la caverne, mais de seconde en seconde la peur grandissait en elle et bientôt elle briserait les fragiles défenses de son bon sens, il ne servait à rien de se dire, Puisqu'il n'y avait rien dans l'air avant que le feu ne s'éteigne, il n'y a rien maintenant non plus, finalement le fait de s'être dit cela lui servit à quelque chose, elle posa son enfant à tâtons dans la mangeoire et après, rampant avec mille précautions, elle chercha l'emplacement du feu, avec une bûche elle écarta la terre qui le recouvrait jusqu'à dégager quelques braises qui n'étaient pas encore éteintes et à cet instant toute peur disparut de son esprit, la terre lumineuse lui revint en mémoire, la même lumière tremblotante et palpitante parcourue de fulgurations rapides, comme une torche courant sur la crête d'une montagne. L'image du mendiant surgit et disparut aussi vite, écartée par une urgence plus grande, il lui fallait faire suffisamment de lumière dans la grotte effrayante. A tâtons, Marie alla à la mangeoire chercher une poignée de paille, elle revint guidée par la pâle lueur sur le sol et peu après, abritée dans un recoin qui la cachait de qui eût regardé de l'extérieur, la lampe illuminait les parois proches de la caverne d'une faible aura évanescente mais rassurante. Marie s'approcha de son enfant qui continuait à dormir, indifférent aux peurs, aux agitations et aux morts violentes, et le prenant dans ses bras elle alla s'asseoir au pied de la lampe, attendant. Un certain temps passa, l'enfant s'éveilla, mais sans ouvrir complètement les yeux, il fit une subite grimace d'enfant sur le point de pleurer que Marie, désormais mère experte, arrêta avec le simple geste d'ouvrir sa tunique et d'offrir un sein à la bouche avide de l'enfant. Ils étaient ainsi tous les deux quand des pas se firent entendre au-dehors. Tout d'abord, Marie crut que son cœur s'arrêtait, Ce sont les soldats, mais c'était les pas d'une personne seule, si c'était les soldats ils seraient en groupe, ils seraient au moins deux, comme c'est leur tactique et leur habitude, à plus forte raison pour fouiller des maisons, un soldat couvrant l'autre en cas de surprises inopinées. C'est Joseph, pensa-t-elle, et elle eut peur qu'il la gronde d'avoir allumé la lampe. Les pas, lents, s'approchèrent davantage, Joseph allait entrer mais soudain un frisson parcourut le corps de Marie, ce n'était pas les pas lourds et durs de Joseph, c'était peut-être un rôdeur à la recherche d'un abri pour la nuit, c'était déjà arrivé à deux reprises et si ces fois-là Marie n'avait pas eu peur, car il était inimaginable qu'un homme, aussi amer et infâme de cœur fût-il, pût oser faire du mal à une femme avec son fils dans les bras, elle ne songea pas qu'il y avait à peine un instant les enfants de Bethléem avaient été tués, certains, qui sait, sur la poitrine même de leur mère, comme Jésus en ce moment sur la sienne, les innocents tétaient encore le lait de la vie que déjà la lame du poignard blessait la peau délicate et pénétrait dans la chair tendre, toutefois les assassins étaient des soldats, pas de quelconques vagabonds, cela fait une différence, et non négligeable. Ce n'était pas Joseph, ce n'était pas un soldat en quête d'un haut fait de guerre qu'il n'aurait pas à partager, ce n'était pas un rôdeur sans gîte ni travail, c'était, bien sûr, de nouveau sous la figure d'un berger, celui qui lui était apparu plusieurs fois sous la figure d'un mendiant, celui qui, parlant de lui-même, avait annoncé qu'il était un ange, sans dire toutefois de quel ciel ou de quel enfer. Marie n'avait pas pensé tout d'abord que ce pût être lui, elle comprenait maintenant que ce ne pourrait être un autre.

L'ange dit, La paix soit avec toi, femme de Joseph, la

paix soit aussi avec ton fils, lui et toi ayant la chance d'avoir cette grotte pour maison, sinon à l'heure qu'il est l'un de vous serait déchiqueté et mort tandis que l'autre serait vivant mais déchiqueté. Marie dit, J'ai entendu les cris. L'ange dit, Oui, tu les as tout juste entendus, mais un jour les cris que tu n'as pas poussés crieront pour toi et avant ce jour tu entendras encore crier mille fois à tes côtés. Marie dit, Mon mari est allé sur la route voir si les soldats sont partis, il ne serait pas bon qu'il te trouve ici. L'ange dit, N'aie point de souci, je m'en irai avant qu'il n'arrive, je suis seulement venu te dire que tu ne me reverras pas de sitôt, tout ce qui devait arriver est arrivé, ces morts étaient nécessaires et, avant elles, le crime de Joseph. Marie dit, Le crime de Joseph, mon mari n'a commis aucun crime, c'est un homme bon. L'ange dit, Un homme bon qui a commis un crime, tu n'imagines pas combien avant lui en ont aussi commis, les crimes des hommes bons sont innombrables et, contrairement à ce que l'on pense, ils sont les seuls qui ne puissent être pardonnés. Marie dit, Quel crime mon mari a-t-il commis. L'ange dit, Tu le sais, ne sois pas aussi criminelle que lui. Marie dit, Je le jure. L'ange dit, Ne jure pas ou alors jure, si tu veux, qu'un jurement fait devant moi est comme un souffle de vent qui ne sait où il va. Marie dit, Qu'avons-nous fait. L'ange dit, C'est la cruauté d'Hérode qui a dégainé les poignards, mais votre égoïsme et votre lâcheté ont été les cordes qui ont ligoté les pieds et les mains des victimes. Marie dit, Qu'aurais-je pu faire. L'ange dit, Toi, rien, car tu l'as appris trop tard, mais le charpentier aurait pu faire beaucoup, avertir le village que les soldats venaient tuer les enfants, les parents avaient encore le temps de les emmener et de s'enfuir, ils pouvaient, par exemple, aller se cacher dans le désert, fuir en Égypte, en attendant qu'Hérode meure, ce qui ne saurait tarder. Marie dit, Il n'y a pas pensé. L'ange dit, Non, il n'y a pas pensé, et

122

cela ne l'innocente pas. Marie dit en pleurant, Toi, qui es un ange, pardonne-lui. L'ange dit, Je ne suis pas un ange de pardon. Marie dit, Pardonne-lui. L'ange dit, Je t'ai déjà dit qu'il n'y a pas de pardon pour ce crime, Hérode serait plus vite pardonné que ton mari, on pardonnera plus vite à un traître qu'à un renégat. Marie dit, Qu'allons-nous faire. L'ange dit, Vous vivrez et vous souffrirez comme tout le monde. Marie dit, Et mon fils. L'ange dit, La faute des parents retombera toujours sur la tête des enfants, déjà l'ombre de la faute de Joseph assombrit le front de ton fils. Marie dit, Malheureux que nous sommes. L'ange dit, Les choses sont ainsi, et il n'y aura pas de remède pour vous. Marie courba la tête, serra plus fort son fils contre elle comme pour le défendre des infortunes promises, et quand elle leva de nouveau le regard l'ange n'était plus là. Mais cette fois, et contrairement à ce qui s'était passé avant, quand il avait approché, on n'entendit pas ses pas, Il s'est envolé, pensa Marie. Puis elle se leva, alla à l'entrée de la caverne voir s'il y avait encore une trace aérienne de l'ange ou si Joseph revenait. La brume s'était dissipée, les premières étoiles luisaient, métalliques, des lamentations continuaient à s'entendre en provenance du village. Alors, une pensée d'une présomption démesurée, d'un orgueil qui était sans doute un péché, venant se superposer aux noirs avertissements de l'ange, donna le vertige à Marie qui se demanda si le salut de son fils n'avait pas été un geste de Dieu, le fait que quelqu'un échappe à une mort cruelle a forcément un sens quand, à côté, d'autres, qui ont dû mourir, n'ont plus qu'à attendre l'occasion de demander à ce même Dieu, Pourquoi nous as-tu tués, et à se contenter de la réponse, quelle qu'elle soit. Le délire de Marie ne dura pas longtemps, l'instant d'après elle imaginait déjà qu'elle pourrait être en train de bercer un enfant mort, comme le faisaient certainement à présent les mères de Bethléem, et pour le bénéfice de son esprit et le salut de son âme les larmes lui montèrent de nouveau aux yeux, coulant comme des fontaines. Sur ces entrefaites Joseph revint, elle l'entendit approcher mais ne bougea pas, peu lui importait qu'il la grondât, Marie pleurait maintenant avec les autres femmes, toutes assises en cercle, leur enfant dans leur giron, en attendant la résurrection. Joseph la vit pleurer, comprit et se tut.

A l'intérieur de la caverne Joseph ne remarqua pas la lampe allumée. Les braises sur le sol s'étaient couvertes d'une fine couche de cendres, mais au centre du brasier, entre elles, palpitait encore la racine d'une flamme qui cherchait à reprendre des forces. Pendant qu'il déchargeait l'âne, Joseph dit, Nous ne courons plus de danger, les soldats sont partis, le mieux pour nous c'est de passer la nuit ici, demain nous partirons avant le lever du soleil, nous prendrons un chemin de traverse et là où il n'y aura pas de chemin de traverse, nous irons par où nous pourrons. Marie murmura, Tous ces enfants morts, et Joseph, avec brusquerie, Comment le sais-tu, tu les as comptés, demanda-t-il, et elle, Je me souviens de certains d'entre eux, Rends plutôt grâce à Dieu que ton fils soit vivant, Je le ferai, Et ne me regarde pas comme si j'avais fait quelque chose de mal, Je ne te regardais pas, Et ne me parle pas sur ce ton de juge, Je me tairai si tu veux, Oui, il vaut mieux que tu te taises. Joseph attacha l'âne à la mangeoire, il y avait encore un peu de paille au fond, la faim de l'animal ne devait pas être grande, en fait cet âne avait passé son temps à se remplir la panse et à lézarder au soleil, mais qu'il se prépare, il n'en a plus pour longtemps avant de retourner aux dures peines de la charge et du travail. Marie coucha son fils et dit, Je vais raviver la flamme, Pour quoi faire, Le souper, Je ne veux pas de feu ici qui attire les gens, quelqu'un du village pourrait passer, mangeons ce qu'il y a tel quel. Ce qu'ils firent. La lampe à huile éclairait comme un spectre les quatre habitants de la grotte, l'âne, immobile comme une statue, les naseaux au-dessus de la paille mais sans la toucher, l'enfant qui ne cessait de dormir pendant que l'homme et la femme trompaient la faim avec quelques figues séchées. Marie disposa les nattes sur le sol sableux, lança le drap par-dessus et comme chaque jour attendit que son mari se couche. Auparavant, Joseph alla de nouveau inspecter la nuit, tout était en paix sur la terre comme dans le ciel, et du village ne provenaient plus d'autres cris ni de lamentations, à présent les forces amoindries de Rachel ne lui permettaient plus que de gémir et de soupirer, à l'intérieur des maisons, portes et âmes closes. Joseph s'étendit sur sa natte, soudain épuisé comme jamais il ne l'avait été de sa vie, d'avoir tant couru, tant tremblé, et il ne pouvait même pas dire que son effort avait sauvé la vie de son fils, les soldats avaient exécuté rigoureusement les ordres reçus, Tuer les enfants de Bethléem, sans faire preuve pour autant d'un zèle excessif, comme aller voir dans les grottes des environs si quelque fugitif ne s'y serait pas caché ou si des familles entières n'y vivaient pas habituellement, omission qui constituait une erreur tactique grave. Ordinairement, Joseph n'était pas incommodé par l'habitude qu'avait Marie de se coucher seulement quand il s'était endormi, mais aujourd'hui il ne pouvait supporter l'idée d'être plongé dans le sommeil à visage nu, sachant que sa femme veillait et le regarderait sans pitié. Il dit, Je ne veux pas que tu restes là, couche-toi. Marie obéit, elle alla d'abord vérifier, comme elle le faisait toujours, que l'âne était bien attaché, après elle s'étendit sur la natte en soupirant et ferma les yeux avec force, le sommeil viendrait quand il pourrait, elle avait renoncé à voir. Au milieu de la nuit, Joseph fit un rêve. Il chevauchait sur une route qui descendait vers un village dont on apercevait déjà les premières maisons, il était en uniforme, avec tout le fourniment militaire, armé d'une épée, d'une lance et d'un poignard, soldat au milieu de soldats, et le commandant lui demandait, Où vas-tu donc, toi le charpentier, à quoi il répondait, orgueilleux de si bien connaître la mission dont il avait été chargé, Je vais à Bethléem tuer mon fils, et quand il eut dit cela il se réveilla avec un grognement abominable, le corps tout crispé et tordu de terreur, Marie lui demanda, Qu'as-tu, que se passe-t-il, et lui, tremblant des pieds à la tête, ne pouvait que répéter, Non, non, non, soudain l'angoisse se dénoua en un pleur convulsif, avec des hoquets qui lui arrachaient la poitrine. Marie se leva, alla chercher la lampe, lui illumina le visage, Tu es malade, Enlève-moi cela d'ici, femme, puis, encore sanglotant, il se leva de la natte et courut à la mangeoire voir comment était son fils, Il va bien, monsieur Joseph, ne vous préoccupez pas, en fait c'est un enfant qui ne donne aucun tintouin, un brave petiot, une vraie paix de l'âme, un mangeur et un dormeur, il repose là aussi tranquillement que s'il ne venait pas d'échapper par miracle à une mort horrible, imaginez un peu, perdre la vie aux mains de son propre père qui l'a fait être, nous savons bien que c'est le fameux destin auquel personne n'échappe, mais enfin il y a manière et manière. Craignant une répétition de ce rêve, Joseph ne se recoucha pas sur sa natte, il s'enveloppa dans une couverture et alla s'asseoir à l'entrée de la grotte, à l'abri d'un surplomb rocheux qui formait une sorte d'auvent naturel, et la lune, maintenant haute, jetait sur l'ouverture une ombre très noire que la pâle lumière de la lampe à l'intérieur n'effleurait même pas. Le roi Hérode lui-même, s'il était passé par là, à dos d'esclaves, entouré de ses légions de barbares assoiffés de sang, aurait dit tranquillement, Ne vous fatiguez pas à chercher, allez plus loin, tout cela est pierre et ombre de pierre, nous voulons de la chair fraîche et de la vie à son commencement. Joseph tressaillit en pensant à son rêve, il se demanda quel sens il pouvait bien renfermer puisque la vérité, évidente à la face des cieux qui voient tout, est qu'il était venu en courant comme un fou en dévalant la route, via dolorosa ô combien, il était le seul à le savoir, puis sautant par-dessus pierres et murs, accourant comme un bon père de famille pour défendre son fils, et voici que le rêve le montrait avec un visage et des appétits de bourreau, vrai est le proverbe qui dit qu'il n'y a aucune fermeté dans les songes, C'est quelque chose qui est venu du démon, pensa-t-il et il fit un geste de conjuration. Comme sorti de la gorge d'un oiseau invisible, un sifflement traversa l'air, cela aurait pu être l'avertissement d'un berger si l'heure n'avait pas été ce qu'elle était, un moment où tout le bétail dort et où seuls les chiens veillent. Toutefois, la nuit, calme et distante, étrangère aux êtres et aux choses, avec cette suprême indifférence que nous imaginons être celle de l'univers, ou bien cette autre indifférence, absolue, du vide qui subsistera, si tant est que le vide puisse être, quand l'ultime fin de tout s'accomplira, la nuit ignorait le sens et l'ordre raisonnable qui semblent régir ce monde aux heures où nous croyons encore qu'il a été fait pour nous y accueillir, nous et notre folie. Dans le souvenir de Joseph, le rêve terrible peu à peu devenait irréel, absurde, la nuit et le clair de lune le démentaient, l'enfant endormi dans la mangeoire le démentait, l'homme éveillé qu'il était le démentait, l'homme maître de lui et si possible de ses pensées, maintenant charitables et pacifiques, bien que capables aussi d'engendrer un monstre, tel que cette gratitude envers Dieu parce que les soldats avaient laissé son fils chéri en vie, par ignorance et négligence, certes, eux qui avaient tué tant d'enfants. La même nuit recouvre le charpentier Joseph et les mères des enfants de Bethléem, nous ne parlerons pas de leurs pères ni de Marie qui n'ont rien à faire ici, bien que nous ne comprenions pas les raisons de pareille exclusion. Les heures passèrent tranquillement et quand l'aurore envoya le premier signe Joseph se leva, alla charger l'âne et, peu de temps après, profitant de la dernière lueur du clair de lune avant que le ciel ne s'éclaire, la famille au complet, Jésus, Marie et Joseph, se mit en route pour retourner en Galilée.

Quittant pour une heure la maison de ses maîtres où deux enfants avaient été tués, l'esclave Zélomi s'en fut le lendemain matin à la grotte, certaine que la même chose était arrivée à l'enfant qu'elle avait aidé à naître. Elle la trouva abandonnée, il n'y avait que des empreintes de pas et des sabots de l'âne, sous la cendre des braises presque éteintes, pas la moindre trace de sang. Il n'est plus là, dit-elle, il a échappé à cette première mort.

Huit mois avaient déjà passé depuis le jour heureux où Joseph était rentré à Nazareth avec sa famille, les humains sains et saufs en dépit des nombreux périls, en moins bon état l'âne qui boitait un peu du membre droit, lorsque la nouvelle courut que le roi Hérode était mort à Jéricho, dans un de ses palais où il s'était retiré agonisant quand les premières pluies étaient tombées pour fuir les rigueurs de l'hiver qui à Jérusalem n'épargnent pas les gens malades et délicats. Les annonces disaient aussi que le royaume, orphelin d'un aussi grand seigneur, avait été divisé par trois des fils qui lui étaient restés après les razzias familiales, à savoir Hérode Philippe, qui gouvernera les territoires à l'est de la Galilée, Hérode Antipas, qui aura le bâton de commandement en Galilée et en Pérée, et Archélaüs, à qui échurent la Judée, la Samarie et l'Idumée. Un jour prochain, un ânier de passage, doué pour raconter des histoires, réelles ou inventées, fera aux gens de Nazareth le récit des funérailles d'Hérode dont il avait été, jurait-il, le témoin oculaire, Il était dans un sarcophage d'or tout brillant de pierreries, le char tiré par deux bœufs blancs était lui aussi doré, couvert d'étoffes de pourpre, et d'Hérode, lui aussi enveloppé de pourpre, on ne voyait que la silhouette et une couronne à la place de la tête, les musiciens qui marchaient derrière en jouant du fifre et les pleureuses qui suivaient les musiciens devaient respirer l'odeur pestilentielle qui leur arrivait en plein dans les narines, moi j'étais au bord de la route et l'estomac me montait presque au bord des lèvres, ensuite venaient les gardes du roi à cheval, à la tête de la troupe armée de lances, d'épées et de poignards comme s'ils partaient pour la guerre, ils défilaient interminablement, tel un serpent dont on ne voit ni la tête ni la queue, quand il se déplace c'est comme s'il n'avait pas de fin, la peur nous étreint le cœur, ainsi étaient ces soldats marchant derrière le mort mais aussi vers leur propre mort, celle qui nous guette tous, car même lorsqu'elle semble tarder elle finit toujours par frapper à notre porte, C'est l'heure, dit-elle, ponctuelle, sans faire de différence entre le roi ou l'esclave, entre l'homme qui va devant, chair morte et corrompue à la tête du cortège, et les autres dans la queue de la procession, mangeant la poussière d'une armée entière, pour l'heure encore vivants mais déjà tous en quête de l'endroit où ils reposeront pour toujours. Ce conducteur d'ânes, à en croire cet échantillon, serait plus à sa place en train de déambuler, tel un philosophe péripatéticien, sous les chapiteaux corinthiens d'une académie, qu'à aiguillonner des baudets sur les chemins d'Israël, dormant dans des caravansérails infects ou racontant des histoires à des paysans comme ceux de Nazareth.

Parmi les assistants, sur la place en face de la synagogue, il y avait Joseph, il était passé là par hasard et il était resté à écouter, à vrai dire au début il n'avait pas prêté une grande attention aux détails descriptifs du cortège funèbre, ou bien il leur avait prêté une certaine attention mais ils lui étaient aussitôt sortis de l'esprit quand l'aède était passé directement au style élégiaque, en fait le charpentier avait des raisons fondées et quotidiennes d'être plus sensible à cette corde de la harpe qu'à toute autre. D'ailleurs il suffisait de le regarder, ce visage ne trompe pas, une chose était son maintien de jadis, la gravité et la mesure avec lesquelles il cherchait à compenser ses jeunes années, autre chose, très différente, bien pire, est cette expression d'amertume qui creuse prématurément des rides de part et d'autre de sa bouche, profondes comme des entailles non cicatrisées. Mais ce qu'il y a de vraiment inquiétant dans le visage de Joseph c'est l'expression de son regard, peut-être serait-il plus exact de parler d'absence d'expression, car ses yeux semblent morts, couverts d'une poussière de cendre sous laquelle brille une fulgurance allumée par l'insomnie, inextinguible comme une braise. C'est vrai, Joseph ne dort presque pas. Le sommeil est son ennemi de chaque nuit, il doit lutter contre lui comme pour se maintenir en vie et c'est une guerre que toujours il perd même s'il gagne quelques batailles, car immanquablement arrive le moment où son corps épuisé se rend et s'endort, pour voir aussitôt surgir sur la route un détachement de soldats au milieu desquels Joseph chevauche, faisant parfois des moulinets au-dessus de sa tête avec son épée, et quand la peur commence à se lover dans les défenses conscientes du malheureux, le commandant de l'expédition lui demande, Où vas-tu, toi, le charpentier, et le pauvre ne veut pas répondre, il résiste avec les maigres forces qui lui restent, celles de l'esprit, car le corps, lui, a succombé, mais le rêve est le plus fort, il ouvre avec des mains de fer sa bouche fermée, et lui, sanglotant et sur le point de se réveiller, doit donner l'horrible réponse, toujours la même, Je vais à Bethléem tuer mon fils. Ne demandons pas à Joseph s'il se rappelle combien de bœufs ont tiré le char d'Hérode mort et s'ils étaient blancs ou tachetés, maintenant en rentrant chez lui il n'a de pensée que pour les derniers mots de l'histoire de l'ânier, lorsque celui-ci a dit que cette foule de gens qui se pressaient à l'enterrement, esclaves, soldats, gardes royaux, pleureuses, joueurs de fifre, gouverneurs, princes, futurs rois, comme nous tous, où que nous soyons et qui que nous soyons, ne font rien d'autre dans la vie que chercher le lieu où reposer à tout jamais. Il n'en est pas toujours ainsi, songeait Joseph, avec une amertume si profonde qu'elle étouffait la résignation qui adoucit les plus grandes douleurs et pouvait à peine assumer le renoncement de qui ne compte plus sur aucun remède, il n'en est pas toujours ainsi, répétait-il, beaucoup n'ont jamais quitté l'endroit où ils sont nés et la mort est allée les chercher là, ce qui prouve que la seule chose réellement solide, certaine et garantie, c'est le destin, c'est si facile, Dieu saint, il suffit d'attendre que tout dans la vie s'accomplisse pour dire, C'était le destin, ce fut le destin d'Hérode de mourir à Jéricho et d'être transporté en char dans son palais et sa forteresse d'Hérodium, mais la mort épargna aux enfants de Bethléem tous les voyages. Et celui de Joseph qui au début, pour voir les choses d'un œil optimiste, semblait faire partie d'un dessein supérieur visant à sauver d'innocentes créatures, n'a servi finalement à rien car notre charpentier a entendu et s'est tu, il a couru sauver son fils et a laissé les autres livrés à leur destin fatal, jamais expression ne fut mieux employée. Voilà pourquoi Joseph ne dort pas, ou alors il dort et se réveille dans l'angoisse, précipité dans une réalité qui ne lui fait pas oublier son rêve, si bien qu'on pourrait dire qu'éveillé il rêve de son sommeil et endormi, tentant désespérément de le fuir, il sait qu'il le retrouvera, encore et toujours, ce rêve est une présence installée sur le seuil de la porte qui sépare le sommeil de la veille. Joseph doit l'affronter en entrant et en sortant. On a déjà compris que le mot qui définit exactement cet embrouillamini est le mot remords, mais au fil des âges l'expérience et la pratique de la communication sont venues démontrer que la synthèse n'est qu'une illusion, une sorte d'infirmité du langage, ce n'est pas comme vouloir exprimer l'amour et ne pas avoir de langue pour le faire, c'est avoir une langue et ne pas accéder à l'amour.

Marie est de nouveau enceinte. Nul ange sous les espèces d'un mendiant en guenilles ne vint frapper à la porte pour annoncer la venue de cet enfant, nul vent subit ne balaya les hauteurs de Nazareth, nulle terre lumineuse ne fut enterrée à côté de l'autre, Marie informa simplement Joseph avec les mots les plus simples, Je suis enceinte, elle ne lui dit pas, par exemple, Regarde donc mes yeux et vois comme brille en eux notre deuxième enfant, et il ne lui répondit pas, Ne crois pas que je ne l'avais pas remarqué, j'attendais que tu me l'annonces, il écouta et se tut, il avait juste dit, Ah, et continué à pousser le rabot sur la planche avec une force efficace mais indifférente, nous savons sur quoi sa pensée est fixée. Marie aussi le sait, depuis une nuit plus tourmentée où son mari a laissé échapper son secret, jusque-là bien gardé, et finalement elle n'a même pas été surprise, c'était inévitable, rappelons-nous les paroles de l'ange dans la grotte, Tu entendras crier mille fois à tes côtés. Une bonne épouse aurait dit à son mari, N'y pense plus, ce qui est fait est fait, d'ailleurs ton premier devoir était de sauver ton fils, tu n'avais pas d'autre obligation, mais la vérité c'est qu'au sens usuel de ce terme Marie a cessé d'être la bonne épouse qu'elle s'était révélée être avant, peut-être parce qu'elle avait entendu de la bouche de l'ange ces autres paroles sévères qui à leur ton avaient semblé n'exclure personne, Je ne suis pas un ange de pardon. Si Marie avait été autorisée à parler avec Joseph de ces choses très secrètes, peut-être que lui, si versé dans les écritures, aurait pu méditer sur la nature d'un ange qui débarque on ne sait d'où et qui déclare qu'il n'est pas un ange de pardon, ce qui d'ailleurs est une déclaration déplacée puisqu'on sait que les créatures angéliques ne sont pas douées du pouvoir de pardonner, lequel pouvoir appartient exclusivement à Dieu. Qu'un ange dise qu'il n'est pas un ange de pardon ne signifie rien, ou signifie trop, procédons donc par hypothèse, l'ange est ange de condamnation, c'est comme s'il s'exclamait, Pardonner, moi, quelle idée stupide, moi je ne pardonne pas, je châtie. Mais les anges, par définition, à l'exception de ces chérubins à l'épée flamboyante affectés par le Seigneur à la garde du chemin menant à l'arbre de vie pour que nos premiers parents ou bien leurs descendants, c'est-à-dire nous, ne retournent pas en cueillir les fruits, les anges, disions-nous, ne sont pas des policiers, ils ne se chargent pas des besognes, sales mais socialement nécessaires, de répression, les anges existent pour nous faciliter la vie, ils nous protègent quand nous allons tomber dans le puits, ils nous guident dans le passage dangereux du pont au-dessus du précipice, ils nous retiennent par le bras quand nous sommes sur le point d'être écrasés par un quadrige dont les chevaux ont pris le mors aux dents ou par une automobile dépourvue de freins. Un ange réellement digne de ce nom aurait pu même épargner à Joseph ces affres, il lui aurait suffi d'apparaître en songe aux pères des enfants de Bethléem et de dire à chacun, Lève-toi, prends l'enfant et sa mère, fuis en Égypte et reste là-bas jusqu'à ce que je te prévienne car Hérode cherchera ton enfant pour le tuer, ainsi tous les enfants auraient été sauvés, Jésus caché dans la grotte avec ses chers parents, et les autres en route pour l'Égypte d'où ils ne reviendraient que lorsque le même ange, apparaissant de nouveau aux pères, leur dirait, Lève-toi, prends l'enfant et sa mère et va sur la terre d'Israël car ceux qui attentaient contre la vie de ton enfant sont morts. Avec cet avis, en apparence bienveillant et protecteur, l'ange renvoyait évidemment les enfants dans des lieux, peu importe lesquels, où, le moment venu, ils rencontreraient la mort finale, mais les anges, même s'ils peuvent beaucoup comme on l'a vu, souffrent de limitations intrinsèques, en cela ils sont comme Dieu, ils ne peuvent pas éviter la mort. A force de réfléchir, Joseph finira peut-être par conclure que l'ange de la grotte était finalement un envoyé des puissances infernales, un démon qui avait pris cette fois la figure d'un berger, prouvant une fois de plus la faiblesse naturelle des femmes et leur propension, vicieuse ou acquise, à céder, quand elles sont soumises aux assauts du moindre ange déchu. Si Marie parlait, si Marie n'était pas cette arche close, si Marie ne gardait pas pour elle les péripéties les plus extraordinaires de son annonciation, la situation serait différente pour Joseph, d'autres arguments viendraient renforcer sa thèse, le plus important de tous étant indéniablement le fait que l'ange présumé n'avait pas proclamé, Je suis un ange du Seigneur, ou bien, Je viens au nom du Seigneur, il avait simplement annoncé, Je suis un ange, et la prudence l'emportant aussitôt, Mais ne le dis à personne, comme s'il avait peur que cela se sache. D'aucuns protesteront, disant que pareils détails exégétiques ne contribuent en rien à l'intelligence d'une histoire finalement archiconnue, mais le narrateur de cet évangile n'estime pas que ce soit la même chose, ni en ce qui concerne le passé ni en ce qui concernera l'avenir, d'être annoncé par un ange du ciel ou par un ange de l'enfer, les différences ne sont pas seulement de forme, elles touchent à l'essence, à la substance et au contenu, il est vrai que celui qui a fait certains anges a fait aussi les autres, mais ensuite il s'est ressaisi.

Marie, comme son époux, mais pas pour les mêmes raisons, on le sait, a parfois un air absorbé, une expression absente, ses mains s'arrêtent au milieu d'un ouvrage, geste interrompu, regard lointain, en fait cela n'aurait rien d'étonnant chez une femme dans son état, n'étaient les pensées qui l'occupent et qui peuvent toutes se résumer, avec des variations infinies, à la question suivante, Pourquoi un ange m'est-il apparu pour m'annoncer la naissance de Jésus et pas celle de cet enfant-ci. Marie regarde son aîné qui se traîne à quatre pattes comme tous les petits humains de son âge, elle le regarde et cherche en lui une marque distinctive, un signe, une étoile sur le front, un sixième doigt à la main, et elle ne voit qu'un enfant pareil aux autres, qui bave, se salit et pleure comme eux, la seule différence est qu'il est son fils, ses cheveux sont noirs comme ceux de son père et de sa mère, ses iris perdent déjà ce ton blanchâtre que nous nommons laiteux alors que le lait n'a rien à voir ici, ils acquièrent leur propre couleur, celle de l'héritage génétique direct, un marron très foncé qui en s'éloignant de la pupille prend graduellement une tonalité d'ombre verte, si tant est que nous puissions définir de la sorte une qualité chromatique, toutefois ces caractéristiques ne sont pas uniques, elles n'ont de véritable importance que lorsque l'enfant est le nôtre ou, parce que nous parlons d'elle, celui de Marie. D'ici quelques semaines cet enfant fera ses premières tentatives de se mettre debout et de marcher, il tombera les mains par terre d'innombrables fois et il regardera devant lui, levant la tête avec difficulté en entendant la voix de sa mère lui dire, Viens ici, viens ici, mon enfant, et peu de temps après il ressentira le premier besoin de parler, quand des sons nouveaux commenceront à se former dans sa gorge, au début il ne saura que faire d'eux, il les confondra avec ceux qu'il connaissait déjà et qu'il pratiquait, les cris et les pleurs, pourtant il ne tardera pas à comprendre qu'il doit les articuler d'une façon très différente, plus convaincue, en imitant et en s'aidant du mouvement des lèvres de son père et de sa mère, jusqu'à parvenir à prononcer le premier mot, lequel, nous ne le savons pas, peut-être lolo, peut-être papa, peut-être maman, ce que nous savons en revanche c'est que dorénavant l'enfant Jésus n'aura plus jamais besoin de faire ce geste avec l'index de sa main droite dans la paume de sa main gauche quand sa mère ou les

136

voisines lui demanderont de nouveau, Où est-ce que la poule pond son œuf, c'est une indignité pour un être humain que d'être traité comme un petit chien à qui on apprend à réagir à un stimulus sonore, voix, sifflement ou claquement de fouet. Maintenant Jésus est en mesure de répondre que la poule peut aller pondre son œuf où bon lui semble, dès lors qu'elle ne le fait pas dans la paume de sa main à lui. Marie regarde son fils, soupire, regrette que l'ange ne revienne pas, Tu ne me reverras pas de sitôt, avait-il dit, s'il était ici maintenant elle ne se laisserait pas intimider comme les autres fois, elle l'assaillirait de questions jusqu'à ce qu'il se rende, une femme avec un enfant déjà né et un autre sur le point d'apparaître n'a rien d'un agneau innocent, elle a appris à ses propres dépens ce que sont les souffrances, les périls, les angoisses, et avec de pareils poids dans son plateau, elle peut faire pencher en sa faveur n'importe quel fléau de balance. Il ne suffirait pas que l'ange lui dise, Le Seigneur veuille que tu ne voies pas ton fils tel que tu me vois à présent, moi qui n'ai où reposer ma tête, il faudrait premièrement qu'il explique qui était ce Seigneur au nom de qui il semblait parler, deuxièmement qu'il dise s'il était réellement vrai qu'il n'avait où reposer sa tête, chose difficile à comprendre s'agissant d'un ange, ou s'il disait simplement cela parce que cela correspondait à son rôle de mendiant, en quatrième lieu quel avenir pour son fils annonçaient les paroles sombres et menaçantes qu'il avait prononcées, et finalement quel était le mystère de la terre lumineuse enterrée à côté de la porte et où après leur retour de Bethléem était née une plante étrange qui n'était que tige et feuilles et qu'ils avaient renoncé à couper, après avoir vainement tenté de l'arracher par la racine, car chaque fois elle se remettait à pousser, et avec davantage de vigueur. Deux anciens de la synagogue, Zaquias et Dotaim, étaient venus observer le cas et, bien que peu versés dans les sciences botaniques, ils s'étaient mis d'accord pour opiner que cela devait venir d'une semence arrivée avec la terre et qui le moment venu avait germé, Comme le veut la loi du Seigneur de la vie, avait dit Zaquias d'un ton sentencieux. Marie s'était habituée à la plante opiniâtre, elle trouvait même que celle-ci égayait l'entrée de la porte, tandis que Joseph, qui ne l'acceptait pas et qui avait de nouvelles raisons palpables de voir confirmés ses soupçons anciens, avait transféré son établi de charpentier dans un autre endroit de la cour et feignait de ne pas remarquer la présence détestée. Après s'être servi de la hache et de la scie, il avait essayé l'eau bouillante et il avait même placé autour de la tige un collier de charbons ardents, simplement, par une espèce de respect superstitieux, il n'avait pas osé plonger la bêche dans la terre et creuser jusque là où devait se trouver l'origine du mal, l'écuelle avec la terre lumineuse. Sur ces entrefaites le deuxième enfant naquit, à qui ils donnèrent le nom de Jacques.

Pendant quelques années il n'y eut pas d'autres changements dans la famille outre la naissance d'autres fils, en plus de deux filles, et outre le fait que leurs parents avaient perdu la dernière sève qui leur était restée de leur jeunesse. Chez Marie, cela n'avait rien d'étonnant car on sait que les grossesses, surtout nombreuses, finissent par avoir raison d'une femme, la beauté et la fraîcheur, quand elle en a, s'en vont, le visage et le corps se flétrissent tristement, il suffit de préciser qu'après Jacques Lisia est née, après Lisia Joseph, après Joseph Judas, après Judas Siméon, puis Lidia, puis Juste, puis Samuel, et si quelque autre enfant vint, il décéda aussitôt, sans laisser de trace dans les registres. Les enfants sont la joie de leurs parents, dit-on, et Marie faisait de son mieux pour sembler contente, mais devant porter pendant des mois et des mois dans son corps fatigué tant de fruits avides de ses forces, une impatience s'emparait parfois de son âme, une indignation en quête d'une cause, mais les temps étant ce qu'ils étaient, elle ne songea pas à accuser Joseph et encore moins ce Dieu suprême qui décide de la vie et de la mort de ses créatures, la preuve est que pas même un cheveu ne tombe de notre tête sans qu'il le veuille. Joseph avait peu de lumières sur comment et pourquoi on faisait des enfants, ou plutôt il avait les rudiments pour ainsi dire empiriques du praticien, mais c'était la leçon sociale, le spectacle du monde qui réduisaient toutes les énigmes à une évidence unique, à savoir que lors de l'union d'un mâle avec une femelle, le mâle connaissant donc la femelle, la probabilité que l'homme engendre un enfant dans la femme était assez forte, un enfant qui naissait complet au bout de neuf mois, rarement de sept. La semence de l'homme, projetée à l'intérieur du ventre de la femme, emportait avec elle en miniature, invisible, le nouvel être que Dieu avait choisi pour poursuivre le peuplement du monde qu'il avait créé, toutefois cela ne se produisait pas chaque fois, l'impénétrabilité des desseins de Dieu, s'il en fallait une preuve, résidait dans le fait que l'émission de la semence de l'homme dans l'intérieur naturel de la femme, tout en étant la condition absolument nécessaire, n'était pas la condition suffisante pour engendrer un enfant. En la laissant couler par terre, comme l'infortuné Onan, puni de mort par le Seigneur pour n'avoir pas voulu faire d'enfants avec la veuve de son frère, il était sûr et certain que la femme ne deviendrait pas grosse, mais tant va la cruche à l'eau, comme disait l'autre, et le résultat c'est que trois fois neuf font vingt-sept. Il est donc prouvé que ce fut Dieu qui introduisit Isaac dans la pâle lymphe qu'Abraham était encore capable de produire et qui le propulsa à l'intérieur du ventre de Sarah, laquelle n'avait même plus de règles. En considérant la question sous cet angle que nous appellerons théogénétique, nous pouvons conclure sans abuser de la logique qui doit présider à toute chose en ce monde et dans les autres que c'était ce même Dieu qui incitait et poussait Joseph à honorer Marie avec tant d'assiduité, le transformant ainsi en instrument destiné à effacer par voie de compensation numérique les remords qu'il éprouvait depuis qu'il avait permis ou voulu, sans prendre la peine de réfléchir aux conséquences, la mort des enfants innocents de Bethléem. Mais le plus curieux, qui montre combien les desseins du Seigneur sont non seulement inscrutables bien entendu, mais aussi déconcertants, c'est que Joseph, bien que d'une façon confuse et qui atteignait à peine le seuil de sa conscience, pensait agir pour son propre compte, et, le croira qui pourra, avec la même intention que Dieu, c'est-à-dire restituer au monde, par un opiniâtre effort de procréation sinon au sens littéral du terme, les enfants morts, tel qu'en avait été fait le décompte exact, afin qu'il n'y ait pas de différence lors du prochain recensement. Le remords de Dieu et le remords de Joseph ne faisaient qu'un et si déjà en ces temps antiques on disait, Dieu ne dort pas, aujourd'hui nous sommes en mesure de savoir pourquoi, Il ne dort pas parce qu'il a commis une faute qui même à l'homme ne serait pas pardonnable. A chaque enfant que faisait Joseph, Dieu relevait un peu plus la tête, mais il ne parviendra jamais à la relever complètement, car les enfants qui moururent à Bethléem furent vingt-cinq et Joseph ne vivra pas assez longtemps pour engendrer une aussi grande quantité d'enfants avec une seule femme, sans compter que Marie, si fatiguée, si dolente d'âme et de corps, n'aurait pas pu en supporter autant. La cour et la maison du charpentier étaient pleines d'enfants et c'était comme si elles avaient été vides.

Quand il eut cinq ans, le fils de Joseph commença à aller à l'école. Tous les matins, dès le lever du jour, sa mère le conduisait au responsable de la synagogue qui suffisait à cette tâche, les études étant de niveau élémentaire, et c'était là, dans la synagogue devenue salle de classe, que lui et les autres petits garçons de Nazareth accomplissaient jusqu'à l'âge de dix ans l'aphorisme du sage, L'enfant doit être élevé dans la Torah comme le bœuf est élevé dans l'enclos. La leçon se terminait à l'heure de sexte, qui est notre midi d'aujourd'hui, Marie attendait son enfant et la pauvre ne pouvait même pas lui demander s'il faisait des progrès, elle n'a pas ce simple droit car la maxime tranchante du sage dit, Mieux vaudrait que la Loi périsse dans les flammes plutôt que d'être livrée aux femmes, et il n'est pas non plus à exclure que l'enfant, déjà raisonnablement informé de la vraie place des femmes dans le monde, y compris les mères, ne lui fournisse une réponse retorse, capable de réduire une personne à l'insignifiance, car chacun a la sienne, pensons au cas d'Hérode, il avait tant de pouvoir, tant de pouvoir, et si nous allions le voir maintenant là-bas nous ne pourrions même pas psalmodier, Il gît mort et il pourrit, il n'est plus que moisissure, poussière, ossements irréparables et chiffons sales. Quand Jésus rentrait à la maison, son père lui demandait, Qu'as-tu appris aujourd'hui, et l'enfant, qui avait eu la chance de naître avec une excellente mémoire, répétait mot pour mot, sans erreur, la leçon du maître, d'abord ce fut le nom des lettres de l'alphabet, puis les mots principaux et, plus tard, des phrases complètes de la Torah, des passages entiers que Joseph accompagnait de mouvements rythmiques avec la main droite tout en hochant lentement la tête. Mise à l'écart, Marie prenait connaissance ainsi de ce qu'elle ne pouvait demander, il s'agit là d'une méthode ancienne des femmes, affinée par des siècles et des milliers d'années de pratique, quand elles ne sont pas autorisées à vérifier quelque chose par elles-mêmes elles écoutent et très vite elles sont au courant de tout et réussissent, comble de la sagesse, à séparer le faux du vrai. Néanmoins, ce que Marie ne connaissait pas, ou connaissait mal, c'était le lien étrange qui unissait son mari à ce fils-là, encore qu'un inconnu se serait aperçu de l'expression, un mélange de douceur et de chagrin, qui se répandait sur le visage de Joseph quand il parlait à son aîné, comme s'il pensait, Ce fils que j'aime est ma douleur. Marie savait seulement que les cauchemars de Joseph, telle une gale de l'âme, ne le quittaient pas, mais à force de se répéter ces angoisses nocturnes étaient devenues une habitude, comme dormir sur le côté droit ou se réveiller assoiffé au milieu de la nuit. Et bien que Marie, en bonne et digne épouse qu'elle était, n'eût pas cessé de se faire du souci pour son mari, ce qui lui importait le plus c'était de voir son fils vivant et sain, signe que la faute n'avait pas été si grande, sinon le Seigneur aurait déjà envoyé un châtiment, sans tambour ni trompette, comme c'est son habitude, il n'est que de voir le cas de Job, ruiné, lépreux, lui qui avait toujours été un homme intègre et droit, craignant Dieu, sa malchance a voulu qu'il devienne l'objet involontaire d'une dispute entre Satan et ce même Dieu, l'un et l'autre cramponnés à leurs idées et à leurs prérogatives. Et on s'étonne qu'un homme se désespère et crie, Périssent le jour où je suis né et la nuit où je fus conçu, cette nuit-là, que l'obscurité s'en empare, qu'elle ne se joigne pas à la ronde des jours de l'année, qu'elle n'entre pas dans le compte des mois, oui, cette nuit-là, qu'elle soit infécondée, que nul cri de joie ne la pénètre, il est vrai que Dieu dédommagea Job en lui restituant en double ce qu'il lui avait retiré en simple, mais aux autres hommes, ceux au nom de qui jamais aucun livre ne fut écrit, à ceux-là on retire et on ne donne rien, on promet et on n'accorde rien. Dans la maison du charpentier la vie malgré tout était tranquille et sa table, sans qu'il y régnât l'abondance, n'avait jamais manqué du pain de chaque jour, ni de l'accompagnement nécessaire pour

142

aider l'âme à s'accrocher au corps. Entre les biens de Joseph et ceux de Job, la seule ressemblance décelable concerne le nombre de leurs enfants, Job avait eu sept fils et trois filles, Joseph avait sept fils et deux filles, le charpentier ayant l'avantage d'avoir donné le jour à une femme de moins. Mais Job, avant que Dieu ne lui ait doublé ses biens, était déjà propriétaire de sept mille brebis, trois mille chameaux, cinq cents attelages de bœufs et cinq cents ânesses, sans compter les esclaves, en quantité, et Joseph, lui, a cet âne que nous connaissons et rien d'autre. En vérité, une chose est de travailler pour nourrir seulement deux personnes, puis une troisième, mais celle-là par voie indirecte pendant la première année, autre chose est d'avoir sur le dos une ribambelle d'enfants qui, leurs corps et leurs besoins grandissant, réclament les aliments solides et à l'heure voulue. Et comme les gains de Joseph ne lui permettaient pas d'avoir du personnel à son service, le recours naturel se trouvait dans les enfants, main-d'œuvre pour ainsi dire à domicile, d'ailleurs aussi par une simple obligation de père, car le Talmud dit, De même qu'il est obligatoire de nourrir ses enfants, de même il est obligatoire de leur enseigner une profession manuelle, car ne pas le faire équivaudrait à faire de son fils un bandit. Et si nous nous rappelons ce que les rabbins enseignaient, L'artisan au travail n'a pas à se lever devant le plus grand docteur, nous pouvons imaginer avec quel orgueil professionnel Joseph commençait à instruire ses fils aînés, l'un après l'autre, à mesure qu'ils arrivaient à l'âge d'apprendre, d'abord Jésus, ensuite Jacques, ensuite Joseph, ensuite Judas, les secrets et les traditions de l'art de charpenter, respectant lui aussi l'antique dicton populaire qui dit, Le travail de l'enfant est peu de chose, mais celui qui le dédaigne est un fou, c'est ce qu'on a appelé par la suite le travail infantile. Quand Joseph se remettait au travail après le repas du soir, il était aidé par ses fils, véritable exemple d'une économie familiale qui aurait pu donner d'excellents fruits jusqu'à aujourd'hui, peut-être même une dynastie de charpentiers si Dieu, qui sait ce qu'il veut, n'avait pas voulu autre chose.

Comme si la superbe impie de l'Empire ne se tenait pas pour satisfaite des avanies auxquelles elle soumettait le peuple hébreu depuis plus de soixante-dix ans, Rome décida, donnant comme prétexte la division de l'ancien royaume d'Hérode, de mettre à jour le dernier recensement, les hommes étant dispensés cette fois d'aller se présenter dans leur contrée d'origine, avec les bouleversements que l'on sait pour l'agriculture et le commerce, et certaines conséquences latérales comme ce fut le cas pour le charpentier Joseph et sa famille. D'après la nouvelle méthode, les recenseurs vont de hameau en hameau, de village en village, de ville en ville, ils convoquent sur la grand-place ou dans un lieu à ciel ouvert les hommes de l'endroit, qu'ils soient chefs de famille ou pas, et sous la protection de la garde, plume de roseau à la main, ils consignent sur les rouleaux des finances les noms, les charges et les biens imposables. Or, il faut dire que pareils procédés ne sont pas vus d'un bon œil dans cette partie du monde, et cela ne date pas d'aujourd'hui, il suffit de rappeler ce qui est dit dans les Écritures de l'idée malencontreuse qu'eut le roi David, quand il ordonna à Joab, chef de son armée, d'aller procéder au recensement d'Israël et de Juda, ce qu'il fit dans les termes suivants, Parcours toutes les tribus d'Israël, de Dan à Bersabée, et fais le recensement du peuple de façon que j'en connaisse le nombre, et comme parole

145

de roi est royale, Joab tut ses doutes, il convoqua l'armée et ils se mirent en route et au travail. Quand ils revinrent à Jérusalem, neuf mois et vingt jours avaient passé, mais Joab rapportait les résultats chiffrés du recensement, calculés et vérifiés, il y avait en Israël huit cent mille hommes de guerre qui maniaient l'épée et en Juda cinq cent mille. On sait toutefois que Dieu n'aime pas que l'on compte à sa place, surtout pas ce peuple qui, étant sien parce qu'il l'a choisi, ne pourra jamais avoir d'autre seigneur et maître, surtout pas Rome, qui est gouvernée comme nous le savons par de faux dieux et des hommes faux, d'abord parce que ces dieux n'existent pas, ensuite parce que ayant malgré tout une certaine existence en tant que cibles d'un culte sans objet réel, c'est la vanité même du culte qui apporte la preuve de la fausseté des hommes. Mais laissons Rome de côté pour l'instant et revenons au roi David qui, à l'instant même où le chef de l'armée donna lecture de l'annonce, eut un serrement de cœur, mais trop tard, car le remords et ses paroles ne lui servirent à rien, J'ai commis un grand péché en faisant cela, Seigneur, mais pardonne cette faute à ton serviteur car j'ai procédé sottement, il se trouva qu'un prophète appelé Gad, qui était le voyant du roi et pour ainsi dire son intermédiaire quand celui-ci voulait avoir accès au Très-Haut, se présenta devant lui le lendemain matin au saut du lit et lui dit, Le Seigneur fait demander ce que tu préfères, trois ans de faim sur la terre, trois mois de défaites devant les ennemis qui te persécutent ou trois jours de peste sur toute la terre. David ne demanda pas combien de personnes devraient mourir dans chaque cas, il calcula qu'en trois jours, même de la peste, il mourrait toujours moins de personnes qu'en trois mois de guerre ou trois années de famine, Que ta volonté soit faite, Seigneur, que vienne la peste, dit-il. Et Dieu ordonna la peste et il mourut soixante-dix mille hommes parmi le peuple, sans compter les femmes et les enfants qui comme d'habitude ne furent pas consignés sur les registres. Vers la fin, le Seigneur accepta de retirer la peste en échange d'un autel, mais les morts étaient bien morts, car soit Dieu ne pensa pas à eux, soit leur résurrection était inopportune dès lors qu'un grand nombre d'héritages était en discussion, comme on peut le supposer, et maints partages en cours de débat, car ce n'est pas parce qu'un peuple est convaincu d'appartenir directement à Dieu qu'il va renoncer aux biens de ce monde, surtout s'il s'agit de biens légitimes, gagnés à la sueur du travail ou des batailles, peu importe, ce qui compte en définitive c'est le résultat.

Mais ce qui doit aussi entrer en ligne de compte pour la justesse des jugements que nous devons obligatoirement émettre sur les actions humaines et divines, c'est le fait que Dieu, qui s'était dédommagé de l'erreur de David avec une promptitude expéditive et en ayant la main lourde, semblait maintenant assister avec détachement aux vexations infligées par Rome à ses enfants préférés et, suprême motif de perplexité, se montrer indifférent à la profanation de son nom et de sa puissance. Or, quand pareil phénomène se produit, c'est-à-dire quand il devient patent que Dieu ne se manifeste pas et qu'il ne donne pas signe de vouloir se manifester de sitôt, l'homme n'a d'autre solution que de se substituer à lui et de sortir de sa maison pour aller mettre de l'ordre dans le monde offensé, maison qui lui appartient et monde qui est la propriété de Dieu. Ainsi donc, les recenseurs sillonnaient le pays, comme il fut dit, affichant l'insolence de qui détient le pouvoir et est en outre protégé par le bouclier des soldats, métaphore expressive encore qu'équivoque qui signifie tout juste que les soldats les défendront contre les insultes et les sévices, quand la contestation commença à grandir en Galilée et en Judée, d'abord sourdement, comme si pour l'instant les populations voulaient simplement éprouver leur force, l'évaluer, la soupeser, et ensuite, peu à peu, se lancer dans des actions individuelles désespérées, un artisan s'approche de la table du recenseur et déclare d'une voix sonore qu'on ne lui arrachera pas même son nom, un commerçant s'enferme dans sa tente avec sa famille et menace de casser tous les récipients et de déchirer toutes les étoffes, un agriculteur met le feu à la récolte et apporte un panier de cendres en disant, Voici la monnaie avec laquelle Israël paie celui qui l'offense. Tous étaient arrêtés incontinent, jetés en prison, battus et humiliés, et comme la résistance humaine atteint vite ses limites, tant on nous a faits chétifs, pétris de nerfs et de fragilité, leur courage s'effondrait promptement, l'artisan révélait sans honte ses secrets les plus intimes, le commerçant proposait une ou deux de ses filles pour compléter l'impôt, l'agriculteur se couvrait lui-même de cendres et s'offrait comme esclave. Certains, peu nombreux, ne cédaient pas et donc mouraient, d'autres, ayant appris la meilleure des leçons, à savoir qu'un bon occupant est un occupant mort, prirent les armes et gagnèrent le maquis. Nous disons armes mais il s'agissait de cailloux, de lance-pierres, de bâtons, d'épieux et de gourdins, de quelques arcs et de flèches, tout juste de quoi commencer une intifada, et là-bas, un peu plus à l'avant, quelques épées et lances capturées au cours d'escarmouches rapides qui leur étaient d'un maigre secours le moment venu, tant ils étaient habitués depuis David à l'arsenal rustique des bergers affables et non à celui des guerriers endurcis. Pourtant l'homme, qu'il soit juif ou non, s'habitue à la guerre bien plus facilement qu'il n'est capable de s'habituer à la paix, surtout s'il a trouvé un chef et s'il croit, non pas tellement en ce chef, mais en ce que croit ce chef. Ce chef, celui de la révolte contre les Romains commencée quand le premier-né de Joseph allait sur ses onze ans, avait pour nom Judas et il était né en Galilée, ce qui explique qu'on l'appelât Judas le Galiléen ou

Judas de Galilée, selon la coutume de ce temps-là. En effet, nous ne devons pas nous étonner d'identifications aussi primitives, au demeurant fort communes, il est facile de trouver, par exemple, un Joseph d'Arimathée, un Siméon de Cyrène ou Cyrénaïque, une Marie-Madeleine ou de Magdala, et si le fils de Joseph vit et devient prospère, nul doute qu'on l'appellera simplement Jésus de Nazareth ou Jésus le Nazaréen, ou même plus simplement encore le Nazaréen, car on ne sait jamais jusqu'où peut aller l'identification d'une personne avec le lieu où elle est née ou comme dans ce cas-ci avec l'endroit où elle s'est faite homme ou femme. Mais tout cela n'est qu'anticipation, le destin, combien de fois faudra-t-il le répéter, est un coffret à nul autre pareil, à la fois ouvert et fermé, l'on regarde à l'intérieur et l'on voit ce qui est arrivé, la vie passée, devenue destin accompli, quant à l'avenir nous n'avons que des pressentiments, des intuitions, c'est le cas de cet évangile qui ne serait pas en train d'être écrit sans ces avertissements extraordinaires, annonciateurs peut-être d'un destin plus grand qu'une simple vie. Mais reprenons le fil de notre histoire, nous disions que la rébellion était dans le sang de la famille de Judas le Galiléen, son père déjà, le vieil Ézékias, s'était mêlé à la bagarre avec ses propres troupes au moment des révoltes populaires qui après la mort d'Hérode avaient éclaté contre ses héritiers présumés, avant que Rome n'eût confirmé la légitimité du partage du royaume et l'autorité des nouveaux tétrarques. Il est difficile d'expliquer, alors que les gens sont faits de la même matière humaine, chair, os, sang, peau et rire, sueur et larmes, pourquoi certains sont lâches et d'autres sans peur, certains des hommes de guerre et d'autres des hommes de paix, par exemple, la substance qui a servi pour faire un Joseph a servi pour faire un Judas, mais tandis que ce dernier, fils de son père et père de ses fils, suivant l'exemple de l'un et donnant l'exemple aux autres, s'est arraché à sa tranquillité pour aller batailler et défendre les droits de Dieu, le charpentier Joseph est resté chez lui, avec ses neuf enfants en bas âge et leur mère, cramponné à son établi et à la nécessité de gagner le pain de ce jour, car pour ce qui est du lendemain nul ne sait à qui il appartient, d'aucuns disent qu'il est à Dieu, hypothèse qui vaut bien celle selon laquelle demain n'appartient à personne et que tout, hier, aujourd'hui et demain ne sont que les différents noms de l'illusion.

Mais dans ce village de Nazareth, plusieurs hommes, surtout parmi les plus jeunes, étaient allés rejoindre la guérilla de Judas le Galiléen, en général ils disparaissaient sans prévenir, ils s'évaporaient pour ainsi dire d'un instant à l'autre, tout cela restait dans le secret inviolable des familles et la règle tacite du silence était à ce point impérieuse que personne n'aurait eu l'idée de demander, Où est Nathanaël, cela fait plusieurs jours que je ne l'ai pas vu, si Nathanaël cessait de fréquenter la synagogue ou si la rangée des moissonneurs dans les champs se trouvait écourtée d'un homme, les autres se comportaient comme si Nathanaël n'avait jamais existé, cela ne se passait pas toujours ainsi, parfois on savait que Nathanaël était venu au village, seul dans la nuit noire, et qu'il en était reparti au premier signe de l'aube, de cette arrivée et de ce départ il n'y avait d'autre signe que le sourire de la femme de Nathanaël, mais en vérité il est des sourires qui disent tout, une femme se tient immobile, les yeux perdus dans le vague, fixés sur l'horizon, ou simplement sur le mur en face d'elle, et soudain elle se met à sourire, un sourire lent, réfléchi, telle une image émergeant de l'eau et oscillant sur la surface inquiète, seul un aveugle qui ne pourrait voir ce sourire penserait que la femme de Nathanaël a dormi encore une nuit sans son mari. Et le cœur humain est si étrange que certaines femmes qui bénéficiaient de la présence constante de leur homme se mettaient à soupirer en imaginant ces rencontres et, troublées, elles entouraient la femme de Nathanaël comme les abeilles une fleur débordante de pollen. Ce n'était pas le cas de Marie, avec les neuf enfants qu'elle avait et un mari qui gémissait et criait presque toutes les nuits d'angoisse et de peur, au point que les enfants se réveillaient et se mettaient à leur tour à pleurer. Avec le temps, ils ont fini par s'habituer, mais l'aîné, que quelque chose qui n'était pas encore un rêve effrayait pendant son sommeil, continuait à se réveiller, au début il demandait encore à sa mère, Qu'a donc notre père, et elle répondait comme si elle n'accordait pas d'importance à la chose, Ce sont des cauchemars, elle ne pouvait pas dire à son fils, Ton père rêvait qu'il marchait avec les soldats d'Hérode sur la route de Bethléem, Quel Hérode, Le père de celui qui nous gouverne, Et c'était pour cela qu'il gémissait et criait, C'était pour cela, Je ne comprends pas pourquoi être soldat d'un roi mort provoque des cauchemars, Ton père n'a jamais été soldat d'Hérode, il a toujours exercé le métier de charpentier, Alors pourquoi ce rêve, Les gens ne choisissent pas les rêves qu'ils font, Ce sont donc les rêves qui choisissent les gens, Je ne l'ai jamais entendu dire, mais cela doit être vrai, Pourquoi ces cris, ma mère, pourquoi ces gémissements, C'est parce que chaque nuit ton père rêve qu'il va te tuer, il est évident que Marie ne pouvait en arriver à pareille extrémité, révéler la cause du cauchemar de son mari justement à celui qui comme Isaac, le fils d'Abraham, avait dans ce cauchemar le rôle de victime jamais exécutée mais condamnée inexorablement. Un jour que Jésus aidait son père à assembler les parties d'une porte, il prit son courage à deux mains et lui posa la question, et celui-ci, après un long silence, sans lever les yeux, se borna à dire, Mon fils, tu connais tes devoirs et tes obligations, accomplis-les tous et tu trouveras ta justification devant Dieu, mais attache-toi aussi à découvrir dans ton âme quels autres devoirs et obligations il peut y avoir, et qu'on ne t'a pas enseignés, C'est là ton rêve, père, Non, c'en est seulement le motif, avoir un jour oublié un devoir, ou pire encore, Pire comment, Je n'y ai pas réfléchi, Et le rêve, Le rêve est la pensée qui n'a pas été pensée au moment où elle aurait dû l'être, maintenant je l'ai avec moi toutes les nuits, je ne puis l'oublier, Et qu'aurais-tu dû penser, Tu ne peux pas me poser toutes les questions et je ne peux pas te donner toutes les réponses. Ils travaillaient dans la cour à l'ombre, car c'était l'été et le soleil brûlait. Les frères de Jésus jouaient à l'entour, à l'exception du plus jeune qui était à l'intérieur de la maison, en train de téter sa mère. Jacques aussi avait aidé, mais il était fatigué ou bien il s'était lassé, ce qui n'a rien d'étonnant, à cet âge-là une différence d'une année a beaucoup d'importance, Jésus entrera bientôt dans la maturité de la connaissance religieuse, il a terminé son instruction élémentaire et maintenant, outre l'étude de la Torah ou loi écrite, il s'initie à la loi orale, bien plus ardue et complexe. On comprendra donc mieux qu'étant si jeune il ait pu avoir avec son père cette conversation sérieuse, employant les mots appropriés et des arguments pondérés et logiques. Jésus a presque douze ans, bientôt il sera un homme, alors peut-être pourra-t-il revenir au sujet laissé maintenant en suspens, pour autant que Joseph soit disposé à se reconnaître coupable devant son fils, ce qu'Abraham n'a pas fait devant Isaac, ce jour-là il ne fit que reconnaître et louer le pouvoir de Dieu. Mais il est tout à fait vrai que l'écriture bien droite de Dieu ne coïncide que très peu avec les lignes tortueuses des hommes, songeons au cas déjà mentionné d'Abraham à qui au dernier moment un ange est apparu et a dit, Ne lève pas la main sur ce garçon, songeons au cas de Joseph qui, Dieu ayant mis sur son chemin un caporal et deux soldats bavards à la place d'un ange, n'a pas profité du temps à sa disposition pour sauver de la mort les enfants de Bethléem. Toutefois, si les bons débuts de Jésus ne se sont pas altérés à mesure qu'il grandissait, peut-être voudra-t-il savoir un jour pourquoi Dieu a sauvé Isaac et n'a rien fait pour sauver les tristes enfants qui, aussi innocents de tout péché que le fils d'Abraham, n'ont pas trouvé grâce devant le trône du Seigneur. Et Jésus pourra dire alors à son géniteur, Père, tu n'as pas à porter toute la faute, et dans le secret de son cœur peut-être osera-t-il demander, Quand donc arrivera, Seigneur, le jour où tu viendras à nous pour reconnaître tes erreurs devant les hommes.

Pendant que derrière les portes, celles de la maison et celles de l'âme, le charpentier Joseph et son fils Jésus débattaient, entre ce qu'ils disaient et ce qu'ils taisaient, de ces hautes questions, la guerre contre les Romains continuait. Elle durait depuis plus de deux ans et de funèbres nouvelles arrivaient parfois à Nazareth, Éphraïm est mort, Abiezer est mort, Neftali est mort, Éléazar est mort, mais on ne savait pas avec certitude où étaient leurs corps, entre deux rochers dans la montagne, au fond d'un ravin, emporté par le courant d'une rivière, à l'ombre inutile d'un arbre. Ceux qui sont restés à Nazareth peuvent bien se laver les mains et dire, sans même pouvoir célébrer les funérailles de ceux qui sont morts, Nos mains n'ont pas répandu ce sang et nos yeux ne l'ont pas vu. Mais des nouvelles de grandes victoires arrivaient aussi, les Romains expulsés de la ville de Séphoris tout près, à peine à deux heures à pied de Nazareth, de vastes parties de la Judée et de la Galilée où l'armée ennemie n'osait pas entrer et dans le village de Joseph cela fait plus d'un an qu'on ne voit pas le moindre soldat de Rome. Qui sait même si ce n'est pas pour cette raison que le voisin du charpentier, le curieux et serviable Ananias dont nous n'avions pas eu besoin de reparler, est entré ici dans la cour avec un air mysté-rieux, disant, Viens avec moi dehors, et il a de bonnes raisons, car les maisons de ce village sont si petites qu'un entretien en tête-à-tête y est impossible, où se tient une personne se tiennent toutes les autres, la nuit quand ils dorment, le jour en toute circonstance et en toute occasion, mais c'est un avantage pour le Seigneur Dieu qui pourra reconnaître les siens plus facilement le jour du Jugement dernier. Joseph ne s'étonna pas de cette demande, même quand Ananias ajouta avec prudence, Allons dans le désert, nous savons désormais que le désert n'est pas ce que notre esprit a pris l'habitude de nous représenter lorsque nous lisons ou entendons ce mot, une immense étendue de sable, une mer de dunes brûlantes, les déserts, tels qu'on les entend ici, et il y en a même dans la verte Galilée, sont les champs en friche, les lieux inhabités par les hommes et où l'on n'aperçoit pas les signes d'un travail assidu, dire désert équivaut à dire, Ce lieu cessera d'être un désert lorsque nous y serons. Pourtant en l'occurrence, puisqu'il n'y a que deux hommes qui marchent à travers les broussailles, toujours à proximité de Nazareth, en direction de trois grandes pierres qui se dressent en haut de la colline, il est évident qu'on ne saurait parler de peuplement, le désert redeviendra désert quand ces deux hommes n'y seront plus. Ananias s'assied par terre, Joseph à côté de lui, ils ont toujours la même différence d'âge, bien entendu, le temps passe également pour tous mais pas ses effets, voilà pourquoi Ananias, qui était assez ingambe pour son âge quand nous l'avons connu, a l'air aujourd'hui d'un vieillard, bien que le temps n'ait pas épargné Joseph non plus. Ananias est comme hésitant, l'air décidé avec lequel il est entré chez le charpentier s'est peu à peu évanoui en chemin, maintenant il va falloir que Joseph l'encourage d'une petite phrase qui ne devra pas avoir l'air d'être une question, par exemple, Nous avons fait un bout de chemin, c'est une bonne entrée en matière pour Ananias et cela lui permettra de dire, Ce n'était pas une question qui puisse être débattue dans ta maison ou dans la mienne. A partir de là, la conversation pourra s'engager sur une voie normale, même si la raison qui les a conduits dans ce lieu retiré est fort délicate, comme on va le voir. Ananias dit, Un jour tu m'as demandé de veiller sur ta maison pendant ton absence, ce que j'ai fait, Je t'ai toujours été reconnaissant de ce service, dit Joseph, et Ananias poursuivit, Maintenant l'occasion est venue de te demander de veiller sur ma maison pendant le temps de mon absence, Tu pars avec ta femme, Non, je pars seul, Mais alors elle reste, Chua va dans sa famille, des pêcheurs, Es-tu en train de me dire que tu as remis à ta femme une lettre de divorce, Non, je ne divorce pas d'avec elle, si je ne l'ai pas fait quand j'ai su qu'elle ne pouvait pas me donner d'enfant, ce n'est pas maintenant que je le ferai, il se trouve que je dois être loin de chez moi pendant un certain temps, il vaut mieux que Chua habite avec sa famille, Tu seras absent longtemps, Je ne sais pas, cela dépendra de combien de temps la guerre durera, Qu'est-ce que la guerre a à voir avec ton absence, dit Joseph, surpris, Je vais à la recherche de Judas le Galiléen, Et que lui veux-tu, Je veux lui demander s'il accepte de me recevoir dans son armée, Toi, Ananias, qui as toujours été un homme de paix, tu vas t'engager maintenant dans des guerres contre les Romains, souviens-toi de ce qui est arrivé à Éphraïm et à Abiezer, Et aussi à Neftali et à Éléazar, Alors, écoute la voix du bon sens, Écoute-moi, toi, Joseph, quelle que soit la voix qui parle par ma bouche, j'ai aujourd'hui l'âge de mon père quand il est mort, et il a fait dans sa vie beaucoup plus que son fils, qui n'a même pas été capable d'avoir de fils, je ne suis pas un sage comme toi pour devenir un ancien dans la synagogue, désormais je n'aurai plus rien à faire sauf attendre la mort tous les jours à côté d'une femme que je n'aime plus, Alors, divorce, Ce n'est pas d'elle qu'il

faudrait que je divorce, mais de moi-même, et cela n'est
pas une chose qui se puisse, Mais toi, que vas-tu pouvoir
faire à la guerre, avec le peu de force qui te reste, Je vais
à la guerre et ce sera comme faire un enfant, Je n'ai
jamais entendu dire une chose pareille, Moi non plus,
mais c'est l'idée qui m'est venue, Je veillerai sur ta
maison jusqu'à ton retour, Si je ne reviens pas, si on te
dit que je suis mort, promets-moi d'avertir Chua pour
qu'elle vienne prendre possession de ce qui lui appartient, Je te le promets, Rentrons, maintenant je suis en
paix, En paix quand tu décides d'aller à la guerre, en
vérité je ne te comprends pas, Ah, Joseph, Joseph, pendant combien de siècles encore devrons-nous ajouter à
la science du Talmud avant de pouvoir comprendre les
choses les plus simples, Pourquoi sommes-nous venus
ici, il n'était pas nécessaire de nous éloigner autant, Je
voulais te parler devant des témoins, Il aurait suffi du
témoin absolu qu'est Dieu, ce ciel qui nous recouvre où
que nous allions, Ces pierres, Les pierres sont sourdes
et muettes, elles ne peuvent pas témoigner, C'est vrai,
mais demain si nous décidions de mentir à propos de ce
qui a été dit ici, elles nous accuseraient et elles continueraient à nous accuser jusqu'au jour où elles se transformeront en poussière et nous en néant, Allons-nous-en,
partons.

En chemin, Ananias se retourna plusieurs fois pour
regarder les pierres qui disparurent enfin derrière une
colline, alors Joseph demanda, Chua est-elle au courant,
Oui, je le lui ai dit, Et elle, Elle a gardé le silence, ensuite
elle m'a dit qu'il vaudrait mieux que je la répudie,
maintenant elle pleure en cachette, La pauvre, Quand
elle sera dans sa famille elle m'oubliera, si je meurs elle
m'oubliera une deuxième fois, l'oubli est la loi de la vie.
Ils pénétrèrent dans le village et quand ils arrivèrent chez
le charpentier, la première des deux maisons quand on
venait de ce côté-ci, Jésus, qui jouait dans la rue avec

Jacques et Judas, dit que leur mère était chez le voisin. Comme les deux hommes s'éloignaient, ils entendirent Judas dire avec autorité, Je suis Judas le Galiléen, alors Ananias se retourna pour 'le regarder et il dit à Joseph avec un sourire, Regarde mon capitaine, le charpentier n'eut pas le temps de répondre car une autre voix se fit entendre, celle de Jésus, Alors ta place n'est pas ici. Joseph sentit comme une morsure au cœur, c'était comme si ces paroles s'adressaient à lui, comme si le jeu enfantin était l'instrument d'une autre vérité, il se souvint alors des trois pierres et, sans savoir pourquoi, il tenta d'imaginer sa vie comme si désormais c'était devant elles qu'il devait prononcer toutes les paroles et accomplir tous les actes, toutefois, l'instant d'après son cœur fut étreint d'un sentiment de pure terreur parce qu'il comprit qu'il avait oublié Dieu. Chez Ananias ils trouvèrent Marie qui s'efforçait de consoler Chua en larmes, mais ses pleurs cessèrent dès que les hommes entrèrent, non pas que Chua eût cessé de pleurer, mais parce qu'à force d'expériences cruelles les femmes avaient appris à ravaler leurs larmes, raison pour laquelle nous disons, Elles pleurent comme elles rient, mais ce n'est pas vrai, en général elles pleurent au-dedans d'elles. Le jour où Ananias partit, sa femme ne pleura pas au-dedans d'elle mais avec toutes les angoisses de son âme et toutes les larmes de son corps. Une semaine plus tard les parents qui vivaient au bord de la mer vinrent la chercher. Marie l'accompagna jusqu'à la sortie du village et là elles se dirent adieu. Chua ne pleurait plus mais plus jamais ses yeux ne redevinrent secs, le pleur qui n'a pas de remède est ce feu continu qui brûle les larmes avant qu'elles ne surgissent et ne coulent sur les joues.

Ainsi passèrent les mois, les nouvelles de la guerre continuaient à arriver, tantôt bonnes, tantôt mauvaises, mais tandis que les bonnes nouvelles n'allaient jamais au-delà de vagues allusions à des victoires qui s'avéraient toujours petites, les mauvaises nouvelles, elles, commençaient à faire état de lourdes et sanglantes défaites pour les guérilleros de Judas le Galiléen. Un jour la nouvelle parvint que Baldad était mort dans une embuscade organisée par la guérilla et surprise par les Romains, la sorcellerie se retournant ainsi contre le sorcier, il y avait eu de nombreux morts, mais de Nazareth seulement celui-là. Un autre jour quelqu'un vint dire qu'il avait entendu dire par quelqu'un qui l'avait entendu dire à son tour que Varus, le gouverneur romain de la Syrie, allait venir avec deux légions de soldats pour mettre fin une bonne fois pour toutes à l'insurrection intolérable qui durait déjà depuis trois ans. Cette façon vague d'annoncer, Il va venir, insufflait chez tous, à cause de son imprécision même, un sentiment insidieux de crainte, comme si d'un moment à l'autre allaient apparaître à un détour du chemin, hissés à la tête de la colonne punitive, les redoutables enseignes de la guerre et le sigle qui sert à homologuer et à sceller ici toutes les actions, SPQR, le sénat et le peuple de Rome, c'est au nom de choses telles que des lettres, des livres et des drapeaux que les gens s'entre-tuent, comme ce sera au nom d'un autre sigle célèbre, INRI, Jésus de Nazareth Roi des Juifs, avec ce qui en découlera, mais n'anticipons pas, laissons au temps nécessaire le loisir de passer, pour l'instant, et l'impression est étrange de le savoir et de pouvoir le dire, c'est comme parler d'un autre monde, pour l'instant personne encore n'est mort à cause de lui. Partout on annonce de grandes batailles, ceux dont la foi est plus robuste promettent que cette année ne passera pas sans que les Romains soient expulsés de la sainte terre d'Israël, mais d'autres, en entendant évoquer ces abondances, hochent tristement la tête et commencent à soupeser l'ampleur de la catastrophe qui approche. Et il en fut bien ainsi. Pendant quelques semaines après que le bruit de l'arrivée des légions de Varus eut couru, rien ne se produisit, les guérilleros en profitèrent pour redoubler les actions de harcèlement contre les troupes dispersées qu'ils combattaient, mais la raison stratégique de cette inaction apparente ne tarda pas à être connue, quand les sentinelles du Galiléen annoncèrent qu'une des légions se dirigeait vers le sud en une manœuvre d'enveloppement le long du Jourdain, tournant ensuite à droite à la hauteur de Jéricho pour recommencer le mouvement en direction du nord, tel un filet lancé dans l'eau et tiré par une main experte, ou une espèce de nasse prélevant ici et là, pendant que l'autre légion, appliquant une méthode analogue, se déplaçait vers le sud. Nous pourrions appeler cela la tactique de la tenaille si ce n'était plutôt le mouvement concerté de deux murs se rapprochant et renversant tous ceux qui ne réussissent pas à s'échapper, mais réservant pour l'instant final l'effet majeur, l'écrasement. Le long des chemins, dans les vallées et sur les hauteurs de la Judée et de la Galilée, l'avance des légions était marquée par les croix sur lesquelles mouraient, cloués par les pieds et par les mains, les combattants de Judas auxquels on brisait les tibias à coups de maillet afin de les achever plus vite. Les soldats entraient dans les villages, fouillaient les maisons l'une après l'autre à la recherche de suspects, car pour conduire ces hommes au crucifix il n'était pas nécessaire, avec un peu de bonne volonté, d'avoir d'autres certitudes que celles que peut offrir un simple soupçon. Ces malheureux, et on voudra bien nous pardonner la triste ironie, avaient encore de la chance, car étant crucifiés pour ainsi dire à la porte de chez eux, leurs parents accouraient les retirer dès qu'ils avaient expiré et c'était alors un spectacle pitoyable à voir et à entendre, les pleurs des mères, des épouses et des fiancées, les cris des malheureux enfants désormais privés de père, pendant que l'homme martyrisé était descendu de la croix avec mille précautions, car il n'y a rien de plus poignant que la chute par inadvertance d'un corps mort, si bien que le choc semble faire mal aux vivants eux-mêmes. Ensuite le crucifié était conduit au tombeau, où il attendait le jour de sa résurrection. Mais il en était d'autres qui, ayant été capturés au cours d'un combat dans les montagnes ou dans d'autres lieux inhabités, étaient abandonnés encore en vie par les soldats et alors, dans le plus absolu des déserts, celui d'une mort solitaire, ils restaient là, lentement calcinés par le soleil, exposés aux oiseaux carnassiers, et au fil des jours leurs chairs et leurs os se déchiraient, réduits à une misérable dépouille informe qui répugnait même à leur âme. Les curieux, sinon les sceptiques, déjà convoqués en d'autres occasions pour s'opposer au sentiment de résignation avec lequel sont reçues en général les informations fournies par des évangiles comme celui-ci, aimeraient savoir comment les Romains ont pu crucifier une aussi grande quantité de Juifs, surtout dans les immenses étendues déboisées et désertiques qui abondent par ici, où ne pousse tout au plus qu'une végétation rachitique et clairsemée qui ne permettrait pas même de crucifier un esprit. Ceux-là oublient que l'armée romaine est une armée moderne, pour laquelle logistique et intendance ne sont pas de vains mots, l'approvisionnement en croix a été amplement assuré tout au long de cette campagne, il n'est que de voir la longue procession d'ânes et de mules qui vient en queue de la légion, transportant les pièces détachées, la crux et le patibulum, le tronc vertical et sa traverse, si bien qu'en arrivant sur les lieux du crucifiement il ne reste plus qu'à clouer les bras écartés du condamné sur la traverse, à le hisser jusqu'au sommet du tronc planté dans le sol et ensuite, lui ayant fait au préalable plier les jambes sur le côté, à fixer les deux talons à la croix avec un seul clou long d'un empan. N'importe quel bourreau de la légion dira que cette opération, complexe seulement en apparence, est finalement plus difficile à expliquer qu'à exécuter.

L'heure est au désastre, les pessimistes avaient raison. Du nord au sud et du sud au nord, les gens pris de panique fuient devant les légions, certains parce qu'ils pourraient être soupçonnés d'avoir aidé les guérilleros, d'autres poussés par la peur à l'état pur, car comme chacun sait il n'est pas nécessaire d'être coupable pour être inculpé. Or, un de ces fuyards, interrompant sa retraite pendant quelques instants, vint frapper à la porte du charpentier Joseph pour lui dire que son voisin Ananias se trouvait à Séphoris, grièvement blessé de coups d'épée et que, c'était là le message, La guerre est perdue et je n'en réchapperai pas, tu peux déjà avertir ma femme qu'elle vienne prendre ce qui lui appartient, C'est tout, demanda Joseph, Il n'a rien dit d'autre, répondit le messager, Et pourquoi ne l'as-tu pas ramené avec toi puisque tu devais passer par ici, Dans l'état où il est il aurait ralenti ma marche, or je dois protéger d'abord ma propre famille, D'abord, oui, mais pas seulement, Que veux-tu dire, je te vois entouré d'enfants, si tu ne fuis pas avec eux, c'est que tu n'es pas en danger, Ne t'attarde pas, va, et que le Seigneur t'accompagne, le danger est là où le Seigneur n'est pas, Homme sans foi, le Seigneur est partout, Oui, mais parfois il ne regarde pas dans notre direction, et ne me parle pas de foi car tu y as manqué en abandonnant mon voisin, Alors, pourquoi ne vas-tu pas le chercher, J'irai. Cela se passa vers le milieu de l'après-midi, c'était une belle journée ensoleillée, avec des nuages très blancs, épars, qui voguaient dans le ciel comme des barques qui n'auraient pas besoin de gouvernail. Joseph alla détacher l'âne, appela sa femme et lui dit sans autre explication, Je vais à Séphoris chercher le voisin Ananias qui ne peut marcher tout seul. Marie se borna à faire un geste d'assentiment avec la tête, mais Jésus s'approcha de son père, Puis-je aller avec toi, demanda-t-il. Joseph regarda son fils, plaça sa main droite sur sa tête et dit, Reste à la maison, je ne tarderai pas à revenir, en marchant vite je serai peut-être de retour quand il fera encore jour, ce qui n'était pas impossible car, comme nous le savons, la distance entre Nazareth et Séphoris ne dépasse pas huit kilomètres, la même distance qu'entre Jérusalem et Bethléem, en vérité, répétons-le une fois de plus, le monde est rempli de coïncidences. Joseph ne monta pas l'âne, il voulait que l'animal soit frais pour le retour, le jarret ferme et les antérieurs solides, le rein moelleux, c'est essentiel pour qui devra transporter un malade ou plus précisément un blessé de guerre, car la pathologie est différente. En passant au pied de la colline où il y a presque un an Ananias lui avait fait part de sa décision de se joindre aux rebelles de Judas de Galilée, le charpentier leva le regard vers les trois grandes pierres qui rassemblées là-haut comme les quartiers d'un fruit semblaient attendre du ciel et de la terre les réponses aux questions que posent tous les êtres et toutes les choses, simplement parce qu'ils existent, même s'ils ne les formulent pas, Pourquoi suis-je ici, Quelle raison connue ou ignorée peut me l'expliquer, Comment sera le monde quand je n'y serai plus, ce monde-ci étant ce qu'il est. Si c'était Ananias qui posait ces questions, nous pourrions lui répondre que les pierres, elles au moins, n'ont pas changé, que les morsures et l'usure du vent, de la pluie et de la chaleur ne furent presque rien, que dans vingt siècles elles seront probablement toujours là, et aussi dans vingt siècles après ces vingt siècles, le monde autour d'elles se transformant, mais aux deux premières questions il n'y a toujours pas de réponse. Sur la route il y avait des bandes de fuyards avec ce même air de frayeur que le messager d'Ananias, ils regardaient Joseph avec surprise, un des hommes retint Joseph par le bras et lui dit, Où vas-tu, et le charpentier répondit, A Séphoris, chercher un ami, Si tu es ami de toi-même, n'y va pas, Pourquoi, Les Romains approchent, la ville ne pourra pas être sauvée, Je dois y aller, mon voisin est mon frère, il n'y a personne d'autre pour aller le chercher, Réfléchis bien, et le conseiller prudent poursuivit son chemin, laissant Joseph immobile au milieu de la route, se débattant avec ses pensées, allait-il être effectivement ami de lui-même ou bien, et non sans raisons, se haïssait-il et se méprisait-il, et ayant retourné ces idées dans sa tête, il conclut que ni l'un ni l'autre de ces sentiments ne convenait, il se regardait lui-même avec indifférence, comme on regarde le vide, dans le vide il n'y a pas de point proche ou lointain sur lequel arrêter son regard, en vérité il est impossible de fixer une absence. Ensuite il pensa que son devoir de père était de retourner sur ses pas, après tout il avait ses propres enfants à protéger, pourquoi aller chercher quelqu'un qui n'était qu'un voisin, même plus à présent qu'il avait abandonné sa maison et envoyé sa femme dans un autre village. Mais ses enfants étaient en sécurité, les Romains ne leur feraient aucun mal, ils poursuivaient les rebelles. Quand le fil de sa pensée le mena à cette conclusion, Joseph se surprit à dire tout haut, comme s'il répondait à une préoccupation cachée, Et moi je ne suis pas un rebelle. Aussitôt il donna une claque sur la croupe de l'animal et cria, Allez, hue, l'âne, et il poursuivit son chemin.

Quand il entra à Séphoris, l'après-midi déclinait. Les longues ombres des maisons et des arbres, d'abord étirées sur le sol et encore reconnaissables, se perdaient peu à peu, comme si parvenant à l'horizon elles disparaissaient, telle une eau noire tombant en cascade. Il y avait peu de monde dans les rues de la ville, pas une femme, pas un enfant, juste des hommes fatigués qui déposaient leurs armes fragiles et qui se couchaient, haletants, on ne savait si c'était à cause du combat dont ils revenaient ou parce qu'ils l'avaient fui. Joseph demanda à l'un de ces hommes, Les Romains sont près d'ici. L'homme ferma les yeux puis les rouvrit lentement et dit, Ils seront ici demain, et détournant le regard, Va-t'en, prends ton âne et va-t'en, Je cherche un ami qui est blessé, Si tous les blessés sont tes amis, tu es l'homme le plus riche du monde, Où sont-ils, Par là, partout, ici même, Mais y a-t-il un endroit dans la ville, Oui, il y en a un, derrière ces maisons, un entrepôt, il y a là une quantité de blessés, tu y trouveras peut-être ton ami, mais fais vite, car ceux que l'on y jette morts sont plus nombreux que ceux qui y entrent vivants. Joseph connaissait la ville, il y était venu souvent, tant pour des raisons professionnelles, quand il y avait travaillé pour de grands chantiers, très nombreux dans la riche et prospère Séphoris, qu'à l'occasion de certaines fêtes religieuses moins importantes, car en vérité cela n'aurait aucun sens de toujours aller à Jérusalem, compte tenu de la distance et de ce que coûte le voyage. Découvrir le magasin fut par conséquent facile, il suffisait d'ailleurs de suivre l'odeur de sang et de corps souffrants qui flottait, on aurait pu même imaginer un jeu du genre de Chaud, chaud, Froid, froid, selon que le chercheur s'approcherait ou s'éloignerait, Ça fait mal, Non, ça ne faisait pas mal, à présent les douleurs étaient insupportables. Joseph attacha l'âne à un long poteau qui se trouvait là et il pénétra dans le dortoir sombre qu'était devenu l'entrepôt. Par terre, entre les nattes, il y avait quelques veilleuses allumées qui n'éclairaient guère, elles étaient comme de petites étoiles dans un ciel noir, produisant juste assez de lumière pour marquer leur emplacement, si tant est qu'on puisse les distinguer d'aussi loin. Joseph parcourut lentement les rangées d'hommes couchés à la recherche d'Ananias, dans l'air il y avait des odeurs fortes, celles de l'huile et du vin avec lesquels on soignait les blessures, celle de la sueur, celle des excréments et de l'urine, car certains de ces malheureux ne pouvaient même plus bouger et ils laissaient sortir sur place ce que le corps, plus fort que la volonté, avait cessé de vouloir retenir. Il n'est pas là, se dit Joseph quand il arriva au bout de la rangée. Il recommença en sens inverse, marchant plus lentement, scrutant, cherchant des signes de ressemblance, et à la vérité ils se ressemblaient tous, barbes, visages hâves, orbites creuses, éclat terne et visqueux de la sueur. Certains blessés le suivaient avec un regard avide, ils s'étaient efforcés de croire que cet homme sain était venu les chercher, mais le bref éclair qui avait animé leurs yeux s'éteignait vite, et l'attente, de qui, à quoi bon, reprenait. Devant un homme âgé, à la barbe et aux cheveux complètement blancs, Joseph s'arrêta, C'est lui, se dit-il, pourtant il n'était pas comme cela la dernière fois qu'il l'avait vu, il avait des cheveux blancs, certes, et beaucoup, mais pas cette espèce de neige sale au milieu de laquelle les sourcils, comme des tisons, conservaient leur noirceur d'antan. L'homme avait les yeux fermés et respirait difficilement. Joseph l'appela à voix basse, Ananias, puis plus fort et de plus près, Ananias, et peu à peu, comme s'il se levait des profondeurs mêmes de la terre, l'homme souleva les paupières et quand il les eut entièrement soulevées, Joseph vit que c'était bien Ananias, le voisin qui avait abandonné sa maison et sa femme pour

166

aller se battre contre les Romains, et maintenant il est ici, avec des blessures béantes au ventre et une odeur de chair pourrissante. Tout d'abord Ananias ne reconnut pas Joseph, la lumière de l'infirmerie n'aide guère, celle de ses yeux encore moins, mais il sait définitivement que c'est lui lorsque le charpentier répète, maintenant d'un ton différent, presque avec amour, Ananias, les yeux du vieillard s'inondent de larmes, il dit une fois, il dit deux fois, C'est toi, c'est toi, que viens-tu faire ici, que viens-tu faire ici, et il veut se soulever sur un coude, tendre le bras, mais les forces lui manquent, son corps s'affaisse, tout son visage se tord de douleur. Je suis venu te chercher, dit le charpentier, l'âne est dehors, nous serons à Nazareth en un rien de temps, Tu n'aurais pas dû venir, les Romains seront bientôt là et je ne peux pas sortir d'ici, c'est là mon dernier lit de vivant, et de ses mains tremblantes il écarta sa tunique déchirée. Sous des linges imbibés de vin et d'huile on apercevait les lèvres féroces de deux longues et profondes blessures, au même instant une odeur douceâtre et nauséabonde de pourriture fit frissonner les narines de Joseph qui détourna le regard. Le vieillard se couvrit, laissa pendre les bras sur le côté comme si l'effort l'avait épuisé, Tu vois bien que tu ne peux pas m'emmener, les tripes me sortiraient du ventre si je me levais d'ici, Avec une bande serrée autour du corps et en marchant lentement, insista Joseph, mais d'une voix dépourvue de conviction, il était évident que le vieillard, à supposer qu'il puisse se hisser sur l'âne, succomberait en chemin. Ananias avait de nouveau fermé les yeux et ce fut sans les rouvrir qu'il dit, Va-t'en, Joseph, rentre chez toi, les Romains ne tarderont pas à être ici, Les Romains n'attaqueront pas de nuit, tranquillise-toi, Rentre chez toi, rentre chez toi, soupira Ananias, et Joseph dit, Dors.

Joseph veilla toute la nuit. A un certain moment, l'esprit flottant dans les premières brumes d'un sommeil qu'il redoutait et auquel pour cette raison même il résistait, Joseph se demanda pourquoi il était venu ici, puisqu'il n'y avait jamais eu d'amitié véritable entre son voisin et lui, tout d'abord à cause de la différence d'âge, mais aussi à cause d'une certaine mesquinerie chez Ananias et chez sa femme, curieux, indiscrets, serviables, certes, mais donnant toujours l'impression d'attendre un dédommagement dont il leur appartiendrait à eux seuls de fixer la valeur. Il est mon voisin, pensa Joseph, et il ne trouvait pas de meilleure réponse à ses doutes, il est mon prochain, il est mourant, il a fermé les yeux non qu'il ne veuille pas me voir mais pour ne rien perdre de la mort qui approche, et je ne peux pas le laisser seul. Il s'était assis dans l'espace étroit entre la natte où gisait Ananias et celle où se trouvait un jeune garçon, à peine plus vieux que son fils Jésus, le pauvre garçon gémissait tout bas, murmurait des paroles incompréhensibles, la fièvre lui avait gercé les lèvres. Joseph lui prit la main pour le calmer au moment même où la main d'Ananias, tâtonnant à l'aveuglette, semblait chercher quelque chose, une arme pour se défendre, une autre main pour la serrer, et tous trois restèrent ainsi, un vivant entre deux moribonds, une vie entre deux morts, pendant que le paisible ciel nocturne faisait rouler les étoiles et les planètes et surgir de l'autre côté du monde une lune blanche, resplendissante, qui flottait dans l'espace et recouvrait d'innocence toute la terre de Galilée. Joseph sortit très tard de la torpeur dans laquelle il était tombé involontairement, il se réveilla avec un sentiment de soulagement parce que cette fois il n'avait pas rêvé de la route de Bethléem, il ouvrit les yeux et vit qu'Ananias était mort, lui aussi avait les yeux ouverts, au dernier moment il n'avait pas supporté la vision de la mort, sa main serrait la sienne avec tant de force qu'elle lui comprimait les os, alors, pour pouvoir se libérer de la sensation angoissante il dégagea la main qui tenait celle du garçon et toujours dans un état de semi-conscience il se rendit compte que la fièvre de ce dernier avait baissé. Joseph regarda au-dehors par la porte ouverte, la lune s'était couchée, maintenant surgissait la lumière de l'aube, imprécise et grise. Dans l'entrepôt de vagues silhouettes se mouvaient, c'était les blessés qui pouvaient se lever, ils allaient regarder la première annonce du jour, ils auraient pu se demander les uns aux autres, ou directement au ciel, Que verra ce soleil sur le point de naître, nous apprendrons un jour à ne pas poser de questions inutiles, mais en attendant l'avènement de ce jour profitons-en pour nous demander, Que verra ce soleil sur le point de naître. Joseph pensa, Je vais partir, ici je ne peux plus rien faire, il y avait aussi dans ses paroles un ton interrogatif, si bien qu'il poursuivit, Je peux l'emmener à Nazareth, et l'idée lui parut si évidente qu'il crut que c'était pour cela même qu'il était venu, pour trouver Ananias vivant et le transporter mort. Le garçon demanda de l'eau. Joseph approcha un gobelet d'argile de sa bouche, Comment te sens-tu, demanda-t-il, Moins mal, Il semble pour le moins que ta fièvre a baissé, Je vais voir si j'arrive à me lever, dit le garçon, Fais attention, et Joseph le retint, une autre idée lui était soudain venue, il ne pouvait rien faire de plus pour Ananias que l'enterrer à Nazareth, mais à ce garçon, d'où qu'il vînt, il pouvait encore sauver la vie, le sortir de ce dépôt funèbre, un voisin pour ainsi dire prenait la place d'un autre voisin. Il ne ressentait déjà plus de pitié pour Ananias, c'était juste un corps vide, son âme était de plus en plus distante chaque fois qu'il le regardait. Le garçon semblait comprendre que quelque chose de bon était peut-être sur le point de lui arriver, ses yeux brillèrent, mais il ne parvint pas à poser la moindre question car déjà Joseph sortait, il allait chercher l'âne, l'amener à l'intérieur, béni soit le Seigneur qui sait mettre dans la tête des hommes d'aussi excellentes idées. L'âne n'était pas là. De sa présence il ne restait qu'un bout de corde attaché à la lambourde, le voleur n'avait pas perdu son temps à défaire le simple nœud, un couteau bien affûté avait fait le travail plus vite.

Devant ce désastre les forces de Joseph l'abandonnèrent d'un seul coup. Comme un veau foudroyé, comme ceux qu'il avait vu sacrifier dans le Temple, il tomba à genoux et, les mains contre le visage, ses larmes jaillirent brusquement, toutes les larmes qu'il accumulait depuis treize ans en attendant le jour où il pourrait se pardonner à lui-même ou faire face à sa condamnation définitive. Dieu ne pardonne pas les péchés qu'il nous fait commettre. Joseph ne rentra pas dans l'entrepôt, il avait compris que le sens de ses actions s'était perdu pour toujours, même le monde, le monde lui-même n'avait désormais plus de sens, le soleil allait poindre, et à quoi bon, Seigneur, dans le ciel il y avait mille petits nuages, éparpillés en tous sens comme les pierres du désert. En le voyant là, en train d'essuyer les larmes sur la manche de sa tunique, n'importe qui aurait pensé qu'un parent à lui était mort parmi les blessés recueillis dans l'entrepôt alors que la vérité était que Joseph venait de verser ses dernières larmes naturelles, celles de la douleur de la vie. Quand, après avoir erré dans la ville pendant plus d'une heure avec encore un ultime espoir de retrouver l'animal volé, il se disposait à revenir à Nazareth, les soldats romains qui avaient encerclé Séphoris l'arrêtèrent. Ils lui demandèrent qui il était, Je suis Joseph, fils de Héli, d'où venait-il, De Nazareth, où allait-il, à Nazareth, que faisait-il à Séphoris ce jour-là, Quelqu'un m'a dit qu'un voisin à moi était ici, qui était ce voisin, Ananias, l'avait-il trouvé, Oui, où l'avait-il trouvé, Dans un entrepôt, avec d'autres, d'autres quoi, D'autres blessés, dans quelle partie de la ville, Là-bas. Ils l'emmenèrent sur une place où il y avait déjà plusieurs hommes, douze, quinze, assis par terre, certains avec des blessures visibles, et ils lui dirent, Assieds-toi avec ces hommes. Joseph, comprenant que ces hommes étaient des rebelles, protesta, Je suis charpentier et homme de paix, et l'un de ceux qui étaient assis dit, Nous ne connaissons pas cet homme, mais le sergent qui commandait la garde des prisonniers ne voulut rien savoir, d'une bourrade il fit tomber Joseph au milieu des autres, Tu ne sortiras d'ici que pour mourir. Sur le coup, le double choc, de la chute et de la condamnation, laissa Joseph vidé de toute pensée. Puis, quand il se fut ressaisi, il constata qu'il y avait en lui un grand calme, comme si tout cela était un mauvais rêve dont il avait la certitude qu'il se réveillerait, il ne valait donc pas la peine de se soucier des menaces car elles se dissiperaient dès qu'il ouvrirait les yeux. Alors il se souvint que lorsqu'il rêvait de la route de Bethléem il avait aussi la certitude de se réveiller et il se mit soudain à trembler, l'évidence brutale de son destin lui était enfin apparue clairement, Je vais mourir, et mourir innocent. Il sentit une main se poser sur son épaule, c'était son voisin, Quand le commandant de la cohorte viendra, nous lui dirons que tu n'as rien à voir avec nous et il te renverra en paix, Et vous, Les Romains nous crucifient tous quand ils nous attrapent, cela ne sera sûrement pas différent cette fois-ci, Dieu vous sauvera, Dieu sauve les âmes, il ne sauve pas les corps. D'autres hommes furent amenés, deux, trois, puis un groupe nombreux, une vingtaine. Les habitants de Séphoris s'étaient rassemblés autour de la place, des femmes et des enfants mêlés aux hommes, on entendait leur murmure inquiet, mais ils ne pouvaient pas sortir de là tant que les Romains ne les y auraient pas autorisés, ils avaient déjà beaucoup de chance de ne pas être soupçonnés d'être de mèche avec les rebelles. Au bout d'un certain temps, un autre homme fut amené, les soldats qui le conduisaient dirent, Il n'y en a pas d'autres pour l'instant, et le sergent cria, Debout, tous. Les prisonniers pensèrent que c'était le commandant de

171

la cohorte qui s'approchait, le voisin de Joseph dit, Prépare-toi, il voulait dire, Prépare-toi à être libre, comme
s'il fallait une préparation pour la liberté, mais ce n'était
pas le commandant de la cohorte qui venait, on ne sut
pas qui c'était car le sergent, sans faire de pause, donna
un ordre en latin à ses soldats, nous n'avons pas précisé
que tout ce qui fut dit jusqu'à présent par les Romains
le fut en latin, invariablement, car les fils de la Louve ne
s'abaissent pas à apprendre des langues barbares, il existe
des interprètes pour cela, mais comme cette fois il s'agissait d'une conversation entre militaires une traduction
n'était pas nécessaire, les soldats entourèrent rapidement
les prisonniers, En avant, marche, et le cortège, condamnés en tête suivis de la population, se dirigea à l'extérieur
de la ville. En se voyant emmené ainsi, sans avoir à qui
demander merci, Joseph leva les bras et poussa un cri,
Sauvez-moi, je ne fais pas partie de ces hommes, sauvez-moi, je suis innocent, mais un soldat s'approcha et
avec le bout de sa lance il lui donna un coup dans le dos
qui le jeta presque à terre. Il était perdu. Désespéré, il
se mit à haïr Ananias par la faute de qui il allait mourir,
mais ce sentiment, après l'avoir brûlé entièrement à l'intérieur, disparut comme il était venu, le laissant comme
un désert, maintenant c'était comme s'il pensait, Il n'y
a nulle part où aller, il se trompait, car il ne tardera pas
à arriver à destination. Bien que ce soit difficile à croire,
la certitude de la mort prochaine le calma. Il regarda
autour de lui ses compagnons de martyre, ils marchaient
avec sérénité, certains étaient abattus, il est vrai, mais
les autres avaient la tête haute. C'était pour la plupart
des pharisiens. Alors, pour la première fois, Joseph se
souvint de ses enfants, il eut aussi une pensée fugace
pour sa femme, mais les visages et les noms étaient si
nombreux que sa tête vide, il n'avait pas dormi, pas
mangé, les sema en chemin les uns après les autres,
jusqu'à ce qu'il ne lui reste plus que Jésus, son premier-

né, son dernier châtiment. Il se souvint de leur conversation à propos de son rêve, de comment il lui avait dit, Tu ne peux pas me poser toutes les questions et je ne peux pas te donner toutes les réponses, maintenant le temps de répondre et d'interroger s'achevait.

Hors de la ville, sur une petite élévation qui la dominait, quarante gros troncs assez robustes pour supporter le poids d'un homme étaient plantés verticalement par rangées de huit. Au pied de chacun d'eux, par terre, il y avait une solive suffisamment longue pour recevoir un homme aux bras écartés. A la vue des instruments du supplice, plusieurs condamnés tentèrent de s'échapper, mais les soldats connaissaient leur métier, glaive au poing ils leur barrèrent le chemin de la fuite, un des rebelles essaya de s'embrocher sur l'arme, sans résultat toutefois, car il fut traîné incontinent vers la première croix. Commença alors le lent travail consistant à clouer chaque condamné sur sa solive et à le hisser sur le gros poteau vertical. Dans toute la campagne on entendait des cris et des gémissements, les habitants de Séphoris pleuraient devant le triste spectacle auquel ils étaient obligés d'assister, en guise d'avertissement. Peu à peu les croix se formèrent, chacune avec son homme suspendu, jambes pliées, ainsi qu'il fut dit précédemment, nous nous demandons bien pourquoi, peut-être en raison d'un ordre de Rome visant à rationaliser le travail et à économiser les matériaux, n'importe qui, même sans aucune expérience de la crucifixion, se rendra compte qu'une croix, destinée à un homme entier et non pas réduit, devrait être haute, d'où une plus grande dépense de matériaux, davantage de poids à transporter, de plus grandes difficultés de maniement, à quoi s'ajoute la circonstance, avantageuse pour les condamnés, que leurs pieds étant au ras du sol, ils pouvaient être décloués facilement, sans nécessité d'échelles, et passer pour ainsi dire directement des bras de la croix à ceux de leur famille, s'ils en avaient

173

une, ou des fossoyeurs de métier, qui ne les laisseraient pas à l'abandon. Par hasard Joseph fut le dernier à être crucifié, il dut donc assister, l'un après l'autre, au tourment de ses trente-neuf camarades inconnus et lorsque son tour arriva il avait perdu toute espérance et il n'eut même pas la force de répéter ses protestations d'innocence, il rata peut-être l'occasion d'être sauvé quand le soldat qui tenait le marteau dit au sergent, Voici l'homme qui se disait sans faute, le sergent hésita un instant, exactement l'instant où Joseph aurait dû crier, Je suis innocent, mais non, il se tut, il renonça, alors le sergent regarda, il aura pensé que la symétrie souffrirait si la dernière croix n'était pas utilisée, quarante est un chiffre rond et parfait, il fit un geste, les clous furent plantés, Joseph cria et continua à crier, ensuite il fut soulevé, suspendu par ses poignets transpercés par les fers, puis il y eut d'autres cris, le long clou qui trouait ses talons, oh mon Dieu, c'est donc cela l'homme que tu as créé, loué sois-tu, puisqu'il n'est pas licite de te maudire. Soudain, comme si quelqu'un avait donné le signal, les habitants de Séphoris lancèrent une clameur angoissée, mais ce ne fut pas par pitié pour les condamnés, dans toute la ville des incendies éclataient, les flammes, rugissant comme une traînée de feu grégeois, dévoraient les maisons, les édifices publics, les arbres dans les cours intérieures. Indifférents au feu que d'autres soldats attisaient, quatre soldats du peloton d'exécution parcouraient les rangées de suppliciés, leur brisant méthodiquement les tibias à l'aide de barres de fer. Séphoris brûla de fond en comble, d'un bout à l'autre, pendant que les crucifiés mouraient l'un après l'autre. Le charpentier Joseph, fils de Héli, était un homme jeune, dans la fleur de l'âge, il avait eu trente-trois ans quelques jours plus tôt.

Quand cette guerre prendra fin, et cela ne tardera pas car elle en est aux derniers râles de son agonie fatale, on procédera au décompte définitif de ceux qui y ont laissé la vie, quelques-uns ici, quelques-uns là, les uns plus près, les autres plus loin, et s'il est certain qu'avec le temps le nombre de ceux qui furent tués dans une embuscade ou une bataille rangée finit par perdre de son importance ou par être complètement oublié, les crucifiés, en revanche, qui étaient environ deux mille d'après les statistiques les plus dignes de foi, restèrent dans la mémoire des gens de Judée et de Galilée, si bien qu'on parlait encore d'eux bien des années plus tard, quand du sang neuf fut répandu lors d'une nouvelle guerre. Deux mille crucifiés ça fait beaucoup d'hommes morts, mais ils nous paraîtraient encore plus nombreux si nous les imaginions plantés le long d'une route à des intervalles d'un kilomètre ou entourant, par exemple, le pays qui s'appellera Portugal et dont la dimension en sa périphérie est plus ou moins de cet ordre-là. Entre le Jourdain et la mer, les veuves et les orphelins pleurent, c'est une ancienne coutume à eux et c'est justement pour pouvoir pleurer qu'ils sont orphelins et veuves, ensuite il nous faudra simplement attendre que les petits garçons grandissent et partent pour une nouvelle guerre, d'autres veuves et d'autres orphelins viendront les remplacer, et si entre-temps la mode a changé, si le deuil, de blanc qu'il était, est devenu noir, ou inversement, si sur les cheveux que jadis on s'arrachait on pose maintenant une mantille en dentelle, les larmes, elles, quand elles sont vraies, sont les mêmes.

Marie ne pleure pas encore mais son âme est agitée d'un pressentiment de mort car son mari n'est pas revenu à la maison et à Nazareth on dit que Séphoris a été brûlée et que des hommes ont été crucifiés. Accompagnée de son fils aîné, Marie refait le même chemin que Joseph la veille, très probablement à un endroit ou un autre elle pose les pieds sur les traces des sandales de son mari, ce n'est pas la saison des pluies, le vent n'est qu'une douce brise qui effleure à peine le sol, mais déjà les traces de Joseph sont comme les vestiges d'un animal ancien qui aurait habité ces parages dans une ère révolue, nous disons, Cela s'est passé hier, et c'est comme dire, Cela s'est passé il y a mille ans, le temps n'est pas une corde qui puisse se mesurer nœud après nœud, le temps est une surface oblique et ondulante que seule la mémoire est capable d'agiter et de rendre plus proche. Avec Marie et Jésus il y a des habitants de Nazareth, les uns poussés par la charité, d'autres par la seule curiosité, et il y a aussi quelques vagues parents d'Ananias, mais ceux-ci rentreront chez eux avec les mêmes doutes qu'ils en étaient sortis, comme ils ne l'ont pas trouvé mort il se peut qu'il soit vivant, ils n'ont pas eu l'idée d'aller regarder parmi les décombres de l'entrepôt et s'ils en avaient eu l'idée, qui sait s'ils auraient reconnu leur mort parmi les morts, devenus tous un même charbon. Quand au milieu du chemin des Nazaréens croisèrent une compagnie de soldats envoyés pour perquisitionner leur village, certains rebroussèrent chemin, préoccupés par le sort de leurs biens, car on ne sait jamais ce que feront les soldats qui, ayant frappé à la porte d'une maison, ne reçoivent pas de réponse. Le commandant du détachement voulut savoir ce que cette bande de croquants allait faire à Séphoris, ils lui répondirent, Voir le feu, explication qui donna satisfaction au militaire car depuis l'aube du monde les incendies ont toujours attiré les hommes, d'aucuns prétendent même qu'il s'agit d'une espèce d'appel intérieur inconscient, une réminiscence du feu originel, comme si les cendres pouvaient garder le souvenir de ce qui fut brûlé, ce qui justifierait, selon cette thèse, l'expression fascinée avec laquelle nous contemplons ne fût-ce que la simple flambée à laquelle nous nous réchauffons ou la lumière d'une bougie dans l'obscurité d'une chambre. Si nous étions aussi imprudents, ou aussi téméraires que les papillons, phalènes et autres lépidoptères, et si nous nous jetions tous dans le feu, nous, l'espèce humaine tout entière, peut-être qu'une combustion aussi immense, une telle fulgurance traversant les paupières closes de Dieu, le réveillerait de son sommeil léthargique, trop tard pour nous connaître, il est vrai, mais suffisamment à temps pour voir le début du néant, maintenant que nous aurions disparu. Marie, bien qu'elle eût laissé une maison pleine d'enfants abandonnés sans protection, ne rebroussa pas chemin, car malgré tout, elle est relativement tranquille, ce n'est pas tous les jours que des soldats entrent dans un village exprès pour y tuer des enfants, sans parler du fait que ces Romains-ci non seulement leur permettent mais encore les encouragent à grandir autant qu'ils peuvent, et ensuite, tout dépendra de la docilité de leur cœur et du paiement en temps voulu de leurs impôts. La mère et le fils avancent maintenant seuls sur la route, comme les membres de la famille d'Ananias sont une demi-douzaine et qu'ils bavardent, ils sont restés derrière, et comme Marie et Jésus n'auraient rien à se dire que des paroles d'inquiétude, le résultat est que chacun se tait pour ne pas affliger l'autre ni l'étrange silence qui semble recouvrir toute chose, pas un oiseau ne chante, le vent s'est complètement tu, on entend seulement le bruit des pas et même celui-ci est amorti, intimidé comme un intrus de bonne foi qui entre dans une maison déserte. Séphoris apparut soudain au dernier détour de la route, quelques maisons brûlaient encore, de légères colonnes de fumée ici et là, des murs noircis, ces arbres entièrement calcinés mais conservant leur feuillage, maintenant couleur de rouille. De ce côté-ci, à main droite, les croix.

Marie se mit à courir, mais la distance est trop grande pour qu'elle puisse la franchir d'une haleine, elle ralentit bientôt sa course, avec tant d'accouchements, et si rapprochés, le cœur de cette femme défaille facilement. Jésus, en fils respectueux, voudrait accompagner sa mère, être à ses côtés maintenant et plus tard, pour savourer ensemble la même joie ou souffrir ensemble du même chagrin, mais elle avance si lentement, elle a tant de mal à déplacer ses jambes, Nous n'arriverons jamais comme cela, ma mère, elle fait un geste qui signifie, Si tu veux, va, toi, et lui, coupant à travers champs pour écourter le chemin, se lance dans une course folle, Père, père, dit-il avec l'espoir qu'il n'est pas là-bas, il dit cela avec la douleur de celui qui l'a déjà découvert. Il arriva aux premières rangées, certains crucifiés étaient encore suspendus, d'autres avaient été retirés, ils sont sur le sol et ils attendent, ils sont peu nombreux à avoir une famille qui les entoure, car pour la plupart ces rebelles sont venus de loin, ils appartiennent à une armée disparate qui a livré ici sa dernière bataille unie, maintenant ils sont définitivement dispersés, chacun pour soi, dans l'inexprimable solitude de la mort. Jésus ne voit pas son père, son cœur est sur le point de se réjouir, mais sa raison lui dit, Attends, nous ne sommes pas encore arrivés à la fin, et réellement la fin est toute proche maintenant, étendu sur le sol voici le père que je cherchais, il n'a presque pas saigné, seuls les grands trous des plaies aux poignets et aux pieds, on dirait que tu dors, mon père, mais non, tu ne dors pas, tu ne le pourrais pas, avec tes jambes tordues ainsi, ce fut déjà bien charitable de t'avoir descendu de la croix, mais les morts sont si nombreux que les bonnes âmes qui se sont occupées de toi n'ont pas eu le temps de redresser tes os brisés. Le jeune garçon appelé Jésus est agenouillé à côté du cadavre, il pleure, il voudrait le toucher mais n'ose pas, pourtant arrive le moment où la douleur est plus forte que la peur de la mort, alors il étreint le corps inerte, Mon père, mon père, dit-il, et un autre cri se mêle au sien, Hélas, Joseph, hélas, mon mari, c'est Marie qui est enfin arrivée, épuisée, elle pleurait déjà depuis longtemps car en voyant de loin son fils s'arrêter, elle savait ce qui l'attendait. Les pleurs de Marie redoublent quand elle remarque la torsion cruelle des jambes de son mari, à la vérité on ne sait pas ce qu'il advient après la mort des douleurs ressenties pendant la vie, surtout les dernières, il se peut qu'avec la mort tout se termine réellement, mais rien ne nous garantit que pendant quelques heures au moins le souvenir de la souffrance ne demeure pas dans le corps que nous disons être mort, et il n'est pas à exclure non plus que la putréfaction ne soit le dernier recours qui reste à la matière pour se libérer définitivement de la douleur. Avec une douceur, une délicatesse dont elle n'aurait pas osé faire montre du vivant de son mari, Marie s'efforça d'atténuer les angles pitoyables que formaient les jambes de Joseph, lesquelles, comme il avait conservé sa tunique qui s'était un peu retroussée quand on l'avait descendu de la croix, lui donnaient l'aspect grotesque d'un fantoche cassé aux articulations. Jésus ne toucha pas son père, il aida simplement sa mère à tirer la tunique, mais même ainsi le devant maigre des jambes de l'homme resta exposé, c'est peut-être la partie du corps de l'homme qui donne la plus poignante impression de fragilité. Comme les tibias étaient brisés, les pieds pendaient latéralement, montrant les blessures des talons d'où il fallait constamment chasser les mouches attirées par l'odeur du sang. Les sandales de Joseph étaient tombées à côté du tronc épais dont il avait été le dernier fruit. Éculées, couvertes de poussière, elles auraient pu être abandonnées là si Jésus ne les avait pas ramassées, il le fit machinalement, comme s'il avait reçu un ordre il tendit le bras, Marie ne remarqua pas le mouvement, il les attacha à sa ceinture, peut-être devrait-ce être là l'héritage symbolique des aînés par excellence, il est des choses qui commencent d'une façon aussi simple que celle-ci, voilà pourquoi encore aujourd'hui on dit, Avec les bottes de mon père, moi aussi je suis un homme, ou, selon une variante plus radicale, C'est avec les bottes de mon père que je deviens un homme.

Un peu à l'écart, des soldats romains montaient la garde, prêts à intervenir en cas d'attitudes ou de cris séditieux de la part de ceux qui se consacraient aux suppliciés en pleurant et en se lamentant. Mais ces gens n'avaient pas la fibre guerrière, ou alors ils la cachaient bien en cet instant, ils se bornaient à prononcer les prières funèbres, allant de crucifié en crucifié, ce qui leur prit plus de deux heures de nos heures à nous, aucun de ces morts ne fut privé du saint viatique de la prière et de la lacération des vêtements, du côté gauche dans le cas de parent, du côté droit dans les autres cas, on entendait dans la paix du soir les voix entonner les versets, Seigneur qu'est l'homme pour que tu t'intéresses à lui, qu'est le fils de l'homme pour que tu t'en préoccupes, l'homme est semblable à un souffle, ses jours passent comme l'ombre, quel est l'homme qui vit et qui ne voit pas la mort, ou qui épargne son âme en échappant à la sépulture, l'homme né de la femme ne dispose que de peu de jours et il connaît beaucoup de soucis, il apparaît comme la fleur et comme elle il est coupé, il va comme va l'ombre et il ne demeure pas, qu'est l'homme pour que tu te souviennes de lui, et le fils de l'homme pour que tu lui rendes visite. Toutefois, après cette reconnaissance de l'irrémédiable insignifiance de l'homme devant son Dieu, proférée d'un ton si profond qu'il semblait bien plus venir de la conscience que de la voix au service des paroles, le cœur s'élevait et atteignait une sorte d'exultation, pour proclamer à la face de ce même Dieu une grandeur inattendue, Cependant, souviens-toi que tu as fait l'homme à peine moins grand que les anges et que tu l'as couronné de gloire et d'honneur. Quand ils arrivèrent à Joseph, qu'ils ne connaissaient pas, et parce qu'il était le dernier des quarante, ils ne s'attardèrent pas aussi longtemps, néanmoins le charpentier emporta dans l'autre monde tout ce dont il avait besoin, et la hâte était justifiée parce que la loi ne permet pas que les crucifiés demeurent sans sépulture jusqu'au lendemain, le soleil est déjà sur son déclin, ce sera bientôt le crépuscule. Étant encore très jeune, Jésus n'avait pas à déchirer sa tunique, il était dispensé de cette démonstration de deuil, mais sa voix, fine, vibrante, s'entendit au-dessus des autres quand il entonna, Béni sois-tu, Seigneur, notre Dieu, roi de l'univers, qui avec justice t'a créé, qui avec justice t'a gardé en vie, qui avec justice t'a nourri, qui avec justice t'a fait connaître le monde, qui avec justice te fera resurgir, béni sois-tu, Seigneur, qui ressuscites les morts. Étendu sur le sol, Joseph, s'il sent encore les douleurs des clous, pourra peut-être aussi entendre ces paroles, il saura quelle place a vraiment occupé la justice de Dieu dans sa vie, maintenant qu'il ne peut plus rien attendre ni de l'une ni de l'autre. Les prières terminées, il fallait ensevelir les morts, mais comme ils sont très nombreux et que la nuit est proche il est impossible de chercher un endroit pour chacun, une vraie tombe qu'on puisse obstruer en y roulant une pierre, et quant à envelopper les corps avec les bandelettes mortuaires ou même un simple linceul, il n'y fallait même pas penser. On décida donc de creuser une longue tranchée où tous tiendraient, ce n'était pas la première fois et ce ne sera pas la dernière, les corps descendront dans la terre vêtus comme ils sont, on donna aussi une pelle à Jésus et celui-ci travailla vaillamment à côté des hommes adultes, le destin, qui en toute chose est le plus sage, voulut même que son père fût enseveli dans le terrain par lui creusé, la prophétie s'accomplissant ainsi, Le fils de l'homme enterrera l'homme mais lui-même demeurera sans sépulture. Que ces paroles, à première vue énigmatiques, ne vous conduisent pas à des pensées élevées, elles relèvent de l'évidence, elles veulent simplement dire que le dernier homme, du fait même qu'il est le dernier, n'aura personne pour lui donner une sépulture. Or cela ne sera pas le cas de ce garçon qui vient d'enterrer son père, le monde ne va pas s'achever avec lui, il nous reste encore des milliers et des milliers d'années de naissances et de morts incessantes, et si l'homme avec une constance sans faille a été un loup et un bourreau pour l'homme, avec plus de raison encore il continuera d'en être le fossoyeur.

Le soleil est déjà passé de l'autre côté de la montagne. De grands nuages sombres se sont levés sur la vallée du Jourdain, ils se déplacent lentement vers le ponant, comme attirés par cette ultime lumière qui teinte de rouge leur pourtour supérieur bien découpé. L'air s'est soudain rafraîchi, il pleuvra peut-être dans la nuit, même si ce n'est pas de saison. Les soldats se sont retirés, ils profitent de la dernière lumière du jour pour retourner au campement situé quelque part dans les environs où probablement leurs compagnons d'armes partis enquêter à Nazareth sont déjà revenus, c'est comme cela que se fait une guerre moderne, avec une grande coordination, pas comme l'a faite le Galiléen, on voit le résultat, trente-neuf guérilleros crucifiés, le quarantième était un pauvre innocent venu avec de bonnes intentions mais qui s'en est mal tiré. Les habitants de Séphoris iront encore chercher dans la ville incendiée un endroit où passer la nuit et demain, de bon matin, chaque famille passera en revue ce qui reste de sa demeure pour voir si quelques biens ont échappé à l'incendie, puis elle se mettra en route pour refaire sa vie ailleurs car Séphoris n'a pas été juste brûlée, et Rome ne permettra pas qu'elle soit reconstruite de sitôt. Marie et Jésus sont deux ombres au milieu d'une forêt faite uniquement de troncs, la mère attire son fils à elle, deux peurs en quête d'un courage, le ciel noir n'est pas d'un grand secours et les morts sous la terre semblent retenir les pieds des vivants. Jésus dit à sa mère, Dormons en ville, et Marie répondit, Nous ne le pouvons pas, tes frères et sœurs sont seuls et ils ont faim. Ils voyaient à peine le sol sur lequel ils marchaient. Enfin, après avoir beaucoup trébuché et être tombés une fois, ils atteignirent la route, qui était comme le lit desséché d'une rivière dessinant un pâle ruban dans la nuit. Quand ils eurent laissé Séphoris derrière eux, la pluie commença à tomber, d'abord de lourdes gouttes qui faisaient sur la poussière épaisse du chemin un bruit mou, si tant est que le mariage de ces deux mots ait un sens. Puis la pluie se fit plus drue, continue, insistante, très vite la poussière se transforma en boue, Marie et son fils durent se déchausser pour ne pas gâter complètement leurs sandales pendant ce voyage. Ils marchent en silence, la mère couvrant la tête de son fils avec son manteau, ils n'ont rien à se dire, peut-être pensent-ils confusément qu'il n'est pas vrai que Joseph soit mort, qu'en arrivant chez eux ils le trouveront en train de s'occuper des enfants du mieux qu'il peut et qu'il dira à sa femme, Qu'est-ce qui vous a pris d'aller à la ville sans que je vous en donne la permission, toutefois les yeux de Marie se sont de nouveau remplis de larmes et ce n'est pas seulement à cause du chagrin et du deuil, c'est aussi à cause de cette infinie lassitude, de cette punition impitoyable qu'est la pluie, de cette nuit sans remède, tout est trop triste et trop noir pour que Joseph puisse être vivant. Un jour quelqu'un dira à la veuve qu'un prodige a eu lieu

183

aux portes de Séphoris, que les troncs qui ont servi au supplice ont pris racine et se sont couverts de feuilles, et parler de prodige n'est pas abuser des mots, tout d'abord parce que, contrairement à leur habitude, les Romains ne les ont pas emportés avec eux quand ils sont partis et deuxièmement parce qu'il est impossible que des troncs coupés ainsi au pied et à la tête aient eu encore en eux assez de sève et de pousses capables de transformer des billots grossiers et ensanglantés en arbres vivants. Ce fut le sang des martyrs, disaient les crédules, ce fut la pluie, rétorquaient les sceptiques, mais ni le sang versé ni l'eau tombée du ciel n'avaient pu faire reverdir auparavant tant de croix abandonnées sur les contreforts des montagnes ou sur les plateaux du désert. Ce que personne n'osa dire c'est que ce fut la volonté de Dieu, non seulement parce que cette volonté, quelle qu'elle fût, était inscrutable, mais aussi parce qu'on ne reconnaissait ni raisons ni mérites particuliers aux crucifiés de Séphoris pour qu'ils soient les bénéficiaires d'une manifestation aussi singulière de la grâce divine, bien plus propre à des dieux païens. Ces arbres resteront là très longtemps, un jour viendra où le souvenir de ces événements se perdra, alors, comme les hommes veulent une explication à tout, fausse ou véridique, on inventera quelques histoires et légendes qui au début garderont encore une certaine relation avec les faits, relation qui deviendra de plus en plus ténue, jusqu'à ce que le tout se transforme en pure fable. Et un autre jour viendra où les arbres mourront de vieillesse et seront coupés, et un autre encore où, à cause d'une autoroute, ou d'une école, ou d'un immeuble d'habitation, ou d'un centre commercial, ou d'un fortin de guerre, les excavatrices retourneront le terrain et exposeront à la lumière du jour, pour une nouvelle naissance, les squelettes qui auront reposé là pendant deux mille ans. Des anthropologues viendront alors et un professeur d'anatomie examinera les restes, annonçant ensuite au monde scandalisé que finalement en ce temps-là les hommes étaient crucifiés les jambes pliées. Et comme le monde ne pourra désavouer le professeur au nom de la science, il l'exécrera au nom de l'esthétique.

Quand Marie et Jésus arrivèrent chez eux sans un fil de vêtement sec sur le corps, crottés de boue et grelottant de froid, les enfants étaient bien plus tranquilles qu'on n'aurait pu l'imaginer, grâce à la débrouillardise et à l'initiative des plus âgés, Jacques et Lisa qui, s'étant aperçus que la nuit était froide, eurent l'idée d'allumer le four, auprès duquel ils se blottirent tous, s'efforçant ainsi de compenser les tourments de la faim à l'intérieur de leur corps par le réconfort de la chaleur à l'extérieur. En entendant claquer le portail dans la cour, Jacques alla ouvrir la porte, la pluie s'était transformée en un déluge que fuyaient sa mère et son frère et, quand ceux-ci entrèrent, la maison eut soudain l'air d'être inondée. Les enfants regardèrent et quand la porte se referma ils surent que leur père ne reviendrait pas mais ils se turent, ce fut Jacques qui posa la question, Et notre père. Le sol en terre absorbait lentement l'eau qui gouttait des tuniques trempées, on entendait dans le silence le crépitement du bois humide qui brûlait à l'entrée du four, les enfants regardaient leur mère. Jacques demanda de nouveau, Et notre père. Marie ouvrit la bouche pour répondre, mais le mot fatal comme la corde d'une potence lui serra la gorge et ce fut Jésus qui dut dire, Notre père est mort, et sans bien savoir pourquoi, ou alors parce que c'était la preuve indiscutable de l'absence définitive, il retira de sa ceinture les sandales mouillées et il les montra à ses frères et sœurs, Voilà. Déjà les premières larmes avaient jailli des yeux des plus âgés, mais ce fut la vue des sandales vides qui augmenta les pleurs, tous pleuraient maintenant, la veuve et ses neuf enfants, et elle ne savait lequel secourir, elle finit par tomber à genoux sur le sol, épuisée, les enfants s'approchèrent et l'entourèrent, grappe vivante qui n'avait pas besoin d'être foulée aux pieds pour verser ce sang de couleur blanche que sont les larmes. Seul Jésus était resté debout, serrant les sandales contre sa poitrine, pensant vaguement qu'un jour il les chausserait, en cet instant même s'il l'osait. Peu à peu les enfants abandonnèrent leur mère, les plus grands à cause de cette espèce de pudeur qui veut qu'on souffre seul, les plus petits parce que leurs frères et sœurs s'étaient éloignés et qu'eux-mêmes n'arrivaient pas à ressentir un véritable chagrin, ils se contentaient de pleurer, en ceci les enfants sont comme les vieillards qui pleurent pour rien, même quand ils ont cessé de sentir, ou parce qu'ils ont cessé de sentir. Marie resta dans cette position pendant un certain temps, agenouillée au centre même de la maison comme si elle attendait une décision ou une sentence, un long frisson lui donna le signal, les vêtements mouillés sur son corps, alors elle se releva, ouvrit le coffre et en retira une vieille tunique ravaudée qui avait appartenu à son mari, elle la tendit à Jésus en disant, Enlève ce que tu portes, enfile ceci et va t'asseoir à côté du feu. Ensuite elle appela ses deux filles, Lisia et Lidia, elle leur demanda de se lever et de tenir une natte en guise de paravent derrière laquelle elle se changea elle aussi, après quoi elle se mit à préparer le souper avec le peu de nourriture qu'il y avait dans la maison. Jésus, à côté du four, se réchauffait avec la tunique de son père dont la jupe et les manches étaient trop longues pour lui, en une autre occasion, on le sait, ses frères se seraient moqués de lui, il devait avoir l'air d'un épouvantail, mais aujourd'hui ils n'oseront pas, pas seulement à cause de leur grand chagrin mais aussi à cause de cet air de majesté adulte qui se dégageait du garçon, comme si en un instant il avait atteint sa taille définitive, et cette impression devint encore plus forte quand avec des mouvements lents et mesurés il plaça les sandales de son père de façon à ce qu'elles reçoivent la chaleur de l'ouverture du four, geste qui n'avait aucune fin pratique puisque leur propriétaire n'était plus de ce monde. Jacques, son cadet, alla s'asseoir à côté de lui et demanda à voix basse, Qu'est-il arrivé à notre père, On l'a crucifié avec les guérilleros, répondit Jésus en chuchotant lui aussi, Pourquoi, Je ne sais pas, ils étaient quarante et notre père était l'un d'eux, Il était peut-être un guérillero, Qui, Notre père, Non, il était toujours ici, absorbé par son travail, Et l'âne, vous l'avez trouvé, Ni vif, ni mort. La mère avait fini de préparer le souper, ils s'assirent tous autour de l'écuelle commune et ils mangèrent ce qu'il y avait. A la fin, les plus jeunes dodelinaient déjà de la tête, les esprits étaient encore agités mais les corps fatigués réclamaient le repos. Les nattes des garçons furent étendues le long du mur du fond, Marie avait dit à ses filles, Couchez-vous ici avec moi, elles s'étendirent de part et d'autre de leur mère pour qu'il n'y ait pas de jalousie. Un air froid entrait par la fente de la porte mais la maison restait chaude à cause de la chaleur rémanente du four et de celle des corps proches, peu à peu, malgré la tristesse et les soupirs, la famille sombrait dans le sommeil, Marie donnait l'exemple, elle retenait ses larmes, elle voulait que ses enfants s'endorment vite, pour leur bien, mais aussi pour pouvoir rester seule avec son chagrin, les yeux grands ouverts sur sa future vie sans mari, avec neuf enfants à élever. Mais la douleur de l'âme la quitta elle aussi, au milieu d'une pensée, son corps indifférent s'abandonna au sommeil sans résister, et maintenant tous dorment.

Au milieu de la nuit, un gémissement réveilla Marie. Elle crut que c'était elle-même qui l'avait poussé en rêvant, mais elle n'avait pas rêvé et le gémissement venait de se répéter, plus fort. Elle se redressa avec précaution pour ne pas réveiller ses filles, elle regarda autour d'elle, mais la lumière de la lampe n'arrivait pas jusqu'au fond de la maison, Lequel d'entre eux est-ce, se demanda-t-elle, mais dans son cœur elle savait que c'était Jésus qui gémissait. Elle se leva sans bruit, alla chercher la lampe accrochée au clou de la porte et, l'élevant au-dessus de sa tête pour mieux éclairer, elle passa en revue ses fils endormis, Jésus, c'est lui qui remue et murmure comme s'il luttait dans un cauchemar, il rêve sûrement de son père, un enfant de son âge voir ce qu'il a vu, la mort, le sang, la torture. Marie songea qu'elle devrait le réveiller, interrompre cette autre forme d'agonie, pourtant elle ne le fit pas, elle ne voulait pas entendre son fils lui raconter son rêve, mais elle oublia cette raison en voyant que Jésus avait chaussé les sandales de son père. Le côté insolite de ce fait la déconcerta, quelle sotte idée, sans aucune justification, et aussi quel manque de respect que de chausser les sandales de son propre père le jour même de sa mort. Elle retourna à sa natte sans savoir quoi penser, peut-être son fils était-il en train de répéter en rêve, par l'intermédiaire des sandales et de la tunique, l'aventure mortelle de son père depuis que celui-ci avait quitté la maison, et peut-être avait-il accédé ainsi au monde des hommes auquel il appartenait déjà de par la loi de Dieu, mais où il s'installait maintenant en vertu d'un nouveau droit, celui de succéder à son père dans ses biens, fussent-ils seulement une vieille tunique et des sandales éculées, et dans ses rêves, fût-ce pour revivre simplement ses derniers pas sur la terre. Marie ne pensa pas que le rêve pût être autre.

C'était un matin limpide, sans nuages, le soleil était chaud et lumineux, un retour de la pluie n'était pas à craindre. Marie sortit de la maison tôt, avec tous ses fils en âge d'aller à l'école et aussi avec Jésus qui, ainsi qu'il fut dit en son temps, avait déjà terminé son instruction. Elle allait à la synagogue annoncer la mort de Joseph et les circonstances probables qui, selon elle, y avaient contribué, ajoutant que malgré tout, pour lui comme pour

188

les autres malheureux, et c'était là un élément non négligeable, les prières funèbres avaient été prononcées, dans la mesure où la hâte et le lieu le permettaient, en tout cas suffisamment, tant du point de vue du contenu que de celui du nombre, pour pouvoir affirmer que dans l'ensemble le rite avait été observé. Pendant le retour à la maison, enfin seule avec son aîné, Marie pensa que c'était une bonne occasion de lui demander pourquoi il avait chaussé les sandales de son père, mais au dernier moment un scrupule la retint, Jésus, très probablement, ne saurait quelle explication lui donner et il serait humilié de voir son acte, nul doute outrancier, confondu aux yeux de sa mère avec la faute très banale de l'enfant qui se lève la nuit pour aller manger un gâteau en cachette et qui peut toujours, s'il est surpris, alléguer la faim comme excuse, le même argument ne pouvant être avancé pour l'épisode des sandales, sauf s'il s'agit d'une autre sorte de faim que nous serions bien en peine d'expliquer. Une autre idée surgit alors dans la tête de Marie, son fils était maintenant le chef de la maison et de la famille et dès lors il serait bon qu'elle, sa mère et sa subordonnée, s'efforce de lui témoigner le respect et les égards qui lui étaient dus, comme par exemple s'intéresser à ce mal de l'esprit qui avait tourmenté son sommeil, Tu as rêvé de ton père, demanda-t-elle, et Jésus fit celui qui n'avait pas entendu, il tourna le visage de l'autre côté, mais sa mère insista, ferme dans son dessein, Tu as rêvé, elle ne s'attendait pas à ce que son fils lui réponde, Oui, puis aussitôt, Non, ni à ce que son expression s'assombrisse autant, comme s'il avait de nouveau son père mort devant les yeux. Ils continuèrent leur chemin en silence et en arrivant à la maison Marie s'en fut carder de la laine, pensant que pour subvenir aux besoins de la famille elle devrait commencer à envisager de le faire davantage pour autrui, mettant à profit l'habileté qu'elle avait toujours pour ce métier. Pour sa part, Jésus, qui avait regardé le ciel pour s'assurer des bonnes dispositions du temps, s'approcha de l'établi de charpentier qui avait appartenu à son père et qui était sous l'appentis, et il se mit à vérifier, les uns après les autres, les travaux interrompus puis l'état des outils, ce dont Marie se réjouit grandement dans son cœur, voyant que son fils prenait tellement au sérieux, dès ce premier jour, ses nouvelles responsabilités. Quand les plus jeunes revinrent de la synagogue et que tous s'assemblèrent pour manger, seul un observateur particulièrement attentif aurait pu se rendre compte que cette famille avait perdu quelques heures plus tôt son chef naturel, mari et père, et excepté Jésus dont les noirs sourcils froncés poursuivent une pensée cachée, les autres, y compris Marie, semblent tranquilles, gravement sereins, car il est écrit, Lamente-toi amèrement, pleure à chaudes larmes, fais le deuil qu'il mérite, un jour ou deux, pour éviter les médisances, puis console-toi de ta peine, et il est écrit aussi, N'abandonne pas ton cœur au chagrin, écarte-le et souviens-toi de la fin, n'oublie pas, il n'y a pas de retour, tu ne serais d'aucune utilité au mort et tu te ferais du mal. Il est encore trop tôt pour le rire, celui-ci viendra en son temps, de même que les jours succèdent aux jours et les saisons succèdent aux saisons, mais la meilleure leçon est celle de l'Ecclésiaste, qui dit, Pour cela j'ai loué la joie, car il n'y a rien de meilleur sous le soleil pour l'homme que manger, boire et goûter le bonheur dans son travail, durant les jours que Dieu lui accorde sous le soleil. Le soir, Jésus et Jacques montèrent sur le toit en terrasse de la maison pour colmater avec de la paille mêlée d'argile les fissures par où l'eau avait goutté durant toute la nuit, personne ne s'étonnera que nous n'ayons pas mentionné alors ces humbles détails concernant notre vie quotidienne, la mort d'un homme, innocent ou non, doit toujours prendre le pas sur tout le reste.

Une autre nuit vint, un autre jour commençait, la

famille soupa comme elle put et alla se coucher sur les nattes. Vers l'aube Marie se réveilla épouvantée, ce n'était pas elle qui rêvait, non, mais son fils, et maintenant avec des pleurs et des gémissements à fendre le cœur, si bien que ses grands frères se réveillèrent aussi, les autres il aurait fallu beaucoup plus pour les arracher au profond sommeil qui est l'apanage de l'innocence à cet âge-là. Marie courut secourir son fils qui se débattait, levant les bras comme s'il essayait de se défendre contre les coups d'épée ou de lance, peu à peu il abandonna la lutte, soit que les assaillants se fussent retirés, soit que sa vie s'achevât. Jésus ouvrit les yeux, se cramponna avec force à sa mère comme s'il n'était pas le petit homme qu'il est, le patron de sa famille, car même un homme adulte, quand il pleure, se transforme en petit enfant, ils ne veulent pas le reconnaître, ces pauvres idiots, mais un cœur endolori se laisse bercer par les larmes. Qu'as-tu mon fils, qu'as-tu, demanda Marie, inquiète, et Jésus ne pouvait pas répondre, ou ne le voulait pas, une crispation qui n'avait plus rien d'enfantin scellait ses lèvres, Dis-moi ce que tu as rêvé, insista Marie, et comme essayant de lui frayer le chemin, Tu as vu ton père, le garçon fit un geste brusque de dénégation, puis il se dégagea des bras de sa mère et se laissa retomber sur la natte, Va dormir, dit-il, et s'adressant à ses frères, Ce n'est rien, dormez, je vais bien. Marie retourna auprès de ses filles, mais elle garda les yeux ouverts presque jusqu'à l'aube, aux aguets, s'attendant à chaque instant à ce que le rêve de Jésus se répète, quel était donc ce rêve pour qu'il l'angoisse autant, mais rien ne se produisit. Marie ne pensa pas que son fils pourrait rester éveillé simplement pour s'empêcher de rêver à nouveau, mais elle pensa à la coïncidence, en vérité singulière, qui faisait que Jésus, qui avait toujours dormi paisiblement, s'était mis à avoir des cauchemars aussitôt après la mort de son père, Seigneur mon Dieu, faites que cela ne soit pas le même rêve, implora-t-elle, le bon sens lui disait pour la rassurer que les rêves ne se lèguent ni ne s'héritent, elle se trompe, les hommes n'ont pas besoin de se communiquer les uns aux autres les rêves qu'ils font pour que les mêmes rêves soient rêvés de père en fils et aux mêmes heures. Le jour se leva enfin, la fente de la porte s'illumina. Quand elle se réveilla, Marie vit que la place de son fils aîné était vide, Où sera-t-il allé, se demanda-t-elle, elle se leva à la hâte, ouvrit la porte et regarda dehors, Jésus était assis sous l'appentis, sur la paille du sol, la tête sur les bras et les bras sur les genoux, immobile. Frissonnant à cause de l'air froid du matin, mais aussi, encore qu'elle n'en eût pas conscience, à cause de la vision de la solitude de son enfant, la mère s'approcha, Tu te sens malade, demanda-t-elle, le garçon leva la tête, Non, je ne suis pas malade, Alors, qu'as-tu, Ce sont mes rêves, Tes rêves, dis-tu, Un rêve, le même cette nuit que l'autre nuit, Tu as rêvé de ton père sur la croix, Je t'ai déjà dit que non, je rêve de mon père mais je ne le vois pas, Tu m'avais dit que tu n'avais pas rêvé de lui, Parce que je ne le vois pas, mais je suis sûr qu'il est là dans mon rêve, Et quel est donc ce rêve qui te tourmente. Jésus ne répondit pas aussitôt, il regarda sa mère avec une expression désemparée et Marie sentit comme un doigt lui toucher le cœur, son fils était là avec ce visage encore enfantin, le regard éteint de ne pas avoir dormi et son premier duvet d'homme, tendrement ridicule, il était son premier-né, elle se confiait et s'abandonnait à lui pour toujours, Raconte-moi tout, et Jésus dit enfin, Je rêve que je suis dans un village qui n'est pas Nazareth et que tu es avec moi, mais ce n'est pas toi parce que la femme qui est ma mère dans le rêve a un visage différent et il y a d'autres garçons de mon âge, je ne sais pas combien, et des femmes qui sont les mères, mais je ne sais pas si ce sont leur vraie mère, quelqu'un nous a tous réunis sur la place et nous attendons des soldats qui viennent nous tuer, nous les entendons sur la route, ils approchent mais nous ne les voyons pas, à cet instant je n'ai pas encore peur, je sais que c'est un mauvais rêve, rien de plus, mais soudain j'ai la certitude que mon père se trouve parmi les soldats, je me tourne vers toi pour que tu me défendes, bien que je ne sois pas sûr que c'est toi, mais tu es partie, toutes les mères sont parties, il n'y a plus que nous et nous ne sommes plus des jeunes garçons mais des petits enfants, je suis couché par terre et je commence à pleurer, et les autres enfants pleurent tous, mais je suis le seul dont le père se trouve parmi les soldats, nous regardons en direction de l'entrée de la place, nous savons qu'ils entreront par là et ils n'entrent pas, nous attendons qu'ils entrent mais ils n'entrent pas, et c'est encore pire, les pas approchent, ils vont entrer maintenant mais ils n'entrent pas, ils n'entreront pas, alors je me vois moi-même, tel que je suis à présent, à l'intérieur du petit enfant que je suis aussi, et je me mets à faire un grand effort pour en sortir, c'est comme si j'étais pieds et poings liés, je t'appelle, mais tu es partie, j'appelle mon père, mais il vient me tuer, et c'est à ce moment-là que je me suis réveillé, cette nuit et la nuit dernière. Marie frissonnait d'horreur, dès les premiers mots, à peine eut-elle compris le sens du rêve qu'elle baissa les yeux, déchirée, ce qu'elle avait tant redouté se produisait enfin, contrairement à tout sens commun et à la raison Jésus avait hérité du rêve de son père, pas exactement de la même façon, mais comme si le père et le fils, chacun occupant sa place, le rêvaient en même temps. Et elle trembla d'une véritable frayeur quand elle entendit son fils lui demander, Quel était ce rêve que mon père faisait chaque nuit, Oh, un mauvais rêve, comme n'importe qui, Mais quel était-il, ce rêve, Je ne sais pas, il ne me l'a jamais raconté, Mère, tu ne dois pas cacher la vérité à ton fils, Ce ne serait pas bon pour toi que tu le connaisses, Que peux-tu savoir de ce qui est bon ou mauvais pour moi, Respecte ta mère, Je suis ton fils, tu jouis de mon respect, mais maintenant tu me caches quelque chose qui affecte ma vie même, Ne m'oblige pas à parler, Un jour j'ai demandé à mon père quelle était la raison de son rêve et il m'a répondu que je ne pouvais pas lui poser toutes les questions et qu'il ne pouvait pas me donner toutes les réponses, Tu vois bien, accepte les paroles de ton père, Je les ai acceptées tant qu'il était vivant, mais maintenant je suis le chef de la famille, j'ai hérité de lui une tunique, des sandales et un rêve, avec cela je pourrais déjà me lancer dans le monde, toutefois j'ai besoin de savoir quel est le rêve que j'emporterai avec moi, Mon fils, peut-être ne le rêve-ras-tu plus. Jésus regarda sa mère en face, il la força à le regarder elle aussi et il dit, Je renoncerai à le connaître si la nuit prochaine le rêve ne revient plus, s'il ne revient plus jamais, mais s'il se répète, jure-moi que tu me diras tout, Je le jure, répondit Marie, qui ne savait plus comment se défendre de l'insistance et de l'autorité de son fils. Dans le silence de son cœur angoissé, un appel s'éleva vers Dieu, sans paroles, y en avait-il eu qu'elles auraient pu être les suivantes, Transmets-moi ce rêve, Seigneur, et que j'en souffre à tout instant jusqu'à l'heure de ma mort, mais pas mon fils, mais pas mon fils. Jésus dit, Tu te souviendras de ce que tu as promis, Je m'en souviendrai, répondit Marie, mais en son for intérieur elle continuait à répéter, Pas mon fils, pas mon fils.

Mon fils, oui. La nuit vint, à l'aube un coq noir chanta, et le rêve se répéta, les naseaux du premier cheval apparurent au coin de la rue. Marie entendit les gémissements de son fils mais elle n'alla pas le consoler. Et Jésus, tremblant, inondé de la sueur de la peur, n'eut pas besoin de demander quoi que ce soit pour savoir que sa mère elle aussi s'était réveillée, Que va-t-elle me raconter, pensa-t-il, pendant que de son côté Marie réfléchissait, Comment vais-je le lui raconter, et elle cherchait une manière de ne pas tout lui dire. Le matin, lorsqu'ils se levèrent, Jésus dit à sa mère, Je vais conduire avec toi mes frères à la synagogue, après tu viendras avec moi dans le désert, car nous avons à parler. Les objets tombaient des mains de la pauvre Marie pendant qu'elle préparait la nourriture de ses enfants, mais le vin de l'agonie avait été tiré, maintenant il fallait le boire. Les plus jeunes étant à l'école, mère et fils sortirent du village et là-bas, en rase campagne, ils s'assirent sous un olivier, personne, hormis Dieu, s'il se promène par là, ne pourra entendre ce qu'ils diront, les pierres ne parlent pas, nous le savons, même si nous les frappions les unes contre les autres, et quant à la terre profonde, elle est le lieu où toute parole devient silence. Jésus dit, Fais ce que tu as juré de faire, et Marie répondit sans détour, Ton père rêvait qu'il était un soldat et qu'il allait avec les autres soldats te tuer, Me tuer, Oui, Mais c'est mon rêve, Oui, confirma-t-elle, soulagée. Finalement cela a été simple, pensa-t-elle, et à voix haute, Maintenant que tu sais, rentrons à la maison, les rêves sont comme les nuages, ils vont et viennent, c'est uniquement parce que tu aimais beaucoup ton père que tu as hérité de son rêve, mais il ne t'a pas tué et jamais il ne te tuerait, même s'il en avait reçu l'ordre du Seigneur au dernier moment l'ange aurait arrêté son bras, comme il a fait pour Abraham au moment où il allait sacrifier son fils Isaac, Ne parle pas de ce que tu ne sais pas, coupa sèchement Jésus, et Marie vit que le vin amer devrait être bu jusqu'à la lie, Consens, mon fils, à ce que je sache au moins que rien ne peut s'opposer à la volonté du Seigneur, quelle qu'elle soit, et que si le Seigneur a eu une volonté et immédiatement après une autre, contraire, ni toi ni moi n'avons rien à voir avec la contradiction, répondit Marie et, croisant les mains dans son giron, elle attendit. Jésus dit, Répondras-tu à toutes les questions que je te poserai, Je répondrai, dit Marie, Depuis quand mon père a-t-il commencé à avoir ce rêve,

Il y a de nombreuses années, Combien, Depuis que tu es né, Il l'a rêvé toutes les nuits, Oui, toutes les nuits, je crois, les derniers temps je ne me réveillais plus, on s'habitue, Je suis né à Bethléem en Judée, Oui, Qu'est-il arrivé à ma naissance pour que mon père rêve qu'il allait me tuer, Cela ne s'est pas passé à ta naissance, Mais tu as dit, Le rêve est apparu quelques semaines après, Que s'est-il passé à ce moment-là, Hérode a fait tuer les enfants de Bethléem de moins de trois ans, Pourquoi, Je ne sais pas, Mon père le savait, Non, Mais moi je n'ai pas été tué, Nous vivions dans une grotte, en dehors du village, Tu veux dire que les soldats ne m'ont pas tué parce qu'ils ne m'ont pas découvert, Oui, Mon père était soldat, Jamais il n'a été soldat, Que faisait-il alors, Il travaillait à la construction du Temple, Je ne comprends pas, Je réponds à tes questions, Si les soldats ne m'ont pas découvert, si nous vivions en dehors du village, si le père n'était pas soldat, s'il n'était pas responsable, s'il ne savait même pas pourquoi Hérode avait fait tuer les enfants, Oui, ton père ne savait pas pour quelle raison Hérode avait fait tuer les enfants, Alors, Rien, si tu n'as plus de questions à me poser, moi je n'ai plus de réponses à te donner, Tu me caches quelque chose, Ou bien c'est toi qui n'es pas capable de voir. Jésus se tut, il se sentait disparaître, comme de l'eau dans un sol sec, sa mère avait parlé avec tant d'autorité, en même temps, dans un recoin de son âme, se déployait une idée ignoble, aux lignes encore ondoyantes, mais monstrueuse dès son apparition. Sur le flanc d'une colline en face un troupeau de brebis paissait, brebis et berger avaient la couleur de la terre, ils étaient terre se mouvant sur la terre. Le visage tendu de Marie eut une expression de surprise, ce berger de haute taille, cette démarche, tant d'années après et juste à cet instant, quel signe était-ce, elle regarda avec plus d'attention et eut un doute, car maintenant c'était un simple voisin de Nazareth menant paître ses quelques brebis, lesquelles étaient aussi chétives que lui. L'idée prit forme dans l'esprit de Jésus, elle essaya de sortir de son corps mais sa langue l'en empêcha, enfin, d'une voix qui avait peur d'elle-même, il dit, Mon père savait que les enfants allaient être tués. Mais il ne le demanda pas à haute voix et Marie n'eut pas à répondre. Comment l'a-t-il su, cette fois c'était bien une question, Il travaillait à la construction du Temple, à Jérusalem, quand il entendit des soldats parler de ce qu'ils allaient faire, Et après, Il est venu te sauver en courant, Et après, Il a pensé qu'il ne serait pas nécessaire de nous enfuir et nous sommes restés dans la grotte, Et après, Rien, les soldats ont fait ce qu'on leur avait ordonné de faire et ils sont repartis, Et après, Après, nous sommes retournés à Nazareth, Et le rêve a commencé, La première fois ce fut dans la grotte. Les mains de Jésus se levèrent soudain vers son visage comme pour le lacérer, la voix se fit cri inexorable, Mon père a tué les enfants de Bethléem, Quelles paroles insensées prononces-tu là, ce sont les soldats d'Hérode qui les ont tués, Non, femme, c'est mon père qui les a tués, c'est Joseph, fils de Héli qui, sachant que les enfants allaient être tués, n'en a pas averti leurs parents, et quand ces mots furent dits tout espoir de consolation fut perdu. Jésus se jeta par terre, pleurant, Les innocents, les innocents, disait-il, il semble incroyable qu'un simple garçon de treize ans, âge où l'égoïsme est facilement explicable et excusable, puisse avoir subi un ébranlement aussi fort à cause d'une nouvelle qui, d'après ce que nous savons de notre monde contemporain, laisserait indifférents la plupart des gens. Mais les êtres ne sont pas tous semblables, il y a des exceptions, dans le bien comme dans le mal, et celle-ci est certainement parmi les plus extraordinaires, un jeune garçon qui pleure à cause d'une faute ancienne commise par son père et qui pleure peut-être aussi sur lui-même, si, comme cela semble avéré, il aimait ce père deux fois fautif. Marie tendit la main vers son fils, elle voulut le toucher, mais il se déroba, Ne me touche pas, mon âme est blessée, Jésus, mon fils, Ne m'appelle pas ton fils, toi aussi tu es coupable. Les jugements de l'adolescence sont ainsi, outranciers, en vérité Marie était aussi innocente que les enfants assassinés, ce sont les hommes, ma sœur, qui décident de tout, mon mari est arrivé ici et il a dit, Nous partons, puis il a changé d'idée, Finalement, nous ne partons pas, sans autre explication, il a fallu que je lui demande, Quels sont ces cris. Marie ne répondit pas à son fils, il serait si facile de lui démontrer qu'elle n'était pas coupable, mais elle pensa à son mari crucifié, lui aussi mort innocent, et elle sentit avec des larmes de honte qu'elle l'aimait maintenant, plus que lorsqu'il était en vie, et pour cette raison elle se tut, la faute que l'un a portée, un autre peut la porter. Marie dit, Rentrons à la maison, nous n'avons plus rien à nous dire ici, et le fils lui répondit, Va, toi, moi je reste. Toute trace de brebis ou de berger avait disparu, semblait-il, le désert était vraiment un désert, et même les maisons au loin, éparpillées au hasard à flanc de colline, semblaient de grandes pierres taillées sur un chantier abandonné, qui peu à peu s'enfonceraient dans le sol. Quand Marie disparut dans le fond cendré d'une vallée, Jésus, à genoux, cria, et tout son corps brûlait comme s'il suait le sang, Père, mon père, pourquoi m'as-tu abandonné, car tel était ce que le pauvre garçon ressentait, l'abandon, le désespoir, la solitude infinie d'un autre désert, ni père, ni mère, ni frère, ni sœur, le début d'un chemin parsemé de morts. Au loin, assis au milieu des brebis et se confondant avec elles, le berger le regardait.

Deux jours plus tard, Jésus s'en alla de chez lui. Les paroles qu'il prononça durant ce temps furent relatées et, comme il ne pouvait dormir, il passa ses nuits éveillé. Il imaginait le carnage horrible, les soldats entrant dans les maisons et fouillant les berceaux, les épées frappant ou transperçant les tendres petits corps découverts, les mères poussant des cris affolés, les pères mugissant comme des taureaux enchaînés, et il s'imaginait aussi lui-même dans une grotte qu'il n'avait jamais vue, et à ces moments-là, parfois, comme si d'épaisses vagues lentes le submergeaient, il ressentait un désir inexplicable d'être mort ou du moins de ne pas être vivant. Il était obsédé par une question qu'il n'avait pas posée à sa mère, combien d'enfants avaient été tués, dans son esprit ils étaient nombreux, amoncelés les uns sur les autres, comme des agneaux égorgés lancés en tas, attendant le grand brasier qui les consumerait et les emporterait au ciel sous forme de fumée. Toutefois, n'ayant pas posé la question au moment de la révélation, il lui semblait maintenant que ce serait une mauvaise action, et de mauvais goût, si tant est que cette expression s'employât déjà en ce temps-là, que d'aller voir sa mère et de lui dire, Écoute, mère, l'autre jour j'ai oublié de te demander quel était le nombre des marmots qui étaient passés de vie à trépas là-bas à Bethléem, et elle répondrait, Ah, mon fils, ne pense plus à cela, il n'y en a même pas eu trente, et s'ils sont morts c'est parce que le Seigneur l'a voulu, il était en son pouvoir de l'éviter si cela lui avait convenu. Jésus se demandait sans cesse à lui-même, Combien, il regardait ses frères et demandait, Combien, il voulait savoir quelle quantité de corps morts il avait fallu placer dans l'autre plateau pour que le fléau de la balance déclare compensée sa vie sauve. Au matin du deuxième jour, Jésus dit à sa mère, Je n'ai ni paix ni repos dans cette maison, reste avec mes frères, je vais partir. Marie leva les mains au ciel, pleurant, scandalisée, Mais comment est-ce possible, mais comment est-ce possible, un fils premier-né abandonner sa mère veuve, a-t-on jamais vu pareille chose, le monde va de mal en pis, et pourquoi, et pourquoi, c'est ta maison et ta famille, comment allons-nous vivre si tu n'es pas là, Jacques a seulement un an de moins que moi, il prendra soin de vous, comme j'aurais dû le faire maintenant que ton mari n'est plus là, Mon mari était ton père, Je n'ai pas envie de parler de lui, je n'ai envie de parler de rien, donne-moi ta bénédiction pour le voyage si tu veux, je m'en irai de toute façon, Et où veux-tu aller, mon fils, Je ne sais pas, peut-être à Jérusalem, peut-être à Bethléem, pour voir la terre où je suis né, Mais là-bas personne ne te connaît, Heureusement pour moi, mère, car tu imagines ce qu'on me ferait si on savait qui je suis, Tais-toi, tes frères t'entendent, Un jour eux aussi connaîtront la vérité, Et en ce moment, sur ces chemins, avec les Romains qui cherchent les guérilleros de Judas, tu vas à la rencontre du danger, Les Romains ne sont pas pires que les soldats de l'autre Hérode, ils ne se jetteront sûrement pas sur moi l'épée au poing pour me tuer et ils ne me cloueront pas non plus sur une croix, je n'ai rien fait, je suis innocent, Ton père aussi l'était et tu vois ce qui est arrivé, Ton mari est mort innocent mais sa vie n'a pas été innocente, Jésus, le démon parle par ta bouche, Comment peux-tu savoir que ce n'est pas Dieu qui parle par ma bouche, Tu ne prononceras pas le nom du Seigneur en vain, Personne ne peut savoir quand le nom de Dieu est prononcé en vain, tu ne le sais pas, je ne le sais pas, le Seigneur seul fera la distinction et nous ne comprendrons pas ses raisons, Mon fils, Dis, Je ne sais pas où tu vas chercher ces idées, cette science, toi qui es si jeune, Je ne saurais te le dire, peut-être les hommes naissent-ils avec la vérité en eux et ils ne la disent pas tout simplement parce qu'ils ne croient pas qu'elle est la vérité, Est-ce la vérité que tu veux t'en aller, C'est la vérité, Et tu reviendras, Je ne sais pas, Si tu veux, si cela te tourmente, va à Bethléem, va à Jérusalem, au Temple, parle avec les docteurs, pose-leur des questions, ils t'éclaireront, et tu reviendras à ta mère et à tes frères et sœurs qui ont besoin de toi, Je ne promets pas de revenir, Et de quoi vivras-tu, ton père n'a pas duré assez longtemps pour t'enseigner le métier à fond, Je travaillerai dans les champs, je me ferai berger, je demanderai aux pêcheurs de me laisser aller avec eux en mer, Ne te fais pas berger, Pourquoi, Je ne sais pas, c'est un sentiment que j'ai, Je serai ce que je dois être, et maintenant, ma mère, Tu ne peux pas partir ainsi, il faut que je te prépare de la nourriture pour le voyage, l'argent n'est pas très abondant, mais on t'en trouvera un peu, tu prendras la besace de ton père, heureusement il l'avait laissée ici, J'emporterai la nourriture mais pas la besace, C'est la seule que nous ayons à la maison, ton père n'avait ni la lèpre ni la gale, tu n'attraperas rien, Je ne peux pas, Un jour tu pleureras ton père et il ne sera pas là, Je l'ai déjà pleuré, Tu le pleureras encore, et ce jour-là, tu ne te demanderas pas quelles auront été ses fautes, Jésus ne répondit pas à ces paroles de sa mère. Ses frères les plus âgés s'approchèrent de lui et demandèrent, Tu t'en vas vraiment, ils n'étaient pas au courant des raisons secrètes de la conversation entre leur mère et lui, et Jacques dit, J'aimerais bien partir avec toi, il avait envie d'aventure, de voyage, de risque, d'un horizon différent, Tu dois rester, répondit Jésus, quelqu'un devra prendre soin de notre mère veuve, le mot était sorti sans qu'il le veuille, vite il se mordit la lèvre comme pour le retenir encore, mais ce qu'il ne put retenir ce furent ses larmes, le souvenir à vif de son père, ce souvenir inopiné qui l'avait atteint comme un jaillissement de lumière insoutenable.

Jésus partit après que toute la famille réunie eut mangé. Il dit adieu à ses frères et à ses sœurs, l'un après l'autre, il dit adieu à sa mère qui pleurait, sans savoir pourquoi il lui dit, D'une façon ou d'une autre, je reviendrai, et plaçant la besace sur son épaule, il traversa la cour et ouvrit le portail qui menait à la rue. Là il s'arrêta, comme s'il réfléchissait à ce qu'il était sur le point de faire, abandonner sa maison, sa mère, ses frères et sœurs, que de fois sur le seuil d'une porte ou d'une décision, un argument subit et nouveau, ou que l'angoisse du moment nous fait paraître tel, nous pousse à nous raviser, à tenir pour non dit ce qui fut dit. C'est ce que Marie pensa et déjà une surprise joyeuse se peignait sur son visage, mais ce fut un soleil de courte durée car avant de rebrousser chemin son fils posa la besace par terre au terme d'une longue pause pendant laquelle il sembla débattre en son for intérieur un problème difficile à résoudre. Jésus passa entre les siens sans les regarder et pénétra dans la maison. Quand il en ressortit quelques instants plus tard il avait à la main les sandales de son père. En silence, gardant les yeux baissés, comme si la pudeur ou une honte cachée l'empêchaient d'affronter un autre regard, il fourra les sandales dans la besace et sans un mot ou un geste de plus il sortit. Marie courut vers la porte, et avec elle tous ses enfants, les plus vieux feignant de ne pas accorder une grande importance à la chose, mais il n'y eut pas de signes d'adieu car pas une fois Jésus ne se retourna. Une voisine qui passait et qui assista à la scène demanda, Où va ton fils, Marie, et

Marie répondit, Il a trouvé du travail à Jérusalem, il restera là-bas un certain temps, c'est un mensonge éhonté, nous le savons, mais il y aurait beaucoup à dire sur cette histoire de mensonge et de vérité, le mieux est de ne pas hasarder de jugements moraux péremptoires car si nous donnons assez de temps au temps, un jour viendra immanquablement où la vérité deviendra mensonge et le mensonge vérité. Cette nuit-là, quand tous dormaient dans la maison, excepté Marie qui se demandait comment et où était son fils à cette heure, était-il à l'abri dans un caravansérail ou sous un arbre, ou bien entre les rochers d'un ravin ténébreux, ou encore entre les mains des Romains, ce que le Seigneur ne permettra pas, elle entendit grincer la porte de la rue, son cœur bondit, C'est Jésus qui revient, pensa-t-elle, et tout d'abord la joie la paralysa et l'étourdit, Que dois-je faire, elle ne voulait pas aller lui ouvrir en prenant un air de triomphe, Après t'être montré si cruel avec ta mère, tu n'as même pas supporté une nuit hors de la maison, ce serait une humiliation pour lui, le mieux était de rester coite et silencieuse, de faire semblant de dormir, de le laisser entrer, et s'il veut se coucher sur sa natte sans faire de bruit et sans dire, Me voici, demain je feindrai la stupéfaction devant le retour du fils prodigue, car ce n'est pas parce qu'une absence est brève que la joie est moindre, finalement l'absence est aussi une mort, la seule différence, et elle est importante, c'est l'espoir. Mais il tarde tant à arriver à la porte, au dernier instant il s'est peut-être arrêté et il a hésité, Marie ne peut supporter cette idée, voici la fente dans la porte par laquelle elle pourra voir sans être vue, elle aura le temps de retourner sur sa natte si son fils se décide à entrer, elle arrivera à temps pour le retenir s'il se repent et rebrousse chemin. Sur la pointe des pieds, déchaussée, Marie s'approcha et épia. C'était la pleine lune, le sol de la cour brillait comme de l'eau. Une silhouette haute et noire se déplaçait lentement, avançait vers la porte, à peine Marie le vit-elle qu'elle porta les mains à sa bouche pour ne pas crier. Ce n'était pas son fils, c'était, énorme, gigantesque, immense, le mendiant, couvert de haillons comme la première fois et aussi comme la première fois, à présent peut-être à cause du clair de lune, vêtu soudain de vêtements somptueux qu'un souffle puissant agitait. Marie, effrayée, s'agrippait à la porte, Que veut-il, que veut-il, murmuraient ses lèvres tremblantes, et soudain elle ne sut plus que penser, l'homme qui avait dit être un ange s'écarta sur le côté, il était tout contre la porte mais n'entrait pas, on entendait seulement sa respiration et ensuite comme le bruit d'un déchirement, comme si une plaie initiale de la terre était cruellement distendue jusqu'à devenir béance abyssale. Marie n'avait pas besoin d'ouvrir ni de poser de question pour savoir ce qui se passait derrière la porte. La silhouette massive de l'ange reparut, pendant un bref instant il obstrua de son grand corps tout le champ visuel de Marie, puis sans un regard pour la maison il s'éloigna en direction du portail, emportant avec lui, entière depuis la racine jusqu'à sa feuille la plus extrême, la plante mystérieuse née treize ans plus tôt à l'endroit où l'écuelle avait été enterrée. Le portail s'ouvrit et se referma, et entre un mouvement et l'autre l'ange se métamorphosa et le mendiant, qui qu'il fût, apparut et disparut de l'autre côté du mur, traînant derrière lui les longs feuillages comme un serpent à plumes, maintenant sans un bruit, comme si ce qui s'était passé n'avait été que rêve et imagination. Marie ouvrit doucement la porte et passa craintivement le corps. Le monde, du haut du ciel inaccessible, était fait tout entier de clarté. A côté, le long du mur de la maison béait le trou noir d'où la plante avait été arrachée et à partir du bord, en direction du portail, un sillage de lumière plus vive scintillait comme une voie lactée, si tant est qu'elle portât déjà ce nom, elle ne peut être la Route de saint

Jacques car celui qui lui donnera son nom n'est pour l'instant qu'un petit garçon de la Galilée, plus ou moins de l'âge de Jésus, Dieu sait où l'un et l'autre se trouvent à cette heure. Marie pensa à son fils, mais cette fois sans que son cœur se serre de peur, rien de mauvais ne pourrait lui arriver sous un ciel aussi beau, aussi serein et insondable, et sous cette lune, pain pétri de seule lumière, alimentant les sources et les sèves de la terre. L'âme tranquille, Marie traversa la cour, foulant sans crainte les étoiles du sol, et elle ouvrit le portail. Elle regarda dehors, vit que le sillage se terminait très vite, comme si le pouvoir iridescent des feuilles s'était éteint ou, délire nouveau de l'imagination de cette femme qui ne pourra plus invoquer l'excuse d'être enceinte, comme si le mendiant avait repris sa figure d'ange, se servant enfin de ses ailes, compte tenu du caractère exceptionnel de l'occasion. Marie réfléchit en son for intérieur à ces événements inusités et elle les trouva aussi simples, naturels et justifiés que voir ses propres mains au clair de lune. Elle rentra alors à la maison, prit la lampe au crochet sur le mur et s'en fut éclairer le vaste trou laissé par la plante arrachée. L'écuelle vide était au fond. Elle plongea la main dans le trou et la sortit, c'était juste l'écuelle ordinaire dont elle se souvenait, avec un tout petit peu de terre à l'intérieur, mais ses feux étaient éteints, c'était un prosaïque ustensile domestique rendu à ses fonctions originelles, désormais il resservira au lait, à l'eau ou au vin, selon l'appétit et les ressources, ce qu'on a dit est vrai, chaque personne a son heure et chaque chose a son temps.

Jésus bénéficia de l'abri d'un toit pendant sa première nuit de voyageur. Le crépuscule vint à sa rencontre quand il arriva en vue d'un petit hameau qui se trouve juste avant la ville de Jénin, et le sort, qui lui a promis tant d'événements néfastes depuis sa naissance et qui les a fait advenir, voulut cette fois que les habitants de la maison où il s'était présenté sans grand espoir pour demander un gîte fussent des gens compatissants, de ces personnes qui auraient eu des remords tout le reste de leur vie si elles avaient laissé un jeune garçon tel que celui-ci exposé aux rigueurs de la nuit, surtout en une époque aussi troublée par les guerres et les attaques, où pour un oui pour un non on crucifiait les âmes et on passait au fil de l'épée d'innocentes créatures. Jésus déclara à ses hôtes généreux qu'il venait de Nazareth et allait à Jérusalem, néanmoins il ne répéta pas le mensonge honteux qu'il avait entendu de la bouche de sa mère, qu'il allait travailler là-bas, il se borna à dire qu'il avait été chargé d'interroger les docteurs du Temple sur un point de la loi qui intéressait vivement sa famille. Le maître de maison s'étonna qu'une mission d'une telle responsabilité eût été confiée à un garçon si jeune, même s'il avait déjà accédé à la maturité religieuse, comme cela se voyait clairement, et Jésus expliqua qu'il n'aurait pu en être autrement car il était l'homme le plus âgé de sa famille, mais il ne souffla mot de son père. Il soupa avec les habitants de la maison, puis il alla dormir sous l'appentis dans la cour car il n'y avait pas de meilleure chambre pour les hôtes de passage. Au milieu de la nuit le rêve revint l'assaillir, mais de façon différente, son père et les soldats ne s'approchèrent pas autant, les naseaux du cheval n'apparurent même pas au coin de la rue, mais qu'on ne se fasse pas d'illusion et qu'on n'aille pas croire que l'angoisse et la peur en furent moindres, mettons-nous à la place de Jésus, rêver que notre propre père, celui qui nous a donné l'être, s'approche de nous avec une épée nue pour nous tuer. Personne dans la maison ne se rendit compte de la passion qui se déroulait à quelques pas de là, Jésus, même en dormant, avait appris à dominer sa peur, sa conscience tourmentée lui mettait la main sur la bouche en guise de dernier recours et ses cris retentissaient terriblement mais en silence, seulement dans sa tête. Le lendemain, Jésus partagea le premier repas du jour, remerciant et louant ensuite ses bienfaiteurs avec une modestie si grave et des paroles si justes que toute la famille sans exception se sentit participer l'espace d'un instant à la paix ineffable du Seigneur, bien qu'ils ne fussent tous que d'humbles Samaritains méprisés. Jésus prit congé et partit, emportant dans son oreille la dernière parole prononcée par le maître de maison, Béni sois-tu, Seigneur notre Dieu, roi de l'univers, qui diriges les pas de l'homme, à quoi il répondit en bénissant ce même Seigneur, Dieu et roi qui pourvoit à tous les besoins, la preuve en est donnée tous les jours de façon convaincante par l'expérience de la vie, conformément à la très équitable loi de la proportion directe selon laquelle celui qui a le plus se voit donner le plus.

Le reste du chemin jusqu'à Jérusalem ne fut pas aussi aisé. D'abord il y a Samaritains et Samaritains, ce qui signifie qu'en ce temps-là déjà une hirondelle ne suffisait pas à faire le printemps, il en faut au moins deux, nous parlons des hirondelles, pas des printemps, dès lors que ce sont un mâle et une femelle féconds et qu'ils ont une descendance. Les portes auxquelles Jésus frappa ne s'ouvrirent plus et le voyageur dut dormir où il pouvait, seul, une fois sous un figuier, un de ces larges figuiers retombant jusqu'à terre comme une jupe ample, une autre fois protégé par une caravane à laquelle il s'était joint et qui avait dû, heureusement pour Jésus, établir son campement en rase campagne, le caravansérail le plus proche étant plein. Nous avons dit heureusement parce que entre-temps, alors qu'il traversait seul des montagnes désertes, le pauvret avait été attaqué par deux malfaiteurs lâches et impardonnables qui lui avaient dérobé le peu d'argent qu'il avait, ce qui expliquait que Jésus ne puisse recourir à la sécurité des auberges, lesquelles en vertu des lois d'un sain commerce ne fournissent point de toit sans un paiement. C'était dommage, au cas où il y aurait là quelqu'un pour s'apitoyer et remarquer l'air désemparé du pauvre garçon quand les voleurs s'en furent en se moquant de lui, avec ce ciel immense au-dessus de sa tête, entouré par les montagnes, l'univers infini dépourvu de sens moral, peuplé d'étoiles, de voleurs et de crucifieurs. Et de grâce, qu'on ne nous oppose pas l'argument qu'un jeune garçon de treize ans n'aurait jamais eu le savoir scientifique ou le don philosophique, ni même la simple expérience de la vie que pareilles réflexions présupposeraient, et que ce garçon-ci surtout, bien qu'informé à cause de ses études à la synagogue et possédant une certaine agilité mentale reconnue, principalement dans les dialogues auxquels il a participé, n'a justifié ni par ses dires ni par ses actes l'attention particulière que nous lui avons consacrée. Ce ne sont pas les fils de charpentiers qui manquent dans cette contrée, ni les fils de crucifiés, mais à supposer qu'un autre parmi eux ait été choisi, ne doutons pas qu'une telle profusion de matériaux utilisables nous aurait donné cet autre garçon comme elle nous a donné celui-ci. D'abord, et ce n'est plus un secret pour quiconque, parce que tout homme est un univers, sur le plan de la transcendance comme de l'immanence, ensuite parce que cette contrée a toujours été différente des autres, il suffit de voir la quantité de gens de haute, de moyenne et de basse condition qui ont prêché et prophétisé ici, à commencer par Isaïe pour finir par Malachie, nobles, prêtres, bergers, il y a eu un peu de tout et pour cette raison il convient que nous soyons prudents dans nos opinions, les humbles débuts d'un fils de charpentier ne nous donnent pas le droit d'émettre des jugements prématurés qui, en ayant l'air définitifs, sont susceptibles de compromettre d'emblée une carrière. Ce garçon qui se dirige vers Jérusalem, alors que la plupart des jeunes de son âge n'ont pas encore risqué un pied hors de chez eux, n'est peut-être pas un aigle de perspicacité, un prodige d'intelligence, mais il mérite notre respect, comme il l'a déclaré lui-même il a une blessure à l'âme et comme sa nature ne lui permet pas d'attendre qu'elle soit guérie par la simple habitude de vivre avec elle jusqu'à ce qu'elle se referme sous l'effet de cette cicatrisation bienveillante qu'est l'absence de toute pensée, il s'est lancé en quête du monde, peut-être pour multiplier les blessures et, en les réunissant toutes, susciter une unique douleur définitoire. Ces suppositions sembleront sûrement inadéquates, non seulement à cause de la personne qui les a émises, mais aussi à cause du temps et du lieu, oser imaginer des sentiments modernes et complexes dans la tête d'un villageois palestinien né tant d'années avant la venue au monde de Freud, Jung, Groddeck et Lacan, mais cette erreur, si pareille présomption nous est permise, n'est ni grossière ni scandaleuse si l'on songe que dans les écrits dont ces Juifs se repaissent spirituellement, de tels exemples abondent et en si grand nombre que nous sommes autorisés à penser qu'un homme, quelle que soit l'époque où il vit ou a vécu, un homme est mentalement contemporain d'un homme de n'importe quelle autre époque. Les seules exceptions indéniables et connues furent Adam et Ève, non pour avoir été le premier homme et la première femme, mais parce qu'ils n'ont pas eu d'enfance. Et que la biologie et la psychologie ne viennent pas protester ici que dans la mentalité d'un homme de Cro-Magnon, impossible pour nous à imaginer, avaient déjà pris naissance les voies qui devaient nous mener à la tête que nous portons aujourd'hui sur nos épaules, c'est là un débat qui ne pourrait avoir lieu ici, dans la mesure où cet homme de Cro-Magnon n'est pas mentionné dans le livre de la Genèse, la seule leçon sur les commencements du monde que Jésus ait apprise.

Distraits par ces réflexions qui sont loin d'être négligeables par rapport à l'essence de l'évangile que nous exposons, nous avons oublié de suivre, comme il serait de notre devoir, ce qui reste encore du voyage du fils de Joseph à Jérusalem devant laquelle il vient tout juste d'arriver, sans argent mais sain et sauf, les pieds meurtris par le long trajet mais le cœur aussi ferme que lorsqu'il a franchi la porte de sa maison il y a trois jours. Ce n'est pas la première fois qu'il vient ici, cela explique que son cœur ne soit pas plus exalté que ce qu'on peut attendre d'un dévot pour qui son dieu est déjà familier, ou en passe de le devenir. De cette montagne appelée Gethsémani, ce qui signifie des Oliviers, on aperçoit en un panorama magnifique le discours architectonique de Jérusalem, Temple, tours, palais, maisons d'habitation, la ville paraît si proche de nous que nous avons l'impression de la toucher du doigt, à condition que la fièvre mystique ait à ce point grimpé que le croyant ou le malade de cette fièvre finisse par confondre les faibles forces de son corps avec la puissance inépuisable de l'esprit universel. L'après-midi s'achève, le soleil décline du côté de la mer distante. Jésus commença à descendre vers la vallée, se demandant où il dormirait cette nuit, dans la ville, à l'extérieur, les autres fois qu'il était venu avec son père et sa mère au temps de la Pâque, la famille s'était installée hors des murs dans des tentes que les autorités civiles et militaires avaient fait monter bénévolement pour accueillir les pèlerins, en séparant les sexes, inutile de le dire, les hommes avec les hommes, les femmes avec les femmes, les mineurs aussi étant départagés selon leur sexe. Quand Jésus arriva aux murailles avec le premier souffle de la nuit, on fermait les portes, les gardiens lui permirent encore d'entrer, les bâcles résonnèrent derrière lui sur les lourds madriers, si Jésus avait eu sur la conscience une faute angoissante, une de ces fautes auxquelles il est fait partout des allusions indirectes, l'idée d'un piège lui aurait peut-être traversé l'esprit au moment où les portes se refermaient, dents de fer s'enfonçant dans la jambe de la proie, cocon de bave enveloppant la mouche. Toutefois, à treize ans les péchés ne peuvent être ni nombreux ni terribles, ce n'est pas encore l'âge de tuer ou de voler, de faire des faux témoignages, de convoiter la femme de son prochain, ou sa maison, ou son champ, ou son esclave mâle ou femelle, ou son bœuf, ou son âne, ou quoi que ce soit qui lui appartienne, ce garçon-ci est donc pur, il ne porte pas la tache d'une faute commise par lui, même s'il a déjà perdu son innocence, car il est impossible de voir la mort et de demeurer le même. Les rues sont désertes, c'est l'heure où les familles soupent, seuls les mendiants et les vagabonds sont encore dehors, mais même eux se retirent, ils ont leurs guildes, leurs tanières corporatives, d'ici peu les patrouilles de soldats romains commenceront à parcourir la ville, à la recherche des fauteurs de troubles qui viennent commettre leurs méfaits et leurs iniquités jusque dans la capitale du royaume d'Hérode Antipas, malgré les supplices qui les attendent quand on les attrape, comme nous l'avons vu à Sépphoris. Au fond de la rue apparaît une de ces rondes de nuit qui s'éclaire avec des torches, défilant dans un cliquetis d'épées et de boucliers, à la cadence des pieds chaussés de sandales de guerre. Caché dans un recoin, le garçon attendit que la troupe ait disparu, puis il se mit en quête d'un gîte pour la nuit. Il en trouva un, comme il pensait, sur le sempiternel chantier de construction du Temple, un espace entre deux grandes pierres déjà assemblées, au-dessus desquelles une grande dalle faisait office de toit. Là, il mangea la dernière bouchée de pain dur et moisi qui lui restait, l'accompagnant de quelques figues séchées qu'il dénicha au fond de sa besace. Il avait soif, mais il se résigna à se passer de boire. Enfin, il étendit sa natte, il se couvrit avec la petite couverture qui faisait partie de son bagage de voyageur et, bien pelotonné pour se protéger du froid qui entrait de part et d'autre du précaire abri, il réussit à s'endormir. Le fait d'être à Jérusalem ne l'empêcha pas de rêver mais il bénéficia d'une largesse non négligeable, due peut-être à la présence si proche de Dieu, car son rêve se borna à une répétition des scènes connues qui se confondirent avec le défilé de la ronde de nuit qu'il avait rencontrée. Il se réveilla quand le soleil venait tout juste de poindre. Il se traîna hors du trou froid comme un tombeau et, enroulé dans la couverture, il regarda devant lui la ville de Jérusalem, les maisons basses en pierre, effleurées par la lumière rose. Alors, avec une solennité plus grande encore pour être prononcées par la bouche de l'enfant qu'il est encore, il dit les paroles de la bénédiction, Je te rends grâce, Seigneur, notre Dieu, roi de l'univers, qui par le pouvoir de ta miséricorde m'as restitué ainsi, vivante et constante, mon âme. Il est certains moments de la vie qui devraient demeurer fixés, rester à l'abri du temps, et ne pas être consignés seulement dans cet évangile, par exemple, ou sur une peinture, ou de façon moderne par la photo, le cinéma et la vidéo, il faudrait que la personne qui les a vécus, ou qui en est à l'origine, reste à tout jamais exposée à la vue des générations futures, ainsi, aujourd'hui, irions-nous à Jérusalem voir de nos propres yeux ce jeune Jésus, fils de Joseph, enroulé dans sa couverture étriquée de pauvre, regardant les maisons de la ville et remerciant le Seigneur de ne pas encore avoir perdu son âme cette fois-ci. Sa vie étant encore à son commencement, il n'a que treize ans, il est à prévoir que l'avenir lui a réservé des heures plus gaies ou plus tristes que celle-ci, plus heureuses ou plus malheureu- ses, plus plaisantes ou plus tragiques, mais c'est l'ins- tant que nous choisirions pour notre part, la ville endor- mie, le soleil immobile, la lumière impalpable, un jeune garçon regardant les maisons, enveloppé dans une couverture, une besace à ses pieds et le monde entier, proche et lointain, en suspens, dans l'attente. C'est impossible, le jeune garçon a bougé, l'instant est venu et il est reparti, le temps nous emporte jusqu'au lieu où la mémoire s'invente, cela s'est passé ainsi, cela ne s'est pas passé ainsi, les choses sont ce que nous disons qu'elles ont été. Jésus marche à présent dans les rues étroites qui se remplissent de monde, il est encore trop tôt pour aller au Temple, les docteurs, comme en tous temps et en tous lieux, viendront plus tard. Il n'a plus froid mais son estomac proteste, les deux figues qui lui restaient n'ont servi qu'à stimuler le flux de la salive, le fils de Joseph a faim. Maintenant, c'est vrai, l'argent que les méchants lui ont volé lui manque, la vie dans la ville ne ressemble pas à ces agréables balades dans les champs où l'on sifflote en glanant ce que les laboureurs auront laissé en accomplissement de la loi du Seigneur, Si tu fais la moisson dans ton champ et que tu oublies des épis dans le champ, tu ne reviendras pas les prendre, si tu gaules tes oliviers, tu ne reviendras pas faire la cueillette, si tu vendanges ta vigne, tu ne reviendras pas grappiller, ce qui restera sera pour l'émigré, l'orphelin et la veuve, tu te souviendras qu'au pays d'Égypte tu étais esclave. Or, comme c'était une grande ville, et bien que Dieu y eût fait construire sa demeure terrestre, ces règles humanitaires n'étaient pas arrivées jusqu'à Jérusalem et voilà pourquoi, pour celui qui n'a pas d'argent en poche, pas le moindre petit sou, le remède est inévitablement de quémander, avec le risque probable de se voir rejeté pour importun, ou alors de voler, avec le risque plus que certain d'être châtié par la flagellation et la prison, ou pire. Voler, ce jeune garçon ne le peut, quémander, ce jeune garçon ne le veut, il se contente de poser ses yeux qui s'emplissent de larmes sur les tas de pains, les pyramides de fruits, les nourritures cuisinées exposées sur des étals le long des rues, et il s'évanouit presque, comme si toutes les insuffisances nutritives de ces trois jours, exception faite de la table du Samaritain, s'étaient réunies en cette heure douloureuse, il est vrai que sa destination est le Temple, mais son corps, même si les défenseurs du jeûne mystique prétendent le contraire, recevra mieux la parole de Dieu si la nourriture a fortifié en lui les facultés de l'entendement. Heureusement, un pharisien qui venait à passer aperçut le garçon qui défaillait et il le prit en pitié, l'avenir injuste se chargera de faire une réputation abominable à ces gens alors qu'au fond c'étaient de braves gens, ainsi que preuve en fut donnée ici, Qui es-tu, demanda-t-il, et Jésus répondit, Je suis de Nazareth en Galilée, Tu as faim, le garçon baissa les yeux, il n'avait pas besoin de parler, cela se lisait sur son visage, Tu n'as pas de famille, Si, mais je suis venu seul, Tu t'es enfui de chez toi, Non, et véritablement il ne s'était pas enfui, rappelons que sa mère et ses frères étaient allés lui dire au revoir avec beaucoup d'amour à la porte de leur maison, le fait qu'il ne se soit pas retourné une seule fois ne veut pas dire qu'il s'était enfui, nos mots sont ainsi, répondre par un Oui ou par un Non est encore le plus simple et en principe le plus convaincant, mais la vérité pure exigerait que l'on commence par donner une réponse plutôt dubitative, Bon, m'enfuir, ce qui s'appelle s'enfuir, n'est pas ce que j'ai fait, et à ce point-là il faudrait ré-entendre toute l'histoire, ce qui n'arrivera pas, rassurons-nous, en premier lieu parce que le pharisien, n'ayant pas à reparaître dans cette histoire, n'a pas besoin de la connaître, en deuxième lieu parce que nous, nous la connaissons mieux que quiconque, il suffit de voir comme les personnages les plus importants de cet évangile se connaissent mal les uns les autres, Jésus ne sait pas tout de sa mère et de son père, Marie ne sait pas tout de son mari et de son fils, et Joseph, étant mort, ne sait rien de rien.

Nous en revanche, nous savons tout ce qui a été fait, dit et pensé jusqu'à aujourd'hui par ces personnages ou par d'autres, même si nous devons faire comme si nous l'ignorions, d'une certaine manière nous sommes le pharisien qui a demandé, Tu as faim, quand le visage hâve et amaigri de Jésus signifiait par lui-même, Ne me le demande pas, donne-moi à manger. Ce que cet homme compatissant fit enfin, il acheta deux pains, encore chauds du four, et une écuelle de lait, et sans dire un mot il les tendit à Jésus, il se trouva que lorsque l'écuelle passa de l'un à l'autre un peu du liquide se répandit sur leurs mains, alors, en un geste identique et simultané, venu certainement de la distance des temps naturels, tous deux portèrent leur main mouillée à leur bouche pour aspirer le lait, geste semblable à celui de baiser le pain quand il tombe par terre, il est dommage que ces deux êtres ne doivent plus jamais se rencontrer, car ils semblaient avoir conclu un pacte bien beau et symbolique. Le pharisien s'en fut vaquer à ses affaires, mais auparavant il tira de sa bourse deux pièces de monnaie en disant, Prends cet argent et retourne chez toi, le monde est trop grand encore pour toi. Le fils du charpentier tenait entre ses mains l'écuelle et le pain, soudain il n'avait plus faim, ou alors il avait faim mais il ne sentait pas sa faim, il regardait le pharisien s'éloigner et alors seulement il le remercia, mais d'une voix si basse que l'autre n'aurait pu l'entendre, s'il était homme à attendre des remerciements il aurait pensé qu'il avait fait le bien à un gamin ingrat et sans éducation. Là, au milieu de la rue, Jésus, dont l'appétit était revenu d'un bond, mangea son pain et but son lait, puis il alla rendre l'écuelle vide au marchand qui lui dit, Elle est payée, garde-la, Est-ce l'habitude à Jérusalem d'acheter le lait avec les écuelles, Non, mais le pharisien l'a voulu ainsi, on ne sait jamais ce qu'un pharisien a dans la tête, Alors je peux l'emporter, Je te l'ai déjà dit, elle est payée. Jésus enveloppa l'écuelle dans la couverture et la mit dans sa besace, se disant que désormais il lui faudra faire attention, car ces poteries sont fragiles, cassables, elles ne sont qu'un peu de terre à laquelle le sort a donné une consistance précaire, comme à l'homme, finalement. Son corps alimenté, son esprit en éveil, Jésus dirigea ses pas vers le Temple.

Il y avait déjà beaucoup de monde sur l'esplanade contiguë à l'abrupt escalier d'accès. Les tentes des colporteurs se trouvaient de part et d'autre, le long des murs, il y en avait d'autres où l'on vendait les animaux pour les sacrifices, et ici et là, dispersés, les changeurs avec leur comptoir, des groupes qui bavardaient, des marchands qui gesticulaient, des gardes romains à pied et à cheval chargés de la surveillance, des litières sur les épaules des esclaves, et aussi des dromadaires, des ânes ployant sous leur chargement, partout un vacarme de cris frénétiques entrecoupés de faibles bêlements d'agneaux et de chevreaux, certains étaient portés dans les bras ou sur le dos comme des enfants fatigués, d'autres étaient traînés, la corde au cou, mais tous allaient à la mort sous le couteau et tous seraient consumés par le feu. Jésus passa par la salle des ablutions afin de se purifier, puis il gravit l'escalier et, sans s'arrêter, il traversa la cour des Gentils. Il entra dans la cour des Femmes par la porte située entre la salle des Huiles et la salle des Nazaréens et il trouva ce qu'il était venu chercher, les anciens et les scribes qui, selon l'ancienne coutume, dissertaient là sur la loi, répondaient aux questions et donnaient des conseils. Il y avait plusieurs groupes, le jeune garçon s'approcha du moins nombreux au moment précis où un homme levait la main pour poser une question. Le scribe acquiesça d'un signe et l'homme dit, Explique-moi, je te prie, s'il faut comprendre au pied de la lettre, dans toute leur signification, telles qu'elles sont écrites, les lois que le Seigneur a données à Moïse sur le mont Sinaï, quand il a promis que la paix régnerait sur notre terre et que personne ne troublerait notre sommeil, quand il a annoncé qu'il ferait disparaître de parmi nous les animaux nuisibles et que l'épée ne passerait pas sur notre terre et aussi que lorsque nous pourchasserions nos ennemis ils tomberaient sous notre épée, cinq des vôtres en pourchasseront cent et cent des vôtres en pourchasseront dix mille, a dit le Seigneur, et vos ennemis tomberont devant votre épée. Le scribe regarda l'homme qui avait posé la question avec méfiance, ne serait-il pas un rebelle infiltré envoyé ici par Judas le Galiléen pour empoisonner les esprits avec de malveillantes insinuations sur la passivité du Temple face au pouvoir de Rome, et il répondit avec brusquerie et laconisme, Le Seigneur a dit cela quand nos pères étaient dans le désert et qu'ils étaient poursuivis par les Égyptiens. L'homme leva à nouveau la main, signe d'une autre question, Dois-je comprendre que les paroles que le Seigneur a prononcées sur le mont Sinaï n'ont de valeur que pour ce temps-là, quand nos pères cherchaient la terre promise, Si tu as compris cela tu n'es pas un bon israélite, la parole du Seigneur a été, est, et sera valable en tous temps, passés et futurs, la parole du Seigneur était dans l'esprit du Seigneur avant qu'il ne parle et elle y demeure après qu'il s'est tu, Tu as dit toi-même ce que tu m'interdis de penser, Que penses-tu, Que le Seigneur accepte que nos épées ne se lèvent pas contre la force qui nous opprime, que cent des nôtres n'osent pas s'aventurer contre cinq des leurs, que dix mille Juifs doivent courber la tête devant cent Romains, Tu es dans le Temple du Seigneur et pas sur un champ de bataille, Le Seigneur est le dieu des armées, Mais souviens-toi que le Seigneur a imposé ses conditions, Lesquelles, Si vous observez mes lois et pratiquez mes préceptes, a dit le Seigneur, Quelles lois n'avons-nous pas observées et quels préceptes n'avons-nous pas pratiqués pour que nous devions tenir pour juste et néces-saire, comme un châtiment de nos péchés, la domination de Rome, Le Seigneur le sait, lui, Oui, le Seigneur le sait, combien de fois l'homme pèche sans le savoir, mais explique-moi pourquoi le Seigneur se sert du pouvoir de Rome pour nous punir au lieu de le faire directement, face à face avec ceux qu'il a choisis pour en faire son peuple, Le Seigneur connaît ses fins, le Seigneur choisit ses moyens, Veux-tu dire alors que c'est la volonté du Seigneur que les Romains commandent en Israël, Oui, S'il en est comme tu dis, nous devons en conclure que les rebelles qui luttent contre les Romains luttent aussi contre le Seigneur et contre sa volonté, Ta conclusion est erronée, Et toi tu te contredis, scribe, Le vouloir de Dieu peut être un non-vouloir, son non-vouloir sa volonté, Seul le vouloir de l'homme est le vrai vouloir et il n'a pas d'importance devant Dieu, C'est la vérité, Alors, l'homme est libre, Oui, pour pouvoir être châtié. Un murmure parcourt l'assistance, certains regardèrent celui qui avait posé les questions, nul doute pertinentes à la pure lumière des textes mais politiquement inopportunes, ils le regardèrent comme si c'était lui, justement, qui devait assumer tous les péchés d'Israël et payer pour eux, les soupçonneux, eux, d'une certaine façon étaient soulagés par le triomphe du scribe, qui recevait les compliments et les louanges avec un sourire de satisfaction. Sûr de lui, le maître regarda autour de lui, sollicitant une autre interpellation, comme le gladiateur qui, tombant sur un adversaire chétif, en réclame un autre d'une car-rure plus imposante, susceptible de lui apporter une plus grande gloire. Mais un homme leva la main, une autre question s'annonçait, Le Seigneur a parlé à Moïse et lui a dit, L'étranger qui réside parmi vous sera traité comme un de vos compatriotes et tu l'aimeras comme toi-même, car vous avez été des étrangers en terre d'Égypte, voilà ce que le Seigneur a dit à Moïse. Il n'acheva pas car le scribe, tout chaud encore de sa première victoire, l'interrompit avec ironie, Je suppose qu'il n'est pas dans ton intention de me demander pourquoi nous ne traitons pas les Romains comme des compatriotes à nous puisqu'ils sont des étrangers, Je te le demanderais si les Romains nous traitaient comme des compatriotes à eux, sans que nous nous préoccupions ni les uns ni les autres d'autres lois et d'autres dieux, Toi aussi tu viens ici pour provoquer la colère du Seigneur avec des interprétations diaboliques de sa parole, interrompit le scribe, Non, je veux simplement que tu me dises si tu penses vraiment que nous observons la parole sainte quand les étrangers sont étrangers non pas au pays dans lequel nous vivons, mais à la religion que nous professons, A qui te réfères-tu en particulier, A certains aujourd'hui, à beaucoup dans le passé et peut-être à davantage encore demain, Sois clair, s'il te plaît, car je ne peux pas perdre mon temps avec des énigmes et des paraboles, Quand nous sommes venus d'Égypte, d'autres nations qu'il nous a fallu combattre vivaient sur cette terre que nous appelons Israël, en ce temps-là c'est nous qui étions les étrangers et le Seigneur nous a ordonné de tuer et d'anéantir ceux qui s'opposaient à sa volonté, La terre nous avait été promise mais il fallait la conquérir, nous ne l'avons pas achetée et elle ne nous a pas été non plus donnée en cadeau, Et maintenant nous vivons sous domination étrangère, la terre que nous avions faite nôtre a cessé d'être nôtre, L'idée d'Israël habite éternellement dans l'esprit du Seigneur, voilà pourquoi où que se trouve son peuple, qu'il soit réuni ou dispersé, là se trouve l'Israël terrestre, D'où l'on peut déduire, je suppose, que partout où nous serons, nous les Juifs, les autres hommes seront toujours des étrangers, Aux yeux du Seigneur, sans aucun doute, Mais l'étranger qui vit avec nous sera, selon les mots du Seigneur, notre compatriote et nous devons l'aimer comme nous-mêmes parce que nous avons été des étrangers en Égypte, Le Seigneur l'a dit, Je conclus alors que l'étranger que nous devons aimer est celui qui, vivant avec nous, n'est pas assez puissant pour nous opprimer, comme le font aujourd'hui les Romains, Ta conclusion est bonne, Réponds maintenant à la question suivante selon ce que tes lumières te conseilleront, si un jour nous parvenons à être puissants, le Seigneur nous permettra-t-il d'opprimer les étrangers que ce même Seigneur nous a ordonné d'aimer, Israël ne pourra vouloir que ce que veut le Seigneur et le Seigneur, du fait qu'il a choisi ce peuple, voudra tout ce qui est bon pour Israël, Même si cela veut dire ne pas aimer qui on devrait aimer, Oui, si telle est finalement sa volonté, Celle d'Israël ou celle du Seigneur, La volonté de tous les deux, car ils sont un, Tu ne violeras pas le droit de l'étranger, a dit le Seigneur, Quand l'étranger a un droit et quand nous le lui reconnaissons, dit le scribe. De nouveau on entendit des murmures d'approbation qui firent briller les yeux du scribe comme ceux d'un vainqueur de pancrace, ou ceux d'un discobole, d'un rétiaire, d'un conducteur de char. La main de Jésus se leva. Aucun des présents ne s'étonna qu'un garçon de cet âge se présente pour interroger un scribe ou un docteur du Temple, car depuis Caïn et Abel il y a toujours eu des adolescents rongés par le doute, en général ils posent des questions que les adultes accueillent avec un sourire de condescendance et une petite tape dans le dos, Grandis, grandis, et tu verras comme cela n'a pas d'importance, les plus compréhensifs diront, Quand j'avais ton âge, moi aussi je pensais ainsi. Plusieurs parmi les présents s'éloignèrent, d'autres se préparaient à faire de même, devant la contrariété mal dissimulée du scribe qui voyait lui échapper un public jusque-là attentif, mais la question de Jésus fit revenir sur leurs pas plusieurs de ceux qui l'avaient entendue,

Ce que je veux savoir concerne la faute, Tu veux parler d'une faute que tu as commise, Je parle de la faute en général, mais aussi de la culpabilité que j'aurais même sans avoir péché directement, Explique-toi mieux, Le Seigneur a dit que les pères ne mourront pas à cause des fils ni les fils à cause des pères, et que chacun sera condamné à mort à cause de son propre délit, Il en est bien ainsi, mais tu dois savoir qu'il s'agissait d'un précepte valable pour ces temps anciens où la faute d'un membre d'une famille était expiée par la famille tout entière, y compris les innocents, Toutefois, la parole du Seigneur étant éternelle et la fin des fautes n'étant pas en vue, souviens-toi de ce que tu as dit toi-même il y a peu, à savoir que l'homme est libre afin de pouvoir être châtié, je crois qu'il est légitime de penser que le délit du père, même s'il a été puni, ne s'éteint pas avec la punition et qu'il fait partie de l'héritage qu'il lègue à son fils, comme les vivants d'aujourd'hui ont hérité de la faute d'Adam et Ève, nos premiers parents, Je suis abasourdi qu'un garçon de ton âge et de ta condition paraisse en savoir autant sur les Écritures et qu'il soit capable de discourir à leur propos avec autant d'aisance, Je sais seulement ce que j'ai appris, D'où viens-tu, De Nazareth, en Galilée, Il me semblait bien, à ta façon de parler, Réponds à ce que je t'ai demandé, s'il te plaît, Nous pouvons admettre que la faute principale d'Adam et Ève, quand ils ont désobéi au Seigneur, n'a pas été tellement le fait de goûter à l'arbre de la connaissance du bien et du mal, mais la conséquence qui devait en résulter fatalement, c'est-à-dire empêcher par leur péché que le Seigneur exécute le plan qu'il avait à l'esprit quand il a créé l'homme, puis la femme, Veux-tu dire que tout acte humain, la désobéissance au paradis ou tout autre acte, interfère toujours avec la volonté de Dieu et que, finalement, nous pourrions comparer la volonté de Dieu à une île dans la mer, encerclée et assaillie par les vagues tumultueuses de la volonté des hommes, cette question fut lancée par le deuxième des questionneurs, le fils du charpentier n'aurait jamais eu pareille audace, Ce n'est pas exactement cela, répondit prudemment le scribe, la volonté du Seigneur ne se contente pas de prévaloir sur toute chose, elle fait que toute chose est comme elle est, Mais tu as dit toi-même que la désobéissance d'Adam est la cause de ce que nous ne connaissions pas le projet que Dieu avait conçu pour lui, Il en est bien ainsi, selon la raison, mais la volonté de Dieu, créateur et régisseur de l'univers, contient toutes les volontés possibles, la sienne, mais aussi celle de tous les hommes déjà nés ou qui naîtront, S'il en était comme tu dis, intervient Jésus en une subite illumination, chaque homme serait une partie de Dieu, Probablement, mais la partie représentée par l'ensemble des hommes serait comme un grain de sable dans le désert infini qu'est Dieu. L'homme présomptueux que le scribe avait été jusqu'alors disparut. Il est assis par terre, comme précédemment, devant lui et autour de lui l'assistance le regarde avec un sentiment où se mêle autant de respect que de crainte, comme devant un mage qui aurait convoqué et fait apparaître involontairement des forces auxquelles désormais il ne pourra qu'être soumis. Les épaules tombantes, les traits tirés, les mains abandonnées sur les genoux, tout son corps semblait implorer d'être laissé à son angoisse. Les personnes présentes commencèrent à se lever, certaines se dirigèrent vers la cour des Israélites, d'autres s'approchaient des groupes où des débats se poursuivaient. Jésus dit, Tu n'as pas répondu à ma question. Le scribe releva lentement la tête, il le regarda avec l'expression de quelqu'un qui sort d'un songe et après un long silence, presque insoutenable, il dit, La faute est un loup qui mange le fils après avoir dévoré le père, Ce loup dont tu parles a déjà mangé mon père, Alors il ne lui reste plus qu'à te dévorer toi, Et toi, dans ta vie, as-tu été mangé ou dévoré, Non seulement mangé et dévoré, mais vomi aussi.

Jésus se leva et partit. Arrivé près de la porte par où il était entré, il s'arrêta et regarda derrière lui. La colonne de fumée des sacrifices montait droit vers le ciel et se dissipait et disparaissait dans les hauteurs, comme aspirée par les gigantesques soufflets du poumon de Dieu. La matinée était à moitié achevée, la foule grandissait, et à l'intérieur du Temple il y avait un homme brisé et déchiré par le vide qui attendait de sentir se reconstituer en lui l'ossature de l'accoutumance, la peau de l'habitude, afin de pouvoir répondre tranquillement, d'ici peu ou demain, à la personne qui désirerait savoir par exemple si le sel en lequel la femme de Loth s'était changée était du sel gemme ou du sel de mer, ou bien si l'ivresse de Noé était à base de vin blanc ou de vin rouge. Une fois hors du Temple, Jésus s'enquit du chemin pour Bethléem, sa deuxième destination, il se perdit deux fois dans l'enchevêtrement des rues et des gens avant de découvrir la porte par où il était sorti treize ans plus tôt, transporté dans le ventre de sa mère, prêt à venir au monde. Qu'on n'aille pas supposer toutefois que Jésus pense cette pensée, on sait bien que l'irréfutabilité de l'évidence coupe les ailes à cet oiseau craintif qu'est l'imagination, nous donnerons un exemple et cela suffira, que le lecteur de cet évangile regarde un portrait de sa mère enceinte de lui et qu'il nous dise s'il est capable de s'imaginer là-dedans. Jésus descend vers Bethléem, il pourrait réfléchir maintenant aux réponses données par le scribe non seulement à sa question mais aussi à celles qui furent posées avant la sienne, mais il est troublé par l'impression déconcertante que finalement toutes les questions n'en formaient qu'une seule et que la réponse donnée à chacune d'entre elles valait pour toutes, surtout la dernière, qui résumait tout, la faim éternelle du loup de la faute qui éternellement mange, dévore et vomit.

Souvent, à cause des défaillances de la mémoire, nous ne connaissons pas, ou alors nous les connaissons comme si nous voulions les oublier, la cause, le motif, la racine de la faute ou, pour parler de façon figurée comme le scribe, la tanière d'où le loup est sorti pour nous pourchasser. Jésus la connaît et c'est vers elle qu'il se dirige. Il n'a aucune idée de ce qu'il est venu faire là, mais être venu équivaut à proclamer aux deux bords de la route, Me voici, en attendant que quelqu'un vienne à sa rencontre, que veux-tu, le châtiment, le pardon, l'oubli. Comme son père et sa mère avaient fait en leur temps, il s'arrêta devant la tombe de Rachel pour prier. Puis, sentant que les battements de son cœur s'accéléraient, il poursuivit son chemin. Les premières maisons de Bethléem se dressaient là, et c'était l'entrée du village où chaque nuit dans son rêve son père assassin et les soldats de la compagnie faisaient irruption, en vérité ce lieu ne semble guère fait pour de pareilles horreurs, ce n'est pas seulement le ciel qui les nie, ce ciel où passent des nuages blancs et paisibles comme de bienveillants signes de Dieu, la terre elle-même semble dormir au soleil, peut-être vaudrait-il mieux dire, Laissons les choses comme elles sont, ne remuons pas les ossements du passé, et avant qu'une femme avec un enfant dans les bras n'apparaisse à une de ces fenêtres et ne demande, Qui cherches-tu, rebrousser chemin, effacer la trace des pas qui nous ont menés ici et implorer que le mouvement perpétuel du tamis du temps recouvre d'une rapide et insondable poussière jusqu'au souvenir le plus ténu de ces événements. Trop tard. Il y a un moment où la mouche qui frôle presque la toile pourrait encore échapper au piège, mais si elle l'a touchée, si la glu a happé l'aile désormais inutile, le moindre mouvement servira seulement à engluer davantage l'insecte irrémédiablement condamné et à le paralyser, quand bien même l'araignée dédaignerait ce gibier à cause de son insignifiance. Pour

225

Jésus, ce moment est déjà passé. Au centre d'une place où dans un coin se trouve un figuier branchu, on aperçoit une petite construction cubique qu'il n'est pas nécessaire de regarder à deux fois pour se rendre compte que c'est un tombeau. Jésus s'en approcha, en fit lentement le tour, s'arrêta pour lire les inscriptions à demi effacées sur une des faces, après quoi il comprit qu'il avait trouvé ce qu'il était venu chercher. Une femme qui traversait la place en tenant un enfant d'environ cinq ans par la main s'arrêta, regarda l'étranger avec curiosité et demanda, D'où viens-tu, et comme si elle jugeait nécessaire de justifier sa question, Tu n'es pas d'ici, Je suis de Nazareth en Galilée, Tu as de la famille dans cette région, Non, je suis allé à Jérusalem et comme j'étais à proximité, j'ai décidé de voir comment est Bethléem, Tu es de passage, Oui, je retournerai à Jérusalem quand la soirée commencera à être plus fraîche. La femme souleva l'enfant, l'assit sur son bras gauche et dit, Que le Seigneur soit avec toi, et elle fit un mouvement pour se retirer mais Jésus la retint en lui demandant, De qui est ce tombeau. La femme serra l'enfant contre sa poitrine comme si elle voulait le protéger d'une menace et répondit, De vingt-cinq enfants qui ont été tués il y a de nombreuses années, Combien, Vingt-cinq, je te l'ai déjà dit, Je parle des années, Ah, cela doit bien faire quatorze ans, C'est beaucoup, Cela doit être plus ou moins ton âge, je pense, Tu as raison, mais je te parlais des enfants, Ah oui, l'un d'eux était mon frère, Un frère à toi est là-dedans, Oui, Et l'enfant que tu portes dans tes bras, c'est ton fils, C'est mon premier-né, Pourquoi les enfants ont-ils été tués, On ne sait pas, à l'époque j'avais tout juste sept ans, Mais tu as certainement entendu tes parents parler de cela ainsi que les autres grandes personnes, Ce n'était pas nécessaire, j'ai vu moi-même certains être tués, Ton frère aussi, Mon frère aussi, Et qui les a tués, Des soldats du roi sont venus chercher tous les enfants mâles de moins de trois ans et ils les ont tous tués, Et tu dis qu'on ne sait pas pourquoi, On ne l'a jamais su, jusqu'à aujourd'hui, Et après la mort d'Hérode, vous n'avez pas essayé de le découvrir, vous n'êtes pas allés au Temple demander aux prêtres de se renseigner, Cela, je ne le sais pas, Si les soldats avaient été romains, on comprendrait encore, mais que notre propre roi fasse tuer ses propres sujets, des garçons de trois ans, il a dû avoir une raison tout de même, La volonté des rois n'est pas à la portée de notre entendement, que le Seigneur soit avec toi et te protège, Je n'ai plus trois ans, A l'heure de la mort les hommes ont toujours trois ans, dit la femme et elle s'éloigna. Demeuré seul, Jésus s'agenouilla sur le sol, à côté de la pierre qui fermait l'entrée du tombeau, il sortit de sa besace un morceau de pain qui lui restait, déjà rassis, il en émietta un peu entre ses paumes et répandit les miettes le long de la porte, en guise d'offrande aux bouches invisibles des innocents. A cet instant, tournant le coin de la rue la plus proche, une autre femme apparut, mais celle-ci était très vieille et courbée, elle marchait en s'aidant d'un bâton. Elle avait aperçu le geste du garçon confusément, car sa vue ne lui permettait pas de voir très loin. Elle s'arrêta, le regarda, puis elle le vit se relever, incliner la tête, comme s'il récitait une prière pour le repos des enfants infortunés que nous ne nous hasarderons pas à souhaiter éternel, bien que ce soit l'habitude, pour avoir manqué d'imagination un jour, une seule fois, quand nous avons essayé de nous représenter ce que le repos éternel pouvait bien être. Jésus acheva ses répons et regarda autour de lui, des murs aveugles, des portes fermées, seule une vieille femme immobile, très vieille, vêtue d'une tunique d'esclave, appuyée sur son bâton, démonstration vivante de la troisième partie de la fameuse énigme du sphinx, quel est l'animal qui marche sur quatre pattes le matin, sur deux l'après-midi et sur trois à la tombée de la nuit, c'est l'homme répondit le très malin Œdipe, ne songeant pas alors que certains n'arrivent même pas jusqu'à l'heure de midi, rien qu'à Bethléem ceux-là furent vingt-cinq, en une seule fois. La vieille approcha, approcha, tant bien que mal, la voici maintenant devant Jésus, elle tord le cou pour pouvoir mieux le regarder et elle demande, Tu cherches quelqu'un. Le garçon ne répondit pas aussitôt, à vrai dire il ne cherchait pas des personnes, celles qu'il avait trouvées étaient mortes, à deux pas de là, et on ne pouvait même pas dire que c'était des personnes, quelques enfançons pleurards et morveux avec des langes et une sucette, soudain la mort était venue et les avait transformés en gigantesques présences qui ne tiennent ni dans des ossuaires ni dans des niches, et toutes les nuits, s'il y a une justice, ils vont de par le monde exhiber leurs plaies mortelles, portes ouvertes à la pointe de l'épée par où leur vie s'est échappée, Non, dit Jésus, je ne cherche personne. La vieille ne s'en alla pas, elle semblait attendre qu'il continue, et cette attitude arracha à la bouche de Jésus des mots qu'il n'avait pas eu l'intention de dire, Je suis né dans ce village, dans une grotte, et j'aimerais voir cet endroit. La vieille recula péniblement d'un pas, affermit son regard autant qu'elle le pouvait et d'une voix tremblante elle demanda, Comment t'appelles-tu, d'où viens-tu, qui sont tes parents. Ne répond à une esclave que celui qui le veut bien, mais le prestige du grand âge, même chez des gens de condition inférieure, a beaucoup de force, il faut toujours répondre aux vieillards, à tous les vieillards, car il leur reste si peu de temps pour poser des questions que ce serait une cruauté extrême que de les priver de réponse, rappelons-nous qu'une de ces réponses pourrait bien être celle qu'ils attendaient. Je m'appelle Jésus et je viens de Nazareth en Galilée, dit le garçon, qui n'a pas dit autre chose depuis qu'il a quitté sa maison. La vieille avança du pas dont elle avait reculé, Et tes parents, comment s'appellent-ils, Mon père s'appelait Joseph, ma mère se nomme Marie, Quel âge as-tu, Je vais sur mes quatorze ans. La femme regarda autour d'elle, comme cherchant où s'asseoir, mais une place à Bethléem en Judée n'est pas comme le jardin de São Pedro de Alcantara, avec des bancs et une jolie vue sur le château, ici nous nous asseyons par terre dans la poussière, au mieux sur le seuil des portes ou, si un tombeau se trouve à proximité, sur la pierre placée à côté de l'entrée pour le repos et le délassement des vivants qui viennent pleurer leurs chers disparus, ou même, qui sait, pour le repos et le délassement des fantômes qui sortent de leur propre tombeau pour pleurer les larmes qui leur restent encore de la vie, comme c'est le cas de Rachel, ici tout près, en vérité il est écrit, C'est Rachel qui pleure ses enfants et qui ne veut pas être consolée, car ils n'existent plus, il n'est pas besoin d'avoir la subtilité d'Œdipe pour voir que le lieu est en accord avec la situation et que les pleurs le sont avec leur cause. La vieille s'assit laborieusement sur la pierre, le garçon fit un geste pour l'aider, mais pas au bon moment, les gestes qui ne sont pas entièrement sincères arrivent toujours avec du retard. Je te connais, dit la vieille, Tu dois te tromper, répondit Jésus, je ne suis jamais venu ici et toi je ne t'ai jamais vue à Nazareth, Les premières mains qui t'ont touché n'ont pas été celles de ta mère mais les miennes, Comment cela se peut-il, femme, Je m'appelle Zélomi et je t'ai accouchée. Dans l'impulsion du moment, démontrant ainsi l'authenticité des mouvements accomplis à temps, Jésus alla s'agenouiller aux pieds de l'esclave, hésitant inconsciemment entre une curiosité qui semblait sur le point d'être satisfaite et un simple devoir de courtoisie sociale, le devoir de manifester de la reconnaissance à quelqu'un qui, sans autre responsabilité que d'avoir été présente en cette occasion, nous a extraits d'un limbe sans mémoire pour nous lâcher dans une vie qui ne serait rien sans elle. Ma mère ne m'a jamais parlé de toi, dit Jésus, Elle n'avait pas à t'en parler, tes parents se sont présentés chez mon maître pour demander de l'aide et comme j'avais de l'expérience, Cela s'est passé au temps du massacre des innocents qui sont dans ce tombeau, Oui, tu as eu de la chance, tu n'as pas été découvert, Parce que nous habitions dans la grotte, Oui, ou parce que vous étiez partis avant, cela je ne suis jamais parvenue à le savoir, quand je suis allée voir ce qui vous était arrivé j'ai trouvé la grotte vide, Te souviens-tu de mon père, Oui, je me souviens de lui, à l'époque c'était un homme jeune, de belle prestance, et un brave homme, Il est mort, Pauvre de lui, il a eu une vie bien courte, et toi qui es l'aîné, pourquoi as-tu abandonné ta mère, je suppose qu'elle est toujours en vie, Je suis venu voir le lieu où je suis né et aussi pour en savoir plus sur les enfants qui ont été tués, Dieu seul sait pourquoi ils sont morts, l'ange de la mort, sous la figure de quelques soldats d'Hérode, est descendu à Bethléem et les a condamnés, Alors tu crois que cela fut la volonté de Dieu, Je ne suis qu'une vieille esclave, mais depuis que je suis née j'entends dire que tout ce qui est arrivé dans le monde, même la souffrance et la mort, n'a pu arriver que parce que Dieu l'a d'abord voulu, C'est ce qui est écrit, Je comprends que Dieu veuille un de ces jours ma mort mais pas celle d'enfants innocents, Ta mort, Dieu la décidera le moment venu, la mort des enfants a été décidée par la volonté d'un homme, La main de Dieu peut bien peu finalement si elle ne réussit pas à s'interposer entre le couteau et le condamné, N'offense pas le Seigneur, femme, Quelqu'un d'ignorant comme moi ne peut pas offenser, Aujourd'hui, dans le Temple, j'ai entendu dire que tout acte humain, aussi insignifiant soit-il, interfère avec la volonté de Dieu, et que l'homme n'est libre qu'afin de pouvoir être châtié, Mon châtiment ne vient pas d'être libre mais d'être esclave, dit la femme. Jésus se tut. Il avait à peine entendu les paroles de Zélomi car sa pensée, telle une lézarde subite, s'ouvrit sur l'évidence aveuglante que l'homme était un simple jouet entre les mains de Dieu, éternellement assujetti à ne faire que ce qui plaît à Dieu, soit quand il croit lui obéir en tout, soit quand il s'imagine le contrecarrer en tout.

Le soleil déclinait, l'ombre maléfique du figuier approchait. Jésus recula un peu et appela la femme, Zélomi, elle leva la tête avec difficulté, Que veux-tu, demanda-t-elle, Conduis-moi à la grotte où je suis né, ou alors dis-moi où elle se trouve, si tu ne peux pas marcher, J'ai du mal à marcher, c'est vrai, mais tu ne la trouveras pas si je ne t'y mène pas, C'est loin, Non, mais il y a d'autres grottes et elles se ressemblent toutes, Allons-y, Oui, allons-y, dit la femme. A Bethléem, ce jour-là, les gens qui virent passer Zélomi et le garçon inconnu se demandaient d'où ils se connaissaient. Ils ne le sauront jamais car l'esclave garda le silence pendant les deux ans qui lui restaient encore à vivre, et Jésus ne reviendra plus jamais dans le village où il est né. Le lendemain Zélomi retourna à la grotte dans laquelle elle avait laissé le garçon. Elle ne l'y trouva pas. En son for intérieur elle espérait bien qu'il en serait ainsi. Ils n'auraient rien eu à se dire si le garçon avait encore été là.

On a beaucoup parlé des coïncidences dont la vie est faite, tissée et composée, mais presque pas des rencontres qui jour après jour s'y produisent et cela bien que lesdites rencontres orientent et déterminent presque toujours cette même vie, encore que pour défendre cette perception partielle des contingences vitales, on pourrait arguer qu'une rencontre est une coïncidence, au sens le plus rigoureux du mot, ce qui ne veut pas dire, bien entendu, que toutes les coïncidences soient forcément des rencontres. Dans la plupart des cas relatés dans cet évangile il y a eu des coïncidences à foison, et quant aux circonstances de la vie de Jésus proprement dite, surtout depuis le moment où, après son départ de chez lui, nous avons commencé à lui consacrer une attention exclusive, on peut constater que les rencontres n'ont point manqué. Si l'on excepte l'incident malheureux avec les voleurs de grand chemin, car ses effets éventuels dans un avenir proche et lointain ne sont pas encore prévisibles, ce premier voyage en toute indépendance de Jésus s'est révélé assez riche en rencontres, telle l'apparition providentielle du pharisien philanthrope grâce à qui le jeune garçon enfin devenu chanceux réussit non seulement à faire taire les misères de son ventre mais aussi à prendre pour manger ni plus ni moins que le temps nécessaire, arrivant ainsi à temps au Temple pour entendre les questions et écouter les réponses qui allaient pour ainsi dire frayer la voie à la question qu'il avait apportée de Nazareth à propos, si notre mémoire est bonne, de la responsabilité et de la faute. Les personnes versées dans les règles de la bonne narration des contes disent que les rencontres décisives doivent être entrecoupées et entremêlées comme dans la vie de mille autres rencontres d'une importance moindre ou nulle, afin que le héros de l'histoire ne se transforme pas en un être d'exception à qui tout peut arriver dans la vie hormis la banalité. Et elles disent aussi que c'est le procédé narratif qui sert le mieux l'effet de vraisemblance toujours souhaité, car si l'épisode imaginé et décrit n'est pas un fait et ne pourra jamais en devenir un, devenir une donnée de la réalité et s'y inscrire, au moins qu'il ait l'air d'être un fait, contrairement au présent récit dans lequel on a manifestement abusé de la confiance du lecteur en menant Jésus à Bethléem afin qu'il tombe tout de go, nez à nez, à peine arrivé, sur la femme qui avait fait fonction de sage-femme à sa naissance, comme si les bornes n'avaient pas déjà été dépassées par la rencontre avec l'autre femme portant son fils dans ses bras, placée là tout exprès pour donner le la et fournir les premières informations. Pourtant le plus difficile à croire est encore à venir, après que l'esclave Zélomi a accompagné Jésus à la grotte et l'a laissé là, comme il le lui avait demandé sans beaucoup d'égards, Laisse-moi seul entre ces murs sombres, je veux dans ce grand silence écouter mon premier cri, pour autant que les échos puissent durer aussi longtemps, telles furent les paroles que la femme crut avoir entendues et c'est la raison pour laquelle nous les reproduisons ici, bien qu'elles soient en tout point une atteinte de plus à la vraisemblance que, par précaution logique, nous attribuerons à l'évidente sénilité de la vieille femme. Zélomi s'en fut de sa démarche titubante de vieillarde, s'assurant pas à pas de la fermeté du sol avec son bâton qu'elle tenait à deux mains, or le garçon aurait mieux agi s'il avait aidé la pauvre créature maltraitée par la vie à rentrer chez elle, mais la jeunesse est ainsi, égoïste, présomptueuse, et Jésus, qu'il le sache, n'a aucune raison d'être différent des garçons de son âge.

Il est assis sur une pierre à côté de la porte, au-dessus d'une autre pierre, la lampe allumée éclaire faiblement les parois rugueuses, la tache plus sombre laissée par les tisons à l'endroit où se trouvait l'âtre, il a les mains ballantes, inertes, le visage grave, Je suis né ici, pensait-il, j'ai dormi dans cette mangeoire, sur cette pierre où je suis assis mon père et ma mère se sont assis, nous sommes restés cachés ici pendant qu'au village les soldats d'Hérode tuaient les enfants, j'aurai beau faire je ne réussirai pas à entendre le cri de vie que j'ai poussé en naissant, je n'entends pas non plus les cris de mort des enfants et des parents qui les voyaient mourir, rien ne vient briser le silence de cette grotte où se sont rejoints un commencement et une fin, les parents expient les fautes qu'ils ont commises, les enfants celles qu'ils commettront, c'est ce qui m'a été expliqué au Temple, mais si la vie est un verdict et la mort une justice, alors il n'y jamais eu au monde de personnes plus innocentes qu'à Bethléem, les enfants qui sont morts sans faute et les parents qui n'ont pas été coupables de cette faute-là, et il n'y aura pas eu de personnes plus coupables que mon père, qui s'est tu quand il aurait dû parler, et maintenant moi qui ai eu la vie sauve afin que je prenne connaissance du crime qui m'a sauvé la vie, même si je ne commets pas d'autre faute celle-ci me tuera. Dans la demi-obscurité de la caverne Jésus se leva, on aurait dit qu'il voulait fuir mais il ne fit que deux pas incertains, soudain ses jambes ployèrent, ses mains se portèrent à ses yeux pour contenir les larmes qui jaillissaient, pauvre garçon, tout recroquevillé et se tordant dans la poussière comme en proie à une douleur infinie, nous le voyons souffrir du remords de ce qu'il n'a pas fait mais dont il sera sa vie

235

durant, ô contradiction insurmontable, le premier coupable. Disons dès à présent que ce fleuve de larmes d'agonie laissera pour toujours dans les yeux de Jésus une marque de tristesse, un perpétuel éclat humide et désolé comme si à tout moment il venait juste de pleurer. Le temps passa, dehors le soleil déclinait, les ombres de la terre s'allongeaient, annonçant la grande ombre qui descendra d'en haut avec la nuit, le changement du ciel était perceptible même à l'intérieur de la caverne, déjà les ténèbres cernent et étouffent la minuscule amande lumineuse de la lampe dont l'huile s'achève, il est vrai, il en sera de même lorsque le soleil sera sur le point de s'éteindre, alors les hommes se diront les uns aux autres, Nous perdons la vue, sans savoir que désormais leurs yeux ne leur serviront plus à rien. Jésus dort à présent, la fatigue miséricordieuse de ces derniers jours l'a terrassé, la mort terrible de son père, l'héritage du cauchemar, la confirmation résignée de sa mère, et ensuite le voyage pénible jusqu'à Jérusalem, le Temple terrifiant, les paroles sans consolation proférées par le scribe, la descente vers Bethléem, la destination, l'esclave Zélomi venue du fond des temps lui apporter la connaissance finale, il n'est pas étonnant que le corps exténué ait fait sombrer avec lui l'esprit misérable, tous deux semblaient reposer, mais déjà l'esprit se meut et fait lever le corps en rêve pour que tous deux aillent à Bethléem et que là, au milieu de la place, ils confessent leur effroyable faute, Je suis, dira l'esprit par la voix du corps, celui qui a apporté la mort à vos fils, jugez-moi, condamnez ce corps que je vous amène ici, ce corps dont je suis la volonté et l'âme, pour que vous puissiez le tourmenter et le torturer, car on sait que l'absolution et la récompense de l'esprit ne pourront être atteintes que par le châtiment et le sacrifice de la chair. Les mères de Bethléem avec leurs fils morts dans les bras sont présentes dans son rêve, seul l'un d'eux est vivant et sa mère est cette femme qui apparut à Jésus avec son fils dans les bras, et c'est elle qui répond, Si tu ne peux pas leur rendre la vie, tais-toi, devant la mort les paroles sont superflues. L'esprit s'humilia et se recroquevilla sur lui-même comme une tunique pliée trois fois, livrant le corps désarmé à la justice des mères de Bethléem, mais Jésus ne saura pas qu'il pourrait partir de là sain et sauf de corps, c'était ce que la femme qui tenait encore dans ses bras son fils vivant s'apprêtait à lui annoncer, Tu n'es pas coupable, va-t'en, quand ce qui lui sembla être une lueur subite et éblouissante inonda la caverne et le réveilla brusquement, Où suis-je, telle fut sa première pensée, et levant à grand-peine du sol poussiéreux ses yeux baignés de larmes, il aperçut un homme de haute taille, gigantesque, avec une tête de feu, mais il comprit vite que ce qu'il avait pris pour une tête était une torche brandie par une main droite presque jusqu'au toit de la caverne, la vraie tête était juste un peu plus bas, à cause de sa taille elle aurait pu être celle de Goliath, pourtant l'expression de la face n'était empreinte d'aucune fureur guerrière, elle arborait plutôt le sourire satisfait de celui qui a trouvé ce qu'il cherchait. Jésus se leva et recula jusqu'à la paroi de la caverne, il voyait mieux à présent le visage du géant qui finalement ne l'était pas tellement, il avait juste une tête de plus que les hommes les plus grands de Nazareth, les illusions d'optique, sans lesquelles il n'y a ni prodiges ni miracles, ne sont pas une découverte de notre époque, et si Goliath ne fut pas un joueur de basket-ball c'est uniquement parce qu'il était né trop tôt. Qui es-tu, demanda l'homme, mais on voyait bien que c'était juste pour engager la conversation. Il ficha la torche dans une fente du rocher, appuya contre le mur deux bâtons, l'un poli par l'usage, avec des nœuds épais, l'autre qui semblait fraîchement coupé d'un arbre et était encore revêtu de son écorce, puis il alla s'asseoir sur la plus grosse pierre, rajustant sur ses épaules le vaste manteau dans lequel il était enveloppé. Je suis Jésus de Nazareth, répondit le garçon, Qu'es-tu venu faire ici si tu es de Nazareth, Je suis de Nazareth mais je suis né dans cette grotte, je suis venu voir le lieu où je suis né, Tu es né en fait dans le ventre de ta mère et là tu ne pourras jamais retourner. N'ayant jamais entendu des paroles aussi crues, Jésus rougit et se tut. Tu t'es enfui de chez toi, demanda l'homme. Le garçon hésita, comme s'il s'interrogeait pour savoir si on pourrait vraiment nommer son départ fuite, et il finit par répondre, Oui, Tu ne t'entendais pas avec tes parents, Mon père est mort, Ah, fit l'homme, mais Jésus eut l'impression étrange et indéfinissable que l'homme était déjà au courant, non seulement de cela mais aussi de tout le reste, de ce qui avait déjà été dit et de ce qui restait encore à dire. Tu n'as pas répondu à ma question, reprit l'homme, Laquelle, Si tu ne t'entendais pas avec tes parents, Cela me regarde, Parle-moi avec respect, mon garçon, ou je prends la place de ton père pour t'administrer une correction, ici, même Dieu ne t'entendrait pas, Dieu est œil, oreille et langue, il voit tout, il entend tout, et s'il ne dit pas tout c'est uniquement parce qu'il ne le veut pas, Que sais-tu de Dieu, jouvenceau, Ce que j'ai appris à la synagogue, A la synagogue tu n'as jamais entendu dire que Dieu est un œil, une oreille et une langue, Cette conclusion est mienne, si Dieu n'était pas cela il ne serait pas Dieu, Et pourquoi crois-tu que Dieu est un œil et une oreille et pas deux yeux et deux oreilles comme toi et moi, Pour qu'un œil ne puisse pas tromper l'autre œil, et une oreille l'autre oreille, quant à la langue, ce n'est pas nécessaire, il n'y en a qu'une, La langue des hommes est double elle aussi, elle sert aussi bien à la vérité qu'au mensonge, Dieu n'a pas le droit de mentir, Qui l'en empêche, Dieu lui-même, ou alors il se nierait lui-même, Tu l'as déjà vu, Qui, Dieu, Certains l'ont vu et annoncé. L'homme se tut et regarda le jeune garçon comme s'il cherchait sur son visage des traits familiers, puis il dit, Oui, c'est vrai, certains ont cru le voir. Il fit une pause et poursuivit, cette fois avec un sourire malicieux, Tu n'as toujours pas répondu, A quoi, Si tu t'entendais mal avec tes parents, Je suis parti de chez moi parce que je voulais connaître le monde, Ta langue connaît l'art de mentir, jouvenceau, mais je sais bien qui tu es, tu es le fils d'un charpentier de gros œuvre appelé Joseph et d'une cardeuse de laine nommée Marie, Comment le sais-tu, Un jour je l'ai appris et je ne l'ai plus oublié, Explique-toi mieux, Je suis berger, il y a longtemps que je fréquente ces parages avec mes brebis et mes chèvres, et aussi avec le bouc et le bélier qui les couvrent, il se trouve que j'étais dans le coin quand tu es venu au monde, et j'étais aussi ici quand les enfants de Bethléem ont été tués, comme tu vois, je te connais depuis toujours. Jésus regarda l'homme avec crainte et demanda, Quel est ton nom, Pour mes brebis je n'ai pas de nom, Je ne suis pas une de tes brebis, Qui sait, Dis-moi comment tu t'appelles, Si tu tiens tellement à me donner un nom, appelle-moi Pasteur, si tu m'appelles ainsi je viendrai, Veux-tu me prendre avec toi comme aide-berger, J'attendais que tu me le demandes, Et alors, Je te reçois dans mon troupeau. L'homme se leva, prit la torche et sortit à l'air libre. Jésus le suivit. Il faisait nuit noire, la lune ne s'était pas encore levée. Rassemblées devant l'entrée de la caverne, sans autre bruit qu'un léger tintinnabulement de sonnailles, les brebis et les chèvres semblaient avoir attendu paisiblement la fin de la conversation entre leur berger et le nouvel assistant. L'homme leva la torche pour montrer les têtes noires des chèvres, les museaux blancs des brebis, les flancs secs et lisses de certaines, les croupes rondes et pelucheuses des autres, et il dit, Voici mon troupeau, veille à ne pas perdre une seule de ces bêtes. Assis devant l'orifice de la caverne, sous la lumière instable de la torche, Jésus et le berger mangèrent le fromage et le pain dur des besaces.

Après quoi le berger rentra à l'intérieur et apporta le bâton neuf, celui qui avait encore son écorce. Il alluma une flambée et tournant habilement le bâton dans les flammes, il brûla l'écorce petit à petit jusqu'à ce qu'elle se détache en longs rubans, puis il lissa grossièrement les nœuds. Il le laissa refroidir un peu et le replongea dans le feu, cette fois en le tournant plus vite, sans laisser aux flammes le temps de le brûler, noircissant et durcissant ainsi l'épiderme du bois, comme si les années étaient allées au-devant de la jeune pousse. Quand il arriva au bout de son travail, il dit, Voici, forte et droite, ta houlette de berger, elle est ton troisième bras. Bien que n'ayant pas les mains délicates, Jésus dut lâcher le bâton tellement il était brûlant. Comment peut-il le tenir, se demanda-t-il, et il ne trouvait pas la réponse. Quand la lune se leva enfin, ils entrèrent dans la grotte pour dormir. Quelques brebis et chèvres, peu nombreuses, entrèrent aussi et se couchèrent à leur côté. La première lueur du matin paraissait quand le berger secoua Jésus en lui disant, Lève-toi, mon gars, assez dormi, mon troupeau a faim, dorénavant ton travail consistera à les mener paître, tu ne feras jamais rien de plus important dans ta vie. Lentement, car c'était le pas menu et entravé du troupeau qui réglait la marche, le berger en tête, l'aide à l'arrière, tous se mirent en branle, humains et animaux, dans une aube fraîche et transparente qui ne semblait pas pressée de donner naissance au soleil, jalouse d'une clarté qui était comme celle d'un monde à peine ébauché. Bien plus tard, une femme âgée qui marchait péniblement en s'aidant d'un gros bâton comme s'il était une troisième jambe sortit des maisons cachées de Bethléem et pénétra dans la caverne. Elle ne fut pas très étonnée de ne pas y trouver Jésus, ils n'auraient probablement rien eu à se dire. Dans la demi-obscurité habituelle de la grotte brillait l'amande lumineuse de la lampe que le berger avait réapprovisionnée en huile.

Dans quatre ans Jésus rencontrera Dieu. En faisant cette révélation inattendue, sans doute prématurée à la lumière des règles de la bonne narration mentionnées précédemment, notre seul but est de prédisposer le lecteur de cet évangile à se laisser divertir par quelques vulgaires épisodes de vie pastorale, même si ceux-ci, nous le signalons d'ores et déjà afin que celui qui serait tenté de les sauter ait une excuse, n'apportent rien de substantiel à l'essentiel du sujet. Toutefois, quatre ans sont tout de même quatre ans, surtout à un âge où les changements physiques et mentaux sont considérables, le corps grandit de façon effrénée, la barbe commence à assombrir une peau déjà fort brune naturellement, la voix se fait profonde et grave comme une pierre roulant jusqu'au pied de la montagne, en même temps qu'apparaît une tendance à la chimère et à la rêverie, toujours répréhensibles, surtout quand il y a des devoirs de vigilance à respecter, comme c'est le cas des sentinelles dans les casernes, les châteaux et les campements, par exemple, ou, pour ne pas sortir de notre histoire, de ce nouvel aide-berger à qui il fut dit de ne pas quitter des yeux les chèvres et les brebis du patron. Dont, à vrai dire, on ne sait pas qui il est. Garder un troupeau en ce temps-là et dans ces contrées était un travail de serf ou d'esclave fruste, obligé sous peine d'être puni à rendre constamment et minutieusement compte du lait, du fromage et de la laine, sans parler du nombre de têtes de bétail, lesquelles devaient sans cesse s'accroître, afin que les voisins puissent dire que les yeux du Seigneur contemplent avec bénignité le pieux propriétaire de biens aussi abondants, qui, s'il veut être en accord avec les règles du monde, devra davantage se fier à la bienveillance du Seigneur qu'à la vigueur génésique des reproducteurs de son cheptel. Il est étrange toutefois que Pasteur, puisque c'est ainsi qu'il veut que nous l'appelions, ne semble pas avoir de maître qui le régente, car durant ces quatre ans

241

personne ne viendra dans le désert recueillir la laine, le lait ou le fromage, et le maître berger ne délaissera pas non plus son troupeau pour aller rendre compte de sa fonction. Tout cela serait justifié si le berger était, au sens connu et habituel du terme, le propriétaire de ces chèvres et de ces brebis, mais il est très difficile de croire que soit réellement propriétaire quelqu'un qui laisse se perdre comme lui des quantités inimaginables de laine et qui apparemment ne tond ses brebis que pour qu'elles n'étouffent pas de chaleur, qui n'utilise le lait, quand il le fait, que pour fabriquer le fromage de chaque jour et troquer le surplus contre des figues, des dattes et du pain et qui, enfin, énigme des énigmes, ne vend pas d'agneau et de chevreau de son troupeau, pas même au temps de la Pâque où, en raison de la demande, ils atteignent un très bon prix. Il n'est donc pas étonnant que le troupeau ne cesse de s'accroître comme si, opiniâtrement et avec l'enthousiasme de qui sait qu'une juste longévité lui est garantie, il exécutait l'ordre célèbre donné par le Seigneur, lequel faisait peut-être trop peu confiance à l'efficacité des doux instincts naturels, Croissez et multipliez-vous. Dans ce troupeau insolite et errant on meurt de vieillesse, et c'est Pasteur lui-même qui sereinement aide ses bêtes à mourir en tuant de sa propre main celles qui ne peuvent plus accompagner leurs congénères parce qu'elles sont malades ou trop vieilles. La première fois que cela arriva après qu'il eut pris ses fonctions de berger, Jésus protesta contre cette froide cruauté, mais Pasteur lui répondit simplement, Ou bien je les tue, comme je l'ai toujours fait, ou bien je les abandonne à une mort solitaire dans ces déserts, ou alors je retiens le troupeau ici et j'attends que les bêtes meurent, sachant que si elles mettent des jours et des jours à le faire, il finira par ne plus y avoir suffisamment à paître pour celles qui sont encore en vie, dis-moi comment tu procéderais si tu étais à ma place, si, comme moi, tu étais maître de la vie et de la mort de ton troupeau. Jésus ne sut que répondre et pour changer de sujet il demanda, Si tu ne vends pas la laine, si nous avons plus de lait et de fromage qu'il ne nous en faut pour vivre, si tu ne fais pas commerce des agneaux et des chevreaux, à quoi bon ce troupeau et pourquoi le laisser vivre et l'encourager à croître comme tu le fais, si bien qu'un jour, si tu continues ainsi, il couvrira toutes ces montagnes et emplira la terre entière. Pasteur répondit, Le troupeau était ici, il fallait bien que quelqu'un s'en occupe et le défende contre les convoitises, cette tâche m'est échue, Où, ici, Ici, là-bas, partout, Tu veux dire, si j'ai bien compris, que le troupeau a toujours été, qu'il a toujours existé, Plus ou moins, Est-ce toi qui as acheté la première brebis et la première chèvre, Non, Qui les a achetées, alors, Je les ai trouvées, je ne sais pas si elles furent achetées, On te les a données, Personne ne me les a données, je les ai rencontrées, elles m'ont rencontré, Alors, tu en es le propriétaire, Je n'en suis pas le propriétaire, rien de ce qui existe au monde ne m'appartient, Parce que tout appartient au Seigneur, tu devrais le savoir, C'est toi qui le dis, Cela fait combien de temps que tu es berger, Je l'étais déjà quand tu es né, Depuis quand, Je ne sais pas, peut-être cinquante fois l'âge que tu as, Seuls les patriarches d'avant le déluge ont vécu aussi longtemps ou plus longtemps, aucun homme aujourd'hui ne peut espérer avoir une vie aussi longue, Je le sais très bien, Si tu le sais, tout en insistant pour dire que tu as vécu tout ce temps-là, tu admettras que je pense que tu n'es pas un homme, Je l'admets. Or, si Jésus, qui menait si bien l'ordre et la séquence de l'interrogatoire comme s'il avait appris les arts de la maïeutique analytique dans l'abécédaire socratique, si Jésus avait demandé, Alors qui es-tu, dès lors que tu n'es pas un homme, il est très probable que Pasteur aurait condescendu à lui répondre de l'air de quelqu'un qui ne souhaite pas attribuer une importance extrême à la question, Je suis un ange mais ne le dis à personne. Il arrive très souvent que nous ne posions pas les questions parce que nous ne sommes pas encore prêts à entendre les réponses ou tout simplement parce que nous en avons peur. Et quand nous avons le courage de les poser, il n'est pas rare qu'on ne nous réponde pas, comme fera Jésus le jour où nous lui demanderons, Qu'est la vérité. Alors il se taira, jusqu'à aujourd'hui.

Quoi qu'il en soit, Jésus sait déjà, sans avoir eu besoin de le demander, que son compagnon énigmatique n'est pas un ange du Seigneur, car les anges du Seigneur chantent à toute heure du jour et de la nuit les gloires du Seigneur, ils ne sont pas comme les hommes qui ne le font que par obligation et aux heures réglementaires, il est vrai aussi que les anges ont des raisons plus proches et plus justifiées pour les chanter aussi souvent, puisqu'ils vivent au ciel avec ledit Seigneur et sont pour ainsi dire à tu et à toi avec lui. Ce qui étonna d'abord Jésus, ce fut qu'étant sorti à l'aube de la caverne, Pasteur n'ait pas procédé comme il l'avait fait lui-même, bénissant Dieu pour toutes les choses que nous savons, lui avoir restitué son âme, avoir donné au coq l'intelligence et, parce qu'il avait dû aller derrière un rocher uriner et faire ses besoins, le remercier pour les orifices et réceptacles contenus dans l'organisme humain, providentiels au sens absolu du terme, car sans eux. Pasteur regarda le ciel et la terre comme le fait n'importe qui au saut du lit, il murmura quelques mots à propos du temps agréable que promettaient les vents et portant deux doigts à sa bouche, il émit un sifflement strident qui mit tout le troupeau debout comme un seul homme. Rien d'autre. Jésus pensa qu'il s'agissait sans doute d'un oubli, toujours possible quand une personne a l'esprit occupé, Pasteur pensait peut-être à la meilleure façon d'enseigner ce rude métier à un jeune garçon habitué au confort d'un atelier de charpentier. Or nous savons que dans une situation normale, parmi les petites gens, Jésus n'aurait pas à attendre longtemps pour connaître le degré réel de religiosité de son maître, dès lors que les Juifs de son époque prononçaient des bénédictions une bonne trentaine de fois par jour, pour un oui ou pour un non, comme on a pu le voir amplement tout au long de cet évangile, sans qu'il soit nécessaire d'en fournir maintenant une meilleure démonstration. Le jour se passa et de bénédictions point, la nuit vint, passée à la belle étoile en rase campagne, et pas même la majesté du ciel de Dieu ne fut capable d'éveiller dans l'âme et dans la bouche de Pasteur le moindre petit mot de louange et de gratitude, après tout le temps aurait pu être à la pluie et il ne l'était pas, signe indubitable à tous égards, humains et divins, que le Seigneur veillait sur ses créatures. Le lendemain matin, après avoir mangé, et pendant que le maître-berger s'apprêtait à faire le tour du troupeau en une sorte d'inspection destinée à voir si quelque chèvre plus remuante n'avait pas décidé de se lancer à l'aventure dans les environs, Jésus annonça d'une voix ferme, Je m'en vais. Pasteur s'arrêta, le regarda sans changer d'expression, se borna à dire, Bon voyage, je n'ai pas besoin de te dire que tu n'es pas mon esclave et qu'il n'y a pas de contrat légal entre nous, tu peux partir quand bon te semble, Ne veux-tu pas savoir pourquoi je m'en vais, Ma curiosité n'est pas assez forte pour m'obliger à te le demander, Je pars parce que je ne dois pas vivre à côté d'une personne qui n'accomplit pas ses obligations vis-à-vis du Seigneur, Quelles obligations, Les plus élémentaires, celles qui s'expriment par les bénédictions et les actions de grâce. Pasteur garda le silence, avec un demi-sourire qui se révélait plus dans les yeux que sur les lèvres, puis il dit, Je ne suis pas juif, je n'ai pas à m'acquitter d'obligations qui ne sont pas les miennes. Jésus recula d'un pas, scandalisé. Que la terre d'Israël fourmillât d'étrangers et d'adorateurs de faux dieux, il ne le savait que trop bien, mais jamais il ne lui était arrivé de dormir à côté de l'un d'eux, de manger son pain et de boire son lait. Voilà pourquoi, comme s'il tenait devant lui une lance ou un bouclier protecteur, il s'exclama, Seul le Seigneur est Dieu. Le sourire de Pasteur s'éteignit, sa bouche eut soudain un pli amer, Oui, si Dieu existe il devra être un Seigneur unique mais il vaudrait mieux qu'ils soient deux, ainsi il y aurait un dieu pour le loup et un dieu pour la brebis, un pour celui qui meurt et un autre pour celui qui tue, un dieu pour le condamné, un dieu pour le bourreau, Dieu est un, complet et indivisible, clama Jésus, qui pleurait presque d'une pieuse indignation, à quoi l'autre répondit, Je ne sais pas comment Dieu peut vivre, la phrase n'alla pas plus loin parce que Jésus l'interrompit avec l'autorité d'un maître de synagogue, Dieu ne vit pas, il est, Je ne suis pas très versé dans ces différences, mais ce que je peux te dire c'est que je n'aimerais pas être dans la peau d'un dieu qui simulta-nément guide la main qui tient le poignard assassin et offre la gorge sur le point d'être coupée, Tu offenses Dieu avec ces pensées impies, Je ne suis pas assez im-portant, Dieu ne dort pas, un jour il te punira, Heureu-sement qu'il ne dort pas, il évite ainsi les cauchemars du remords, Pourquoi me parles-tu de cauchemars et de remords, Parce que nous parlons de ton Dieu, Et le tien, qui est-il, Je n'ai pas de dieu, je suis comme une de mes brebis, Elles, au moins, donnent leurs petits pour les autels du Seigneur, Et moi je te dis que si elles savaient cela, ces mères hurleraient comme des loups. Jésus pâlit et ne sut que répondre. Maintenant le troupeau les entou-rait, attentif et dans un grand silence. Le soleil avait paru et sa lumière teignait de rubis le pelage des brebis et les cornes des chèvres. Jésus dit, Je m'en vais, mais ne bougea pas. Appuyé sur sa houlette, calme, comme s'il savait qu'il avait tout le temps futur à sa disposition, Pasteur attendait. Jésus fit enfin quelques pas, se frayant un chemin parmi les brebis, mais soudain il s'arrêta et demanda, Que sais-tu du remords et des cauchemars, Que tu es l'héritier de ton père. Jésus ne put supporter ces paroles. Au même instant ses genoux ployèrent, sa besace glissa de son épaule, les sandales de son père en jaillirent, œuvre du hasard ou de la nécessité, tandis que retentissait le bruit que fit l'écuelle du pharisien en se cassant. Jésus se mit à pleurer comme un enfant abandonné, Pasteur ne s'approcha pas, il se contenta de dire de là où il était, N'oublie jamais que je sais tout de toi depuis que tu fus conçu, et maintenant décide-toi une bonne fois pour toutes, ou tu pars, ou tu restes, Dis-moi d'abord qui tu es, Le temps n'est pas encore venu pour toi de le savoir, Et quand je le saurai, Si tu restes, tu regretteras de ne pas être parti, si tu pars, tu regretteras de ne pas être resté, Mais si je pars je ne saurai jamais qui tu es, Tu te trompes, ton heure viendra et je serai là pour te le dire, mais assez bavardé, le troupeau ne peut pas rester ici toute la journée à attendre que tu te décides. Jésus ramassa les fragments de l'écuelle, les regarda comme s'il lui en coûtait de s'en séparer, il n'y avait vraiment pas de raison pour cela, hier, à cette heure, il n'avait pas encore rencontré le pharisien, de plus les écuelles en terre cuite sont ainsi, elles se brisent avec une grande facilité. Il laissa tomber les débris par terre comme s'il les semait, alors Pasteur lui dit, Tu auras une autre écuelle, mais celle-là ne se cassera pas aussi long-temps que tu vivras. Jésus ne l'entendit pas, il avait les sandales de Joseph à la main et il se demandait s'il ne devrait pas les chausser, ses pieds ne pouvaient avoir grandi autant en si peu de temps, mais le temps, nous le savons, est relatif, Jésus avait l'impression d'avoir eu les sandales de son père dans sa besace durant une éternité, il serait bien étonnant qu'elles soient encore trop grandes pour lui. Il les chaussa et sans savoir pourquoi il faisait cela, il garda les siennes. Pasteur dit, Pieds qui ont grandi

ne rapetisseront plus et tu n'auras pas de fils qui hérite-
ront de ta tunique, de ton manteau et de tes sandales,
mais Jésus ne les jeta pas, leur poids aidait la besace
presque vide à tenir sur son épaule. La réponse que
Pasteur avait demandée n'eut pas besoin d'être donnée,
Jésus reprit sa place derrière le troupeau, partagé entre
une impression indéfinissable de terreur, comme si son
âme était en danger, et une autre, encore plus indéfinissable, de sombre fascination. Il faut que je sache qui tu
es, murmurait Jésus en faisant avancer une brebis retar-
dataire au milieu de la poussière soulevée par le troupeau, et il croyait s'expliquer ainsi la raison pour laquelle
il avait finalement décidé de rester avec le berger mystérieux.

Ceci se passa pendant le premier jour. Il ne fut plus
parlé de problèmes de foi et d'impiété, de vie, de mort
et de propriété, mais Jésus, qui s'était mis à observer les
moindres mouvements et attitudes de Pasteur, remarqua,
et cela coïncidait presque toujours avec les occasions où
lui-même bénissait le Seigneur, que son compagnon se
baissait et posait doucement ses deux paumes sur la terre,
courbant la tête et fermant les yeux sans dire un mot. Un
jour, alors qu'il était encore un tout petit garçon, Jésus
avait entendu de vieux voyageurs qui étaient passés par
Nazareth raconter qu'à l'intérieur de la terre il y avait
d'énormes cavernes qui contenaient, comme à la surface,
des villes, des champs, des rivières, des forêts et des
déserts, et que ce monde inférieur, en toutes choses copie
et reflet de celui où nous vivons, avait été créé par le
Diable après que Dieu l'eut précipité du haut du ciel
pour le punir de sa révolte. Et comme le Diable, de qui
Dieu au début avait été l'ami et lui le favori de Dieu, et
on prétendait même dans l'univers que depuis les temps
infinis on n'avait jamais vu une amitié égale à celle-là,
comme le Diable, disaient les vieillards, avait assisté
à l'acte de naissance d'Adam et Ève et qu'il avait pu

apprendre comment faire, il avait reproduit dans son monde souterrain la création d'un homme et d'une femme, sauf que, contrairement à Dieu, il ne leur avait rien interdit, raison pour laquelle il n'y aurait pas eu de péché originel dans le monde du Diable. Un des vieillards s'était même hasardé à dire, Et comme il n'y a pas eu de péché originel, il n'y a pas eu non plus d'autre péché. Une fois que les vieillards furent partis, chassés à l'aide de quelques pierres persuasives par des Nazaréens furieux qui avaient enfin compris où les impies voulaient en venir avec leur conversation insidieuse, il y eut un rapide ébranlement sismique, une chose légère, rien de plus qu'un signe de confirmation venu des entrailles les plus profondes de la terre, telle fut la pensée qui vint à l'esprit de Jésus, ce petit garçon étant déjà tout à fait capable de rattacher un effet à sa cause, en dépit de son jeune âge. Et maintenant, devant le berger agenouillé, la tête penchée, les mains posées sur le sol, légèrement, comme pour rendre plus sensible le contact avec chaque grain de sable, chaque petite pierre, chaque radicule montée à la surface, le souvenir de l'ancienne histoire se réveilla dans la mémoire de Jésus et pendant quelques instants il crut que cet homme était un habitant du monde occulte créé par le Diable à la ressemblance du monde visible. Qu'est-il venu faire ici, se demanda-t-il, mais son imagination n'eut pas le courage d'aller plus loin. Alors, quand Pasteur se leva, il l'interrogea, Pourquoi fais-tu cela, Je m'assure que la terre est toujours sous moi, Tes pieds ne te suffisent pas pour en avoir la certitude, Les pieds ne perçoivent rien, la connaissance est le propre des mains, quand tu adores ton Dieu ce ne sont pas les pieds que tu élèves vers lui mais les mains, et pourtant tu pourrais lever n'importe quelle partie du corps, même ce que tu as entre les jambes, si tu n'es pas un eunuque. Jésus rougit violemment, la honte et une espèce de frayeur le suffoquèrent.

N'offense pas le Dieu que tu ne connais pas, s'exclamat-il enfin, et Pasteur, aussitôt après, Qui a créé ton corps, C'est Dieu qui m'a créé, Tel qu'est ton corps et avec tout ce qui lui appartient, Oui, Y a-t-il une partie de ton corps qui ait été créée par le Diable, Non, non, le corps est l'œuvre de Dieu, Alors toutes les parties de ton corps sont égales devant Dieu, Oui, Dieu pourrait-il rejeter comme n'étant pas son œuvre, par exemple, ce que tu as entre les jambes, Je suppose que non, mais le Seigneur, qui a créé Adam, l'a expulsé du paradis et Adam était son œuvre, Réponds-moi sans détour, mon garçon, ne me parle pas comme un docteur de la synagogue, Tu veux m'obliger à te donner les réponses qui t'arrangent et moi, si cela est nécessaire, je te réciterai tous les cas où l'homme, parce que le Seigneur en a décidé ainsi, ne peut pas, sous peine de souillure et de mort, découvrir la nudité d'autrui ni la sienne propre, preuve que cette partie du corps est en elle-même maudite, Pas plus maudite que la bouche quand elle ment et calomnie, et elle te sert à louer ton Dieu avant le mensonge et après la calomnie, Je ne veux pas t'entendre, Tu dois m'entendre, ne serait-ce que pour répondre à la question que je t'ai posée, Quelle question, Dieu peut-il rejeter comme n'étant pas son œuvre ce que tu as entre les jambes, réponds-moi par oui ou par non, Il ne le peut pas, Pourquoi, Parce que le Seigneur ne peut pas ne pas vouloir ce qu'il a un jour voulu. Pasteur hocha lentement la tête et dit, En d'autres termes, ton Dieu est le seul gardien d'une prison où le seul prisonnier est ton Dieu. L'ultime écho de la terrible affirmation vibrait encore dans les oreilles de Jésus quand Pasteur, maintenant d'un ton faussement naturel, se remit à parler, Choisis une brebis, dit-il, Quoi, demanda Jésus, déconcerté, Je te dis de choisir une brebis, à moins que tu ne préfères une chèvre, Pour quoi faire, Tu en auras besoin, si réellement tu n'es pas un eunuque. La signification de la phrase atteignit le jeune garçon avec la force d'un coup de poing. Pourtant, pire que tout fut le vertige d'une horrible volupté qui émergea un bref instant de la suffocation de la honte et de la répugnance et qui la supplanta. Il se cacha le visage dans les mains et dit d'une voix rauque, Le Seigneur a dit Si un homme s'unit à un animal, il sera puni de mort et vous tuerez l'animal, et il a dit aussi Maudit soit celui qui pèche avec un quelconque animal, Ton Seigneur a dit tout cela, Oui, et moi je te dis de t'éloigner de moi, abomination, créature qui n'est pas de Dieu mais du Diable. Pasteur entendit et ne bougea pas, comme s'il laissait aux paroles courroucées de Jésus le temps de produire tout leur effet, quel qu'il soit, terreur provoquée par la foudre, corrosion suscitée par la lèpre, mort subite du corps et de l'âme. Rien ne se produisit. Un vent se mit à courir entre les pierres, il souleva un nuage de poussière qui traversa le désert, puis plus rien, le silence, l'univers muet contemplant les hommes et les animaux, attendant peut-être, lui aussi, de savoir quel sens les uns et les autres lui attribuent, ou lui découvrent, ou lui reconnaissent, et se consumant dans cette attente, le feu primordial étant déjà entouré de cendres, tandis que la réponse souhaitée tarde. Soudain Pasteur leva les bras et clama d'une voix retentissante en se tournant vers le troupeau, Écoutez, écoutez, brebis qui êtes ici, écoutez ce que ce sage jouvenceau vient nous enseigner, il n'est pas permis de vous besogner, Dieu ne le permet pas, vous pouvez être tranquilles, mais vous tondre, oui, vous maltraiter, oui, vous tuer, oui, et vous manger, car c'est à cette fin que sa loi vous a créées et que sa providence vous préserve. Puis il émit trois longs sifflements, agita sa houlette au-dessus de sa tête, En route, en route, criat-il, et le troupeau se mit en branle, se dirigeant vers l'endroit où la colonne de poussière avait disparu. Jésus ne bougea pas, immobile, regardant la haute silhouette de Pasteur jusqu'à ce qu'elle se perde dans la distance et jusqu'à ce que les échines résignées des bêtes se confondent avec la couleur de la terre. Je n'irai pas avec lui, avait-il dit, mais il le suivit. Il plaça sa besace sur son épaule, ajusta les courroies des sandales qui avaient appartenu à son père et il suivit de loin le troupeau. Il le rejoignit à la tombée de la nuit, il sortit de l'obscurité dans la lumière du brasier et il dit, Me voici.

Le temps succède au temps, voilà une maxime célèbre et d'une grande application bien que pas aussi évidente qu'elle pourrait le sembler à qui se satisfait du sens proche des mots, soit isolés, les uns après les autres, soit réunis et articulés, car tout est dans la manière de les dire, or celle-ci varie avec le sentiment de celui qui les exprime, celui qui les prononce ne les dira pas de la même façon s'il a des ennuis dans sa vie et s'il attend des jours meilleurs, ou s'il les lance comme une menace, comme une vengeance promise que l'avenir devra accomplir. Le cas le plus extrême serait celui d'une personne qui sans avoir de fortes et objectives raisons de se plaindre de sa santé et de son bien-être soupirerait mélancoliquement, Le temps succède au temps, simplement parce qu'elle est d'une nature pessimiste et encline à prévoir le pire. Il ne serait pas entièrement crédible que Jésus, à son âge, ait eu ces paroles sur les lèvres, quel que soit le sens qu'il leur attribue, mais nous, en revanche, qui à l'instar de Dieu savons tout du temps passé et à venir, pouvons les prononcer, les murmurer ou les soupirer tandis que nous le voyons se vouer à sa tâche de berger dans ces montagnes de Juda ou descendant, le moment venu, vers la vallée du Jourdain. Et pas tellement parce qu'il s'agit de Jésus, mais parce que tout être humain a devant lui, à chaque instant de sa vie, des choses bonnes et des choses mauvaises elles aussi qui se succèdent, comme le temps succède au temps. Jésus étant le héros évident de cet évangile qui n'a jamais eu le but irrévérencieux de contredire celui que d'autres ont écrit et qui donc ne se hasardera pas à dire que ce qui est arrivé n'est pas arrivé, mettant un Non à la place d'un Oui, Jésus étant ce héros et ses exploits étant connus, il nous serait très facile de nous approcher de lui et de lui annoncer l'avenir, les belles et merveilleuses choses dont sa vie sera faite, des miracles qui donneront à manger, d'autres qui restitueront la santé, un qui vaincra la mort, mais ce ne serait pas judicieux car le jeune garçon, bien que doué pour la religion et expert en patriarches et prophètes, est doté d'un robuste scepticisme propre à son âge et il nous enverrait promener. Il changera d'idées, bien entendu, quand il rencontrera Dieu, mais cet événement décisif n'est pas pour demain, d'ici là Jésus devra encore escalader et descendre maintes montagnes, traire maintes chèvres et maintes brebis, aider à fabriquer le fromage, aller troquer des produits dans les villages. Il tuera aussi des bêtes malades ou estropiées et il pleurera sur elles. Mais ce qu'il ne fera jamais, que les esprits sensibles se rassurent, c'est tomber dans l'horrible tentation de se servir, comme le lui a proposé le pasteur malicieux et perverti, d'une chèvre ou d'une brebis, ou des deux, pour soulager et satisfaire ce corps sale avec lequel l'âme limpide est obligée de vivre. Oublions, car ce n'est pas le lieu ici des analyses intimes, lesquelles ne deviendront possibles que bien plus tard, oublions que très souvent pour pouvoir faire étalage et se vanter d'un corps propre, l'âme a dû se charger elle-même de tristesse, d'envie et d'immondices.

Pasteur et Jésus, après les affrontements éthiques et théologiques des premiers jours, qui se reproduisirent malgré tout pendant un certain temps encore, menèrent toujours une vie agréable tant qu'ils furent ensemble, l'homme enseignant sans impatience d'aîné l'art de la profession pastorale, le jeune garçon assimilant cet art comme si sa vie devait en dépendre principalement. Jésus apprit à lancer sa houlette, la faisant tournoyer et vrombir dans l'air jusqu'à ce qu'elle retombe sur l'échine des brebis qui, par distraction ou par audace, s'éloignaient du troupeau, mais ce fut là un apprentissage douloureux, car un jour, alors qu'il n'était pas encore sûr de sa technique, il lança le bâton trop bas, avec le résultat tragique qu'en cours de route il atteignit de plein fouet le tendre petit cou d'un chevreau nouveau-né, lequel mourut sur-le-champ. Des accidents de ce genre peuvent arriver à n'importe qui, même un berger chevronné et diplômé n'est pas à l'abri de la malchance, mais le pauvre Jésus qui porte déjà tant de douleurs en lui semblait une statue de l'amertume quand il ramassa par terre le chevreau encore chaud. Il n'y avait rien à faire, la chèvre mère elle-même, après avoir flairé un instant son petit, s'éloigna et continua à brouter, rasant l'herbe courte et dure qu'elle tirait avec des mouvements de tête secs, et il nous faut citer ici le dicton fameux, Chèvre qui bêle, précieuse bouchée perd, ce qui est une autre façon de dire, Pleurer et manger ne font pas bon ménage. Pasteur vint voir ce qui était arrivé, Il ne pouvait que mourir, ne sois pas triste, Je l'ai tué, se lamenta Jésus, et il était si petiot, Oui, si ç'avait été un vilain bouc puant, tu n'aurais pas de chagrin, ou pas autant, pose-le par terre, je m'en occuperai, toi va là-bas auprès de cette brebis qui m'a tout l'air de vouloir mettre bas, Que vas-tu faire, L'écorcher, qu'est-ce que tu crois, je ne peux pas lui redonner vie, je n'ai pas compétence en matière d'œuvres miraculeuses, Je jure de ne pas manger de cette viande, Manger l'animal que nous avons tué est la seule façon de le respecter, ce qui est mauvais c'est de manger des animaux que d'autres ont dû tuer, Je n'en mangerai pas, Eh bien n'en mange pas, il y en aura davantage pour moi. Pasteur retira son couteau de sa ceinture, regarda Jésus

255

et dit, Tôt ou tard il te faudra aussi apprendre ceci, voir comment sont faits en dedans ceux qui furent créés pour nous servir et nous alimenter. Jésus détourna la tête et fit un pas pour s'en aller mais Pasteur, qui avait suspendu le mouvement de son couteau, dit encore, Les esclaves vivent pour nous servir, peut-être devrions-nous les ouvrir pour savoir s'ils portent des esclaves en eux, puis ouvrir un roi pour voir s'il a un autre roi dans le ventre, imagine que nous rencontrions le Diable et qu'il nous laisse l'ouvrir, nous aurions peut-être la surprise de voir Dieu jaillir de là-dedans. Nous avons parlé tout à l'heure des nouveaux affrontements d'idées et de convictions entre Jésus et Pasteur, en voici un exemple. Mais Jésus avait appris avec le temps que la meilleure réponse était le silence, ne pas réagir devant les provocations, fussent-elles brutales comme celle-ci, et encore il a de la chance, elle aurait pu être bien pire, imaginons le scandale si Pasteur s'était avisé de vouloir ouvrir Dieu pour voir si le Diable se trouvait en lui. Jésus partit à la recherche de la brebis sur le point de mettre bas, là au moins des surprises ne l'attendaient pas, un agnelet pareil à tous apparaîtrait, véritablement à l'image et à la ressemblance de sa mère, à son tour portrait fidèle de ses sœurs, il est des êtres qui ne portent en eux que la certitude d'une continuité paisible, ne prêtant pas à interrogation. La brebis avait déjà mis bas, sur le sol l'agnelet semblait fait uniquement de pattes, sa mère essayait de l'aider à se mettre debout en lui donnant de légères bourrades avec le museau, mais la seule chose que la pauvre bête étourdie réussissait à faire c'était des mouvements brusques avec la tête comme si elle cherchait un meilleur angle de vue pour comprendre le monde dans lequel elle était née. Jésus l'aida à s'affermir sur ses pattes, ses mains en furent toutes humides des humeurs de la matrice de la brebis, mais il n'en eut cure, c'est inévitable quand on vit à la campagne avec les animaux, salive et bave sont tout un, cet agneau est né à terme, il est joli avec son pelage tout frisé, déjà sa bouche rose cherche frénétiquement le lait là où il se trouve, dans ces pis qu'il n'a jamais vus avant et dont il n'a pu rêver dans l'utérus de sa mère, en vérité aucune créature ne peut se plaindre de Dieu puisque à peine née elle sait déjà tant de choses utiles. Plus loin, Pasteur soulevait la peau du cabri étirée sur une armature faite de baguettes disposées en étoile, le corps dépiauté, maintenant dans la besace, enveloppé d'un linge, sera salé quand le troupeau s'arrêtera pour passer la nuit, moins la partie que Pasteur destine à son souper, Jésus ayant déjà annoncé qu'il ne mangera pas d'une chair à laquelle sans le vouloir il a enlevé la vie. Pour la religion qu'il professe et les coutumes qu'il observe, ces scrupules de Jésus sont subversifs, il n'est que de penser au massacre de ces autres innocents sacrifiés tous les jours sur les autels du Seigneur, principalement à Jérusalem, où les victimes se comptent par hécatombes. Après tout, peut-être que le cas de Jésus, à première vue incompréhensible eu égard aux circonstances de temps et de lieu, est uniquement affaire de sensibilité, une sensibilité pour ainsi dire d'écorché, rappelons combien la mort tragique de Joseph est encore proche, proches les révélations insoutenables sur ce qui s'est passé à Bethléem il y a maintenant presque quinze ans, ce qui est étonnant c'est que ce jeune garçon ait encore tout son jugement, que les poulies et les rouages de son cerveau n'aient pas été atteints, malgré ces rêves qui ne le lâchent pas, nous n'en avons pas parlé dernièrement mais ils continuent. Quand sa souffrance passe toutes les bornes, allant jusqu'à se transmettre au troupeau qui s'éveille au milieu de la nuit, croyant qu'on vient le tuer, Pasteur réveille doucement Jésus, Qu'as-tu, qu'as-tu, dis-moi, et Jésus sort de son cauchemar pour se retrouver entre ses bras, comme si c'était ceux de son père infortuné. Un jour, tout au début, Jésus raconta à

Pasteur ce qu'il rêvait, tentant toutefois de dissimuler les racines et les causes de son agonie nocturne et quotidienne, mais Pasteur lui dit, Laisse, ce n'est pas la peine que tu me racontes, je sais tout, même ce que tu es en train d'essayer de me cacher. Cela se passa pendant les jours où Jésus reprochait à Pasteur son manque de foi et les défauts et dépravations décelables et reconnaissables dans son comportement, y compris, et qu'on nous pardonne de revenir à ce sujet, y compris son comportement sexuel. Mais Jésus, tout bien considéré, n'avait personne au monde en dehors de sa famille dont il s'était éloigné et qu'il avait presque oubliée, à l'exception de sa mère, une mère est toujours une mère, elle nous a donné le jour et à certains moments de notre vie nous avons envie de lui dire, Tu aurais mieux fait de ne pas nous le donner, outre sa mère il se souvient seulement de sa sœur Lisia, on ne sait pourquoi, la mémoire nous joue de ces tours, elle a ses raisons pour se souvenir et pour oublier. Les circonstances étant ce qu'elles sont, Jésus finit par se sentir bien en la compagnie de Pasteur, imaginons la consolation que ce serait de ne pas vivre en tête-à-tête avec notre faute, d'avoir à nos côtés quelqu'un qui la connaîtrait et qui n'ayant pas à feindre de pardonner ce qui ne peut avoir de pardon, à supposer qu'il soit en son pouvoir de le faire, se conduirait à notre égard avec droiture, usant de bonté et de sévérité selon la justice que mériterait cette fraction de nous qui a conservé une certaine innocence, bien qu'assiégée de fautes. Profitant de l'occasion, nous avons donné cette explication maintenant, afin qu'on puisse comprendre plus facilement, et les tenir pour valables, les motifs qui ont poussé Jésus, si différent en tout et le pôle opposé de son hôte fruste, à demeurer avec lui jusqu'à la rencontre annoncée avec Dieu, dont il y a tant à attendre, car Dieu n'irait pas apparaître à un simple mortel sans avoir de fortes raisons de le faire.

Avant cela, toutefois, les circonstances, les hasards et les coïncidences dont nous avons tant parlé voudront que Jésus rencontre sa mère et certains de ses frères et sœurs à Jérusalem, à l'occasion de cette première Pâque qu'il pensait passer loin de sa famille. Que Jésus veuille célébrer la Pâque à Jérusalem aurait pu être pour le berger une cause d'étonnement et un motif de refus initial, étant donné qu'ils étaient dans le désert et que le troupeau avait besoin d'aide et de soins multiples, sans parler du fait, bien entendu, que Pasteur, n'étant pas juif et n'ayant pas d'autre dieu à honorer, pouvait fort bien dire, ne serait-ce que par entêtement désobligeant, Eh bien non, mon garçon, tu n'iras pas, ta place est ici, je suis le patron et je ne pars pas en vacances, moi. Or, force nous est de reconnaître que les choses ne se passèrent pas ainsi, Pasteur se borna à demander, Tu reviendras, encore qu'au ton de sa voix il semblait avoir la certitude que Jésus reviendrait, et ce fut ce que le jeune garçon répondit, sans hésitation mais surpris en revanche que sa réponse sorte si vite, Je reviendrai, Alors choisis un agneau propre et sain et emporte-le pour le sacrifice, puisque tels sont vos usages et vos coutumes, mais Pasteur dit cela pour éprouver Jésus, il voulait voir s'il serait capable de mener à la mort un agneau de ce troupeau qu'il se donnait tant de peine à garder et à défendre. Personne n'avertit Jésus, nul ange ne s'approcha doucement de lui, un de ces autres petits anges presque invisibles, pour lui susurrer à l'oreille, Attention, c'est un piège, ne lui fais pas confiance, cet individu est capable de tout. Sa seule sensibilité lui fit trouver la bonne réponse ou peut-être aura-ce été le souvenir du chevreau mort ou de l'agneau nouveau-né, Je ne veux pas d'agneau de ce troupeau, dit-il, Pourquoi, Je ne mènerai pas à la mort ce que j'ai aidé à élever, Tout ceci me paraît bel et bon mais tu devras le chercher dans un autre troupeau, j'imagine que tu le sais, Je ne peux pas l'éviter, les agneaux ne tombent pas du ciel, Quand veux-tu partir, Demain matin, de bonne heure, Et tu reviendras, Je reviendrai. Ils ne dirent plus un mot à ce sujet, bien que nous ayons des doutes sur la façon dont Jésus, qui n'est pas riche et qui travaille pour sa nourriture, pourra acheter l'agneau pascal. Comme il est à l'abri des tentations qui coûtent de l'argent, il est à supposer qu'il a encore en sa possession les quelques pièces de monnaie que le pharisien lui a données il y a presque un an, mais ce peu d'argent est vraiment très peu, car on sait, cela fut déjà dit, qu'à cette époque de l'année les prix des bêtes d'élevage en général, et notamment des agneaux, atteignent des sommets tellement spéculatifs que les gens ne savent plus à quel saint se vouer. En dépit des vicissitudes qu'il a connues, on aurait presque envie de dire qu'une bonne étoile protège et défend ce jeune garçon si ce n'était pas une faiblesse très suspecte, surtout dans la bouche d'un évangéliste, celui-ci ou un autre, que de croire que des corps célestes aussi éloignés de notre planète puissent produire des effets décisifs sur l'existence d'un être humain, même si ces astres ont été beaucoup invoqués, étudiés, décrits par les mages solennels qui, si ce que l'on dit est vrai, auraient parcouru ces plaines désertes il y a quelques années, sans autre conséquence que voir ce qu'ils virent et s'en retourner vaquer à leurs affaires. Finalement l'objectif de cette longue et laborieuse dissertation est de dire que notre Jésus trouvera sûrement le moyen de se présenter dignement au Temple avec son petit agneau, faisant ce qu'on attend du bon Juif qu'il a prouvé être dans des conditions aussi difficiles que les vaillants affrontements qu'il a soutenus avec Pasteur.

C'était l'époque où le troupeau profitait des abondants pâturages de la vallée d'Ayalon, entre les villes de Gézer et d'Emmaüs. A Emmaüs, Jésus essaya de gagner quelque argent avec quoi acheter l'agneau dont il avait besoin, mais il arriva rapidement à la conclusion qu'un an de travail de berger l'avait tellement spécialisé qu'il était devenu inapte à d'autres métiers, y compris celui de charpentier, dans lequel d'ailleurs il n'était jamais arrivé à beaucoup progresser par manque de temps. Il prit donc le chemin qui monte d'Emmaüs à Jérusalem, faisant le bilan de sa vie difficile, acheter un agneau, nous savons qu'il ne le peut pas, le voler, nous savions déjà qu'il ne le veut pas, et ce serait plus un miracle que de la chance de trouver un agneau égaré sur la route d'Emmaüs. Ces innocents ne manquent pas ici, ils marchent derrière les familles, la corde au cou, ou portés dans les bras de leur maître si leur sort a voulu que celui-ci soit compatissant, mais comme ils se sont mis dans leur jeune tête l'idée qu'ils sont en promenade, ils sont tout excités, nerveux, curieux de tout, et comme ils ne peuvent pas poser de questions ils se servent de leurs yeux, comme si ceux-ci suffisaient pour comprendre un monde fait de mots. Jésus s'assit sur une pierre au bord du chemin pour réfléchir à la façon de résoudre le problème matériel qui l'empêche d'accomplir un devoir spirituel, il serait vain d'espérer par exemple qu'apparaisse ici un autre pharisien, ou le même pharisien, s'il fait de pareils actes sa pratique quotidienne, qui lui demanderait, lui, en revanche, avec des paroles, As-tu besoin d'un agneau, comme avant il lui avait demandé, As-tu faim. La première fois Jésus n'avait pas eu besoin de demander l'aumône pour recevoir, maintenant, sans avoir la certitude de recevoir, il va devoir quémander. Déjà sa main se tend, attitude si éloquente qu'elle se passe d'explications, et si forte dans son expression qu'habituellement nous en détournons les yeux comme nous faisons d'une plaie ou d'une obscénité. Quelques passants moins distraits laissèrent tomber quelques piécettes dans le creux de la main de Jésus, mais si rares que ce n'est pas à ce rythme que le chemin d'Emmaüs mènera aux portes de Jérusalem. Ayant additionné l'argent déjà en sa possession et celui qui lui fut donné, il constate que la somme ne suffit même pas à acheter la moitié d'un agneau, et on sait que le Seigneur n'accepte pas sur ses autels d'animal qui ne soit parfait et complet, raison pour laquelle il rejette les bêtes aveugles, estropiées ou mutilées, galeuses ou avec des verrues, qu'on imagine le scandale dans le Temple si nous nous présentions pour le sacrifice avec le quartier arrière d'un animal, et encore faudrait-il que les testicules n'aient pas été piétinés, écrasés, arrachés ou coupés, auquel cas l'exclusion serait également certaine. Personne n'a l'idée de demander à ce jeune garçon pourquoi il veut de l'argent, nous avons commencé à écrire cette phrase à l'instant précis où un homme d'un grand âge, avec une longue barbe blanche, s'approchait de Jésus, s'éloignant de sa nombreuse famille qui, par déférence pour le patriarche, s'arrêta pour l'attendre au milieu du chemin. Jésus pensa qu'il allait recevoir une autre pièce mais il se trompa. Le vieillard lui demanda, Qui es-tu, et le jeune garçon se leva pour répondre, Je suis Jésus de Nazareth, Tu n'as pas de famille, Si, Alors pourquoi n'es-tu pas avec elle, Je suis venu travailler en Judée comme berger, et ce fut là une façon mensongère de dire la vérité ou de mettre la vérité au service du mensonge. Le vieil homme le regarda avec une expression de curiosité insatisfaite et il demanda enfin, Pourquoi demandes-tu l'aumône puisque tu as un métier, Je travaille pour ma nourriture et je n'ai pas assez d'argent pour acheter un agneau pour la Pâque, Est-ce pour cela que tu mendies, Oui. Le vieillard fit signe à un des hommes du groupe, Donne un agneau à ce garçon, nous en achèterons un autre en arrivant au Temple. Six agneaux étaient attachés à une même corde, l'homme détacha le dernier et l'apporta au vieillard qui dit, Voici ton agneau, ainsi le Seigneur ne décèlera pas de manquements dans les sacrifices de cette Pâque, et sans attendre de remerciements il s'en fut rejoindre sa famille qui le reçut avec des sourires et des applaudissements. Jésus les remercia quand déjà ils ne pouvaient plus l'entendre et sans qu'on sache comment ni pourquoi à l'instant même la route fut déserte, entre un tournant et l'autre il ne resta plus que ces deux êtres, le garçon et l'agneau, qui s'étaient enfin rencontrés sur le chemin d'Emmaüs grâce à la bonté d'un vieux Juif. Jésus tient l'extrémité de la ficelle avec laquelle l'agneau avait été attaché à la corde, l'animal regarda son nouveau maître et bêla, mê-ê-ê-ê, de la manière timide et tremblante des agneaux destinés à mourir jeunes pour être trop aimés des dieux. Ce son, mille et mille fois entendu par Jésus pendant sa nouvelle activité de berger, toucha tellement son cœur qu'il sentit ses membres fondre de compassion, le voici, comme jamais encore de cette manière absolue, seigneur de la vie et de la mort d'un autre être, cet agneau d'un blanc immaculé, sans volonté ni désirs, qui levait vers lui un museau interrogateur et confiant, on voyait sa langue rose quand il bêlait et sous le duvet l'intérieur de ses oreilles était rose, et roses aussi ses ongles, un vocable qu'il partage encore avec les hommes, qui ne durciront pas et qui ne se transformeront pas en sabots. Jésus caressa la tête de l'agneau qui lui rendit sa caresse en levant la tête et en effleurant de son nez humide la paume de sa main, le faisant frissonner. L'enchantement se défit comme il avait commencé, au bout de la route, du côté d'Emmaüs d'autres pèlerins apparaissaient déjà en une troupe de tuniques flottantes, de besaces et de bourdons, avec d'autres agneaux et d'autres louanges au Seigneur. Jésus prit son agneau dans ses bras, comme un enfant, et se mit en route.

Il n'était pas retourné à Jérusalem depuis le jour distant où il avait été amené là par le besoin de savoir ce que valent fautes et remords et comment il faut les subir dans la vie, partagés comme les biens d'un héritage ou bien gardés exclusivement pour soi, comme chacun le fait de sa propre mort. La foule dans les rues semblait un fleuve de boue grisâtre qui allait se jeter sur la vaste esplanade face au grand escalier du Temple. L'agneau dans ses bras, Jésus assistait au défilé des gens, les uns allaient, les autres venaient, ceux-ci menaient les bêtes au sacrifice, ceux-là revenaient sans elles et avaient le visage joyeux et criaient Alléluia, Hosanna, Amen, ou ne le criaient pas si cela ne convenait pas à l'occasion, comme il ne conviendrait pas non plus que quelqu'un s'exclame Évoé ou hurle Hip hip hourra, encore qu'au fond les différences entre ces expressions ne soient pas aussi grandes qu'elles le paraissent, nous les employons comme si elles étaient la quintessence du sublime, et ensuite, avec le temps et l'usure, nous nous demandons en les répétant, A quoi cela sert-il, finalement, et nous ne savons que répondre. La haute colonne de fumée montait toujours au-dessus du Temple en tourbillonnant, elle montrait à tous à l'entour que ceux qui étaient allés sacrifier là étaient les descendants directs et légitimes d'Abel, ce fils d'Adam et Ève qui à l'époque avait offert au Seigneur les premiers-nés de son troupeau et leurs graisses, lesquels avaient été favorablement reçus, tandis que son frère Caïn, qui n'avait rien d'autre à donner que les simples fruits de la terre, vit que le Seigneur, sans qu'on sache pourquoi encore aujourd'hui, détourna les yeux et ne le regarda pas. Si c'est la raison pour laquelle Caïn a tué Abel, aujourd'hui nous pouvons être tranquilles, ces hommes ne se tueront pas les uns les autres car ils sacrifient tous la même chose, il faut voir comment les graisses craquettent, comment les viandes grésillent, Dieu, dans les hauteurs de l'empyrée, hume avec volupté les odeurs du carnage. Jésus serra l'agneau contre sa poitrine, il ne comprend pas pourquoi Dieu n'accepte pas que sur son autel on répande une louche de lait, suc de l'existence qui passe d'un être à un autre, ou qu'on y éparpille avec le geste auguste du semeur une poignée de froment, matière constitutive entre toutes du pain immortel. L'agneau qui, il n'y a pas si longtemps, fut le cadeau admirable d'un vieil homme à un jeune garçon aujourd'hui ne verra pas le soleil se coucher, le moment est venu de gravir l'escalier du Temple, de le mener au couteau et au feu, comme s'il ne méritait pas de vivre ou s'il avait commis contre l'éternel gardien des pâturages et des fables le crime de boire à la rivière de la vie. Alors Jésus, comme si une lumière venait de naître en lui, décide, contre tout respect et toute obéissance, contre la loi de la synagogue et la parole de Dieu, que cet agneau ne mourra pas, que ce qui lui a été donné pour mourir restera en vie, et qu'étant venu à Jérusalem pour y sacrifier il quittera Jérusalem plus pécheur que lorsqu'il y est entré, les fautes anciennes ne lui suffisent plus, il vient d'en commettre une autre encore et le jour viendra, car Dieu n'oublie pas, où il lui faudra payer pour toutes. L'espace d'un instant la crainte du châtiment le fit hésiter, mais son esprit lui présenta en une image fulgurante la vision terrifiante d'une immense mer de sang, celui des innombrables agneaux et des autres animaux sacrifiés depuis la création de l'homme, car c'est précisément pour adorer et pour sacrifier que l'humanité fut mise dans ce monde. Ces imaginations le troublèrent tellement qu'il lui sembla voir le grand escalier du Temple inondé d'un liquide rouge qui s'écoulait en nappe de marche en marche, et lui, les pieds dans le sang, levant vers le ciel, égorgé, mort, son agneau. Absent, Jésus était comme à l'intérieur d'une bulle de silence, mais soudain la bulle explosa, se brisa en morceaux et il se trouva de nouveau plongé dans le vacarme des paroles, des bénédictions, des appels, des cris, des cantiques, des voix pathétiques des agneaux et, pendant un instant qui fit taire tout cela, le mugissement profond, répété trois fois, du chofar, la longue corne de bélier en spirale, devenue trompette. Entortillant l'agneau dans sa besace comme pour le défendre d'une menace maintenant imminente, Jésus quitta l'esplanade en courant, se perdit dans les ruelles les plus étroites, sans se soucier de la direction. Quand il reprit ses esprits, il était dans la campagne, il était sorti de la ville par la porte nord, celle de Ramallah, celle-là même par laquelle il était entré en venant de Nazareth. Il s'assit sous un olivier à côté de la route et retira l'agneau de la besace, personne ne s'étonnerait de le voir là, les gens penseraient, Il se repose de sa marche, il reprend des forces avant d'aller mener son agneau au Temple, il est beau, nous ne saurons pas si dans la tête de celui qui a eu cette pensée c'est l'agneau qui est beau, ou bien Jésus. Nous avons notre opinion quant à nous, et c'est qu'ils sont beaux tous les deux, mais si nous devions voter, comme ça, au pied levé, nous donnerions la pomme à l'agneau, mais à une condition, qu'il ne grandisse pas. Jésus est étendu sur le dos, il tient le bout de la ficelle pour que l'agneau ne s'enfuie pas, mais cette précaution ne serait même pas nécessaire car les forces du pauvre petit ne tiennent qu'à un fil, pas seulement à cause de son âge tendre, mais à cause de l'agitation, de cette galopade, de ces allées et venues incessantes, sans parler de la maigre nourriture qui lui fut octroyée le matin, car il n'est ni séant ni convenable de mourir le ventre plein, que l'on soit un agneau ou un martyr. Jésus est donc allongé, peu à peu sa respiration s'est apaisée, il regarde le ciel entre le feuillage de l'olivier doucement agité par le vent qui fait danser devant ses yeux les rais du soleil qui passent entre les feuilles, ce doit être plus ou moins l'heure de sexte, la lumière du zénith réduit les ombres, personne ne dirait que la nuit viendra éteindre de son souffle lent le présent éblouissement. Jésus s'est reposé, maintenant il parle à l'agneau, Je vais te mener au troupeau, dit-il, et il se lève. Plusieurs personnes passent sur la route, d'autres arrivent derrière, et quand Jésus regarde ces gens il sursaute, son premier mouvement est de fuir, mais il ne le fera pas, évidemment, comment l'oserait-il, car c'est sa mère qui vient là, avec quelques-uns de ses frères et sœurs, les plus âgés, Jacques, Joseph et Judas, et aussi Lisia, mais elle est une femme et elle est mentionnée à part, pas à la place qui lui reviendrait naturellement si nous suivions l'ordre des naissances, entre Jacques et Joseph. Ils ne l'ont pas encore aperçu. Jésus descend vers la route, il tient de nouveau l'agneau dans ses bras, mais sans doute le fait-il maintenant pour avoir les bras occupés. Le premier à le voir est Jacques, il lève un bras, puis il parle à sa mère, Marie regarde, maintenant ils pressent tous le pas, obligeant ainsi Jésus à faire lui aussi sa part de chemin, toutefois comme il tient l'agneau dans ses bras il ne peut pas courir, tout cela prend tant de temps à expliquer qu'on dirait que nous ne voulons pas qu'ils se rencontrent, mais telle n'est pas la raison, l'amour maternel, fraternel et filial leur donnerait des ailes, mais il y a des réticences, une certaine gêne, nous savons comment ils se sont quittés, nous ne savons pas quels sont les effets de tant de mois de séparation et de l'absence de nouvelles. A force de marcher, on finit toujours par arriver, les voilà face à face, Jésus dit, Ta bénédiction, mère, et la mère dit, Le Seigneur te bénisse, mon fils. Ils s'étreignirent, puis ce fut le tour des frères, Lisia vint à la fin, après quoi, comme nous l'avions prévu, personne ne sut que dire, Marie n'allait pas s'exclamer, Mais quelle surprise, toi ici, ni Jésus dire à sa mère, J'étais loin de penser que j'allais te rencontrer, pourquoi viens-tu en ville, l'agneau de l'un et l'agneau des autres, car ils en avaient un aussi, sont suffisamment éloquents, c'est la Pâque du Seigneur, la seule différence c'est que l'un va mourir et que l'autre est sauvé. Jamais tu n'as donné de tes nouvelles, dit enfin Marie, et à l'instant même ses larmes jaillirent, c'était son aîné qui était là, si grand, avec déjà un visage d'homme, une ébauche de barbe et la peau tannée de qui passe sa vie au soleil, dans le vent et la poussière du désert. Ne pleure pas, mère, je travaille, je suis berger, Berger, Oui, Je pensais que tu aurais embrassé la profession que ton père t'a enseignée, Le sort a voulu que je sois berger, berger je suis, Quand rentres-tu à la maison, Ah, cela je ne le sais pas, un jour, Au moins viens avec ta mère et tes frères, allons ensemble au Temple, Je ne vais pas au Temple, mère, Pourquoi, tu as encore ton agneau avec toi, Cet agneau n'ira pas au Temple, Il a un défaut, Il n'a aucun défaut, cet agneau mourra seulement quand son heure naturelle sera venue, Je ne te comprends pas, Tu n'as pas besoin de comprendre, je sauve cet agneau pour que quelqu'un me sauve moi, Alors, tu ne viens pas avec ta famille, J'étais sur le départ, Où vas-tu, Je vais là où est ma place, vers le troupeau, Et où est-il, ce troupeau, En ce moment il est dans la vallée d'Ayalon, Où se trouve-t-elle, cette vallée, De l'autre côté, De l'autre côté de quoi, De Bethléem. Marie fit un pas en arrière, pâlit, on pouvait voir comme elle avait vieilli, bien qu'elle ait à peine trente ans, Pourquoi parles-tu de Bethléem, demanda-t-elle, Parce que c'est là que j'ai rencontré le berger qui est mon patron, Qui est-il, et avant que son fils n'ait eu le temps de lui répondre elle dit aux autres, Poursuivez votre chemin, attendez-moi à la porte, puis elle attrapa Jésus par la main et le tira vers le bord de la route, Qui est-il, répéta-t-elle, Je ne sais pas, répondit Jésus, Il a un nom, S'il en a un il ne me l'a pas dit, je l'appelle Pasteur, c'est tout, Comment est-il, Grand, Où était-il quand tu l'as rencontré, Dans la grotte où je suis né, Qui t'a conduit là, Une esclave nommée Zélomi qui a assisté à ma naissance, Et lui, Lui quoi, Que t'a-t-il dit, Rien que tu ne saches déjà. Marie se laissa choir par terre comme si une main puissante l'avait poussée, Cet homme est un démon, Comment le sais-tu, c'est lui qui te l'a dit, Non, la première fois que je l'ai vu il m'a dit qu'il était un ange mais que

je ne devais le dire à personne, Quand l'as-tu vu, Le jour
où ton père a appris que j'étais grosse de toi, il s'est
présenté à notre porte comme un mendiant et il a dit
qu'il était un ange, Tu l'as vu d'autres fois, Sur la route,
quand ton père et moi sommes allés à Bethléem pour le
recensement, dans la grotte où tu es né, et la nuit après
ton départ il est entré dans la cour, je croyais que c'était
toi mais c'était lui, je l'ai vu par la fente dans la porte
arracher l'arbre à côté de la porte, tu te souviens, l'arbre
qui avait poussé à l'endroit où a été enterrée l'écuelle
avec la terre qui brillait, Quelle écuelle, quelle terre, Tu
n'as pas été mis au courant, avant de s'en aller le mendiant m'a donné une terre qui brillait à l'intérieur de
l'écuelle dans laquelle il avait mangé ce que je lui avais
servi, Pour avoir fait de la lumière avec de la terre, ce
devait être réellement un ange, Au début j'ai cru que
c'en était un, mais le Diable aussi a ses talents. Jésus
s'était assis à côté de sa mère et avait laissé l'agneau en
liberté, Oui, j'ai déjà compris que lorsque l'un et l'autre
sont d'accord, on ne peut pas distinguer un ange du
Seigneur d'un ange de Satan, dit-il, Reste avec nous, ne
retourne pas auprès de cet homme, c'est ta mère qui te
le demande, J'ai promis de revenir, je tiendrai parole,
Promesses au Diable n'ont de valeur que si c'est pour le
tromper, Cet homme, qui n'est pas un homme, je le sais
bien, cet ange ou ce démon m'accompagne depuis ma
naissance et je veux savoir pourquoi, Jésus, mon fils,
viens au Temple avec ta mère et tes frères, mène cet
agneau à l'autel comme c'est ton devoir et comme
c'est son destin, et demande au Seigneur de te délivrer
des possessions et des mauvaises pensées, Cet agneau
mourra quand son jour sera venu, Son jour est venu, c'est
aujourd'hui qu'il doit mourir, Mère, les agneaux qui sont
nés de toi devront mourir, mais tu ne voudrais pas qu'ils
meurent avant leur temps, Les agneaux ne sont pas des
hommes, et surtout pas si ces hommes sont des fils,

Quand le Seigneur a ordonné à Abraham de tuer son fils Isaac, on ne percevait pas encore la différence, Je suis une simple femme, je ne sais pas te répondre, tout ce que je te demande c'est d'abandonner ces mauvaises pensées, Oh, ma mère, les pensées sont ce qu'elles sont, des ombres qui passent, elles ne sont ni bonnes ni mauvaises en soi, seules les actions comptent, Loué soit le Seigneur qui m'a donné un fils savant, à moi qui suis une pauvre ignorante, mais je continue à dire que ce n'est pas là science de Dieu, Avec le Diable aussi on apprend, Et toi tu es en son pouvoir, Si c'est par son pouvoir que cet agneau a la vie sauve, quelque chose aura été gagné dans le monde aujourd'hui. Marie ne répondit pas. Venant de la porte de la ville, Jacques approchait. Alors Marie se leva, J'ai trouvé mon fils et je l'ai à nouveau perdu, Si tu ne l'avais pas déjà perdu, ce n'est pas maintenant que tu l'as perdu. Il plongea la main dans la besace, en sortit l'argent qu'il avait réuni, tout entier le produit d'aumônes, C'est tout ce que j'ai, Tant de mois pour si peu, Je travaille pour ma nourriture, Tu dois beaucoup aimer cet homme qui te gouverne pour te contenter de si peu, Le Seigneur est mon berger, N'offense pas Dieu, toi qui vis avec un démon, Qui sait, ma mère, qui sait, il se peut qu'il soit un ange qui sert un autre dieu, habitant dans un autre ciel, Le Seigneur a dit Je suis le Seigneur, tu n'auras pas d'autre Seigneur que moi, Amen, conclut Jésus. Il prit l'agneau dans ses bras et dit, Voici Jacques qui vient, adieu, ma mère, et Marie dit, On dirait que tu as plus d'amour pour cet agneau que pour ta famille, En ce moment, oui, répondit Jésus. Suffoquant de douleur et d'indignation, Marie le quitta et courut à la rencontre de son autre fils. Elle ne se retourna pas une seule fois.

A l'extérieur des murailles, à présent par un autre chemin, prenant à travers champs, Jésus entama la longue descente vers la vallée d'Ayalon. Il s'arrêta dans un village, acheta avec l'argent que sa mère n'avait pas voulu accepter un peu de nourriture, du pain et des figues, du lait pour lui et pour l'agneau, c'était du lait de brebis, s'il y avait une différence elle ne se remarquait pas, dans ce cas au moins on peut accepter qu'une mère en vaille une autre. A qui s'étonnerait de le voir là à cette heure, en train de dépenser de l'argent pour un agneau qui devrait déjà être mort, nous pourrions répondre que ce jeune garçon a déjà été le maître de deux agneaux, un qui fut sacrifié et qui est dans la gloire du Seigneur car il avait un défaut, une oreille déchirée, Regardez, Mais l'oreille est entière, dirent-ils, Si elle est entière je la déchirerai moi-même, dira Jésus, et plaçant l'agneau sur ses épaules, il poursuivit son chemin. Il aperçut le troupeau au moment où la dernière lumière du soir déclinait, plus vite encore parce que le ciel s'était obscurci de sombres nuages bas. On respirait dans l'atmosphère la tension qui annonce les orages et, pour le confirmer, le premier éclair lacéra l'air à l'instant précis où le troupeau apparut aux yeux de Jésus. Il ne plut pas, c'était ce que nous appelons un orage de chaleur, plus effrayant encore que les autres car devant lui nous nous sentons véritablement sans défense, sans le rideau, pour ainsi dire, de la pluie et du vent, et que jamais nous n'imaginerions protecteur, en vérité cette bataille est un affrontement direct entre un ciel qui se déchire et qui tonne et une terre qui tressaille et qui se crispe, impuissante à répondre aux coups. A cent pas de Jésus, une lumière éblouissante, insoutenable, fendit de haut en bas un olivier qui aussitôt prit feu, brûlant avec violence, comme un flambeau de naphte. Le choc et le fracas du tonnerre, comme si le ciel s'était déchiré d'un seul coup, d'horizon à horizon, précipitèrent Jésus à terre, privé de connaissance. Deux autres éclairs tombèrent, l'un ici, l'autre là-bas, comme deux paroles décisives, puis peu à peu le tonnerre se fit plus distant, jusqu'à se perdre dans un murmure aimable, une conversation d'amis entre le ciel et la terre. L'agneau, qui était sorti indemne de la chute, s'approcha, une fois sa frayeur passée, et il vint toucher de sa bouche la bouche de Jésus, il ne renifla pas, il ne flaira pas, ce fut juste un contact et un contact suffisant, qui sommes-nous pour en douter. Jésus ouvrit les yeux, vit l'agneau, puis le ciel très sombre, comme une main noire qui étouffait ce qui restait du jour. L'olivier brûlait encore. En bougeant, Jésus sentit qu'il avait mal mais il se rendit compte qu'il était maître de son corps, pour autant qu'on puisse dire cela de ce qui peut être détruit et précipité par terre avec tant de facilité. Il réussit à s'asseoir péniblement et plus grâce à ce que sa peau pressentait qu'à ce que ses yeux vérifiaient, il s'assura qu'il n'était ni brûlé ni paralysé, qu'il n'avait pas de membre brisé et qu'à l'exception d'un très fort bourdonnement dans sa tête qui semblait durer interminablement, tel un mugissement de chofar, il était sain et sauf. Il attira l'agneau à lui et, allant chercher les mots là où il ne savait pas qu'il les avait, il dit, N'aie pas peur, il a seulement voulu te montrer qu'il aurait pu te tuer s'il l'avait voulu et il a voulu me dire que ce n'est pas moi qui t'ai sauvé la vie mais lui. Un lent et ultime coup de tonnerre s'étira dans l'espace comme un soupir, en contrebas la tache blanchâtre du troupeau était une oasis qui attendait. Luttant encore avec ses membres engourdis, Jésus commença à descendre la côte. L'agneau, attaché par simple prudence à la ficelle, trottait à côté de lui comme un petit chien. Derrière eux, l'olivier brûlait. Et ce fut à la lumière qu'il projetait plus qu'à celle du crépuscule qui s'éteignait que Jésus vit se dresser devant lui, comme une apparition, la haute figure de Pasteur, enveloppé dans ce manteau qui semblait sans fin, tenant la houlette avec laquelle il pourrait, s'il la levait, toucher les nuages. Pasteur dit, Je savais que le tonnerre t'attendait, Et moi j'aurais dû le savoir, dit Jésus, Quel est cet agneau,

L'argent que j'avais ne suffisait pas pour acheter l'agneau pascal, je me suis mis au bord de la route pour demander l'aumône, un vieillard est passé et il m'a fait cadeau de cet agneau que tu vois ici, Pourquoi ne l'as-tu pas sacrifié, Je n'ai pas pu, je n'en ai pas été capable. Pasteur sourit, Je comprends mieux à présent, il t'a attendu, il t'a laissé venir tranquillement jusqu'au troupeau pour exhiber sa force sous mes yeux. Jésus ne répondit pas, il avait dit plus ou moins la même chose à l'agneau mais il ne voulait pas, à peine arrivé, alimenter une nouvelle discussion sur les raisons de Dieu et sur ses actes. Et que feras-tu maintenant de cet agneau, Rien, je l'ai amené pour qu'il vive avec le troupeau, Les agneaux blancs se ressemblent tous, demain déjà tu ne le reconnaîtras plus au milieu des autres, Lui me connaît, Un jour viendra où il commencera à t'oublier, d'ailleurs il se fatiguera d'être toujours en train de te chercher, la solution serait de le marquer, de lui entailler une oreille, par exemple, Pauvre petite bête, Je ne vois pas pourquoi, toi aussi tu es marqué, on t'a coupé le prépuce pour savoir à qui tu appartiens, Ce n'est pas la même chose, Cela ne devrait pas l'être, mais c'est le cas. Pendant qu'ils parlaient, Pasteur avait rassemblé du bois et il s'employait à faire du feu en frappant des silex. Jésus lui dit, Il serait plus facile d'aller chercher là-bas une branche de l'olivier qui est en train de brûler, et Pasteur répondit, Il faut laisser le feu du ciel se consumer lui-même. Le tronc de l'olivier n'était plus qu'une braise maintenant, rougeoyant dans l'obscurité, le vent lui arrachait des étincelles, des morceaux d'écorce incandescente, des brindilles qui voletaient en brûlant et qui s'éteignaient aussitôt. Le ciel restait lourd, étrangement présent. Pasteur et Jésus soupèrent comme à l'ordinaire, ce qui poussa Pasteur à dire ironiquement, Cette année tu ne manges pas l'agneau pascal. Jésus l'écouta sans répondre mais en son for intérieur il n'était pas content, désormais il se heurterait à la contradiction insoluble entre manger les agneaux et ne pas tuer les agneaux. Alors, que faisons-nous, demanda Pasteur et il poursuivit, On marque l'agneau ou on ne le marque pas, Je n'en suis pas capable, dit Jésus, Donne-le-moi, je m'en charge. Avec son couteau, d'un mouvement rapide et sûr, Pasteur sectionna la pointe d'une des oreilles, puis, tenant le petit bout coupé, il demanda, Que veux-tu que j'en fasse, je l'enterre, je le jette, et Jésus, sans réfléchir, répondit, Donne-le-moi, et il le laissa tomber dans le feu. Comme on a fait pour ton prépuce, dit Pasteur. De l'oreille de l'agneau un sang pâle gouttait lentement, il ne tarderait pas à s'arrêter. L'odeur enivrante de la tendre chair brûlée s'exhalait des flammes avec la fumée. Ainsi, au terme de cette longue journée, après tant d'heures passées à de puériles et présomptueuses démonstrations d'une volonté contraire, le Seigneur recevait enfin ce qui lui était dû, peut-être grâce à cet avertissement majestueux et retentissant du tonnerre et de la foudre qui par le biais irrésistible des causalités profondes aura trouvé le moyen de se faire obéir des bergers opiniâtres. La dernière goutte de sang de l'agneau tomba et la terre la but aussitôt car il ne serait pas convenable que le plus précieux d'un sacrifice aussi disputé se perdît.

Or ce fut précisément cet animal, transformé par le temps en une brebis tout à fait vulgaire, différant des autres juste par le fait qu'il lui manquait la pointe d'une oreille, qui, trois ans plus tard, se perdit dans une région sauvage au sud de Jéricho, en bordure du désert. Dans un troupeau aussi nombreux que celui-ci, on pourrait croire qu'une brebis de plus ou de moins n'importerait guère, mais ce cheptel, point n'est besoin de le rappeler, n'est pas comme les autres, les bergers eux non plus n'ont aucune ressemblance avec ceux que nous avons vus ou dont nous avons entendu parler, nous ne devons donc pas nous étonner que Pasteur, regardant du haut d'une éminence qui dominait les alentours, se soit rendu compte qu'il manquait une tête de bétail sans avoir eu besoin pour cela de les compter toutes. Il appela Jésus et lui dit, Ta brebis n'est pas dans le troupeau, va la chercher, et comme Jésus, en guise de réponse, ne demanda pas, Et comment sais-tu que c'est ma brebis, nous ne le demanderons pas non plus. Ce qui importe maintenant c'est de voir comment, s'en remettant à sa maigre science des lieux et à son intuition faillible de chemins là où personne n'en avait tracé auparavant, Jésus va s'orienter dans ce cercle complet qu'est l'horizon. Venant de la région fertile de Jéricho où ils ne voulurent pas s'attarder car ils préféraient la tranquillité d'une errance perpétuelle au commerce facile des hommes, il était plus que probable qu'une personne, ou une brebis, surtout si elle le faisait exprès, se perde dans un lieu où l'excessive fatigue de la quête de nourriture n'aggravait pas la solitude recherchée. Selon cette logique, il était clair que la brebis de Jésus, de façon dissimulée, comme si de rien n'était, était restée exprès en arrière et qu'elle devait batifoler maintenant dans la fraîche verdure de la rive du Jourdain, non loin de Jéricho pour plus de sûreté. Toutefois la logique n'est pas tout dans la vie et il n'est pas rare que le prévisible, qui est prévisible justement parce qu'il est la conclusion la plus plausible d'une séquence ou parce que, tout simplement, il avait déjà été annoncé avant, il n'est pas rare, disions-nous, que le prévisible, poussé par des raisons de lui seul connues, finisse par choisir, pour se révéler enfin, une conclusion pour ainsi dire aberrante, tant du point de vue du lieu que de celui de la circonstance. Si tel est bien le cas, notre Jésus devra chercher sa brebis égarée non pas dans ces prés verdoyants à l'arrière mais dans la sécheresse aride du désert calciné qui s'étend devant lui, faisant fi de l'objection facile selon laquelle la brebis n'aurait pas décidé de s'égarer pour mourir de faim et de soif, premièrement parce que personne ne sait ce qui se passe réellement dans la cervelle d'une brebis, et deuxièmement, à cause de l'imprévisibilité déjà mentionnée à laquelle le prévisible recourt quelquefois. Jésus ira donc dans le désert, vers lequel il se dirige déjà sans que Pasteur ait été étonné de sa décision, bien au contraire il l'a approuvée en silence, d'un lent et solennel mouvement de tête, qui, idée étrange, pouvait aussi être pris pour un signe d'adieu.

Ce désert-ci n'est pas une de ces amples et longues extensions connues de sable qui portent le même nom. Ce désert-ci est plutôt une mer de collines sableuses, sèches et dures, se chevauchant les unes les autres et formant un labyrinthe inextricable de vallées au fond desquelles survivent à grand-peine de rares plantes qui semblent faites uniquement d'épines et de poils rêches que seules les gencives robustes d'une chèvre pourraient se hasarder à toucher mais qui déchireraient au premier contact les lèvres sensibles d'une brebis. Ce désert-ci est plus effrayant que ceux formés seulement de sables lisses ou de ces dunes instables qui changent constamment de forme et de configuration, dans ce désert chaque colline cache et annonce la menace qui nous attend à la colline suivante et quand nous parvenons en tremblant à cette colline-là, nous sentons aussitôt que la même menace est passée derrière nous. Ici, le cri que nous pousserons ne répondra pas par l'écho à la voix qui l'a lancé, en revanche la réponse que nous entendrons sera le cri des collines elles-mêmes, ou de l'inconnu, du non-su qui s'obstine à se cacher en elles. Voici donc que muni seulement de sa houlette et de sa besace, Jésus entra dans le désert. Quelques pas plus loin, ayant à peine franchi le seuil du monde, il s'aperçut soudain que les vieilles sandales qui avaient appartenu à son père se désintégraient sous ses pieds. Elles avaient malgré tout duré longtemps grâce à la vertu ravaudeuse des pièces qu'il y avait appliquées assidûment, parfois in extremis, mais maintenant les trucs de cordonnier et de savetier auxquels Jésus avait eu recours ne pouvaient plus rien pour des sandales qui avaient cheminé sur tant de chemins et dispersé tant de sueur en poussière. Comme s'ils obéissaient à un ordre les derniers fils se rompaient, les lanières lâchaient, les cordons se cassaient irrémédiablement, et en moins de temps qu'il n'en fallut pour raconter cela les pieds de Jésus furent nus sur les débris. Le jeune garçon se souvint, nous l'appelons ainsi par habitude alors qu'à dix-huit ans un Juif est bien davantage un homme fait et accompli qu'un adolescent, Jésus se souvint de ses anciennes sandales, transportées tout ce temps-là dans sa besace comme une relique sentimentale du passé, et mû par un vain espoir il essaya de les chausser. Pasteur avait eu raison quand il lui avait dit, Pieds qui grandissent jamais ne rapetissent, Jésus avait du mal à croire qu'un jour ses pieds aient pu tenir dans ces sandales minuscules. Il était pieds nus face au désert, comme Adam quand il avait été expulsé du paradis, et, comme lui, il hésita avant de faire le premier pas douloureux sur le sol torturé qui l'appelait. Mais ensuite, sans se demander pourquoi, peut-être simplement parce qu'il s'était souvenu d'Adam, il laissa choir sa houlette et sa besace et, soulevant sa tunique par le bord, il la fit passer par-dessus sa tête d'un seul geste et, comme Adam, il fut nu. A l'endroit où il se trouve il ne peut plus être vu de Pasteur, nul agneau curieux ne l'a suivi, seuls les quelques rares oiseaux qui s'aventurent encore à franchir cette frontière l'aperçoivent des airs et les bêtes de la terre, des fourmis, une scolopendre, un scorpion qui dresse de peur son aiguillon venimeux, celles-là n'ont pas le souvenir d'un homme nu dans ces parages, elles ne savent même pas de quoi sort un homme. Si elles demandaient à Jésus, Pourquoi t'es-tu mis nu, il répondrait peut-être d'une façon incompréhensible pour l'entendement d'hyménoptères, de myriapodes et d'arachnides, On ne peut qu'aller nu dans le désert. Nu, disions-nous, malgré les épines qui déchirent la peau et arrachent les poils du pubis, nu malgré les arêtes qui coupent et le sable qui écorche, nu malgré le soleil qui brûle, réverbère et éblouit, nu, enfin, pour chercher la brebis égarée, celle qui nous appartient puisque nous l'avons marquée de notre marque. Le désert s'ouvre aux pas de Jésus pour se refermer aussitôt, comme pour lui couper le chemin de la retraite. Le silence résonne dans les oreilles avec un bruit de coquillages, ces coquillages qui abordent sur la plage morts et vides et qui restent là à s'emplir de la vaste rumeur des vagues jusqu'à ce que quelqu'un passe, les découvre, les porte lentement à l'oreille, se mette à écouter et dise, Le désert. Les pieds de Jésus saignent, le soleil écarte les nuages pour lui blesser le dos avec son épée, les épines lui lacèrent la peau des jambes comme des griffes avides, les poils rêches le fustigent, Brebis, où es-tu, crie-t-il, et les collines transmettent le message, Où es-tu, où es-tu, si elles se bornaient à dire cela nous saurions enfin ce qu'est l'écho parfait, mais le long et lointain bruit du coquillage se superpose, murmurant, Diiieeeu, Diiieeeu, Diiieeeu. Alors comme si soudain les collines s'étaient écartées de son chemin, Jésus sortit du labyrinthe des vallées et se trouva dans un espace circulaire lisse et sablonneux au centre exact duquel il aperçut la brebis. Il courut vers elle, dans la mesure où ses pieds blessés le lui permirent, mais une voix l'arrêta, Attends. Un nuage haut comme deux hommes, qui ressemblait à une colonne de fumée tournoyant lentement sur elle-même, se dressait devant lui, et la voix venait du nuage. Qui me parle, demanda Jésus en frissonnant, mais devinant déjà la réponse. La voix dit, Je suis le Seigneur, et Jésus sut pourquoi il avait dû se dévêtir à l'orée du désert. Tu m'as amené ici, que veux-tu de moi, demanda-t-il, Pour l'instant rien, mais un jour je voudrai tout, Tout c'est quoi, La vie, Tu es le Seigneur, tu nous retires toujours la vie que tu nous donnes, Je n'ai pas le choix, je ne pouvais pas laisser le monde s'engorger, Et ma vie, pourquoi la veux-tu, Le temps n'est pas encore venu pour toi de le savoir, tu vivras encore longtemps, mais je viens t'annoncer, afin que tu prépares bien ton esprit et ton corps, que le destin que je te réserve est un destin de félicité suprême, Seigneur, mon Seigneur, je ne comprends ni ce que tu dis ni ce que tu veux de moi, Tu auras la puissance et la gloire, Quelle puissance, quelle gloire, Tu le sauras quand l'heure de t'appeler à nouveau sera venue, Quand cela sera-t-il, Ne sois pas pressé, vis ta vie comme tu le pourras, Seigneur, me voici, ne tarde pas, tu m'as amené ici nu devant toi, donne-moi aujourd'hui ce que tu me réserves pour demain, Qui te dit que j'ai l'intention de te donner quoi que ce soit, Tu l'as promis, Un échange, rien qu'un échange, Ma vie contre je ne sais quel paiement, La puissance, Et la gloire, je n'ai pas oublié, mais si tu ne me dis pas quelle puissance et sur quoi, quelle gloire et devant qui, cela sera comme une promesse venue trop tôt, Tu me rencontreras de nouveau quand tu seras prêt, mais mes signes t'accompagneront dès à présent, Seigneur, dis-moi, Tais-toi, ne pose plus de questions, l'heure viendra, ni avant ni après, et tu sauras alors ce que je veux de toi, T'entendre, mon Seigneur, c'est t'obéir, mais je dois te poser encore une question, Ne m'ennuie pas, Seigneur, c'est nécessaire, Parle, Puis-je emmener ma brebis, Ah, c'était cela, Oui, c'était seulement cela, puis-je le faire, Non, Pourquoi, Parce que tu vas me la sacrifier comme gage de l'alliance que je viens de conclure avec toi, Cette brebis, Oui, Je t'en sacrifierai une autre, j'irai au troupeau et je reviendrai vite, Ne me contrarie pas, je veux celle-ci, Mais regarde, Seigneur, celle-ci a un défaut, une oreille coupée, Tu te trompes, l'oreille est intacte, regarde donc, Comment est-ce possible, Je suis le Seigneur et au Seigneur rien n'est impossible, Mais cette brebis est ma brebis, Tu te trompes de nouveau, l'agneau était à moi et tu me l'as enlevé, maintenant la brebis paye la dette, Qu'il en soit comme tu veux, le monde tout entier t'appartient et je suis ton serviteur, Alors sacrifie-la ou il n'y aura pas d'alliance, Mais tu vois bien, Seigneur, que je suis nu, je n'ai ni poignard ni couteau, dit Jésus, plein de l'espoir de pouvoir encore sauver la vie de la brebis, et Dieu lui répondit, Je ne serais pas le Seigneur si je ne pouvais résoudre cette difficulté, voici. A peine ces paroles furent-elles dites qu'un couteau flambant neuf apparut aux pieds de Jésus, Allez, dépêche-toi, je n'ai pas que cela à faire, dit Dieu, je ne peux pas rester ici éternellement. Jésus empoigna le couteau, avança vers la brebis qui levait la tête, hésitant à le reconnaître, car elle ne l'avait jamais vu nu et, comme on le sait fort bien, l'odorat de ces bêtes n'est guère fameux. Tu pleures, demanda Dieu, J'ai toujours les yeux qui larmoient, dit Jésus. Le couteau se leva, chercha l'angle adéquat, s'abattit rapidement comme la hache des exécutions ou le couperet de la guillotine, laquelle doit encore être inventée. La brebis n'émit pas un son, on entendit tout juste Aaaah, c'était Dieu qui soupirait de satisfaction. Jésus demanda, Et maintenant, je peux m'en aller, Tu le peux, et n'oublie pas qu'à partir d'aujourd'hui tu m'appartiens par le sang, Comment dois-je m'éloigner de toi, En principe, peu importe, pour moi il n'y a ni devant ni derrière, mais il est coutumier de s'en aller en reculant et en faisant des révérences, Seigneur, Que tu es assommant, homme, que veux-tu encore, Le berger du troupeau, Quel berger, Celui qui est avec moi, Quoi, Est-ce un ange ou un démon, C'est quelqu'un que je connais, Mais dis-moi, est-ce un ange, est-ce un démon, Je te l'ai déjà dit, pour Dieu il n'y a ni devant ni derrière, porte-toi bien. La colonne de fumée était et cessa d'être, la brebis avait

280

disparu, seul le sang était encore visible mais il s'efforçait de se cacher dans la terre.

Quand Jésus arriva au campement, Pasteur le regarda fixement et dit, La brebis, et il répondit, J'ai rencontré Dieu, Je ne t'ai pas demandé si tu as rencontré Dieu, je t'ai demandé si tu as trouvé la brebis, Je l'ai sacrifiée, Pourquoi, Dieu était là, il a fallu le faire. Avec l'extrémité de sa houlette Pasteur traça un trait sur le sol, profond comme un sillon ouvert par une charrue, infranchissable comme un fossé de feu, puis il dit, Tu n'as rien appris, va-t'en.

Comment pourrais-je m'en aller, avec mes pieds dans cet état, pensa Jésus en voyant Pasteur s'éloigner à l'autre bout du troupeau. Dieu, qui avait fait disparaître si proprement la brebis, n'avait pas prodigué de l'intérieur de son nuage la grâce de sa salive divine à Jésus endolori pour qu'il puisse s'en enduire et guérir ses blessures par où le sang continuait à couler, brillant sur les pierres. Pasteur ne l'aidera pas, il lui a lancé les paroles comminatoires et il s'est éloigné, comme quelqu'un qui attend que la sentence soit exécutée et qui n'a pas l'intention d'assister aux préparatifs du départ et encore moins de dire adieu. A grand-peine, se traînant sur les genoux et sur les mains, Jésus atteignit le campement où ils rangeaient à chaque halte les ustensiles nécessaires au gouvernement du troupeau, récipients pour le lait, planches à pressurer, et aussi les peaux de brebis et de chèvres qu'ils tannaient et troquaient contre les marchandises dont ils avaient besoin, tunique, manteau, nourritures plus variées. Jésus pensa qu'on ne pourrait lui reprocher de se payer son salaire de ses propres mains en taillant dans les peaux de brebis des espèces de sandales ou de cothurnes pour s'en envelopper les pieds, utilisant ensuite en guise de cordons des lanières de peau de chèvre, plus maniables parce que moins couvertes de poils. Pendant qu'il les apprêtait il se demanda s'il devait mettre la laine à l'intérieur ou à l'extérieur, il finit par

283

s'en servir comme d'une doublure, à l'intérieur, vu l'état pitoyable de ses pieds. L'ennui c'est que ses blessures colleront aux poils, mais comme il a déjà décidé qu'il suivra la rive du Jourdain, il lui suffira de tremper ses pieds chaussés dans l'eau et peu à peu la gomme de sang séché se dissoudra. Le poids de ces grosses bottes, car c'est à cela que ces chaussures ressemblent, une fois celles-ci plongées dans l'eau et imbibées, aidera ses pieds à se détacher doucement de la fourrure laineuse, sans enlever les croûtes protectrices et bénéfiques qui se forment petit à petit. Un peu de sang emporté par le courant était le signe, à sa belle couleur, que les plaies ne s'étaient pas encore infectées, même si cela est difficile à croire. Lors de sa lente marche vers le nord, Jésus faisait donc de longues haltes, il s'asseyait au bord du fleuve, les pieds suspendus dans l'eau, savourant la fraîcheur et le remède. Il était malheureux d'avoir été chassé de cette façon après sa rencontre avec Dieu, événement inouï au sens plein du terme, car à sa connaissance il n'y avait pas aujourd'hui un seul homme dans tout Israël qui pût se vanter d'avoir vu Dieu et survécu. Il est vrai que voir, ce qu'on appelle voir, il n'avait pas vu, mais si un nuage se présente à nous dans le désert sous la forme d'une colonne de fumée et si ce nuage dit, Je suis le Seigneur, engageant ensuite une conversation non seulement logique et sensée mais avec une expression d'autorité sans réplique qui ne pouvait être que divine, le moindre doute, si léger soit-il, serait une insulte. Que le Seigneur était bien le Seigneur avait été démontré par la réponse qu'il avait donnée quand Jésus l'avait questionné à propos de Pasteur, ces paroles négligentes, empreintes d'un brin de mépris mais aussi d'intimité, tout cela renforcé par son refus de dire s'il était un ange ou un démon. Mais le plus intéressant était que les paroles de Pasteur, dures et apparemment sans lien avec la question centrale, ne faisaient que confirmer la vérité surnaturelle de la rencontre, Je

284

ne t'ai pas demandé si tu as rencontré Dieu, de l'air de dire, Tout cela je le sais déjà, comme si l'annonce ne l'avait pas surpris, comme s'il la connaissait par avance. Mais ce qui semblait certain c'est qu'il ne lui avait pas pardonné la mort de la brebis, ses paroles finales ne pouvaient avoir un autre sens, Tu n'as rien appris, va-t'en, et ensuite il s'était éloigné ostensiblement à l'autre extrémité du troupeau, restait là à lui tourner le dos jusqu'à ce qu'il s'en aille. Or, en une de ces occasions où Jésus laissait courir son imagination à propos de ce que le Seigneur pourrait bien vouloir de lui la prochaine fois qu'ils se rencontreraient, les paroles de Pasteur retentirent soudain à son oreille, aussi claires et distinctes que si celui-ci avait été à ses côtés, Tu n'as rien appris, et à cet instant la sensation d'absence, de manque, de solitude, fut si forte que son cœur gémit, il était là tout seul, assis sur la berge du Jourdain, regardant ses pieds dans l'eau transparente et voyant sourdre d'un talon un léger filet de sang qui sinuait ensuite lentement entre deux eaux, et soudain ce sang et ces pieds ne lui appartenaient plus, c'était son père qui était venu ici, boitant à cause de ses talons percés, pour jouir de la fraîcheur du Jourdain et comme Pasteur il lui disait, Tu dois revenir au commencement, tu n'as rien appris. Comme s'il soulevait du sol une lourde et longue chaîne de fer, Jésus se remémorait sa vie, maillon après maillon, l'annonce mystérieuse de sa conception, la terre lumineuse, la naissance dans la grotte, les enfants tués à Bethléem, la crucifixion de son père, l'héritage des cauchemars, la fuite de chez lui, le débat au Temple, la révélation de Zélomi, l'apparition du berger, la vie avec le troupeau, l'agneau sauvé, le désert, la brebis morte, Dieu. Et comme ce dernier mot était trop grand pour que son esprit puisse s'en saisir, il se fixa obsessivement sur une pensée, pourquoi un agneau sauvé de la mort était-il mort une fois devenu brebis, question stupide comme on le

voit mais plus facile à comprendre si on l'exprime autrement, Nul salut n'est suffisant, toute condamnation est
définitive. Le dernier maillon de la chaîne est sa présence
sur la rive du Jourdain où il écoute le chant dolent d'une
femme que de là il ne peut voir car elle est cachée parmi
les joncs, peut-être est-elle en train de laver du linge,
peut-être en train de se baigner, et Jésus voudrait comprendre comment tout cela est pareil, l'agneau vivant
transformé en brebis morte, ses pieds saignant du sang
de son père et la femme qui chante, nue, étendue sur
l'eau, ses seins durs pointant hors de l'onde, son pubis
noir se soulevant dans l'ondulation de la brise, il n'est
pas vrai que Jésus ait vu une femme nue avant aujour-
d'hui, mais si à partir d'une simple colonne de fumée un
homme peut prophétiser ce que sera sa rencontre avec
Dieu lorsque le jour sera venu pour l'un et pour l'autre,
on ne comprendrait pas que les menus détails d'une
femme nue, à supposer que ce soit l'expression appro-
priée, ne puissent être imaginés et créés à partir d'une
musique qu'elle fredonne, même si nous ne savons pas
si ses paroles s'adressent à nous. Joseph n'est plus là, il
est retourné dans la fosse commune de Séphoris, de
Pasteur on ne voit pas même le bout de la houlette et si
Dieu, comme on le prétend, est partout, il n'a pas choisi
une colonne de fumée pour se montrer, il est peut-être
dans cette eau qui coule, celle-là même où la femme se
baigne. Le corps de Jésus émit un signe, il enfla dans ce
qui se trouve entre les jambes, comme cela arrive à tous
les hommes et à tous les animaux, le sang se précipita,
véloce, vers un même endroit, si bien que ses plaies
séchèrent subitement, Seigneur, comme ce corps est fort,
mais Jésus ne se lança pas à la recherche de la femme
et ses mains repoussèrent les mains de la tentation vio-
lente de la chair, Tu n'es personne si tu ne t'aimes pas
toi-même, tu ne t'approches pas de Dieu si tu ne t'approches pas d'abord de ton corps. Qui a prononcé ces mots,

nul ne le sait, car ce n'est pas Dieu qui les prononcerait, ce ne sont pas là perles de son rosaire, ils pourraient être de Pasteur si celui-ci n'était pas aussi loin d'ici, peut-être était-ce finalement les paroles de la chanson que chantait la femme, en cet instant il se dit qu'il pourrait être agréable d'aller lui demander de les lui expliquer, mais déjà la voix avait cessé de se faire entendre, peut-être le courant l'avait-il emportée avec lui, ou alors tout simplement la femme était sortie de l'eau pour se sécher et se vêtir, faisant taire ainsi son corps. Jésus enfila ses pantoufles trempées et se mit debout, faisant gicler l'eau de chaque côté, comme avec une éponge. La femme rira bien, si elle vient par ici, en voyant ces pieds énormes et grotesques, mais il se pourrait que ce rire moqueur ne dure pas très longtemps, quand ses yeux monteront le long du corps de Jésus, devinant des formes que la tunique dissimule, et qu'ils s'arrêteront pour regarder ses yeux à lui, douloureux pour d'anciennes raisons et maintenant ardents, pour une raison nouvelle. Avec quelques paroles ou sans parole, la femme se dévêtira de nouveau, et quand sera arrivé ce qu'on doit toujours attendre de ce genre de rencontre, elle lui retirera ses sandales avec un soin extrême, elle guérira les plaies en déposant sur chaque pied un baiser et en les enveloppant ensuite, comme un œuf ou un cocon, dans sa propre chevelure humide. Personne ne vient sur le chemin, Jésus regarde autour de lui, soupire, cherche un recoin caché et s'y dirige, mais il s'arrête soudain, il se souvient à temps que le Seigneur a ôté la vie à Onan pour avoir répandu sa semence par terre. Or, si Jésus avait retourné de façon plus analytique dans son esprit l'épisode classique, ce qui d'ailleurs serait en accord avec ses processus mentaux, la sévérité impitoyable du Seigneur ne l'aurait peut-être pas arrêté, et cela pour deux raisons, la première étant qu'il n'y avait pas là de belle-sœur avec qui il dût, de par la loi, donner une postérité à un frère mort, la deuxième raison, peut-être plus forte que la première, étant que le Seigneur, d'après ce qu'il avait annoncé dans le désert, avait des idées très arrêtées encore que non dévoilées au sujet de son avenir, et que par conséquent il n'était ni crédible ni logique qu'il oublie les promesses ainsi faites pour tout gâcher, simplement parce qu'une main incapable de se gouverner avait osé s'approcher de là où elle ne le devait pas, le Seigneur sait ce que sont les besoins du corps, il n'y a pas que le besoin trivial de manger et de boire, et nous l'appelons trivial parce qu'il est d'autres jeûnes qui ne sont pas moins malaisés à supporter. Ces réflexions, et d'autres semblables, qui devraient aider Jésus à continuer le mouvement très humain consistant à chercher dans un but bien déterminé un abri loin de la vue, finirent par avoir l'effet contraire, sa pensée fut distraite de ce qu'il avait à l'esprit, il s'empêtra dans les méandres de ses cogitations, si bien que la volonté de ce qu'il voulait disparut, nous ne parlons même pas de désir, car celui-ci étant peccamineux, un rien le fait hésiter et perdre courage. Résigné à sa propre vertu, Jésus jeta sa besace sur son épaule, empoigna son bâton et se mit en route.

Le premier jour de ce voyage le long du Jourdain, l'habitude de quatre années d'isolement avait poussé Jésus à s'éloigner des rares lieux peuplés qui se trouvaient là. Toutefois, à mesure qu'il s'approchait du lac de Génésareth, il lui devint de plus en plus difficile de contourner les villages, d'autant plus que ceux-ci étaient entourés de champs cultivés qui n'étaient pas toujours commodes à traverser, tant à cause des détours qu'il était obligé de faire qu'à cause de la méfiance que son air de vagabond réveillait chez les paysans. Jésus décida donc d'aller vers le monde et à la vérité ce qu'il y vit ne lui déplut pas, seul le bruit qu'il avait presque oublié le dérangeait beaucoup. Dans le premier de ces villages où il entra, une bande de gamins étourdis hua terriblement ses bottes, ce qui fut une bonne chose finalement car Jésus avait assez d'argent pour s'acheter des sandales neuves, rappelons qu'il n'avait pas touché à son argent depuis celui qui lui avait été donné par le pharisien, avoir vécu quatre ans avec si peu et n'avoir pas eu besoin de le dépenser fut sa plus grande richesse, il n'a pas besoin de demander davantage au Seigneur. Les sandales achetées, son trésor se trouva réduit à deux piécettes de peu de valeur, mais la pénurie ne le chagrine pas, désormais il n'en a plus pour longtemps avant d'arriver à destination, à Nazareth, chez lui où il est certain qu'il retournera parce qu'un jour, en quittant sa maison, et on avait l'impression que c'était pour toujours, il avait dit, D'une façon ou d'une autre je reviendrai. Il avance sans se hâter, longeant les mille méandres du Jourdain, il faut dire aussi que l'état de ses pieds ne lui permettait pas de grands exploits pédestres, mais la principale raison de sa nonchalance résidait dans la certitude qu'il avait d'arriver, comme s'il pensait, C'est comme si j'étais déjà là, mais un autre sentiment, celui-là moins conscient, ralentissait encore son pas, quelque chose qui pourrait s'exprimer comme suit, Plus vite j'arriverai, plus vite je repartirai. Il remontait la rive du lac en direction du nord, il est maintenant à la hauteur de Nazareth, s'il voulait arriver rapidement chez lui il lui suffirait de faire rouler ses talons en direction du soleil couchant, mais les eaux du lac le retiennent, bleues, vastes, tranquilles. Il aime à s'asseoir sur la berge, à regarder la manœuvre des pêcheurs, un jour, quand il était petit, il était venu dans ces parages, accompagnant ses parents, mais il ne s'était jamais arrêté pour observer avec attention le travail de ces hommes qui laissent derrière eux tout un sillage d'odeurs de poisson, comme si eux-mêmes habitaient la mer. Pendant son séjour là Jésus gagna sa nourriture en les aidant dans ce qu'il savait faire, c'est-à-dire rien, et dans la mesure de ses possibilités, qui n'étaient pas nombreuses, tirer un bateau à terre ou le pousser à l'eau, donner un coup de main pour un filet qui débordait, les pêcheurs voyaient son air affamé et lui donnaient deux ou trois poissons pleins d'arêtes, appelés tilapias, en guise de salaire. Timide au début, Jésus allait les frire et les manger à l'écart, mais étant resté dans cet endroit trois jours, dès le deuxième jour les pêcheurs l'invitèrent à manger à la bonne franquette avec eux. Et le dernier jour Jésus alla en mer dans la barque de deux frères qui s'appelaient Simon et André, plus âgés que lui, aucun des deux n'avait moins de trente ans. Au milieu de l'eau, sans aucune expérience du métier, riant lui-même de son manque d'habileté, encouragé par ses nouveaux amis, Jésus se hasarda à lancer le filet avec cet ample geste qui vu de loin ressemble à une bénédiction ou à un défi, sans autre résultat qu'avoir failli tomber à l'eau lors de l'une de ces tentatives. Simon et André rirent beaucoup, ils savaient que Jésus s'y connaissait uniquement en chèvres et en brebis, et Simon dit, Notre vie serait plus facile si cet autre bétail se laissait mener et ramener, et Jésus répondit, Eux au moins ne s'égarent pas, ils ne s'éparpillent pas, ils sont tous ici dans la conque de la mer, tous les jours ils fuient le filet et tous les jours ils tombent dedans. La pêche n'avait pas été fructueuse, le fond de la barque était quasiment vide, et André dit, Frère, rentrons chez nous, le jour a donné ce qu'il avait à donner. Simon acquiesça, Tu as raison, frère, rentrons. Il remit les rames dans les tolets et allait donner le premier coup de rame pour revenir vers la rive quand Jésus, n'allons pas croire que ce fut par inspiration ou par un pressentiment majeur, ce fut juste une façon, inexplicable, certes, de témoigner sa gratitude, Jésus proposa de faire trois dernières tentatives, Peut-être le troupeau de poissons, conduit par son berger, sera-t-il venu de notre côté. Simon rit, Voilà encore un autre avantage des brebis, on les voit, et à André, Lance le filet, si on ne gagne rien, on ne perdra rien non plus, André lança le filet et le filet fut ramené plein. Les deux pêcheurs écarquillèrent les yeux de stupéfaction, mais leur ébahissement se changea en prodige et en merveille quand le filet, lancé encore une fois et une autre fois encore, revint plein les deux fois. D'une mer qui avait paru complètement vide de poissons auparavant sortirent en une profusion jamais vue, comme l'eau d'une cruche placée contre la gueule d'une fontaine limpide, des torrents luisants de branchies, de dos et de nageoires où la vue se perdait. Simon et André lui demandèrent comment il avait su tout à coup que le poisson était arrivé, quel regard de lynx avait remarqué le mouvement des eaux en profondeur, et Jésus répondit qu'il n'avait rien su, que cela avait été juste une idée, tenter une dernière fois leur chance avant de s'en revenir. Les deux frères n'avaient aucune raison de douter de cela, le hasard fait bien d'autres miracles, mais Jésus tressaillit en son for intérieur et dans le silence de son âme il demanda, Qui a fait cela. Simon dit, Aidenous à faire le tri, c'est l'occasion ou jamais de préciser que ce n'est pas sur cette mer de Génésareth qu'est née la maxime œcuménique, Tout ce qui vient dans le filet est poisson, ici les critères sont différents, ce que le filet a ramené est peut-être du poisson, mais la loi est on ne peut plus claire sur ce point, comme sur tous, Parmi tous les animaux aquatiques, voici ceux que vous pouvez manger, tout animal aquatique, de mer ou de rivière qui a nageoires et écailles, vous pouvez le manger, mais tous ceux qui n'ont pas de nageoires ni d'écailles, bestioles aquatiques ou êtres vivant dans l'eau, en mer ou en rivière, vous seront interdits et vous resterez interdits, vous ne devez pas manger de leur chair et vous mettez l'interdit sur leur cadavre, tout animal aquatique sans nageoires ni écailles vous est interdit. Les poissons réprouvés à la peau lisse, qui ne peuvent aller sur la table du peuple du Seigneur, furent donc rejetés à la mer, un grand nombre d'entre eux en avait d'ailleurs l'habitude et ne s'inquiétait pas quand le filet les cueillait, ils savaient qu'ils retourneraient promptement à l'eau, sans risquer de mourir asphyxiés. Dans leur tête de poisson ils croyaient bénéficier d'une bienveillance spéciale de la part du Créateur, sinon même d'un amour particulier qui les conduisit au fil du temps à se considérer supérieurs aux autres poissons, ceux qui restaient dans les barques, lesquels devaient avoir commis de nombreuses et graves fautes à l'abri des eaux sombres pour que Dieu les laisse mourir ainsi sans pitié.

Quand ils parvinrent enfin au rivage, avec mille manœuvres et soins pour ne pas sombrer car la surface du lac léchait le bord de la barque comme si elle s'apprêtait à l'engloutir, très surpris, les gens n'obtinrent pas d'explication. Ils voulurent savoir comment cela était possible car les autres pêcheurs étaient revenus avec le fond de leur barque complètement sec, mais d'un commun et tacite accord aucun des trois chanceux ne fit état des circonstances de la pêche prodigieuse, Simon et André pour ne pas se voir rabaissés publiquement dans leurs mérites professionnels, et Jésus parce qu'il ne voulait pas que les autres pêcheurs se servent de lui comme d'un appeau dans leurs équipages respectifs, ce qui, à notre avis, aurait été pure justice, pour en finir une bonne fois pour toutes avec les différences entre chanceux et malchanceux qui ont apporté tant de malheurs au monde. C'est en proie à ces pensées que Jésus annonça la nuit même qu'il partirait le lendemain pour Nazareth où sa famille l'attendait après quatre ans d'absence et d'errances qu'on aurait pu taxer de démoniaques, tant elles avaient été harassantes. Simon et André regrettèrent beaucoup une décision qui les privait du meilleur surveillant de bétail aquatique jamais répertorié dans les annales de Génésareth, deux autres pêcheurs la regrettèrent aussi, Jacques et Jean, fils de Zébédée, deux garçons un peu simples à qui on avait l'habitude de demander pour les taquiner, Qui est le père des fils de Zébédée, et les pauvres demeuraient interdits, complètement désarçonnés, et pas même le fait de connaître la réponse, car ils la connaissaient évidemment, étant eux-mêmes les fils en question, pas même cela ne leur épargnait cet instant de perplexité et d'angoisse. Le regret qu'ils ressentaient du départ de Jésus n'était pas seulement dû au fait que l'occasion d'une fameuse pêche leur échappait ainsi, mais parce que étant jeunes, Jean était même plus jeune que Jésus, ils auraient aimé former avec lui un équipage de jeunes pour se mesurer avec la vieille génération. Leur simplicité d'esprit n'était pas de la sottise ni de l'arriération mentale, ils traversaient la vie comme s'ils pensaient constamment à autre chose, voilà pourquoi ils commençaient toujours par hésiter quand on leur demandait comment s'appelait le père des fils de Zébédée et ils ne comprenaient pas pourquoi les gens riaient de si bon cœur quand ils répondaient triomphalement, Zébédée. Jean fit une dernière tentative, il s'approcha de Jésus et lui dit, Reste avec nous, notre barque est plus grande que celle de Simon, nous attraperons plus de poisson, et Jésus leur répondit avec sagesse et piété, La mesure du Seigneur n'est pas la mesure de l'homme, mais celle de sa justice. Jean demeura coi et s'éloigna la tête basse, la veillée se passa sans que d'autres personnes interviennent. Le lendemain Jésus prit congé des premiers amis qu'il s'était faits en dix-huit ans de vie et, ses provisions de bouche emballées, tournant le dos à cette mer de Génésareth où, sauf grave erreur de sa part, Dieu lui avait envoyé un signe, il dirigea ses pas vers les montagnes et vers Nazareth. Le destin voulut toutefois que, passant par la ville de Magdala, une blessure au pied qui refusait de guérir se rouvrît là et si gravement que le sang semblait ne jamais vouloir s'arrêter de couler. Le destin voulut aussi que cet accident dangereux se produisît à la sortie de Magdala, en face, pour ne pas dire à la porte même d'une maison qui se trouvait là, à l'écart des autres, comme si elle ne voulait pas s'en approcher ou comme si les autres la repoussaient. Voyant que le sang ne donnait pas signe de vouloir s'arrêter, Jésus appela, Y a-t-il quelqu'un là-dedans, et sur-le-champ une femme apparut à la porte, comme si elle attendait justement d'être appelée, bien qu'à l'air de légère surprise qui avait envahi son visage nous puissions être amenés à penser qu'elle était plutôt habituée à ce que les gens entrent chez elle sans frapper, ce qui, tout bien considéré, aurait moins de raison d'être que dans n'importe quel autre cas puisque cette femme est une prostituée et que le respect qu'elle doit à sa profession lui ordonne de fermer sa porte lorsqu'elle reçoit un client. Jésus, qui était assis par terre, comprimant sa plaie réveillée, regarda du coin de l'œil la femme qui s'approchait de lui, Aide-moi, dit-il, et agrippant la main qu'elle lui tendait il réussit à se mettre debout et à faire quelques pas en boitillant. Tu n'es pas en état de marcher, dit-elle, entre, je vais soigner ta plaie. Jésus ne dit ni oui ni non, l'odeur de la femme l'étourdissait avec tant de violence que la douleur qui l'avait frappé quand la plaie s'était rouverte avait disparu aussitôt et maintenant, un bras au-dessus des épaules de la femme et sentant sa propre taille entourée par un autre bras qui ne pouvait évidemment pas être son bras à lui, il s'aperçut du trouble qui envahissait son corps de tous côtés, encore qu'il serait plus correct de dire en tous sens, car c'est en eux que tout se concentrait, ou plutôt en l'un d'entre eux, qui porte ce nom mais qui n'est ni la vue ni l'ouïe ni l'odorat ni le goût ni le toucher et qui cependant peut revendiquer une part de chacun d'eux, étant le point d'aboutissement de tous, sauf votre respect. La femme l'aida à entrer dans la cour, ferma la porte, le fit asseoir, Attends-moi, dit-elle. Elle pénétra à l'intérieur et revint avec une cuvette en argile et un linge blanc.

Elle remplit la cuvette d'eau, mouilla le linge et, s'age-
nouillant aux pieds de Jésus et soutenant dans la paume
de sa main gauche le pied blessé, elle le lava soigneusement, enlevant la terre, amollissant la croûte fendillée
à travers laquelle sourdait en même temps que le sang
une matière jaune, purulente, d'un vilain aspect. La
femme dit, Ce n'est pas avec de l'eau que tu guériras,
et Jésus dit, Je te demande simplement de bander ma
plaie de façon à ce que je puisse arriver à Nazareth, je
me soignerai là-bas, il faillit dire, Ma mère me soignera,
mais il se ravisa, il ne voulait pas avoir l'air aux yeux
de cette femme d'un petit garçon qui va pleurer pour
s'être cogné contre une pierre, Ma petite maman, ma
petite maman, en attendant qu'elle lui fasse un câlin,
qu'elle souffle doucement sur le doigt meurtri, que la
caresse de ses doigts lui soit un baume, Ce n'est rien,
mon petit, c'est passé. D'ici à Nazareth le chemin est
encore long, mais si c'est ce que tu veux, attends juste
que je te mette un onguent, dit la femme, et elle entra
dans la maison où elle allait s'attarder un peu plus longtemps que la première fois. Jésus regarda la cour avec
surprise car de sa vie il n'avait rien vu d'aussi propre et
d'aussi ordonné. Il soupçonne que la femme est une
prostituée, non qu'il possède l'art de deviner les profes-
sions au premier coup d'œil, lui-même, il n'y a pas si
longtemps, aurait pu être identifié à l'odeur de chèvre
qu'il empestait, alors que maintenant tous diront, Il est
pêcheur, une odeur a disparu, remplacée par une autre
qui n'empeste pas moins. La femme sent le parfum, mais
en dépit de son innocence qui n'est pas de l'ignorance
car les occasions de voir comment procédaient les boucs
et les béliers ne lui ont pas manqué, Jésus a suffisamment de bon sens pour ne pas considérer qu'avoir un
corps parfumé est une raison suffisante pour affirmer
qu'une femme est une prostituée. En fait, une prostituée
devrait avoir l'odeur de ce qu'elle fréquente, une odeur

d'homme, comme les chevriers sentent la chèvre et les pêcheurs le poisson, mais peut-être, sait-on jamais, ces femmes se parfument-elles tant précisément parce qu'elles veulent dissimuler, masquer, ou même oublier l'odeur des hommes. La femme reparut avec un petit pot et elle souriait comme si quelqu'un dans la maison lui avait raconté une histoire amusante. Jésus la regardait approcher, mais si ses yeux ne l'abusaient, elle avançait très lentement, comme on avance parfois dans les rêves, sa tunique bougeait, ondulait, dessinant à chaque pas le balancement rythmé des cuisses, et ses cheveux noirs et épars dansaient sur ses épaules comme les épis de la moisson agités par le vent. Il n'y avait pas de doute, même pour un profane, sa tunique était celle d'une prostituée, son corps celui d'une danseuse, son rire celui d'une femme légère. Alarmé, Jésus demanda à sa mémoire de lui venir en aide avec quelques maximes appropriées de son célèbre homonyme et auteur, Jésus, fils de Sira, et sa mémoire lui fut d'un bon secours, lui murmurant discrètement dans le creux de l'oreille, Fuis les rencontres avec les femmes légères pour ne pas tomber dans leurs pièges, et aussitôt après, Ne fréquente pas assidûment les danseuses, afin de ne pas périr à cause de leurs charmes, et enfin, Ne t'abandonne jamais aux prostituées, pour ne pas te perdre toi-même ni tes biens, ce Jésus-ci pourrait bien se perdre, étant homme et si jeune encore, mais quant à ses biens, nous savons déjà qu'ils ne courent aucun danger car ils n'existent pas, ce qui fait que lui-même sera sauf, une fois l'heure venue, quand la femme lui demandera avant de passer le contrat, Combien as-tu. Jésus s'est préparé à tout cela et par conséquent il n'est pas surpris par la question qu'elle lui pose pendant qu'elle étale de l'onguent sur la plaie, après avoir posé maintenant son pied à lui sur son genou à elle, Comment t'appelles-tu, Jésus, répondit-il et il n'ajouta pas de Nazareth car il l'avait déjà déclaré précédemment, tout comme elle, puisqu'elle vivait là, ne dit pas de Magdala en répondant qu'elle s'appelait Marie quand à son tour il lui demanda son nom. Avec tous ces mouvements et toutes ces observations, Marie de Magdala finit de panser le pied blessé de Jésus, achevant son œuvre par un judicieux et solide bandage, Voilà, dit-elle, Comment te remercier, demanda Jésus, et pour la première fois ses yeux effleurèrent ceux de la femme, noirs, brillants comme du charbon minéral mais où transparaissait, eau coulant sur de l'eau, une sorte de laque voluptueuse qui frappa en plein le corps secret de Jésus. La femme ne répondit pas aussitôt, elle le regardait à son tour comme si elle jaugeait la personne qu'il était car quant à l'argent il était visible que le pauvre jeune homme n'en était guère pourvu, et elle dit enfin, Garde-moi dans ton souvenir, cela suffira, et Jésus, Je n'oublierai pas ta bonté, puis, s'emplissant de courage, Toi non plus je ne t'oublierai pas, Pourquoi, la femme sourit, Parce que tu es belle, Tu ne m'as pas connue au temps de ma beauté, Je te connais dans ta beauté de maintenant. Le sourire de la femme s'évanouit, s'éteignit, Sais-tu qui je suis, ce que je fais, de quoi je vis, Je le sais, Tu n'as eu qu'à me regarder et aussitôt tu as tout su, Je ne sais rien, Que je suis une prostituée, Cela je le sais, Que je couche avec des hommes pour de l'argent, Oui, Alors c'est bien ce que je dis, tu sais tout de moi, Je sais seulement cela. La femme s'assit à côté de lui, elle lui caressa doucement la tête, effleura sa bouche du bout de ses doigts, Si tu veux me dire merci, passe la journée avec moi, Je ne peux pas, Pourquoi, Je n'ai pas de quoi te payer, La belle affaire, Ne te moque pas de moi, Tu ne le croiras peut-être pas, mais je me moquerais plus facilement d'un homme avec une bourse bien remplie, Il n'y a pas que la question de l'argent, De quoi s'agit-il, alors. Jésus resta silencieux et détourna le visage. Elle ne l'aida pas, elle aurait pu lui demander, Tu es puceau, mais elle garda le silence, attendant. Le silence était si épais et si profond que seuls leurs deux cœurs battaient, celui de l'homme plus fortement et plus rapidement, celui de la femme inquiet de sa propre agitation. Jésus dit, Ta chevelure est comme un troupeau de chèvres dégringolant du mont Galaad. La femme sourit et garda le silence. Puis Jésus dit, Tes yeux sont comme les fontaines d'Hésébon près de la porte de Bat-Rabim. La femme sourit de nouveau mais ne dit rien. Alors Jésus tourna lentement le visage vers elle et dit, Je ne connais pas la femme. Marie lui prit les mains, Nous devons tous commencer ainsi, les hommes qui ne connaissaient pas la femme, les femmes qui ne connaissaient pas l'homme, un jour celui qui savait a enseigné et celui qui ne savait pas a appris, Veux-tu m'enseigner, Pour que tu doives à nouveau me dire merci, De cette façon je ne finirai jamais de te dire merci, Et moi je ne finirai jamais de t'enseigner. Marie se leva, alla verrouiller la porte de la cour mais d'abord elle suspendit quelque chose à l'extérieur de la porte, un signal convenu à l'intention des clients qui le cas échéant viendraient la voir, indiquant que sa fente était close car l'heure de chanter avait sonné, Lève-toi, vent du nord, viens, ô vent du midi, souffle dans mon jardin pour que ses parfums se répandent, que mon aimé entre dans son jardin et qu'il en mange les fruits délectables. Puis, ensemble, Jésus s'appuyant comme il l'avait fait auparavant sur l'épaule de Marie, cette prostituée de Magdala qui l'a soigné et qui va le recevoir dans son lit, ils entrèrent dans la maison, dans la pénombre propice d'une chambre fraîche et propre. Le lit n'est pas la natte fruste étendue sur le sol, avec un drap brun jeté par-dessus, que Jésus a toujours vue dans la maison de ses parents au temps où il y vivait, ce lit-ci est une véritable couche comme celle dont quelqu'un a dit, J'ai orné mon lit de couvertures, de courtepointes brodées en lin d'Égypte, j'ai parfumé mon lit avec de la myrrhe, de l'aloès et de la cannelle. Marie de Magdala conduisit Jésus près du four où le sol était carrelé de briques et là, refusant son aide, de ses mains elle le dévêtit et le lava, effleurant parfois son corps, ici, et ici, et ici, du bout de ses doigts, le baisant doucement à la poitrine et aux hanches, d'un côté et de l'autre. Ces effleurements délicats faisaient tressaillir Jésus, les ongles de la femme le faisaient frissonner en lui parcourant la peau, N'aie pas peur, dit Marie de Magdala. Elle le sécha et le conduisit par la main jusqu'au lit, Étends-toi, je reviens. Elle fit glisser une étoffe sur une corde, on entendit de nouveau des bruits d'eau, puis un silence, l'air devint soudain parfumé et Marie de Magdala apparut, nue. Jésus aussi était nu, tel qu'elle l'avait laissé, le jeune homme pensa qu'il devait demeurer ainsi, recouvrir le corps qu'elle avait découvert aurait été comme une insulte. Marie s'arrêta à côté du lit, le regarda avec une expression à la fois ardente et douce et elle dit, Tu es beau, mais pour être parfait il faut que tu ouvres les yeux. Hésitant, Jésus les ouvrit, les referma immédiatement, ébloui, les ouvrit de nouveau et en cet instant il sut ce que les paroles du roi Salomon voulaient dire véritablement, Les contours de tes hanches sont comme des joyaux, ton nombril est une coupe en demi-lune, emplie de vin parfumé, ton ventre est un monceau de blé bordé de lis, tes deux seins sont comme deux faons jumeaux d'une gazelle, mais il le sut encore mieux, et définitivement, quand Marie s'étendit à côté de lui, lui prit les mains, les attira vers elle et les passa lentement sur tout son corps, la chevelure et le visage, le cou, les épaules, les seins, qu'elle comprima doucement, le ventre, le nombril, le pubis, où elle s'attarda à enrouler et à désenrouler les doigts, la douce rondeur des cuisses, et pendant ce temps elle disait à voix basse, presque dans un susurrement, Apprends, apprends mon corps. Jésus regardait ses mains tenues par Marie, et il aurait voulu qu'elles soient libres pour pouvoir aller explorer lui-même librement chacune de ces parties, mais Marie continuait, une autre fois, encore une fois, et elle disait, Apprends mon corps, apprends mon corps. La respiration de Jésus devenait précipitée, à un certain moment il parut suffoquer, quand les mains de Marie, la gauche placée sur son front et la droite sur ses chevilles, commencèrent en une lente caresse à aller à la rencontre l'une de l'autre, attirées toutes deux vers un même point central où, quand elles furent parvenues là, elles ne s'attardèrent qu'un bref instant, pour revenir avec la même lenteur vers le point de départ, où elles recommencèrent le mouvement. Tu n'as rien appris, va-t'en, avait dit Pasteur, et peut-être avait-il voulu dire qu'il n'avait pas appris à défendre la vie. Maintenant Marie de Magdala le lui avait enseigné, Apprends mon corps, et elle répétait, mais d'une autre façon, en changeant un seul mot, Apprends ton corps, il était là, son corps, tendu, dur, dressé, et Marie de Magdala était sur lui, nue et magnifique, et elle disait, Du calme, ne sois pas inquiet, ne bouge pas, laisse-toi faire, alors il sentit qu'une partie de son corps, celle-là même, avait disparu dans son corps à elle, qu'un anneau de feu l'enserrait, allant et venant, qu'un frémissement le secouait en dedans, comme un poisson se débattant, et que soudain un cri lui échappait, impossible, cela ne peut pas être, les poissons ne crient pas, mais c'était lui qui criait, tandis que Marie laissait tomber son corps sur le sien en gémissant, allant boire le cri à sa bouche en un baiser avide et ardent qui déclencha dans le corps de Jésus un deuxième et interminable frissonnement.

Pendant tout le jour personne ne vint frapper à la porte de Marie de Magdala. Pendant tout le jour Marie de Magdala servit et enseigna le jeune homme de Nazareth qui, ne la connaissant ni en bien ni en mal, était venu lui demander de soulager ses douleurs et de soigner des plaies qui étaient nées d'une autre rencontre dans le désert avec Dieu, mais cela elle ne le savait pas. Dieu avait dit à Jésus, A partir d'aujourd'hui tu m'appartiens par le sang, le Démon, si c'était bien lui, l'avait dédaigné, Tu n'as rien appris, va-t'en, et Marie de Magdala, avec ses seins luisants de sueur, ses cheveux défaits qui semblaient exhaler de la fumée, sa bouche tuméfiée, ses yeux d'eau noire, Tu ne t'attacheras pas à moi à cause de ce que je t'ai enseigné, mais reste avec moi cette nuit. Et Jésus, sur elle, répondit, Ce que tu m'enseignes n'est pas une prison, c'est la liberté. Ils dormirent ensemble, mais pas uniquement cette nuit-là. Quand ils se réveillèrent, la matinée était déjà bien avancée, et après que leurs corps se furent cherchés et trouvés encore une fois, Marie regarda comment était la blessure du pied de Jésus, Elle a meilleur air, mais tu ne devrais pas encore aller dans ton village, avec cette poussière marcher te fera du mal. Je ne peux pas rester, et toi-même tu dis que je vais mieux, Tu peux rester, encore faut-il que tu le veuilles, quant à la porte de la cour, elle demeurera fermée aussi longtemps que nous le voudrons, Ta vie, Ma vie maintenant c'est toi, Pourquoi, Je te réponds avec les paroles du roi Salomon, mon aimé a avancé la main par l'ouverture de la porte et mon cœur a tressailli, Et comment puis-je être ton aimé puisque tu ne me connais pas, puisque je suis juste quelqu'un qui est venu te demander du secours et dont tu as eu pitié, pitié de mes douleurs et de mon ignorance, C'est pour cela même que je t'aime, parce que je t'ai secouru et enseigné, mais toi tu ne pourras pas m'aimer car tu ne m'as ni enseignée ni secourue, Tu n'as aucune blessure, Tu la trouveras, si tu la cherches, Quelle est cette blessure, Cette porte ouverte par où d'autres entraient mais pas mon aimé, Tu as dit que je suis ton aimé, Voilà pourquoi la porte s'est fermée après que tu es entré, Je ne sais rien que je puisse t'enseigner, je ne sais que ce que j'ai appris de toi, Enseigne-moi aussi cela, pour que je sache ce que cela serait de l'apprendre de toi, Nous ne pouvons pas vivre ensemble, Tu veux dire que tu ne peux pas vivre avec une prostituée, Oui, Durant tout le temps où tu seras avec moi, je ne serai pas une prostituée, je ne suis plus une prostituée depuis que tu es entré ici, il dépend de toi que je continue à ne plus l'être, Tu m'en demandes trop, Je ne te demande rien que tu ne puisses me donner pendant un jour, pendant deux jours, pendant tout le temps que ton pied mettra à guérir, pour qu'ensuite ma blessure se rouvre, J'ai mis dix-huit ans à arriver ici, Quelques jours de plus ne feront pas de différence pour toi, tu es encore jeune, Toi aussi tu es jeune, Plus vieille que toi, plus jeune que ta mère, Tu connais ma mère, Non, Alors pourquoi as-tu dit cela, Parce que moi je ne pourrais jamais avoir un fils qui aurait ton âge aujourd'hui, Que je suis stupide, Tu n'es pas stupide, tu es innocent, Je ne suis plus innocent, Parce que tu as connu la femme, Je ne l'étais déjà plus quand j'ai couché avec toi, Parle-moi de ta vie, mais pas maintenant, maintenant je veux seulement que ta main gauche repose sur ma tête et que ta droite m'enlace.

Jésus resta une semaine chez Marie de Magdala, le temps nécessaire pour qu'une peau neuve se forme sous la croûte de la plaie. La porte de la cour demeura fermée tout ce temps-là. Plusieurs hommes impatients, aiguillonnés par le rut ou par le dépit, vinrent frapper, ignorant délibérément le signe qui devait les garder éloignés. Ils voulaient savoir qui était cet homme qui s'attardait si longtemps, et un facétieux lança un quolibet par-dessus le mur, Ou bien il ne peut pas, ou bien il ne sait pas, ouvre-moi la porte, Marie, je lui expliquerai comment on fait, et Marie de Magdala sortit dans la cour pour répondre, Qui que tu sois, ce que tu as pu tu ne le pourras plus, ce que tu as fait, jamais plus tu ne le feras, Femme maudite, Va-t'en, tu te trompes, tu ne trouveras pas au monde de femme plus bénie que moi. Que ce soit à cause de cet incident ou parce qu'il devait en être ainsi, plus personne ne vint frapper à leur porte, l'explication la plus probable étant qu'aucun de ces hommes, qu'ils habitent à Magdala ou qu'ils soient des passants bien informés, ne voulait courir le risque d'entendre l'imprécation qui les condamnerait à l'impuissance, car la croyance est générale que les prostituées, surtout celles de haute volée, diplômées ou avec un long curriculum, sachant tout de l'art de réjouir le sexe d'un homme, sont aussi très habiles à le réduire à une morosité irrémédiable, tête basse, sans entrain et sans appétit. Marie et Jésus jouirent donc de tranquillité durant ces huit jours pendant lesquels les leçons données et reçues finirent par se transformer en un unique discours, composé de gestes, de découvertes, de surprises, de murmures, d'inventions, comme une mosaïque de tessères qui ne sont rien par elles-mêmes et qui finissent par être tout, une fois réunies et mises en place. Plus d'une fois Marie de Magdala voulut revenir à cette curiosité qu'elle avait de connaître la vie de l'aimé, mais Jésus détournait la conversation et répondait par exemple, J'entre dans mon jardin, ma sœur, mon épouse, je récolte ma myrrhe avec mon baume, je mange mon rayon avec mon miel, je bois mon vin avec mon lait, et ayant prononcé ces paroles avec passion, il passait aussitôt de la récitation du verset à l'acte poétique, en vérité, en vérité je te le dis, cher Jésus, on ne peut pas converser ainsi. Mais un jour Jésus résolut de parler de son père charpentier et de sa mère cardeuse de laine, de ses huit frères et sœurs, et il dit que selon la coutume il avait commencé par apprendre le métier de son père mais qu'ensuite il avait été berger pendant quatre ans, que maintenant il rentrait chez lui, qu'il avait travaillé avec des pêcheurs pendant quelques jours mais que le moment n'était pas venu d'apprendre d'eux cet art. Jésus raconta cela un soir qu'ils mangeaient dans la cour, de temps en temps ils levaient la tête pour regarder le vol rapide des hirondelles qui passaient en lançant leur cri strident, au silence qui se fit entre eux il semblait que tout avait été dit, l'homme s'était confessé à la femme, toutefois la femme demanda, comme si de rien n'était, C'était tout, il fit un signe affirmatif, Oui, c'est tout. Le silence devint total, les hirondelles décrivaient leurs cercles ailleurs, et Jésus dit, Mon père fut crucifié il y a quatre ans à Séphoris, il s'appelait Joseph, Si je ne me trompe, tu es l'aîné, Oui, je suis l'aîné, Alors je ne comprends pas pourquoi tu n'es pas resté avec ta famille comme c'était ton devoir, Il y a eu des divergences entre nous, et ne me pose plus de questions, Je ne te questionnerai pas sur ta famille, mais parle-moi de ces années où tu as été berger, Il n'y a rien à en dire, c'est toujours la même chose, les chèvres, les brebis, les agneaux, le lait, beaucoup de lait, du lait de toutes parts, Cela t'a plu d'être berger, Cela m'a plu, Pourquoi es-tu parti, J'en ai eu assez, je m'ennuyais de ma famille, Tu t'ennuyais, qu'est-ce que cela veut dire, Je regrettais d'être loin, Tu mens, Pourquoi dis-tu que je mens, Parce que j'ai vu de la peur et du remords dans tes yeux. Jésus ne répondit pas. Il se leva, fit le tour de la cour, puis s'arrêta devant Marie, Un jour, si nous nous rencontrons de nouveau, je te raconterai peut-être le reste, si tu me promets alors de ne le dire à personne, Tu nous ferais gagner du temps si tu le disais maintenant, Je te le dirai, mais seulement si nous nous rencontrons de nouveau, Tu espères qu'à ce moment-là, je ne serai plus une prostituée, pour l'instant tu ne peux pas avoir confiance dans la femme que je suis, tu penses que je serais capable de vendre tes secrets pour de l'argent ou de les donner à quiconque passerait par là, pour m'amuser, en échange d'une nuit d'amour plus glorieuse que celles que je t'ai données et que tu m'as données, Ce n'est pas la raison pour laquelle je préfère me taire, Eh bien moi je te dis que Marie de Magdala sera à tes côtés, prostituée ou pas, quand tu auras besoin d'elle, Qui suis-je pour mériter cela, Tu ne sais pas qui tu es. Cette nuit-là l'ancien cauchemar revint, après avoir été ces derniers temps comme une angoisse vague, devenue enfin familière et supportable, qui s'insinuait dans les interstices des rêves ordinaires. Mais cette nuit-là, peut-être parce que c'était la dernière que Jésus dormait dans ce lit, peut-être parce qu'il avait parlé de Séphoris et des crucifiés, le cauchemar, tel un gigantesque serpent qui s'éveillerait de son hibernation, commença à dérouler lentement ses anneaux, à relever sa tête hideuse, et Jésus se réveilla en hurlant, couvert d'une sueur froide, Qu'as-tu, qu'as-tu, lui demanda Marie, anxieuse, Un rêve, ce n'est qu'un rêve, se défendit-il, Raconte-le-moi, et ce simple mot fut dit avec tant d'amour, tant de tendresse que Jésus ne put retenir ses larmes, ni après les larmes les mots qu'il avait voulu cacher, Je rêve que mon père vient me tuer, Ton père est mort, tu es ici, vivant, Je suis un enfant, je suis à Bethléem en Judée et mon père vient me tuer, Pourquoi à Bethléem, C'est là que je suis né, Tu penses peut-être que ton père ne voulait pas que tu naisses, c'est cela que dit ton rêve, Tu ne sais rien, Non, je ne sais rien, A Bethléem des enfants sont morts à cause de mon père, Il les a tués, Il les a tués parce qu'il ne les a pas sauvés, ce n'est pas sa main qui a brandi le poignard, Et dans ton rêve tu es un de ces enfants, Je suis mort de mille morts, Pauvre de toi, pauvre Jésus, C'est à cause de cela que je suis parti de chez moi, Je comprends enfin, Tu crois comprendre, Que manque-t-il encore, Ce que je ne peux pas encore te dire, Ce que tu me diras si nous nous rencontrons de nouveau, Oui. Jésus s'endormit, la tête sur l'épaule de Marie, respirant sur son sein. Elle demeura éveillée tout le reste de la nuit. Son cœur avait mal parce que le matin ne tarderait pas à les séparer, mais son âme était sereine. L'homme qui reposait à ses côtés était celui qu'elle avait attendu toute sa vie, elle le savait, le corps qui lui appartenait et à qui son corps appartenait, vierge son corps à lui, usé et souillé son corps à elle, mais il faut se rendre compte que le monde avait commencé, ce qui s'appelle commencer, il y avait à peine huit jours, et il avait été confirmé cette dernière nuit seulement, huit jours ne sont rien, comparés à un avenir pour ainsi dire intact, d'autant plus que ce Jésus qui m'est apparu est si jeune, et me voici couchée avec un homme, moi, Marie de Magdala, comme si souvent, mais cette fois éperdue d'amour et sans âge.

Ils passèrent toute la matinée à préparer le voyage, on aurait dit que le jeune homme allait au bout du monde, alors que le trajet n'atteint même pas deux cents stades, rien qu'un homme de constitution normale ne puisse parcourir entre le soleil de midi et le crépuscule du soir, même si l'on prend en considération le fait que le chemin de Magdala à Nazareth n'est pas entièrement plat, les côtes escarpées et les champs pierreux ne manquent pas dans cette région. Et sois très prudent, il y a des bandes armées en guerre contre les Romains qui errent par là, disait Marie, Encore maintenant, demanda Jésus, Tu as vécu au loin, ici c'est la Galilée, Et je suis galiléen, ils ne me feront pas de mal, Tu n'es pas galiléen puisque tu es allé naître à Bethléem en Judée, Mes parents m'ont conçu à Nazareth et à vrai dire je ne suis même pas né à Bethléem, je suis né dans une grotte, dans les entrailles de la terre, et aujourd'hui j'ai l'impression d'être né une deuxième fois, ici, à Magdala, D'une prostituée, Pour moi, tu n'es pas une prostituée, dit Jésus avec violence, C'est ce que j'ai été. Un long silence se fit après ces mots, Marie attendant que Jésus parle, Jésus ressassant une inquiétude qu'il ne parvenait pas à dominer. Il demanda enfin, Ce que tu as suspendu à la porte pour qu'aucun homme n'entre, tu vas le retirer. Marie de Magdala le regarda gravement, puis elle sourit malicieusement, Je ne pourrais avoir chez moi deux hommes en même temps, Qu'est-ce que cela veut dire, Que tu t'en vas mais que tu demeures ici. Elle s'interrompit et continua, Le signe qui est accroché à la porte restera là, On pensera que tu es avec un homme, Si on le pense, ce sera vrai, car je serai avec toi, Plus personne n'entrera ici, Tu l'as dit, la femme qui s'appelle Marie de Magdala a cessé d'être une prostituée quand tu es entré ici, De quoi vivras-tu, Seuls les lis des champs croissent sans travailler et sans filer. Jésus lui prit les mains et dit, Nazareth n'est pas loin de Magdala, un de ces jours je viendrai te rendre visite, Si tu me cherches, tu me trouveras ici, Mon désir sera de toujours te trouver, Tu me trouveras même après ta mort, Veux-tu dire que je mourrai avant toi, Je suis plus vieille, je mourrai sûrement la première, mais s'il se trouvait que tu meures avant moi, je continuerai à vivre uniquement pour que tu puisses me retrouver, Et si tu mourais la première, Béni soit celui qui t'a amené dans ce monde quand j'y étais encore. Ensuite Marie servit à manger à Jésus et il n'eut pas besoin de lui dire, Assieds-toi avec moi, car depuis le premier jour, dans la maison fermée, cet homme et cette femme avaient partagé et multiplié entre eux les sentiments et les gestes, les espaces et les sensations, sans respect excessif des règles, des normes et des lois. Ils ne sauraient sûrement pas nous répondre si nous leur demandions maintenant comment ils se comporteraient s'ils n'étaient pas protégés et à leur aise dans ces quatre murs entre lesquels ils avaient pu pendant quelques brefs jours se tailler un monde à la simple image et à la ressemblance de l'homme et de la femme, bien plus à sa ressemblance à elle qu'à son image à lui, soit dit en passant, mais tous deux ayant été fort péremptoires à propos de leurs futures rencontres, il suffira que nous ayons la patience d'attendre le lieu et l'heure où ils affronteront ensemble le monde au-delà de la porte, le monde de ceux qui se demandent déjà avec inquiétude,

Que se passe-t-il donc là-dedans, et ils ne pensent pas aux folâtreries de chambre à coucher et de lit bien connues. Après le repas, Marie chaussa ses sandales à Jésus et lui dit, Il faut que tu te mettes en route si tu veux arriver à Nazareth avant la nuit, Adieu, dit Jésus et prenant sa besace et sa houlette il sortit dans la cour. Le ciel était uniformément nuageux, comme une doublure de laine sale, là-haut le Seigneur devait avoir du mal à voir ce que faisaient ses brebis. Jésus et Marie se quittèrent avec une étreinte qui semblait ne jamais devoir finir, ils s'embrassèrent aussi, mais moins longuement, et cela n'a rien d'étonnant car ce n'était pas tellement l'habitude en ce temps-là.

Le soleil venait de se coucher quand Jésus foula à nouveau le sol de Nazareth, quatre longues années, à une semaine près, depuis le jour où il s'était enfui d'ici, encore enfant, affligé par un désespoir mortel, pour se lancer dans le monde à la recherche de quelqu'un susceptible de l'aider à comprendre la première vérité insoutenable de sa vie. Quatre années, même si elles s'écoulent très lentement, peuvent ne pas suffire à guérir une douleur, mais en général elles l'endorment. Il avait posé ses questions dans le Temple, il avait reparcouru les chemins de la montagne avec le troupeau du Diable, il avait rencontré Dieu, il avait dormi avec Marie de Magdala, cet homme qui s'en vient ici ne semble plus souffrir, à l'exception de cette humidité des yeux dont nous avons déjà parlé mais qui, si l'on réfléchit à ses causes possibles, pourrait aussi être un effet tardif de la fumée des sacrifices, ou une exaltation de l'âme engendrée par les horizons des hauts pâturages, ou la peur d'un homme qui a entendu dire dans la solitude du désert, Je suis le Seigneur, ou enfin, peut-être, explication la plus probable car la plus proche, le désir et le souvenir d'un corps quitté il y a quelques heures seulement, Réconfortez-moi avec des raisins secs, fortifiez-moi avec des pommes car je défaille d'amour, Jésus pourrait dire cette douce vérité à sa mère et à ses frères, mais il a suspendu son pas sur le seuil de la porte, Qui sont ma mère et mes frères, demanda-t-il, non qu'il ne le sache pas, mais eux savent-ils qui il est, ce jeune homme qui a posé des questions dans le Temple, qui a contemplé les horizons, qui a rencontré Dieu, qui a connu l'amour charnel et qui en lui s'est reconnu homme. A ce même endroit, devant la porte, jadis s'était tenu un mendiant qui avait dit être un ange et qui, s'il était un ange, aurait pu faire irruption dans la maison, apportant avec lui l'ouragan de ses ailes tumultueuses, mais il avait préféré frapper et demander l'aumône avec des mots de mendiant. La porte est juste fermée avec la clenche. Jésus n'aura pas besoin d'appeler comme il avait dû le faire à Magdala, il entrera tranquillement dans cette maison qui est la sienne, voyez comme la blessure de son pied est guérie, il est vrai que les plaies qui saignent et qui suppurent sont les plus faciles à soigner. Il n'avait pas besoin de frapper mais il frappa. Il avait entendu des voix derrière le mur, il avait reconnu, plus distante, celle de sa mère, mais il n'eut pas le courage de pousser simplement la porte et d'annoncer, Me voici, comme quelqu'un qui, se sachant désiré, veut faire à tous la surprise qui les comblera de joie. Une fillette vint ouvrir, elle pouvait bien avoir huit ou neuf ans et elle ne reconnut pas le visiteur, la voix du sang ne se précipita pas pour lui dire, Cet homme est ton frère Jésus, tu ne te souviens pas de ton frère aîné, ce fut lui qui dit, malgré les quatre années ajoutées à leur âge à tous deux et malgré l'heure crépusculaire, Tu t'appelles Lidia, et elle répondit, Oui, toute prête à s'émerveiller qu'un inconnu connaisse son nom, mais il rompit tous les enchantements en disant, Je suis ton frère Jésus, laisse-moi passer. Dans la cour, près de la maison et sous l'appentis, il vit des silhouettes qui étaient comme des ombres, ce devait être ses frères, ceux-ci regardaient maintenant vers la porte, et deux d'entre eux, les plus âgés des garçons, Jacques et Joseph, s'approchaient, ils n'avaient pas entendu ce que Jésus avait dit, mais il était inutile qu'ils viennent identifier le visiteur, déjà Lidia criait, pleine d'enthousiasme, C'est Jésus, c'est notre frère, alors toutes les ombres bougèrent et Marie apparut à la porte, accompagnée de Lisia, l'autre fille, presque aussi grande que sa mère, et toutes deux s'exclamèrent comme à l'unisson, Ah mon fils, ah mon frère, l'instant d'après tous s'étreignaient au milieu de la cour, c'était vraiment la joie des familles qui se retrouvent, motif de liesse en général, surtout comme dans le cas présent quand c'est l'aîné lui-même qui retourne à notre tendresse et à nos soins. Jésus salua sa mère, il salua chacun de ses frères et chacune de ses sœurs, et de tous il fut salué par de chaleureuses expressions de bienvenue, Frère Jésus, cela fait du bien de te voir, Frère Jésus, nous pensions que tu nous avais oubliés, une pensée ne fut pas exprimée, Frère Jésus, tu n'as pas l'air de revenir bien riche. Ils entrèrent dans la maison et s'assirent pour dîner, ce que la famille s'apprêtait à faire quand il avait frappé à la porte, ici l'on dirait, Jésus venant de là où il vient, d'excès de chair pécheresse et de mauvaise fréquentation morale, ici l'on dirait avec la rude franchise des gens simples qui voient leur ration soudainement réduite, Quand c'est l'heure de manger, le diable envoie toujours une bouche de plus. Ces gens-là ne le dirent pas et il aurait été malséant qu'ils le disent car une seule bouche était venue s'ajouter au chœur des mastications, la différence ne se remarque même pas, là où neuf auraient mangé, dix mangent, et le nouveau venu a davantage de droits. Pendant qu'ils soupaient les jeunes frères voulurent connaître les aventures de Jésus, les frères aînés et la mère se rendirent aussitôt compte qu'il n'y avait pas eu de changement de profession depuis la rencontre de Jérusalem, d'autant plus qu'il avait déjà perdu l'odeur du poisson et que le vent, les heures de marche et la poussière avaient dissipé les arômes délictueux de Marie de Magdala, sauf si nous approchions le nez de la tunique de Jésus, mais puisque sa famille ne se hasarderait pas à le faire, ce n'est pas nous qui aurions cette audace. Jésus raconta qu'il avait été berger dans le plus grand troupeau jamais vu, que récemment il avait pêché en mer et aidé à en extraire de grandes et merveilleuses pêches, et aussi qu'il lui était arrivé la plus extraordinaire aventure qui puisse être conçue par l'imagination et par l'espoir des hommes, mais qu'il ne pourrait en parler qu'en une autre occasion, et encore pas à tous. Sur ces entrefaites, comme les plus petits insistaient, Raconte, raconte, celui du milieu, qui s'appelait Judas, demanda, mais sans intention mauvaise, Après tout ce temps-là, combien d'argent rapportes-tu, et Jésus répondit, Pas trois pièces de monnaie, pas deux, pas une, rien, et pour le prouver, car tous devaient trouver impossible pareille pénurie au bout de quatre années de travail continu, il vida sur-le-champ sa besace, en vérité on n'avait jamais vu pareille pauvreté de biens et d'outillage, un couteau à la lame usée et tordue, un bout de ficelle, un morceau de pain rassis, deux paires de sandales en lambeaux, ce qui restait des déchirures d'une vieille tunique, C'est celle de ton père, dit Marie en la touchant et touchant les sandales les plus grandes, Elles étaient à votre père. La tête des frères s'inclina, un sentiment de tristesse rappela la triste fin du géniteur, Jésus remit ce misérable fourniment dans la besace quand tout à coup il s'aperçut qu'une pointe de sa tunique formait un nœud volumineux et que le nœud était lourd, le sang lui monta au visage, le nœud ne pouvait contenir que de l'argent, cet argent même qu'il venait de déclarer ne pas posséder, et il comprit que cet argent avait été placé là par Marie de Magdala et que par conséquent il avait été gagné, non pas à la sueur de son front, comme l'ordonne la dignité, mais avec des gémissements factices et une sueur suspecte. La mère et les frères regardèrent la pointe dénonciatrice de la tunique, puis, comme s'ils avaient concerté leurs mouvements, ils le regardèrent, lui, et Jésus, entre masquer et dissimuler la preuve de son mensonge et l'exhiber sans pouvoir donner une explication que la moralité de la famille condescendrait à accepter, prit le parti le plus difficile, il défit le nœud et fit sortir le trésor, vingt monnaies comme on n'en avait jamais vu de semblables dans cette maison, et il dit, Je ne savais pas que j'avais cet argent. La réprobation silencieuse de la famille se propagea dans l'air comme le souffle brûlant du désert, quelle honte qu'un aîné menteur. Jésus réfléchissait dans son cœur et il n'y découvrait aucune irritation contre Marie de Magdala mais seulement une gratitude infinie pour sa générosité, pour cette délicatesse du don d'une somme dont elle savait qu'il hésiterait à l'accepter directement de sa main, car une chose était d'avoir dit, Ta main gauche est sous ma nuque et ta droite m'enlace, autre chose serait de ne pas penser que d'autres mains gauches et d'autres mains droites t'avaient enlacée sans vouloir savoir si ta nuque n'avait jamais eu envie d'un simple soutien. Maintenant c'est Jésus qui regarde sa famille, la défiant d'accepter sa parole, Je ne savais pas que j'avais cet argent, c'est la vérité sans aucun doute mais elle est à la fois entière et incomplète, la défiant aussi en silence de lui poser la question sans réplique, Si tu ne savais pas que tu avais cet argent, comment expliques-tu que tu l'aies, à cela il ne peut répondre, Il a été placé là par une prostituée avec qui j'ai couché ces derniers huit jours et qui l'a gagné avec les hommes avec lesquels elle a couché avant. Sur la tunique sale et effilochée de l'homme qui était mort crucifié il y a quatre ans et dont les os avaient connu l'ignominie d'une fosse commune, les vingt pièces de monnaie brillaient comme la terre lumineuse qui avait stupéfié une nuit cette même maison, mais aujourd'hui les anciens de la synagogue ne viendront pas ici dire, Enterrez-les, de même personne ne demandera ici, D'où viennent-elles, pour que la réponse ne les oblige pas à les rejeter, contre leur gré et malgré leur dénuement. Jésus recueille les pièces dans ses deux mains incurvées et répète, Je ne savais pas que j'avais cet argent, comme s'il leur offrait une dernière chance, puis, regardant sa mère, Ce n'est pas l'argent du Diable. Ses frères frémirent d'horreur, mais Marie répondit sans se troubler, Il ne vient pas non plus de Dieu. Jésus fit sauter les pièces, une fois, deux fois, jouant avec elles, et dit aussi simplement que s'il annonçait que le lendemain il retournerait à son établi de charpentier, Ma mère, nous parlerons de Dieu demain, et à l'intention de ses frères Jacques et Joseph, il ajouta, Je parlerai aussi avec vous, or il ne faudrait pas penser que c'était là une marque de déférence de la part du premier-né, ces deux garçons ont déjà atteint leur majorité religieuse et ont accès de plein droit aux sujets réservés. Jacques estima toutefois qu'étant donné l'importance majeure de la question, il serait bon d'avoir déjà quelques indications sur les motifs de la conversation annoncée, il ne suffit pas qu'un frère débarque ainsi, même s'il est l'aîné, et dise, Il faut que nous ayons une conversation sur Dieu, voilà pourquoi Jacques dit avec un sourire insinuant, Si, comme tu nous l'as dit, tu as été berger pendant quatre ans dans ces montagnes et ces vallées, tu n'as pas dû avoir beaucoup de temps de reste pour fréquenter les synagogues et y enrichir ton savoir au point de déclarer, à peine revenu à la maison, que tu veux nous parler du Seigneur. Jésus sentit l'hostilité sous les paroles aimables et répondit, Ah, Jacques, c'est mal connaître Dieu que d'ignorer que nous n'avons pas besoin de nous lancer à sa poursuite quand il a décidé de nous rencontrer, Si je comprends bien, tu te réfères à toi-même, Ne me questionne pas avant demain, demain je dirai ce que j'ai à dire. Jacques murmura des paroles qui ne s'entendirent pas mais qui devaient être un commentaire acide à propos de ceux qui croient tout savoir. Marie dit à Jésus d'un air las, Tu nous le diras demain, ou après-demain, ou quand tu voudras, mais dis-moi maintenant, et à tes frères, ce que tu comptes faire de cet argent, car ici nous sommes fort démunis, Tu ne veux pas savoir comment je l'ai en ma possession, Tu as dit ne pas savoir que tu l'avais en ta possession, C'est la vérité, mais j'ai réfléchi et je sais d'où il vient, S'il n'est pas entre tes mains pour de mauvais motifs, il ne le sera pas non plus entre celles de ta famille, C'est tout ce que tu as à dire au sujet de cet argent, Oui, Alors nous le dépenserons, comme il est juste, à l'entretien du ménage. Un murmure général d'approbation se fit entendre, Jacques lui-même lui adressa un geste d'amicale félicitation et Marie dit, Si tu n'y voyais pas d'inconvénient, nous en garderions une partie pour la dot de ta sœur, Vous ne m'aviez pas dit que la date du mariage de Lisia était déjà fixée, Oui, il aura lieu au printemps, Tu me diras de combien tu as besoin, Je ne sais pas ce que valent ces pièces. Jésus sourit et dit, Moi non plus je ne sais pas ce qu'elles valent, j'en connais seulement le prix. Il lâcha un rire sonore et dépourvu de retenue, comme s'il trouvait ses propres paroles spirituelles, toute la famille le regarda, déconcertée. Seule Lisia avait baissé les yeux, elle a quinze ans, sa pudeur est intacte, elle a toutes les intuitions mystérieuses de son âge et parmi toutes les personnes présentes c'est elle qui est la plus profondément troublée par cet argent dont personne ne tient à connaître l'appartenance, ni la provenance, ni comment il fut gagné. Jésus tendit une pièce à sa mère et dit, Tu la changeras demain et nous saurons alors quelle est sa valeur, On me demandera sûrement comment j'ai soudain toute cette richesse chez moi, car qui peut montrer une pièce comme celle-ci en a sûrement d'autres en réserve, Dis simplement que ton fils Jésus est rentré de voyage et qu'il n'y a pas de richesse plus grande que le retour du fils prodigue.

Cette nuit-là, Jésus rêva de son père. Il s'était couché dans la cour, sous l'appentis, car en voyant approcher l'heure d'aller au lit, il sentit qu'il ne supporterait pas la promiscuité de la maison, ces dix personnes éparpillées dans les coins à la recherche d'une solitude impossible, ce n'était pas comme au temps où il n'y avait pas de grande différence entre cet entassement et un troupeau d'agnelets, maintenant il y a trop de bras et de jambes, trop de contacts et d'incompatibilités. Avant de s'endormir Jésus pensa à Marie de Magdala et à tout ce qu'ils avaient fait ensemble, et s'il est indéniable que pareilles pensées le troublèrent au point qu'à deux reprises il se leva de la paille pour aller faire un tour dans la cour afin de se rafraîchir le sang, il n'est pas moins indéniable que le sommeil s'emparant enfin de lui, il finit par dormir d'un sommeil paisible et doux, d'enfant innocent, comme un corps qui se laisserait emporter par le lent courant d'un fleuve en regardant passer au-dessus de sa tête les branches et les nuages et un oiseau sans voix qui apparaissait et disparaissait. Le rêve de Jésus commença quand il s'imagina avoir senti un choc léger, comme si en dérivant son corps avait heurté un autre corps. Il pensa que c'était Marie de Magdala et il sourit, toujours en souriant il tourna la tête vers elle, mais c'était son père qui était là, emporté par la même eau, sous le même ciel et les mêmes branches, sous le volettement de l'oiseau silencieux. L'ancien cri de frayeur commença à se former dans sa gorge mais il s'interrompit aussitôt, ce n'était pas le rêve habituel, il ne se trouvait pas, encore enfant, sur une place à Bethléem avec d'autres enfants, en train d'attendre la mort, il n'entendit pas les sabots et les hennissements des chevaux, ni des cliquetis et des grincements d'armes, mais juste le doux glissement soyeux de l'eau, les deux corps, le père, le fils, comme s'ils composaient un radeau, emportés par le même fleuve. Au même instant, la peur disparut de l'âme de Jésus et à sa place, irrépressible, tel un état de ravissement pathétique, un sentiment d'exultation explosa, Mon père, dit-il en rêve, Mon père, répéta-t-il, éveillé cette fois mais pleurant en se rendant compte qu'il était seul. Il voulut replonger dans son rêve, le répéter depuis le début pour sentir à nouveau la surprise de ce choc, mais cette fois en l'attendant, voir de nouveau son père et s'abandonner avec lui au courant, jusqu'à la fin des eaux et la fin des temps. Il n'y parvint pas cette nuit-là, mais le vieux rêve ne reviendra plus, désormais au lieu de la peur c'est l'exultation qui s'emparera de lui, au lieu de la solitude il aura de la compagnie, au lieu de la mort différée il se verra promettre la vie, que les sages de l'Écriture expliquent maintenant s'ils le peuvent la nature du rêve que fit Jésus, la signification du fleuve et du courant, des branches suspendues, des nuages à la dérive et de l'oiseau silencieux, et comment il se fait que grâce à tout cela réuni et en bon ordre le père et le fils aient pu se rejoindre, bien que la faute de l'un n'ait pas de pardon et la douleur de l'autre pas de remède.

Le lendemain Jésus voulut aider Jacques dans son travail de charpenterie mais il fut bientôt prouvé que ses bonnes intentions ne suffisaient pas pour suppléer à son manque de science et que jusqu'aux derniers moments de son apprentissage du vivant de son père il n'avait jamais mérité la note passable. Pour les besoins de la clientèle, Jacques était devenu un charpentier tout à fait honnête et Joseph lui-même, bien qu'il n'eût guère plus de quatorze ans, connaissait déjà suffisamment le travail du bois pour pouvoir en remontrer à son grand frère, si pareille atteinte aux préséances était admissible dans la rigide hiérarchie familiale. Jacques riait de la maladresse de Jésus et lui disait, Celui qui t'a fait berger t'a perdu, simples paroles de gentille ironie dont on ne pouvait imaginer qu'elles cachaient une arrière-pensée ou qu'elles laissaient transparaître un double sens, mais qui poussèrent Jésus à s'éloigner brusquement de l'établi et Marie à dire à son cadet, Ne parle pas de perdition, n'attire pas le diable et le mal dans notre demeure. Jacques dit avec stupéfaction, Mais je n'attire rien, mère, j'ai simplement dit, Nous savons ce que tu as dit, l'interrompit Jésus, notre mère et moi savons ce que tu as dit, c'est elle qui a associé dans sa tête berger et perdition, pas toi, tu ne connais pas les raisons, elle oui, Je t'ai prévenu, dit Marie avec force, Tu m'as prévenu quand le mal était fait, si c'était un mal, car je regarde en moi et je ne vois aucun mal, répondit Jésus, Il n'y a pas pire aveugle que celui qui ne veut pas voir, dit Marie. Ces paroles fâchèrent vivement Jésus qui répondit sur un ton de réprimande, Tais-toi, femme, si les yeux de ton fils ont vu le mal, ils l'ont vu après toi, mais ces mêmes yeux qui te semblent aveugles ont vu aussi ce que tu n'as jamais vu et ce que tu ne verras certainement jamais. L'autorité du fils aîné et la dureté de sa voix, ajoutées à ses dernières paroles énigmatiques, firent capituler Marie, mais sa réponse contenait encore une ultime admonition, Pardonne-moi, je n'avais pas l'intention de t'offenser, le Seigneur veuille te conserver toujours la lumière des yeux et la lumière de l'âme, dit-elle. Jacques regardait sa mère, il regardait son frère, il sentait la présence d'un conflit mais n'imaginait pas que des causes anciennes puissent l'expliquer, car il ne semblait pas que suffisamment de temps se soit écoulé pour que des causes nouvelles aient pu apparaître. Jésus se dirigea vers la maison mais arrivé sur le seuil il se retourna et dit à sa mère, Ordonne à tes enfants de sortir et envoie-les s'amuser dehors, j'ai besoin de te parler seul à seul, à toi et aussi à Jacques et à Joseph. Les frères sortirent et la maison, encombrée de monde l'instant d'avant, fut soudain vide, il n'y avait plus que quatre personnes assises par terre, Marie entre Jacques et Joseph, Jésus devant eux. Un long silence se fit, comme si tous, d'un commun

318

accord, laissaient aux indésirables ou à ceux qui ne méri-
taient pas d'être là le temps de s'éloigner à une distance
telle que même l'écho d'un cri ne pourrait leur parvenir,
puis Jésus dit enfin, laissant tomber les mots, J'ai vu
Dieu. Le premier sentiment qui put se lire sur le visage
de sa mère et de ses frères fut un sentiment de crainte
révérencielle, le deuxième d'incrédulité circonspecte,
puis, entre l'un et l'autre, quelque chose comme une
expression de méfiance malveillante se fit jour chez Jacques, une ébauche d'excitation éblouie chez Joseph, une
ombre d'amertume résignée chez Marie. Aucun d'eux
ne parla et Jésus répéta, J'ai vu Dieu. Si un instant subit
de silence est dans le parler populaire la conséquence du
passage d'un ange, ici les anges n'en finissaient plus de
passer. Jésus avait dit tout ce qu'il avait à dire, sa famille,
elle, ne savait que dire, bientôt ils se lèveront et iront
vaquer à leurs affaires, chacun se demandant s'il avait
vraiment rêvé un rêve aussi impossible à croire. Le
silence, toutefois, si nous lui en donnons le temps, a la
grande vertu, qui en apparence le nie, de nous obliger à
parler. Voilà pourquoi, quand la tension de l'attente fut
devenue insupportable, Jacques posa une question, la
plus ancienne de toutes, de pure et gratuite rhétorique,
Tu en es sûr. Jésus ne répondit pas, il se contenta de le
regarder comme sans doute Dieu l'avait regardé, lui, de
l'intérieur de son nuage et pour la troisième fois il dit,
J'ai vu Dieu. Marie ne posa pas de questions, elle se
borna à dire, Tu as sans doute eu une illusion, Mère, les
illusions existent mais elles ne parlent pas, or Dieu m'a
parlé, répondit Jésus. Jacques avait retrouvé sa présence
d'esprit, tout cela lui semblait une histoire de fous, son
frère parlant à Dieu, quelle absurdité, Alors, qui sait si
ce n'est pas le Seigneur qui a mis l'argent dans ta besace,
et ce disant il eut un sourire d'ironie. Jésus rougit mais
répondit sèchement, Tout nous vient du Seigneur, il
trouve toujours et ouvre les chemins pour arriver jusqu'à

nous et cet argent qui à la vérité ne vient pas de lui est venu par lui, Et que t'a dit le Seigneur, où étais-tu quand tu l'as vu, dormais-tu ou étais-tu éveillé, J'étais dans le désert, je cherchais une brebis et il m'a appelé, Que t'a-t-il dit, s'il t'est permis de le répéter, Qu'un jour il me réclamerait ma vie, Toutes les vies appartiennent au Seigneur, C'est ce que je lui ai dit, Et lui, qu'a-t-il dit, Qu'en échange de la vie que je lui donnerai j'aurai la puissance et la gloire, Tu auras la puissance et la gloire après que tu seras mort, demanda Marie qui croyait avoir mal entendu, Oui, mère, Quelle gloire, quelle puissance pourront être données à quelqu'un qui est mort, Je ne sais pas, Tu rêvais, J'étais éveillé et je cherchais ma brebis dans le désert, Et quand le Seigneur demandera-t-il ta vie, Je ne sais pas, mais il m'a dit que je le rencontrerai à nouveau lorsque je serai prêt. Jacques regarda son frère avec une expression inquiète, puis il émit une hypothèse, Le soleil du désert t'a tapé sur la tête, voilà ce qui s'est passé, et Marie, de façon inattendue, Et la brebis, qu'est devenue la brebis, Le Seigneur m'a ordonné de la lui sacrifier en signe d'alliance. Ces mots indignèrent Jacques, qui protesta, Tu offenses le Seigneur, le Seigneur a conclu une alliance avec son peuple, il ne le ferait pas maintenant avec un simple homme comme toi, fils de charpentier, berger et on ne sait quoi encore. Marie, à l'expression de son visage, semble suivre avec beaucoup d'attention le fil d'une pensée, comme si elle craignait de le voir se briser sous ses yeux, mais tout au bout de ce fil elle trouva la question qu'elle devait poser, Quelle était cette brebis, C'était l'agneau que j'avais avec moi quand nous nous sommes rencontrés à Jérusalem, à la porte de Ramallah, finalement ce que j'avais voulu refuser au Seigneur, le Seigneur me l'a pris des mains, Et Dieu, comment était Dieu quand tu l'as vu, Un nuage, Fermé ou ouvert, demanda Jacques, Une colonne de fumée, Tu es fou, mon frère, Si je suis fou c'est parce que le Seigneur m'a rendu fou, Tu es sous l'emprise du Diable, dit Marie, et ces mots étaient un cri, Ce n'est pas le Diable que j'ai rencontré dans le désert, c'est le Seigneur, et s'il est vrai que je suis sous l'emprise du Diable, c'est parce que Dieu l'a voulu, Le Diable est avec toi depuis ta naissance, Tu le sais, Oui, je le sais, tu as vécu avec lui et sans Dieu pendant quatre ans, Et au bout de quatre ans passés avec le Diable j'ai rencontré Dieu, Tu dis des horreurs et des mensonges, Je suis le fils que tu as mis au monde, crois en moi ou rejette-moi, Je ne crois pas en toi, Et toi, Jacques, Je ne crois pas en toi, Et toi Joseph, qui portes le nom de notre père, Je crois en toi, mais pas à ce que tu dis. Jésus se leva, les regarda de haut et dit, Quand la promesse du Seigneur s'accomplira en moi, vous serez obligés de croire à ce qu'on dira alors de moi. Il alla chercher sa besace et son bâton, il chaussa ses sandales. A la porte, il partagea l'argent en deux et dit, Voici la dot de Lisia, pour sa vie de femme mariée, et il la disposa sur le seuil de la porte, une pièce de monnaie à côté de l'autre, le reste retournera entre les mains d'où cet argent est venu, peut-être se transformera-t-il aussi en dot. Il se tourna vers la porte, il allait partir sans prendre congé, et Marie dit, J'ai remarqué que tu n'as pas d'écuelle dans ta besace, J'en avais une mais elle s'est cassée, Il y en a quatre ici, choisis-en une et emporte-la. Jésus hésita, il voulait partir les mains vides, mais il se dirigea vers le four où se trouvaient les quatre écuelles, empilées les unes sur les autres. Choisis-en une, répéta Marie. Jésus les regarda, choisit, Je prends celle-ci, la plus vieille, Tu as choisi à ta convenance, dit Marie, Pourquoi, Elle a la couleur de la terre noire, elle ne se casse ni ne s'use. Jésus mit l'écuelle dans sa besace, frappa le sol de son bâton, Dites encore une fois que vous ne me croyez pas, Nous ne te croyons pas, dit la mère, et maintenant moins que jamais car tu as choisi le signe du Diable, De quel signe parles-tu, De cette écuelle. A cet instant, venues du tréfonds de la mémoire, les paroles de Pasteur parvinrent aux oreilles de Jésus, Tu auras une autre écuelle mais celle-là ne se cassera pas aussi longtemps que tu vivras. Une corde semblait avoir été tendue et étirée de toute sa longueur, et finalement ce que nous avons ici est un cercle, fermé par un nœud qui vient d'être noué. Pour la deuxième fois, Jésus partait de chez lui, mais cette fois il ne dit pas, D'une façon ou d'une autre je reviendrai. Ce qu'il pensait tandis qu'il tournait le dos à Nazareth et qu'il descendait la première côte de la montagne était bien plus simple et mélancolique, il se demandait si Marie de Magdala elle non plus ne croirait pas en lui.

Cet homme qui porte en lui une promesse de Dieu n'a d'autre lieu où aller que la maison d'une prostituée. Il ne peut retourner au troupeau, Va-t'en, lui a dit Pasteur, ni revenir chez lui, Nous ne te croyons pas, lui a dit sa famille, et maintenant ses pas hésitent, il a peur de partir, il a peur d'arriver, c'est comme s'il était de nouveau au milieu du désert, Qui suis-je, les montagnes et les vallées ne lui répondent pas, non plus que le ciel qui recouvre tout et qui devrait tout savoir, s'il retournait maintenant chez lui et s'il répétait sa question, sa mère lui dirait, Tu es mon fils mais je ne te crois pas, or puisqu'il en est ainsi, il est temps que Jésus s'assoie sur cette pierre qui l'attend ici depuis que le monde est monde et qu'assis sur elle il pleure des larmes d'abandon et de solitude, qui sait si le Seigneur ne décidera pas de lui apparaître une autre fois, ne serait-ce que sous forme de fumée et de nuage, mais il faudrait qu'il lui dise, Homme, il n'y a pas de quoi pleurer, de quoi sangloter, allons, allons, nous avons tous nos mauvais moments, mais il y a un point important dont nous n'avons jamais parlé, je vais le faire présentement, dans la vie, vois-tu, tout est relatif, une chose mauvaise peut même devenir supportable si on la compare à une chose pire, par conséquent sèche-moi ces larmes et comporte-toi comme un homme, tu as fait la paix avec ton père, que veux-tu de plus, et quant à cette obsession de ta mère, je m'en chargerai quand le moment sera venu, mais ce qui ne m'a pas beaucoup plu c'est cette histoire avec Marie de Magdala, une putain, enfin, c'est de ton âge, profites-en, une chose n'empêche pas l'autre, il y a un temps pour manger et un temps pour jeûner, un temps pour pécher et un temps pour avoir peur, un temps pour vivre et un temps pour mourir. Jésus essuya ses larmes avec le dos de sa main, se moucha Dieu sait dans quoi, en vérité il ne valait pas la peine de rester là toute la journée, le désert est comme il est, il nous entoure, il nous encercle, d'une certaine manière il nous protège, mais pour ce qui est de donner, il ne donne rien, il se contente de regarder, et si le soleil subitement se voile et si à cause de cela nous disons, Le ciel accompagne ma douleur, nous sommes des imbéciles car le ciel est d'une parfaite impartialité, il ne se réjouit pas de nos joies et il ne s'attriste pas non plus de nos peines. Des gens se dirigent vers Nazareth et Jésus ne veut pas être un objet de risée, un homme fait, au visage couvert de barbe, pleurer comme un enfant qui a besoin d'être câliné. Les rares voyageurs se croisent sur la route, les uns montent, les autres descendent, ils se saluent avec l'exubérance que nous savons mais seulement après s'être assurés de l'honnêteté des intentions car dans ces parages les bandits peuvent aussi bien être d'une sorte que d'une autre. Il y a ceux de l'espèce coupe-jarret et brigand de grand chemin, comme ces filous moqueurs qui détroussèrent ce même Jésus il y a presque cinq ans, quand le pauvre allait chercher à Jérusalem un soulage-ment à ses peines, et il y a ceux de la digne espèce des guérilleros qui bien que ne faisant pas des routes leur trajet habituel, s'y postent parfois, déguisés, pour obser-ver le déplacement des contingents militaires romains en

vue de la prochaine embuscade, ou alors, à visage découvert, pour laisser sans or ni argent, ni quoi que ce soit
d'utile, les riches collaborateurs auxquels en général une
escorte nombreuse ne réussit pas à épargner ce déshon-
neur. Jésus n'aurait pas dix-huit ans si quelques chimères
d'aventure guerrière ne traversaient son imagination
devant ces montagnes solennelles, dans les ravins, grottes
et renfoncements desquelles se cachent les continuateurs
des grandes luttes de Judas le Galiléen et de ses compagnons, alors il se mit à spéculer sur la décision qu'il
prendrait s'il rencontrait en chemin un détachement de
guérilleros qui le défieraient de se joindre à eux, échan-
geant la douceur de la paix, même dans un état d'indi-
gence, pour la gloire des batailles et la puissance du
vainqueur, car il est écrit qu'un jour la volonté du Seigneur suscitera un Messie, un Envoyé, afin que son
peuple soit libéré une fois pour toutes de l'oppression
actuelle et fortifié pour les combats futurs. Une bouffée
de fol espoir et d'orgueil irrépressible souffle comme un
signe de l'Esprit sur le front de Jésus et l'espace d'un
bref vertige le fils du charpentier se voit capitaine, général et commandant suprême, flamberge au vent, épou-
vantant par sa simple apparition les légions romaines,
lancées dans les précipices comme des troupeaux de
cochons possédés de tous les démons, senatus populus-
que romanus, mais comment donc. Pauvres de nous, car
l'instant d'après Jésus se souvint que la puissance et la
gloire lui furent certes promises, mais pour après sa mort,
alors le mieux qu'il ait à faire c'est de profiter de la vie
et s'il doit aller à la guerre ce sera à une condition, que
pendant les trêves il puisse quitter les rangs pour aller
passer quelques jours avec Marie de Magdala, sauf si
dans les troupes des patriotes les vivandières d'un seul
soldat sont admises, car être la vivandière de plus d'un
seul soldat serait de la prostitution et Marie de Magdala
a dit que cette ère-là était bien finie. Espérons qu'il en

est bien ainsi car Jésus se sentit des forces nouvelles au souvenir de cette femme qui l'a guéri d'une plaie douloureuse, la remplaçant par la blessure inguérissable du désir, et maintenant la question est de savoir comment il affrontera la porte close et marquée d'un signe sans avoir la certitude absolue que derrière elle il ne trouvera que ce qu'il imagine y avoir laissé, quelqu'un qui entretient un état d'attente exclusive, une attente du corps et de l'âme, car Marie de Magdala n'admet pas l'une sans l'autre. Le soir tombe, déjà les maisons de Magdala se distinguent au loin, rassemblées comme un troupeau, mais celle de Marie est comme la brebis qui s'est éloignée, il est impossible de l'apercevoir d'ici, entre les grandes pierres qui bordent le chemin, courbe après courbe. L'espace d'un instant, Jésus se souvint de la brebis, celle qu'il avait dû tuer pour sceller avec du sang l'alliance que le Seigneur lui imposa, et son esprit, maintenant affranchi des batailles et des triomphes, s'émut à l'idée qu'il cherchait de nouveau sa brebis, non pas pour la tuer, ni pour la conduire une autre fois au troupeau mais pour grimper avec elle vers les pâturages vierges, car il y en a encore, si nous cherchons bien, dans ce vaste monde parcouru dans tous les sens, et si nous cherchons mieux, pour découvrir les passages secrets dans les brebis que nous sommes. Jésus s'arrêta devant la porte, d'une main discrète il vérifia qu'elle était fermée en dedans. Le signe est toujours suspendu, Marie de Magdala ne reçoit pas. Il suffirait à Jésus d'appeler, de dire, C'est moi, et à l'intérieur on entendrait le chant de jubilation, J'entends la voix de mon aimé, le voici, il vient, sautant par-dessus les monts, bondissant par-dessus les collines, le voici derrière nos murs, derrière cette porte, oui, mais Jésus préférera frapper avec le poing, une fois, deux fois, sans rien dire, et attendre qu'on vienne lui ouvrir, Qui est-ce et que voulez-vous, demanda-t-on à l'intérieur, alors Jésus eut une mauvaise idée, déguiser sa voix et procéder comme un riche client poussé par l'urgence, dire, par exemple, Ouvre, ma jolie, tu ne le regretteras pas, ni pour ce qui est du paiement, ni pour ce qui est de la prestation, bien que le ton de sa voix fût factice ses paroles furent véridiques, Je suis Jésus de Nazareth. Marie de Magdala mit du temps à venir ouvrir, se méfiant de la voix qui n'était pas en accord avec la déclaration, mais aussi parce qu'elle jugea impossible que fût déjà de retour, à peine une nuit plus tard, à peine une journée plus tard, l'homme qui lui avait promis, Un de ces jours je viendrai te rendre visite, Nazareth n'est pas loin de Magdala, que de fois on dit ce genre de choses pour faire plaisir, un de ces jours peut signifier dans trois mois mais jamais demain. Marie de Magdala ouvre la porte, se jette dans les bras de Jésus, elle a du mal à croire à pareil bonheur, son émotion est telle qu'absurdement elle s'imagine qu'il est revenu parce que la plaie à son pied s'est de nouveau ouverte et c'est avec cette idée présente à l'esprit qu'elle le conduit à l'intérieur, l'assoit et approche une lumière, Ton pied, montre-moi ton pied, mais Jésus lui dit, Mon pied est guéri, tu ne vois pas. Marie de Magdala aurait pu lui répondre, Non, je ne vois pas, car c'était la vérité extrême de ses yeux noyés de larmes. Il fallut qu'elle effleure de ses lèvres le cou-de-pied couvert de poussière, qu'elle défasse soigneusement les lanières qui attachaient la sandale à la cheville, qu'elle caresse du bout des doigts la fine peau neuve pour se convaincre des vertus lénitives escomptées de l'onguent et reconnaître en son for intérieur que son amour avait pu jouer un certain rôle dans la guérison.

Pendant qu'ils soupaient, Marie de Magdala ne posa pas de questions, elle voulut juste savoir si le voyage s'était bien passé, et cela, inutile de le dire, n'était pas questionner, s'il avait fait de mauvaises rencontres en chemin, bref des banalités de ce genre. Le repas fini, elle se tut, elle ouvrit et maintint un espace de silence, car ce n'était plus son tour de parler. Jésus la regarda fixement, comme si du haut d'un rocher il mesurait ses forces avec la mer, non qu'il craignît que la surface lisse recélât des animaux voraces ou des récifs coupants mais simplement comme s'il interrogeait son propre courage de sauter. Il connaît cette femme depuis une semaine, temps et vie suffisants pour savoir que s'il va vers elle il trouvera des bras ouverts et un corps offert, mais il a peur de lui révéler, car indéniablement le moment est arrivé, que quelques heures plus tôt il a été rejeté par ceux qui, étant parents de sa chair, devraient l'être aussi de son esprit. Jésus hésite, il cherche le chemin que devront emprunter ses paroles et ce qui lui vient n'est pas la longue explication nécessaire mais une phrase destinée à gagner du temps, s'il n'est plus exact de dire destinée à le perdre, Tu n'es pas étonnée que je sois revenu si vite, J'ai commencé à t'attendre dès que tu es parti, je n'ai pas compté le temps entre ton départ et ton retour, comme je ne l'aurais pas compté non plus si tu avais tardé dix ans. Jésus sourit, fit un geste avec les épaules, il devait déjà savoir qu'avec cette femme les feintes ou les paroles évasives ne servaient à rien. Ils étaient assis par terre, l'un en face de l'autre, avec au milieu une lumière et les restes du repas. Jésus prit un morceau de pain, le rompit en deux et, donnant une partie à Marie, il dit, Que ce pain soit le pain de la vérité, mangeons-le pour croire et ne pas douter, quel que soit ce que nous dirons et entendrons ici, Ainsi soit-il, dit Marie de Magdala. Jésus acheva de manger le pain, attendit qu'elle aussi eût fini et pour la quatrième fois il dit, J'ai vu Dieu. Marie de Magdala ne se troubla pas, seules les mains qu'elle avait croisées sur ses genoux tressaillirent un peu, et elle demanda, C'était cela que tu avais à me dire si nous nous rencontrions de nouveau, Oui, et aussi tout ce qui m'est arrivé depuis que je suis parti de chez moi il

y a quatre ans, car il me semble que toutes ces choses
sont liées entre elles, même si je ne sais pas expliquer
pourquoi ni à quelle fin, Je suis ta bouche et tes oreilles,
répondit Marie de Magdala, ce que tu me diras, tu le
diras à toi-même, je suis seulement celle qui est en toi.
Maintenant Jésus peut commencer à parler, car tous deux
ont mangé le pain de la vérité et en vérité des heures
comme celles-ci ne sont pas très nombreuses dans la vie.
La nuit s'est faite aurore, deux fois la lumière de la lampe
est morte et deux fois elle a ressuscité, toute l'histoire
de Jésus que nous connaissons déjà fut narrée, y compris
même certains détails qu'à l'époque nous n'avions pas
jugés intéressants et de nombreuses pensées que nous
avions laissées échapper, non pas que Jésus nous les ait
dissimulées mais tout bonnement parce que nous ne pouvions pas, nous, évangéliste, être partout à la fois. Quand,
d'une voix soudain lasse, Jésus allait commencer à dire
ce qui lui était arrivé après son retour chez lui, le chagrin
le fit hésiter, tout comme là-bas cet obscur pressentiment
l'avait immobilisé avant de frapper à la porte, alors Marie
de Magdala, rompant pour la première fois le silence,
demanda du ton de qui connaît d'avance la réponse, Ta
mère ne t'a pas cru, Exactement, répondit Jésus, Et c'est
pour cela que tu es revenu à cette autre maison, Oui,
Comme j'aimerais pouvoir te mentir et te dire que moi
non plus je ne te crois pas, Pourquoi, Parce que tu referais
ce que tu as fait, tu t'en irais d'ici comme tu es parti de
chez toi, et ne te croyant pas, je n'aurais pas à te suivre,
Cela ne répond pas à ma question, Tu as raison, cela n'y
répond pas, Alors, Si je ne croyais pas en toi, je n'aurais
pas à vivre avec toi les choses terribles qui t'attendent,
Et comment peux-tu savoir que des choses terribles
m'attendent, Je ne sais rien de Dieu, sauf que ses préférences doivent être aussi terrifiantes que ses mépris, Où
es-tu allée chercher une idée aussi étrange, Il te faudrait
être une femme pour savoir ce que signifie vivre avec le

mépris de Dieu et maintenant il te faudra être beaucoup plus qu'un homme pour vivre et mourir en tant que son élu, Tu veux m'effrayer, Je vais te raconter un rêve que j'ai fait, une nuit un petit garçon m'est apparu en songe, il est apparu soudain, venant de nulle part, il est apparu et il a dit Dieu est terrifiant, il a dit ces mots et il a disparu, je ne sais pas qui était ce garçon, ni d'où il venait, ni à qui il appartenait, C'est un rêve, Il te sied mal de prononcer ce mot sur ce ton, Et après, qu'est-il arrivé, Après, j'ai commencé à me prostituer, Tu as abandonné cette vie maintenant, Mais le rêve n'a pas été démenti, pas même après que je t'ai connu, Répète-moi de nouveau ces mots, Dieu est terrifiant. Jésus vit le désert, la brebis morte, le sang sur le sable, il entendit la colonne de fumée soupirer de satisfaction et il dit, Peut-être, toutefois entendre cela en rêve est une chose, vivre cela dans la vie sera très différent, Plaise à Dieu que tu ne le saches jamais, Chacun doit vivre son destin, Et tu as déjà reçu un premier avertissement solennel au sujet du tien. La coupole d'un ciel criblé d'étoiles tourne lentement au-dessus de Magdala et du monde. En quelque endroit de l'infini, ou l'emplissant infiniment, Dieu fait avancer et reculer les pions d'autres jeux auxquels il joue, il est encore trop tôt pour se préoccuper de celui-ci, pour l'instant il faut simplement laisser les événements suivre leur cours naturel, une fois ou l'autre Dieu donnera avec le bout du petit doigt une chiquenaude opportune pour qu'une action ou une pensée intempestive ne vienne pas bouleverser l'harmonie implacable de la destinée. Voilà pourquoi il ne daigne pas s'intéresser au reste de la conversation entre Jésus et Marie de Magdala, Et maintenant, que penses-tu faire, demanda-t-elle, Tu as dit que tu irais avec moi où que j'aille, J'ai dit que je serais avec toi où que tu sois, Quelle est la différence, Il n'y en a pas, mais tu peux rester ici aussi longtemps que tu le voudras, si tu ne vois pas d'inconvénient à vivre avec moi dans la maison où j'ai été prostituée. Jésus réfléchit, pesa le pour et le contre, et dit enfin, Je chercherai du travail à Magdala et nous vivrons ensemble comme mari et femme, Tu promets trop, il est suffisant que tu me laisses être à tes côtés.

Jésus ne trouva pas de travail mais il eut ce à quoi il aurait dû s'attendre, des ricanements, des moqueries et des insultes, et réellement cela n'avait rien d'étonnant, un homme, à peine plus qu'un adolescent, vivre avec la Marie de Magdala, cette dévergondée, Dans quelques jours à peine on te verra assis à la porte, attendant que le client sorte. Jésus supporta les quolibets deux semaines, mais après il dit à Marie, Je m'en vais d'ici, Où iras-tu, Au bord de la mer. Ils partirent de bon matin, les habitants de Magdala n'arrivèrent pas à temps pour s'emparer de quoi que ce soit dans la maison qui brûlait.

Quelques mois plus tard, par une froide et pluvieuse nuit d'hiver, un ange entra chez Marie de Nazareth et ce fut comme si personne n'était entré car la famille ne bougea pas, seule Marie remarqua l'arrivée du visiteur, d'ailleurs elle n'aurait pas pu faire celle qui n'avait rien vu dès lors que l'ange s'adressa directement à elle dans les termes suivants, Il faut que tu saches, Marie, que le Seigneur mélangea sa semence à celle de Joseph le jour où à l'aube tu conçus pour la première fois et qu'à la suite et en conséquence de cette semence, celle du Seigneur, pas celle de ton mari, bien que légitime, ton fils Jésus fut engendré. Marie fut fort étonnée de cette nouvelle, dont la substance, heureusement, ne se perdit pas dans l'élocution confuse de l'ange, et elle demanda, Alors Jésus est mon fils et celui du Seigneur, Femme, quel manque d'éducation, tu dois respecter la hiérarchie, les préséances, tu devrais dire le fils du Seigneur et de moi, Du Seigneur et de toi, Non, du Seigneur et de moi, Ne m'embrouille pas les idées, réponds à ce que je t'ai demandé, Jésus est-il fils, Fils, ce qui s'appelle fils, il l'est seulement du Seigneur, toi, dans cette histoire, tu n'as été qu'une mère porteuse, Alors, le Seigneur ne m'a pas choisie, Qu'est-ce que tu racontes, le Seigneur ne faisait que passer, quelqu'un d'attentif se serait aperçu de son passage à la couleur du ciel, mais le Seigneur remarqua que Joseph et toi étiez des gens robustes et

sains et alors, si tu te souviens encore de la façon dont
ces besoins se manifestent, son appétit s'est réveillé et
le résultat fut Jésus, neuf mois plus tard, Et on a la
certitude, ce qui s'appelle la certitude, que c'est vraiment
la semence du Seigneur qui a engendré mon premier fils,
Bon, la question est délicate, ce que tu me demandes
n'est ni plus ni moins qu'une recherche de paternité alors
qu'à la vérité dans ces mariages mixtes on a beau faire
des flopées d'analyses, des tas de tests, des masses de
comptages de globules, on n'a jamais de certitude absolue, Pauvre de moi qui à t'entendre m'étais imaginée que
le Seigneur m'avait choisie ce matin-là pour être son
épouse alors que finalement tout a été l'œuvre du hasard,
et la réponse peut être aussi bien oui que non, alors moi
je te dis qu'il aurait mieux valu que tu ne descendes pas
ici à Nazareth pour venir me plonger dans ce doute,
d'ailleurs, si tu veux que je te parle franchement, un fils
du Seigneur, même avec moi pour mère, cela se serait
vu dès sa naissance et, plus tard, en grandissant, il aurait
eu de ce même Seigneur le port, la figure et la parole,
or, bien qu'on dise que l'amour d'une mère est aveugle,
mon fils Jésus ne remplit pas ces conditions, Marie, ta
première grande erreur c'est de penser que je suis venu
ici uniquement pour te parler de ce vieil épisode de la
vie sexuelle du Seigneur, ta deuxième grande erreur c'est
de croire que la beauté et la faconde des hommes sont
à l'image et à la ressemblance du Seigneur alors que le
système du Seigneur, je te le dis moi qui suis de la
maison, c'est d'être toujours à l'opposé de la façon dont
les hommes se l'imaginent et d'ailleurs, tout à fait entre
nous, je pense même que le Seigneur ne pourrait pas
vivre autrement, le mot qui sort le plus fréquemment de
sa bouche ce n'est pas oui, c'est non, J'ai toujours
entendu dire que c'est le Diable qui est l'esprit qui nie,
Non, ma fille, le Diable est l'esprit qui se nie, si dans
ton cœur tu ne saisis pas la différence tu ne sauras jamais

à qui tu appartiens, J'appartiens au Seigneur, Eh bien justement, tu prétends appartenir au Seigneur et tu es tombée dans la troisième erreur, la plus grave, qui est de ne pas avoir cru en ton fils, En Jésus, Oui, en Jésus, aucun parmi tes autres enfants n'a vu Dieu ni ne le verra jamais, Dis-moi, ange du Seigneur, s'il est vraiment vrai que mon fils Jésus a vu Dieu, Oui, et comme un enfant qui a découvert son premier nid, il est accouru pour te le montrer, et toi sceptique, et toi méfiante, tu as dit que cela ne pouvait être vrai, que si nid il y avait, il était vide, que si œufs il y avait, ils étaient gâtés et que s'il n'y en avait pas, c'était parce qu'un serpent les avait mangés, Pardonne-moi, cher ange, d'avoir douté, En ce moment je ne sais pas si c'est à moi que tu parles ou à ton fils, A lui, à toi, à tous les deux, que puis-je faire pour défaire le mal qui est fait, Que te conseille ton cœur de mère, D'aller à sa recherche, de lui dire que je crois en lui, de lui demander de me pardonner et de revenir à la maison, où le Seigneur viendra l'appeler, l'heure venue, Franchement, je ne sais pas si tu arriveras à temps, il n'y a rien de plus susceptible qu'un adolescent, tu risques d'entendre des paroles brutales et de te voir claquer la porte au nez, Si pareille chose arrive, ce sera la faute de ce démon qui l'a ensorcelé et égaré, je ne sais vraiment pas comment le Seigneur, étant son père, lui a permis de prendre tant de libertés, comment il a pu lui lâcher ainsi la bride, De quel démon parles-tu, Du berger que mon fils a fréquenté pendant quatre ans, s'occupant d'un troupeau dont personne ne sait à quoi il sert, Ah, le berger, Tu le connais, Nous avons été à la même école, Et le Seigneur permet qu'un démon comme lui continue à exister et qu'il prospère, Le bon ordre du monde l'exige, mais le dernier mot appartiendra toujours au Seigneur, simplement nous ne savons pas quand il le prononcera, mais tu verras qu'un jour nous nous réveillerons et nous découvrirons que le mal n'existe pas dans le monde, et maintenant il faut que je m'en aille, si tu as d'autres questions à poser, profite de l'occasion, Juste une, Très bien, A quelle fin le Seigneur veut-il mon fils, Ton fils est une manière de parler, Aux yeux du monde Jésus est mon fils, A quelle fin le veut-il, demandes-tu, eh bien, c'est une bonne question, oui, parfaitement, l'ennui c'est que je ne sais pas quoi te répondre, la question, au stade actuel, est entièrement entre eux deux, et je ne crois pas que Jésus en sache plus que ce qu'il t'a dit, Il m'a dit qu'il aura la puissance et la gloire après sa mort, De cela aussi je suis informé, Mais que devra-t-il faire de son vivant pour mériter les merveilles que le Seigneur lui a promises, Allons, allons, femme ignorante, crois-tu que ce mot existe aux yeux du Seigneur, que ce que tu appelles avec présomption des mérites puisse avoir une valeur quelconque et un sens, en vérité je ne sais pas ce que vous vous imaginez, vous qui n'êtes que de misérables esclaves de la volonté absolue de Dieu, Je ne dirai rien de plus, je suis véritablement l'esclave du Seigneur, que sa parole s'accomplisse en moi, dis-moi simplement où je pourrai trouver mon fils, après que tant de mois ont passé, Cherche-le, c'est ton devoir, lui aussi a cherché la brebis égarée, Pour la tuer, Tranquillise-toi, il ne te tuera pas, mais toi, en revanche, tu le tueras en n'étant pas présente à l'heure de sa mort, Comment sais-tu que je ne mourrai pas la première, Je suis suffisamment proche des centres de décision pour le savoir, et maintenant adieu, tu as posé les questions que tu voulais poser, peut-être n'en as-tu pas posé une que tu aurais dû poser, mais cela est une affaire qui ne me regarde pas, Explique-moi, Explique-le-toi à toi-même. Sur ce dernier mot l'ange disparut et Marie ouvrit les yeux. Tous ses enfants dormaient, les garçons en deux groupes de trois, dans un coin, Jacques, Joseph et Judas, les plus vieux, dans un autre coin les plus jeunes, Simon, Juste et Samuel, et avec elle, une de chaque côté comme d'habi-

tude, Lisia et Lidia, mais les yeux de Marie, encore
troublés par les annonces de l'ange, s'écarquillèrent soudain avec effarement en voyant Lisia toute dépoitraillée,
pratiquement nue, sa tunique retroussée au-dessus de ses
seins elle dormait profondément, elle soupirait en souriant, une légère sueur brillait sur son front et au-dessus
de sa lèvre supérieure qui semblait mordue de baisers.
Si Marie n'avait pas eu la certitude que seul un ange
bavard avait été là, à voir les signes montrés par Lisia
elle se serait écriée qu'un démon incube, un de ces
démons qui assaillent malicieusement les femmes endor-
mies, avait fait des siennes sur le corps pris au dépourvu
de la pucelle, pendant que sa mère se laissait distraire
par la conversation, probablement en a-t-il toujours été
ainsi et nous ne le savions pas, ces anges se promènent
toujours par deux, où qu'ils aillent, et pendant que l'un,
pour détourner l'attention et couvrir son compagnon, se
met à raconter des histoires à dormir debout, l'autre
accomplit en silence l'actus nefandus, ce qui est une
façon de parler car il n'est pas vraiment abominable, et
tout semble indiquer que la fois suivante ils changeront
de fonction et de position afin que ni chez le rêveur ni
dans ce qu'il rêve ne se perde le sentiment bénéfique de
la dualité de la chair et de l'esprit. Marie rajusta sa fille
comme elle le put, tirant la tunique jusqu'à la hauteur
de ce qu'il est malséant de découvrir, et quand elle fut
décente, elle la réveilla et lui demanda à voix basse, pour
ainsi dire à brûle-pourpoint, A quoi rêvais-tu. Prise par
surprise, Lisia ne pouvait pas mentir, elle répondit qu'elle
rêvait à un ange, mais que l'ange ne lui avait rien dit,
qu'il l'avait simplement regardée, mais d'un regard si
tendre et si doux que les regards ne sauraient être meilleurs au paradis. Il ne t'a pas touchée, demanda Marie,
et Lisia répondit, Oh, ma mère, les yeux ne servent pas
à cela. Sans bien savoir si elle devait se tranquilliser ou
s'inquiéter de ce qui s'était passé à côté d'elle, Marie dit

d'une voix encore plus basse, Moi aussi j'ai rêvé d'un ange, Et le tien a parlé ou bien il a gardé le silence, lui aussi, demanda Lisia innocemment, Il a parlé pour me dire que ton frère Jésus avait dit la vérité quand il nous a annoncé qu'il avait vu Dieu, Ah, ma mère, comme nous avons mal agi alors en ne croyant pas à la parole de Jésus, et lui est vraiment bon car il aurait pu par colère emporter l'argent de ma dot et il ne l'a pas fait, Voyons maintenant comment réparer notre conduite, Nous ne savons pas où il est, il n'a pas donné signe de vie, l'ange aurait bien pu nous aider, les anges savent tout, Eh bien non, il ne nous a pas aidés, il m'a simplement dit de nous mettre en quête de ton frère, que c'était là notre devoir, Mais, ma mère, s'il est vrai finalement que mon frère Jésus a été avec le Seigneur, notre vie désormais va changer, Changer, peut-être, mais en pire, Pourquoi, Si nous nous n'avons pas cru en Jésus ni en sa parole, comment veux-tu que les autres y croient, tu ne voudrais tout de même pas que nous allions dans les rues et sur les places de Nazareth clamer Jésus a vu le Seigneur Jésus a vu le Seigneur, nous serions chassées à coups de pierres, Mais puisque le Seigneur l'a choisi, il nous défendrait, car nous sommes sa famille, N'en sois pas si sûre, quand le Seigneur a fait son choix nous n'étions pas là, pour le Seigneur il n'y a ni parents ni enfants, souviens-toi d'Abraham, souviens-toi d'Isaac, Ah, ma mère, quelle angoisse, Le plus prudent, ma fille, c'est de garder tout cela dans notre cœur et d'en parler le moins possible, Alors, que ferons-nous, Demain j'enverrai Jacques et Joseph chercher Jésus, Mais où, la Galilée est immense, et la Samarie aussi, s'il est allé là-bas, ou la Judée, ou l'Idumée qui, elle, est à l'autre bout du monde, Le plus probable est que ton frère sera allé vers la mer, rappelle-toi ce qu'il nous a dit en arrivant, qu'il avait vécu avec des pêcheurs, Ne sera-t-il pas plutôt retourné au troupeau, Ce temps-là est fini, Comment le sais-tu,

Dors, le matin est encore loin, Peut-être rêverons-nous de nouveau à nos anges, Peut-être. Si l'ange de Lisia, ayant fui la compagnie de son partenaire, est revenu habiter son sommeil, cela ne s'est pas vu, mais l'ange de l'annonciation, même s'il a oublié quelque détail, n'a pas pu revenir car Marie a gardé constamment les yeux ouverts dans la demi-obscurité de la maison, ce qu'elle savait lui suffisait amplement, ce qu'elle devinait lui faisait peur.

Le jour se leva, les nattes furent roulées, et Marie fit savoir devant sa famille réunie qu'ayant beaucoup réfléchi ces derniers temps à la façon dont ils avaient procédé avec Jésus, A commencer par moi qui, étant sa mère, aurait dû être plus bienveillante et plus compréhensive, je suis arrivée à une conclusion très claire et juste, et c'est que nous devrons aller à sa recherche et lui demander de revenir à la maison car nous croyons en lui et si le Seigneur le veut, nous croirons en ce qu'il nous a dit, telles furent les paroles de Marie qui ne s'aperçut pas qu'elle répétait ce qu'avait dit son fils Joseph à l'heure dramatique du rejet, qui sait si Jésus ne serait pas encore ici aujourd'hui si ce murmure discret, car il le fut vraiment, même si nous ne l'avons pas signalé sur le moment, s'était changé en la voix de tous. Marie ne parla pas de l'ange ni de l'annonce de l'ange, seulement du devoir très simple de tous à l'égard de l'aîné. Jacques n'osa pas mettre en doute les nouvelles façons de voir, bien qu'en son for intérieur il ne renonçât pas à sa conviction que son frère avait perdu le jugement ou dans le meilleur des cas, éventualité quand même à prendre en considération, qu'il avait été l'objet d'une mystification répugnante de la part de gens impies. Prévoyant déjà la réponse, il demanda, Et qui, parmi les présents, ira à la recherche de notre frère Jésus, Tu iras toi, qui es le cadet, et Joseph t'accompagnera, ensemble vous serez plus en sécurité, Par où commencerons-nous nos recherches, Par la mer de Galilée, je suis certaine que vous le trouverez là, Quand partons-nous, Plusieurs mois ont passé depuis que Jésus est parti, nous ne pouvons pas perdre un jour de plus, Il pleut beaucoup, ma mère, le temps n'est pas propice à un voyage, Mon fils, l'occasion peut toujours créer la nécessité mais si la nécessité est forte c'est elle qui devra susciter l'occasion. Les enfants de Marie la regardèrent avec surprise, en vérité ils n'avaient pas l'habitude d'entendre dans la bouche de leur mère des maximes aussi accomplies, ils sont encore trop jeunes pour savoir que la fréquentation des anges produit ce genre de résultat et d'autres, bien meilleurs encore, la preuve en est donnée à l'instant même par Lisia sans que les autres le soupçonnent car son lent hochement de tête, affirmatif et rêveur, ne signifie pas autre chose. Le conseil de famille prit fin, Jacques et Joseph allèrent voir si les météores de l'air étaient de meilleure humeur, car s'ils devaient se lancer à la recherche d'un frère par un temps aussi exécrable, au moins qu'ils puissent se mettre en route pendant une accalmie, or l'on aurait dit que le ciel les avait entendus car justement du côté de la mer de Galilée un bleu délavé se frayait un chemin et semblait promettre une soirée exempte de pluie. Les adieux se firent discrètement à l'intérieur de la maison car Marie estimait que les voisins n'avaient pas à en savoir plus qu'il ne fallait, et les deux frères partirent enfin, non par le chemin qui menait à Magdala car ils n'avaient aucune raison de penser que Jésus avait pris cette direction mais par un autre qui les conduirait directement et plus commodément à la nouvelle ville de Tibériade. Ils marchaient nu-pieds car comme les chemins étaient transformés en bourbiers leurs sandales leur seraient tombées très vite des pieds en lambeaux, elles sont en sécurité dans leur besace, en attendant un temps plus clément. Jacques a eu deux bonnes raisons pour choisir la route de Tibériade, la première étant sa curiosité de villageois qui avait entendu parler de palais, de temples et autres grandeurs de ce genre en cours de construction, et la deuxième étant que d'après ce qu'il avait entendu raconter la ville était située entre les extrémités nord et sud de cette rive-ci, plus ou moins à mi-chemin. Comme il leur faudrait gagner leur vie pendant la durée de leur quête, Jacques espérait trouver facilement un emploi sur les chantiers de construction de la ville, en dépit de ce que disaient les Juifs dévots de Nazareth qui prétendaient que l'endroit était impur à cause de l'air malsain et des eaux sulfureuses qui se trouvaient non loin de là. Ils ne purent arriver à Tibériade le jour même car finalement les promesses du ciel ne se réalisèrent pas, une heure de marche ne s'était pas écoulée que déjà il commençait à pleuvoir et ils eurent la grande chance de trouver une grotte où heureusement ils tinrent tous les deux et où ils se réfugièrent avant que la pluie ne trouve le moyen de les emporter en torrent. Ils y dormirent et le lendemain matin, rendus méfiants par l'expérience, ils mirent du temps à se convaincre que le temps s'était vraiment remis au beau et qu'ils pourraient arriver à Tibériade avec des vêtements plus ou moins secs. L'emploi qu'ils décrochèrent sur les chantiers de construction consista à charrier des pierres car le savoir de l'un et de l'autre ne les habilitait pas à plus, au bout de quelques jours heureusement ils s'aperçurent que leurs gains étaient suffisants, non pas que le roi Hérode Antipas fût un payeur munificent, mais parce que leurs besoins étaient si modestes et si peu pressants qu'ils pouvaient les endurer sans avoir à les satisfaire intégralement. A peine arrivés à Tibériade ils demandèrent si un certain Jésus de Nazareth se trouvait là ou était passé par là, car c'est notre frère, sa figure est comme ceci, ses façons comme cela, ce que nous ne savons pas c'est s'il est accompagné de quelqu'un. On lui répondit qu'il n'était pas sur ce chantier et ils firent le tour de tous ceux qui se trouvaient dans la ville jusqu'à s'assurer que Jésus n'était pas venu ici, ce qui n'était pas tellement étonnant, car si leur frère avait décidé de reprendre son nouveau métier de pêcheur il n'allait certainement pas rester à peiner parmi de dures pierres et des gardes-chiourme encore plus durs alors que la mer était en vue. Ayant gagné quelque argent, même si celui-ci était maigre, la question qu'il leur fallait résoudre maintenant c'était de savoir s'ils continueraient leur quête le long de la rive, village par village, équipage par équipage, bateau par bateau, vers le nord ou bien vers le sud. Jacques finit par choisir le sud parce que le chemin lui parut plus aisé, les berges presque plates, alors que vers le nord le terrain devenait plus accidenté. Le temps était stable, le froid supportable, la pluie avait disparu, et des gens ayant une plus grande expérience de la nature que ces deux garçons auraient été à même de déceler à la senteur de l'air et à la palpitation du sol les premiers indices timides du printemps. La recherche du frère par ses frères, ordonnée pour des motifs d'ordre supérieur, était en train de se transformer en une excursion agréable et égoïste, en une promenade à la campagne, en des vacances au bord de la mer, il s'en fallait de peu que Jacques et Joseph n'oublient ce qu'ils étaient venus faire dans ces parages quand soudain, par les premiers pêcheurs qu'ils rencontrèrent, ils eurent des nouvelles de Jésus et d'ailleurs de la manière la plus étrange car celles-ci leur furent données dans les termes suivants, Oui, nous l'avons vu et nous le connaissons, et si vous allez à sa recherche, dites-lui, si vous le rencontrez, qu'ici nous l'attendons comme on attend le pain de chaque jour. Les deux frères furent étonnés et ils ne purent croire que les pêcheurs parlaient de Jésus, ou alors ils connaissaient un autre Jésus, D'après les signes que vous nous avez décrits, répondirent les pêcheurs, il s'agit bien du même Jésus, mais nous ne savons pas s'il vient de Nazareth, il ne nous l'a pas dit, Et pourquoi dites-vous que vous l'attendez comme le pain de chaque jour, demanda Jacques, Parce que lorsqu'il est dans une barque le poisson accourt toujours dans les filets comme on ne l'a jamais vu à aucune époque, Mais notre frère n'est pas un pêcheur assez confirmé, ce n'est donc pas le même Jésus, Nous ne disons pas que ce Jésus-là est un pêcheur confirmé, il ne pêche pas, il dit simplement Lancez le filet de ce côté et le filet remonte plein, S'il en est ainsi, pourquoi n'est-il pas avec vous, Parce qu'il s'en va au bout de quelques jours, disant qu'il doit aller aider d'autres pêcheurs, et il en est vraiment ainsi car il a déjà été avec nous trois fois et chaque fois il a dit qu'il reviendrait, Et maintenant, où est-il, Nous ne le savons pas, la dernière fois qu'il était ici il est parti vers le sud, mais il se peut aussi qu'il soit allé vers le nord sans que nous nous en apercevions, il apparaît et disparaît à sa guise. Jacques dit à Joseph, Alors allons vers le sud, au moins nous savons que notre frère est le long de ce rivage. Cela semblait facile, mais il faut être conscient du fait qu'à leur passage Jésus pouvait très bien être dans une barque au large, en train de s'adonner à l'une de ses pêches miraculeuses, en général nous ne prêtons pas attention à ce genre de détails mais le destin n'est pas du tout ce que nous croyons, nous pensons que tout est déterminé depuis un début quelconque alors que la vérité est très différente, songeons que pour que puisse s'accomplir le destin d'une rencontre entre plusieurs personnes comme dans le cas qui nous occupe, il faut que ces personnes réussissent à se trouver dans un même lieu à la même heure, ce qui n'est pas si facile, il suffirait que nous nous attardions un tout petit moment à regarder un nuage dans le ciel, à écouter le chant d'un oiseau, à compter les entrées et les sorties d'une fourmilière, ou au contraire, que par distraction nous ne regardions ni n'écoutions ni ne comptions et que nous poursuivions notre chemin pour qu'échoue ce qui semblait si bien agencé, le destin est ce qu'il y a de plus difficile au monde, mon frère Joseph, tu t'en apercevras quand tu auras mon âge. Ainsi prévenus, les deux frères ouvraient mille yeux, ils s'arrêtaient en chemin pour attendre le retour d'un bateau qui tardait et parfois ils rebroussaient subitement chemin afin de surprendre sur la côte une éventuelle apparition de Jésus en un lieu inattendu. Ils arrivèrent ainsi au bout de la mer. Ils traversèrent le Jourdain et arrivés sur l'autre rive ils s'enquirent de Jésus auprès des premiers pêcheurs qu'ils rencontrèrent. Ceux-ci avaient entendu parler, oui, parfaitement, de Jésus et de sa magie, mais il n'était pas venu par ici. Jacques et Joseph revinrent sur leurs pas, en direction du nord, redoublant d'attention, eux aussi s'improvisèrent pêcheurs et manièrent le chalut dans l'espoir de capturer le roi des poissons. Une nuit qu'ils dormirent en chemin, ils firent le guet à tour de rôle, de peur que Jésus ne profite du clair de lune pour se rendre en catimini d'un endroit à un autre. Marchant et questionnant, ils arrivèrent à la hauteur de Tibériade où ils n'eurent pas besoin de monter chercher du travail car leur argent n'était pas encore épuisé, et cela grâce à l'hospitalité des pêcheurs qui leur donnaient du poisson, ce qui poussa Joseph à dire un jour, Mon frère Jacques, as-tu déjà songé que ce poisson que nous mangeons a peut-être été pêché par notre frère, et Jacques répondit, Il n'en a pas meilleur goût pour autant, paroles méchantes qu'on n'attendrait pas d'un amour fraternel mais justifiées par l'irritation de qui cherche une aiguille dans une botte de foin, sauf votre respect.

Ils trouvèrent Jésus au-delà de Tibériade, à une heure de chemin, une de nos heures à nous, voulons-nous dire. Le premier à l'apercevoir fut Joseph, qui avait une vue perçante lorsqu'il s'agissait de voir de loin, C'est lui, là-bas, s'exclama-t-il. En réalité deux personnes viennent dans cette direction mais l'une est une femme, et Jacques dit, Ce n'est pas lui. Un frère plus jeune ne s'entête

342

jamais avec un frère plus vieux, mais Joseph est si content qu'il n'est pas disposé à respecter les règles ni les convenances, Je te dis que c'est lui, Mais il est avec une femme, Il y a une femme qui vient et aussi un homme, et cet homme est Jésus. Sur le sentier qui borde la rive, dans un champ qui ici était plat entre deux collines dont le pied touchait presque l'eau, Jésus et Marie de Magdala cheminaient. Jacques s'arrêta pour attendre et dit à Joseph de rester avec lui. Le jeune homme obéit à contrecœur car son désir était de courir vers le frère enfin retrouvé, de le serrer dans ses bras, de lui sauter au cou. Jacques était troublé par la créature qui accompagnait Jésus, qui était-ce, il ne voulait pas croire que son frère connût déjà la femme, mais il sentait que cette possibilité le plaçait à une distance infinie de son aîné, comme si Jésus, qui se faisait une gloire d'avoir vu Dieu, appartenait à un monde irrémédiablement différent simplement parce qu'il connaissait la femme. Une réflexion mène à une autre et très souvent on ne remarque pas le chemin qui a uni les deux, c'est comme aller d'une berge d'un fleuve à l'autre par un pont couvert, on marchait et on ne voyait pas où on était, on a franchi un fleuve dont on ignorait l'existence, c'est ainsi que Jacques, sans savoir comment, se retrouva en train de penser qu'il n'était pas séant qu'il se soit arrêté, comme si c'était lui l'aîné que son frère devait venir saluer. Son mouvement libéra Joseph qui courut vers Jésus bras grands ouverts avec des cris de joie pure, faisant s'envoler une troupe d'oiseaux cachés dans les hautes herbes de la rive en train de picorer leur nourriture dans la vase. Jacques pressa le pas pour empêcher Joseph de prendre à son compte des messages qui étaient de son seul ressort, très vite il fut devant Jésus et il dit, Je rends grâce au Seigneur d'avoir bien voulu que nous retrouvions le frère que nous cherchions, et Jésus répondit, Je lui rends grâce de vous voir en bonne santé. Marie de Magdala s'était arrêtée,

légèrement en retrait. Jésus demanda, Qu'êtes-vous
venus faire dans ces parages, mes frères, et Jacques dit,
Éloignons-nous un peu de façon à pouvoir parler tranquillement, Nous sommes tout à fait tranquilles, répondit
Jésus, et si c'est à cause de cette femme que tu as dit
cela, sache que tout ce que tu as à me dire et que j'accepte
d'entendre de ta bouche, elle aussi peut l'entendre
comme si elle était moi-même. Il y eut un silence si
dense, si haut, si profond, qu'on aurait dit un silence de
connivence entre la mer et les monts et non pas celui de
quatre simples personnes face à face, prenant des forces.
Jésus semblait encore plus homme qu'avant, plus sombre
de peau, mais la fièvre de son regard s'était apaisée et
son visage sous l'épaisse barbe noire avait l'air calme,
serein, en dépit de la crispation visible causée par la
rencontre inattendue. Qui est cette femme, demanda Jacques, Elle s'appelle Marie et elle est avec moi, répondit
Jésus, Tu t'es marié, Oui, c'est-à-dire non, c'est-à-dire
si, Je ne comprends pas, Je ne comptais pas que tu com-
prendrais, Il faut que je te parle, Alors, parle, J'ai un
message de notre mère, Je t'écoute, Je préférerais te le
transmettre seul à seul, Tu as entendu ce que je t'ai dit.
Marie de Magdala fit deux pas, Je peux me retirer là où
je ne vous entendrai pas, dit-elle, Il n'y a pas dans mon
âme de pensée que tu ne connaisses, il est donc juste
que tu connaisses les pensées que ma mère a eues à mon
égard, tu m'épargneras ainsi la peine de te les dire plus
tard, répondit Jésus. L'irritation fit monter le sang au
visage de Jacques qui fit un pas en arrière, comme pour
s'en aller, tandis qu'il lançait à Marie de Magdala un
regard de colère où transparaissait aussi un sentiment
confus de convoitise et de rancœur. Entre les deux, Jésus
tendait les mains pour les retenir, il ne pouvait faire plus.
Enfin Jacques se calma et après un instant de concentra-
tion mentale destiné à mobiliser sa mémoire, il récita,
Notre mère nous a envoyés te chercher pour te demander

de revenir à la maison car nous croyons en toi et si le Seigneur le veut nous croirons en ce que tu nous as dit, C'est tout, Ce furent là ses paroles, Tu veux donc dire que vous ne ferez rien par vous-mêmes pour croire à ce que je vous ai dit, que vous attendrez simplement que le Seigneur modifie votre entendement, Entendre, ne pas entendre, tout est entre les mains du Seigneur, Tu te trompes, le Seigneur nous a donné des jambes pour que nous marchions et nous marchons, à ma connaissance aucun homme n'a jamais attendu que le Seigneur lui ordonne de marcher, il en est de même avec l'entendement, si le Seigneur nous en a gratifié c'est pour que nous en fassions usage selon notre désir et notre volonté, Je ne discute pas avec toi, Tu fais bien, tu ne sortirais pas victorieux de la discussion, Quelle réponse dois-je porter à notre mère, Dis-lui que les mots de son message sont arrivés trop tard, que Joseph a su dire ces mêmes mots au moment opportun et qu'elle ne les a pas faits siens, et que même si un ange du Seigneur lui apparaît pour confirmer tout ce que je vous ai relaté, la convainquant enfin de la volonté du Seigneur, je ne retournerai pas à la maison, Tu es tombé dans le péché d'orgueil, Un arbre gémit si on le coupe, un chien glapit si on le frappe, un homme grandit si on l'offense, Elle est ta mère, nous sommes tes frères, Qui est ma mère, qui sont mes frères, mes frères et ma mère sont ceux qui ont cru en ma parole au moment même où je l'ai prononcée, mes frères et ma mère sont ceux qui me font confiance quand nous allons en mer pour qu'ils mangent ce qu'ils pêchent avec plus d'abondance qu'ils ne le faisaient, ma mère et mes frères sont ceux qui n'ont pas besoin d'attendre l'heure de ma mort pour avoir pitié de ma vie, Tu n'as pas d'autre message à transmettre, Je n'ai pas d'autre message mais vous entendrez parler de moi, répondit Jésus et se tournant vers Marie de Magdala, il dit, Mettons-nous en route, Marie, les bateaux sortent pour pêcher, les bancs de poissons s'assemblent, il est temps de cueillir cette moisson. Déjà ils s'éloignaient quand Jacques cria, Jésus, il faut que je dise à notre mère qui est cette femme, Dis-lui qu'elle est avec moi et qu'elle s'appelle Marie, et le mot résonna parmi les collines et au-dessus de la mer. Étendu sur le sol, Joseph pleurait de chagrin.

Quand Jésus va en mer avec les pêcheurs, Marie de Magdala l'attend, assise en général sur une pierre au bord de l'eau ou, quand il y en a un, sur un tertre élevé, afin de pouvoir mieux suivre sa route et accompagner sa navigation. Les pêches ne durent jamais longtemps maintenant, il n'y a jamais eu une telle abondance de poissons dans cette mer, diraient ceux qui ne sont pas au courant, c'est comme pêcher à la main dans un seau plein de poissons, mais ils constatent bientôt que cette facilité n'est pas identique pour tous, le seau est comme toujours presque vide si Jésus va dans d'autres parages et les mains et les bras se fatiguent à lancer le haveneau et se découragent en le voyant remonter avec à peine un poisson ici et un autre là prisonnier des mailles. Voilà pourquoi toute la gent pêcheuse sur la rive occidentale de la mer de Galilée demande Jésus, réclame Jésus, exige Jésus, et déjà dans plusieurs villages il est arrivé qu'il soit reçu avec des fêtes, des palmes et des fleurs comme si c'était le dimanche des Rameaux. Mais le pain des hommes étant ce qu'il est, un mélange d'envie et de malice, avec parfois un peu de charité, où fermente un ferment de peur qui fait croître ce qui est mauvais et qui étouffe ce qui est bon, il est arrivé aussi que des équipages de pêche se querellent avec d'autres équipages, des villages avec d'autres villages, car chacun voulait avoir Jésus exclusivement pour soi, les autres n'avaient

347

qu'à se débrouiller comme ils pouvaient. Quand cela arrivait, Jésus se retirait dans le désert et il n'en revenait que lorsque les fauteurs de troubles repentants allaient l'implorer de pardonner leurs excès, car tout cela était la conséquence du grand amour qu'ils lui portaient. Ce qui ne sera jamais expliqué c'est pourquoi les pêcheurs de la rive orientale n'envoyèrent jamais de délégués sur l'autre rive afin de discuter et de mettre au point un pacte équitable qui avantagerait chacun également, à l'exception des païens de diverses couleurs et croyances qui ne manquent pas par là. Ceux de l'autre rive auraient pu ainsi, avec une flottille de bataille navale, armés de filets et de piques, et sous le couvert d'une nuit sans lune, venir voler Jésus à l'occident, laissant l'occident condamné de nouveau à une maigre pitance, lui qui s'était habitué à de copieux banquets.

C'est encore le jour où Jacques et Joseph vinrent demander à Jésus de revenir dans la maison qui était la sienne, tournant le dos à une vie de vagabondage, même si l'industrie de la pêche et de ses dérivés en tirait un grand profit. A cette heure, les deux frères, animés chacun d'un sentiment différent, de fureur chez Jacques, de tristesse éplorée chez Joseph, avancent à grands pas dans ces montagnes et ces vallées en direction de Nazareth où leur mère se demande pour la centième fois si ayant vu sortir de chez elle deux fils, elle en verra rentrer trois, bien qu'elle en doute. La route que les frères durent prendre pour revenir car elle était la plus proche de l'endroit sur la côte où ils avaient rencontré Jésus, les fit passer par Magdala, ville que Jacques connaissait mal et Joseph pas du tout, mais qui à en juger d'après les apparences ne méritait ni qu'on s'y arrête ni qu'on en escompte quelque plaisir. Les deux frères se restaurèrent donc au passage puis continuèrent leur chemin. En sortant de l'agglomération, mot que nous employons ici simplement parce qu'il exprime une opposition logique et claire au désert qui environne tout, ils aperçurent devant eux, à main gauche, une maison qui montrait des signes d'incendie et dont seuls les quatre murs se dressaient dans l'air. La porte de la cour, sans doute à moitié détruite par une effraction, n'avait pas brûlé, le feu qui avait tout dévoré s'était porté vers l'intérieur. Dans des cas analogues, le passant, quel qu'il soit, pense toujours qu'un trésor est peut-être resté sous les décombres et s'il croit qu'il n'y a pas de danger qu'une poutre lui tombe sur la tête, il entre pour tenter sa chance, il avance avec prudence, il remue avec le bout du pied les cendres, les fragments de tisons, les charbons pas tout à fait consumés, dans l'idée de voir surgir soudain, luisants, une pièce d'or, un diamant incorruptible, un diadème d'émeraudes. Seule la curiosité poussa Jacques et Joseph à entrer, ils ne sont pas assez naïfs pour s'imaginer que les voisins cupides ne sont pas venus ici chercher ce que les habitants de la maison n'avaient pas pu sauver, le plus probable, pourtant, la maison étant si petite, c'est que les biens les plus précieux auront été emportés, seuls les murs étaient restés, car des murs neufs on peut en construire n'importe où. La voûte du four, à l'intérieur de ce qui fut la maison, s'est effondrée, les carreaux du sol, craquelés, se sont échappés du mortier et crissent sous les pieds, Il n'y a rien, allons-nous-en, dit Jacques, mais Joseph demanda, Et cela, là-bas, qu'est-ce que c'est. C'était une espèce d'estrade en bois à moitié carbonisée dont les pieds avaient brûlé et qui rappelait un trône large et long, avec quelques restes d'étoffes calcinées qui pendaient, C'est un lit, dit Jacques, il y a des gens qui dorment dans ces choses, les riches, les seigneurs, Notre mère aussi dort dans un lit, C'est vrai, mais on ne peut pas le comparer avec ce que celui-ci a dû être, On ne dirait pas une maison de riches, Les apparences sont trompeuses, dit Jacques sentencieusement. En sortant Joseph aperçut à l'extérieur de la porte de la cour une gaule en roseau qui était suspendue là, une de ces gaules qui servent à cueillir les figues sur les figuiers, elle avait sûrement été plus longue du temps où elle servait mais elle avait dû être coupée. Qu'est-ce que cela fait ici, demanda-t-il et sans attendre la réponse, la sienne ou celle de son frère, il décrocha la gaule désormais inutile et il l'emporta, souvenir d'un incendie, d'une maison brûlée, de personnes inconnues. Personne ne les avait vus entrer, personne ne les vit sortir, ce sont deux frères qui s'en retournent chez eux avec des tuniques noircies de suie et une triste nouvelle. Pour le distraire, la pensée de l'un lui proposa le souvenir de Marie de Magdala et il l'accepta, la pensée de l'autre est plus active et moins frustrante, elle espère trouver le moyen de faire entrer la gaule amputée dans ses jeux.

Assise sur une pierre, attendant que Jésus revienne de la pêche, Marie de Magdala pense à Marie de Nazareth. Jusqu'à aujourd'hui, la mère de Jésus, pour elle, avait été seulement cela, la mère de Jésus, maintenant, car elle a posé la question, elle sait que son nom est aussi Marie, coïncidence en soi d'une importance minime puisque les Marie sont nombreuses sur terre et qu'elles le deviendront davantage si la mode prend, mais nous ne nous aventurerons pas à supposer qu'un sentiment de fraternité plus étroite existe entre ceux qui portent le même nom, tel le sentiment que nous imaginons chez Joseph quand il se souvient de l'autre Joseph que fut son père, il se sent alors non pas son fils mais son frère, et voilà bien le problème de Dieu, personne ne porte le nom qu'il a. Poussées à de pareils extrêmes, ces réflexions ne semblent pouvoir être le produit d'un discernement comme celui de Marie de Magdala, encore que nous ne manquions pas d'informations indiquant que celui-ci est capable de bien d'autres réflexions non moins substantielles, simplement elles vont dans des directions différentes, par exemple, en cet instant une femme aime un homme et pense à la mère de cet homme. Marie de Magdala ne connaît pas par expérience personnelle l'amour d'une mère pour son fils, elle a connu enfin l'amour d'une femme pour son homme après avoir connu et pratiqué précédemment le faux amour, les mille façons du non-amour. Elle aime Jésus en tant que femme, mais elle aimerait aussi l'aimer en tant que mère, peut-être parce que son âge n'est pas tellement éloigné de celui de sa vraie mère, celle qui a envoyé un message pour que son fils revienne, et ce fils n'est pas revenu, Marie de Magdala se demande quelle douleur ressentira Marie de Nazareth quand elle l'apprendra, pourtant ce n'est pas la même chose que d'imaginer ce qu'elle-même souffrirait si Jésus disparaissait, c'est l'homme qui lui manquerait, pas le fils, Seigneur, donne-moi les deux douleurs ensemble si cela devait être, murmura Marie de Magdala en attendant Jésus. Et quand la barque approcha et fut tirée à terre, quand les paniers chargés de poissons glissants commencèrent à être transportés, quand Jésus, les pieds dans l'eau, aida à la besogne en riant comme un enfant, Marie de Magdala se vit en Marie de Nazareth et se levant de là où elle était, elle descendit jusqu'au bord de la mer, entra dans l'eau pour être avec lui et dit, après l'avoir baisé à l'épaule, Mon fils. Personne n'entendit Jésus dire, Ma mère, car on sait que les mots prononcés par le cœur ne sont pas articulés par la langue, un nœud les retient dans la gorge et on ne peut les lire que dans les yeux. Marie et Jésus reçurent des mains du patron de la barque le panier de poissons avec lequel le travail leur était payé et comme à leur habitude tous deux se retirèrent dans la maison où ils passeraient la nuit, car leur vie était cela, ne pas avoir de maison qui leur appartienne en propre, aller de barque en barque et de natte en natte, au début Jésus avait dit plusieurs fois à Marie, Cette vie n'est pas pour toi, cherchons une maison qui soit à nous et où je pourrai te rejoindre chaque fois que

351

cela sera possible, mais Marie avait répondu, Je ne veux pas t'attendre, je veux être où tu es. Un jour Jésus lui demanda si elle n'avait pas de parents qui puissent la recevoir et elle dit qu'elle avait un frère et une sœur qui vivaient dans le village de Béthanie en Judée, elle s'appelait Marthe et lui Lazare, mais elle les avait quittés quand elle s'était prostituée et pour qu'ils n'aient pas honte d'elle, elle était partie au loin, allant de village en village jusqu'à aboutir à Magdala. Alors tu devrais t'appeler Marie de Béthanie puisque tu es née là, dit Jésus, Oui, je suis née à Béthanie mais tu m'as rencontrée à Magdala et c'est pour cela que je veux continuer à être de Magdala, Moi, on ne m'appelle pas Jésus de Bethléem bien que j'y sois né, de Nazareth je ne suis pas parce qu'ils ne veulent pas de moi et que je ne veux pas d'eux, peut-être devrais-je m'appeler Jésus de Magdala comme toi, pour la même raison, Rappelle-toi que nous avons brûlé la maison, Mais pas la mémoire, dit Jésus. Il ne fut plus parlé du retour de Marie à Béthanie, ce rivage de la mer est pour eux le monde entier, où que l'homme se trouve, son devoir sera avec lui.

Le peuple dit que les soucis surgissent de sous les pieds, nous le disons aussi et probablement tous les peuples le disent-ils car l'expérience des maux est générale et universelle. Pareil dicton, sauf erreur de notre part, ne pouvait avoir été inventé que par un peuple de la terre à force d'achoppements et de faux pas, de vicissitudes, d'attentes et d'épines assassines. Par la suite, en raison de la généralité et de l'universalité déjà signalées, il se sera diffusé sur tout le globe terrestre et aura pris force de loi après s'être heurté, nous le supposons, à une certaine résistance de la part de la gent maritime et pêcheuse qui connaît l'existence de profondeurs particulièrement profondes entre ses pieds et le sol, et souvent d'abîmes abyssaux. Pour les peuples de la mer les soucis ne surgissent pas du sol, pour les peuples de la mer les soucis tombent du ciel, ils s'appellent vent et bourrasque, c'est à cause d'eux que la houle et les vagues se lèvent, que les tempêtes se déchaînent, que la voile se déchire, que le mât se brise, que la frêle embarcation sombre, et ces hommes de la pêche et de la navigation meurent en fait entre le ciel et la terre, ciel que leurs mains n'atteignent pas, sol que leurs pieds ne touchent pas. La mer de Galilée est presque toujours un lac tranquille, doux et mesuré, mais vient un jour où les furies océaniques s'y déchaînent et c'est alors un sauve-qui-peut général, malheureusement parfois tous ne peuvent pas en réchapper. Il nous faudra parler d'un cas de ce genre, mais nous devons d'abord revenir à Jésus de Nazareth et à certaines préoccupations récentes qui sont les siennes et qui montrent que le cœur de l'homme est éternellement insatisfait et que finalement le simple accomplissement du devoir ne donne pas autant de satisfaction que le prétendent ceux qui se contentent de peu. Sans doute peut-on dire que grâce au va-et-vient continu de Jésus en aval et en amont du Jourdain il n'y a pas de pénurie ni même de disette occasionnelle sur toute la rive occidentale, ceux qui ne sont pas pêcheurs ont bénéficié de l'abondance car l'afflux de poissons a fait baisser les prix, le résultat étant, bien sûr, que davantage de gens ont mangé plus et à meilleur compte. Il y eut bien, il est vrai, l'une ou l'autre tentative de maintenir les prix à un niveau élevé en pratiquant la méthode corporatiste bien connue qui consiste à rejeter dans la mer une partie du produit de la pêche, mais Jésus, de qui dépendait en dernier ressort l'issue plus ou moins heureuse des lancers de filet, menaça de s'en aller ailleurs et les contrevenants à la nouvelle loi vinrent lui présenter provisoirement leurs excuses. Tout le monde a donc des raisons d'être content, semble-t-il, sauf Jésus. Il trouve que ce n'est pas une vie que d'aller constamment en amont, en aval, d'embarquer, de débarquer, toujours les mêmes gestes, toujours les mêmes mots, et s'il est vrai que le pouvoir de faire apparaître le poisson lui vient du Seigneur, il n'y a aucune raison que ce même Seigneur veuille que sa vie se consume dans cette monotonie jusqu'au jour où il daignera l'appeler, ainsi qu'il l'a promis. Jésus ne doute pas que le Seigneur soit avec lui, car le poisson ne laisse jamais de venir quand il l'appelle, et cette circonstance, par un processus déductif inexorable dont nous ne jugeons pas nécessaire de faire ici la démonstration ni d'en présenter la séquence, a fini avec le temps par le mener à se demander s'il n'y aurait pas par hasard d'autres pouvoirs que le Seigneur serait disposé à lui céder, non par délégation ou don gracieux, bien entendu, mais en les lui prêtant tout simplement et à condition qu'il en fasse un bon usage, ce que Jésus était en mesure de garantir, si l'on songe au travail qu'il s'était mis sur le dos sans autre aide que son intuition. Vérifier cela était facile, aussi facile que dire ah, il suffisait de faire l'expérience, si elle réussissait c'était que Dieu était pour, si elle ne donnait rien Dieu manifestait par là même qu'il était contre. Simplement, il fallait d'abord résoudre une question et cette question concernait le choix. Comme Jésus ne pouvait consulter directement le Seigneur, il devrait se risquer à choisir parmi les pouvoirs possibles celui qui semblerait offrir le moins de résistance et qui ne serait pas trop voyant, mais pas trop discret non plus, afin de ne passer inaperçu ni de celui qui devait en béné-ficier ni de l'univers, car autrement la gloire du Seigneur en pâtirait, or celle-ci doit prévaloir en tout. Mais Jésus ne se décidait pas, il avait peur que Dieu ne se gausse de lui, ne l'humilie, comme il l'avait fait dans le désert et comme il aurait pu le faire après, aujourd'hui encore il se sentait frémir à l'idée de la honte de voir remonter le filet vide la première fois qu'il avait dit Lancez le filet de ce côté. Ces pensées l'absorbaient tellement qu'une nuit il rêva que quelqu'un lui disait à l'oreille, N'aie pas

354

peur, souviens-toi que Dieu a besoin de toi, mais quand il se réveilla il eut des doutes sur l'identité du conseiller, ce pouvait être un ange, parmi les nombreux anges à faire les commissions du Seigneur, ce pouvait être un démon, parmi les non moins nombreux démons qui sont les factotums de Satan, à côté de lui Marie de Magdala semblait dormir profondément, ce ne pouvait donc pas être elle, d'ailleurs Jésus n'avait pas pensé que ce fût elle. Sur ces entrefaites, un jour qui apparemment ne semblait pas devoir être différent des autres, Jésus alla en mer pour le miracle accoutumé. Le temps était sombre, les nuages bas, la pluie menaçait, mais un pêcheur ne reste pas chez lui pour si peu, où irions-nous si dans la vie tout n'était que cadeaux et bien-être. Il se trouva que la barque était celle de Simon et André, les deux frères pêcheurs qui furent témoins du premier prodige et avec elle, de conserve, navigue celle des fils de Zébédée, Jacques et Jean, car même si l'effet miraculeux n'est pas identique, la barque à proximité profite toujours un peu du poisson qui afflue. Un vent impétueux les entraîne rapidement au milieu de la mer et là, une fois les voiles amenées, les pêcheurs commencèrent à dérouler les filets dans les deux barques en attendant que Jésus leur dise de quel côté les lancer. Sur ce les soucis surgissent sous la forme d'une tempête qui tomba du ciel sans crier gare car un simple ciel couvert ne pouvait être tenu pour un avertissement, et elle s'abattit si violemment que les vagues étaient comme celles de la vraie mer, aussi hautes que des maisons, poussées par un vent insensé, tantôt ici, tantôt là, et au milieu d'elles ces coquilles de noix étaient ballottées sans direction car la manœuvre était impuissante face à la furie des éléments déchaînés. Les gens sur le rivage, voyant le danger dans lequel se trouvaient les pauvres créatures sans défense, se mirent à pousser des cris véhéments, il y avait là des épouses et des mères, des sœurs, des enfants en bas âge, quelque belle-mère douée d'un bon caractère, et c'était une clameur dont on ne sait comment elle ne parvint pas jusqu'aux cieux, Hélas, mon cher mari, Hélas, mon cher fils, Hélas, mon cher frère, Hélas, mon gendre, Maudite sois-tu, ô mer, Notre-Dame des Affligés, viens-nous en aide, Notre-Dame du Bon Voyage, secours-les, les enfants, eux, ne savaient que pleurer, mais tout cela fut vain. Marie de Magdala était là elle aussi et elle murmurait, Jésus, Jésus, mais elle ne disait pas cela pour lui car elle savait que le Seigneur le réservait pour une autre entreprise, pas pour une vulgaire tempête en mer, sans autre conséquence que la mort de quelques noyés, elle disait Jésus Jésus comme si prononcer ce nom pouvait être de quelque secours pour les pêcheurs qui eux semblaient sur le point de voir leur destin s'accomplir. Or Jésus, dans la barque, voyant le découragement et la défaite s'abattre sur les équipages autour de lui, et les vagues sauter par-dessus bord et tout submerger à l'intérieur, et les mâts se briser et les voiles arrachées être emportées dans les airs, et la pluie tomber en torrents qui auraient suffi à eux seuls à faire sombrer la nef d'un empereur, voyant tout cela, Jésus se dit, Il n'est pas juste que ces hommes meurent et que je reste en vie, sans compter que le Seigneur me le reprocherait sûrement, Tu aurais pu sauver ceux qui étaient avec toi et tu ne les as pas sauvés, ton père ne t'a donc pas suffi, la douleur de ce souvenir fit bondir Jésus, alors, debout, ferme et assuré comme s'il avait sous lui le soutien d'un plancher solide, il cria, Tais-toi, et cela s'adressait au vent, Calme-toi, et cela s'adressait à la mer, à peine ces paroles furent-elles prononcées que mer et vent s'apaisèrent, les nuages dans le ciel s'écartèrent et le soleil apparut comme une gloire, ce qu'il est et sera toujours, tout au moins pour quiconque vit moins longtemps que lui. Il est difficile d'imaginer la joie dans ces barques, les baisers, les embrassades, les pleurs de joie à terre, ici les gens ne savaient pas pourquoi la tempête s'était arrêtée aussi subitement, là-bas, comme ressuscités, les pêcheurs ne pensaient qu'à leur vie sauve et si certains s'étaient exclamés, Miracle, miracle, ils ne s'étaient pas rendu compte dans les premiers instants que quelqu'un devait en avoir été l'auteur. Mais soudain le silence se fit en mer, les autres barques entourèrent celle de Simon et d'André et tous les pêcheurs regardaient Jésus, muets d'étonnement, car malgré le fracas de la tempête ils avaient entendu les cris, Tais-toi, Calme-toi, et Jésus était là, l'homme qui avait crié, celui qui ordonnait aux poissons de sortir de l'eau pour les hommes, celui qui ordonnait aux eaux de ne pas amener les hommes aux poissons. Jésus s'était assis sur le banc des rameurs, baissant la tête, en proie à une impression confuse et contradictoire de triomphe et de désastre, comme si, ayant grimpé jusqu'au point le plus haut d'une montagne, au même instant commençait la mélancolique et inévitable descente. Mais maintenant, disposés en cercle, les hommes attendaient qu'il prononce une parole, il ne suffisait pas qu'il ait dominé le vent et dompté les eaux, il devait leur expliquer comment un simple Galiléen fils de charpentier avait pu faire cela alors que Dieu lui-même semblait les avoir abandonnés à la froide étreinte de la mort. Alors Jésus se leva et dit, Ce que vous venez de voir ce n'est pas moi qui l'ai accompli, les voix qui ont éloigné la tempête ne sont pas venues de moi, c'est le Seigneur qui a parlé par ma bouche, je suis seulement la langue dont Dieu s'est servi pour parler, souvenez-vous des prophètes. Simon qui était dans la même barque dit, Tout comme le Seigneur a fait venir la tempête, de même il aurait pu l'éloigner, nous aurions dit simplement Le Seigneur l'a amenée, le Seigneur l'a emmenée, mais ce sont ta volonté et ta parole qui nous ont rendu la vie lorsque, sous le regard de Dieu, nous la croyions perdue, C'est Dieu qui a fait cela, je le répète, pas moi. Jean, le fils cadet de Zébédée,

357

dit alors, prouvant ainsi qu'il n'était pas si simple d'esprit que cela, C'est certainement Dieu qui a fait cela, puisque toute la force et tout le pouvoir résident en lui, mais il a agi par ton entremise, d'où je conclus que Dieu veut que nous te connaissions, Vous me connaissiez déjà, Parce que tu es apparu ici venant d'on ne sait où, parce que tu as rempli de poissons nos barques on ne sait comment, Je suis Jésus de Nazareth, fils d'un charpentier qui est mort crucifié par les Romains, pendant un certain temps berger du plus grand troupeau de brebis et de chèvres jamais vu et maintenant pêcheur avec vous et peut-être jusqu'à l'heure de ma mort. André, le frère de Simon, dit, C'est nous qui devons être avec toi, car si pareils pouvoirs et le pouvoir d'en user furent donnés à un vulgaire homme comme tu prétends l'être, je te plains, car la solitude te sera plus lourde que pierre au cou. Jésus dit, Restez avec moi si votre cœur vous le demande mais ne dites rien à personne de ce qui s'est passé ici, car le temps n'est pas encore venu pour que le Seigneur confirme ce qu'il veut exécuter en moi si, comme le dit Jean, Dieu veut que vous me connaissiez. Alors Jacques, le fils aîné de Zébédée, finalement aussi peu simple d'esprit que son frère, dit, Ne va pas penser que le peuple se taira, regarde-les là-bas sur le rivage, vois comme ils t'attendent pour t'acclamer et certains poussent déjà des embarcations à l'eau pour venir nous rejoindre, tant ils sont impatients, mais même si nous réussissons à modérer leur enthousiasme, même si nous les persuadons de garder le secret, pour autant qu'ils en soient capables, as-tu la certitude que Dieu ne se manifestera pas à n'importe quel moment, même si tu ne le souhaites pas, et par ton intermédiaire plutôt qu'en ta présence. Jésus laissa pendre sa tête, représentation vivante de la tristesse et de l'abandon, et il dit, Nous sommes tous entre les mains du Seigneur, Toi plus que nous, dit Simon, car il t'a préféré, toutefois nous serons avec toi, Jusqu'à la fin, dit Jean, Jusqu'à ce que tu ne veuilles plus de nous, dit André, Jusqu'où nous le pourrons, dit Jacques. Les barques venues de la rive approchaient, ceux qui étaient dedans gesticulaient, bénédictions et louanges pleuvaient, et Jésus, résigné, dit, Allons, le vin est dans la coupe, il faut le boire. Il ne chercha pas Marie de Magdala, il savait qu'elle l'attendait à terre, comme toujours, aucun miracle n'altérerait la constance de cette attente, et un contentement reconnaissant et humble apaisa son cœur. Quand il débarqua, plus qu'il ne la serra dans ses bras, il se serra contre elle, il entendit sans surprise ce que Marie de Magdala lui susurra dans le creux de l'oreille, le visage contre sa barbe mouillée, Tu perdras la guerre, tu n'as pas le choix, mais tu gagneras toutes les batailles, puis, ensemble, Jésus saluant d'un côté et de l'autre les personnes qui le fêtaient, comme un général revenu vainqueur de son premier combat, ils gravirent en compagnie de leurs amis le chemin escarpé qui menait à Capharnaüm, le village surplombant la mer où vivaient Simon et André chez qui ils habitaient en cette occasion.

Jacques avait eu raison de dire qu'il ne croyait pas que la connaissance publique du miracle de la tempête apaisée puisse rester circonscrite à ceux qui en furent les témoins. Quelques jours plus tard on ne parlait pas d'autre chose dans les alentours, bien que, cas étrange, cette mer n'étant pas une immensité, nous l'avons déjà dit, quand l'air était limpide on pouvait l'apercevoir tout entière du haut d'une éminence, d'une rive à l'autre et d'une extrémité à l'autre, or il se trouva qu'à Tibériade, par exemple, personne n'avait remarqué la tempête et quand quelqu'un y vint dire qu'un homme qui se trouvait avec les pêcheurs de Capharnaüm avait fait cesser la tempête par sa voix, la réponse qu'il reçut fut, Quelle tempête, ce qui laissa l'informateur sans voix. Qu'il y ait eu une tempête n'est toutefois pas à mettre en doute, il y a pour l'affirmer et le jurer la frayeur ressentie par

359

les protagonistes directs et indirects de l'épisode, y compris parmi ceux-ci des muletiers de Safed et de Cana qui se trouvaient là pour affaires. Ce furent eux qui colportèrent la nouvelle dans l'intérieur du pays, chacun la nuançant en fonction des élans de son imagination, mais ils ne purent la colporter partout, or les nouvelles perdent de leur conviction avec le temps et la distance, nous savons comment cela se passe, et quand la nouvelle, qui n'en était déjà plus une, parvint à Nazareth, on ne savait pas si le miracle en avait été vraiment un ou s'il n'était qu'une heureuse coïncidence entre un mot lancé au vent et un vent qui s'était lassé de souffler. Un cœur de mère toutefois ne se trompe pas et il suffit à Marie d'entendre les échos presque éteints d'un prodige dont on commençait déjà à douter pour avoir la certitude dans son cœur que c'était l'œuvre de son fils absent. Elle pleura en cachette l'orgueil de sa minuscule autorité maternelle qui l'avait incitée à cacher à Jésus l'apparition de l'ange et les révélations dont il avait été le porteur, s'imaginant qu'un simple message d'une demi-douzaine de mots réticents ferait revenir à la maison celui qui l'avait quittée avec un cœur saignant. Marie n'avait pas auprès d'elle pour donner libre cours à des tristesses aussi amères et douloureuses sa fille Lisia qui s'était mariée entre-temps et était allée vivre à Cana. Elle n'aurait pas osé parler à Jacques qui était revenu de la rencontre avec son frère en écumant de fureur, ne gardant pas le silence sur la femme qui l'accompagnait, Elle pourrait être sa mère, ma mère, et cet air qu'elle avait, l'air d'avoir une grande expérience de la vie et d'autres choses que je ne mentionnerai pas, encore que la vérité oblige à dire que l'expérience de Jacques dans ce trou qu'est son village est trop maigre pour permettre des comparaisons. Marie s'épancha donc avec Joseph, ce fils qui à cause de son nom et des ressemblances lui rappelait le plus son mari, mais il ne put la consoler, Ma mère, nous expions nos actes, et ce que je crains, moi qui ai vu et entendu Jésus, c'est que ce soit pour toujours et qu'il ne revienne jamais de là où il est, Sais-tu ce qu'on dit de lui, qu'il a parlé à une tempête et qu'elle s'est calmée en l'entendant, Nous savions aussi que son pouvoir emplissait de poisson les barques des pêcheurs, c'est eux-mêmes qui nous l'ont dit, L'ange avait raison, Quel ange, demanda Joseph, et Marie lui raconta tout ce qui leur était arrivé depuis l'apparition du mendiant qui avait jeté la terre lumineuse dans l'écuelle jusqu'à l'ange dans son rêve. Ils n'eurent pas cette conversation chez eux, ce n'était pas possible, la famille était encore trop nombreuse, chaque fois que ces gens-là veulent parler de questions confidentielles ils vont dans le désert où, le cas échéant, ils peuvent même rencontrer Dieu. Ils étaient en train de converser quand tout à coup Joseph vit passer au loin, sur les collines auxquelles sa mère tournait le dos, un troupeau de brebis et de chèvres avec son berger. Il lui sembla que le troupeau n'était pas nombreux ni le berger de haute taille, voilà pourquoi il se tut. Et quand la mère dit, Je ne verrai plus jamais Jésus, il répondit pensivement, Qui sait.

Joseph avait raison. Quelque temps plus tard, au bout d'un an environ, un message de Lisia arriva pour sa mère, l'invitant au nom de ses beaux-parents à venir à Cana pour le mariage d'une belle-sœur, la sœur de son mari, et qu'elle emmène avec elle qui elle voudrait, tous seraient les bienvenus. Comme elle était l'invitée, elle avait le droit de choisir les personnes qui l'accompagneraient, mais comme par respect elle ne voulait pas être importune, car il y a peu de choses aussi déprimantes qu'une veuve avec de nombreux enfants, elle décida de n'en emmener que deux, Joseph, devenu son préféré, et Lidia qui, étant une jeune fille, ne se lassait jamais des fêtes ni des distractions. Cana n'est pas loin de Nazareth, à peine un peu plus d'une heure de chemin telle que nous les comptons nous, et par ce temps doux d'automne cela serait de toute façon une promenade agréable même si le but final du voyage n'était pas une noce. Ils sortirent de chez eux dès le lever du soleil de manière à pouvoir arriver à Cana à temps pour que Marie puisse encore aider aux derniers préparatifs d'une cérémonie et d'une festivité où le travail est en proportion directe avec le degré de plaisir et d'amusement des gens. Lisia vint à la rencontre de sa mère et de son frère et de sa sœur avec des démonstrations d'affection, d'un côté on s'enquit du bien-être et de la santé, de l'autre de la santé et du bonheur, et comme le travail pressait, Lisia et Marie allèrent aussitôt dans la maison du marié où, selon la coutume, la fête aurait lieu, elles surveilleraient les chaudrons avec les autres femmes de la famille. Joseph et Lidia restèrent dans la cour, jouant avec les enfants de leur âge, les garçons s'amusant avec les garçons, les filles dansant avec les filles, jusqu'au moment où ils s'aperçurent que la cérémonie commençait. Ils coururent tous, à présent sans discrimination de sexe, derrière les hommes qui accompagnaient le marié, ses amis qui portaient les flambeaux traditionnels, et cela en une matinée comme celle-ci, d'une lumière resplendissante, ce qui servira au moins à démontrer qu'une petite lueur supplémentaire, ne serait-ce que celle d'un flambeau, n'est jamais à mépriser, quel que soit l'éclat du soleil. Le visage joyeux, les voisins se montraient aux portes pour saluer, gardant les bénédictions pour plus tard, quand le cortège reviendra, cette fois avec la mariée. Mais Joseph et Lidia ne parvinrent pas à voir le reste, de toute façon cela n'aurait pas été quelque chose de complètement nouveau pour eux puisqu'il y avait déjà eu un mariage dans la famille, le marié qui frappe à la porte et qui demande à voir la mariée, celle-ci qui apparaît entourée de ses amies, elles aussi avec des lumières, mais modestes, de simples lampes, comme il sied à des femmes, à cause du feu et de sa dimension un flambeau est une affaire d'homme, puis le marié qui soulève le voile de la mariée et qui pousse un cri de joie devant le trésor qu'il découvre, comme si durant les derniers douze mois, car les fiançailles duraient ce temps-là, il ne l'avait pas vue mille fois et n'avait pas couché avec elle chaque fois qu'il en avait eu envie. Joseph et Lidia ne virent pas ces numéros car Joseph ayant regardé par hasard au bout de la rue y vit apparaître tout à coup deux hommes et une femme, et avec la sensation de vivre cela pour la deuxième fois il reconnut son frère Jésus et la femme qui l'accompagnait. Il cria à sa sœur, Regarde, c'est Jésus, tous deux coururent dans cette direction mais soudain Joseph s'arrêta, il s'était souvenu de sa mère et aussi de la dureté avec laquelle son frère l'avait accueilli au bord de la mer, pas lui, c'est vrai, mais le message qu'il avait été chargé de lui apporter avec Jacques, et se disant qu'il devrait ensuite expliquer à Jésus pourquoi il procédait ainsi, il revint sur ses pas. En tournant le coin de la rue, il regarda et, mordu par la jalousie, il vit son frère soulever Lidia dans ses bras comme une plume qui vole et Lidia lui couvrir le visage de baisers, pendant que la femme et l'autre homme souriaient. Les yeux voilés de larmes de frustration, Joseph courut, courut, entra dans la maison, traversa la cour en sautant pour éviter de marcher sur les nappes et les victuailles disposées par terre et sur des tables basses, appela, Mère, mère, ce qui nous sauve c'est que nous avons chacun notre propre voix, sinon il y aurait des mères qui regarderaient un enfant qui n'est pas le leur, Marie regarda simplement, elle regarda et comprit, et quand Joseph lui dit, Jésus arrive, elle le savait déjà. Elle pâlit, elle rougit, elle sourit, elle devint grave puis de nouveau pâle, et le résultat de toutes ces altérations fut qu'elle porta la main à sa poitrine comme si le cœur lui manquait et elle recula d'un pas comme si elle s'était heurtée à un mur. Qui est avec lui, demanda-t-elle, car elle avait la certitude que quelqu'un l'accompagnait, Un homme et une femme, et aussi Lidia qui est restée avec eux, La femme est celle que tu as vue, Oui, mère, mais l'homme je ne le connais pas. Lisia s'approcha, curieuse, devinant à peine, Que se passe-t-il, ma mère, Ton frère est ici et il vient à la noce, Jésus est à Cana, Joseph l'a vu. L'émotion de Lisia ne fut pas aussi manifeste, mais un sourire qui semblait ne jamais devoir s'effacer s'épanouit sur son visage et elle murmura, Mon frère, or que celui qui ne le sait pas note qu'un sourire comme celui de Lisia et un murmure qui lui équivaut sont des expressions de contentement, Allons à sa rencontre, dit-elle, Vas-y toi, moi je reste ici, se défendit la mère, et à Joseph, Va avec ta sœur. Mais Joseph ne voulut pas être le deuxième dans des embrassements où Lidia fut la première et parce que Lisia seule n'osait pas, ils restèrent là tous les trois, comme des coupables dans l'attente de leur sentence, incertains de la miséricorde du juge, pour autant que les mots juge et miséricorde aient leur raison d'être ici.

Jésus parut à la porte, portant Lidia dans ses bras, suivi de Marie de Magdala, mais André était entré d'abord, car c'était lui l'autre homme du groupe, un parent du fiancé comme on le comprit aussitôt, et il disait à ceux qui étaient accourus en souriant pour le recevoir, Eh non, Simon n'a pas pu venir, et pendant que cette rencontre familiale occupait agréablement les uns, les autres se regardaient comme par-dessus un abîme, se demandant lequel d'entre eux serait le premier à mettre pied sur le pont étroit et fragile qui unissait encore un bord à l'autre. Nous ne dirons pas comme l'a fait un poète que ce qu'il y a de meilleur au monde ce sont les enfants, mais c'est grâce à eux parfois que les adultes réussissent à faire certains pas difficiles sans mettre en péril leur orgueil, même si c'est pour se rendre compte ensuite que le chemin n'allait pas plus loin. Lidia se laissa glisser des bras de Jésus et courut vers sa mère, et ce fut comme dans un théâtre de marionnettes, un mouvement en déclencha un autre, les deux premiers un troisième, Jésus avança vers sa mère et la salua, de même que son frère et sa sœur, avec les mots de quelqu'un qui les voit tous les jours, des mots sobres et dépourvus d'émotion. Puis il poursuivit son chemin, laissant Marie comme une statue de sel glacée, et perplexes son frère et sa sœur. Marie de Magdala le suivit, elle passa à côté de Marie de Nazareth, et les deux femmes, l'honnête et l'impure, se regardèrent du coin de l'œil sans hostilité ni mépris mais bien plutôt avec une expression de reconnaissance mutuelle et complice que seuls comprendront ceux qui connaissent les méandres labyrinthiques du cœur féminin. Déjà le cortège approchait, on entendait des cris et des applaudissements, le bruit tremblant et vibrant des tambours de basque, les accords éparpillés et grêles des harpes, le rythme des danses, un brouhaha de voix parlant toutes en même temps, l'instant d'après la cour fut pleine, les mariés entrèrent comme poussés en avant parmi les vivats et les applaudissements et ils allèrent recevoir les bénédictions de leurs parents et de leurs beaux-parents qui les attendaient. Marie, qui était restée là, les bénit elle aussi, comme elle avait béni naguère sa fille Lisia, aujourd'hui comme alors sans avoir à ses côtés ni mari ni fils aîné qui le remplace en pouvoir et en autorité. Tous s'assirent, Jésus se vit aussitôt offrir une place importante car André avait informé confidentiellement ses parents qu'il était l'homme qui attirait les poissons dans les filets et qui domptait les tempêtes, mais Jésus déclina cet honneur et alla s'asseoir avec les autres, à l'extrémité d'une des rangées d'invités. Marie de Magdala servait Jésus, personne n'avait demandé qui elle était, une fois Lisia s'approcha et Jésus dans ses façons ne fit aucune différence entre l'une et l'autre. Marie servait de l'autre côté et dans ses allées et venues elle croisait souvent Marie de Magdala, elles échangeaient le

365

même regard mais ne se parlaient pas, jusqu'au moment où la mère de Jésus fit signe à l'autre femme de la rejoindre dans un coin de la cour et sans préambule elle lui dit, Prends soin de mon fils car un ange m'a dit que de grandes peines l'attendent et moi je ne peux rien pour lui, Je prendrai soin de lui, je le défendrais avec ma vie si celle-ci était digne de pareil honneur, Comment t'appelles-tu, Je suis Marie de Magdala et j'ai été prostituée jusqu'à ce que je connaisse ton fils. Marie demeura silencieuse, certains faits du passé s'ordonnaient dans son esprit un à un, l'argent et ce que les paroles ambiguës de Jésus avaient insinué, le récit irrité de son fils Jacques et son opinion sur la femme qui accompagnait son frère, et maintenant, sachant tout cela, elle dit, Je te bénis, Marie de Magdala, pour le bien que tu as fait à mon fils Jésus, aujourd'hui et pour toujours je te bénis. Marie de Magdala s'approcha pour la baiser à l'épaule en signe de respect, mais l'autre Marie lui ouvrit les bras, la serra contre elle et toutes deux demeurèrent enlacées en silence, puis elles se séparèrent et reprirent le travail, lequel ne pouvait attendre.

La fête continuait, la nourriture arrivait des cuisines en une chaîne continue, le vin coulait des amphores, la joie se manifestait par des chants et par des danses, quand l'alarme se propagea soudain secrètement du majordome aux parents des mariés, Il n'y a aura bientôt plus de vin. La consternation et la confusion s'abattirent sur eux comme si le toit leur était tombé sur la tête, Qu'allons-nous faire maintenant, comment allons-nous annoncer à nos invités qu'il n'y a plus de vin, demain on ne parlera pas d'autre chose à Cana, Ma fille, se lamentait la mère de la mariée, sera l'objet de la risée de tous désormais, à son mariage même le vin a manqué, nous ne méritions pas cette honte, comme sa vie commence mal. Aux tables on buvait les dernières gouttes au fond des verres, certains invités regardaient déjà autour d'eux, à la recherche de celui qui aurait dû être en train de les servir et voici que Marie, maintenant qu'elle avait transmis à l'autre femme les charges, les devoirs et les obligations que son fils refusait de recevoir de ses mains à elle, voulut en un éclair d'intelligence avoir sa propre preuve des pouvoirs annoncés de Jésus, après quoi elle pourrait se retirer dans sa maison et dans le silence, ayant terminé sa mission dans le monde et attendant qu'on vienne l'en retirer. Elle chercha des yeux Marie de Magdala, la vit fermer lentement les paupières et faire un geste d'assentiment et, sans plus attendre, elle s'approcha de son fils et lui dit, du ton de quelqu'un qui est sûr de ne pas avoir à tout dire pour être compris, Il n'y a plus de vin. Jésus tourna lentement le visage vers sa mère, la regarda comme si elle lui avait parlé de très loin et lui demanda, Femme, qu'y a-t-il entre toi et moi, paroles terribles qui furent entendues par ceux qui étaient là, mais l'étonnement, la stupéfaction, l'incrédulité, Un fils ne traite pas ainsi la mère qui lui a donné le jour, feront que le temps, la distance et la volonté leur trouveront des traductions, des interprétations, des variantes, des nuances qui adouciront leur brutalité et qui, pour autant que cela soit possible, tiendront pour non dit ce qui a été dit ou qui lui feront dire le contraire, ainsi il sera écrit par la suite que Jésus a dit, Pourquoi viens-tu me déranger avec cela, ou, Qu'ai-je à voir avec toi, ou, Qui t'a dit de te mêler de cela, femme, ou, Qu'avons-nous à voir avec cela, femme, ou, Laisse-moi faire, il n'est pas nécessaire que tu me le demandes, ou, Pourquoi ne me le demandes-tu pas ouvertement, je suis toujours le fils docile d'antan, ou, Je ferai comme tu voudras, entre nous il n'y a pas de désaccord. Marie reçut le choc en plein visage, elle supporta le regard qui la repoussait et, plaçant ainsi son fils entre l'épée et le mur, elle paracheva le défi en disant aux serviteurs, Faites comme il vous dira. Jésus regarda sa mère s'éloigner, il ne dit pas un mot, il ne fit pas un geste pour la retenir, il avait compris que le Seigneur s'était servi d'elle comme auparavant il s'était servi de la tempête ou du dénuement des pêcheurs. Il leva sa coupe où un peu de vin était resté et il dit aux serviteurs, Emplissez ces jarres d'eau, il y avait là six jarres de pierre qui servaient pour la purification, ils les remplirent à ras bord, chacune contenait deux ou trois mesures, Apportez-les-moi ici, dit-il, ce qu'ils firent. Alors Jésus versa dans chaque jarre une partie du vin qui était dans son verre et dit, Apportez-les au majordome. Or le majordome qui ne savait d'où lui venaient ces jarres, après avoir goûté l'eau que la petite quantité de vin n'avait même pas réussi à teinter, appela le marié et lui dit, Tout le monde sert d'abord le bon vin et quand les invités ont bien bu, on sert le moins bon, toi, toutefois, tu as gardé le bon vin pour la fin. Le marié, qui n'avait jamais vu ces jarres servir à du vin et qui d'autre part ne savait que trop bien que le vin était terminé, goûta lui aussi et prit la mine de celui qui se borne à confirmer avec une modestie mal simulée ce qu'il tenait pour vrai, l'excellente qualité du nectar, pour ainsi dire un grand cru. N'était la voix du peuple, représentée en l'occurrence par quelques serviteurs qui bavardèrent le lendemain, cela aurait été un miracle raté, car si le majordome n'était pas au courant de la transmutation il continuerait à l'ignorer, et le marié avait évidemment tout intérêt à s'attribuer l'exploit d'autrui, Jésus n'étant pas homme à proclamer à droite et à gauche, J'ai fait tel et tel miracle, Marie de Magdala, qui avait participé à la machination depuis le début, n'allait pas se mettre à faire de la publicité, Il a fait un miracle, il a fait un miracle, et Marie, sa mère, encore moins, car la question fondamentale se passait entre son fils et elle, ce qui arriva ensuite arriva par surcroît, à tous les sens du terme, que les invités disent s'il n'en fut pas ainsi, eux qui eurent de nouveau des coupes pleines.

Marie de Nazareth et son fils ne se parlèrent plus. Vers le milieu de l'après-midi, sans prendre congé de sa famille, Jésus partit avec Marie de Magdala et emprunta le chemin de Tibériade. Se cachant de lui, Joseph et Lidia le suivirent jusqu'à la sortie du village et ils restèrent là à le regarder jusqu'à ce qu'il disparaisse derrière une courbe de la route.

Alors commença le temps de la grande attente. Les signes par lesquels le Seigneur s'était manifesté jusqu'à présent dans la personne de Jésus n'allaient pas au-delà de simples prodiges domestiques, d'habiles prestidigitations, de tours de passe-passe du genre plus-rapide-que-le-regard, peu différents au fond des trucs que certains magiciens de l'Orient utilisaient avec un art beaucoup moins fruste, tels que lancer une corde en l'air et y grimper sans qu'on se rende compte si le bout en haut était attaché à un crochet solide ou tenu par la main invisible d'un génie auxiliaire. Pour réaliser ces choses, il suffisait que Jésus le veuille, mais si quelqu'un lui avait demandé pourquoi il avait agi ainsi, il n'aurait pas su lui répondre, ou il aurait simplement dit que cela avait été nécessaire, des pêcheurs sans poisson, une tempête sans rémission, une noce sans vin, vraiment l'heure n'était pas encore venue où le Seigneur se mettrait à parler par sa bouche. Le bruit courait dans les villages de ce côté-ci de la Galilée qu'un homme de Nazareth parcourait la région, usant de pouvoirs qui ne pouvaient lui venir que de Dieu, ce qu'il ne niait pas, mais que lorsqu'il se présentait sans aucune cause, raison et contrepartie, le mieux à faire était de profiter de l'aubaine et de ravaler ses questions. Simon et André ne pensaient évidemment pas ainsi, pas plus que les fils de Zébédée, mais eux étaient ses amis et ils avaient peur pour lui.

Chaque matin, au réveil, Jésus se demandait en silence, Sera-ce aujourd'hui, il se le demandait parfois à haute voix, pour que Marie de Magdala l'entende et elle se taisait, soupirant, puis elle l'entourait de ses bras, le baisait sur le front et sur les yeux tandis qu'il respirait la douce odeur tiède qui montait de ses seins, certains jours il se rendormait ainsi, d'autres fois il oubliait sa question et son angoisse et il se réfugiait dans le corps de Marie de Magdala comme s'il entrait dans un cocon d'où il ne pourrait renaître que métamorphosé. Ensuite il se dirigeait vers la mer, auprès des pêcheurs qui l'attendaient, parmi lesquels beaucoup ne comprendraient jamais, et ils le dirent, pourquoi il n'achetait pas une barque avec ses gains futurs pour se mettre à son compte. En certaines occasions, au milieu de la mer, quand les intervalles entre les manœuvres de pêche se prolongeaient, manœuvres qui demeuraient nécessaires bien que la pêche fût devenue aussi facile et détendue qu'un bâillement, Jésus était pris d'un pressentiment subit et son cœur tressaillait, toutefois ses yeux ne se tournaient pas vers le ciel où l'on sait que Dieu habite, ils fixaient avec une avidité obsessionnelle la surface paisible du lac, les eaux lisses qui brillaient comme une peau lustrée, ce qu'il attendait avec désir et crainte semblait devoir émerger des profondeurs, notre poisson, diraient les pêcheurs, la voix qui tarde, pensait peut-être Jésus. La pêche arrivait à son terme, la barque revenait chargée, et Jésus, tête baissée, marchait de nouveau le long de la rive, suivi de Marie de Magdala, cherchant quelqu'un qui ait besoin de ses services gratuits de conducteur de travaux. Semaines et mois se passèrent de cette façon, passèrent aussi les années, les seuls changements que les yeux puissent percevoir étaient ceux de Tibériade où les édifices et les triomphes se multipliaient, sinon il n'y avait que les répétitions habituelles et familières d'une terre qui semble mourir entre nos bras l'hiver et ressusciter au printemps, observation fallacieuse, grossière erreur des sens, car la force du printemps ne serait rien sans l'endormissement de l'hiver.

Et voici qu'enfin Jésus allait sur ses vingt-cinq ans, il sembla que l'univers tout entier commençait soudain à bouger, de nouveaux signes se succédèrent les uns après les autres comme si quelqu'un, pris d'une hâte subite, voulait regagner le temps perdu. A vrai dire, le premier de ces signes ne fut pas à proprement parler un miracle, après tout il n'y a rien d'extraordinaire à ce que la belle-mère de Simon se trouve affligée d'une fièvre indéterminée et que Jésus s'approche de son chevet, pose la main sur sa tête, n'importe qui parmi nous a fait ce geste, poussé par un simple élan de son cœur, sans espoir de voir guéris de cette façon rudimentaire et tant soit peu magique les maux du malade, mais ce qui ne nous est jamais arrivé c'est de sentir la fièvre disparaître sous les doigts de Jésus comme une eau maligne que la terre absorberait et réduirait, ni de voir la femme se lever sur-le-champ et dire, hors de propos, il est vrai, Les amis de mon gendre sont mes amis, et s'en aller vaquer aux soins de la maison comme si de rien n'était. Ce fut là le premier signe, domestique, intérieur, mais le deuxième fut plus révélateur car il constitua un défi manifeste de Jésus à la loi écrite et respectée, peut-être justifiable eu égard aux comportements humains normaux, car Jésus vivait avec Marie de Magdala sans être marié avec elle, qui de surcroît avait été une prostituée, il ne faut donc pas s'étonner de ce que, une femme adultère étant sur le point d'être lapidée à mort conformément à la loi de Moïse, Jésus s'interpose en disant, Halte-là, que celui d'entre vous qui est sans péché soit le premier à lui jeter une pierre, comme s'il déclarait, Même moi, si je ne vivais pas en concubinage comme je le fais, si j'étais exempt de la souillure des actes et des pensées sales, je serais avec vous dans l'exécution de cette justice. Notre

373

Jésus courut un grand risque car il aurait très bien pu se faire qu'un ou plusieurs lanceurs de pierres, au cœur plus endurci ou plus embourbé dans les pratiques du péché en général, fassent la sourde oreille devant l'admonestation et continuent la lapidation, sans avoir à craindre eux-mêmes la loi qu'ils appliquaient car elle était destinée aux femmes. Jésus ne semble pas avoir pensé, peut-être par manque d'expérience, qu'à force d'attendre l'apparition sur terre de ces jugeurs sans péché, les seuls à ses yeux à avoir le droit moral de condamner et de punir, le crime entre-temps ne se développe démesurément et le péché ne prospère, les femmes adultères s'en donnant à cœur joie tantôt avec celui-ci, tantôt avec celui-là, et qui dit adultère dit tout le reste, y compris les mille vices abominables qui déterminèrent le Seigneur à envoyer une pluie de feu et de soufre sur les villes de Sodome et Gomorrhe, les laissant réduites à l'état de cendre. Mais le mal, qui est né avec le monde, a appris du monde ce qu'il sait, frères bien-aimés, le mal est comme le célèbre oiseau Phénix que personne n'a jamais vu et qui paraissant mourir dans le brasier renaît d'un œuf créé par ses propres cendres. Le bien est fragile, il est délicat, il suffit que le mal lui lance au visage l'haleine chaude d'un simple péché pour que sa pureté en soit ternie à tout jamais, pour que la tige du lis se brise et que se fane la fleur d'oranger. Jésus dit à la femme adultère, Va, et dorénavant ne pèche plus, mais en son for intérieur il était en proie au doute.

Une histoire tout aussi remarquable eut lieu sur l'autre rive de la mer où Jésus jugea bon d'aller quelquefois pour qu'on ne dise pas que ses affections et ses attentions étaient toutes réservées à la rive occidentale. Il appela donc Jacques et Jean et il leur dit, Nous allons aller sur l'Autre Rive où vivent les Gadaréens, peut-être quelque aventure se présentera-t-elle à nous et au retour nous pêcherons, ainsi ce ne sera pas un voyage perdu. Les fils de Zébédée trouvèrent l'idée opportune, et la barque ayant pris le cap idoine, ils se mirent à ramer dans l'espoir qu'un peu plus loin la brise les mènerait à destination avec moins d'efforts. Ce qui se produisit, mais ils eurent tout d'abord une frayeur car il leur sembla que d'un instant à l'autre une tempête allait se déchaîner, capable de rivaliser avec celle d'il y avait quelques années, mais Jésus dit aux eaux et aux vents, Allons allons, comme s'il parlait à un enfant espiègle, et aussitôt la mer se calma et le vent se remit à souffler exactement comme il fallait et dans la direction voulue. Tous trois débarquèrent, Jésus devant, Jacques et Jean derrière, ils n'étaient jamais venus dans ces parages et tout leur était surprise et nouveauté, mais la plus grande d'entre elles, à glacer le cœur d'effroi, fut l'apparition soudaine d'un homme sur le chemin, si tant est qu'on puisse donner le nom d'homme à une figure couverte d'immondices, avec une barbe et une chevelure effrayantes, qui exhalait l'odeur de putréfaction des tombeaux où, comme ils l'apprirent ensuite, il avait l'habitude de se cacher chaque fois qu'il réussissait à briser les fers et les chaînes avec lesquels on s'efforçait de l'assujettir en prison car il était possédé. S'il avait été simplement fou, sachant que les forces des fous redoublent lorsqu'ils deviennent furieux, il aurait suffi pour le contenir de lui faire porter le double de fers et de chaînes. On l'avait fait en vain une fois, on avait répété l'opération sans résultat de nombreuses fois car l'esprit immonde qui vivait à l'intérieur de cet homme et qui le gouvernait se riait de tous les emprisonnements. Jour et nuit le démoniaque parcourait les monts en sautant, fuyant de lui-même et de son ombre, mais toujours il revenait se cacher entre les tombeaux et très souvent à l'intérieur, d'où on l'extrayait de force, remplissant d'horreur tous ceux qui l'apercevaient. Jésus le rencontra dans cet état, les gardes qui le poursuivaient pour le capturer faisaient à Jésus de grands gestes avec les bras pour qu'il se mette à l'abri du danger, mais Jésus était venu chercher l'aventure et pour rien au monde il n'allait la manquer. En dépit de leur frayeur devant l'épouvantail, Jean et Jacques n'abandonnèrent pas leur ami et ils furent donc les premiers témoins de paroles dont personne n'aurait jamais pensé qu'elles puissent un jour être dites et entendues, car elles allaient à l'encontre du Seigneur et de ses lois, comme on le verra plus loin. La bête féroce tendait ses griffes et découvrait ses crocs d'où pendaient des restes de chair putréfiées, les cheveux de Jésus se dressaient sur sa tête de terreur quand à deux pas de lui le démoniaque se prosterne par terre et clame d'une voix forte, Que veux-tu de moi, ô Jésus, fils du Dieu Très-Haut, par Dieu je te demande de ne pas me tourmenter. Or, ce fut la première fois qu'en public, et non pas en des rêves privés au sujet desquels la prudence et le scepticisme ont toujours conseillé le doute, une voix s'éleva, et c'était une voix diabolique, pour annoncer que ce Jésus de Nazareth était fils de Dieu, ce que lui-même ignorait jusque-là car lors de la conversation qu'il avait eue avec Dieu dans le désert la question de la paternité n'avait pas été abordée, J'aurai besoin de toi plus tard, fut tout ce que le Seigneur lui avait dit, et on ne pouvait même pas le déduire d'après les ressemblances puisque son père s'était montré à lui sous la forme d'un nuage et d'une colonne de fumée. Le possédé se tordait à ses pieds, la voix en lui avait prononcé ce qui était demeuré imprononcé jusqu'à ce jour puis elle s'était tue, et en cet instant, Jésus, comme s'il venait de se reconnaître dans un autre, se sentit lui aussi comme possédé, possédé par des pouvoirs qui le mèneraient il ne savait ni où ni à quoi, mais nul doute, quand tout serait fini, à la tombe et aux tombes. Il demanda à l'esprit, Quel est ton nom, et l'esprit répondit, Légion, car nous sommes nombreux. Jésus dit d'un ton impérieux, Sors de cet homme, esprit immonde. Il avait à peine prononcé ces paroles que le chœur des voix diaboliques s'éleva, les unes grêles et aiguës, les autres graves et rauques, les unes douces comme des voix de femme, les autres qui ressemblaient à des scies sciant la pierre, les unes d'un ton de sarcasme provocateur, les autres avec une humilité feinte de mendiant, les unes hautaines, les autres plaintives, les unes comme celle d'un petit enfant qui apprend à parler, les autres pur cri de fantôme et gémissement de douleur, mais toutes suppliaient Jésus de les laisser rester là, dans ces lieux qu'elles connaissaient, il suffirait qu'il donne l'ordre d'expulsion et elles sortiraient du corps de l'homme, mais surtout, de grâce, qu'on ne les expulse pas de la région. Jésus demanda, Et où donc voulez-vous aller. Or, tout près de cette montagne un grand troupeau de porcs paissait, et les esprits impurs implorèrent Jésus, Envoie-nous aux porcs et nous entrerons en eux. Jésus réfléchit et il lui parut que c'était une bonne solution, car ces animaux devaient sûrement appartenir à des Gentils vu que la viande de porc est impure pour les Juifs. L'idée qu'en mangeant leurs cochons les Gentils pourraient aussi ingérer les démons qui étaient en eux et en devenir possédés n'effleura pas Jésus, tout comme ne lui vint pas non plus à l'esprit ce qui malheureusement arriva ensuite, mais la vérité est que pas même un fils de Dieu, d'ailleurs peu habitué encore à un si haut lignage, n'aurait pu prévoir comme aux échecs toutes les conséquences d'une simple manœuvre, d'une décision toute simple. Les esprits impurs, très excités, attendaient la réponse de Jésus, ils engageaient des paris, et quand celle-ci vint, Oui, vous pouvez émigrer dans les porcs, ils poussèrent à l'unisson un cri de joie effronté et entrèrent violemment dans les animaux. Soit que le choc fût inattendu, soit que les porcs n'eussent pas l'habitude de loger des démons en eux, toujours est-il que tous devinrent fous séance tenante et que les deux mille suidés se précipitèrent au bas du précipice, tombant dans la mer où tous périrent noyés. Il est impossible de décrire la colère des propriétaires des animaux innocents qui une minute plus tôt se promenaient tranquillement, fouissant la terre meuble, lorsqu'elle l'était, à la recherche de racines et de vers, rasant l'herbe rare et dure sur les surfaces desséchées, et maintenant, vus de là-haut, les pauvres petits cochons faisaient pitié, les uns déjà privés de vie, flottant, les autres, presque évanouis, faisaient un dernier effort titanesque pour maintenir leurs oreilles hors de l'eau car il est bien connu que les porcs ne peuvent pas fermer leurs conduits auditifs, l'eau y entre à torrents et en moins de temps qu'il n'en faut pour dire amen, ils sont tout inondés à l'intérieur. Les porchers, furieux, jetaient de loin des pierres à Jésus et à ses accompagnateurs, déjà ils se précipitaient sur lui dans le dessein on ne peut plus justifié d'exiger un dédommagement à l'auteur du préjudice, une somme X par tête de bétail, à multiplier par deux mille, les comptes sont faciles à faire. Mais pas à payer. Les pêcheurs sont gens peu fortunés, ils vivent d'arêtes, et Jésus n'était même pas pêcheur. Le Nazaréen voulut tout de même attendre les requérants, leur expliquer que le pire de tout au monde c'est le Diable, qu'à côté de lui deux mille porcs ne font pas le poids et que nous sommes tous condamnés à souffrir des pertes dans la vie, matérielles et autres, Prenez votre mal en patience, Frères, dira Jésus quand ils en seront au stade de la palabre. Mais Jacques et Jean ne l'entendirent pas de cette oreille et ne voulurent pas attendre une rencontre qui à l'évidence ne serait pas pacifique, la bonne éducation des uns et leurs excellentes intentions ne servant à rien contre la brutalité et la raison de l'autre partie. Jésus résistait mais il dut se rendre aux arguments, qui devenaient de plus en plus persuasifs avec chaque pierre qui tombait près d'eux. Ils dévalèrent en courant la côte qui menait vers la mer, en un bond ils furent dans la barque et faisant force de rames en peu de temps ils furent à l'abri, les habitants de l'autre rive ne semblaient pas très portés sur la pêche car s'ils avaient des bateaux, ceux-ci n'étaient point visibles. Quelques porcs furent perdus, une âme fut sauvée, le gain appartient à Dieu, dit Jacques. Jésus le regarda comme s'il pensait à autre chose, une chose que les deux frères, qui le regardaient, auraient bien voulu savoir et dont ils étaient impatients de parler, l'insolite révélation faite par les démons que Jésus était fils de Dieu, mais Jésus avait les yeux tournés vers la rive qu'ils avaient fuie, il voyait la mer, les porcs flotter et se balancer au gré des ondulations de l'eau, deux mille bêtes innocentes, une inquiétude germait en lui, tentait de se faire jour, et soudain, Les démons, où sont les démons, cria-t-il, puis il lâcha un éclat de rire en direction du ciel, Écoute-moi, Seigneur, ou bien tu as mal choisi le fils que je suis, d'après ce qu'ont dit les démons, et qui est censé accomplir tes desseins, ou bien parmi tes mille pouvoirs il manque une intelligence capable de vaincre celle du Diable, Que veux-tu dire, demanda Jean, atterré par l'audace de l'interpellation, Je veux dire que les démons qui habitaient le possédé sont maintenant en liberté, car nous savons que les démons ne meurent pas, mes amis, pas même Dieu ne peut les tuer, ce que j'ai fait a été aussi utile que donner des coups d'épée dans l'eau. Sur l'autre rive beaucoup de monde descendait vers la mer, certains se jetaient à l'eau pour récupérer les porcs qui flottaient à proximité, d'autres sautaient dans des barques et faisaient la chasse.

Cette nuit-là, dans la maison de Simon et André, située à côté de la synagogue, les cinq amis se réunirent en secret pour débattre de la redoutable révélation des démons selon laquelle Jésus était le fils de Dieu. Après cet incident plus qu'étrange, les participants à l'aventure s'étaient mis d'accord pour laisser l'inévitable discussion pour la nuit, mais maintenant le moment était venu de tirer toute cette affaire au clair. Jésus commença par dire,

On ne peut pas avoir confiance dans ce que dit le père du mensonge, il se référait évidemment au Diable. André dit, La vérité et le mensonge passent par la même bouche et ne laissent pas de trace, le Diable n'en reste pas moins le Diable pour avoir dit quelquefois la vérité. Simon dit, Que tu n'étais pas un homme comme nous, cela nous le savions déjà, il n'est que de voir le poisson que nous ne pêcherions pas sans toi, la tempête qui allait nous tuer, l'eau que tu as changée en vin, la femme adultère que tu as sauvée de la lapidation, maintenant les démons chassés d'un possédé. Jésus dit, Je ne suis pas le seul à avoir fait sortir des démons des gens, Tu as raison, dit Jacques, mais tu es le premier devant qui ils se sont humiliés, t'appelant fils du Dieu Très-Haut, Cette humiliation ne me fut pas d'un grand secours, à la fin c'est moi qui ai été humilié, Ce n'est pas cela qui compte, j'étais là et j'ai entendu, intervint Jean, pourquoi ne nous as-tu pas dit que tu es fils de Dieu, Je ne sais pas si je suis fils de Dieu, Comment se peut-il que le Diable le sache et que toi tu ne le saches pas, C'est une bonne question, mais eux seuls pourront te donner la réponse, Qui, eux, Dieu, de qui le Diable dit que je suis le fils, et le Diable, qui ne peut tenir cela que de Dieu. Un silence se fit, comme si tous les présents voulaient donner aux personnages invoqués le temps de se prononcer, puis Simon posa la question décisive, Qu'y a-t-il entre Dieu et toi, Jésus soupira, Voilà la question que j'attendais que vous me posiez depuis que je suis arrivé ici, Jamais nous n'aurions imaginé qu'un fils de Dieu veuille se faire pêcheur, Je vous ai déjà dit que je ne sais pas si je suis fils de Dieu, Qu'es-tu, finalement. Jésus se couvrit le visage avec les mains, il cherchait dans les souvenirs du passé un fil par où commencer la confession qu'on lui demandait, soudain il vit sa vie comme si celle-ci appartenait à un autre, voilà, si les diables avaient dit la vérité, alors tout ce qui lui était arrivé avant devait avoir un sens différent de celui qu'il semblait avoir, et certains de ces événements ne pouvaient être compris désormais qu'à la lumière de la révélation. Jésus écarta les mains de son visage, regarda ses amis l'un après l'autre avec une expression suppliante, comme s'il reconnaissait que la confiance qu'il sollicitait dépassait ce qu'un homme peut accorder à un autre homme et au bout d'un long silence il dit, J'ai vu Dieu. Aucun d'eux ne prononça un mot, ils attendaient. Jésus poursuivit, les yeux à terre, Je l'ai rencontré dans le désert et il m'a annoncé que lorsque l'heure sera venue il me donnera la gloire et la puissance en échange de ma vie, mais il n'a pas dit que j'étais son fils. Autre silence. Et comment Dieu s'est-il montré à tes yeux, demanda Jacques, Sous la forme d'un nuage, d'une colonne de fumée, Pas une colonne de feu, Non, pas de feu, de fumée, Et il ne t'a rien dit d'autre, Qu'il reviendrait, le moment venu, Le moment de quoi, Je ne sais pas, peut-être de venir chercher ma vie, Et cette gloire, et cette puissance, quand te les donnera-t-il, Je ne sais pas. Nouveau silence, dans la maison où ils se trouvaient la chaleur était suffocante mais tous tremblaient. Puis Simon demanda posément, Serais-tu le Messie que nous devrons appeler fils de Dieu parce que tu délivreras le peuple de Dieu de la servitude dans laquelle il se trouve, Moi, le Messie, Ce ne serait pas un motif d'étonnement plus grand que le fait d'être le fils direct du Seigneur, dit André avec un sourire nerveux. Jacques dit, Messie ou fils de Dieu, ce que je ne comprends pas c'est comment le Diable l'a su, si le Seigneur ne te l'a même pas dit à toi. Jean dit pensivement, Que peut-il bien y avoir que nous ne sachions pas entre le Diable et Dieu. Ils se regardèrent craintivement, car ils avaient peur de l'apprendre, Simon demanda à Jésus, Que vas-tu faire, et Jésus répondit, La seule chose que je puisse faire, attendre l'heure.

Elle était très proche, cette heure, mais avant qu'elle

ne sonne Jésus eut encore l'occasion de manifester à deux reprises ses pouvoirs miraculeux, encore qu'il serait préférable de laisser tomber un voile de silence sur la deuxième fois car il s'agit d'une méprise de sa part, qui eut pour résultat la mort d'un figuier aussi innocent de tout mal que les porcs précipités par les démons dans la mer. En revanche, le premier de ces deux actes mériterait bien d'être porté à la connaissance des prêtres de Jérusalem pour être ensuite gravé en lettres d'or sur le fronton du Temple, car pareille chose ne s'était jamais vue avant, et ne s'est jamais revue après, jusqu'à aujourd'hui. Les historiens diffèrent sur les motifs qui auront poussé tant de personnes aussi différentes à se réunir en ce lieu sur l'emplacement duquel, soit dit en passant et à propos, les doutes abondent aussi, car d'aucuns affirment au sujet des motifs qu'il s'agissait simplement d'un pèlerinage traditionnel dont l'origine se serait perdue dans la nuit des temps, alors que d'autres disent, mais non, pas du tout, c'est parce que le bruit avait couru, bruit qui par la suite s'avéra infondé, qu'un plénipotentiaire était arrivé de Rome pour annoncer une réduction de la fiscalité, et d'autres encore, sans proposer d'hypothèses ou de solutions au problème, protestent que seuls des naïfs peuvent croire à des allégements de charges fiscales et à des révisions de l'assiette de l'impôt qui soient favorables au contribuable, et que quant à la soi-disant origine inconnue du pèlerinage il sera toujours possible de découvrir quelque indice d'une causa prima si ceux qui aiment trouver les choses toutes faites se donnaient la peine d'étudier l'imaginaire collectif. Ce qui est sûr et certain c'est qu'il y avait là entre quatre et cinq mille hommes, sans compter les femmes et les enfants, et que toutes ces personnes, à un certain moment, se trouvèrent sans plus rien à manger. Comment se fait-il qu'un peuple aussi prévoyant, si habitué à voyager et à se munir de provisions de bouche même quand il s'agit de faire un tout petit bout de chemin, se trouva soudain sans une croûte de pain et sans la moindre petite viande pour accompagner celle-ci, c'est là quelque chose que personne aujourd'hui ne réussit à expliquer ni ne tente d'expliquer. Mais les faits sont les faits, et les faits nous disent qu'il y avait là entre douze et quinze mille personnes, si cette fois nous n'oublions pas les femmes et les enfants, toutes avec l'estomac vide depuis on ne sait combien d'heures et devant tôt ou tard retourner chez elles, au péril de mourir d'inanition en chemin ou de devoir s'en remettre à la charité et à la fortune des passants. Les enfants, qui dans ces cas-là sont toujours les premiers à donner le signal, réclamaient déjà avec impatience, certains pleurnichaient, Maman, j'ai faim, la situation menaçait de devenir incontrôlable comme on disait en ce temps-là. Jésus était au milieu de la foule avec Marie de Magdala, ses amis aussi étaient là, Simon, André, Jacques et Jean, lesquels depuis l'épisode des porcs et ce que l'on apprit ensuite l'accompagnaient presque toujours, mais qui, contrairement au reste des gens, s'étaient munis de quelques poissons et de quelques pains. Ils étaient pour ainsi dire servis. Mais se mettre à manger devant tout le monde, outre le fait que ce serait faire preuve d'un vilain égoïsme, n'était pas exempt de risques, dès lors que de la nécessité à la loi il n'y avait qu'un tout petit pas, et la justice la plus expéditive, nous le savons depuis Caïn, est celle que nous faisons de notre propre main. Jésus n'imaginait absolument pas qu'il pût être d'un secours quelconque à tant de gens dans un tel embarras, mais Jacques et Jean, avec l'assurance qui caractérise les témoins oculaires, s'approchèrent de lui et lui dirent, Si tu as été capable de faire sortir du corps d'un homme les démons qui le tuaient, tu dois pouvoir aussi faire entrer dans le corps de ces gens la nourriture dont ils ont besoin pour vivre, Et comment le ferais-je, puisque nous n'avons ici que le peu d'aliments que nous avons apportés, Tu es le fils de Dieu, tu peux le faire. Jésus regarda Marie de Magdala, qui lui dit, Tu es arrivé à un point d'où il ne t'est plus possible de revenir en arrière, et son visage était empreint d'une expression de pitié, Jésus ne comprit pas si cette pitié s'appliquait à lui ou bien aux affamés. Alors, prenant les six pains qu'ils avaient apportés, il rompit chacun en deux moitiés et les donna à ceux qui l'accompagnaient, il fit de même avec les six poissons, gardant lui aussi un pain et un poisson. Puis il dit, Venez avec moi et faites ce que je ferai. Nous savons ce qu'il a fait, mais nous ne saurons jamais comment il a pu le faire. Il allait de personne en personne, divisant et donnant pain et poisson, mais en chaque morceau chacun recevait un poisson et un pain entiers. Marie de Magdala et les quatre autres procédaient de la même façon et partout où ils passaient c'était comme si un vent bienfaisant avait soufflé sur la moisson, relevant les épis couchés l'un après l'autre dans un grand bruissement de feuilles qui étaient ici les bouches qui mastiquaient et qui remerciaient, C'est le Messie, disaient certains, C'est un mage, disaient d'autres, mais personne parmi les présents n'eut l'idée de demander, Es-tu le fils de Dieu. Et Jésus disait à tous, Que celui qui a des oreilles entende, si vous ne partagez pas, vous ne multiplierez pas.

Il est bon que Jésus ait enseigné cela, c'était l'occasion rêvée. Mais ce qui n'est pas bien c'est que lui-même ait pris cet enseignement au pied de la lettre à un moment où il n'aurait pas dû le faire, et cela dans le cas du figuier dont il a déjà été parlé. Jésus marchait dans un chemin à travers champs quand il eut faim et apercevant au loin un figuier couvert de feuilles il s'en approcha pour voir s'il n'y trouverait pas quelque fruit, mais en arrivant à côté de l'arbre il n'y trouva que des feuilles, car ce n'était pas le temps des figues. Il dit alors, Jamais plus fruit ne naîtra de toi et à l'instant même le figuier sécha. Marie de Magdala, qui était avec lui, dit, Tu donneras à qui est dans le besoin, tu ne demanderas pas à qui n'a rien. Contrit, Jésus ordonna au figuier de ressusciter, mais celui-ci était mort.

Matin de brume. Le pêcheur se lève de sa natte, regarde l'espace blanc par la fente de la maison et dit à sa femme, Aujourd'hui je n'irai pas en mer, avec un brouillard comme ça les poissons disparaissent sous l'eau. Voilà ce que celui-ci dit, et avec les mêmes mots ou avec des mots semblables tous les autres pêcheurs d'une rive et de l'autre le dirent aussi, déconcertés par l'extraordinaire phénomène de ce brouillard hors de saison. Un seul, qui n'est pas pêcheur de métier, même s'il vit et travaille avec les pêcheurs, paraît à la porte de sa maison comme pour s'assurer qu'aujourd'hui est bien son jour et regardant le ciel opaque il dit en se tournant vers l'intérieur de la maison, Je vais en mer. Marie de Magdala demande derrière son épaule, Faut-il vraiment que tu y ailles, et Jésus répondit, Il était temps, Tu ne manges pas, Les yeux sont à jeun quand ils s'ouvrent le matin. Il l'embrassa et dit, Je vais enfin savoir qui je suis et à quoi je sers, puis avec une incroyable assurance car le brouillard ne permettait même pas de voir ses propres pieds, il descendit le talus qui menait à l'eau, il entra dans une des barques qui étaient amarrées là et il commença à ramer en direction de cet invisible qu'était le milieu de la mer. Le bruit des rames frôlant et heurtant le bord de la barque, le chuchotis de l'eau soulevée et rejetée par les rames retentissaient sur toute la surface et obligeaient les pêcheurs à garder les yeux ouverts alors que leur gentille femme leur avait dit, Si tu ne peux pas aller à la pêche, profites-en pour dormir. Inquiets, troublés, les villageois regardaient le brouillard impénétrable dans la direction où la mer devait se trouver et ils attendaient, sans le savoir, que le bruit des rames et de l'eau s'interrompe soudain, pour rentrer de nouveau dans leur maison et en fermer toutes les portes avec des clés, des bâcles et des cadenas, tout en étant conscients qu'un simple souffle les abattrait si celui qui était là-bas était bien celui qu'ils imaginaient et s'il décidait de souffler de ce côté-ci. Le brouillard s'ouvre pour laisser passer Jésus mais ses yeux ne voient pas plus loin que le bout des rames et la poupe, avec sa simple entretoise qui sert de banc. Le reste est un mur, d'abord terne et gris, puis à mesure que la barque s'approche de sa destination une clarté diffuse commence à rendre blanc et brillant le brouillard qui vibre comme s'il cherchait vainement un son dans le silence. Dans un cercle de lumière plus large l'embarcation s'arrête, c'est le centre de la mer. Sur le banc à la poupe, Dieu est assis.

Il n'est pas, comme la première fois, un nuage, une colonne de fumée qui, aujourd'hui, vu le temps qu'il fait, auraient pu se perdre dans le brouillard et se confondre avec lui. C'est un vieil homme de haute stature avec une barbe cascadante et fournie qui s'étale sur sa poitrine, il a la tête nue, les cheveux épars, le visage carré et fort, la bouche épaisse, laquelle parlera sans que les lèvres semblent remuer. Il est vêtu comme un Juif fortuné, avec une longue tunique magenta, un manteau bleu avec des manches et bordé d'une étoffe d'or, mais il porte aux pieds de grosses sandales rustiques qu'on appelle des sandales de marche, montrant par là qu'il n'est sûrement pas une personne avec des habitudes sédentaires. Quand il sera parti, nous nous demanderons, Comment étaient ses cheveux, et nous ne nous souviendrons plus s'ils étaient blancs, noirs ou châtains, vu son âge ils devraient être blancs, mais il y a des personnes dont la tête devient chenue très tard, c'est peut-être son cas. Jésus rentra les rames à l'intérieur de la barque comme s'il prévoyait que la conversation serait longue et il déclara simplement, Me voici. Sans se hâter, méthodiquement, Dieu disposa les pans de son manteau sur ses genoux et dit lui aussi, Nous voici. Au ton de sa voix on dirait qu'il a souri mais sa bouche n'a pas remué, seuls les longs fils de sa moustache et de sa barbe ont tressailli comme une cloche qui vibre. Jésus dit, Je suis venu pour savoir qui je suis et ce que je devrai faire désormais pour m'acquitter envers toi de ma part du contrat. Dieu dit, Ce sont là deux questions, nous devrons donc les examiner l'une après l'autre, par laquelle veux-tu commencer, Par la première, qui suis-je, demanda Jésus, Ne le sais-tu pas, demanda Dieu à son tour, Je croyais le savoir, je croyais être le fils de mon père, De quel père parles-tu, De mon père, le charpentier Joseph, fils de Héli, ou de Jacob, je ne sais plus très bien, Celui qui est mort crucifié, Je ne pensais pas qu'il y en eût un autre, Ce fut une tragique erreur des Romains, ce père-là est mort innocent et sans faute, Tu as dit ce père-là, cela signifie qu'il y en a un autre, Je t'admire, tu es vif, intelligent, Dans ce cas-ci ce n'est pas l'intelligence qui m'a servi, j'ai entendu cela de la bouche du Diable, Tu fréquentes le Diable, Je ne fréquente pas le Diable, c'est lui qui est venu à ma rencontre, Et qu'as-tu entendu de la bouche du Diable, Que je suis ton fils. Dieu fit lentement un geste affirmatif avec la tête et dit, Oui, tu es mon fils, Comment un homme peut-il être fils de Dieu, Si tu es fils de Dieu, tu n'es pas un homme, Je suis un homme, je vis, je mange, je dors, j'aime comme un homme, par conséquent je suis un homme et je mourrai comme un homme, A ta place je n'en serais pas aussi sûr, Que veux-tu dire, Ça c'est la deuxième question, mais nous avons le temps, qu'as-tu répondu au Diable qui a dit que tu étais mon fils, Rien, j'ai attendu le jour où je te rencontrerais, et lui je l'ai chassé du possédé qu'il tourmentait, le possédé s'appelait Légion et les diables étaient nombreux, Où sont-ils maintenant, Je ne sais pas, Tu as dit que tu les as chassés, Tu sais sûrement mieux que moi que quand on chasse des diables d'un corps on ne sait pas où ils vont, Et pourquoi devrais-je être au courant des affaires du Diable, Étant Dieu, tu dois être au courant de tout, Jusqu'à un certain point, seulement jusqu'à un certain point, Quel point, Le point où il devient intéressant de faire semblant d'ignorer, Tu sauras au moins comment et pourquoi je suis ton fils, et à quelle fin, Je constate que tu as l'esprit beaucoup plus dégourdi et même légèrement impertinent, vu la situation, que la première fois que je t'ai vu, J'étais un jeune garçon effarouché, maintenant je suis un homme, Tu n'as pas peur, Non, Tu auras peur, tranquillise-toi, la peur vient toujours, même à un fils de Dieu, Tu en as d'autres, D'autres quoi, Des fils, J'avais besoin d'un seul fils, Et moi, comment se fait-il que je sois ton fils, Ta mère ne te l'a-t-elle pas dit, Ma mère le sait-elle, J'ai envoyé un ange lui expliquer comment les choses s'étaient passées, j'ai pensé qu'elle t'en avait informé, Et quand cet ange est-il allé voir ma mère, Attends un peu, si je ne me trompe pas dans mes calculs ça s'est passé quand tu es parti de chez toi pour la deuxième fois et avant ton tour de passe-passe avec le vin à Cana, Ainsi donc ma mère était au courant et elle ne m'a rien dit, lui ai raconté que je t'avais vu dans le désert et elle ne l'a pas cru, mais elle devait le croire après l'apparition de l'ange, et elle n'a pas voulu le reconnaître devant moi, Tu dois savoir comment sont les femmes, tu vis avec une femme, je le sais, elles ont toutes leurs délicatesses, leurs scrupules, Quelles délicatesses, quels scrupules, Eh bien, vois-tu, j'avais mêlé ma semence à celle de ton père avant que tu ne sois conçu, c'était la méthode la plus simple, celle qui sautait le moins aux yeux, Et puisque les semences étaient mêlées, comment peux-tu être certain que je suis ton fils, Il est vrai qu'en général dans ces affaires il n'est pas prudent de faire montre de certitude, encore moins de certitude absolue, mais moi cette certitude je l'ai, cela sert à quelque chose d'être Dieu, Et pourquoi as-tu voulu avoir un fils, Comme je n'en avais aucun au ciel, j'ai dû en fabriquer un sur terre, cela n'a rien d'original, même dans les religions avec des dieux et des déesses qui pourraient faire des enfants les uns avec les autres il n'est pas rare qu'un dieu descende sur terre, pour varier, je suppose, améliorant un peu en cours de route une fraction du genre humain en créant des héros et d'autres phénomènes, Et ce fils que je suis, pourquoi l'as-tu voulu, Pas par goût de la variété, inutile de le dire, Alors pourquoi, Parce que j'avais besoin de quelqu'un qui m'aide ici sur terre, Étant Dieu, tu ne devrais pas avoir besoin d'aide, Nous abordons là la deuxième question.

Dans le silence qui s'ensuivit, on commença à entendre à l'intérieur du brouillard, mais ne venant d'aucune direction précise susceptible d'être repérée, le bruit de quelqu'un qui approchait en nageant et qui, à en juger d'après son essoufflement, soit n'appartenait pas à la corporation des maîtres nageurs, soit arrivait à la limite de ses forces. Jésus crut voir Dieu sourire et il pensa que celui-ci prolongeait à dessein la pause pour donner le temps au nageur d'apparaître dans le cercle débarrassé de brouillard dont la barque était le centre. Surgit à tribord de façon inattendue alors qu'on eût dit qu'elle arriverait de l'autre côté une tache sombre indéterminée dans laquelle, au premier abord, l'imagination de Jésus crut voir un porc avec des oreilles pointant hors de l'eau mais qui, après quelques brasses supplémentaires, s'avéra être un homme ou quelque chose qui y ressemblait fort. Dieu tourna la tête du côté du nageur, avec curiosité et aussi avec intérêt, comme s'il voulait l'encourager à faire cet ultime effort, et ce geste, peut-être parce qu'il venait de qui nous savons, donna un résultat immédiat, les brasses finales furent rapides et harmonieuses, on n'avait pas l'impression que le nouveau venu arrivait de si loin, de la berge, voulons-nous dire. Les mains agrippèrent le bord de l'embarcation alors que la tête était encore à moitié plongée dans l'eau, et c'était des mains larges et puissantes, avec des ongles robustes, les mains d'un corps qui, comme celui de Dieu, devait être grand, fort et vieux. La barque oscilla sous l'impulsion, la tête sortit de l'eau, le tronc suivit en répandant de l'eau comme une cataracte, les jambes lui succédèrent, c'était le lévia-than surgissant des ultimes profondeurs, c'était, comme on put le voir après toutes ces années, le berger qui disait Me voici, moi aussi, pendant qu'il s'installait à bord de la barque, exactement à mi-distance entre Jésus et Dieu, toutefois, chose singulière, l'embarcation ne pencha pas de son côté cette fois, comme si Pasteur avait décidé de s'alléger de son propre poids ou qu'il ait lévité tout en paraissant s'asseoir. Me voici, répéta-t-il, j'espère être arrivé assez tôt pour assister à l'entretien, Il est déjà passablement avancé, mais nous n'avons pas encore abordé l'essentiel, dit Dieu, et s'adressant à Jésus, Voici le Diable, de qui nous parlions il y a peu. Jésus regarda l'un, il regarda l'autre, et vit qu'à l'exception de la barbe de Dieu, ils étaient comme des jumeaux, il est vrai que le Diable avait l'air plus jeune, moins ridé, mais c'était peut-être une illusion des yeux ou un égarement induit par lui. Jésus dit, Je sais qui il est, j'ai vécu quatre ans en sa compagnie, quand il s'appelait Pasteur, et Dieu répondit, Il fallait bien que tu vives avec quelqu'un, avec moi ce n'était pas possible, avec ta famille tu ne le vou-lais pas, il restait seulement le Diable, Est-ce lui qui est venu me chercher, ou toi qui m'as envoyé à lui, A vrai dire, ni l'un ni l'autre, disons que nous avons été d'accord pour estimer que c'était la meilleure solution dans ton cas, Voilà pourquoi il savait ce qu'il disait quand il m'a appelé ton fils par la bouche du possédé gadaréen, Absolument, Autrement dit, j'ai été trompé par vous deux, Comme il arrive toujours aux hommes, Tu as dit que je ne suis pas un homme, Et je le confirme, nous pourrions dire, voyons voir, quel est le terme technique, nous pourrions dire que tu t'es incarné, Et maintenant, que voulez-vous de moi, C'est moi qui veux, pas lui, Vous êtes présents tous les deux ; j'ai bien vu que son apparition n'a pas été une surprise pour toi, par conséquent tu l'attendais, Pas précisément, encore qu'en principe on doive toujours compter avec le Diable, Mais si la question que nous avons à examiner, toi et moi, ne concerne que nous, pourquoi est-il ici, pourquoi ne le renvoies-tu pas, On peut renvoyer le menu fretin au service du Diable quand il commence à devenir indécent en actes ou en paroles, mais pas le Diable lui-même, Il est donc venu parce que cette conversation le concerne aussi, Mon fils, n'oublie pas ce que je vais te dire, tout ce qui intéresse Dieu intéresse le Diable. Pasteur, que nous allons appeler de temps en temps ainsi pour ne pas mentionner à tout moment le nom de l'Ennemi, écouta le dialogue sans avoir l'air d'y prêter attention, comme s'il ne s'agissait pas de lui, niant ainsi apparemment la dernière et fondamentale affirmation de Dieu. Mais on vit bientôt que cette inattention n'était qu'une feinte, il suffit que Jésus dise, Parlons maintenant de la deuxième question, pour qu'il soit tout ouïe. Néanmoins, pas un mot ne sortit de sa bouche.

Dieu inspira profondément, regarda le brouillard tout autour et murmura sur le ton de quelqu'un qui vient de faire une découverte inattendue et curieuse, Je n'y avais pas pensé, mais on se croirait dans le désert ici. Il tourna les yeux vers Jésus, fit une longue pause, puis, comme s'il se résignait à l'inévitable, il commença, L'insatisfaction, mon fils, fut placée dans le cœur des hommes par le Dieu qui les a créés, je parle de moi, évidemment, mais cette insatisfaction, de même que tout ce qui les a faits à mon image et à ma ressemblance, je suis allé la chercher là où elle se trouvait, dans mon propre cœur, et le temps qui s'est écoulé depuis lors ne l'a pas fait disparaître, au contraire, je peux même dire que tout ce temps l'a même rendue plus vive, plus urgente, plus exigeante. Dieu s'interrompit ici un bref instant comme pour juger de l'effet de son exorde, puis il poursuivit, Depuis quatre mille quatre années que je suis le dieu des Juifs, peuple d'un naturel querelleur et compliqué, mais avec qui, si on fait le bilan de nos relations, je ne me suis pas trop mal entendu, dès lors qu'il me prend au sérieux et persévère dans cet état d'esprit aussi long-temps et aussi loin que ma vision du futur peut parvenir, Tu es donc satisfait, dit Jésus, Je le suis et je ne le suis pas, ou plutôt je le serais sans mon cœur inquiet qui me dit tous les jours Eh oui, tu t'es fabriqué là un joli destin, après quatre mille ans de travail et de soucis que les sacrifices sur les autels, pour abondants et variés qu'ils soient, ne compenseront jamais, tu continues à être le dieu d'un tout petit peuple qui vit dans une partie minuscule du monde que tu as créé avec tout ce qui s'y trouve, alors dis-moi, mon fils, si je peux me tenir pour satisfait quand j'ai tous les jours devant les yeux cette évidence mortifiante, Je n'ai créé aucun monde, je ne peux pas juger, dit Jésus, Certes, tu ne peux pas juger, mais tu peux aider, Aider à quoi, A étendre mon influence, à faire en sorte que je sois le dieu de beaucoup plus de gens, Je ne comprends pas, Si tu remplis bien ton rôle, le rôle que je t'ai réservé dans mon projet, je suis absolument certain que dans un peu plus d'une demi-douzaine de siècles, même s'il nous faut lutter, toi et moi, contre maintes contrariétés, de dieu des Hébreux je deviendrai le dieu de ceux que nous appellerons les catholiques, à la manière grecque, Et quel est le rôle que tu m'as destiné dans ton projet, Celui de martyr, mon fils, celui de victime, qui est ce qu'il y a de mieux pour propager une croyance et enflammer une foi. Les deux mots, martyr, victime, sortirent de la bouche de Dieu comme si la langue à l'intérieur était de lait et de miel, mais un froid subit glaça les membres de Jésus comme si le brouillard s'était refermé sur lui pendant que le Diable le regardait avec une expression énigmatique, un mélange d'intérêt scientifique et de pitié involontaire. Tu m'as dit que tu me donnerais la puissance et la gloire, balbutia Jésus en tremblant encore de froid, Je te les donnerai, je te les donnerai, mais rappelle-toi notre accord, tu auras tout cela, mais après ta mort, Et à quoi me serviront la puissance et la gloire si je suis mort, Eh bien, tu ne seras pas exactement mort au sens absolu du terme, car étant mon fils tu seras avec moi, ou en moi, je n'ai pas encore décidé cela de manière définitive, Dans le sens que tu dis, c'est quoi ne pas être mort, C'est, par exemple, voir comment on te vénérera à tout jamais, dans les temples et sur les autels, à un point tel, je puis d'ores et déjà te l'annoncer, qu'à l'avenir les gens oublieront quelque peu le Dieu initial que je suis, mais cela n'a pas d'importance, ce qui abonde peut être partagé, ce qui est rare ne doit pas l'être. Jésus regarda Pasteur, le vit sourire et comprit, Je comprends maintenant pourquoi le Diable est ici, si ton autorité s'étend à davantage de gens et à davantage de pays, son pouvoir sur les hommes s'étendra lui aussi, car tes limites sont ses limites à lui, pas un empan de plus, pas un empan de moins, Tu as tout à fait raison, mon fils, je me réjouis de ta perspicacité et tu as la preuve de cela dans le fait, qu'on ne remarque jamais, que les démons d'une religion ne peuvent avoir aucun effet dans une autre religion, pas plus qu'un dieu, à supposer qu'il se soit engagé dans un affrontement direct avec un autre dieu, ne peut le vaincre ni être vaincu par lui, Et comment sera ma mort, Un martyr doit avoir une mort douloureuse et si possible infâme, afin que l'attitude des croyants devienne plus facilement réceptive, passionnée, émotive, Ne tourne pas autour du pot, dis-moi quelle sera ma mort, Douloureuse, infâme, sur la croix, Comme mon père, Ton père c'est moi, ne l'oublie pas, Si je peux encore choisir un père, je le choisis lui, même s'il a été, comme ce fut le cas, infâme durant une heure de sa vie, Tu as été choisi, tu ne peux pas choisir, Je romps le contrat, je me sépare de toi, je veux vivre comme un homme quelconque, Paroles inutiles, mon fils, tu n'as pas encore compris que tu es en mon pouvoir et que tous ces documents cachetés que nous appelons accord, pacte, traité, contrat, alliance, dès lors que j'y figure en qualité de partie, ne peuvent contenir qu'une seule clause, ce qui fait moins de frais d'encre et de papier, une clause sans fioritures qui stipule Tout ce que prescrit la loi de Dieu est obligatoire, y compris les exceptions, or, mon fils, comme d'une certaine et notoire façon tu es une exception, tu es finalement aussi obligatoire que la loi et que moi qui l'ai faite, Mais avec le pouvoir que tu es seul à détenir, ne serait-il pas bien plus facile et plus séant d'un point de vue éthique d'aller toi-même à la conquête de ces pays et de ces gens, Cela ne peut pas être, le pacte entre les dieux l'empêche et ce pacte-là est immuable, il stipule de ne jamais intervenir directement dans les conflits, tu m'imagines sur une place publique, entouré de Gentils et de païens, en train d'essayer de les convaincre que leur dieu est une supercherie et que je suis le vrai dieu, ce ne sont pas des choses qu'un dieu fait à un autre dieu, de plus aucun dieu n'aime qu'on vienne faire dans sa maison ce qu'il serait malséant qu'il aille faire dans la maison d'autrui, Alors, servez-vous des hommes, Oui, mon fils, l'homme est du bois dont on fait toutes les cuillers, depuis sa naissance jusqu'à sa mort il est toujours disposé à obéir, on l'envoie quelque part et il y va, on lui dit d'arrêter et il arrête, on lui ordonne de rebrousser chemin et il revient sur ses pas, l'homme, tant dans la paix que dans la guerre, pour parler en termes généraux, est la meilleure chose qui pouvait arriver aux dieux, Et le bois dont j'ai été fait, étant homme, à quelle cuiller servira-t-il, étant ton fils, Tu seras la cuiller que je plongerai dans l'humanité pour la retirer pleine d'hommes qui croiront dans le nouveau dieu en lequel je vais me transformer, Pleine d'hommes, pour que tu les dévores, Celui qui se dévorera lui-même n'a pas besoin que je le dévore.

Jésus plongea les rames dans l'eau et dit, Adieu, je rentre chez moi, vous vous en retournerez par le chemin par lequel vous êtes venus, toi, à la nage, et toi, qui es apparu sans raison ni motif, disparais sans motif ni raison. Ni Dieu ni le Diable ne bougèrent de leur place et Jésus ajouta, ironique, Ah, vous préférez aller en barque, eh bien c'est mieux comme ça, parfaitement, messieurs, je vais vous conduire jusqu'à la rive pour que tous puissent enfin voir Dieu et le Diable comme ils sont, ils verront comme ils s'entendent bien, comme ils se ressemblent. Jésus fit faire un demi-tour à la barque, mettant le cap sur la rive d'où il était venu, et donnant de vigoureux et larges coups de rames il pénétra dans le brouillard qui était si épais qu'à l'instant même Dieu cessa d'être visible et que du Diable on n'apercevait même pas la silhouette. Il se sentit alerte et joyeux, avec une vigueur hors du commun, de sa place il ne pouvait voir la proue de l'embarcation mais il la sentait se soulever à chaque impulsion des rames comme la tête d'un cheval au galop qui à tout moment semble vouloir se libérer de son corps pesant, mais qui doit se résigner à le traîner jusqu'à la fin. Jésus rama, rama, la rive devait être proche, quelle sera la réaction des gens, se demande-t-il, quand je leur dirai, Le barbu, c'est Dieu, l'autre, c'est le Diable. Jésus jeta un coup d'œil derrière lui, là où se trouvait la rive il distingua une clarté différente et annonça, Nous sommes arrivés, et il rama plus fort. Il s'attendait à tout instant à entendre le doux glissement du fond de la barque sur la vase épaisse de la berge, le raclement joyeux des petits cailloux épars, mais la proue de la barque, qu'il ne voyait pas, était pointée vers le centre de la mer et quant à la lumière qu'il avait aperçue, c'était de nouveau celle du brillant cercle magique, celle du piège fulgurant dont Jésus avait cru s'être échappé. Épuisé, il laissa tomber sa tête sur sa poitrine, croisa ses bras sur ses genoux, les poings posés l'un sur l'autre comme s'il attendait que quelqu'un vienne les ligoter, et il ne pensa même pas à mettre les rames à l'intérieur de la barque tant la conscience de l'inutilité de tout geste était devenue impérieuse et exclusive. Il ne parlerait pas le premier, il ne reconnaîtrait pas sa défaite à voix haute, il ne demanderait pas pardon pour avoir désobéi à la volonté et aux décrets de Dieu et attenté indirectement aux intérêts du Diable, bénéficiaire naturel des effets seconds, mais pas secondaires, de l'application de la volonté et de la réalisation effective des projets du Seigneur. Le silence, après la tentative avortée, ne dura pas longtemps, Dieu, sur son banc, après avoir rajusté les pans de sa tunique et le col de son manteau avec la fausse solennité rituelle du juge sur le point de prononcer une sentence, dit, Recommençons, recommençons à partir du moment où je t'ai dit que tu es en mon pouvoir, car tout ce qui n'est pas acceptation humble et pacifique de cette vérité par toi est un temps que tu ne devrais pas perdre et que tu ne devrais pas m'obliger non plus à perdre, Recommençons donc, dit Jésus, mais prends déjà note du fait que je me refuse à faire des miracles lorsque l'occasion s'en présentera, or sans miracles ton projet n'est rien, une averse tombée du ciel qui n'a désaltéré personne, Tu aurais raison si le pouvoir de faire des miracles ou de n'en point faire était entre tes mains, Et il ne l'est pas, Quelle idée, les miracles, les petits aussi bien que les grands, c'est toujours moi qui les fais, en ta présence, bien entendu, pour que tu en reçoives les bénéfices qui me conviennent, au fond tu es superstitieux, tu crois qu'il faut que le faiseur de miracles soit au chevet du malade pour que le miracle se produise, or, si je le veux, un homme qui serait en train de mourir sans personne à côté de lui, seul dans la plus grande solitude, sans médecin, sans infirmière, sans parent cher à portée de main ou de voix, si je le veux, je le répète, cet homme sera sauvé et continuera à vivre, comme si rien ne lui était arrivé, Pourquoi ne le fais-tu donc pas, alors, Parce qu'il s'imaginerait que la guérison lui était venue par la grâce de ses mérites personnels, il se mettrait à affirmer Une personne comme moi ne pouvait pas mourir, or il y a déjà bien assez de présomption comme cela dans le monde que j'ai créé, je ne vais pas permettre que les troubles du jugement en arrivent à ce point-là, C'est donc toi qui as fait tous les miracles, Ceux que tu as faits et ceux que tu feras, et même si on admet, mais il s'agit là d'une simple hypothèse, servant tout juste à clarifier la question qui nous réunit ici, si on admet que tu t'enferres dans cette obstination contre ma volonté, si tu clames partout, c'est un exemple, que tu n'es pas le fils de Dieu, je susciterai à ton passage tant et tant de miracles que tu ne pourrais que te rendre à celui qui t'en remercierait, et par conséquent, à moi, Il n'y a donc pas d'issue pour moi, Il n'y en a aucune, et ne fais pas comme l'agneau inquiet qui ne veut pas aller au sacrifice, il s'agite, il gémit à fendre le cœur, mais son destin est écrit, le sacrificateur l'attend avec le couteau, Je suis cet agneau, Ce que tu es, mon fils, c'est l'agneau de Dieu, celui que Dieu lui-même conduit à son autel, celui-là même que nous préparons ici.

Jésus regarda Pasteur comme s'il attendait de lui, non pas une aide, la compréhension qu'il avait des choses du monde étant forcément différente, car il n'est pas homme

399

et ne l'a jamais été, il n'a pas été non plus dieu et ne le sera jamais, il attendait peut-être qu'un regard, un haussement de sourcils lui suggèrent au moins une réponse habile, dilatoire, qui le délivrerait, ne serait-ce que pour un temps, de la situation d'animal acculé où il se trouve. Mais ce que Jésus lit dans les yeux de Pasteur ce sont les paroles qu'il lui a dites en le renvoyant du troupeau, Tu n'as rien appris, va-t'en, maintenant Jésus comprend qu'il ne suffit pas de désobéir à Dieu une fois, que celui qui ne lui a pas sacrifié l'agneau ne doit pas lui sacrifier la brebis, qu'on ne peut pas dire Oui à Dieu pour ensuite lui dire Non, comme si le Oui et le Non étaient la main gauche et la main droite, et que seul était valable le travail accompli par les deux mains. Dieu, malgré ses démonstrations de force coutumières, est l'univers et les étoiles, l'éclair et le tonnerre, les voix et le feu en haut de la montagne, il n'avait pas le pouvoir de te forcer à tuer la brebis et pourtant, toi, par ambition, tu l'as tuée, le sang qui en a jailli n'a pas été entièrement absorbé par la terre du désert, vois comme il est arrivé jusqu'à nous, c'est ce filet vermeil sur l'eau qui, lorsque nous nous en irons d'ici, nous suivra à la trace, toi, Dieu et moi. Jésus dit à Dieu, J'annoncerai aux hommes que je suis ton fils, le seul fils qu'a Dieu, mais je ne crois pas que même sur ces terres qui t'appartiennent cela soit suffisant pour que ton empire s'étende autant que tu le veux, Je te reconnais enfin, mon fils, tu as enfin abandonné les fatigantes velléités de résistance avec lesquelles tu as presque réussi à m'irriter et tu entres de ton propre gré dans le modus faciendi, or, parmi les innombrables choses que l'on peut dire aux hommes, quelle que soit leur race, couleur, croyance ou philosophie, une seule s'applique à tous, une seule, et c'est qu'aucun de ces hommes, sage ou ignorant, jeune ou vieux, puissant ou misérable, n'oserait te répondre Ce que tu me dis ne me concerne pas, De quoi s'agit-il, demanda Jésus, maintenant sans déguiser son intérêt, Tout homme, répondit Dieu du ton de quelqu'un qui fait un cours, quel qu'il soit, où qu'il soit, quoi qu'il fasse, est un pécheur, le péché est, pour ainsi dire, aussi inséparable de l'homme que l'homme l'est devenu du péché, l'homme est une monnaie, retourne-la et tu verras le péché, Tu n'as pas répondu à ma question, J'y réponds, et de la façon suivante, le seul mot que l'homme ne puisse récuser en disant qu'il n'appartient pas à son vocabulaire c'est Repens-toi, car tous les hommes sont tombés dans le péché, ne serait-ce qu'une seule fois, ils ont eu une mauvaise pensée, ils ont enfreint une coutume, ils ont commis un crime plus ou moins grave, ils ont dédaigné celui qui avait besoin d'eux, ils ont manqué à leurs devoirs, ils ont offensé la religion et ses ministres, ils ont renié Dieu, à ces hommes il te faudra dire uniquement Repentez-vous Repentez-vous Repentez-vous, Tu n'aurais pas besoin pour si peu de sacrifier la vie de celui dont tu dis être le père, il suffirait que tu fasses apparaître un prophète, Le temps où on les écoutait est passé, aujourd'hui il faut un révulsif puissant, quelque chose qui soit susceptible de heurter les sensibilités et d'exalter les sentiments, Un fils de Dieu sur la croix, Par exemple, Et que devrai-je dire d'autre à ces gens, en plus de les inciter à un repentir douteux, si, excédés par ton injonction, ils me tournent le dos, Oui, leur ordonner de se repentir ne me semble pas suffisant, tu vas devoir faire appel à ton imagination, ne me dis pas que tu n'en as pas, j'admire encore aujourd'hui la façon dont tu as réussi à ne pas me sacrifier l'agneau, Cela fut facile, l'animal n'avait à se repentir de rien, Réponse badine quoique dépourvue de sens, mais elle n'est pas mauvaise du tout, il faut garder les gens dans l'inquiétude, dans le doute, les amener à penser que s'ils ne parviennent pas à comprendre c'est uniquement de leur faute, Je dois leur raconter des histoires, alors, Oui, des histoires, des paraboles, des exemples moraux, même s'il te faut tourner un petit peu la loi, c'est une audace que les personnes timorées apprécient toujours chez autrui, moi aussi, non que je sois timoré, j'ai aimé la manière dont tu as délivré de la mort la femme adultère, et dis-toi bien que c'est là un fameux aveu de ma part, car cette justice c'est moi qui l'ai incorporée dans la règle que je vous ai donnée, Tu permets qu'on enfreigne tes lois, c'est mauvais signe, Je le permets quand cela me sert, et quand cela m'est utile j'en arrive à le souhaiter, rappelle-toi ce que je t'ai expliqué à propos des lois et des exceptions, ce que veut ma volonté devient aussitôt obligatoire, Je mourrai sur la croix, as-tu dit, C'est là ma volonté. Jésus regarda le berger du coin de l'œil mais l'expression de ce dernier semblait absente, comme s'il contemplait un moment de l'avenir et qu'il avait du mal à croire ce que ses yeux voyaient. Jésus laissa retomber ses bras et dit, Qu'il soit donc fait en moi selon ta volonté.

Dieu était sur le point de se féliciter, de se lever du banc pour serrer dans ses bras son fils bien-aimé quand un geste de Jésus l'arrêta, A une condition, Tu sais bien que tu ne peux pas fixer de conditions, répondit Dieu avec une expression de contrariété, Ne l'appelons pas condition, appelons-la requête, la simple requête d'un condamné à mort, Parle, Tu es Dieu, et Dieu ne peut que répondre par la vérité aux questions qui lui sont posées et, étant Dieu, il connaît tout le passé, la vie d'aujourd'hui qui est entre les deux, et tout le temps futur, Il en est bien ainsi, je suis le temps, la vérité et la vie, Alors, dis-moi au nom de tout ce que tu dis être comment sera le futur après ma mort, que contiendra-t-il qu'il ne contiendrait pas si je n'avais pas accepté de me sacrifier à ton insatisfaction, à ce désir que tu éprouves de régner sur davantage de peuples et davantage de pays. Dieu eut un mouvement de colère, comme s'il se voyait pris soudain dans le piège monté par ses propres paroles et il chercha sans conviction une échappatoire, Voyons, mon fils, le futur est immense, raconter le futur exige énormément de temps, Cela fait combien de temps que nous sommes ici au milieu de la mer, cernés par le brouillard, demanda Jésus, un jour, un mois, un an, très bien, continuons pendant un an encore, un mois, un jour, que le Diable s'en aille s'il le veut, de toute façon son rôle est garanti, et si les bénéfices sont proportionnels, comme il semble juste, plus Dieu grandira, plus le Diable croîtra, Je reste, dit Pasteur, c'était le premier mot qu'il prononçait depuis qu'il était apparu, Je reste, répéta-t-il, puis, je peux voir moi-même certains éléments du futur, mais je ne parviens pas toujours à distinguer si ce que je crois voir est vérité ou mensonge, ou plus exactement je vois mes mensonges pour ce qu'ils sont, mes vérités à moi, mais je ne sais jamais dans quelle mesure les vérités des autres sont leurs mensonges à eux. La tirade labyrinthique exigeait pour que la chute en fût belle que Pasteur dise quels éléments du futur il voyait, mais sa bouche se ferma avec la brusquerie de quelqu'un qui s'aperçoit qu'il a déjà trop parlé. Jésus, qui n'avait pas détourné les yeux de Dieu, dit avec une sorte d'ironie triste, A quoi bon feindre que tu ne sais pas ce que tu sais, tu savais que je t'adresserais cette requête, tu sais que tu me diras ce que je veux savoir, par conséquent ne retarde pas davantage mon temps de commencer à mourir, Tu as commencé à mourir depuis que tu es né, C'est vrai, mais maintenant j'irai plus vite. Dieu regarda Jésus avec une expression que, chez un être humain, nous appellerions de respect subit, ses façons et tout son être s'humanisèrent, et bien qu'il semble que ceci n'ait rien à voir avec cela, mais nous ne connaîtrons jamais les liens profonds qui existent entre les choses et les actes, le brouillard avança vers la barque, l'entoura comme d'une muraille infranchissable afin que ne sortent pas de là et ne se divulguent pas dans le monde les paroles de Dieu sur les effets, résultats et conséquences du sacrifice de ce Jésus qu'il dit être son fils et celui de Marie, mais dont le père véritable est Joseph, en vertu de cette loi non écrite qui ordonne de croire seulement à ce que l'on voit, bien que, on le sait, nous les hommes ne voyons pas toujours les mêmes choses de la même manière, ce qui d'ailleurs s'est révélé excellent pour la survie et la relative santé mentale de l'espèce.

Dieu dit, Il y aura une Église, ce qui, comme tu le sais, veut dire assemblée, une société religieuse que tu fonderas ou qui sera fondée en ton nom, ce qui est plus ou moins la même chose si on s'en tient à l'essentiel, et cette Église s'étendra dans le monde jusqu'à des confins qui restent encore à découvrir, elle s'appellera catholique car elle sera universelle, ce qui malheureusement n'évitera pas les divergences et les dissensions entre ceux qui t'auront toi bien plus que moi comme référence spirituelle, ainsi que je te l'ai déjà dit, mais cela seulement pendant un certain temps, quelques milliers d'années seulement, car j'étais avant que tu ne sois et je serai après que tu auras cessé d'être ce que tu es et ce que tu seras, Parle clairement, l'interrompit Jésus, Cela n'est pas possible, rétorqua Dieu, les paroles des hommes sont comme des ombres et jamais les ombres ne pourraient expliquer la lumière, entre elles et la lumière se trouve et s'interpose le corps opaque qui leur donne naissance, Je t'ai posé une question à propos du futur, C'est du futur que je parle, Je veux que tu me dises comment vivront les hommes qui viendront après moi, Tu te réfères à ceux qui te suivront, Oui, seront-ils plus heureux, Plus heureux, ce qui s'appelle heureux, je ne dirai pas, mais ils auront l'espoir d'un bonheur là-bas au ciel où je vis éternellement, par conséquent l'espoir de vivre éternellement avec moi, Rien d'autre, Cela te paraît peu que de vivre avec Dieu, Peu, beaucoup ou tout, on ne le saura qu'après le jugement dernier, quand tu jugeras les hommes au bien et au mal qu'ils auront fait, pour l'instant tu vis seul au ciel, J'ai mes anges et mes archanges, Il te manque les hommes, C'est vrai, ils me manquent, et c'est pour qu'ils viennent à moi que tu seras crucifié, Je veux en savoir plus, dit Jésus presque avec violence, comme s'il voulait éloigner l'image qu'il avait eue de lui-même, suspendu à une croix, ensanglanté, mort, Je veux savoir comment les gens en viendront à croire en moi et à me suivre, ne me dis pas que ce que je leur dirai suffira, ne me dis pas que suffira ce qu'en mon nom diront après moi ceux qui déjà croyaient en moi, je te donne un exemple, les Gentils et les Romains, qui ont d'autres dieux, vont-ils ni plus ni moins les troquer contre moi, Contre toi, non, contre moi, Contre toi ou contre moi, tu as dit toi-même que c'était la même chose, ne jouons pas avec les mots, réponds à ma question, Celui qui aura la foi viendra à nous, Comme cela, sans plus, aussi simplement que tu viens de le dire, Les autres dieux résisteront, Et tu lutteras contre eux, bien entendu, Quelle absurdité, tout ce qui arrive, arrive sur terre, le ciel est éternel et pacifique, le destin des hommes ce sont les hommes qui l'accomplissent où qu'ils se trouvent, Pour parler clair, même si les paroles sont des ombres, des hommes vont mourir pour toi et pour moi, Les hommes sont toujours morts pour les dieux, même pour de faux dieux et des dieux mensongers, Les dieux peuvent-ils mentir, Ils le peuvent, Et tu es, de tous, l'unique vrai Dieu, Unique et vrai, oui, Et étant le vrai et l'unique Dieu, même ainsi tu ne peux éviter que les hommes meurent pour toi, eux qui auraient dû naître pour vivre pour toi, sur terre, je veux dire, pas au ciel, où tu n'auras aucune des joies de la vie à leur offrir, Elles aussi sont des joies fallacieuses car elles sont nées avec le péché originel, demande donc à ton Pasteur, il t'expliquera comment cela s'est passé, S'il y a entre toi et le Diable des secrets non partagés, j'espère que l'un d'eux sera celui que j'ai appris de lui, même s'il dit que je n'ai rien appris. Il y eut un silence, Dieu et le Diable se regardèrent en face pour la première fois, tous deux donnèrent l'impression qu'ils allaient parler, mais ils n'en firent rien. Jésus dit, J'attends, Quoi, demanda Dieu, comme s'il était distrait, Que tu me dises combien de morts et de souffrances va coûter ta victoire sur les autres dieux, avec combien de souffrances et de morts seront payés les combats qu'en ton nom et en mon nom se livreront les uns contre les autres les hommes qui croiront en nous, Tu insistes pour le savoir, J'insiste, Fort bien, l'assemblée dont je t'ai parlé sera édifiée, mais pour être fermes ses fondations devront être creusées dans de la chair, et sa base devra être composée d'un ciment fait de renoncements, de larmes, de douleurs, de tortures, de toutes les morts imaginables aujourd'hui et aussi d'autres morts que l'on ne connaîtra qu'à l'avenir, Tu es enfin clair et direct, continue, Pour commencer par ceux que tu connais et que tu aimes, le pêcheur Simon, que tu appelleras Pierre, sera crucifié comme toi, mais la tête en bas, André aussi sera crucifié sur une croix en forme de X, le fils de Zébédée, celui qui s'appelle Jacques, sera décapité, Et Jean, et Marie de Magdala, Ceux-là mourront de mort naturelle, quand leurs jours naturels s'achèveront, mais tu auras d'autres amis, disciples et apôtres comme les autres, qui n'échapperont pas aux supplices, c'est le cas d'un Philippe, attaché à une croix et lapidé jusqu'à ce que mort s'ensuive, un Barthélemy, qui sera écorché vif, un Thomas, qui sera tué à coups de lance, un Matthieu dont je ne me souviens plus maintenant comment il mourra, un autre Simon, scié en deux, un Judas, tué à coups de massue, un autre Jacques, lapidé, un Mathias, décapité avec une hache d'armes, et aussi Judas d'Iscarioth, mais tu sauras tout de lui mieux que moi, à l'exception de sa mort, il se pendra de ses propres mains à un figuier, Tous devront-ils mourir à cause de toi, demanda Jésus, Si tu poses la question dans ces termes, oui, tous mourront à cause de moi, Et après, Après, mon fils, je te l'ai déjà dit, ce sera une interminable histoire de fer et de sang, de feu et de cendres, une mer infinie de souffrances et de larmes, Raconte, je veux tout savoir. Dieu soupira et du ton monocorde de qui a choisi d'endormir la pitié et la miséricorde, il entama la litanie, par ordre alphabétique pour éviter les susceptibilités de préséance, Adalbert de Prague, tué avec un esponton à sept pointes, Adrien, tué à coups de marteau sur une enclume, Afra d'Augsbourg, tuée sur le bûcher, Agapit de Préneste, mort sur le bûcher, pendu par les pieds, Agnès de Rome, éventrée, Agricole de Bologne, mort crucifié et criblé de clous, Agueda de Sicile, tuée après avoir eu les seins coupés, Alfège de Cantuaria, tué à coups d'os de bœuf, Anastase de Salone, mort sur la potence et décapité, Anastasie de Sirmium, tuée sur le bûcher après avoir eu les seins coupés, Ansan de Sienne, tué par arrachement des viscères, Antoine de Rivoli, tué par lapidation et brûlé, Antonin de Pamiers, tué par écartèlement, Apollinaire de Ravenne, tué à coups de massue, Apolline d'Alexandrie, morte sur le bûcher après avoir eu les dents arrachées, Augusta de Trévise, décapitée et brûlée, Aurée d'Ostie, tuée par suffocation avec une meule autour du cou, Aurée de Syrie, saignée à mort, assise sur une chaise hérissée de clous, Auta, tuée à coups de flèches, Babylas d'Antioche, décapité, Barbe de Nicomédie, décapitée, Barnabé de Chypre, lapidé et brûlé, Béatrice de Rome, étranglée, Bénin de Dijon, tué à coups de lance, Blandine de Lyon, livrée aux cornes d'un taureau sauvage, Bras de Sébaste, transpercé de clous de fer, Calixte, tué avec une meule autour du cou, Cassien d'Imola, tué avec un stylet par ses élèves, Castule, enterré vif, Catherine d'Alexandrie, décapitée, Cécile de Rome, égorgée, Christine de Bolzano, tuée par tout ce qu'il est possible de faire avec une meule, une roue, des tenailles, des flèches et des serpents, Clair de Nantes, décapité,

Clair de Vienne, décapité, Clément, tué par suffocation avec une ancre autour du cou, Crispin et Cyprien de Soissons, décapités, Cyprien de Carthage, décapité, Cyrus de Tarse, tué, encore enfant, par un juge qui lui frappa la tête sur les marches du tribunal, Cucufat de Barcelone, éventré, en arrivant à la fin de la lettre C Dieu dit, Par la suite tout est pareil, ou presque, les variations possibles ne sont pas très nombreuses, sauf pour ce qui est des détails, lesquels, à cause de leur raffinement, prendraient beaucoup de temps à exposer, arrêtons-nous ici, Continue, dit Jésus, et Dieu continua, abrégeant dans toute la mesure du possible, Donat d'Arezzo, décapité, Éliphe de Tampillon, calotte du crâne découpée, Émeran de Ratisbonne, attaché à un escalier et massacré, Émérita, brûlée, Émile de Trèves, décapité, Engratia de Saragosse, décapitée, Érasme de Gaète, appelé aussi Elmo, étiré par un treuil, Escubicule, décapité, Eschyle de Suède, lapidé, Étienne, lapidé, Eulalie de Mérida, décapitée, Euphémie de Chalcédoine, transpercée par une épée, Eutropie de Saintes, tête coupée par une hache d'armes, Fabien, épée et clous de fer, Félicité et ses Sept Fils, têtes coupées à l'épée, Félix et son frère Adauctus, idem, Ferréol de Besançon, décapité, Fidèle de Sigmaringen, massue hérissée de pointes, Firmin de Pampelune, décapité, Flavie Domitille, idem, Foi d'Agen, égorgée, Fortunat d'Evora, peut-être idem, Fructueux de Tarragone, brûlé, Gaudence de France, décapité, Gélase, idem plus pointes de fer, Gengoul de Bourgogne, cocu, assassiné par l'amant de sa femme, Gérard Sagredo de Budapest, lance, Géréon de Cologne, décapité, Gervais et Protais, jumeaux, idem, Godeliève de Ghistel, étranglée, Goretti Marie, idem, Grat d'Aoste, décapité, Herménégild, marteau, Hiéron, épée, Hippolyte, traîné par un cheval, Ignace d'Azevado, tué par les calvinistes, ceux-là ne sont pas catholiques, Janvier de Naples, décapité après avoir été jeté aux bêtes sauvages et lancé dans un four, Jean de Britto, égorgé, Jean Fischer, décapité, Jean Népomucène de Prague, noyé, Jean de Prado, poignardé à la tête, Jeanne d'Arc, brûlée vive, Julie de Corse, seins coupés et crucifiée ensuite, Julienne de Nicomédie, décapitée, Justa et Rufine de Séville, l'une sur la roue, l'autre étranglée, Juste et Pasteur, pas celui qui est avec nous ici mais celui d'Alcala de Henares, décapités, Justine d'Antioche, brûlée avec de la poix bouillante et décapitée, Kilien de Würzburg, décapité, Laurent, brûlé sur un gril, Léger d'Autun, idem, après avoir eu les yeux et la langue arrachés, Léocadie de Tolède, précipitée du haut d'un rocher, Liévin de Gand, langue arrachée et décapité, Longin, décapité, Lucie de Syracuse, égorgée après qu'on lui a arraché les yeux, Ludmille de Prague, étranglée, Magin de Tarragone, décapité avec une faux dentée, Mamède de Cappadoce, étripé, Manuel, Sabel et Ismaël, Manuel, un clou de fer planté de chaque côté de la poitrine et un autre traversant la tête d'une oreille à l'autre, tous les trois égorgés, Marguerite d'Antioche, torche et peigne de fer, Maur de Perse, épée, amputation des mains, Martine de Rome, décapitée, les martyrs du Maroc, Bérard de Cobio, Pierre de Gemianino, Othon, Adjute et Accurse, égorgés, ceux du Japon, vingt-six crucifiés, transpercés par des lances et brûlés, Maurice d'Agaune, épée, Meinrad d'Einsiedeln, massue, Mennas d'Alexandrie, épée, Mercure de Cappadoce, décapité, Thomas More, idem, Nicaise de Reims, idem, Odile de Huy, flèches, Paius, écartelé, Pancrace, décapité, Pantaléon de Nicomédie, idem, Paphnuce, crucifié, Patrocle de Troyes et de Soest, décapité, Paul de Tarse à qui tu devras ta première église, idem, Perpétue et Félicité de Carthage, Félicité était l'esclave de Perpétue, encornées par une vache furieuse, Philomène, flèches et ancre, Piat de Tournai, crâne découpé, Pierre de Rates, épée, Pierre de Vérone, couteau à la tête et poignard à la poitrine, Polycarpe, poignardé et brûlé, Prisque de Rome, dévorée par les lions, Processe et Matinien, même mort, je crois, Quintien, clous dans la tête et ailleurs, Quirin de Rouen, sommet du crâne découpé, Quiterie de Coimbra, décapitée par son propre père, une horreur, Reine d'Alise, glaive, Renaud de Dortmund, maillet de maçon, Restitute de Naples, bûcher, Roland, épée, Romain d'Antioche, langue arrachée, strangulation, tu n'en as pas encore assez, demanda Dieu à Jésus, et Jésus répondit, Cette question tu devrais te la poser à toi-même, continue, et Dieu continua, Sabin d'Assise, lapidé, Sabinien de Sens, égorgé, Saturnin de Toulouse, traîné par un taureau, Sébastien, flèches, Second d'Asti, décapité, Servais de Tongres et de Maastricht, tué à coups de sabot pour impossible que cela paraisse, Sévère de Barcelone, clou planté dans la tête, Sidwell d'Exeter, décapité, Sigismond, roi des Burgondes, jeté dans un puits, Symphorien d'Autun, décapité, Sixte, idem, Tarcice, lapidé, Tecla d'Iconion, amputée et brûlée, Théodore, bûcher, Thomas Becket de Canterbury, épée enfoncée dans le crâne, Tiburce, décapité, Timothée d'Éphèse, lapidé, Tirse, scié, Torquat et les Vingt-Sept, tués par le général Muça aux portes de Guimarães, Tropez de Pise, décapité, Urbain, idem, Valérie de Limoges, idem, Valérien, idem, Venance de Camerino, égorgé, Victor, décapité, Victor de Marseille, égorgé, Vincent de Saragosse, meule et gril hérissé de pointes, Virgile de Trente, autre massacre à coups de sabot, Vital de Ravenne, lance, Wilgeforte, ou Livrade ou Eutropie, vierge, barbue, crucifiée, et d'autres, et d'autres, et d'autres, idem, idem, idem, ça suffit. Cela ne suffit pas, dit Jésus, à quels autres te réfères-tu, Tu crois que c'est vraiment indispensable, Oui je le crois, Je me réfère à ceux qui, n'ayant pas été martyrisés et étant morts de leur propre mort, souffrirent le martyre des tentations de la chair, du monde et du démon et qui pour les vaincre durent mortifier leur corps par le jeûne et la prière, il y a même un cas intéressant,

un certain John Schorn, qui passa tant de temps agenouillé à prier qu'il finit par avoir des durillons, où, aux
genoux, évidemment, et on dit aussi, mais cela tu le
garderas pour toi, qu'il a enfermé le Diable dans une
botte, ah ah, ah, Moi, dans une botte, dit Pasteur d'un
ton dubitatif, tout ça ce sont des légendes, pour que je
puisse être enfermé dans une botte il aurait fallu qu'elle
ait la dimension du monde, et cela étant, j'aimerais bien
voir qui serait capable de la chausser et de l'enlever
après, Seulement par le jeûne et la prière, demanda Jésus,
et Dieu répondit, Ils offenseront aussi le corps par la
douleur et le sang et la saleté, et par bien d'autres péni-
tences encore, se servant de cilices et pratiquant la flagellation, certains même ne se laveront pas de toute leur
vie, ou presque, certains se précipiteront dans les ronces
et se rouleront dans la neige pour dompter les importu-
nités de la chair suscitées par le Diable à qui ces tentations sont dues, car son but est de détourner les âmes du
droit chemin qui les mènerait au ciel, les femmes nues
et les monstres effrayants, les créatures de l'aberration,
la luxure et la peur sont les armes avec lesquelles le
Diable tourmente la pauvre vie des hommes, Tu feras
tout cela, demanda Jésus à Pasteur, Plus ou moins, lui
répondit-il, je me suis borné à prendre pour moi ce dont
Dieu n'a pas voulu, la chair, avec ses joies et ses tristesses, la jeunesse et la vieillesse, la fraîcheur et la pourriture, mais il n'est pas vrai que la peur soit une de mes
armes, je ne me souviens pas que ce soit moi qui ai
inventé le péché et son châtiment, et la peur qu'ils ren-
ferment toujours, Tais-toi, l'interrompit Dieu avec impatience, le péché et le Diable sont les deux noms d'une
même chose, Quelle chose, demanda Jésus, L'absence
de moi, Et à quoi l'absence de toi est-elle due, au fait
que tu te sois retiré ou qu'on se soit retiré de toi, Je ne
me retire jamais, Mais tu consens qu'on t'abandonne,
Celui qui m'abandonne me cherche, Et s'il ne te trouve

pas, la faute, on le sait, en incombe au Diable, Non, de cela il n'est pas coupable, la faute me revient à moi qui ne réussis pas à me rendre là où l'on me cherche, Dieu prononça ces mots avec une tristesse poignante et inattendue, comme si soudain il avait découvert des limites à sa puissance. Jésus dit, Continue, Il y en a d'autres, reprit lentement Dieu, qui se retirent dans des lieux reculés et sauvages et qui mènent une vie solitaire dans des grottes et des cavernes en compagnie des bêtes, d'autres qui se laissent emmurer, d'autres qui grimpent sur de hautes colonnes et qui vivent là des années et des années d'affilée, d'autres, la voix diminua, s'éteignit, Dieu contemplait à présent un interminable défilé de gens, des milliers et des milliers, des milliers de milliers d'hommes et de femmes, sur tout le globe, entrant dans des couvents et des monastères, certains des constructions rustiques, beaucoup des palais superbes, Ils se cloîtrent là-dedans pour nous servir, toi et moi, du matin au soir, avec des veilles et des prières, et ils ont tous le même but et le même destin, nous adorer et mourir avec notre nom à la bouche, ils prendront des noms distincts, ils seront bénédictins, bernardins, chartreux, augustins, gilbertins, trinitaires, franciscains, dominicains, capucins, carmélites, jésuites, et ils seront nombreux, nombreux, nombreux, ah, comme j'aimerais pouvoir m'exclamer Mon Dieu, pourquoi sont-ils si nombreux. Alors le Diable dit à Jésus, Observe comment, dans ce qu'il vient de nous raconter, il y a deux façons de perdre la vie, une par le martyre, l'autre par le renoncement, il ne leur suffisait pas de devoir mourir une fois leur heure venue, il leur fallait encore courir à sa rencontre d'une manière ou d'une autre, crucifiés, étripés, égorgés, brûlés, lapidés, noyés, écartelés, étranglés, écorchés, transpercés par des lances, encornés, enterrés, sciés, criblés de flèches, amputés, hérissés de clous, ou alors à l'intérieur ou à l'extérieur de cellules, de chapitres et de cloîtres, se punissant d'être nés avec le corps que Dieu leur a donné et sans lequel ils n'auraient nulle part où mettre l'âme, eh bien pareils tourments n'ont pas été inventés par le Diable qui te parle. C'est tout, demanda Jésus à Dieu, Non, il manque encore les guerres, Il y aura aussi des guerres, Et des carnages, Les carnages, je suis au courant, j'aurais même pu mourir dans l'un d'entre eux, tout compte fait c'est dommage car une croix ne m'attendrait pas, J'ai conduit ton autre père là où il fallait qu'il soit pour pouvoir entendre ce que j'ai voulu que les soldats disent, bref, je t'ai sauvé la vie, Tu m'as sauvé la vie pour me faire mourir quand cela te chanterait et serait à ton avantage, c'est comme si tu me tuais deux fois, La fin justifie les moyens, mon fils, D'après ce que j'ai entendu de ta bouche depuis que nous sommes ici, je pense que c'est vrai, renoncement, clôture, souffrance, mort, et maintenant les guerres et les carnages, de quelles guerres s'agit-il, Elles sont nombreuses, elles n'en finissent plus, mais surtout celles qui seront livrées contre toi et contre moi au nom d'un dieu qui doit encore paraître, Comment se peut-il qu'un dieu doive encore paraître, un dieu, s'il l'est vraiment, ne peut exister que depuis toujours et pour toujours, Je reconnais que c'est difficile à comprendre et non moins difficile à expliquer, mais ce que je te dis se produira, un dieu viendra qui lancera contre nous et contre ceux qui nous suivront des peuples entiers, non, je n'ai pas assez de mots pour te raconter les tueries, les massacres, les hécatombes, imagine mon autel de Jérusalem multiplié par mille, mets des hommes à la place des animaux, et même ainsi tu ne parviendras pas à savoir exactement ce que furent les croisades, Les croisades, qu'est-ce que cela, et pourquoi me dis-tu qu'elles ont eu lieu si elles doivent encore avoir lieu, Souviens-toi que je suis le temps et que par conséquent pour moi tout ce qui doit advenir est déjà advenu et tout ce qui est advenu advient tous les jours, Raconte-moi

413

cette histoire de croisade, Bien, mon fils, ces lieux où nous nous trouvons présentement, y compris Jérusalem, et d'autres terres vers le nord et l'occident, seront conquis par les adeptes du fameux dieu tardif dont je t'ai parlé, et les nôtres, ceux qui sont dans notre camp, feront tout pour les expulser des lieux que tu as foulés de tes pieds et que je fréquente avec tant d'assiduité, Tu n'as pas fait grand-chose pour chasser d'ici les Romains aujourd'hui, Je te parle de l'avenir, ne me distrais pas, Alors poursuis, Ajoute que tu es né ici, que tu as vécu ici et que tu es mort ici, Pour l'instant je ne suis pas encore mort, Pour ma démonstration peu importe, je viens de t'expliquer ce qu'est de mon point de vue advenir et être advenu et, s'il te plaît, ne m'interromps pas sans cesse si tu ne veux pas que je me taise une fois pour toutes, C'est moi qui me tais, Bon, les hommes à venir donneront à ces régions ici le nom de Lieux Saints pour la raison que tu es né ici, que tu y as vécu et que tu y es mort, alors cela ne serait pas d'un bon effet pour la religion que tu vas être que son berceau se trouve aux mains indignes des infidèles, motif, comme tu le vois, plus que suffisant pour justifier que pendant deux cents ans de grandes armées venues de l'occident s'efforcent de conquérir et de conserver pour notre religion la grotte où tu es né et le mont où tu mourras, pour ne parler que des principaux lieux, Ces armées sont les croisades, Exactement, Et elles ont conquis ce qu'elles voulaient, Non, mais elles ont tué beaucoup de gens, Et les hommes des croisades, Un nombre égal, sinon plus grand, est mort, Et tout cela en notre nom, Ils iront à la guerre en criant Dieu le veut, Et ils sont sans doute morts en disant Dieu l'a voulu, Ce serait une belle fin, De nouveau le sacrifice n'a servi à rien, L'âme, mon fils, pour être sauvée, a besoin du sacrifice du corps, Avec ces mots-là ou d'autres, je t'avais déjà entendu dire cela avant, et toi, Pasteur, que dis-tu de ces futures et étonnantes histoires,

Je dis que personne parmi ceux qui ont tout leur jugement ne pourra jamais affirmer que le Diable fut, est ou sera coupable de pareilles boucheries et pareils cimetières, sauf si un méchant quelconque a l'idée calomnieuse de m'attribuer la responsabilité de faire naître le dieu qui sera l'ennemi de celui-ci, Il me semble clair et évident que tu n'es pas coupable, et quant à la peur qu'on rejette sur toi la responsabilité, tu répondras que le Diable, étant le mensonge, ne pourrait jamais créer la vérité que Dieu est, Mais alors, demanda Pasteur, qui va créer le Dieu ennemi. Jésus ne savait quoi répondre, Dieu, s'il était silencieux, demeura silencieux, toutefois une voix descendit du brouillard et dit, Peut-être que ce Dieu-ci et celui qui viendra ne sont que des hétéronymes, De qui, de quoi, demanda avec curiosité une autre voix, De Pessoa, entendit-on, mais cela aurait aussi bien pu être, De la Personne. Jésus, Dieu et le Diable tout d'abord firent semblant de ne pas avoir entendu, mais aussitôt après ils s'entre-regardèrent effrayés, la peur ordinaire est ainsi, elle concilie facilement les différences.

Le temps passa, le brouillard ne recommença plus à parler, et Jésus demanda, maintenant sur le ton de quelqu'un qui attend seulement une réponse affirmative, C'est tout. Dieu hésita, puis d'un ton las il dit, Il y a encore l'Inquisition, mais si tu n'y vois pas d'inconvénient nous pourrions parler d'elle une autre fois, C'est quoi, l'Inquisition, L'Inquisition est une autre histoire interminable, Je veux savoir, Il vaudrait mieux que tu ne saches pas, J'insiste, Tu vas souffrir dans ta vie d'aujourd'hui des remords qui appartiennent à l'avenir, Et toi pas, Dieu est Dieu, il n'a pas de remords, Eh bien moi, si j'assume déjà ce fardeau qu'est devoir mourir pour toi, je peux aussi supporter les remords que tu devrais éprouver, Je préférerais t'épargner, De fait tu n'as rien fait d'autre depuis que je suis né, Tu es un ingrat, comme tous les fils, Cessons de feindre, dis-moi ce que sera l'Inquisition, L'Inquisition, appelée aussi Tribunal du Saint-Office, est le mal nécessaire, le très cruel instrument avec lequel nous vaincrons l'infection qui s'installera un jour, et pour très longtemps, dans le corps de ton Église par le biais des hérésies funestes en général et aussi de leurs dérivés et corollaires mineurs auxquels s'ajoutent quelques perversions physiques et morales, tout cela étant réuni et fourré dans le même sac à horreurs, sans préoccupations de priorité ni d'ordre, et cela inclura les luthériens et les calvinistes, les molinistes et les judaïsants, les sodomites et les sorciers, certaines de ces plaies concerneront l'avenir, d'autres seront présentes en tout temps, Étant le mal nécessaire que tu dis, comment l'Inquisition procédera-t-elle pour réduire ces fléaux, L'Inquisition est une police et elle est un tribunal, voilà pourquoi elle devra arrêter, juger et condamner comme le font tribunaux et polices, Elle condamnera à quoi, A la prison, au bannissement, au bûcher, Au bûcher, dis-tu, Oui, à l'avenir des milliers et des milliers et des milliers d'hommes et de femmes mourront brûlés, Tu m'as déjà parlé de certains précédemment, Ceux-là furent jetés au bûcher pour avoir cru en toi, les autres le seront pour avoir douté de toi, Il n'est pas permis de douter de moi, Non, Mais nous, nous pouvons douter que le Jupiter des Romains soit dieu, Le seul Dieu c'est moi, je suis le Seigneur et tu es mon Fils, Des milliers mourront, Des centaines de milliers, Des centaines de milliers d'hommes et de femmes mourront, la terre s'emplira de cris de douleur, de hurlements et de râles d'agonie, la fumée des bûchers voilera le soleil, la graisse des suppliciés grésillera sur les braises, l'odeur donnera le frisson et tout cela sera de ma faute, Pas de ta faute, pour ta cause, Père, éloigne de moi ce calice, Que tu le boives est la condition de ma puissance et de ta gloire, Je ne veux pas de cette gloire, Mais moi je veux cette puissance. Le brouillard s'éloigna jusque là où il était auparavant, on voyait un peu d'eau autour de la barque, une eau lisse et mate, sans une ride de vent ni un battement de nageoire voyageuse. Alors le Diable dit, Il faut être Dieu pour aimer autant le sang.

Le brouillard recommença à avancer, quelque chose allait encore se produire, une autre révélation, une autre douleur, un autre remords. Mais ce fut Pasteur qui parla, J'ai une proposition à te faire, dit-il en s'adressant à Dieu, et Dieu, surpris, Une proposition, toi, et de quelle proposition peut-il bien s'agir, le ton était ironique, supérieur, capable de réduire au silence tout autre que le Diable, connu et familier de longue date. Pasteur demeura silencieux comme s'il cherchait les mots les plus justes, et il expliqua, J'ai écouté avec une grande attention tout ce qui s'est dit dans cette barque et bien que j'aie entrevu moi-même quelques lueurs et quelques ombres de l'avenir, je n'ai pas pensé que c'était les lueurs des bûchers ni les ombres de tous ces morts, Et cela t'incommode, Cela ne devrait pas m'incommoder puisque je suis le Diable, et le Diable tire toujours quelque profit de la mort, et même plus que toi, car il n'est pas nécessaire de démontrer que l'enfer sera toujours plus peuplé que le ciel, Alors de quoi te plains-tu, Je ne me plains pas, je propose, Propose donc, mais dépêche-toi, car je ne peux pas rester ici éternellement, Tu sais, et personne ne le sait mieux que toi, que le Diable lui aussi a un cœur, Oui, mais tu en fais mauvais usage, Je veux aujourd'hui faire un bon usage du cœur que j'ai, j'accepte et je veux que ta puissance s'étende à tous les confins de la terre, sans que tant de personnes doivent mourir, et puisque tu dis que tout ce qui te désobéit et te nie est le fruit du Mal que je suis et que j'administre dans ce monde, je propose que tu me reçoives de nouveau dans ton ciel, me pardonnant le mal passé à cause de celui que je n'aurai pas à commettre à l'avenir, et que tu acceptes et gardes mon obéissance comme aux temps heureux où je fus l'un de tes anges de prédilection, tu m'appelais Lucifer, celui qui porte la lumière, avant que l'ambition d'être ton égal ne me dévore l'âme et ne me pousse à me rebeller contre ton autorité, Et pourquoi devrais-je te recevoir et te pardonner, peux-tu me le dire, Parce que si tu le fais, si tu me témoignes maintenant cette même magnanimité que par la suite tu promettras si facilement à tort et à travers, alors le Mal prendra fin ici dès aujourd'hui, ton fils n'aura pas besoin de mourir, ton royaume ne sera pas seulement cette terre des Hébreux mais le monde entier, le monde connu et le monde encore à découvrir, et plus que le monde, l'univers entier, partout le Bien gouvernera et je chanterai, dans la dernière et humble rangée des anges qui te sont restés fidèles, plus fidèle que tous parce que repentant, je chanterai tes louanges, tout finira comme si cela n'avait jamais été, tout commencera comme s'il devait toujours en être ainsi, Je savais que tu avais l'art d'embobiner les âmes et de les égarer, mais je ne t'avais jamais entendu débiter un discours pareil, tu as indéniablement un talent oratoire, du bagout, tu m'as presque convaincu, Tu ne m'acceptes pas, tu ne me pardonnes pas, Je ne t'accepte pas, je ne te pardonne pas, je te veux comme tu es et, si possible, encore pire que tu n'es maintenant, Pourquoi, Parce que le Bien que je suis n'existerait pas sans le Mal que tu es, un Bien qui devrait exister sans toi serait inconcevable, même moi je ne puis l'imaginer, en un mot comme en cent, si tu finis, je finis, pour que je sois le Bien il est nécessaire que tu continues à être le Mal, si le Diable ne vit pas en tant que Diable, Dieu ne vit pas en tant que Dieu, la mort de l'un serait la mort de l'autre, C'est ton dernier mot, Le premier et le dernier, le premier parce que c'est la première fois que j'ai dit cela, le dernier parce que je ne le répéterai pas. Pasteur haussa les épaules et s'adressa à Jésus, Qu'il ne soit pas dit que le Diable n'a pas tenté Dieu un jour, et se levant il allait passer une jambe par-dessus bord mais il suspendit soudain son mouvement pour dire, Tu as dans ta besace une chose qui m'appartient. Jésus ne se souvenait pas d'avoir emporté sa besace dans la barque, mais elle était là, enroulée à ses pieds, Quoi, dit-il, et l'ouvrant, il vit qu'il n'y avait rien d'autre dedans que la vieille écuelle noire qu'il avait apportée de Nazareth, Ceci, Cela, répondit le Diable, et il la lui prit des mains, Un jour elle reviendra en ton pouvoir mais tu ne sauras même pas que tu l'as. Il mit l'écuelle à l'intérieur de son grossier vêtement de berger et il descendit dans l'eau. Il ne regarda pas Dieu, il se contenta de dire, comme s'il parlait à un auditoire invisible, A jamais, puisqu'il l'a voulu ainsi. Jésus le suivit des yeux, Pasteur s'éloignait peu à peu en direction du brouillard, Jésus n'avait pas songé à lui demander en vertu de quel caprice il arrivait et se retirait de cette façon, à la nage, de loin il ressemblait de nouveau à un porc aux oreilles pointées, on entendait un halètement bestial, mais une ouïe plus fine n'aurait eu aucun mal à percevoir que s'y mêlait aussi la crainte, non pas de se noyer, quelle idée, le Diable ne meurt pas, nous venons de l'apprendre à l'instant même, mais de devoir exister à tout jamais. Pasteur se perdait déjà à l'orée effilochée du brouillard quand la voix de Dieu résonna soudain, pressée, la voix de quelqu'un qui est sur le point de partir, J'enverrai un homme qui s'appelle Jean pour t'aider, mais tu devras le convaincre que tu es bien qui tu diras être. Jésus regarda mais Dieu déjà n'était plus là. Au même instant le brouillard se leva et se dissipa dans l'air, laissant la mer propre et lisse d'une pointe à l'autre parmi les montagnes, sur l'eau pas trace du Diable, dans l'air pas trace de Dieu.

Sur la rive d'où il était venu Jésus aperçut malgré la distance un grand rassemblement de personnes et de nombreuses tentes montées derrière la multitude, comme si ce lieu s'était transformé en campement permanent de gens qui, n'étant pas de là et par conséquent n'ayant nulle part où dormir, avaient été obligés de s'organiser eux-mêmes. Trouvant la chose curieuse, sans plus, Jésus plongea les rames dans l'eau et orienta la barque dans cette direction. Regardant par-dessus son épaule, il constata que plusieurs embarcations étaient mises à l'eau et regardant avec plus d'attention il reconnut Simon et André, Jacques et Jean, mêlés à d'autres qu'il ne se souvenait pas d'avoir vus, sauf quelques-uns, à force de fréquenter ces lieux. Ils maniaient les rames avec tant d'alacrité qu'ils approchèrent bientôt, et quand ils furent à portée de voix, Simon cria, Où étais-tu, ce n'était évidemment pas ce qu'il voulait savoir mais il lui fallait une entrée en matière, Ici, en mer, répondit Jésus, paroles inutiles les unes et les autres, en vérité la communication ne semble pas bien commencer dans cette nouvelle époque de la vie du fils de Dieu, de Marie et de Joseph. Un instant plus tard, Simon sautait enfin dans la barque de Jésus et l'incompréhensible, l'impossible, l'absurde fut dévoilé, Sais-tu pendant combien de temps tu es resté en mer, au milieu du brouillard, sans que nous puissions mettre nos barques à l'eau car à chaque fois une force invincible nous repoussait, demanda Simon, La journée entière, répondit Jésus, un jour et une nuit, ajouta-t-il pour faire écho à l'excitation de Simon en lui opposant une expectative analogue, Quarante jours, cria Simon, et d'une voix plus basse, quarante jours pendant lesquels le brouillard ne s'est même pas levé un peu, comme s'il voulait cacher à nos regards ce qui se passait à l'intérieur de lui, qu'as-tu donc fait là, car en quarante jours bien comptés il ne nous a pas été permis d'extraire un seul poisson de ces eaux. Jésus avait laissé une des rames à Simon et maintenant ils ramaient tous les deux de conserve et conversaient, épaule contre épaule, sans se presser, dans la meilleure atmosphère qui soit pour une confidence, voilà pourquoi, avant que d'autres barques

420

ne s'approchent, Jésus dit, J'ai été avec Dieu et je connais mon avenir, le temps que je vivrai et la vie après ma vie, Comment est-il, je veux dire, comment est Dieu, Dieu ne se montre pas sous une forme unique, tantôt il peut apparaître sous la forme d'un nuage, d'une colonne de fumée, tantôt sous celle d'un Juif fortuné, on le reconnaît plus à sa voix, après l'avoir entendue une fois, Que t'a-t-il dit, Que je suis son fils, Il l'a confirmé, Oui, il l'a confirmé, Alors le Diable avait raison au moment de cette histoire avec les cochons, Le Diable aussi était dans la barque, il a assisté à tout, il semble en savoir autant que Dieu sur moi, mais il y a des moments où je pense qu'il en sait encore plus que Dieu, Et où, Où quoi, Où étaient-ils, Le Diable sur le bord du bateau, exactement là, entre toi et Dieu qui était sur le petit banc à la poupe, Que t'a dit Dieu, Que je suis son fils et que je serai crucifié, Si tu vas dans les montagnes lutter aux côtés des bandits, nous irons avec toi, Vous viendrez avec moi, mais pas dans les montagnes, ce qui importe ce n'est pas de vaincre César par les armes mais de faire triompher Dieu par la parole, Seulement par la parole, Par l'exemple aussi, et par le sacrifice de notre vie quand cela sera nécessaire, Sont-ce là les paroles de ton Père, A partir d'aujourd'hui, toutes mes paroles seront ses paroles et ceux qui croiront en lui croiront en moi, car il n'est pas possible de croire dans le Père et de ne pas croire dans le Fils, car le nouveau chemin qu'a choisi le Père ne peut commencer que dans le Fils que je suis, Tu as dit que nous irions avec toi, à qui te réfères-tu, A toi, en premier lieu, à André, ton frère, aux deux fils de Zébédée, à Jacques et à Jean, à propos, Dieu m'a dit qu'il m'enverrait un homme appelé Jean pour m'aider, mais ce ne doit pas être celui-ci, Nous n'avons pas besoin d'être plus nombreux, ceci n'est pas un cortège d'Hérode, D'autres viendront, qui sait si certains d'entre eux ne sont pas déjà là, dans l'attente d'un signe, un signe que Dieu manifestera en moi pour que croient en moi et me suivent ceux par qui il ne se laisse pas voir, Que vas-tu annoncer aux gens, Qu'ils se repentent de leurs péchés, qu'ils se préparent au nouveau temps de Dieu, le temps où son épée flamboyante obligera ceux qui ont rejeté sa parole et craché sur elle à courber la nuque, Tu vas leur dire que tu es le Fils de Dieu, c'est le moins que tu puisses faire, Je dirai que mon Père m'a appelé son Fils et que je porte ces paroles dans mon cœur depuis que je suis né, et que maintenant Dieu est venu aussi me dire Mon Fils, un père ne fait pas oublier l'autre, mais aujourd'hui celui qui ordonne c'est Dieu le Père, obéissons-lui, Alors, laisse-moi faire, dit Simon et il lâcha aussitôt la rame, se déplaça vers la proue de l'embarcation et comme il était à portée de voix, il cria, Hosanna, Voici le Fils de Dieu qui vient, il est resté en mer quarante jours à parler avec son Père et maintenant il revient vers nous pour que nous nous repentions et que nous nous préparions, Ne dis pas que le Diable aussi était là, s'empressa de dire Jésus qui craignait que ne soit connue publiquement une situation qu'il aurait beaucoup de mal à expliquer. Simon poussa un nouveau cri, mais plus vibrant, qui rameuta les gens qui attendaient sur le rivage, puis il se dépêcha de reprendre sa place, disant à Jésus, Laisse-moi cette rame et va te placer debout à la proue, mais ne dis rien de là, tant que nous n'aurons pas sauté à terre ne dis pas un mot. Ils firent ce qui avait été convenu, Jésus se tenait debout à la proue de l'embarcation, dans sa vieille tunique, sa besace vide à l'épaule, les bras à demi levés, comme s'il allait saluer ou lancer une bénédiction et que la timidité ou un manque de confiance dans ses propres mérites le retenait. Parmi ceux qui l'attendaient, trois impatients entrèrent dans l'eau jusqu'à la taille et arrivant à la hauteur de la barque ils la saisirent et la tirèrent et la poussèrent, pendant que de l'extérieur, l'un d'eux essayait avec sa main libre de

toucher la tunique de Jésus, non pas qu'il soit convaincu
de la vérité de la proclamation faite par Simon mais parce
qu'il trouvait déjà très extraordinaire qu'un homme se
soit absenté au milieu de la mer pendant quarante jours
comme s'il était parti dans le désert à la recherche de
Dieu et qu'il ressorte maintenant des froides entrailles
d'une montagne de brouillard ayant vu Dieu ou ne
l'ayant pas vu. Il ne devrait pas être nécessaire d'ajouter
qu'on ne parla pas d'autre chose dans ces villages et
dans leurs alentours, beaucoup parmi les personnes présentes étaient venues là à cause du phénomène météo-
rologique, elles entendirent dire simplement qu'un
homme se trouvait pris là-dedans et elles s'exclamèrent,
Le pauvre. La barque aborda sans une secousse, comme
si des ailes d'anges l'avaient déposée là. Simon aida
Jésus à sortir, se débarrassant avec une impatience mal
réprimée des trois hommes qui étaient entrés dans l'eau
et qui pour cette raison même se croyaient dignes d'une
rétribution différente, Laisse-les, dit Jésus, un jour ils
apprendront que je suis mort et ils regretteront alors de
n'avoir pu transporter mon corps mort, laisse-les m'aider
tant que je suis vivant. Jésus grimpa sur un tertre et
demanda aux siens, Où est Marie, et à l'instant même
où il posa la question il la vit, comme si prononcer son
nom l'avait tirée du néant ou du brouillard, on avait
l'impression qu'elle n'était pas là, mais il suffisait de
prononcer son nom et elle venait, Me voici, mon Jésus,
Viens à côté de moi, que Simon et André viennent aussi,
et Jacques et Jean, les fils de Zébédée, ils me connaissent
et croient en moi, ils me connaissaient déjà et croyaient
en moi quand je ne pouvais pas encore leur dire, et à
vous aussi, que je suis le Fils né de Dieu, ce Fils qui fut
appelé par le Père et qui resta avec lui quarante jours au
milieu de la mer, et qui est revenu de là pour vous dire
que le temps du Seigneur est venu et que vous devez
vous repentir avant que le Diable ne vienne recueillir les

épis pourris qui seront tombés de la moisson que Dieu transporte dans son sein, car ces épis c'est vous, si pour votre malheur vous voulez échapper à l'embrassement amoureux de Dieu. Un murmure parcourut la multitude, s'élevant au-dessus des têtes comme ces petites vagues qu'on voit de nouveau sur la mer, en vérité, nombreux étaient les présents qui avaient entendu parler des miracles accomplis en plusieurs endroits par celui qui se tient là-bas, quelques-uns en avaient même été les témoins directs et les bénéficiaires, J'ai mangé de ce pain et de ce poisson, disait l'un, J'ai bu de ce vin, disait l'autre, J'étais le voisin de cette femme adultère, disait un troisième, mais entre ces exploits, pour très extraordinaires qu'ils aient été ou qu'ils aient paru, et ce prodige suprême et proclamé d'être le Fils de Dieu, et par voie de conséquence, d'être Dieu lui-même, la distance est comme de la terre au ciel, or celle-ci, que l'on sache, n'a pas encore été mesurée jusqu'à ce jour. Alors une voix s'éleva au milieu de la foule, Donne-nous une preuve que tu es le Fils de Dieu et je te suivrai, Tu me suivrais toujours si ton cœur te portait vers moi, mais ton cœur est emprisonné dans une poitrine fermée et c'est pour cela que tu me demandes une preuve que tes sens puissent appréhender, très bien, je vais te donner une preuve qui satisfera tes sens mais que ta tête refusera et finalement, perplexe et partagé entre ta tête et tes sens, ton seul remède sera de venir à moi par le cœur, Que celui qui peut comprendre comprenne, moi je ne comprends pas, dit l'homme, Comment t'appelles-tu, Thomas, Viens ici, Thomas, viens avec moi au bord de l'eau, viens me regarder fabriquer des oiseaux avec cette boue que je ramasse à pleines mains, observe comme c'est facile, je forme et je pétris le corps et les ailes, je façonne la tête et le bec, j'insère ces petits cailloux pour en faire les yeux, j'ajuste les longues plumes de la queue, j'équilibre les pattes et les doigts, et ayant fait celui-ci, j'en fais onze autres, les voici, un, deux, trois, quatre, cinq, six, sept, huit, neuf, dix, onze, douze oiseaux de boue, tu imagines, nous pouvons même, si tu veux, leur donner un nom, celui-ci est Simon, celui-ci Jacques, celui-ci André, celui-ci Jean, et celui-ci, si tu n'y vois pas d'inconvénient, s'appellera Thomas, quant aux autres, nous attendrons que leur nom surgisse, très souvent les noms s'attardent en chemin, ils arrivent plus tard, et maintenant regarde ce que je fais, je lance ce filet au-dessus de ces petits oiseaux afin qu'ils ne puissent pas s'enfuir, les oiseaux, si on n'y prend garde, Tu veux dire que si ce filet était soulevé les oiseaux s'enfuiraient, demanda Thomas, incrédule, Oui, si le filet est soulevé les oiseaux s'enfuiront, C'est là la preuve avec laquelle tu voulais me convaincre, Oui et non, Comment cela, oui et non, La meilleure preuve, mais celle-là ne dépend pas de moi, serait de ne pas soulever le filet et de croire que les oiseaux s'enfuiraient si tu le soulevais, Ils sont en argile, ils ne peuvent pas s'enfuir, Fais-en l'expérience, Adam aussi, notre premier père, fut fait d'argile et tu descends de lui, Dieu a donné la vie à Adam, Ne doute plus, Thomas, et soulève le filet, je suis le Fils de Dieu, Tu l'auras voulu, ces oiseaux ne voleront pas, et d'un mouvement rapide Thomas souleva le filet, les oiseaux, libérés, prirent leur essor, survolant deux fois en gazouillant la foule émerveillée et ils disparurent dans l'espace. Jésus dit, Regarde, Thomas, ton oiseau est parti, et Thomas répondit, Non Seigneur, il est agenouillé à tes pieds, et cet oiseau c'est moi.

Plusieurs hommes se détachèrent de la foule, suivis de quelques femmes, mais qui ne dépendaient pas d'eux. Ils s'approchèrent et déclinèrent leur nom, Je suis Philippe, et Jésus vit en lui les pierres et la croix, Je suis Barthélemy, et Jésus vit en lui un corps écorché, Je suis Matthieu, et Jésus le vit mort au milieu des barbares, Je suis Simon, et Jésus vit en lui la scie qui le découpait,

Je suis Jacques, fils d'Alphée, et Jésus vit qu'on le lapidait, Je suis Jude Thadée, et Jésus vit la massue qui s'élevait au-dessus de sa tête, Je suis Judas Iscarioth, et Jésus eut pitié de lui car il le vit se pendre de ses propres mains à un figuier. Alors Jésus appela les autres et dit, Maintenant nous sommes au complet, l'heure est venue. Et à Simon, frère d'André, Puisque nous avons un autre Simon parmi nous, toi, Simon, désormais tu t'appelleras Pierre. Ils tournèrent le dos à la mer et se mirent en chemin, suivis des femmes dont nous n'avons pas réussi à savoir les noms pour la plupart d'entre elles, en vérité peu importe, presque toutes ces femmes s'appellent Marie, et même celles qui ne s'appellent pas ainsi répondront à ce nom, nous disons femme, nous disons Marie, elles lèvent les yeux et viennent nous servir.

Jésus et les siens allaient par les chemins et par les villages, et Dieu parlait par la bouche de Jésus, et voici ce qu'il disait, Le temps s'est accompli et le règne de Dieu est proche, repentez-vous et croyez à la bonne nouvelle. En entendant ces paroles, le vulgaire dans les villages pensait qu'entre l'accomplissement des temps et la fin des temps il ne pouvait y avoir de différence et que donc était proche la fin du monde, qui est la borne à laquelle le temps se mesure et s'use. Tous remerciaient profusément Dieu d'avoir eu la miséricorde d'envoyer en avant, pour annoncer solennellement l'imminence de l'événement, un homme qui se disait son Fils, ce qui pouvait fort bien être vrai, car partout où il passait il opérait des miracles, la seule condition étant, si on peut l'appeler condition, mais elle était impérative, que celui qui les implorait fût doté d'une foi convaincue, comme le lépreux qui le supplia, Si tu le veux, tu peux me purifier, et Jésus, saisi d'une grande pitié pour le malheureux couvert de plaies, le toucha et commanda, Je le veux, sois purifié, ces paroles avaient été à peine prononcées qu'à l'instant même la chair pourrie redevint saine, ce qui en avait disparu fut reconstitué et là où avant il y avait un ladre hideux et sale que tous fuyaient, on voyait à présent un homme lavé et parfait, apte à tout. Un autre cas, également digne d'être relaté, fut celui du paralytique qu'il fallut monter puis descendre sur son

427

grabat, car il y avait une multitude de gens à la porte, par un trou dans le toit de la maison où se trouvait Jésus et qui devait être celle de Simon, appelé Pierre, et comme une si grande foi méritait récompense, Jésus dit, Mon fils, tes péchés te sont pardonnés, or il advint qu'il y avait là plusieurs scribes méfiants, de ces hommes qui voient en tout motif à récrimination, qui ne cessent d'invoquer la loi et qui, entendant les paroles de Jésus, ne purent s'empêcher de protester, Pourquoi parles-tu ainsi, tu blasphèmes, seul Dieu peut pardonner les péchés, et Jésus répondit par une question, Qu'est-ce qui est le plus facile, dire au paralytique Tes péchés te sont pardonnés, ou lui dire Lève-toi, prends ton grabat et marche, et sans attendre qu'un des scribes lui réponde, il conclut, Eh bien, pour que tu saches que j'ai sur la terre le pouvoir de remettre les péchés, je te commande, et cela s'adressait au paralytique, de te lever, de prendre ton grabat et de rentrer chez toi, paroles telles que l'on vit le miraculé se mettre debout aussitôt, ayant de surcroît retrouvé ses forces, malgré l'inaction causée par la paralysie, car il saisit son grabat, le porta sur son dos et s'en fut vaquer à ses affaires, rendant mille grâces à Dieu.

Il va sans dire que tous ne demandent pas des miracles, chacun, avec le temps, s'habitue à ses petites ou ses moyennes misères, sans que lui vienne à l'esprit l'idée d'importuner les hautes puissances, mais les péchés sont autre chose, les péchés tourmentent sous ce qui est visible, ils ne sont ni jambe bancroche ni bras perclus, ils ne sont pas lèpre du dehors, mais lèpre du dedans. Voilà pourquoi Dieu avait eu parfaitement raison en disant à Jésus que tous les hommes ont au moins un péché duquel se repentir, et le plus courant et le plus normal est qu'ils en aient un très grand nombre. Or, ce monde-ci étant sur le point de finir et le règne de Dieu sur le point d'advenir, plutôt que de vouloir y entrer avec un corps raccommodé à force de miracles, l'important est d'y être acheminé par une âme, la nôtre, purifiée par le repentir et guérie par le pardon. D'ailleurs, si le paralytique de Capharnaüm avait passé une partie de sa vie sur un grabat, c'était parce qu'il avait péché, car on sait que toute maladie est la conséquence d'un péché, voilà pourquoi, conclusion d'une logique insurpassable, la véritable condition d'une bonne santé, sans parler de l'immortalité de l'esprit, et nous ne savons pas si elle ne l'est pas aussi de l'immortalité du corps, ne pourra être qu'une pureté intégrale, une absence absolue du péché, par ignorance passive et efficace ou par rejet actif, aussi bien en œuvre qu'en pensée. Pourtant, que l'on n'aille pas penser que ce cher Jésus arpentait les terres du Seigneur en gaspillant le pouvoir de guérir et l'autorité de pardonner qui lui avaient été conférés par ce même Seigneur. Non qu'il n'eût désiré le faire, bien entendu, car son bon cœur l'inclinait plus à se transformer en panacée qu'à devoir annoncer à tous la fin des temps, ainsi qu'il en avait l'obligation par commandement de Dieu, et exiger de chacun qu'il se repente, et afin que les pécheurs ne perdent pas trop de temps à des réflexions dont l'unique but était d'ajourner la difficile décision de dire, J'ai péché, le Seigneur mettait dans la bouche de Jésus certaines paroles prometteuses et terribles, comme celles-ci, En vérité, je vous le déclare, parmi ceux qui sont ici, certains ne mourront pas avant de voir le règne de Dieu dans toute sa puissance, imaginons maintenant les effets dévastateurs que semblable proclamation devait produire dans la conscience des peuples, de toutes parts les multitudes accouraient, anxieuses, et elles se mettaient à suivre Jésus, comme s'il devait les conduire tout droit au nouveau paradis que Dieu instaurerait sur la terre et qui se distinguerait du premier en ceci que ceux qui en jouiraient seraient désormais nombreux, ayant racheté par la prière, la pénitence et le repentir, le péché d'Adam, appelé aussi péché originel. Et comme, pour la plupart, ces gens confiants étaient de basse extraction, des artisans et des terrassiers, des pêcheurs et des filles publiques, Jésus, un jour que Dieu lui avait laissé plus de liberté, se hasarda à improviser un discours qui enthousiasma tous ceux qui l'entendirent, lesquels versèrent des larmes de joie comme on en verse uniquement à la vue d'un salut que l'on n'attendait plus, Bienheureux, vous les pauvres, dit Jésus, car le royaume de Dieu est à vous, bienheureux, vous qui avez faim maintenant, car vous serez rassasiés, bienheureux, vous qui pleurez maintenant, car vous rirez, mais à cet instant Dieu se rendit compte de ce qui se passait et, ne pouvant rendre nul et non avenu ce que Jésus avait dit, il obligea la langue de ce dernier à prononcer d'autres paroles, ce qui transforma les larmes de bonheur en noires lamentations devant un noir avenir, Bienheureux serez-vous lorsque les hommes vous haïront, lorsqu'ils vous rejetteront, et qu'ils insulteront et proscriront votre nom comme infâme, à cause du Fils de l'Homme. Quand Jésus eut fini de prononcer ces paroles, il eut l'impression que son âme s'effondrait car dans le même instant son esprit lui représenta la vision tragique des tourments et des morts que Dieu lui avait annoncés en mer. Voilà pourquoi, devant la multitude qui le regardait, saisie d'effroi, Jésus tomba à genoux et, prosterné, il pria en silence, personne parmi ceux qui étaient là n'aurait pu imaginer qu'il demandait à tous pardon, lui qui se faisait gloire, en tant que Fils de Dieu, de pouvoir pardonner à autrui. Cette nuit-là, dans l'intimité de la tente où il dormait avec Marie de Magdala, Jésus dit, Je suis le berger qui mène au sacrifice avec la même houlette innocents et coupables, ceux qui sont sauvés et ceux qui sont perdus, ceux qui sont nés et ceux qui naîtront, qui me délivrera de ce remords, moi qui me vois aujourd'hui dans la même situation que mon père jadis, mais lui est comptable de vingt vies alors que moi je suis redevable de vingt millions. Marie de Mag-

dala pleura avec Jésus et lui dit, Tu ne l'as pas voulu,
C'est encore pire, répondit-il, et elle, comme si, depuis
le début, elle était entièrement au courant de ce que nous,
peu à peu, avons vu et entendu, C'est Dieu qui trace les
chemins et qui y envoie ceux qui doivent les emprunter,
toi, il t'a choisi pour que tu ouvres à son service une
route parmi les routes, mais toi tu ne la parcourras pas
et tu ne construiras pas de temple, d'autres le construiront
sur ton sang et sur tes entrailles, il vaudrait donc mieux
que tu acceptes avec résignation le destin que Dieu a
déjà ordonné et écrit pour toi, car tous tes gestes sont
prévus, les paroles que tu prononceras t'attendent dans
les lieux où tu devras te rendre, là se trouveront les
boiteux auxquels tu donneras des jambes, les aveugles
auxquels tu donneras la vue, les sourds auxquels tu donneras des oreilles, les muets auxquels tu donneras la voix,
les morts auxquels tu pourrais donner la vie, Je n'ai pas
de pouvoir contre la mort, Tu n'as jamais essayé, Si, je
l'ai fait, mais le figuier n'a pas ressuscité, Les temps sont
autres désormais, tu es obligé de vouloir ce que Dieu
veut, mais Dieu ne peut te refuser ce que tu voudras,
Qu'il me libère de cette charge, je n'en veux pas d'autre,
Tu veux l'impossible, mon Jésus, la seule chose que Dieu
ne peut pas véritablement, c'est ne pas se vouloir lui-
même, Comment le sais-tu, Les femmes ont d'autres
façons de penser, peut-être parce que leur corps est différent, cela doit être pour cette raison, oui, cela doit être
pour cela.

Un jour, parce que la terre est toujours trop vaste pour
l'effort d'un homme, même quand est en cause une toute
petite parcelle de celle-ci, comme dans ce cas-ci la Pales-
tine, Jésus décida d'envoyer ses amis, deux par deux,
annoncer par les villes, les bourgs et les villages, l'arrivée
prochaine du règne de Dieu, enseignant et priant en tous
lieux, comme il faisait lui-même. Et comme ainsi il se
trouva seul avec Marie de Magdala, car les autres fem-

431

mes avaient accompagné les hommes, selon les goûts et les préférences de chacun et de chacune, il s'avisa d'aller en voyage avec elle à Béthanie, près de Jérusalem, et de la sorte si pareil dicton n'est pas un manque de respect, en allant visiter ensemble la famille de Marie il ferait d'une pierre deux coups, car il était temps que frère et sœurs se réconcilient et que les beaux-frères se connaissent, ensuite, le groupe à nouveau réuni irait à Jérusalem, car Jésus avait fixé rendez-vous à tous ses amis d'ici trois mois à Béthanie. De ce que firent les douze en terre d'Israël il n'y a pas grand-chose à dire, tout d'abord parce qu'à l'exception de quelques détails concernant leur vie et les circonstances de leur mort, ce n'est pas leur histoire que nous avons été appelés à relater et, en deuxième lieu, parce que seul leur avait été conféré le pouvoir de répéter, encore que selon le génie de chacun, les enseignements et les œuvres du maître, ce qui veut dire qu'ils enseignèrent comme lui mais qu'ils guérirent comme ils le purent. Il est dommage que Jésus leur eût enjoint formellement de ne pas emprunter les chemins des païens ni d'entrer dans une ville de Samaritains, car à cause de cette surprenante manifestation d'intolérance, inattendue chez une personne aussi instruite, l'occasion fut perdue d'écourter leurs futurs labeurs, car comme Dieu avait l'intention, assez clairement exprimée, d'accroître ses territoires et son influence, tôt ou tard le tour viendrait, non seulement des Samaritains, mais surtout des païens, d'ici et d'ailleurs. Jésus avait dit à ses disciples de guérir les malades, de ressusciter les morts, de purifier les lépreux, de chasser les démons, mais en fait, à l'exception de quelques allusions vagues et très générales, on ne découvre pas trace ou souvenir de semblables actions, si tant est qu'ils les aient véritablement accomplies, ce qui sert finalement à prouver que Dieu ne se fie pas à n'importe qui, quelle que soit l'excellence des recommandations. Quand ils rejoindront Jésus, les douze lui présenteront sûrement un rapport sur le résultat des exhortations à se repentir qu'ils ont prodiguées, mais ils auront très peu à dire sur le chapitre des guérisons, à l'exception de l'expulsion de quelques rares démons subalternes, lesquels n'ont pas besoin d'exorcisme par trop impérieux pour sauter d'une personne à une autre. En revanche, ils diront qu'eux-mêmes furent parfois expulsés ou mal accueillis sur des chemins qui n'étaient pas en terre païenne ou dans des villes qui n'étaient pas samaritaines, sans avoir d'autre consolation que de secouer la poussière de leurs pieds à la sortie, comme si la faute revenait à une pauvre poussière que tout le monde foule et dont personne ne se plaint. Mais Jésus leur avait dit que c'était ce qu'ils devaient faire en pareil cas, en guise de témoignage contre ceux qui refusaient de les entendre, réponse déplorable, réponse résignée, à la vérité, puisque c'était la propre parole de Dieu qui était ainsi rejetée, bien que Jésus lui-même eût été très explicite, Ne vous préoccupez pas de ce que vous devrez dire, le moment venu, ce que vous aurez à dire vous sera soufflé. Or il n'en sera peut-être pas ainsi, peut-être que dans ce cas comme dans d'autres, la solidité de la doctrine dépendra de la personnalité de celui qui la prêche, et comme cette observation semble juste, s'il n'est pas téméraire de l'affirmer, mettons-la à profit.

Il se trouva qu'il faisait un temps de roses fraîchement cueillies, frais et parfumé comme elles, les routes étaient propres et avenantes comme si des anges les aspergeaient d'abord de rosée et les balayaient ensuite avec des balais de laurier et de myrte. Jésus et Marie de Magdala voyagèrent incognito, ne passant jamais la nuit dans un caravansérail, évitant de se joindre aux caravanes où le risque que Jésus rencontre quelqu'un qui le reconnaîtrait était plus grand. Non que Jésus négligeât ses obligations, la pointilleuse vigilance de Dieu ne l'eût pas permis, mais il semblait que Dieu lui-même avait décidé de lui octroyer quelques jours de vacances, car aucun lépreux ne descendait sur la route pour implorer sa guérison, aucun démoniaque ne refusait la sienne, les villages qu'ils traversaient baignaient bucoliquement dans la paix du Seigneur, comme si, à cause de leurs propres mérites, ils avaient avancé sur la voie du repentir. Ils dormaient là où le hasard les menait, sans autre exigence de confort que le giron de l'autre, quelquefois avec le firmament pour seul toit, l'immense œil noir de Dieu, criblé de ces lumières qui sont le reflet laissé par les regards des hommes qui ont contemplé le ciel, génération après génération, interrogeant le silence et écoutant l'unique réponse donnée par le silence. Plus tard, quand elle sera seule au monde, Marie de Magdala voudra se souvenir de ces jours et de ces nuits, et chaque fois elle sera obligée de lutter âprement pour défendre sa mémoire des assauts de la douleur et de l'amertume, comme si elle protégeait une île d'amour des attaques d'une mer tourmentée et de ses monstres. Ce temps n'est plus très éloigné, mais en regardant la terre et le ciel on n'y distingue pas les signes de cette imminence, de même dans l'espace libre un oiseau vole sans s'apercevoir du faucon rapide qui, toutes griffes dehors, descend comme une pierre. Jésus et Marie de Magdala chantent en chemin, les autres voyageurs, qui ne les connaissent pas, disent, Voilà des gens heureux, et pour le moment il n'existe pas de vérité plus vraie. Ils arrivèrent ainsi à Jéricho et de là, prenant leur temps, consacrant deux longs jours au voyage, car il faisait très chaud et il n'y avait pas d'ombre, ils montèrent vers Béthanie. Au bout de toutes ces années, Marie de Magdala ne savait pas comment son frère et sa sœur allaient la recevoir, d'autant plus qu'elle avait quitté la maison pour s'en aller vivre une mauvaise vie, Peut-être même pensent-ils que je suis morte, disait-elle, peut-être même désirent-ils que je sois morte, et Jésus tentait de chasser de sa tête ces idées noires, Le temps guérit tout, assurait-il, oubliant que la blessure qu'était pour lui sa propre famille était toujours vive et ouverte, et qu'elle ne cessait pas de saigner. Ils entrèrent à Béthanie, Marie se couvrant à moitié le visage tant elle avait honte que les voisins la reconnaissent, Jésus la réprimandait doucement, De qui te caches-tu, tu n'es plus la femme qui a vécu cette autre vie, celle-là n'existe plus, Je ne suis pas celle que je fus, cela est vrai, mais je suis celle que j'étais, et celle que je suis et celle que j'étais sont encore liées l'une à l'autre par la honte de celle que je fus, Maintenant, tu es qui tu es, et tu es avec moi, Dieu soit béni pour cela, lui qui un jour t'arrachera à moi, et Marie laissa retomber son manteau, découvrant son visage, pourtant personne ne dit, Voilà la sœur de Lazare, celle qui s'en est allée vivre une vie de prostituée.

Voici la maison, dit Marie de Magdala, mais elle n'eut pas le courage de frapper ni assez de voix pour s'annoncer. Jésus poussa un peu la grille, qui était tout juste rabattue, et demanda, Il y a quelqu'un, de l'intérieur une femme dit, Qui est là, sa propre réponse parut l'avoir amenée jusqu'à la porte, et c'était Marthe, la sœur de Marie, sa jumelle mais non sa pareille, car sur elle l'âge avait fait de plus grands ravages, ou le travail, ou encore le caractère et la façon d'être. Ses yeux se posèrent d'abord sur Jésus, et son visage, comme si un nuage qui l'assombrissait s'en était levé, devint subitement lumineux et clair, mais aussitôt après, apercevant sa sœur, elle fut prise de doute, une expression de mécontentement se peignit sur ses traits, Qui est-il, lui, pour être avec elle, pensait-elle peut-être, ou, Comment peut-il être avec elle, s'il est ce qu'il semble être, mais Marthe n'aurait pas su dire, si on le lui avait ordonné, ce que semblait être Jésus. Et ce fut sûrement pour cette raison qu'au lieu de demander à sa sœur, Comment vas-tu, ou, Que viens-tu faire ici, elle dit, Qui est cet homme qui t'accompagne. Jésus sourit, et son sourire alla droit au cœur de Marthe, avec la rapidité et le choc d'un tir de flèche et, là, il se mit à lui faire mal, à lui faire mal, comme une jouissance étrange et inconnue, Je m'appelle Jésus de Nazareth, dit-il, et je suis avec ta sœur, paroles identiques, mutatis mutandis, comme diraient les Romains dans leur latin, à celles qu'il avait criées à son frère Jacques quand il l'avait quitté au bord de la mer, Elle s'appelle Marie de Magdala et elle est avec moi. Marthe ouvrit la porte toute grande et dit, Entrez, tu es chez toi, mais on ne sut pas auquel des deux visiteurs elle s'adressait. Dans la cour, Marie de Magdala prit sa sœur par le bras et lui dit, J'appartiens à cette maison comme tu y appartiens, j'appartiens à cet homme qui ne t'appartient pas, je suis en règle avec toi et avec lui, par conséquent ne te fais pas une gloire de ta vertu et ne condamne pas mon imperfection, je suis venue en paix et en paix je veux continuer à être. Marthe dit, Je te reçois comme ma sœur par le sang et j'espère que viendra le jour où je te recevrai par amour, mais pas aujourd'hui, allait-elle ajouter, mais une pensée la retint, elle ne savait pas si l'homme qui était là avec sa sœur était au courant ou non de la vie que celle-ci avait menée, et qu'elle menait peut-être encore, alors, à ce stade de son raisonnement, son visage se couvrit de rougeur et de confusion, l'espace d'un instant elle les détesta tous les deux et elle se détesta elle-même, Jésus parla enfin, afin que Marthe entende ce qu'il fallait qu'elle entende, il n'est pas si difficile de deviner la pensée des gens, Dieu nous juge tous et chaque jour il nous jugera différemment, selon ce que nous sommes chaque jour, or, si Dieu devait te juger aujourd'hui, Marthe, ne crois pas qu'à ses yeux tu serais différente de Marie, Explique-toi plus clairement, je ne te comprends pas, Et moi je ne t'en dirai pas plus, garde mes paroles dans ton cœur et répète-les en toi-même quand tu regarderas ta sœur, Marie n'est plus, Tu veux savoir si je ne suis plus une putain, demanda brutalement Marie de Magdala, coupant court aux réticences de sa sœur. Marthe recula, agita les mains devant son visage, Non, non, je ne veux pas que tu me le dises, les paroles de Jésus me suffisent, et, incapable de se retenir, elle fondit en larmes. Marie s'approcha d'elle, l'entoura de ses bras comme si elle la berçait, Marthe disait en sanglotant, Quelle vie, quelle vie, mais on ne savait pas si elle parlait de sa sœur ou d'elle-même. Où est Lazare, demanda Marie, A la synagogue, Et sa santé, comment est-elle, Il continue à souffrir de ses anciennes suffocations, à part cela, il ne va pas mal. Elle eut envie d'ajouter, dans un nouveau sursaut d'amertume, que cette préoccupation se faisait jour bien tardivement, car durant toutes ces années d'absence coupable, la sœur prodigue, prodigue de son temps et de son corps, pensa Marthe avec une ironie dépitée, ne s'était jamais avisée d'envoyer prendre des nouvelles de sa famille, en particulier de son frère dont la santé précaire semblait à chaque instant devoir se briser pour toujours. Se tournant vers Jésus, qui observait avec attention à deux pas de là le conflit mal déguisé, Marthe dit, Notre frère copie des livres à la synagogue, sa santé ne lui permet pas de faire plus, et son ton, même si son intention n'était pas celle-là, était de quelqu'un qui ne pourra jamais comprendre comment on peut vivre sans cette force diligente, sans ce travail perpétuel, car de toute la sainte journée je n'ai pas un seul instant de repos. De quoi souffre Lazare, demanda Jésus, De suffocations, comme si son cœur allait s'arrêter, ensuite il devient pâle, pâle, on dirait qu'il va rendre l'âme. Marthe s'interrompit, puis ajouta, Il est plus jeune que nous, dit-elle sans réfléchir, soudain elle s'aperçut de la jeunesse de Jésus et de nouveau elle fut confuse, un sentiment de jalousie mordit son cœur, avec pour résultat des paroles qui avaient une résonance étrange en présence de Marie de Magdala, car c'est cette dernière qui avait le devoir et le droit de les prononcer,

Tu es fatigué, assieds-toi, laisse-moi te laver les pieds. Un peu plus tard, quand Marie fut seule avec Jésus, elle lui dit, mi-grave, mi-souriante, Voilà deux sœurs, apparemment, qui sont nées pour s'amouracher de toi, et Jésus répondit, Le cœur de Marthe est empli de la tristesse de n'avoir pas vécu, Cela n'est pas la raison de sa tristesse, elle est triste parce qu'elle pense que la justice a disparu du ciel si c'est l'impure qui reçoit le prix et la vertueuse qui a le corps vide, Dieu aura pour elle d'autres compensations, Il se peut, mais Dieu, qui a fait le monde, ne devrait priver d'aucun des fruits de son œuvre les femmes dont il est aussi l'auteur, Connaître l'homme, par exemple, Oui, comme toi tu as connu la femme, et d'ailleurs tu n'aurais pas dû avoir besoin de la connaître, étant, comme tu l'es, le fils de Dieu, Celui qui couche avec toi n'est pas le fils de Dieu, mais le fils de Joseph, En vérité, depuis que tu es venu, jamais je n'ai eu l'impression de coucher avec le fils d'un dieu, De Dieu, tu veux dire, Comme j'aimerais que tu ne le sois pas.

Par un jeune garçon, fils de ses voisins, Marthe fit avertir son frère que Marie était de retour, mais elle ne le fit pas sans avoir longuement hésité, car elle allait ainsi accélérer la propagation de l'inévitable et savoureuse nouvelle que la sœur prostituée de Lazare était revenue à la maison, ce qui délierait de nouveau les langues après que le temps les avait fait plus ou moins taire. Elle se demandait quelle figure elle ferait le lendemain, dans la rue, et pis encore, si elle aurait le courage d'emmener sa sœur avec elle, car elle serait obligée de parler aux voisines et aux amies, de leur dire, par exemple, Tu te souviens de ma sœur Marie, eh bien, la voici, elle est revenue à la maison, et l'autre, d'un air entendu, Je m'en souviens, oh que oui, qui ne s'en souvient pas, surtout que ces détails prosaïques ne scandalisent pas ceux qui devront perdre leur temps à les lire, l'histoire de Dieu n'est pas tout entière divine. Marthe se reprocha ses pensées mesquines quand, en arrivant, Lazare embrassa Marie et lui dit avec simplicité, Sois la bienvenue, ma sœur, comme si tant d'années d'absence et de chagrin étouffé ne lui étaient pas douloureuses, et comme il incombait maintenant à Marthe de donner un signe d'humeur joyeuse, elle désigna Jésus et dit à son frère, Voici Jésus, notre beau-frère. Les deux hommes se regardèrent avec sympathie et s'assirent aussitôt pour converser, pendant que les femmes, répétant des gestes et des mouvements qui leur avaient été communs à une autre époque, commencèrent à préparer le repas. Or, après avoir soupé, Lazare et Jésus sortirent dans la cour pour prendre le frais de la nuit et les sœurs restèrent dans la maison pour résoudre l'importante question de l'installation des nattes, étant donné que la composition de la famille avait changé, et après un silence, regardant les premières étoiles qui surgissaient dans le ciel encore clair, Jésus demanda, Tu souffres, Lazare, et Lazare répondit d'une voix étrangement tranquille, Oui, je souffre, Tu cesseras de souffrir, dit Jésus, Certes, quand je serai mort, Tu cesseras de souffrir maintenant, Tu ne m'avais pas dit que tu es médecin, Frère, si j'étais médecin je ne saurais pas comment te guérir, Même en n'étant pas médecin, tu ne peux pas me guérir, Tu es guéri, murmura Jésus doucement en lui prenant la main. Au même instant Lazare sentit que le mal s'enfuyait de son corps telle une eau sombre dévorée par le soleil, que son souffle prenait de l'amplitude et que son cœur rajeunissait, et parce qu'il ne pouvait comprendre ce qui se passait, il eut peur en son âme, Que m'arrive-t-il, demandat-il, et sa voix était rauque d'angoisse, Qui es-tu, Je ne suis pas médecin, sourit Jésus, Au nom de Dieu, dis-moi qui tu es, N'invoque pas le nom de Dieu en vain, Que dois-je comprendre, Appelle Marie, elle te le dira. Cela ne fut pas nécessaire, attirées par le volume des voix devenu soudain plus fort, Marthe et Marie étaient appa-

rues à la porte, les deux hommes étaient-ils en train
de se disputer, mais elles virent aussitôt que ce n'était
pas le cas, la cour était complètement bleue, ou plutôt
l'air, et Lazare désignait Jésus en tremblant, Qui est cet
homme, demandait-il, qui, en me touchant de sa main et
en me disant Tu es guéri, m'a guéri. Marthe s'approcha
de son frère afin de le calmer, comment pouvait-il être
guéri alors qu'il tremblait de cette façon, mais Lazare la
repoussa en disant, Marie, parle, toi, tu l'as amené, qui
est-il. Sans quitter le seuil de la porte où elle était demeu-
rée, Marie de Magdala dit simplement, C'est Jésus de
Nazareth, le fils de Dieu. Or, même si ces lieux, et dans
ces lieux, le temps depuis le commencement du monde,
furent régulièrement et abondamment gratifiés de révélations prophétiques et d'annonces apocalyptiques, il
aurait été normal que Lazare et Marthe manifestent une
incrédulité péremptoire, car une chose est de se reconnaître soudain guéri par l'effet évident d'un miracle,
autre chose est de s'entendre dire que l'homme qui t'a
touché la main et délivré du mal est le fils de Dieu
lui-même. Néanmoins, la foi et l'amour peuvent beaucoup, d'aucuns affirment même qu'ils n'ont pas besoin
d'aller de pair pour pouvoir tout, toujours est-il que Marthe se précipita en pleurant dans les bras de Jésus, puis,
effrayée de son audace, elle se laissa glisser à terre où,
le visage transfiguré, elle murmurait, Je t'ai lavé les
pieds, je t'ai lavé les pieds. Lazare n'avait pas bougé, la
stupeur l'avait paralysé, et nous pouvons même supposer
que si la révélation subite ne l'a pas foudroyé c'est parce
qu'un acte d'amour opportun avait remplacé dans la
minute précédente son vieux cœur par un cœur neuf.
Jésus alla l'étreindre en souriant et lui dit, Ne sois pas
surpris de voir que le fils de Dieu est fils d'homme, à
vrai dire Dieu n'avait pas d'autre possibilité de choix,
comme les hommes qui choisissent leur femme et les
femmes qui choisissent leur homme. Ces derniers mots

s'adressaient à Marie de Magdala, qui les prendrait en bonne part, mais Jésus ne songea pas qu'ils ne feraient qu'accroître la souffrance de Marthe et le désespoir de sa solitude, voilà la différence entre Dieu et son fils, Dieu les prononcerait exprès, ces mots, son fils l'a fait uniquement par une maladresse toute humaine. Bref, la joie est grande aujourd'hui dans cette maison, demain Marthe recommencera à souffrir et à soupirer, mais une chose peut déjà la soulager et c'est que personne n'aura l'audace de jaser dans les rues, sur les places et les marchés de Béthanie à propos de la vie dissolue de sa sœur lorsqu'on saura, et Marthe elle-même se chargera de le faire savoir, que l'homme qui est venu avec elle a guéri Lazare sans potion ni tisane. Ils étaient tranquillement chez eux, jouissant de l'heure, quand Lazare dit, Le bruit a couru de loin en loin qu'un homme de Galilée faisait des miracles mais pas qu'il était fils de Dieu, Certaines nouvelles se propagent plus vite que d'autres, dit Jésus, Tu es cet homme, C'est toi qui l'as dit. Alors Jésus raconta sa vie depuis le début, mais pas tout entière, il ne dit mot de Pasteur, de Dieu il dit seulement que celui-ci lui était apparu pour lui dire, Tu es mon fils. Sans ce premier bruit de miracles lointains, devenus pures vérités à cause de l'évidence palpable de ce miracle-ci, sans le pouvoir de la foi, sans l'amour et ses pouvoirs, il aurait certainement été très difficile à Jésus de convaincre Lazare et Marthe avec une phrase laconique, même en l'attribuant à la bouche de Dieu lui-même, que l'homme qui coucherait d'ici peu avec leur sœur était fait d'esprit divin, alors que c'était avec sa chair d'homme qu'il s'était approché d'elle, qui avait connu tant d'hommes sans craindre Dieu. Pardonnons à Marthe l'orgueil qui la poussa à dire tout bas, la tête couverte du drap pour ne pas voir ni entendre, Je serais plus digne.

Le lendemain matin, la nouvelle se répandit très vite, ce ne furent à Béthanie que louanges et grâces rendues au Seigneur, et même ceux qui, modestes, avaient commencé par douter de l'histoire, trouvant la terre trop petite pour qu'y puissent se produire de grandes choses, durent se rendre à l'évidence, à la vue de Lazare, le miraculé, dont il ne faudra jamais dire qu'il a de la santé à revendre car il était d'un cœur si affable que, s'il le pouvait, il la donnerait toute. Déjà à la porte de la maison s'assemblent les curieux qui voulaient voir de leurs propres yeux, qui ne sauraient mentir, l'auteur de l'exploit célébré et, si possible, le toucher de leur main, afin d'avoir une dernière et définitive certitude. De même, les uns marchant seuls, les autres sur des brancards ou sur le dos d'un parent, les malades arrivèrent en quête de guérison, si bien qu'il était impossible de se frayer un passage dans la rue étroite où Lazare et ses sœurs habitaient. Quand Jésus fut instruit du rassemblement, il fit savoir qu'il parlerait à tous sur la grand-place du village, qu'ils se dirigent donc là, il les y rejoindrait. Or, qui a moineau en main ne sera pas assez bête pour le laisser s'envoler, au contraire, il lui fait une cage encore plus sûre avec ses doigts. A cause de cette prudence, ou de cette méfiance, personne ne bougea de là, et Jésus dut se montrer et sortir comme n'importe qui, apparaissant comme tout un chacun dans l'embrasure d'une porte, sans musique ni auréole, sans que la terre tremble ni que les cieux se déplacent d'un côté à l'autre, Me voici, dit-il, s'efforçant de parler d'un ton naturel, mais à supposer qu'il y soit parvenu, ces mots étaient à eux seuls, venant de qui ils venaient, capables de faire s'agenouiller à terre un village tout entier, implorant pitié, Sauve-nous, criaient ceux-ci, Guéris-moi, suppliaient ceux-là. Jésus guérit un homme qui, étant muet, ne pouvait rien demander, et il renvoya les autres chez eux parce qu'ils n'avaient pas une foi suffisante, que ceux-là reviennent un autre jour mais que d'abord et avant tout ils se repentent de leurs péchés, car le règne de Dieu était proche et le temps sur le point de s'accomplir, doctrine déjà connue. Es-tu le fils de Dieu, lui demandèrent-ils, et Jésus répondit de la façon énigmatique à laquelle il avait habitué ceux qui l'écoutaient, Si je ne l'étais pas, Dieu te rendrait plutôt muet que de consentir à ce que tu me poses pareille question.

Le séjour de Jésus à Béthanie commença par ces actions insignes en attendant qu'arrive le jour de la rencontre fixée avec les disciples qui voyageaient dans de lointains parages. Bien évidemment, les gens des villes et des villages environnants ne tardèrent pas à commencer à affluer sitôt connue la nouvelle que l'homme qui faisait des miracles dans le Nord se trouvait maintenant à Béthanie. Jésus n'avait pas besoin de sortir de la maison de Lazare, car tous y accouraient comme à un lieu de pèlerinage, toutefois il ne les recevait pas, il leur ordonnait de se rassembler sur une montagne en dehors du village où il allait leur prêcher le repentir et faire quelques guérisons. Le bruit en parvint à Jérusalem, si bien que les multitudes grossissaient et que Jésus se demandait s'il devait continuer, car les rassemblements excessifs engendrent toujours un risque d'émeute. De Jérusalem était venu tout d'abord le petit peuple, à la nouvelle d'un espoir de salut et de guérison, mais très vite commencèrent à apparaître également des gens des classes supérieures et même quelques pharisiens et scribes qui s'étaient refusés à croire que quelqu'un ayant tout son bon sens ait l'audace, pour ainsi dire suicidaire, de s'appeler, en toutes lettres, Fils de Dieu. Ils s'en retournaient à Jérusalem irrités et perplexes parce que Jésus ne répondait jamais affirmativement quand ils lui posaient la question, et quand Jésus parlait de filiation il s'appelait lui-même Fils de l'Homme, et si en parlant de Dieu il lui arrivait de dire Père, on comprenait que Dieu était le père de tous et pas seulement son père à lui. Restait alors, et c'était une question qui prêtait dif-

443

ficilement à controverse, le pouvoir de guérison dont il donnait des preuves successives et qu'il exerçait sans passe artificieuse de magie, de la façon la plus simple, avec un ou deux mots, Marche, Lève-toi, Dis, Vois, Sois purifié, un attouchement subtil de la main, un doux effleurement du bout des doigts, et aussitôt la peau des lépreux brillait comme la rosée frappée par les premiers rayons du soleil, les muets et les bègues s'enivraient du flot torrentiel de leur parole libérée, les paralytiques sautaient de leur grabat et dansaient jusqu'à épuisement de leurs forces, les aveugles ne croyaient pas à ce que leurs yeux voyaient, les boiteux couraient et couraient, et ensuite, de pure joie, faisaient semblant de boiter pour se remettre à courir, Repentissez-vous, leur disait Jésus, repentissez-vous, et il ne leur demandait rien d'autre. Mais les grands prêtres du Temple, connaissant mieux que quiconque les désordres et autres troubles historiques auxquels avaient donné lieu, en leur temps, prophètes et annonciateurs divers, décidèrent, après avoir pesé et mesuré toutes les paroles entendues de la bouche de Jésus, que cette fois on ne verrait pas de convulsions religieuses, sociales et politiques comme par le passé et que désormais ils prêteraient attention à tout ce que ferait et dirait le Galiléen, afin que, si cela s'avérait nécessaire, et tout semblait indiquer qu'il faudrait en arriver là, le mal qui s'annonce fût coupé et arraché par la racine, car, disait le grand prêtre, Il ne me trompe pas, moi, ce fils de l'Homme est bien le fils de Dieu. Jésus n'était pas allé semer du grain à Jérusalem, mais à Béthanie il façonnait, forgeait et aiguisait la faux avec laquelle le grain serait moissonné là-bas.

L'on en était donc là quand, aujourd'hui deux, demain deux, chaque fois deux par deux, ou quatre qui s'étaient rencontrés en chemin, les disciples commencèrent à arriver à Béthanie. Différant juste, les uns et les autres, sur des détails et des circonstances sans importance, ils rapportaient tous la même nouvelle, un homme était sorti du désert et prophétisait à la manière d'antan, comme s'il roulait des pierres avec sa voix et déplaçait des montagnes avec ses bras, annonçant des châtiments au peuple et la venue imminente du Messie. Ils n'avaient pas réussi à le voir car il se déplaçait sans cesse d'un endroit à un autre, si bien que les informations qu'ils rapportaient, bien que coïncidant dans leur ensemble, étaient toutes de deuxième main et, disaient-ils, s'ils ne s'étaient pas lancés à sa poursuite c'était uniquement parce que le délai convenu de trois mois arrivait à échéance et qu'ils ne voulaient pas manquer au rendez-vous. Alors Jésus demanda s'ils savaient comment s'appelait le prophète et ils lui répondirent qu'il se nommait Jean, or c'était là le nom de l'homme qui devait venir l'aider, d'après ce que Dieu lui avait annoncé en le quittant. Il est venu, dit Jésus, et ses amis ne comprirent pas ce qu'il voulait dire par là, seule Marie de Magdala comprit, mais, elle, elle savait tout. Jésus voulait se mettre en quête de Jean, lequel devait sans doute le chercher, mais sur les douze manquaient encore Thomas et Judas Iscarioth, et comme il se pouvait très bien qu'ils apportent des renseignements plus directs et plus complets, leur retard le contrariait. Toutefois l'attente avait valu la peine, les retardataires avaient vu Jean et lui avaient parlé. Les autres disciples sortirent des tentes où ils avaient pris leurs quartiers en dehors de Béthanie pour écouter le récit de Thomas et de Judas Iscarioth, assis tous en cercle dans la cour de la maison de Lazare, et Marthe et Marie, ainsi que les autres femmes, les servant. Alors Judas Iscarioth et Thomas parlèrent à tour de rôle, et voici ce qu'ils dirent, Jean était dans le désert quand la parole de Dieu s'adressa à lui, ensuite il s'en fut vers les rives du Jourdain pour y prêcher un baptême de pénitence en vue de la rémission des péchés, mais, les multitudes allant à lui pour se faire baptiser, il les reçut avec les clameurs suivantes, que nous avons entendues nous-mêmes et qui nous ont stupéfaits, Engeance de vipères, qui vous a montré le moyen d'échapper à la colère qui vient, produisez donc des fruits qui témoignent de votre repentir sincère, et ne vous abusez pas en vous disant que vous avez pour père Abraham, car je vous le dis, de ces pierres brutes que voici, Dieu peut susciter de nouveaux rejetons à Abraham, vous repoussant avec mépris, déjà la hache est prête à attaquer la racine des arbres, tout arbre donc qui ne produit pas de bon fruit va être coupé et jeté au feu, et les multitudes, remplies de crainte, lui demandèrent, Que devons-nous donc faire, et Jean leur répondit, Si quelqu'un a deux tuniques, qu'il partage avec celui qui n'en a pas, si quelqu'un a de quoi manger, qu'il fasse de même, et aux publicains qui recouvrent les impôts il dit, N'exigez rien de plus que ce qui est fixé par la loi, mais ne croyez pas que la loi est juste simplement parce que vous l'appelez loi, et aux soldats qui lui demandèrent, Et nous, que devons-nous faire, il répondit, Ne faites ni violence ni tort à personne et contentez-vous de votre solde. A ce point Thomas se tut, il avait été le premier à parler, et Judas Iscarioth, prenant la relève, poursuivit, Ils lui demandèrent alors s'il était le Messie et il répondit, Moi je vous baptise dans de l'eau pour vous inciter au repentir, mais il vient celui qui est plus fort que moi, et je ne suis pas digne de délier la lanière de ses sandales, lui, il vous baptisera dans l'Esprit Saint et le feu, il a sa pelle à vanner à la main pour nettoyer son aire et pour recueillir le blé dans son grenier, mais la balle, il la brûlera au feu qui ne s'éteint pas. Judas Iscarioth n'en dit pas plus et tous attendirent que Jésus parle, mais Jésus traçait avec un doigt d'énigmatiques dessins sur le sol et il semblait attendre que quelqu'un d'autre parmi les disciples parle. Alors Pierre dit, Es-tu le Messie que Jean est venu annoncer, et Jésus, sans cesser de tracer des lignes dans la poussière, C'est toi qui le dis, pas moi, à moi Dieu a dit seulement que j'étais son fils, il fit une pause et conclut, Je vais aller chercher Jean, Nous t'accompagnons, dit celui qui s'appelait aussi Jean et qui était fils de Zébédée, mais Jésus secoua lentement la tête, J'irai seul, seul avec Thomas et Judas Iscarioth, car ils le connaissent, et à Judas, Comment est-il, Plus grand que toi et beaucoup plus fort, il a une longue barbe qui semble faite d'épines, il est vêtu de grossières peaux de chameau qu'il serre autour de ses reins avec une bande de cuir et là-bas, dans le désert, dit-on, il se nourrissait de sauterelles et de miel sauvage, Il ressemble bien plus au Messie que moi, dit Jésus et il se leva du cercle.

Tous trois partirent dès le lendemain matin et sachant que Jean ne s'attardait jamais longtemps dans un même endroit mais que très probablement, en tout état de cause, ils le trouveraient en train de baptiser sur les rives du Jourdain, ils descendirent des collines de Béthanie vers un endroit appelé Betabara, au bord de la mer Morte, dans l'idée de remonter ensuite le fleuve jusqu'à la mer de Galilée, et plus vers le septentrion encore, jusqu'à sa source, s'il le fallait. Mais en sortant de Béthanie ils n'auraient jamais pu imaginer que le voyage serait si bref, car ce fut à Betabara même qu'ils rencontrèrent Jean, seul, comme s'il les attendait. Ils l'aperçurent de loin, minuscule figure d'homme assis au bord du fleuve, entouré de montagnes livides qui étaient comme des crânes et de vallées qui ressemblaient à des cicatrices encore douloureuses et, s'étendant vers la droite, brillant d'un éclat sinistre sous le soleil et le ciel blanc, la surface terrible de la mer Morte, pareille à de l'étain fondu. Quand ils s'approchèrent à la distance d'un tir de fronde, Jésus demanda à ses compagnons, C'est lui, les deux hommes regardèrent avec attention, protégeant leur vue avec une main en visière au-dessus des sourcils, et ils répondirent, Ce serait son jumeau si ce n'était pas lui, Attendez ici que je revienne, dit Jésus, ne vous approchez pas quoi qu'il arrive et, sans un mot de plus, il commença à descendre vers le fleuve. Thomas et Judas Iscarioth s'assirent sur le sol calciné, regardèrent Jésus s'éloigner, apparaître et disparaître suivant les accidents du terrain, et ensuite, sur le plat de la rive, se diriger vers l'endroit où se trouvait Jean, lequel n'avait pas bougé pendant tout ce temps-là. Pourvu que nous ne nous soyons pas trompés, dit Thomas, Nous aurions dû nous approcher davantage, dit Judas Iscarioth, mais dès qu'il l'avait vu Jésus avait été rempli de certitude, il avait posé la question pour la forme. Là en bas, Jean s'était levé et regardait Jésus, qui s'approchait. Que vont-ils se dire, demanda Judas Iscarioth, Peut-être Jésus nous le dira-t-il, peut-être se taira-t-il, dit Thomas. Maintenant les deux hommes, dans la distance, étaient face à face et parlaient avec animation, on le voyait à leurs gestes, aux mouvements de leur houlette, au bout d'un certain temps ils descendirent vers l'eau, d'ici il n'est pas possible de les voir parce que le relief de la berge les cache, toutefois Judas et Thomas savaient ce qui était en train de se passer là-bas car eux aussi s'étaient fait baptiser par Jean, entrant tous deux dans le courant jusqu'à mi-corps et Jean recueillant l'eau dans ses deux mains réunies en coupe, l'élevant ensuite vers le ciel et la laissant couler sur la tête de Jésus, pendant qu'il disait, Tu es baptisé avec cette eau, qu'elle alimente ton feu. L'acte est accompli, les paroles sont prononcées, déjà Jésus et Jean remontent du fleuve, ils ont ramassé leur houlette par terre, sans doute se disent-ils quelques mots d'adieu, ces mots sont dits, ils s'étreignent, puis Jean se met à marcher le long de la rive, vers le nord, et Jésus se dirige de notre côté. Thomas et Judas l'ont attendu debout, il arrive, et de nouveau sans leur adresser un mot, il les dépasse et poursuit son chemin vers Béthanie. Les disciples lui emboîtent le pas et leur dépit est grand, ils sont rongés d'une curiosité insatisfaite, à un certain moment

Thomas ne put plus se contenir et, négligeant le geste que Judas fit pour le retenir, il demanda, Tu ne veux pas nous dire ce que Jean t'a dit, L'heure n'est pas encore venue, répondit Jésus, Dis-nous au moins que tu es le Messie, L'heure n'est pas encore venue, répéta Jésus, et les disciples ne comprirent pas s'il répétait seulement ce qu'il avait dit précédemment ou s'il les informait que l'heure de la venue du Messie n'avait pas encore sonné. C'est vers cette hypothèse que penchait Judas Iscarioth quand, découragés, ils restèrent en arrière, alors que Thomas, sceptique par une inclination décidée et opiniâtre de son esprit, estimait qu'il s'agissait d'une simple répétition, et qui plus est, impatiente, ajouta-t-il.

Seule Marie de Magdala eut connaissance cette nuit-là de ce qui s'était passé, personne d'autre, Nous n'avons pas beaucoup parlé, dit Jésus, à peine nous étions-nous salués qu'il voulut savoir si j'étais celui qui doit venir ou s'il fallait en attendre un autre, Et toi, que lui as-tu répondu, Je lui ai dit que les aveugles voient et que les boiteux marchent, que les lépreux sont purifiés et que les sourds entendent, et que la bonne nouvelle est annoncée aux pauvres, Et lui, Il n'est pas nécessaire que le Messie en fasse tant, dès lors qu'il fait ce qu'il doit, Il a dit cela, Oui, ce furent-là ses paroles exactes, Et que doit faire le Messie, C'est précisément ce que je lui ai demandé, Et lui, Il m'a répondu que je devrais le découvrir par moi-même, Et ensuite, Rien, il m'a emmené vers le fleuve, il m'a baptisé et il s'en est allé, Quelles paroles a-t-il dites pour te baptiser, Tu es baptisé avec cette eau, qu'elle alimente ton feu. Après cette conversation avec Marie de Magdala, Jésus ne parla plus durant une semaine. Il quitta la maison de Lazare et s'en fut vivre en dehors de Béthanie, là où étaient ses disciples, mais il se retira dans une tente à l'écart des autres, il y demeurait seul toute la journée car pas même Marie de Magdala ne pouvait y pénétrer et, la nuit, il en sortait pour aller dans les montagnes désertes. Ses disciples le suivirent plusieurs fois en cachette, avec l'excuse de vouloir le protéger contre une attaque des bêtes sauvages, dont en fait personne n'avait jamais entendu parler dans ces parages, et ils le virent chercher une clairière dégagée et s'y asseoir, regardant non pas le ciel mais droit devant lui, comme s'il espérait voir quelqu'un surgir de l'ombre inquiétante des vallées ou se profiler sur l'arête d'une colline. C'était le temps de la pleine lune, la personne qui viendrait pourrait être aperçue de loin mais jamais personne n'apparut. Quand l'aurore franchissait le premier seuil de la lumière, Jésus s'en allait et rentrait au campement. Il mangeait simplement une petite partie de la nourriture que tantôt Jean, tantôt Judas Iscarioth lui apportaient, mais il ne répondait pas à leurs salutations et une fois même il arriva à Pierre d'être renvoyé avec rudesse, or celui-ci voulait juste savoir comment allait Jésus et en recevoir ses ordres. Pierre ne s'était pas complètement trompé dans sa démarche, simplement il l'avait entreprise trop tôt, c'est tout, car huit jours plus tard Jésus sortit de sa tente en plein jour, il alla rejoindre ses disciples et il mangea avec eux, et lorsqu'il eut terminé, il dit, Demain nous monterons à Jérusalem, au Temple, là, vous ferez ce que je ferai, car il est temps que le Fils de Dieu sache à quelle fin il sert la maison de son Père et que le Messie commence à faire ce qu'il doit faire. Les disciples lui demandèrent de quoi il parlait, mais Jésus se borna à leur dire, Vous n'aurez pas besoin de vivre longtemps pour le savoir. Or, les disciples n'avaient pas l'habitude qu'il leur parle sur ce ton ni de le voir avec cette expression de dureté sur le visage, il ne ressemblait pas au Jésus qu'ils connaissaient, doux et calme, que Dieu menait où il voulait et qui se plaignait à peine. Il était indubitable que ce changement avait sa cause dans les raisons, pour l'heure inconnues, qui l'avaient poussé à se séparer de la communauté de ses

450

amis et à errer comme possédé des démons de la nuit par monts et ravins à la recherche d'une parole, car c'est ce qu'on cherche toujours. Toutefois, en tant qu'aîné de ceux qui étaient là, Pierre estima qu'il n'était pas juste que sans autre explication Jésus eût ordonné, Montons à Jérusalem, comme s'ils n'étaient là que pour recevoir des ordres et filer doux, sans avoir le droit de savoir pour quel motif ils allaient là-bas et en reviendraient. Alors il dit, Nous reconnaissons ton pouvoir et ton autorité et nous les respectons, tant à cause de ce que tu dis qu'à cause de ce que tu as fait, tant parce que tu es le fils de Dieu qu'à cause de l'homme que tu es aussi, mais il n'est pas juste que tu nous traites comme si nous étions des enfants écervelés ou des vieillards caducs, sans nous communiquer ta pensée, nous disant seulement ce que nous devrons faire ou ce que tu feras, sans que le jugement dont nous sommes dotés soit appelé à juger ce que tu exiges de nous, Pardonnez-moi tous, dit Jésus, mais je ne sais pas moi-même ce qui me pousse à aller à Jérusalem, il m'a simplement été dit que je dois y aller, c'est tout, mais vous n'êtes pas obligés de m'accompagner, Qui t'a dit que tu dois aller à Jérusalem, Quelqu'un qui est entré dans ma tête pour décider de ce que je devrai faire et ne pas faire, Tu as beaucoup changé depuis ta rencontre avec Jean, J'ai compris qu'il ne suffit pas d'apporter la paix mais qu'il faut aussi apporter le glaive, Si le règne de Dieu est proche, à quoi bon le glaive, demanda André, Dieu ne m'a pas dit par quel chemin son règne viendra à vous, nous avons essayé la paix, essayons maintenant le glaive, et Dieu fera son choix, mais, je le répète, vous n'êtes pas obligés de m'accompagner, Tu sais très bien que nous irons avec toi où que tu ailles, dit Jean, et Jésus répondit, Ne jurez pas, ceux qui seront arrivés là-bas sauront ce qu'il en est.

Le lendemain matin, comme Jésus était allé chez Lazare, non pas tant pour prendre congé que pour signaler avec bienveillance qu'il avait rejoint la société humaine, Marthe lui dit que son frère était déjà parti pour la synagogue. Alors Jésus et les siens prirent la route de Jérusalem, et Marie de Magdala et les autres femmes allèrent avec eux jusqu'aux dernières maisons de Béthanie où elles restèrent à faire des signes d'adieu, elles durent se contenter de cela, car pas une seule fois les hommes ne se retournèrent. Le ciel est nuageux, la pluie menace, cela explique peut-être qu'il y ait si peu de monde sur le chemin, ceux qui n'ont pas une raison déterminante d'aller à Jérusalem sont restés chez eux, en attendant ce que les astres décideront. Les treize avancent donc sur une route souvent déserte tandis que les épais nuages gris s'enroulent autour du sommet des montagnes comme si enfin et pour toujours le ciel et la terre s'ajustaient, le moule et le moulage, le mâle et la femelle, le concave et le convexe. Toutefois, en arrivant aux portes de la ville, ils virent qu'il n'y avait pas grande différence dans le nombre et la variété de la multitude et que, comme de coutume, il leur faudrait beaucoup de temps et beaucoup de patience pour se frayer un chemin jusqu'au Temple. Pourtant il n'en fut pas ainsi. L'aspect des treize hommes, presque tous pieds nus, avec leur grande houlette, leur barbe hirsute, les lourds manteaux sombres sur des tuniques qui semblaient avoir vu le commencement du monde, faisait s'écarter avec frayeur les gens qui se demandaient les uns aux autres, Qui sont ces hommes, qui est celui qui marche devant, et ils ne savaient que répondre, jusqu'au moment où un homme venu de Galilée dit, C'est Jésus de Nazareth, celui qui se dit le fils de Dieu et qui fait des miracles, Et où vont-ils, se demandait-on, et comme la seule façon de le savoir c'était de les suivre, beaucoup leur emboîtèrent le pas, si bien qu'à l'entrée du Temple, à l'extérieur de celui-ci, ils n'étaient pas treize mais mille, mais ceux-là restèrent dehors en attendant que les autres satisfassent leur curiosité. Jésus alla du côté où se trouvaient les changeurs et dit à ses disciples, Voilà ce que nous sommes venus faire, et aussitôt il entreprit de renverser les tables, poussant et frappant successivement ceux qui achetaient et ceux qui vendaient, provoquant un tumulte tel qu'on n'aurait pas entendu les paroles qu'il proférait si, étrangement, il ne s'était pas trouvé que sa voix naturelle retentissait comme un fracas de bronze, De cette maison qui devrait être une maison de prière pour tous les peuples vous avez fait une caverne de bandits, et il continuait à renverser les tables, éparpillant et faisant sauter les pièces de monnaie, à l'immense joie de quelques-uns parmi les mille qui coururent ramasser cette manne. Les disciples s'employaient à la même tâche, et les étals des marchands de colombes étaient enfin jetés à terre, eux aussi, et les colombes libres volaient au-dessus du Temple en tournoyant follement autour de la fumée de l'autel sur lequel elles ne seraient pas brûlées car leur sauveur était arrivé. Les gardes du Temple accoururent, armés de bâtons, pour châtier et arrêter, ou jeter dehors, les fauteurs de troubles, mais pour leur plus grand malheur ils se trouvèrent face à treize rudes Galiléens qui, houlette à la main, balayaient tous ceux qui se hasardaient à les affronter en criant, Que d'autres viennent, que tous viennent, Dieu suffira à tous, et ils chargeaient les gardes et détruisaient les étals, soudain une torche enflammée apparut, bientôt ils eurent bouté le feu aux bannes, une autre colonne de fumée s'élevait dans l'air, quelqu'un cria, Appelez les soldats romains, mais personne ne prêta attention, les Romains, quoi qu'il arrive, ainsi le voulait la loi, n'entreraient pas dans le Temple. D'autres gardes accoururent, cette fois avec des épées et des lances, auxquels se joignirent l'un ou l'autre changeur ou marchand de colombes, décidés à ne pas laisser à des mains étrangères la défense de leurs intérêts, et peu à peu le destin des armes commença à changer car si ce combat, comme les croisades, était voulu par Dieu, il ne semblait pas que ce même Dieu y mît suffisamment d'ardeur pour que les siens remportassent la victoire. Sur ces entrefaites, apparut en haut de l'escalier le grand prêtre, accompagné de ses pairs et d'anciens et de scribes convoqués à la hâte, et il fit retentir une voix qui ne le cédait en rien à celle de Jésus, disant, Laissez-le partir pour cette fois, mais s'il revient nous le hacherons menu et nous le jetterons dehors, comme l'ivraie lorsqu'elle est en excès dans la moisson et qu'elle menace d'étouffer le froment. André dit à Jésus qui combattait à ses côtés, Tu as bien fait de dire que tu es venu apporter le glaive et non la paix car maintenant nous savons que les houlettes ne sont pas des glaives, et Jésus dit, C'était dans le bras qui brandit la houlette et qui manie le glaive qu'on voit la différence, Que faisons-nous alors, demanda André, Retournons à Béthanie, répondit Jésus, ce n'est pas le glaive qui nous manque, mais le bras. Ils reculèrent en bon ordre, houlette pointée vers les huées et les moqueries de la foule, laquelle ne se hasardait pas à des exploits plus valeureux, et très vite ils purent sortir de Jérusalem, après quoi, tous fatigués et certains mal en point, ils prirent le chemin du retour.

En entrant à Béthanie, ils remarquèrent que les voisins qui paraissaient aux portes les regardaient avec des expressions de pitié et de chagrin, mais ils tinrent cela pour chose naturelle, vu l'état lamentable dans lequel ils revenaient de la bataille. Toutefois ils furent vite tirés de leur erreur quant aux motifs, il leur suffit de pénétrer dans la rue où habitait Lazare pour s'apercevoir aussitôt qu'un malheur était arrivé. Jésus les précéda en courant, entra dans la cour, des personnes à la mine affligée s'effacèrent pour le laisser passer, des pleurs et des lamentations retentissaient à l'intérieur, Hélas, mon cher frère, c'était la voix de Marthe, Hélas, mon cher frère, c'était la voix de Marie. Il vit Lazare, étendu sur le sol, sur une

454

natte, tranquille, comme s'il dormait, le corps et les mains immobiles, mais il ne dormait pas, non, il était mort, durant presque toute sa vie son cœur avait menacé de l'abandonner, ensuite il avait guéri, Béthanie tout entière pouvait en témoigner, et maintenant il était mort, serein pour le moment comme s'il était de marbre, intact comme s'il était entré dans l'éternité, mais de l'intérieur de sa mort ne tardera pas à monter à la surface le premier signe de pourriture qui rendra encore plus insupportables l'angoisse et l'épouvante des vivants. Jésus, comme si on lui avait tranché d'un coup les tendons des jarrets, tomba à genoux, et pleurant, il gémit, Comment est-ce arrivé, comment est-ce arrivé, telle est l'idée qui nous vient toujours à l'esprit devant ce qui est irrémédiable, demander aux autres comment cela s'est passé, manière désespérée et vaine d'écarter le moment où il nous faudra accepter la vérité, voilà, nous voulons savoir comment cela s'est passé, comme si nous pouvions encore remplacer la mort par la vie et substituer à ce qui a été ce qui aurait pu être. Du fond de son pleur convulsif et amer, Marthe dit à Jésus, Si tu avais été ici, mon frère ne serait pas mort, mais je sais que tout ce que tu demanderas à Dieu, il te l'accordera, comme il t'a accordé la vue des aveugles, la purification des lépreux, la voix des muets, et tous les autres prodiges qui habitent ta volonté et qui attendent ta parole. Jésus lui dit, Ton frère ressuscitera, et Marthe répondit, Je sais qu'il ressuscitera lors de la résurrection du dernier jour. Jésus se leva, sentit qu'une force infinie envahissait son esprit, qu'il pouvait, en cette heure suprême, tout faire, tout accomplir, expulser la mort de ce corps, y faire revenir l'existence pleine et l'être plein, la parole, le geste, le rire, la larme aussi, mais pas de douleur, qu'il pouvait dire, Je suis la résurrection et la vie, celui qui croit en moi, même s'il est mort, vivra, et il demanderait à Marthe, Crois-tu cela, et elle répondrait, Oui, je crois que tu es le fils de Dieu, celui qui devait venir dans le monde, or, puisqu'il en est ainsi, puisque toutes les choses nécessaires sont disposées et ordonnées, la force et le pouvoir, et la volonté de les utiliser, il ne reste plus à Jésus, regardant le corps déserté par l'âme, qu'à tendre les bras vers lui comme pour tracer le chemin par lequel il devra revenir et qu'à dire, Lazare, lève-toi, et Lazare se lèvera parce que Dieu l'a voulu, mais à cet instant, en vérité le dernier et l'ultime, Marie de Magdala pose une main sur l'épaule de Jésus et elle lui dit, Personne dans la vie n'a tant péché qu'il mérite de mourir deux fois, alors Jésus laissa retomber ses bras et sortit pour pleurer.

Comme un souffle glacé, comme une froidure engourdissante, la mort de Lazare éteignit d'un seul coup l'ardeur batailleuse que Jean avait fait naître dans le cœur de Jésus où, durant une longue semaine de réflexion et quelques brefs instants d'action, s'étaient confondus en un sentiment unique le service de Dieu et le service du peuple. Les premiers jours de deuil passés, quand, peu à peu, les obligations et les habitudes de la vie quotidienne commençaient à réoccuper l'espace perdu, se manifestant par des endormissements momentanés d'une douleur qui ne cédait pas, Pierre et André allèrent parler à Jésus, lui demander quels étaient ses projets, s'ils iraient de nouveau prêcher dans les villes ou s'ils retourneraient à Jérusalem pour un nouvel assaut, car déjà les disciples se plaignaient de l'inactivité prolongée, cela ne peut durer plus longtemps, ce n'est pas pour cela que nous avons abandonné biens, travail et famille. Jésus les regarda comme si au milieu de ses propres pensées il ne les voyait pas, il les entendit comme s'il lui fallait identifier leur voix au milieu d'un chœur de cris discordants et après un long silence il leur dit d'attendre encore un peu, qu'il lui fallait encore réfléchir, qu'il sentait qu'était sur le point de se produire quelque chose qui déciderait définitivement de leur vie et de leur mort. Il dit aussi qu'il ne tarderait pas à les rejoindre dans le campement, et ni Pierre ni André ne purent comprendre que les sœurs restent seules alors que les hommes n'avaient pas encore décidé ce qu'ils feraient, Tu n'as pas besoin de revenir parmi nous, reste là où tu es, dit Pierre, qui ne pouvait savoir que Jésus était partagé entre deux tourments, ses devoirs envers des hommes et des femmes qui avaient tout quitté et abandonné pour le suivre, et ici, dans cette maison, à l'égard de ces deux sœurs, égales et ennemies comme le visage et le miroir, un constant, un vétilleux, un effrayant déchirement moral. Lazare était présent et ne s'éloignait pas. Il était présent dans les paroles dures de Marthe, qui ne pardonnait pas à Marie d'avoir empêché la résurrection de son propre frère, qui ne pouvait pardonner à Jésus d'avoir renoncé à user d'un pouvoir qu'il avait reçu de Dieu. Il était présent dans les larmes inconsolables de Marie qui, pour ne pas assujettir son frère à une deuxième mort, devrait vivre à tout jamais avec le remords de ne pas l'avoir délivré de celle-ci. Il était présent, enfin, corps immense emplissant tous les espaces et tous les recoins, dans l'esprit troublé de Jésus, dans la quadruple contradiction où il se trouvait enfermé, souscrire à ce que Marie avait dit et lui reprocher de l'avoir dit, comprendre la requête de Marthe et la blâmer de la lui avoir présentée. Jésus regardait sa pauvre âme et la voyait comme tirée et écartelée entre quatre directions opposées par quatre chevaux furieux, comme si quatre câbles enroulés sur des treuils brisaient lentement toutes les fibres de son esprit, comme si les mains de Dieu et les mains du Diable, divinement et diaboliquement, s'amusaient à jouer aux quatre coins avec ce qui restait de lui. Des miséreux et des êtres couverts de plaies venaient à la porte de la maison qui avait été celle de Lazare pour implorer la guérison de leur corps blessé, parfois Marthe venait les chasser, comme pour protester, Mon frère n'a pas été sauvé, vous ne serez pas guéris, mais ils revenaient plus tard, ils revenaient toujours, jusqu'au moment où ils réussissaient à parvenir là où était Jésus, qui les guérissait et les renvoyait, mais sans leur dire toutefois, Repentissez-vous, car être guéri était comme naître à nouveau sans être mort, celui qui naît n'a pas de péché, il n'a pas à se repentir de ce qu'il n'a pas fait. Mais ces œuvres de régénération physique, pour autant qu'il ne soit pas malséant de le dire, bien qu'elles fussent œuvres de la plus haute miséricorde, laissaient dans le cœur de Jésus une aigreur, une espèce d'arrière-goût amer, car en fait elles n'étaient que les signes avant-coureurs de déchéances inéluctables, celui qui aujourd'hui est parti d'ici sain et content reviendra demain en pleurant de nouvelles douleurs qui n'auront pas de remède. La tristesse de Jésus arriva à un point tel qu'un jour Marthe lui dit, Ne t'avise pas de mourir à ton tour maintenant, car ce serait comme si Lazare mourait une nouvelle fois, et Marie de Magdala, dans le secret de la nuit obscure, murmurant sous le drap commun des plaintes et des gémissements d'animal qui se cache pour souffrir, Tu as besoin de moi aujourd'hui comme jamais auparavant tu n'as eu besoin de moi, or moi je ne peux pas t'atteindre là où tu es, parce que tu t'es enfermé derrière une porte qui n'est pas à la mesure des forces humaines, et Jésus, qui avait répondu à Marthe, A ma mort seront présentes toutes les morts de Lazare, c'est lui qui sera toujours en train de mourir et qui ne peut être ressuscité, demanda à Marie en l'implorant, Même si tu ne peux pas entrer, ne t'éloigne pas de moi, tends-moi toujours ta main même quand tu ne pourras me voir, sinon j'en oublierai la vie, ou la vie m'oubliera. Quelques jours plus tard, Jésus s'en fut rejoindre ses disciples, et Marie de Magdala l'accompagna, Je regarderai ton ombre, si tu ne veux pas que je te regarde, dit-elle et il lui répondit, Je veux être là où sera mon ombre, si c'est là que tes yeux seront. Ils s'aimaient et se disaient des mots tels que ceux-ci, et pas seulement parce que ces mots étaient beaux et vrais, pour autant qu'il soit possible d'être les deux à la fois, mais parce qu'ils pressentaient que le temps des ombres arriverait à point nommé, et il fallait qu'ils commencent à s'habituer, alors qu'ils étaient encore ensemble, à l'obscurité de l'absence définitive.

Alors arriva au campement la nouvelle de l'arrestation de Jean le Baptiste. On savait simplement qu'il avait été arrêté et aussi que c'était Hérode lui-même qui l'avait fait emprisonner, raison pour laquelle, ne pouvant imaginer d'autres motifs, Jésus et les siens furent conduits à penser que la cause de cette détention ne pouvait être que la proclamation incessante de la venue du Messie, laquelle était la substance même de ce que Jean annonçait en tous lieux, entre deux baptêmes, Un autre viendra, qui vous baptisera par le feu, entre deux imprécations, Engeance de vipères, qui vous a montré le moyen d'échapper à la colère qui vient. Jésus dit alors à ses disciples qu'ils devaient se préparer à toutes sortes de vexations et de persécutions, car très probablement, puisque la nouvelle de ce qu'eux-mêmes faisaient et disaient dans le même sens courait dans le pays, et cela depuis longtemps déjà, Hérode conclurait que deux et deux font quatre et chercherait dans un fils de charpentier qui se targuait d'être fils de Dieu et dans ses hommes liges la deuxième et la plus puissante des têtes du dragon qui menaçait de le jeter à bas de son trône. Certes, une mauvaise nouvelle ne vaut pas mieux que pas de nouvelle du tout, mais il est justifié qu'elle soit reçue avec équanimité par des hommes qui, ayant tout attendu et aspiré à tout, se sont vus placés ces derniers temps devant le néant. Les disciples se demandaient les uns aux autres, et tous le demandaient à Jésus, ce qu'ils devaient faire, devaient-ils demeurer ensemble et, ensemble, affronter la méchanceté d'Hérode, ou bien se disperser par les villes, ou même se retirer dans le désert, se nourrissant de miel sauvage et de sauterelles, comme avait fait Jean avant d'en être sorti, pour la plus grande gloire de Dieu et, visiblement, pour son plus grand malheur à lui. Mais comme il n'y avait pas de signe que les soldats d'Hérode viennent à Béthanie tuer ces autres innocents, Jésus et les siens purent s'attarder à peser les différentes solutions, tâche à laquelle ils étaient attelés lorsque survinrent une deuxième et une troisième nouvelle, à savoir que Jean avait été décapité et que la raison de son emprisonnement et de son exécution n'avait rien à voir avec des annonces de Messie ou de règnes de Dieu, mais était due au fait qu'il avait clamé et vitupéré contre l'adultère que commettait Hérode en ayant épousé Hérodiade, sa nièce et sa belle-sœur, du vivant du mari de celle-ci. La mort de Jean fut la cause de nombreuses larmes et lamentations dans tout le campement, nulle différence dans l'expression du chagrin ne se remarquant entre hommes et femmes, mais qu'il eût été tué pour le motif allégué était quelque chose qui échappait à la compréhension des présents, car une autre raison, elle, en revanche, d'ordre suprême, aurait dû prévaloir dans la sentence d'Hérode, or finalement c'était comme si elle n'avait pas d'existence aujourd'hui et comme si elle ne devait avoir aucune importance demain, disait avec colère Judas Iscarioth, que Jean avait baptisé, comme nous nous en souviendrons, Qu'est-ce que cela, demandait-il à toute la compagnie réunie, femmes incluses, Jean annonce que le Messie vient rédimer le peuple et on le tue pour des accusations de concubinage et d'adultère, des histoires de lit et de mariage entre oncle et belle-sœur, comme si nous ne savions pas que cela a toujours été le mode de vie courant et commun de la famille, depuis le premier Hérode jusqu'au jour d'aujourd'hui, Qu'est-ce que cela, répétait-il, c'est Dieu lui-même qui a envoyé Jean annoncer le Messie, et je ne le mets pas en doute, pour la simple raison que rien ne peut arriver sans que Dieu l'ait voulu, alors si c'est bien Dieu, que ceux qui le connaissent mieux que moi m'expliquent pourquoi il veut que ses propres desseins soient ainsi rabaissés sur la terre et, de grâce, ne me rétorquez pas que Dieu sait et que nous ne pouvons pas savoir, parce que moi je vous répondrai que ce que je veux savoir c'est précisément ce que Dieu sait. Un froid de peur parcourut toute l'assemblée comme si l'ire du Seigneur était déjà en chemin pour venir foudroyer l'outrecuidant et aussi tous ceux qui ne lui avaient pas immédiatement fait payer le blasphème. Or, comme Dieu n'était pas présent pour donner satisfaction à Judas Iscarioth, le défi ne pouvait être relevé que par Jésus, qui était le plus proche du suprême interpellé. Si la religion avait été différente et différente la situation, peut-être les choses en seraient-elles restées là, à ce sourire énigmatique de Jésus dans lequel, bien que ténu et fugitif, on avait pu discerner trois composantes, surprise, bienveillance et curiosité, ce qui semble beaucoup mais n'était rien, car la surprise était momentanée, la bienveillance condescendante et la curiosité fatiguée. Mais le sourire s'en fut comme il était venu, remplacé par la pâleur mortelle et le visage soudainement creusé de quelqu'un qui vient de voir son propre destin en face et de ses propres yeux. D'une voix lente, presque dépourvue d'expression, Jésus dit enfin, Que les femmes se retirent, et Marie de Magdala fut la première à se lever. Puis, quand peu à peu le silence se fut transformé en muraille et en toit pour les enclore dans la caverne la plus profonde de la terre, Jésus dit, Que Jean demande à Dieu pourquoi il a fait mourir ainsi, pour une raison aussi mesquine, un homme qui était venu annoncer d'aussi grandes choses, après quoi il se tut un instant, et comme Judas Iscarioth semblait vouloir parler, il leva la main pour le faire patienter, et il conclut, Mon devoir, je viens de le comprendre à l'instant, c'est de vous dire ce que je sais que Dieu sait, sinon Dieu lui-même m'en empêchera. Parmi les disciples grandirent une rumeur de paroles échangées avec des voix altérées, une agitation, une excitation inquiète, ils avaient peur de savoir ce qu'ils désiraient ardemment savoir, seul Judas Iscarioth gardait l'expression de défi avec laquelle il avait provoqué le débat. Jésus dit, Je connais mon destin et le vôtre, je connais le destin de bon nombre de ceux qui naîtront, je sais les raisons de Dieu et ses desseins, et je dois vous parler de tout cela car cela vous concerne tous et cela vous concernera encore plus à l'avenir, Pourquoi, demanda Pierre, pourquoi devons-nous savoir ce qui t'a été communiqué par Dieu, il vaudrait mieux que tu te taises, Dieu aurait le pouvoir de me faire taire à l'instant même, Alors, que tu te taises ou pas a la même importance pour Dieu, c'est-à-dire aucune, et si Dieu a parlé par ta bouche, par ta bouche il continuera à parler, même lorsque, comme à présent, tu croiras contrarier sa volonté, Tu sais, Pierre, que je serai crucifié, Tu me l'as dit, Mais je ne t'ai pas dit que toi-même, et André, et Philippe, vous le serez aussi, que Barthélemy sera écorché, que Matthieu sera tué par des barbares, que Jacques, fils de Zébédée, sera égorgé, que le deuxième Jacques, fils d'Alphée, sera lapidé, que Thomas sera transpercé d'une lance, que Jude Thadée aura la tête écrasée, que Simon sera coupé par une scie, cela tu ne le savais pas, mais à présent tu le sais et tous le savent. La révélation fut reçue en silence, il n'y avait plus de raison d'avoir peur d'un avenir qui s'était fait connaître, finalement c'était comme si Jésus leur avait simplement dit, Vous mourrez, et qu'ils lui eussent répondu en chœur, Cela n'est pas nouveau, nous le savions déjà. Mais Jean et Judas Iscarioth n'avaient rien entendu qui les concernât et ils demandèrent, Et moi, et Jésus dit, Toi, Jean, tu deviendras vieux et tu mourras de vieillesse, quant à toi, Judas Iscarioth, évite les figuiers, car tu te pendras bientôt de tes propres mains à un figuier, Nous mourrons donc pour ta cause, dit une voix, mais on ne sut pas à qui elle appartenait, Pour la cause de Dieu, pas pour la mienne, répondit Jésus, Que veut Dieu, finalement, demanda Jean, Il veut une assemblée plus grande que celle dont il dispose, il veut le monde tout entier pour lui, Mais puisque Dieu est seigneur de l'univers, comment le monde peut-il ne pas être à lui, et pas depuis hier ou demain, mais depuis toujours, demanda Thomas, Cela je ne le sais pas, dit Jésus, Mais toi, qui as vécu si longtemps avec toutes ces choses dans ton cœur, pourquoi viens-tu nous les dire maintenant, Lazare, que j'ai guéri, est mort, Jean-Baptiste, qui m'a annoncé, est mort, la mort désormais est parmi nous, Tous les êtres doivent mourir, dit Pierre, les hommes comme les autres, Beaucoup mourront à l'avenir par la volonté de Dieu et pour sa cause, Si telle est la volonté de Dieu c'est une sainte cause, Ils mourront parce qu'ils ne sont nés ni avant ni après, Ils seront reçus dans la vie éternelle, dit Matthieu, Oui, mais la condition pour y entrer ne devrait pas être aussi douloureuse, Si le fils de Dieu a dit ce qu'il a dit, il s'est nié lui-même, protesta Pierre, Tu te trompes, il n'est permis de parler ainsi qu'au fils de Dieu seulement, ce qui dans ta bouche serait blasphème, dans la mienne est l'autre parole de Dieu, répondit Jésus, Tu parles comme si nous devions choisir entre toi et Dieu, dit Pierre, Votre choix devra toujours être entre Dieu et Dieu, moi je suis comme vous et les hommes, au milieu, Que nous commandes-tu alors de faire, D'aider ma mort à épargner les vies de ceux qui viendront, Tu ne peux pas aller contre la volonté de Dieu, Non, mais il est de mon devoir d'essayer, Tu es sauf parce que tu es fils de Dieu, mais nous, nous perdrons notre âme, Pas si vous décidez de m'obéir, car ce sera encore à Dieu que vous obéirez. A l'horizon, aux derniers confins du désert, le bord d'une lune rouge apparut. Parle, dit André, mais Jésus attendit que la lune se lève tout entière de la terre, énorme, sanglante, la lune, et après seulement, il dit, Le fils de Dieu devra mourir sur la croix pour qu'ainsi la volonté du Père s'accomplisse, mais si à sa place nous mettions un simple homme, Dieu ne pourrait plus sacrifier le Fils, Tu veux mettre un homme à ta place, l'un de nous, demanda Pierre, Non, c'est moi qui irai occuper la place du Fils, Au nom de Dieu, explique-toi, Un simple homme, certes, mais un homme qui se serait proclamé lui-même roi des Juifs, qui soulèverait le peuple pour renverser Hérode de son trône et chasser les Romains du pays, voici ce que je vous demande, que l'un de vous coure au Temple dire que je suis cet homme, et peut-être que si la justice est rapide, celle de Dieu n'aura pas le temps de corriger celle des hommes, tout comme elle n'a pas corrigé la main du bourreau qui allait égorger Jean. La stupéfaction les priva tous de voix, mais pour un bref instant, car aussitôt de toutes les bouches jaillirent des paroles d'indignation, de protestation, d'incrédulité, Si tu es le fils de Dieu, tu dois mourir en tant que fils de Dieu, clamait l'un, J'ai mangé du pain que tu as distribué, comment pourrais-je te dénoncer maintenant, gémissait un autre, Celui qui va être roi du monde ne voudra pas être roi des Juifs, disait celui-ci, Que meure sur-le-champ celui qui sortira d'ici pour t'accuser, menaçait celui-là. C'est alors qu'on entendit, claire, distincte, s'élevant au-dessus du tumulte, la voix de Judas Iscarioth, J'irai, si telle est ta volonté. Les autres l'empoignèrent, déjà des couteaux sortaient d'entre les plis des tuniques, quand Jésus ordonna, Lâchez-le, que personne ne lui fasse de mal. Puis il se leva, le serra dans ses bras et le baisa sur les deux joues, Va, mon heure est ton heure. Sans un mot, Judas Iscarioth lança un pan de son manteau par-dessus son épaule et, comme si la nuit l'avait englouti, il disparut dans l'obscurité.

Les gardes du Temple et les soldats d'Hérode vinrent arrêter Jésus aux premières lueurs du matin. Après avoir encerclé silencieusement le campement, quelques-uns y firent irruption, armés d'épées et de lances, et celui qui les commandait cria, Où est celui qui dit être le roi des Juifs, et encore, Que se présente celui qui dit être le roi des Juifs, alors Jésus sortit de sa tente, Marie de Magdala était avec lui et elle pleurait, il dit, Je suis le roi des Juifs. Alors un soldat s'approcha de lui et lui ligota les mains en lui disant à voix basse, Si, bien que tu sois prisonnier aujourd'hui, un jour tu deviens mon roi, souviens-toi que c'est sur l'ordre d'un autre roi que je suis venu t'arrêter, tu diras alors que j'arrête cet autre roi et je t'obéirai comme j'ai obéi à présent, et Jésus dit, Un roi n'arrête pas un autre roi, un dieu ne tue pas un autre dieu, les gens du commun furent faits pour qu'il y ait des hommes qui arrêtent et qui tuent. Ils lancèrent aussi une corde autour des pieds de Jésus pour l'empêcher de s'enfuir, et Jésus se dit à lui-même, car il en était convaincu, Il arrive trop tard, je me suis déjà enfui. Alors Marie de Magdala poussa un cri comme si on lui brisait l'âme et Jésus dit, Tu pleureras sur moi, et vous, femmes, vous pleurerez toutes, si vient une heure semblable pour ceux qui sont ici et pour vous-mêmes, mais sachez que pour chacune de vos larmes mille seront répandues dans les temps qui viendront si je ne finis pas comme je le veux. Et se tournant vers celui qui commandait, il dit, Laisse partir ces hommes qui étaient avec moi, c'est moi le roi des Juifs, pas eux, et, sans un mot de plus, il s'avança au milieu des soldats qui l'entourèrent. Le soleil avait paru et s'élevait dans le ciel au-dessus des maisons de Béthanie, quand la multitude, Jésus à sa tête, entre deux soldats qui tenaient les bouts de la corde qui lui ligotait les mains, commença à gravir la route menant à Jérusalem. Les disciples et les femmes suivaient derrière, eux en colère, elles sanglotant, mais les sanglots des unes avaient autant de valeur que la colère des autres, Que devons-nous faire, se demandaient-ils secrètement, sauter sur les soldats et tenter de libérer Jésus, mourant peut-être dans l'affrontement, ou nous disperser avant que n'arrive l'ordre de nous incarcérer, nous aussi, et comme ils étaient incapables de choisir entre ceci ou cela, ils ne firent rien et continuèrent à suivre, à distance, le détachement de soldats. A un certain moment ils virent que le groupe de tête s'était arrêté et ils ne comprirent pas pourquoi, à moins qu'un contrordre ne fût arrivé et qu'on ne fût en train de trancher les nœuds de Jésus, mais pour penser cela il fallait être doté d'une imagination débridée, c'était le cas de certains mais ils n'étaient pas nombreux. Un nœud avait été effectivement tranché, celui de la vie de Judas Iscarioth, là-bas, sur un figuier au bord du chemin par lequel Jésus devrait passer, suspendu par le cou, se trouvait le disciple qui s'était porté volontaire pour que pût s'accomplir la dernière volonté du maître. Celui qui commandait l'escorte fit signe à deux soldats de couper la corde et de descendre le corps, Il est encore chaud, dit l'un d'eux, il se pouvait très bien que Judas Iscarioth, assis sur une branche du figuier, le nœud de la corde passé autour du cou, eût attendu patiemment de voir Jésus apparaître au loin, au tournant de la route, pour se lancer au bas de la branche, en paix avec lui-même pour avoir accompli son devoir. Jésus s'approcha, les soldats ne l'en empêchèrent pas, il regarda longuement le visage de Judas, convulsé par l'agonie rapide, Il est encore chaud, répéta le soldat, alors Jésus pensa qu'il pouvait, s'il le voulait, faire pour cet homme ce qu'il n'avait pas fait pour Lazare, le ressusciter, afin qu'il ait, un autre jour, dans un autre lieu, sa propre et inéluctable mort, distante et obscure, et non pas la vie et le souvenir interminables d'une trahison. Mais l'on sait que seul le fils de Dieu a le pouvoir de ressusciter les morts, pas le roi des Juifs qui avance là, l'esprit muet et les pieds et les mains ligotés. Celui qui commandait dit, Laissez-le là, pour que les gens de Béthanie l'enterrent ou que les corbeaux le mangent, mais voyons d'abord s'il possède des objets de valeur, les soldats le fouillèrent et n'en trouvèrent point, Pas la moindre pièce de monnaie, dit l'un d'eux, et cela n'avait rien d'étonnant, les fonds de la communauté étaient administrés par Matthieu, qui connaissait le métier, ayant été publicain au temps où il s'appelait Lévi. Sa délation ne lui a pas été payée, murmura Jésus, et l'autre, qui l'avait entendu, répondit, On a voulu le faire, mais il a dit qu'il avait pour habitude de payer ses comptes, et voilà, il ne les paiera plus. Le cortège poursuivit son chemin, plusieurs disciples restèrent à contempler pieusement le cadavre, mais Jean dit, Laissons-le, il n'était pas des nôtres, et l'autre Jude, celui qui est aussi Thadée, s'empressa de corriger, Que nous le voulions ou pas, il sera toujours des nôtres, nous ne saurons que faire de lui et pourtant il continuera à être des nôtres. Poursuivons, dit Pierre, notre place n'est pas auprès de Judas Iscarioth, Tu as raison, dit Thomas, notre place devrait être auprès de Jésus, mais cette place est vide.

Ils entrèrent enfin à Jérusalem et Jésus fut mené auprès du conseil des anciens, des grands prêtres et des scribes. Le grand prêtre en chef était là, en voyant Jésus il se réjouit et lui dit, Je t'ai prévenu, mais tu n'as pas voulu m'entendre, maintenant ton orgueil ne pourra pas te défendre et tes mensonges te condamneront, Quels mensonges, demanda Jésus, Le premier, que tu es le roi des Juifs, Je suis le roi des Juifs, L'autre mensonge, que tu es le fils de Dieu, Qui t'a dit que je me dis fils de Dieu, Tout le monde, Ne les écoute pas, je suis le roi des Juifs, Alors, tu avoues que tu n'es pas le fils de Dieu, Je te répète que je suis le roi des Juifs, Fais attention et dis-toi que ce seul mensonge suffit pour que tu sois condamné, Ce que j'ai dit, je l'ai dit, Très bien, je vais t'envoyer au procureur des Romains qui brûle de connaître l'homme qui veut le chasser et soustraire ces territoires-ci au pouvoir de César. Les soldats emmenèrent Jésus et le conduisirent au palais de Pilate, et comme la nouvelle s'était déjà répandue que celui qui disait être le roi des Juifs, qui avait rossé les changeurs et bouté le feu aux tentes, avait été arrêté, les gens accouraient pour voir quelle tête faisait un roi quand il était conduit dans la rue sous les yeux de tous, les mains attachées comme un vulgaire malfaiteur, et peu importait en l'occurrence qu'il soit un roi pour de vrai ou un imposteur. Et comme cela arrive toujours, car le monde n'est pas uniforme, certains avaient pitié de lui, d'autres pas, certains disaient, Laissez-le s'en aller, il est fou, d'autres, au contraire, trouvaient que punir un crime c'est faire un exemple et que si ceux-là sont nombreux, ceux-ci ne doivent pas l'être moins. Au milieu de la multitude, se fondant en elle, à moitié perdus, allaient les disciples, et aussi les femmes qui étaient venues avec eux, elles se reconnaissaient aussitôt à leurs larmes, seule l'une d'elles ne pleurait pas et c'était Marie de Magdala, les pleurs la brûlaient en dedans.

La distance entre la demeure du grand prêtre en chef et le palais du procureur n'était pas grande, mais Jésus avait l'impression qu'il n'arriverait jamais jusque-là, non parce que étaient à ce point insupportables les huées et les cris de dérision de la foule, déçue finalement par la triste figure que faisait ce roi, mais parce qu'il lui tardait de se présenter au rendez-vous que volontairement il avait fixé avec la mort, de peur que Dieu ne regarde de ce côté-ci et ne dise, Qu'est-ce que cela, tu ne fais pas ce dont nous sommes convenus. A la porte du palais il y avait des soldats de Rome à qui ceux d'Hérode et les gardes du Temple remirent le prisonnier, ces derniers restant dehors, attendant le résultat, et n'entraient avec lui que quelques prêtres qui en avaient reçu l'autorisation. Assis sur sa chaise de procureur, Pilate, car tel était son nom, vit entrer une espèce de loqueteux barbu et pieds nus, avec une tunique souillée de taches anciennes et récentes, celles-ci de fruits mûrs que les dieux avaient

créés à d'autres fins, pas pour servir à épancher les ran-
cœurs ni pour être un signe d'ignominie. Debout, devant
lui, le prisonnier attendait, la tête droite mais le regard
perdu dans l'espace, sur un point proche, mais indéfinissable, entre les yeux de l'un et les yeux de l'autre. Pilate
ne connaissait que deux espèces d'accusés, ceux qui bais-
saient les yeux et ceux qui s'en servaient en guise de
proclamation de défi, les premiers il les méprisait, les
seconds il les craignait toujours un peu et pour cette
raison les condamnait plus vite. Mais celui-ci se tenait
là comme s'il n'était pas là, aussi sûr de lui que s'il était,
de fait et de droit, une personne royale qui se verra
bientôt, car tout cela n'est qu'un malentendu déplorable,
restituer sa couronne, son sceptre et son manteau. Pilate
conclut finalement que le plus approprié encore serait
d'inclure ce prisonnier dans la deuxième catégorie et de
le juger en conséquence, après quoi il passa à l'interrogatoire, Comment t'appelles-tu, homme, Jésus, fils de
Joseph, je suis né à Bethléem, en Judée, mais on me
connaît sous le nom de Jésus de Nazareth car j'ai vécu
à Nazareth, en Galilée, Ton père, qui était-il, Je te l'ai
déjà dit, son nom était Joseph, Quel métier exerçait-il,
Celui de charpentier, Explique-moi alors comment un
Jésus roi est sorti d'un Joseph charpentier, Si un roi peut
faire des fils qui sont des charpentiers, un charpentier
doit pouvoir faire des fils qui sont des rois. A ce stade,
un des grands prêtres intervint et dit, Je te rappelle, ô
Pilate, que cet homme a aussi affirmé être le fils de Dieu,
Cela n'est pas vrai, je dis seulement que je suis le fils
de l'Homme, répondit Jésus, et le prêtre, Pilate, ne te
laisse pas induire en erreur, dans notre religion fils de
l'Homme et fils de Dieu sont équivalents. Pilate fit un
geste d'indifférence avec la main, S'il allait partout pro-
clamant qu'il est le fils de Jupiter, le cas, du fait qu'il y
en a déjà eu d'autres auparavant, m'intéresserait, mais
qu'il soit ou non le fils de votre Dieu est une question

sans importance, Juge-le alors pour se dire roi des Juifs, cela nous suffit, Reste à savoir si cela me suffira à moi aussi, répondit Pilate d'un ton revêche. Jésus attendait tranquillement la fin du dialogue et la reprise de l'interrogatoire, Que dis-tu être, demanda le procureur, Je dis ce que je suis, le roi des Juifs, Et que veut le roi des Juifs que tu dis être, Tout ce qui est propre à un roi, Par exemple, Gouverner son peuple et le protéger, Le protéger de quoi, De tout ce qui est contre lui, Le protéger de qui, De tous ceux qui sont contre lui, Si je comprends bien, tu le protégerais de Rome, Tu as bien compris, Et pour le protéger tu attaquerais les Romains, Il n'y a pas d'autre manière, Et tu nous chasserais de ces terres, Une chose mène à l'autre, évidemment, Par conséquent tu es l'ennemi de César, Je suis le roi des Juifs, Tu avoues que tu es l'ennemi de César, Je suis le roi des Juifs, et ma bouche ne s'ouvrira pas pour prononcer d'autres paroles. Exultant, le prêtre leva les mains au ciel, Tu vois, ô Pilate, il avoue, et tu ne peux laisser la vie sauve à qui a déclaré, devant témoins, être contre toi et contre César. Pilate soupira et dit au prêtre, Tais-toi, et, revenant à Jésus, il demanda, As-tu autre chose à dire, Non, répondit Jésus, Tu m'obliges à te condamner, Fais ton devoir, Veux-tu choisir ta mort, Je l'ai déjà choisie, Laquelle, La croix, Tu mourras sur la croix. Les yeux de Jésus cherchèrent enfin les yeux de Pilate et s'y fixèrent, Puis-je te demander une faveur, demanda-t-il, Si elle n'est pas contraire à la sentence que tu as entendue, Je te demande de faire mettre au-dessus de ma tête un écriteau où il sera dit, afin qu'on le sache, qui je suis et ce que je suis, C'est tout, C'est tout. Pilate fit signe à un secrétaire qui lui apporta l'attirail pour écrire et, de sa propre main, il écrivit Jésus de Nazareth Roi des Juifs. Le prêtre, qui s'était abandonné à sa joie, se rendit compte de ce qui arrivait et protesta, Tu ne peux pas écrire Roi des Juifs mais Qui Se Disait Roi des Juifs, or Pilate était fâché contre lui-même, il lui semblait qu'il aurait dû renvoyer l'homme vaquer à ses affaires, car même le plus méfiant des juges se serait rendu compte qu'aucun mal ne pouvait advenir à César d'un ennemi comme celui-ci, et voilà pourquoi il répondit sèchement, Ne m'ennuie pas, ce que j'ai écrit, je l'ai écrit. Il fit signe aux soldats d'emmener le condamné et ordonna qu'on lui apporte de l'eau pour se laver les mains, comme il avait coutume de le faire après un jugement.

Ils conduisirent Jésus sur une hauteur appelée Golgotha, et comme malgré sa robuste complexion ses jambes faiblissaient sous le poids de la potence, le centurion commandant ordonna à un homme qui passait et qui s'était arrêté un moment pour regarder le défilé de se charger du fardeau. Nous avons déjà parlé des moqueries et des huées, ainsi que de la multitude qui les lançait. Aussi des rares cas de pitié. Quant aux disciples, ils étaient là, à l'instant même une femme vient d'interpeller Pierre, N'es-tu pas de ceux qui étaient avec lui, et Pierre de répondre, Je n'en suis pas, et, ayant dit cela, il se cacha derrière tous, mais la même femme le rencontra de nouveau et de nouveau il lui dit, Je n'en suis pas, et parce qu'il n'y a jamais deux sans trois, car Dieu a compté par trois, Pierre s'entendit poser la question pour la troisième fois et pour la troisième fois il répondit, Je n'en suis pas. Les femmes montent à côté de Jésus, les unes ici, les autres là, et Marie de Magdala est celle qui le suit de plus près, mais elle ne peut pas s'en approcher car les soldats ne la laissent pas, tout comme ils ne laisseront passer ni hommes ni femmes à proximité de l'endroit où sont dressées trois croix, deux sont déjà occupées par deux hommes qui hurlent et crient et pleurent, et la troisième, au milieu, attend son crucifié, droite et verticale comme une colonne soutenant le ciel. Les soldats ont dit à Jésus de se coucher et il s'est couché, ils ont placé ses bras écartés sur le bois du supplice et quand le premier clou, sous le coup du marteau brutal, lui a transpercé le poignet par l'intervalle entre les deux os, le temps a remonté son cours à une vitesse vertigineuse et Jésus a senti la douleur que son père a ressentie, il s'est vu lui-même tel qu'il l'avait vu, crucifié à Séphoris, puis l'autre poignet, et ensuite le premier déchirement des chairs, tirées violemment quand le bois commença à être hissé avec des saccades vers le haut de la croix, tout son poids suspendu aux os fragiles, et ce fut comme un soulagement quand ses jambes furent poussées vers le haut et qu'un troisième clou lui traversa les talons, maintenant il n'y a plus rien à faire, il ne lui reste plus qu'à attendre la mort.

Jésus meurt, meurt, déjà la vie le quitte quand, soudain, le ciel au-dessus de sa tête s'ouvre de part en part et Dieu apparaît, vêtu comme il était dans la barque, et sa voix résonne par toute la terre, disant, Tu es mon fils bien-aimé, en toi j'ai mis toute ma complaisance. Alors Jésus comprit qu'il avait été mené vers le leurre comme on mène l'agneau au sacrifice, que sa vie avait été conçue depuis le commencement des commencements pour qu'il meure ainsi, et se ressouvenant du fleuve de sang qui devait naître de son flanc et inonder toute la terre, il cria vers le ciel ouvert où Dieu souriait, Hommes, pardonnez-lui, car il ne sait pas ce qu'il a fait. Ensuite, il mourut au milieu d'un rêve, il était à Nazareth et il entendait son père lui dire en haussant les épaules et en souriant, lui aussi, Je ne peux pas te poser toutes les questions et tu ne peux pas me donner toutes les réponses. Il y avait en lui encore un reste de vie lorsqu'il sentit une éponge imbibée d'eau et de vinaigre lui effleurer les lèvres, alors, regardant vers le bas, il aperçut un homme qui s'éloignait avec un seau et un roseau à l'épaule. Mais il ne parvint pas à voir, posée par terre, l'écuelle noire dans laquelle son sang gouttait.

Le Dieu manchot
Albin Michel, 1987
Seuil, « Points », n° P 174

L'Année de la mort de Ricardo Reis
Seuil, 1988
et « Points », n° P 574

Le Radeau de pierre
Seuil, 1990

Quasi Objets
Salvy, 1990

Histoire du siège de Lisbonne
Seuil, 1992
et « Points », n° P 619

L'Aveuglement
Seuil, 1997
et « Points », n° P 722

Tous les noms
Seuil, 1999

Manuel de peinture et de calligraphie
Seuil, 2000

COMPOSITION : I.G.S. CHARENTE-PHOTOGRAVURE À L'ISLE-D'ESPAGNAC
IMPRESSION : BUSSIÈRE CAMEDAN IMPRIMERIES À SAINT-AMAND (CHER)
DÉPÔT LÉGAL : MARS 2000. N° 40398 (001093/1)

Collection Points